EYNE
ARD
ORE

James Lee Burke

GLUT UND ASCHE

Thriller

Aus dem Amerikanischen
von Daniel Müller

WILHELM HEYNE VERLAG
MÜNCHEN

Die Originalausgabe erschien unter dem Titel
FEAST DAY OF FOOLS bei Simon & Schuster, New York

Unter www.heyne-hardcore.de
finden Sie das komplette Hardcore-Programm,
den monatlichen Newsletter
sowie unser halbjährlich erscheinendes CORE-Magazin
mit Themen rund um das Hardcore-Universum.

Weitere News unter
www.facebook.com/heyne.hardcore

MIX
Papier aus verantwortungsvollen Quellen
FSC® C014496
FSC
www.fsc.org

Verlagsgruppe Random House FSC® N001967
Das FSC®-zertifizierte Papier *Pamo House*
liefert Arctic Paper, Mochenwangen GmbH.

2. Auflage

Redaktion: Katja Bendels
Umschlaggestaltung: Johannes Wiebel, punchdesign, München,
unter Verwendung von Motiven von shutterstock
Gesetzt aus der Adobe Garamond Pro
Druck und Bindung: GGP Media GmbH, Pößneck
Satz: Greiner & Reichel, Köln
Printed in Germany

ISBN 978-3-453-67680-0

www.heyne-hardcore.de

Für Dora, Mike, und Alicia Liu

Das Wild des Feldes preist mich, die Schakale und Strauße;
denn ich will in der Wüste Wasser und in der Einöde Ströme
geben, zu tränken mein Volk, meine Auserwählten.

Jesaja 43, 20

Kapitel 1

Manch einer war der Meinung, die Visionen von Danny Boy Lorca stammten vom Meskal, der seine Hirnzellen aufgeweicht hatte. Oder von den Peitschenhieben gegen seinen Kopf während seiner Haftzeit auf der Sugar Land Farm. Andere wiederum machten seine bescheidene Karriere als Mittelgewichtler dafür verantwortlich, und die endlosen Touren durch staubige Dreckslöcher, in denen er gegen ortsansässige Boxer hatte antreten müssen, für die er allerdings nur eine sogenannte Tomatendose gewesen war – ein Kämpfer, der nach jedem Treffer blutete. Oder in seinem Fall ein trunksüchtiger Indianer, der seinen Schmerz hinunterschluckte und niemals zuckte, wenn sie ihre Fäuste an seinem Gesicht wund schlugen.

Danny Boy hatte schwarzes Haar, das wie ein Helm auf seinem Kopf saß. Seine Schultern waren so breit wie eine Tür, seine Kleidung roch ständig nach dem Rauch der Feuerstellen, auf denen er sich sein Essen zubereitete, und seine Haut war durch Sonne und Wind so dunkel und rau geworden wie die eines Schrumpfkopfs. Im Sommer trug er langärmelige Baumwollhemden, die er an Hals und Handgelenken zuknöpfte, damit die Hitze nicht hineindrang. Im Winter zog er eine Canvasjacke über und setzte einen australischen Buschhut auf, den er mit einem Schal auf seinem Kopf festband. Wenn er einen Kater hatte, ging er in die Schwitzhütte. Ansonsten badete er in Eiswasser, bestellte seinen Garten im Rhythmus der Mondphasen, trieb die Dämonen aus seinem Körper in Sandbilder, die er anschließend gen Himmel warf, betete inmitten von Gewitterstürmen nur mit einem Lendenschurz bekleidet auf einem der Mesas, der Tafelberge, die so typisch waren für diese Gegend, und erlebte von Zeit zu Zeit Anfälle oder tranceähnliche Zustände, wobei er sich einer Sprache bediente, die weder Apache noch Navajo war, auch wenn er behauptete, sie sei beides.

Manchmal übernachtete er im County-Gefängnis oder hinter dem Saloon. Normalerweise aber schlief er in seinem schlicht verputzten Haus am Rand einer weiten, längst ausgetrockneten Schwemmlandebene, die im Süden von einer Kette lilafarbener Berge begrenzt wurde, welche in der flimmernden Hitze des späten Nachmittags wie das gezackte Gebiss eines Hais wirkten.

Der Sheriff, der Danny Boy im Bezirksgefängnis nächtigen ließ, war ein alter, eins fünfundneunzig großer Witwer namens Hackberry Holland. Ein schmerzender Rücken, ein kantiges Profil, ein Stetson, ein Thumb-Buster Kaliber .45 und eine Vergangenheit als Trinker und Hurenbock bildeten die Eckpfeiler seines Leumunds, wenn nicht sogar die seines Lebens.

Die meisten Bewohner der Gegend empfanden entweder Mitleid mit Danny Boy oder machten sich über ihn lustig und verachteten ihn. In seinem ichbezogenen Verhalten und seinen wirren Tiraden sahen sie die eindeutigen Merkmale eines vom Alkohol vergifteten Gehirns. Sheriff Holland allerdings, der drei Jahre als Kriegsgefangener im Tal ohne Namen, dem No Name Valley in Nordkorea, verbracht hatte, war sich in dieser Hinsicht nicht so sicher. Er hatte ein Alter erreicht, in dem er weder über die Glaubwürdigkeit der Visionen von Verrückten noch über die Schwächen des menschlichen Verhaltens im Allgemeinen grübelte. Was Hackberry Holland hingegen

Sorgen bereitete, war die Neigung seiner Mitmenschen, sich zusammenzuschließen und im Gleichschritt für Gott und Vaterland zu marschieren. Menschen rotteten sich nicht zu Mobs zusammen und zogen durch die Straßen, um Gutes zu tun, und seiner Ansicht nach gab es für ein soziales oder politisches Anliegen keinen verachtenswerteren Makel als allgemeine Zustimmung. Seiner Ansicht nach stellten Danny Boy Lorcas Schübe alkoholbedingten Wahnsinns in gewisser Weise eine Art Verschnaufpause von weitaus schlimmeren Formen des Irrsinns dar.

Es war an einem späten Mittwochabend im April, als sich Danny Boy, mit einem leeren Seesack und einem Armeeklappspaten bewaffnet, auf den Weg in die Wüste machte. Der Himmel war pechschwarz, und am Horizont im Süden pulsierten Blitze, die wie Golddrähte aussahen. Der weiche Boden unter seinen Cowboystiefeln zerbröckelte so leicht, dass er das Gefühl hatte, über die ausgedörrte Oberfläche einer weit ausgedehnten Uferlandschaft zu laufen, die zuvor mit den Werkzeugen eines Bildhauers geschichtet, abgeschrägt und glatt gestrichen worden war. Am Fuße eines Tafelbergs klappte er den Spaten halb auf, sodass sie ihm als eine Art Spitzhacke diente, kniete sich auf den Boden und begann zu graben. Stück für Stück arbeitete er sich durch die versteinerten Überreste von Pflanzen, Fischen und Vögeln, die, wie andere sagten, bereits mehrere Millionen Jahre alt waren. In der Ferne zuckte ein greller Blitz geräuschlos durch die Wolken und erhellte mit seinem intensiven gelben Licht den Wüstenboden, die Kakteen, die Mesquitesträucher und die Pflanzen entlang eines Flussbetts, das nur während der Regenzeit Wasser führte. Kurz bevor das Licht des Blitzes wieder verschwand, sah Danny Boy sechs Männer auf der Ebene vor ihm. Sie wirkten wie Figuren auf einem Foto, das gerade erst ins Entwicklerbad gelegt worden war, trugen Gewehre über den Schultern und kamen in seine Richtung.

Er begann schneller zu graben und formte eine runde Kuhle um zwei Objekte, die wie zwei kleine, sich nach oben verjüngende Felsbrocken mit abgerundeten Spitzen aus der Erde hervortraten. Als er mit seinem Klappspaten auf den Bau eines Gürteltiers stieß, drehte er den Spaten um, steckte den Stiel in das Loch und drückte ihn nach oben, bis die Decke des Baus nachgab und die Erde aufbrach. Er schob den Arm ellbogentief in den Bau hinein und ertastete mit der Hand ein paar zusammenhängende harte Gebilde in der Form von Tiereutern.

Die Nachtluft war schwer und von einem undefinierbaren Geruch erfüllt, der an die Exkremente eines Pumas erinnerte. Möglicherweise auch an von der Sonne ausgedörrte Tierkadaver, verbranntes Fell oder stehendes Wasser in einem Graben, in dessen sandigem Boden sich die Kriechspuren von Reptilien abzeichneten. Der Wind wehte aus Richtung der Berge im Süden, und Danny Boy konnte die kühle Luft und den Regendunst auf seinem Gesicht spüren, den die Böen mit sich brachten. Er sah die Blätter der Mesquitesträucher, die sich wie grüne Spitzenstickereien im Wind wiegten, zudem die Mesas und die Hügel, die im Licht der Blitze weiß vor den Wolken schimmerten und kurz darauf wieder in der Dunkelheit verschwanden. Er konnte die Pinyon-Kiefern und den Wacholder riechen, und den Duft der zarten Blumen, die nur nachts aufgingen und deren Blüten bei Sonnenaufgang wie Fetzen farbigen Reispapiers an den Felsen klebten. Von den sechs Männern mit den Gewehren fehlte jede Spur. Er wischte sich mit dem Ärmel über den Mund und machte sich wieder an die Arbeit. Nach und nach hob er ein tiefes Loch aus und legte die steinartigen, fest zusammenhängenden Gebilde frei.

Der erste Schuss war leise und nicht viel mehr als das ploppende Geräusch eines feucht gewordenen Feuerwerkskörpers. Danny Boy starrte in den feinen Dunst, der durch die Hügel in seine Richtung zog. Dann erhellte ein Blitz die Nacht, und er konnte die Umrisse der bewaffneten Männer vor dem Horizont sehen, ebenso wie die Silhouetten von zwei weiteren Figuren, die ihr Versteck verlassen hatten und nun nach Norden rannten. Sie steuerten direkt auf ihn zu, liefen in Richtung des Ortes, der eigentlich Sicherheit vor der Welle der Gewalt und der Verbrechen bieten sollte, die aus Mexiko in sein Leben zu schwappen schien.

Er hob das Nest mit den eiförmigen Steinen aus dem Erdloch, ließ es in den Seesack gleiten und zog die Kordel in den Messingösen am oberen Rand zu. Dann machte er sich auf den Weg zurück zu seinem Haus, wobei er sich so nah wie möglich am Fuß des Tafelbergs hielt, ohne allerdings seinen Spuren vom Hinweg zu folgen, um die bewaffneten Männer, sollten sie seine Fußabdrücke entdecken, auf eine falsche Fährte zu locken. Plötzlich schlug ein Blitz auf der Gipfelebene des Berges ein und ließ die Überschwemmungsebene und die Weiden entlang des ausgetrockneten Flussbetts taghell erstrahlen, sodass auch die Arroyos und die Spalten und Höhlen in den Bergen nun deutlich erkennbar waren.

Danny Boy sprang eine Böschung hinunter, den Seesack und den Klappspaten fest in den Händen, um nicht das Gleichgewicht zu verlieren. Als er unten angekommen war, kauerte er sich hinter einen Felsen und presste seinen Körper gegen den Stein, das Gesicht auf den Boden gerichtet, damit es das Licht nicht reflektierte. Er hörte, wie jemand in der Dunkelheit an ihm vorbeilief, jemand, dessen Atemzüge nicht nur schwer klangen, sondern verzweifelt und verbraucht, jemand, dessen

Lungen aus purer Angst so heftig pumpten, und nicht etwa, weil er Sauerstoff brauchte.

Gerade als Danny Boy glaubte, das Warten hätte ein Ende und die Verfolger des fliehenden Mannes wären unverrichteter Dinge wieder abgezogen, sodass er seinen Schatz aus dem Wüstenboden endlich in Sicherheit bringen konnte, hörte er ein Geräusch, das ihm nur allzu bekannt vorkam. Es war das flehende Lamento eines Menschen ohne Hoffnung – Laute wie von einem Tier, das sich in einem Tellereisen verfangen hatte. Oder das Gewinsel eines Frischlings auf der Sugar Land Farm, der in seiner ersten Nacht hinter Gittern von vier oder fünf Langzeitknackis im Duschraum erwartet wird.

Die Verfolger zerrten den zweiten der fliehenden Männer hinter einem Gewirr aus Totholz, Gestrüpp und Steppenläufern hervor, die ein altes, halb eingefallenes Mustang-Gehege überwucherten. Der Flüchtige war barfuß, blutüberströmt und zu Tode verängstigt. Sein Hemd hing in Fetzen über den Rippen seines abgemagerten Oberkörpers, und an seinem Handgelenk baumelte ein Eisenring, an dem ein kurzes Stück Kabel befestigt war.

»*¿Dónde está?*«, sagte eine Stimme.

»*No sé.*«

»Was meinst du damit, du weißt es nicht? *Tú sabes.*«

»*No, hombre. No sé nada.*«

»*¿Para dónde se fue?*«

»Er hat mir nicht gesagt, wohin er wollte.«

»*¿Es la verdád?*«

»*Claro que sí.*«

»Ist das nicht verrückt? Du hast dich schon an so viele Leute verkauft, dass du nicht mal mehr weißt, welche Sprache du sprechen sollst. Böser, böser Bulle.«

»*No, señor.*«

»*Estás mintiendo, chico. Pobrecito.*«

»*Tengo familia, señor. Por favor. Soy un obrador, como usted.* Ich bin doch genau wie Sie: ein einfacher Arbeiter, der für seine Familie sorgen muss. Glauben Sie mir, Señor, ich kenne Leute, die Sie reich machen können.«

In den folgenden fünfzehn Minuten setzte Danny Boy Lorca alles daran, die Geräusche auszublenden, die aus dem Mund des Mannes mit dem Eisenring am Handgelenk kamen. Er versuchte, in sich zusammenzuschrumpfen, sich in seinem eigenen Körper zu verkriechen und seine Wahrnehmung abzuschotten, sodass kein Licht, kein Ton, kein Sinneseindruck, kein Detail der Außenwelt zu ihm vordringen konnten. Am liebsten hätte er sich in einen schwarzen Punkt verwandelt, der vom Wind davongetragen wird, um sich später an einem anderen Ort in einen Schatten zu verwandeln und letztendlich wieder zu einer Gestalt aus Fleisch und Blut zu werden. Vielleicht würde er eines Tages die Angst vergessen, die in jenen fünfzehn Minuten einen anderen Menschen aus ihm gemacht hatte. Vielleicht würde er dann den Mann treffen, dem er nicht geholfen hatte, und vielleicht würde dieser ihm vergeben, auf dass auch er sich selbst vergeben könnte. Vielleicht würde er dann sogar vergessen, zu welchen Gräueltaten seine Mitmenschen fähig waren.

Als die Schreie des gefolterten Mannes allmählich leiser wurden und schließlich, vom Wind verschluckt, gänzlich verklangen, hob Danny Boy den Kopf und lugte über den Felsbrocken zu der Stelle, wo das Gewirr aus Steppenläufern und Totholz die von den bewaffneten Männern angerichtete Bluttat verdeckte. Der Wind war nun von grobem Staub und Regen durchsetzt, sodass es aussah, als flögen Glassplitter durch die Luft. Als wieder ein Blitz durch den Himmel zuckte, konnte

Danny Boy einen genaueren Blick auf die bewaffneten Männer werfen.

Fünf von ihnen sahen aus, als wären sie gerade frisch aus einem Gefängnis hinter der Grenze entlassen worden. Beim Anblick ihres Anführers allerdings schnürte sich Danny Boys Herz zusammen, als hätte sich eine eiskalte Hand darumgelegt. Der Mann war größer als die anderen und stach auch sonst aus der Gruppe heraus, was seine ohnehin schon düstere Aura noch dunkler erscheinen ließ. Sein Körper war weder von Narben oder den typischen Tätowierungen – Schriftzügen mit Frakturlettern, Hakenkreuzen oder Totenköpfen – übersäht, noch hatte er den Schädel kahlrasiert oder sein Barthaar in Form eines sorgsam getrimmten Ziegenbarts gestutzt. Er trug auch keine Stiefel aus Eidechsenleder, die an Spitzen und Hacken mit glänzenden Metallbeschlägen verziert waren, sondern neue Laufschuhe und eine blaue Jogginghose mit roten Seitenstreifen, die an die Uniformen mexikanischer Kavallerieoffiziere aus dem 19. Jahrhundert erinnerten. Seine Haut war rein, seine Brust flach, seine Brustwarzen nicht viel größer als Zehn-Cent-Stücke. Seine Schultern waren zwar breit, seine Arme aber eher dünn, und oberhalb des weißen Bands seiner Jogginghose konnte man den Ansatz seines Schamhaars sehen. Über seinen nackten Oberkörper verlief der Gurt eines M16-Sturmgewehrs, das er auf dem Rücken trug, und an seinem Militärgürtel baumelten eine Wasserflasche, ein Beil und ein langes Messer mit dünner Klinge, wie man es zum Ausnehmen von Tieren bei der Jagd benutzt. Der Mann beugte sich nach vorn, spießte etwas mit seinem Messer auf und hielt es in die Höhe, um es im Licht der Blitze begutachten zu können. Dann befestigte er es mit einer Schnur an seinem Gürtel und ließ es an seinem Bein herunterhängen.

Danny Boy sah, wie der Anführer plötzlich erstarrte, als hätte er eine verräterische Witterung aufgenommen. Er drehte sich in Richtung des Hangs und starrte zu Danny Boys Versteck hinüber. »*¿Quién está en la oscuridad?*«, rief er.

Danny Boy kauerte sich auf den Boden, sodass sich die Spitzen des steinigen Untergrunds in seine Knie und Handballen bohrten.

»Hast du da drüben etwas gesehen?«, fragte einer der anderen Männer, ohne allerdings eine Antwort von seinem Anführer zu erhalten. »Da draußen ist nichts. Nur der Wind, der uns Streiche spielt.«

»*¿Ahora para dónde vamos?*«, fragte ein anderer Mann aus der Gruppe.

Der Anführer wartete eine ganze Weile, bevor er schließlich reagierte. »*¿Dónde vive La Magdalena?*«, fragte er.

»Leg dich besser nicht mit dieser Frau an, Krill. Das bringt nur Unglück.«

Wieder gab der Mann namens Krill keine Antwort. Nach einem Moment, der sich für Danny Boy wie tausend Jahre anfühlte, hörte er, wie sich die sechs Männer auf den Weg machten; erst hinunter zum Flussbett und dann weiter in Richtung der weit entfernten Berge, aus denen sie gekommen waren. Unter ihren Sohlen knackte der trockene Boden, und ihre Spuren hinterließen lange, schlangenförmige Linien. Als sie außer Sichtweite waren, stand Danny Boy auf und betrachtete die blutigen Spuren ihrer Gräueltat. Einzelne Teile eines menschlichen Körpers lagen im Dreck verstreut und glänzten im Regen.

Pam Tibbs war Hackberrys Chief Deputy. Sie hatte mahagonifarbenes Haar mit weißen, von der Sonne gebleichten Spitzen, das sie an ihren Wangen so gleichgültig herunterhängen ließ wie ein Teenager. Sie trug Jeans, die ihrem Körperbau entsprechend oben etwas weiter geschnitten waren, Stulpenstiefel, einen glänzenden Pistolengürtel und ein khakifarbenes Hemd, auf dessen Ärmel das Sternenbanner prangte. Ihre Stimmung war so unbeständig wie Quecksilber, ihre Worte meist direkt und provokant. Das in ihr schlummernde Gewaltpotenzial wurde ihren Widersachern nicht selten erst dann bewusst, wenn etwas passierte, das eigentlich nicht passieren sollte. Wenn sie wütend war, sog sie ihre Wangen ein und presste ihre Lippen zusammen, sodass der Leberfleck an ihrem Mund hervortrat. Männer, die sie so sahen, glaubten oftmals, sie würde versuchen, besonders niedlich zu wirken, womit sie allerdings gehörig danebenlagen.

Es war gegen Mittag, und Pam Tibbs stand gerade mit einem Becher Kaffee am Fenster ihres Büros, als sie sah, wie sich Danny Boy Lorca Richtung Sheriffbüro schleppte. Sein Oberkörper war stark nach vorn gebeugt, und er sah aus, als würde er gegen unsichtbare Kräfte ankämpfen. Der Wind hatte eine lose Zeitungsseite gegen seine Brust geweht, riss sie aber kurz darauf wieder los und wirbelte sie in Richtung der Kreuzung davon. Plötzlich stolperte Danny Boy und landete mit den Knien auf dem Gehweg. Als er beim Aufstehen erneut hinfiel, stellte Pam ihre Kaffeetasse ab und ging hinaus auf die Straße, wo ihr der Wind durch die Haare fuhr. Als sie sich nach vorn beugte, um Danny Boy auf die Beine zu helfen, zeichneten sich ihre schweren Brüste gegen das Hemd ab.

»Ich hab mir in die Hose gemacht. Kann ich bei euch duschen?«, fragte er, nachdem sie ihn ins Gebäude geführt hatte.

»Klar. Du weißt ja, wo es langgeht«, sagte sie.

»Die Typen haben den Mann ermordet.«

Sie schien nicht zu hören, was er sagte, und schaute auf die gusseiserne Wendeltreppe, die zu den Zellen im ersten Stock führte.

»Schaffst du es allein da hoch?«

»Ich bin nicht betrunken. Heute Morgen schon, aber jetzt nicht mehr. Der Anführer war … Ich hab mir den Namen gemerkt.« Danny Boy schloss die Augen und öffnete sie wieder. »Ich glaub zumindest, dass ich ihn mir gemerkt hab.«

»Ich komme gleich hoch und schließe dir die Zelle auf, okay?«

»Ich hab mich versteckt, bis sie fertig waren.«

»Wovon redest du denn da?«

»Ich hab mich hinter einem großen Felsen versteckt. Vielleicht fünfzehn Minuten lang. Der Mann hat die ganze Zeit über geschrien wie am Spieß.«

Pam nickte unbeeindruckt. Danny Boys Augen waren vom Kater gezeichnet, sein Mund an den Ecken weiß von getrocknetem Speichel, sein Atem schwer und süßlich wie eine Ladung gärender Früchte, die man in einen Brunnen gekippt hatte. Er schien auf etwas zu warten, aber sie wusste nicht, worauf. Absolution vielleicht? »Pass auf, dass du nicht auf der Treppe ausrutschst«, sagte sie.

Einen Moment später klopfte sie an Hackberrys Bürotür, wartete aber nicht auf seine Antwort, bevor sie eintrat. Der Sheriff telefonierte gerade und schaute ihr in die Augen, als sie hereinkam. »Danke für die Warnung, Ethan. Wir melden uns, falls wir etwas erfahren.« Er legte auf und wandte sich Pam zu. Sein Blick allerdings schien sie nicht wirklich zu erfassen, seine Gedanken kreisten offenbar noch um das Telefongespräch. »Was gibt's?«, fragte er.

»Danny Boy Lorca ist gerade reingekommen. Betrunken. Er meint, einen Mord gesehen zu haben.«

»Wo?«

»Das hat er noch nicht erzählt. Er ist gerade unter der Dusche.«

Hackberry kratzte sich am Hals. Draußen an der Fahnenstange flatterte das Sternenbanner vor einem grauen Himmel. Der Stoff war so verwaschen und dünn, dass das Licht der Sonne hindurchschimmerte. »Das am Telefon war Ethan Riser vom FBI. Die Feds suchen einen Bundesbeamten, der möglicherweise von mexikanischen Drogenmulis verschleppt und auf der anderen Seite der Grenze festgehalten wurde. Informanten zufolge konnte der Mann wohl fliehen und ist auf dem Weg zurück über die Grenze.«

»Danny Boys Grundstück liegt doch ganz in der Nähe der Grenze, oder? Ich habe gehört, dass er dort nach Dinosaurier-Eiern gräbt.«

»Ich wusste gar nicht, dass es in dieser Gegend welche gibt«, sagte Hackberry.

»Wenn es welche gibt, dann ist Danny Boy derjenige, der sie findet.«

»Wie meinst du das?«, fragte er, obwohl er ihr eigentlich gar nicht richtig zuhörte.

»Wie ich das meine? Nun, wir sprechen hier von einem Mann, der glaubt, er kann die Weltachse von seinem Küchenfenster aus sehen, der behauptet, dass sämtliche Energie aus einem Loch in der Erde stammt. Und dass es in diesem Loch ein anderes Universum gibt, in dem die Regen- und Maisgötter leben. Bei so einer Weltanschauung ist die Suche nach Dinosaurier-Eiern doch kalter Kaffee.«

»Interessant.«

Sie wartete, schien seine Reaktion zu analysieren. »Es kommt noch besser: Danny Boy behauptet, die Ermordung des Mannes hätte fünfzehn Minuten gedauert, und er hätte alles mit angehört. Meinst du, der Tote könnte der Mann sein, den die Feds gerade suchen?«

Hackberry pochte mit seinen Fingerknöcheln leicht auf die Schreibtischunterlage. Dann stand er auf. Seine massige Silhouette zeichnete sich gegen das Fenster ab. Er drückte seinen Rücken durch und konnte nur mit Mühe den Schmerz verbergen, der ihn bei dieser Bewegung durchzuckte.

»Hol das Aufnahmegerät und bring bitte eine Kanne Kaffee mit, okay?«, sagte er.

Danny Boys Aussage zu dem Mord, den er mit angesehen hatte, war nicht von der besonders glaubwürdigen Sorte.

»Du hast also getrunken, bevor du dich auf die Suche nach Dinosaurier-Eiern gemacht hast?«, fragte Hackberry.

»Nein, Sir, ich hatte seit zwei Tagen nichts getrunken.«

»Du warst zwei Tage lang trocken?«

»Ja, Sir, zwei ganze Tage. Die haben mich aus der Bar geschmissen. Aber ich hatte sowieso kein Geld mehr.«

»Nun, dann wird es wohl stimmen, was du erzählst«, sagte Hackberry. »Wie wär's mit einem kleinen Ausflug?«

Danny Boy antwortete nicht, sondern saß mit hängenden Schultern und gesenktem Blick auf dem eisernen Doppelstockbett in seiner Zelle. Er trug Schnürschuhe ohne Socken, eine saubere Gefängnishose und ein Jeanshemd. Sein Haar war noch nass von der Dusche, seine Haut so dunkel wie schmutziger Rauch. Die Hände hatte er im Schoß gefaltet.

»Was ist los?«, fragte Hackberry.

»Ich schäme mich für das, was ich getan habe.«

»Weil du diesem Mann nicht geholfen hast?«

»Ja, Sir, genau deswegen«, sagte Danny Boy und fügte dann

hinzu: »Die Kerle haben sich über La Magdalena unterhalten.«

»Über wen?«

»La Magdalena, eine heilige Frau.«

»Lass dich von der Sache nicht so runterziehen. Die Typen hätten dich höchstwahrscheinlich auch umgelegt, und dann hättest du uns jetzt nicht bei der Aufklärung dieses Verbrechens helfen können«, sagte Hackberry. »Stimmt's, oder hab ich recht?«

Danny Boys Blick war auf einen Punkt auf dem Fußboden vor ihm gerichtet. »Sie haben leicht reden. Sie mussten es nicht mit ansehen.«

»Nein, das musste ich nicht.« Hackberry wollte etwas über seine Erlebnisse als Kriegsgefangener im Tal ohne Namen sagen, entschied sich dann aber dagegen. »Komm schon, bringen wir es hinter uns, Partner.«

Kurze Zeit später saßen alle drei im Dienstfahrzeug des Sheriffbüros, einem Jeep Cherokee. Pam Tibbs steuerte den Wagen auf die Hauptstraße der Stadt und über eine Kreuzung, deren Ampel an ihrem Kabel im Wind baumelte. Die neueren Gebäude der Straße bestanden aus Hohlblocksteinen, bei den älteren hatte man einfache Feldsteine benutzt und die Wände später mit Mörtel oder Putz versehen, der im Laufe der Jahre aber abgebröckelt war und nun an eine ansteckende Hautkrankheit erinnerte. Als sie die Stadt hinter sich gelassen hatten, folgte Pam dem kurvigen State Highway Richtung Süden. Die zweispurige Straße führte sie durch Berge, die wie riesige, braune Ameisenhaufen aussahen, hinein in eine Landschaft, die einer sepiafarbenen Fotografie der Marsoberfläche ähnelte. Als sie Danny Boys Grundstück erreichten, fuhren sie an seinem schlichten Wohnhaus vorbei, passierten die dazugehörige Scheune, deren Außenwände von oben bis unten mit alten Radkappen bedeckt waren, und steuerten dann in Richtung der tektonischen Verwerfung, die sich ins Gebiet des alten Mexiko ergoss. Vor ihnen erstreckte sich ein Terrain, in dem auf ewig das Echo von weit entfernten Signalhörnern widerzuhallen schien – ein Klang, der in Hackberrys Ohren allerdings wenig Glorreiches verhieß, sondern in ihm lediglich die Erinnerungen an die Schützengräben in Nordkorea wachrief.

Pam bremste und fuhr langsam an der Böschung des Flussbetts entlang, durch das Danny Boy in der vorherigen Nacht gegangen war. Der feste Schotter unter den Rädern ließ den Wagen vibrieren. »Dort«, sagte Danny und zeigte nach vorn.

»Wo die Geier kreisen?«, fragte Hackberry.

»Ja, Sir.«

»Wo sind die Dinosaurier-Eier?«

»In meinem Haus.«

»Und du bist dir sicher, dass das nicht nur ein paar Ackersteine sind?« Hackberry lächelte, sodass die Haut an seinen Augenwinkeln kleine Fältchen schlug. Der Versuch, Danny Boy ein wenig von seinem Kummer und seiner Angst zu nehmen, blieb allerdings erfolglos. Die Schuldgefühle, die ihn seit letzter Nacht quälten, würden ihn noch viele schlaflose Nächte kosten, und daran würden auch die Bierreserven sämtlicher Saloons in Texas nichts ändern. »Park bitte so, dass wir nicht im Wind stehen«, sagte Hackberry zu Pam.

Sie fuhr durch ein Schlammloch, das von roten Pfützen umgeben war. Unmengen schwarzer Schmetterlinge belagerten die kleinen Wasserlöcher, um die Feuchtigkeit aus dem Sand zu saugen, und schlugen dabei wie wild mit den Flügeln. Pam parkte den Wagen an einem Hang, an dessen Fuß sich ein zusammengefallenes Gatter befand. Ein einäugiger Mann hatte hier früher Mustangs eingefangen, um sie an Hundefutterhersteller zu verkaufen. Hackberry stieg aus, ließ den Blick über das Gewirr aus Steppenläufern, Reisig und Buschwerk schweifen und entdeckte die Leiche des Mannes, für den der Tod offenkundig eine Erlösung von unvorstellbaren Qualen gewesen war. »Hast du so was schon mal gesehen?«, fragte Pam, der fast die Worte im Hals stecken blieben.

»Nein, so etwas noch nicht. Etwas Ähnliches vielleicht, aber das hier ist noch mal eine ganze Nummer übler«, antwortete Hackberry.

»Wer zum Henker bringt so etwas fertig?«

»Ruf den Gerichtsmediziner an und sag Felix und R. C., dass sie herkommen sollen. Ich will Fotos von dem Ganzen, und zwar aus jeder erdenklichen Perspektive. Dann ziehst du so viel Absperrband um den Tatort, wie du auftreiben kannst, und achtest darauf, dass niemand über die Spuren latscht, die nach Süden führen.«

Pam ging zum Jeep, um die Anrufe zu erledigen, und kehrte mit einem Paar Plastikhandschuhe wieder zurück, die sie sich über die Hände zog. Danny Boy war mit gesenktem Kopf im Wagen sitzen geblieben. »Was hat er noch mal gesagt, wie der Anführer hieß?«, fragte Pam Hackberry. »Krill?«

»Ja, ich denke, das hat er gesagt.«

»Hab ich schon mal gehört. Ist das Spanisch?«

»Das sind diese kleinen Krebse, die die Wale fressen.«

»Komischer Name für einen Killer mit einer M16 auf dem Rücken.« Als er nicht antwortete, schaute sie ihn an. »Alles okay, Boss?«

Er nickte in Richtung der Böschung oberhalb des Tatorts.

»Oh mein Gott!«, sagte sie.

»Offenbar wurde er auch skalpiert.«

Der Wind drehte, und ein widerlicher Gestank schlug ihnen ins Gesicht. Es roch nach Fischrogen, der auf warmen Steinen getrocknet worden war, nach faulen Innereien und dem Inhalt der Abfalleimer, die man samstagnachts hinter den Bordellen auskippte. Pam presste sich das Handgelenk auf den Mund und musste ein paar Schritte den Hang hinaufgehen, um den ätzenden Schwall aus ihrem Magen zurückhalten zu können.

Hackberry trat einige Schritte vom Tatort zurück und stellte sich wieder auf die windabgewandte Seite. Das änderte allerdings wenig am grauenhaften Anblick oder an der Bedeutung dessen, was da vor ihm lag. Ähnlich wie ein Anthropologe fragte auch er sich gelegentlich, wie eigentlich das angestammte Habitat der menschlichen Spezies aussah. Diese immer gleichen Parzellen in den Vorstädten mit ihren automatisch bewässerten Rasenflächen und den eintönigen Einfamilienhäusern, in denen der Fernseher die Feuerstelle ersetzt hatte, konnten es jedenfalls nicht sein. Waren es vielleicht die weiten, sonnenverbrannten Ebenen mit ihren Mesas und ausgetrockneten Flussbetten, in denen die Primaten, die Schlammbeschmierten und die Gottlosen mit angespitzten Stöcken Jagd aufeinander machten – Orte, an denen Gnade nur als Folge von Übersättigung und Erschöpfung gewährt wurde?

Seiner Meinung nach stellte der Zwang zum Töten einen festen Bestandteil des menschlichen Genpools dar, und diejenigen, die diese Tatsache abstritten, waren für gewöhnlich auch die, die andere die Drecksarbeit erledigen ließen. Die Henker und Berufssoldaten dieser Welt wussten nur zu gut, dass es zu ihren wichtigsten Pflichten gehörte, ihre Vorgesetzten vor Detailwissen über sich selbst zu schützen. So oder so ähnlich sahen die Gedanken aus, die Hackberrys Ansichten zum Sozialverhalten der menschlichen Spezies bestimmten, auch wenn er sie mit niemandem teilte.

Er schaute nach Süden. Staub oder Regen hatten den Blick auf die Berge verhangen. Die Ebene schien sich unendlich in die Ferne auszudehnen, wie ein Schneefeld, das sich in den unteren Teil eines blauen Winterhimmels streckt und über den Horizont hinweg ins Nichts ragt. Hackberry musste schlucken und spürte, wie eine namenlose Angst seine Eingeweide zusammenschnürte.

Der Gerichtsmediziner Darl Wingate war ein alleinstehender Mann, der seinen Mitmenschen einige Rätsel aufgab. Als ehemaliger forensischer Pathologe bei der US Army und deren Militärstrafverfolgungsbehörde CID war er nach dem Ausscheiden aus dem Armeedienst an seinen Geburtsort zurückgekehrt. Er war ein lakonischer Kerl mit eingesunkenen Wangen und einem dünnen Schnurrbart und hatte nicht selten schon morgens eine Alkoholfahne. Außerdem hatte er einen Abschluss von der Johns Hopkins University und einen von Stanford. Niemand konnte sich so recht erklären, warum er sich entschieden hatte, seinen Lebensabend in einem trostlosen Ort am Rande der großen amerikanischen Wüste zu verbringen. Aus Mitgefühl für die Armen und Benachteiligten tat er es ganz gewiss nicht, was jedoch nicht bedeutete, dass er ein gefühlloser und hartherziger Mann war. Für Hackberry war Darl Wingate ganz einfach ein Pragmatiker; jemand, der keinen Unterschied zwischen den Menschen machte und sie nicht in Kategorien einteilte. Aus Darls Perspektive waren sie alle nur Teil einer langen Kette: Wesen, die aus der Dunkelheit des Mutterleibs kamen und kurz das Licht sahen, bevor ihre Münder mit Dreck gestopft und ihre Augen sechs Fuß unter der Erde für immer versiegelt wurden. Mit dieser Weltsicht ging allerdings einher, dass Darl immer nur Zeuge blieb und nie aktiv teilnahm.

Der Gerichtsmediziner legte sich ein Pfefferminzbonbon auf die Zunge und zog Plastikhandschuhe und Mundschutz über, bevor er sich den Überresten des toten Mannes näherte. Der Tag war wärmer geworden, und der Himmel so grau wie der Rauch brennender Kreosotbüsche. Schwärme von Mücken erhoben sich aus dem Sand.

»Was denkst du?«, fragte Hackberry.

»Worüber?«, erwiderte Darl.

»Na, über das hier.« Hackberry konnte nur mit Mühe seine Ungeduld unterdrücken.

»Die Finger, die da auf der Böschung lagen, hat man ihm einen nach dem anderen abgeschnitten. Danach ging's mit den Zehen weiter. Ich schätze, dass er an dem Schock gestorben ist. Wahrscheinlich war er schon tot, als man ihn skalpiert und zerhackt hat, aber 'ne Wette würde ich nicht drauf abschließen wollen.«

»Ist dir so was schon mal untergekommen?«

»Ja, in ein paar finsteren Gassen in Bangkok. Der Killer war ein Missionar.«

»Die Menschheit ist also schon in ihrem Kern verdorben?«

»Wie bitte?«

»Im Moment bist du mir keine besonders große Hilfe.«

»Was genau willst du denn wissen?«

»Details, Anhaltspunkte, mit denen wir arbeiten können. Die menschliche Geschichte der Unmenschlichkeit kenne ich schon.«

»Das Erscheinungsbild des Opfers lässt vermuten, dass er für mindestens ein paar Wochen unter eher primitiven Bedingungen gefangen gehalten und möglicherweise auch misshandelt wurde. Dafür sprechen der abgemagerte Körper, die Infektionen an den Handgelenken von den Fesseln, der Schorf an seinen Knien und die Läuseeier im Rest seines Haupthaars. Die Narben im Gesicht und am Hals lassen auf Pocken schließen, was dafür spricht, dass er Mexikaner und nicht Amerikaner war. Was nicht ins Bild passt, ist der Zustand seiner Zähne.«

»Ich fürchte, ich kann dir nicht ganz folgen.«

»Seine Zähne sind makellos.«

»Und wie würdest du das erklären?«

»Ich denke, der Mann kam aus sehr einfachen Verhältnissen, hat dann aber den richtigen Weg eingeschlagen und etwas aus sich gemacht«, erklärte Darl.

»Erfolgreiche Schwerverbrecher gehen also nicht zum Zahnarzt, oder wie?«

»Nur wenn der Schmerz es unumgänglich macht. Ansonsten sind sie zu sehr damit beschäftigt, irgendwelche Bräute flachzulegen und sich Koks in die Nase zu ziehen. Ich denke, dass dieser Kerl sich gut um seinen Körper gekümmert hat. Bisher konnte ich keine Tattoos, Einstichstellen oder sonstigen Wunden entdecken. Ich könnte mir vorstellen, dass wir vor der Leiche eines Polizeibeamten stehen.«

»Nicht schlecht.«

»Was hier passiert ist, sagt uns allerdings mehr über den Killer als über das Opfer.«

»Was meinst du?«

»Was immer der Kerl für Informationen gehabt haben mag, er dürfte sie sehr schnell preisgegeben haben. Seine Peiniger haben trotzdem bis zum Ende weitergemacht. Irgendeine Idee, was sie gewollt haben könnten?«

»Hast du schon mal von jemandem namens La Magdalena gehört?«, fragte Hackberry.

Darl nickte. »Die Abergläubigen unter den Wetbacks nennen sie so.«

»Darl, spuck's einfach aus, okay?«

Der Gerichtsmediziner drehte eine Zigarette in seine Zigarettenspitze und klemmte sie sich zwischen die Zähne. »Manchmal wird sie auch La China genannt. Ihr richtiger Name ist allerdings Anton Ling. Sie stammt aus Indochina oder Französisch-Indochina und sieht aus wie eine Schauspielerin aus einem Graham-Greene-Film. Weißt du jetzt, was ich meine?«

Hackberry zwinkerte ihm zu.

»Ja, ganz genau.« Darl zündete die Zigarette an und blies eine Rauchwolke in die Luft. »Ich erinnere mich noch an eine Sache, die du mal gesagt hast, Hack. ›Die großen und wichtigen Kriege werden seit jeher in unbedeutenden Landstrichen ausgefochten‹, oder so was in der Art.«

»Und?«

»Auf mich kannst du bei der Sache nicht zählen«, sagte Darl. »Der Fall stinkt schon jetzt zum Himmel. Ich garantiere dir, dass du im Handumdrehen durch ein Meer von Scheiße waten wirst.«

Kapitel 2

Sechs Stunden später fuhren Pam Tibbs und Hackberry Holland zwanzig Meilen südwestlich vom Verwaltungssitz ihres Countys über eine lange unbefestigte Zufahrt auf ein Haus zu, das im viktorianischen Stil gebaut worden war und schon lange keine Farbe mehr gesehen hatte. Dafür verfügte es über eine breite Galerie samt Schaukel und Blumentöpfe mit Petunien und Springkraut. Im Sonnenuntergang wirkte die Landschaft befremdlich und hätte gut und gerne in einem Film aus den Vierzigerjahren als Kulisse dienen können: Der Boden war fest und cremefarben, das Gelände hügelig, von ausgetrockneten Bachbetten durchzogen und in regelmäßigen Abständen von Zaunpfosten aus Zedernholz unterbrochen, zwischen denen allerdings kein Draht mehr gespannt war, während die über allem thronenden Gewitterwolken in Verbindung mit dem roten Himmel das Gelände marmorierten.

An beiden Enden des Hausdachs ragten Blitzableiter in die Höhe. Hinter dem Gebäude drehte sich ein Windrad und pumpte Wasser in einen Aluminiumtank, aus dem drei altersschwache Pferde tranken. In einem Abstand von etwa dreißig Metern um das Haus herum verlief eine weiß gestrichene Backsteinmauer, die mit Stacheldraht und Glasscherben bewehrt war und an den Schutzwall von Fort Alamo erinnerte. An drei Seiten dieser rechteckigen Grundstücksmauer hatte man die Holztore entfernt und ihre Planken als Umgrenzung für zwei mit Kompost aufgefüllte Hochbeete benutzt. Damit erinnerte die ganze Anlage in gewisser Weise an einen Außenposten römischer Legionäre mit einer völlig unbrauchbaren äußeren Verteidigungslinie.

»Was hat es mit diesem Ort auf sich?«, fragte Pam.

»Miss Anton hat das Haus einem Sezessionisten abgekauft, der vor zwanzig Jahren meinte, das Gerichtsgebäude der Stadt stürmen zu müssen. Nachdem sie eingezogen war, tat es den Rangern ganz sicher leid, den Vorbesitzer eingelocht zu haben.«

»*Miss*?« Pam sah ihn fragend an.

Hackberry saß auf dem Beifahrersitz, den Stetson tief in die Stirn gezogen. »Ich bin eben gut erzogen«, sagte er.

Sie parkten den Jeep vor der Mauer, stiegen aus und betrachteten den Horizont im Süden durch einen Feldstecher. »Sieh dir das mal an«, sagte Pam.

Hackberry rollte einen Hefter mit ein paar Fotos im 20x25-Zentimeter-Format zusammen und steckte ihn in die Seitentasche seiner Hose. Dann richtete er den Feldstecher auf einen von Mesquitebäumen, Buscheichen und Weiden umsäumten Ablaufkanal. Über den Hügeln wirkte der Himmel wie grünes Gas; die Luft flimmerte vor Hitze und Feuchtigkeit. In der ausgeblichenen Erde steckte halb vergraben ein altes Auto, dessen vom Wind polierte Karosserie wie Alufolie glänzte. Die jüngere Geschichte dieses Ortes konnte man allerdings nur erahnen, wenn man sich den Boden des Ablaufkanals anschaute, wo allerlei Unrat herumlag: verschimmelte Kleidungsstücke, Fetzen von Plastikplanen, Turnschuhe mit aufgeplatzten Nähten, Toilettenpapierreste, verdorbene Lebensmittel, leere Wasserflaschen, weggeworfene Binden und kotverschmierte Windeln. Hoch über den Hügeln dieser Szenerie kreisten Truthahngeier, deren Federn im Wind flatterten.

»Ich hab gehört, sie war Mitglied in einer Organisation zur Flüchtlingshilfe – so eine Art Underground Railroad oder so. Stimmt das?«, fragte Pam.

»Ja, oben in Kansas, glaube ich«, sagte Hackberry. »Aber eigentlich brauchst du nicht in der Vergangenheitsform zu sprechen.«

»Hast du die Feds schon benachrichtigt?«

»Nein. Bin noch nicht dazugekommen.«

Er spürte, wie sie ihn von der Seite anschaute.

»Wenn ich einen Vorschlag machen dürfte ...«, setzte sie an.

»Spar's dir lieber«, sagte er.

»Du warst Anwalt für die ACLU und weißt genau, dass dieser Verein hier genauso beliebt ist wie ein Haufen Kojotenscheiße vor der Wohnungstür. Warum willst du dir unnötig zusätzlichen Ärger einhandeln?«

»Könntest du bitte derartige Ausdrücke während der Arbeit unterlassen? Du und Maydeen, ihr beide scheint eine Art unheilbaren Sprachfehler zu haben.«

Wieder war er in die Falle getappt und hatte Maydeen Stoltz, seine Disponentin in der Einsatzzentrale, mit Pam in einen Topf geworfen. Dabei wusste er ganz genau, dass er keine Chance hatte, wenn sich die beiden zusammentaten und Front gegen ihn machten. Manchmal schloss er sich in solchen Momenten sogar in sein Büro ein und tat so, als wäre er nicht da.

»Du scheinst einfach nicht in der Lage zu sein, auf dich selbst aufzupassen. Also müssen wir das für dich übernehmen und dir den Arsch retten. Wenn du mir nicht glaubst, dann frag doch mal die anderen im Department«, sagte Pam. »Deine Wähler mögen dir zwar erzählen, dass sie Jesus lieben und Gott fürchten, aber in Wirklichkeit wollen sie bloß, dass du die bösen Jungs über den Jordan schickst und sie nicht mit den Details nervst.«

»Ich kann nicht glauben, dass ich mir als Sheriff dieses Countys so etwas anhören muss. Und das jeden Tag!«

»Das ist ja das Problem: Egal wie oft wir es dir sagen, du lernst es nicht. Du hast einfach ein zu großes Herz. Frag Maydeen.« Pam nahm ihm den Feldstecher aus der Hand und steckte ihn in das lederne Etui zurück, das sie anschließend auf den Fahrersitz legte. »Habe ich was Falsches gesagt?«

»Ach was! Wie kommst du denn darauf?«, antwortete er.

Pam stützte die Hände in die Hüften und schien gedanklich schon woanders zu sein. »Und diese Frau ist so was wie die texanische Version der Heiligen Jungfrau von Lourdes und kann Wunder bewirken, oder wie?«

»Nein«, sagte Hackberry. »Ich meine, ich weiß es nicht. Ehrlich gesagt kann ich im Moment weder dieser Unterhaltung folgen noch deine Gedanken nachvollziehen, Pam.«

»Du willst nur nicht wahrhaben, dass die Leute deine schwache Stelle kennen. Wenn du nicht aufpasst, tanzt dir diese chinesische Tussi gleich auch noch auf der Nase herum. Du solltest langsam mal die Augen öffnen und aufhören, zu den falschen Leuten nett zu sein.«

»Das sehe ich nicht so. Ganz und gar nicht.«

»Genau davon rede ich ja.«

Hackberry setzte seinen Stetson auf, weitete die Augen und ließ den Moment mit versteinerter Miene vorbeiziehen. »Wenn wir gleich mit dieser Frau sprechen, sollten wir nicht vergessen, wer wir sind. Wir behandeln die Menschen mit Respekt, insbesondere wenn sie schon so viel durchgemacht haben.«

»Jetzt hör aber auf. All diese ach so selbstlosen und engagierten Leute legen es doch nur darauf an, dass ihre Mitmenschen sich schuldig fühlen. Und jetzt sag mir nicht, ich würde Scheiße erzählen!«

Hackberry fühlte sich, als hätte ihm jemand einen kleinen Nagel zwischen die Augen gesetzt und diesen langsam mit einem Polsterhammer in seine Stirn geschlagen.

Es war schwer, das Alter der Asiatin einzuschätzen, die ihnen die Tür öffnete. Sie hatte eine kompakte Figur, trug eine dunkle Brille und ein weißes Kleid mit einem schwarzen Schnürband im Ausschnitt. Man hätte sie auf Anfang vierzig geschätzt, aber Darl Wingate hatte Hackberry erzählt, dass sie die japanischen Brandbombenangriffe und die Massaker an chinesischen Zivilisten miterlebt und möglicherweise für Claire Chennaults Fluggesellschaft Civil Air Transport gearbeitet hatte. Besonders über den letzten Punkt wollte Hackberry lieber nicht nachdenken.

Beim Eintreten setzte er den Hut ab und musste seinen Augen einen Moment Zeit geben, um sich an die schlechte Beleuchtung im Inneren des Hauses zu gewöhnen. Die Möbel sahen heruntergekommen aus: Couch und Stühle waren mit billigem Stoff abgedeckt, die Teppiche abgenutzt, und an der Wand stand eine alte Glasvitrine, vollgestopft mit Büchern, die irgendjemand auf Flohmärkten zusammengekauft hatte. »Wir suchen einen Mann, der möglicherweise ermordet werden sollte, Ms. Ling«, sagte er.

»Wieso glauben Sie, dass Sie ihn hier finden?«, fragte sie.

Durch das Fenster konnte Hackberry ein schlicht verputztes Gartenhaus sehen, daneben eine Scheune aus Brettern und ein längliches Gebäude mit Flachdach, das früher einmal als Schlafbaracke gedient haben könnte. »Vielleicht, weil Sie mitten auf einem inoffiziellen Highway leben, über den massenhaft Menschen auf mehr oder weniger legale Weise von Süden nach Norden reisen?«

»Wie heißt der Mann?«, fragte sie.

»Das wissen wir leider nicht. Das FBI hat jedoch nähere Informationen über ihn«, antwortete er.

»Verstehe. Aber ich glaube nicht, dass Sie diesen Mann hier finden werden.«

»Er trägt wahrscheinlich einen Eisenring an einem seiner Handgelenke und dürfte nach dem, was er erlebt hat, große Angst haben und ziemlich verzweifelt sein«, fuhr Hackberry fort. »Der Mann, mit dem er zusammengekettet war, ist nämlich von sechs bewaffneten Personen zu Tode gefoltert worden. Wir nehmen an, dass sie aus Mexiko kamen.«

»Wenn dieser Mann wirklich so verzweifelt ist, wie Sie sagen, warum wendet er sich dann nicht an Sie?«, fragte Anton Ling.

»Ich vermute, er traut der Polizei nicht über den Weg.«

»Aber mir vertraut er?«

»Keine Angst«, schaltete sich Pam ein. »Wir sind nicht von der Einwanderungsbehörde und auch nicht von der Border Patrol.«

»Ja, das hab ich schon an Ihren Uniformen erkannt.«

»Was ich eigentlich sagen will: Es interessiert uns nicht, ob Sie hier irgendwelchen Wetbacks Essen geben und Unterschlupf gewähren«, erklärte Pam. »Illegale gibt es schon seit Ewigkeiten in diesem Land.«

»Ja, so ist es, nicht wahr?«

Pam schien über die tiefere Bedeutung dieses Kommentars nachzudenken und sich zu fragen, ob sie sich den zynischen Unterton nur eingebildet hatte. »Ich bin ziemlich beeindruckt von Ihrem kleinen Nebenzimmer da drüben. Ist das eine Statue der Jungfrau Maria hinter den vielen brennenden Kerzen?«

»Ja, das ist die Jungfrau Maria.«

»Aber die weint kein Blut, oder?«, fragte Pam.

»Ms. Ling, wenn Sie das Gefühl haben, nicht offen mit uns sprechen zu können, dann wenden Sie sich doch bitte an das FBI. Der Mann, den wir suchen, ist nur knapp einem schrecklichen Schicksal entgangen«, sagte Hackberry.

»Ich lasse es mir durch den Kopf gehen«, antwortete sie mit regloser Miene.

Pam hatte die Arme vor der Brust verschränkt und atmete geräuschvoll ein und aus. Sie warf Hackberry einen Blick zu und wartete darauf, dass er etwas sagte, während sie die rechte Hand zur Faust ballte und wieder öffnete.

Hackberry zog einen braunen Hefter hervor, entnahm den Umschlag mit den Fotos und reichte ihn Anton Ling. »Diese Bilder wurden heute an einem Tatort in der Nähe gemacht, keine halbe Stunde von Ihrem Haus entfernt. Sie zeigen die Bluttat von Männern, die keine Grenzen kennen und vor nichts zurückschrecken. Laut der Aussage eines Augenzeugen hat das Opfer kurz vor seinem Tod den Namen ›La Magdalena‹ preisgegeben. Wir glauben, dass der Mann auf den Fotos von einem Kerl zu Tode gefoltert wurde, der Krill genannt wird. Und genau deswegen sind wir jetzt hier, Miss Anton. Wir möchten verhindern, dass diese Mörderbande Ihnen oder den Menschen, denen Sie Unterschlupf gewähren, etwas antut. Haben Sie schon einmal von einem Mann namens Krill gehört?«

Er schaute sie eindringlich an, aber sie hielt seinem Blick stand. Ihre dunklen Augen blinzelten nicht und schienen erfüllt von Erinnerungen, die sie nur selten mit anderen teilte. »Ja«, sagte sie schließlich. »Vor drei oder vier Jahren gab es einen Kojoten, einen Schlepper, mit diesem Namen. Er raubte die Leute aus, die er gegen Bezahlung über die Grenze bringen sollte. Manche behaupten, er hätte die Frauen vergewaltigt.«

»Wo ist er jetzt?«

»Er ist verschwunden.«

»Wissen Sie, wie er zu seinem Namen gekommen ist?«

»Er war Maschinengewehr-Schütze irgendwo in Mittelamerika. Seinen Spitznamen hat er von diesem Zeug, das die Wale fressen. Es hieß, er hätte große Mengen Krill beseitigt.«

Einen Moment lang war es still. Hackberry blickte durch die Tür ins Nebenzimmer, das als eine Art Kapelle zu dienen schien. Dort brannten in roten, blauen und lilafarbenen Gefäßen etwa dreißig bis vierzig Kerzen, deren flackerndes Licht den unteren Teil einer Statue der Jungfrau Maria beleuchtete. »Sind Sie Katholikin, Miss Anton?«, fragte er.

»Das kommt darauf an, mit wem Sie sprechen.«

»Erwarten Sie heute Nacht Gäste?« Als sie nicht antwortete, fügte Hackberry hinzu: »Dürfen wir uns mal hinter dem Haus umsehen?«

»Warum fragen Sie überhaupt? Sie machen es doch sowieso, ob es mir passt oder nicht.«

»Nein, das tun wir nicht. Wir haben nämlich keinen Durchsuchungsbefehl«, antwortete Pam. »Damit gibt es zwei Möglichkeiten: Entweder wir schauen uns mit Ihrer Erlaubnis um, oder wir holen uns einen Durchsuchungsbefehl und kommen noch mal wieder.«

»Tun Sie, was Sie wollen.«

»Jetzt hören Sie mal, Ma'am: Wenn wir Sie in Ruhe lassen sollen, dann sagen Sie es einfach, okay? Vielleicht würde Ihnen das ja besser gefallen? Dann können Sie allein zusehen, wie Sie mit Krill und seiner Bande fertig werden.«

»Wenn Sie nichts dagegen haben, schauen wir uns jetzt kurz hinter dem Haus um«, beendete Hackberry den Wortwechsel und legte seine Visitenkarte auf den Couchtisch. Dann lächelte er. »Stimmt es eigentlich, dass Sie für Civil Air Transport, die alte Fluglinie von Claire Chennault, gearbeitet haben?«

»Ja, das stimmt.«

»Dann ist es mir eine Ehre, Sie kennenzulernen.«

Ein paar Minuten später standen Hackberry und Pam draußen im Wind. Pams Hals war rot angelaufen und ihr Rücken steif vor Wut. *»Dann ist es mir eine Ehre, Sie kennenzulernen«*, äffte sie ihn nach. »Was zum Teufel sollte das denn? Die ist doch unausstehlich.«

»Sieh's mal von ihrem Standpunkt aus.«

»Sie hat keinen Standpunkt.«

»Sie setzt sich für Leute ein, die keine Rechte haben. Wenigstens das musst du ihr zugute halten.«

Pam ging zum Gartenhaus hinter dem Wohngebäude, um sich dort umzusehen. Als sie wieder herauskam, ließ sie die Fliegengittertür hinter sich zuknallen. »Halt dich fest, Hack: Da drin liegt eine blutverschmierte Matratze und jede Menge schmutziges Verbandsmaterial. Die Blutflecken sind noch frisch. Ich wette, der Typ hat da drinnen gehockt, während wir im Haus mit der Chinesin geschnattert haben«, sagte Pam. »Was sollte eigentlich das Gefasel über diese Fluglinie von Claire Chennault?«

»Das war ein getarntes CIA-Projekt, aus dem später dann Air America wurde. Die haben während des Vietnamkriegs den Widerstand in Laos versorgt und sind ins Goldene Dreieck geflogen.«

»Also haben sie Opium transportiert?«

Hackberry nahm seinen Hut ab, drückte eine Beule aus der Krone und setzte ihn wieder auf. Er fühlte sich alt. So wie jemand, der mehr über die Welt wusste, als ihm guttat. Im Süden färbte sich der Himmel im Sonnenuntergang langsam schwarz, und die Luft über den Hügeln füllte sich mit Staub. »Ich glaube, es kommt Wind auf«, sagte er.

Krill hockte am Rand eines Mesa-Plateaus und starrte über die Wüste in Richtung der sich abkühlenden roten Sonne am Horizont. Der Wind trieb den Regen aus dem Westen vor sich her und färbte den Himmel grün. Staubteufel tanzten in der Landschaft unter ihm, die Luft war von einem Geruch nach feuchten Blumen und Kreide erfüllt. Er hatte sich mit einem Lappen und Wasser aus einer Trinkflasche gewaschen, und in der leichten Brise und den Schichten warmer Luft, die vom Wüstenboden emporstiegen und im abendlichen Himmel zerbrachen, fühlte sich seine Haut nun angenehm kühl an. Seine blauen Augen waren trübe und milchig, seine Miene gefasst, seine dunkle Haut trocken, glatt und sauber unter dem sich im Wind bauschenden Hemd. Wie so oft in einsamen Momenten dachte Krill an ein Dorf in einem Land weit im Süden, vom Dschungel eingeschlossen und in unmittelbarer Nähe eines erloschenen Vulkans. Gegenüber von dem Haus, in dem er einst gelebt hatte, spielten drei Kinder vor einer von Ostdeutschen gebauten und später von der Armee niedergebrannten Klinik. Er stellte sich vor, wie die Kinder sich umdrehten, ihn erkannten und freudestrahlend ansahen. Dann verschwanden ihre Gesichter vor seinem inneren Auge, als wären sie von einem Moment auf den anderen aus seinem Leben gefegt worden.

»Was machen wir jetzt, *jefe?*«, fragte Negrito und hockte sich neben Krill. Er hatte seinen fettigen Lederhut weit nach hinten geschoben, und seine Haare quollen wie Flammen darunter hervor.

Weil Negrito ein Mischling war und ein korrumpiertes Englisch sprach, fühlte er sich Krill auf besondere Weise verbunden. Krill jedoch konnte Negrito nicht ausstehen und traute ihm nicht über den Weg. Das Gesicht seines Gefährten erschien ihm wie das eines orangefarbenen Pavians, der in einen Eimer Bleiche gefallen war.

Krill starrte weiter auf die Wüste hinaus und beobachtete, wie sich das Licht in den Wolken sammelte, obwohl die Sonne schon fast verschwunden war.

»Du glaubst doch nicht etwa die Märchen, die über La Magdalena erzählt werden, oder? Die Alte hat keine Macht, Mann«, sagte Negrito. »Weißt du nicht, was man über die *putas* von da drüben sagt? Die haben den Schlitz quer. Das ist der einzige Unterschied.«

Krill verzog keine Miene, als wären Negritos Worte nichts weiter als vom Wind verwehtes Konfetti. Aus dem Augenwinkel sah Krill, wie sich sein Gefährte gefährlich weit über den Abgrund lehnte und auf diese Weise versuchte, seine Aufmerksamkeit zu erlangen.

»Warum ist der Typ eigentlich so wichtig?«, fragte Negrito. »Hat der etwa irgendwo einen Haufen Gras gebunkert, oder was?«

»Siehst du das da unten?«, sagte Krill. »Das ist die Höhle eines Kojoten. Und da, im Flussbett, das sind Spuren von einem Puma. Um nur eins seiner Jungen ernähren zu können, muss der Puma mindestens fünfzig Hirschkälber erlegen. Das Problem ist bloß, dass es hier keine fünfzig Hirschkälber gibt. Deshalb werden die Jungen des Kojoten dran glauben müssen.«

Negritos Blick wanderte zwischen der Höhle und den Spuren hin und her, aber er schien keinen rechten Sinn in Krills Bemerkung erkennen zu können. Im schwindenden Licht der untergehenden Sonne leuchtete sein Gesicht so rot wie das eines Trinkers. Seine hervorstehende Stirn hatte tiefe Furchen, und sein Mund war von abstehenden Barthaaren gesäumt. »Ich krieg es aus ihr raus«, sagte er. »Ein Wort von dir, *jefe*, und ich nehm sie mir vor. Die Alte wird sich Knieschoner wünschen.«

Krill starrte Negrito ins Gesicht. »Ich bin nicht dein *jefe*. Ich bin von niemandem der Boss, verstehst du? Du kannst mir folgen oder es bleiben lassen.«

Negrito wandte den Blick ab und rieb sich mit einer Hand über die andere, was sich aufgrund der Hornhaut an seinen Handinnenflächen so anhörte, als würde er zwei Lagen Schmirgelpapier übereinanderreiben. Er wippte auf seinen Absätzen vor und zurück, die Spitzen seiner Cowboystiefel nur wenige Zentimeter vor dem Abgrund. »Du brauchst eine Frau. So lange allein hier draußen, das ist nicht normal. Wir alle brauchen eine Frau. Vielleicht sollten wir für 'ne Weile nach Durango zurückgehen.«

Krill stand auf und sah die anderen Männer an. Sie hatten Hasen gejagt, die Beute gehäutet und auf Stöcken aufgespießt. Jetzt brieten sie das Fleisch über einer kreisförmigen, mit Steinen befestigten Feuerstelle. Er nahm sein Gewehr, legte es sich über die Schultern und hängte seine Arme über die beiden Enden, sodass seine Silhouette wie die eines Gekreuzigten aussah. »Morgen früh«, sagte er.

»Wir hauen hier ab? Morgen früh?«, fragte Negrito. »Nach Durango oder was?«

»Du hast mich verstanden, *hombre*.«

»Wo gehst du jetzt hin?«

»Du wirst einen Schuss hören. Der ist für den Puma. Wenn du mehr als einen Schuss hörst, heißt das, ich bin ein paar angepissten Gringos begegnet.«

»Du meinst, die sind noch sauer wegen dem, was wir mit diesem Bullen gemacht haben?«

»Er hat für die Drogenbehörde gearbeitet.«

»Oh Mann! Warum hast du uns das nicht gesagt?«

»Willst du dir immer noch La Magdalena vornehmen?«

Negritos Augen glichen ein paar Glasmurmeln, die ihm irgendjemand voller Gleichgültigkeit in den Schädel gedrückt hatte. Sie ließen keinerlei Emotionen erkennen. Mit leerem Blick starrte er in die Wüste hinaus. Als ein Schwarm Fledermäuse aus einer Höhle weiter unten in die Nacht hinausflog, zuckten seine Augenlider kurz. Dann rieb er sich die Stirn und schirmte seine Augen mit dem Handballen ab. Er schien über seine Optionen nachzugrübeln, wollte es sich aber nicht anmerken lassen.

»Du grübelst zu viel, Negrito«, sagte Krill. »Wenn ein Mann zu viel grübelt, ist er versucht, über seine Grenzen hinauszugehen.«

Negrito stand auf und nahm seinen Hut ab. »Schau mal!« Er warf den Hut in die Luft, duckte sich und fing ihn mit dem Kopf wieder auf. Ein affiges Grinsen breitete sich auf seinem Gesicht aus. Als er bei seinem Kunststück ins Taumeln geriet, musste er die Arme ausstrecken, um das Gleichgewicht zu halten. »*Chingado!*«, rief er, während sich unter seinen Stiefeln ein paar kleine Felsbrocken lösten und über den Rand in den Abgrund stürzten. »Jetzt hab ich aber einen ganz schönen Schreck bekommen. Aber keine Sorge, *jefe*, ich steh immer hinter dir. So ein paar angepisste Gringos sind mir genauso schnuppe wie diese chinesische *puta*, die glaubt, dass ihre Scheiße nicht stinkt. Du bist mein *jefe*, ob's dir passt oder nicht. Ich liebe dich, *hermano*.«

Das Alter, davon war Hackberry Holland mittlerweile überzeugt, war eine Welt, die man jungen Menschen nicht zu erklären brauchte. Zum einen hatten diese ihre eigenen Vorstellungen darüber, zum anderen glaubte er, dass die Lektionen, die einen das Leben lehrte, sehr persönlich und für andere Menschen nur von geringem Interesse waren. Wenn die Jahre etwas Gutes mit sich brachten, dann wusste er nicht, was das sein sollte. Er zumindest hatte weder Weisheit noch Ruhe im Alter gefunden. Auch sein Verlangen war unvermindert. Wie in seiner Jugend glühte die Lust noch immer jeden Morgen heiß in der Asche der vergangenen Nacht. Mit einer gewissen Zufriedenheit konnte er behaupten, dass er sich mittlerweile weder mit Idioten abgab noch Menschen in seinem Umfeld duldete, die seine Zeit verschwendeten. Davon abgesehen wurden seine Tage und Nächte immer noch von den Werten und Grundsätzen definiert, die er bei seiner Geburt mit auf den Weg bekommen hatte. Wenn das Alter ihn verändert hatte, dann nur dahingehend, dass er nun akzeptierte, dass Einsamkeit und ein beständiges Gefühl von Verlust für manche Menschen zeitlebens die einzigen Begleiter sein würden.

Die über allem thronende Erfahrung in Hackberrys Leben war seine Ehe mit Rie Velasquez gewesen, einer Gewerkschafterin der United Farm Workers of America. Nachdem sie an Gebärmutterkrebs gestorben war, hatte Hackberry seine Ranch am Guadalupe River verkauft und war runter an die Grenze gezogen. Damals ließ er nicht nur die Erinnerungen an die Idylle des gemeinsamen Lebens zurück, sondern auch all die Dinge, die seine Frau jemals berührt hatte, um der bodenlosen Einsamkeit nach Ries Tod zu entfliehen, die er nur allzu gern im Alkohol ertränkt hätte. An der Grenze im Süden hatte er sich der Trostlosigkeit dieses ausgedörrten Fleckchens Erde ergeben, war in den prähistorischen Landschaftsformationen und den gewaltigen Sonnenuntergängen versunken, so wie es ein Beduine tut, der in die Leere der Wüste marschiert, dort von ihr erfasst und auf ein bedeutungsloses Nichts reduziert wird. Stück für Stück hatte sich die am neuen Wohnort erworbene Pferdefarm in ein Hologramm verwandelt, einen Ort, an dem Gestern und Heute verschmolzen und sowohl seine Kindheits- und Jugendtage als auch sein Leben mit Rie und den Zwillingen in einer einzigen glänzenden und zeitlosen Vision wiederbelebt wurden. Es war ein Ort, an dem man seinen Anfang und sein Ende sehen konnte, eine von Vernunft, Verantwortung und dem Zyklus der Jahreszeiten beherrschte Insel. Ein Ort, an dem ein Mann den Tod nicht mehr zu fürchten brauchte.

Auf Hackberrys Grundstück gab es zwei Brunnen mit sauberem Wasser, eine Scheune mit vier Pferdeboxen und zwei eingezäunte Weiden, auf denen er seine Quarter Horses und seine reinrassigen Missouri Foxtrotter weidete. Außerdem war er der inoffizielle Besitzer von drei Hunden, einer einäugigen Katze und zwei Waschbären, die alle keinen Namen hatten, aber dennoch jeden Morgen und jeden Abend vor der Scheune gefüttert wurden.

Sein Haus war in einem Grau gestrichen, wie man es von Kriegsschiffen kennt, hatte vorne eine breite Galerie und hinten eine mit Fliegengitter abgeschirmte Veranda. Darüber hinaus gab es einen Steingarten und einen tiefgrünen Rasen, den er über Tropfschläuche bewässerte, sowie Blumenbeete voller Rosen, mit denen er jeden Sommer am Wettbewerb auf dem County-Jahrmarkt teilnahm. Im Hof wuchs ein chinesischer Holunder, und am Fuß des Hügels im hinteren Teil seines Gartens stand eine schlanke Palme. Neben der Scheune hatte er ein Hühnerhaus gebaut. Seine Hennen legten überall auf dem Gelände ihre Eier, sogar unter dem Traktor und in der Sattelkammer. An seinen Pferdetränken hatte er kleine Leitern aus Kaninchendraht angebracht, die über die Kante des Beckens ins Wasser ragten, damit kleinere Tiere, die in die Tränke gefallen waren, wieder aus eigener Kraft herausklettern konnten. Auf die eine oder andere Weise war jeder Tag, den er auf seiner Ranch verbrachte, Teil eines anhaltenden Segens.

In seinem Büro standen zwei Waffenkoffer mit einem Henry-Repetiergewehr, einer 1873 Winchester, einem .45–70 Springfield-Trapdoor-Hinterlader, wie ihn die Siebte Kavallerie bei der Schlacht am Little Big Horn eingesetzt hatte, einer Springfield M1903, einer deutschen Luger, einer Neun-Millimeter-Beretta, einem Ruger Buntline .22 Magnum und dem modifizierten Navy Colt Kaliber .44, den sein Großvater, Old Hack, an dem Morgen getragen hatte, als er John Wesley Hardin aus dem Sattel fegte, ihn bewusstlos schlug und dann an einem Pferdewagen festkettete, um ihn ins Cuero-Gefängnis zu bringen.

Hackberry liebte den Ort, an dem er lebte. Und er liebte es, im weichen Morgenlicht aufzuwachen und, wie schon sein Großvater vor ihm, noch vor dem Frühstück die Tiere zu füttern. Er liebte den Duft der Rosen in der Kühle des Sonnenaufgangs und den Geruch des Wassers, das aus dem Brunnenrohr in die Pferdetränke schoss, wenn er die Kette am Windrad löste. Er liebte den warmen Geruch des Grases im Atem seiner Pferde, den leicht sauren Duft ihrer Decken und die pulverige grüne Staubwolke, die um ihn herum aufstieg, wenn er einen Heuballen öffnete und ihn auf dem Betonboden vor den Boxen verteilte.

All diese Dinge gehörten zu dem Texas, in dem er aufgewachsen war. Sie waren rein und unbefleckt von den politischen Scharlatanen, den gierigen Großkonzernen und den unter der Fahne Gottes geführten neokolonialen Kriegen.

Von den Signalhörnern, die er draußen in den Hügeln hörte, erzählte er allerdings niemandem. Nicht etwa aus Angst, die Leute könnten denken, er leide unter Halluzinationen. Sondern weil er der Überzeugung war, dass die Hörner echt waren, dass seit den Zeiten von Hernán Cortés ein kriegerischer und wilder Geist diesen Landstrich beherrschte und der Sonnenuntergang an einem schönen Ort wie diesem nicht aus Zufall wie das elektrisierte Blut Christi aussah.

Am Morgen nach dem Tag, an dem er zusammen mit Pam Tibbs die Frau besucht hatte, die unter den Mexikanern als La Magdalena bekannt war, sah Hackberry mit einem Blick aus dem Badezimmerfenster, dass er Besuch bekam. Es war Ethan Riser. Der FBI-Agent parkte seinen Dienstwagen am Eingangstor des Grundstücks und kam mit zwei Styroporbehältern in den Händen den Steinplattenweg zur Vordertür des Hauses hinaufgelaufen. An den Beeten hielt er kurz inne, um die Blumen zu bewundern. Hackberry wusch sich den Rasierschaum aus dem Gesicht und trat auf die Veranda hinaus. »Was auch immer Sie zu mir führt, kann doch ganz gewiss bis um acht Uhr warten, oder?«, sagte er.

»Schon möglich. Vielleicht sollte ich einfach an einem anderen Tag wiederkommen, wenn Sie nicht mit so wichtigen Dingen wie Rasieren beschäftigt sind«, erwiderte Riser.

»Ich muss jetzt erst mal meine Tiere füttern.«

»In Ordnung. Ich helfe Ihnen.«

Risers Haar war wirr und weiß wie Baumwollblüten. Nase und Wangen waren von kleinen blauen und roten Äderchen überzogen, und sein Bauch quoll über einen schmalen, in Handarbeit gefertigten Westerngürtel, den er zu einem ansonsten eher klassischen Beamtenoutfit – bestehend aus Anzug und Krawatte – trug. Er arbeitete seit fast vierzig Jahren für das FBI.

»Setzen Sie lieber schon mal Kaffee auf. Ich gehe eben in die Scheune und füttere die Tiere«, sagte Hackberry.

Zwanzig Minuten später kam er durch die Hintertür ins Haus und wusch sich die Hände in der Küchenspüle.

»Gibt es eigentlich einen Grund dafür, warum Sie mir ständig das Leben schwer machen?«, fragte Riser.

»Nicht, dass ich wüsste.«

»Wieso haben Sie mich dann nicht wegen des Mordes auf dem Grundstück dieses Indianers angerufen?«

»Weil das kein Fall für die Bundesbehörden ist. Die ganze Sache geht euch eigentlich einen Scheißdreck an.«

»Da irren Sie sich, mein Freund. Das Opfer war ein Informant der DEA.«

»Es bleibt trotzdem unser Fall. Besser, Sie halten sich da raus.«

»Wie bitte?«

»Ich kenne Sie mittlerweile ganz gut, Ethan. Ihr Typen sagt einem doch nur so viel, wie unbedingt nötig. Bei euch hat man immer das Gefühl, nur benutzt zu werden.«

»Okay. Hier sind die Fakten: Der Informant hieß Héctor López – ein korrupter Bulle aus Mexiko-Stadt, der für beide Seiten tätig war. Unsere Leute haben nicht sonderlich gern mit ihm zusammengearbeitet. Vor ein paar Jahren soll López gemeinsam mit einem Arzt einen DEA-Agenten zu Tode gefoltert haben.«

»Ja, ich erinnere mich an den Fall. Der Arzt ist dafür in den Knast gewandert, der korrupte Bulle aber nicht. Warum?«

»So ist es eben gelaufen. Ich erzähle Ihnen das, weil ich glaube, dass wir uns gegenseitig helfen können.«

Die Mikrowelle klingelte, und Riser nahm die beiden Styroporbehälter heraus, die mit Rührei, Hash Browns und in Scheiben geschnittenen, von einer cremigen hellen Soße bedeckten

Würstchen gefüllt waren. Er stellte sie auf den Küchentisch, nahm den Kaffee vom Herd, holte zwei Tassen und legte Besteck auf den Tisch.

Hackberry schaute ihm geduldig zu. »Und? Entspricht hier alles Ihren Erwartungen, mein Herr? Ist meine Küche sauber und aufgeräumt genug für Ihren Geschmack?«, scherzte er.

»Wir haben schon mit Danny Boy Lorca gesprochen«, sagte Riser. »Er hat uns von diesem Kerl namens Krill erzählt. Irgendeine Ahnung, wer das sein könnte?«

Hackberry hängte seinen Hut an die Stuhllehne und setzte sich zum Essen. »Nicht wirklich. Ich weiß nur, dass er ein Killer ist.«

»Wir denken, dass er Menschen kidnappt und verkauft«, sagte Riser. »Eigentlich wollen wir aber den Mann, der an das Handgelenk des Toten gefesselt war. Unseren Erkenntnissen nach handelt es sich um einen Regierungsmitarbeiter, den wir schon eine ganze Weile suchen.«

»Was für eine Art Regierungsmitarbeiter?«

Als Riser schwieg, legte Hackberry Gabel und Messer beiseite. »Ich sag Ihnen was, Ethan. Das hier ist mein Haus. Leute können unhöflich zu mir sein, wann und wo sie wollen, aber nicht, wenn sie an meinem Küchentisch sitzen.«

»Der Mann ist ein Quäker. Eigentlich hätte er durch die Sicherheitsüberprüfung fallen müssen und den Job niemals bekommen dürfen. Aber so ist es nun mal gelaufen, auch Regierungsbehörden machen Fehler.«

»Dann hätte Jefferson wohl auch den guten alten Benjamin Franklin bei der erstbesten Gelegenheit rausschmeißen sollen, was?«

»Franklin war Quäker?« Als Hackberry nicht antwortete, sagte Riser: »Die Blumen in Ihrem Garten sind wunderschön.

Habe ich Ihnen mal erzählt, dass mein Vater auch eine botanische Ader hatte? Er hat alle Blumenarten angepflanzt, die in den Stücken von William Shakespeare vorkommen.«

Hackberry stand auf, warf sein Frühstück in den Mülleimer und wischte sich die Hände an einer Papierserviette ab. »Ich bin spät dran. Sie finden ja sicher selbst raus, oder?«, sagte er.

»Ich habe nur versucht, Sie auf dem Laufenden zu halten.«

»Verarschen kann ich mich alleine«, erwiderte Hackberry.

Pam Tibbs saß in ihrem Wagen und beobachtete einen vor PS strotzenden Pick-up-Truck, der über einen kurvigen Abschnitt einer einsamen Landstraße kroch. Durch die Hitze hatte der Belag der zweispurigen Fahrbahn spinnennetzförmige Risse bekommen und war streckenweise kaum befahrbar. Eigentlich führte die Straße ins Nichts und hatte so gut wie keinen praktischen Nutzen. Die Gesteinsschichten, die sich entlang der Strecke aus den Hügeln schoben, waren von Highschool-Kids mit Farbdosen besprüht worden, und an den Füßen der Mesas, wo sich die Jugendlichen abends mit ihren Autos trafen, lagen leere Bierdosen und benutzte Kondome herum. Die Straße führte über einen kleinen Hügel und endete am Tor einer Rinderfarm, die in den Sechzigerjahren durch den zunehmenden Import von argentinischem Rindfleisch pleitegegangen war.

Von ihrem Streifenwagen aus sah Pam, wie der Pick-up einen Schlenker machte, kurzzeitig von der Spur abkam und dabei jede Menge Geröll in den Straßengraben schleuderte. Der Fahrer riss das Lenkrad herum, steuerte den Wagen in die Mitte der Straße und fuhr auf dem Mittelstreifen weiter, ohne Rücksicht auf möglichen Gegenverkehr zu nehmen. Er fuhr wie jemand, der mit einer Landkarte beschäftigt war, auf seinem Handy herumtippte oder das Fahrzeug mit den Knien steuerte. Pam schaltete das Lichtsignal auf dem Dach ein und trat aufs Gas. Kurze Zeit später hatte sie den Pick-up eingeholt und sah im Rückspiegel des Wagens die Augen des Fahrers aufblitzen.

Als das Fahrzeug auf den Seitenstreifen fuhr, hielt Pam hinter ihm an und steckte beim Aussteigen den Schlagstock in die Halterung an ihrem Gürtel. Es war ein brandneuer Pick-up, dessen gelber Lack von Hand gewachst und poliert zu sein schien und wie warme Butter in der Sonne glänzte. Auf der Stoßstange prangte ein patriotischer Aufkleber mit dem Sternenbanner. Sie sah, dass der Fahrer die Tür geöffnet hatte und gerade aussteigen wollte.

»Bleiben Sie bitte im Fahrzeug, Sir«, sagte sie.

Der Fahrer zog sein Bein zurück in den Pick-up und schloss die Tür. Im Außenspiegel konnte Pam das Gesicht und den auf sie gerichteten Blick des Mannes sehen. Dann hörte sie, wie sich das Handschuhfach im Wageninneren öffnete.

Pam öffnete den Halteriemen am Holster ihrer 357er Magnum. »Legen Sie Ihre Hände aufs Lenkrad, Sir, und lassen Sie die Finger vom Handschuhfach.« Handballen und Daumen auf den Griff des Revolvers gepresst, rückte sie seitlich vor, sodass sie etwas Abstand zwischen sich und die Fahrertür brachte. »Haben Sie mich gehört? Legen Sie bitte Ihre Hände dorthin, wo ich sie sehen kann.«

»Ich wollte nur meine Zulassung rausholen«, sagte der Fahrer.

»Drehen Sie sich jetzt bitte nicht von mir weg und lassen Sie Ihre Hände auf dem Lenkrad!«

Der Mann hatte helle, wässrig grüne Augen und goldfarbene, kurz geschnittene Haare. Sie trat näher an das Fahrerfenster heran. »Was machen Sie hier draußen?«, fragte sie.

»Ich fahre nur ein bisschen durch die Gegend und schaue ab und an durch meinen Feldstecher.«

»Stellen Sie den Motor ab, und steigen Sie aus.«

»Genau das wollte ich ja tun, aber dann haben Sie mir gesagt, dass ich wieder einsteigen soll. Wie wär's, wenn Sie sich mal für eine Sache entscheiden?«

»Tun Sie bitte genau das, was ich Ihnen sage, Sir.«

»Wenn Sie schon formell sein wollen, dann müssen Sie mich mit Reverend ansprechen.«

»Sie werden jetzt aussteigen, und zwar sofort, Sir«, sagte sie.

»Auf dem Beifahrersitz liegt eine Pistole. Die habe ich aber nur, um auf Hasen zu schießen. Ich stelle keine Bedrohung für Sie dar.«

Pam zog ihren Revolver aus dem Halfter, und richtete ihn mit beiden Händen auf das Gesicht des Mannes. »Nehmen Sie die rechte Hand hinter den Kopf, öffnen Sie die Tür, und dann steigen Sie aus und legen sich auf den Boden.«

»Hören Sie auf, mit dem Ding auf mich zu zielen! Ich respektiere das Gesetz und lasse mich nicht mit einer Waffe bedrohen!« Er blickte direkt in den Lauf der 357er. »Haben Sie etwa noch nie von der Cowboy Chapel gehört? Ich bin Reverend Cody Daniels. Sie können fragen, wen Sie wollen, die Leute kennen mich.«

Pam riss die Fahrertür mit einer Hand auf und trat einen Schritt zurück. »Los, runter auf den Boden!«

»Das können Sie sich abschminken. Ich lasse mich doch nicht grundlos von Ihnen schikanieren!«

Sie hatte die 357er wieder mit beiden Händen gepackt. Die geriffelten Griffschalen pressten sich in ihre Handflächen. »Sir, das ist Ihre letzte Chance, bevor es unangenehm wird.«

»Nennen Sie mich nicht *Sir*. Sie verhalten sich absichtlich respektlos und versuchen, mich zu provozieren. Ihre Sorte kenne ich zur Genüge, Missy.«

Sie hatte die Pistole so fest gegriffen, dass der Lauf zitterte. Ihre Schläfen hämmerten, ihre Kopfhaut war gespannt, ihre Augen brannten vom herablaufenden Schweiß. Ohne ein Wort zu sagen, starrte sie den Fahrer an. Die Haut um seinen Mund war blutleer, sein Blick kalt. Er studierte ihr Gesicht und ließ seine Augen dann über ihren Hals runter zu ihren Brüsten wandern, die sich unter ihrem Hemd hoben und senkten. Als sie sich weder bewegte, noch etwas sagte, musterte er sie von Kopf bis Fuß. Er sah die Schweißflecken unter ihren Achseln, die einzelne Haarsträhne, die an ihrer feuchten Stirn klebte, die breiten Hüften, den Bauch, der gegen den Pistolengürtel und den Knopf ihrer Hose drückte und die Oberarme, die so kräftig waren wie die eines Mannes. Ein paar Falten tauchten an seinen Mundwinkeln auf, und ein Lächeln umspielte seine Lippen. »Sie wirken ein bisschen überfordert, Missy«, sagte er. »Vielleicht sollten Sie mal über einen Berufswechsel nachdenken.«

»Danke für den Tipp«, antwortete sie. Dann zog sie eine Pfefferspraydose aus ihrem Gürtel und verpasste ihm eine Ladung ins Gesicht. Als sie ihn aus dem Wagen gezerrt hatte, hielt sie noch einmal drauf. Der Reverend ruderte mit den Armen, konnte aber wegen seiner tränenden Augen nichts sehen. Wie ein wütendes Kind schlug er blind nach ihren Händen. Sie stieß ihn gegen den Wagen, schob seine Füße auseinander und drückte mit ausgestrecktem Arm seinen Nacken gegen die Karosserie, sodass die angestrengte Spannung seines Körpers wie ein zuckender elektrischer Strom durch ihre Handfläche schoss.

Als er nicht aufgeben wollte und sich weiter wehrte, zog sie den Knüppel aus ihrem Gürtel und schlug ihm auf die Waden.

Schreiend ging er in die Knie, als hätte ihm jemand die Sehnen in seinen Beinen durchtrennt.

Sie drückte ihn mit dem Gesicht auf den Boden und fesselte seine Hände auf dem Rücken. Kleine Schottersteine pressten sich in seine linke Wange, und sein Mund zitterte vor Schock. Er riss den Kopf hoch, sodass er sie sehen konnte. »Selbst glühende Kohlen auf deinen unreinen Lippen werden deine Sünden nicht sühnen, Weib! Du bist eine Schande für die Menschheit. Verflucht sollst du sein. Du und deine ganze Brut!«, schnaufte er.

Sie rief die Einsatzzentrale an. »Ich habe gerade einen durchgeknallten Diener des Herrn festgenommen. Sag Hack, er soll schon mal die Berichte über Vorfälle raussuchen, bei denen in letzter Zeit jemand auf Illegale geschossen hat«, sagte sie.

Kapitel 3

Hackberry Holland saß hinter seinem Schreibtisch und hörte sich Pam Tibbs Version der Verhaftung an. Draußen vor dem Fenster flatterte das Sternenbanner im Wind und ließ die Kette an der Fahnenstange klappern. »Was treibt denn unser Freund, der Pfarrer, gerade?«, fragte er.

»Er schreit Zeter und Mordio und will endlich seinen Anruf. Was hältst du von seinem Kommentar über die heiße Kohle auf meinen Lippen?«

»Das bezieht sich auf Jesaja aus dem Alten Testament. Jesaja glaubte, er sei ein Mann mit unreinen Lippen in einem Volk mit unreinen Lippen. Aber dann kam ein Engel und berührte seinen Mund mit einer glühenden Kohle, woraufhin all seine Sünden vergeben waren.«

»Ich habe also gesündigt, weil ich verhindern wollte, dass er einen Unfall verursacht und womöglich sich selbst und andere in Gefahr bringt?«

»Der Sheriff von Jim Hogg County hat mir vor einer Weile ein paar Sachen über diesen Kerl erzählt: Offensichtlich war Cody Daniels mal tatverdächtig, einen Bombenanschlag auf eine Abtreibungsklinik an der Ostküste verübt zu haben. Gut möglich, dass er gar nicht persönlich dabei war, applaudiert hat er auf jeden Fall. Wie es aussieht, schlägt er seine Zelte bevorzugt in Gegenden mit schwach besetzten Polizeikräften auf. Bis zu seiner Verhaftung wusste ich gar nicht, dass er hier ist.«

Pam wartete darauf, dass er fortfuhr, aber Hackberry schwieg. »Denkst du, er könnte der Typ sein, der auf die illegalen Einwanderer an der Grenze geschossen hat?«, fragte sie.

»Könnte sein, aber genauso gut kommen auch mindestens hundert andere Typen seines Schlags infrage.« Hackberry nahm die Lesebrille ab und rieb sich die Augen. »Hat er dich konkret bedroht?«

»Auf dem Weg hierher hat er gesagt, dass ich in der Hölle landen würde.«

»Hat er gesagt, dass er dich in die Hölle schickt oder dass ihr euch dort sehen würdet?«

»Nein.«

»Hat er die Pistole auf dem Beifahrersitz angefasst?«

»Zumindest nicht so, dass ich es gesehen hätte.«

»Hat er sonst irgendwelche Bewegungen gemacht, die man als Bedrohung auslegen könnte?«

»Na ja, er wollte nicht aus dem Wagen steigen und hat mir gesagt, dass er bewaffnet ist.«

»R. C. gegenüber hat er behauptet, du hättest ihm nach dem Anlegen der Handschellen gegen den Kopf geschlagen.«

»Er ist gestolpert und mit der Birne gegen den Streifenwagen geknallt. Was soll diese Fragerei, Hack?«

»Wir können keinen Gerichtsprozess gebrauchen.«

»Ich weiß gerade nicht, was mich mehr anpisst, der durchgeknallte Reverend oder was ich mir hier von dir anhören muss.«

»Pam, ich spreche von einem Prozess, für den wir locker fünfzigtausend Dollar an Anwaltskosten ausgeben müssen, um als Sieger aus dem Gerichtssaal zu gehen.«

Hackberry sah sie an und schwieg. Pams Augen waren braun, mit einem rötlichen Schimmer. Wenn sie wütend wurde oder sich verletzt fühlte, sammelte sich das Licht in ihnen, bis sie zu glühen schienen. Sie hatte die Daumen in den Pistolengürtel gesteckt und schaute aus dem Fenster. Auf ihren Wangen leuchteten rote Flecken.

»Ich bin stolz auf dich, Pam. Du hast alles richtig gemacht«, sagte er. »Lass uns doch mal nachsehen, ob der Reverend mit seiner Unterbringung zufrieden ist.«

Hackberry und Pam stiegen die Wendeltreppe im hinteren Teil des Gebäudes hinauf und gingen dann den Flur mit den Gittertüren und Ausnüchterungszellen entlang, bis sie zu einer spartanisch eingerichteten Zelle mit einer Holzbank und einer Toilettenschüssel ohne Klobrille kamen. Der Mann, der sich als Reverend Cody Daniels ausgegeben hatte, stand am Fenster, wo sich seine Silhouette gegen einen vom Staub gelb gefärbten Himmel abzeichnete.

»Sehe ich das richtig, dass Sie von Ihrem Pick-up aus auf Hasen geschossen haben?«, erkundigte sich Hackberry.

»Nein, das habe ich nicht getan«, antwortete Daniels. »Und wenn, dann wäre es wohl kaum gegen das Gesetz, oder?«

»Dann waren Sie also ohne besonderen Grund auf dieser Straße unterwegs und haben sich aus purer Langeweile die Landschaft durch ihren Feldstecher angesehen?«, fragte Hackberry.

»Wenn Sie's genau wissen wollen, hab ich nach illegalen Einwanderern und Drogenschmugglern Ausschau gehalten, die Nacht für Nacht über die Grenze kommen.«

»Wollen Sie mir vielleicht meinen Job streitig machen?«

»Ich fahre da lang, wo es mir passt. Als ich heute Morgen aufgestanden bin, war das noch ein freies Land.«

»Worauf Sie einen lassen können. Aber warum haben Sie meinem Chief Deputy das Leben schwer gemacht, anstatt einer einfachen Aufforderung nachzukommen?«

»Schauen Sie sich die Aufzeichnungen der Videokamera im Streifenwagen an, Sheriff. Dann sehen Sie, wie es wirklich war.«

»Die Kamera ist leider defekt.«

»Wie so ziemlich alles in dieser Stadt. Schätze mal, das passt Ihnen ganz gut in den Kram, was?«

»Was haben Sie in meinem County zu suchen?«

»In *Ihrem* County?«

»Jawohl, in *meinem* County.«

»Ich bin im Auftrag des Herrn unterwegs.«

»Aha, im Auftrag des Herrn also. Ich habe schon von Ihren Aktivitäten an der Ostküste gehört, Reverend. Wir haben hier zwar keine Abtreibungskliniken, aber das heißt noch lange nicht, dass Leute wie Sie hier tun und lassen können, was sie wollen.«

Cody Daniels trat an die Gitterstäbe heran und legte eine Hand auf die gusseiserne Platte des Essensschlitzes. An seinem Handgelenk traten die Venen hervor, grün und dick wie Regenwürmer. Die vernarbte Haut auf der Rückseite seiner knochigen Finger sah so aus, als wären dort Tätowierungen entfernt worden. »Ich habe die Fähigkeit, die Gedanken anderer Menschen zu lesen«, sagte er und schaute Hackberry dabei fest in die Augen. »Momentan haben Sie mehr Probleme, als ihr Department bewältigen kann. Das macht sie wütend, und um Dampf abzulassen, trampeln Sie auf Menschen wie mir herum. Aber womit haben wir das verdient? Wir zahlen unsere Steuern, befolgen die Gesetze und versuchen, das Richtige zu tun. Wie viele Drogendealer sitzen denn momentan in ihrem Gefängnis?«

»Es gibt einen Funken Wahrheit in Ihren Worten, Reverend. Ich würde diese ganze Angelegenheit gern so schnell es geht aus der Welt schaffen, damit sich jeder von uns wieder seiner Arbeit widmen kann.«

»Ich glaube, das eigentliche Problem besteht darin, dass Sie eine Affäre mit dieser Frau da haben.«

»Deputy Tibbs, würden Sie bitte den Umschlag mit den persönlichen Gegenständen des Reverends aus dem Schließfach holen?«, sagte Hackberry, während Pam ihn regungslos anstarrte.

»Ich denke, Reverend Daniels ist ein vernünftiger Mann, der diese Sache ebenfalls lieber heute als morgen aus der Welt schaffen will«, erklärte Hackberry. »Ich bin überzeugt, dass er in Zukunft vorsichtiger fahren und den Anweisungen eines wohlmeinenden Deputy Sheriffs schon bei der ersten Aufforderung Folge leisten wird. Das stimmt doch, oder Reverend?«

»Ich gebe nicht so gern Versprechen. Ganz besonders, wenn dadurch Probleme aus der Welt geschafft werden sollen, die ich nicht verursacht habe«, erwiderte Cody Daniels.

Hackberry trommelte mit den Fingern auf die Platte des Essenschlitzes. »Deputy Tibbs, machen Sie bitte den Papierkram für die Entlassung des Reverends fertig.«

»Ja, Sir.«

Cody Daniels Augen folgten ihr den Flur hinunter. Sein Blick fuhr ihren Rücken hinab zu dem breiten Hinterteil und den stämmigen Oberschenkeln. »Jedem, was er verdient«, sagte er.

»Was haben Sie da gerade gesagt?«, fragte Hackberry.

»Nichts für ungut, Sheriff, aber ich glaube, ich würde lieber eine Spule Stacheldraht besteigen, als mich mit dieser Lady zu vergnügen. Das ist vielleicht etwas derb ausgedrückt, aber Sie verstehen, was ich meine.«

»Jetzt passen Sie mal auf, Reverend: Sollten Sie noch einmal einem meiner Deputys Ärger machen oder auf derart respektlose Weise über Chief Deputy Tibbs sprechen, werde ich mir im Müllhaufen hinter dem Gefängnis ein mit rostigen Nägeln bestücktes Kantholz heraussuchen und es Ihnen so weit den Arsch hochrammen, dass Sie Holzsplitter spucken. Habe ich mich klar ausgedrückt? Ich wünsche Ihnen noch einen schönen Tag. Und bleiben Sie mir verdammt noch mal aus den Augen!«

Anton Ling hörte den Mann im Hof noch bevor sie ihn sah. Er hatte die Kette der Windmühle ausgehängt und ließ das Wasser aus dem Rohr in seine Hände laufen, um es zu trinken, während über ihm die Flügel der Mühle im Wind klapperten. Er war schlank, trug ein kurzärmeliges Hemd ohne Knöpfe und Sportschuhe. Sein Haar hing bis zu den Schultern hinab und sah aus, als wäre es mit einem Messer geschnitten worden.

»*¿Qué quieres?*«, fragte sie.

»*Comida*«, antwortete der Mann.

Im Mondlicht konnte man seine Rippen sehen, die sich unter dem Hemd abzeichneten. Der Wind drückte ihm die Hose flach gegen die Beine. Sie trat durch die Hintertür auf die Veranda hinaus. Die Schatten der Windmühlenflügel huschten über sein Gesicht. »Sie sind nicht aus dem Süden gekommen«, sagte sie.

»Woher wissen Sie das?«, fragte er.

»Es gibt Patrouillen an der Grenze. Die hätten Sie geschnappt, wenn Sie aus Mexiko über die Grenze gekommen wären.«

»Ich habe mich tagsüber in den Bergen versteckt und habe kein Essen.«

»Wie heißen Sie?«

»Antonio.«

»Sind Sie ein Arbeiter?«

»Ja, aber ich arbeite nur für mich selbst. Ich bin ein Jäger. Geben Sie mir was zu essen?«

Sie ging in die Küche, legte ein Stück Käse und drei Tortillas auf einen Pappteller und schöpfte etwas warmes Bohnenchili aus dem Topf, der auf dem Herd stand. Als sie wieder auf die Veranda trat, hockte der Besucher mitten im Hof und starrte zum Mond hinauf. Sein Blick schweifte über die Zedernholzpfähle ohne Zaundraht. Er nahm den Pappteller, den sie ihm reichte, lehnte aber das Plastikbesteck ab und aß mit einem Metalllöffel, den er aus seiner Gesäßtasche hervorzog. An seinem Gürtel hing ein Futteral, in dem ein Messer mit einer langen dünnen Klinge steckte. »Sie sind sehr nett, Señora.«

»Woher können Sie so gut Englisch sprechen?«

»Mein Vater war ein Seefahrer aus Großbritannien.«

»Und was jagen Sie, Antonio?«

»Momentan jage ich einen Mann.«

»Hat Ihnen dieser Mann Leid zugefügt?«

»Nein. Mir persönlich hat er nichts getan.«

»Warum jagen Sie ihn dann?«

»Es gibt viel Geld für ihn, und ich bin arm.«

»Hier werden Sie ihn nicht finden.«

Er hörte auf zu essen und tippte sich mit dem Löffel gegen die Schläfe. »Sie sind sehr klug. Die Leute sagen, Sie hätten übernatürliche Kräfte, aber vielleicht verstehen sie einfach nur nicht, dass Sie viel klüger sind als wir anderen.«

»Der Mann, den Sie suchen, war hier. Aber jetzt ist er fort, und er wird nicht wiederkommen. Sie müssen ihn zufriedenlassen.«

»Ihr Grundstück ist ein Rätsel. Überall stehen Zaunpfähle, aber es gibt keinen Zaun, der etwas ein- oder aussperren würde.«

»Früher war das hier mal eine große Ranch für die Viehzucht.«

»Und jetzt ist es ein Ort, an dem der Wind lebt. Ein Ort ohne Anfang und ohne Ende. Ein Ort, der so ist wie Sie selbst, *china*. Sie kommen von der anderen Seite der Erde, um hier eine Arbeit zu verrichten, die niemand versteht. Es scheint so, als gäbe es für Sie keine Grenzen.«

»Sie sollten nicht mit einer solchen Gewissheit über Menschen sprechen, die Sie gar nicht kennen.«

Der Mann, der sich als Antonio vorgestellt hatte, nahm den Pappteller wieder zur Hand und aß das restliche Bohnenchili, den Käse und die Tortillastücke auf. Dann ließ er den leeren Teller auf den Boden fallen, wischte Lippen und Kinn mit einem Bandana ab und stand auf, um den Löffel in der Pferdetränke abzuspülen und wieder in seiner Gesäßtasche zu verstauen. »Die Leute sagen, Sie können die gleichen Dinge tun wie ein Priester, nur dass Sie mehr Macht haben.«

»Das stimmt nicht. Ich habe keine besonderen Kräfte.«

»Wissen sie, ich hatte mal drei Kinder. Sie sind gestorben, ohne getauft worden zu sein.« Er schaute nach Westen, wo Hitzeblitze über den Bergen zuckten. »Manchmal denke ich, dass ihre Seelen irgendwo da draußen sind, dass sie verloren in der Dunkelheit umherirren und nicht wissen, wohin sie gehen sollen. Glauben Sie auch, dass es das ist, was passiert, wenn wir sterben? Dass wir nicht wissen, wohin wir gehen sollen, bis es uns jemand sagt?«

»Wie sind Ihre Kinder gestorben?«

»Sie wurden von einem Hubschrauber getötet, als sie vor einem Krankenhaus spielten.«

»Mein Beileid. Das ist ein schwerer Verlust.«

»Sie müssen die Kleinen taufen, *china*.«

»Nennen Sie mich nicht so.«

»Es war nicht ihre Schuld, dass sie nicht getauft wurden«, sagte der Mann. »Die Leute nennen Sie nicht umsonst La Magdalena. Sie können in der Zeit zurückgehen und die Kleinen taufen.«

»Sie sollten mit einem Priester reden. Der wird Ihnen allerdings das Gleiche sagen. Ihre Kinder haben sich nicht gegen Gott versündigt. Und deshalb müssen Sie sich keine Sorgen um sie machen.«

»Ich kann nicht mehr mit Priestern reden.«

»Warum nicht?«

»Ich habe einen von ihnen getötet. Ich glaube, es war ein Franzose, vielleicht ein Jesuit, aber ich bin mir nicht sicher. Man hat uns gesagt, er ist ein Kommunist, also habe ich ihn mit meinem Maschinengewehr erschossen.«

Sie wendete den Blick von seinem Gesicht ab und blieb regungslos in dem Muster aus Schatten und Licht stehen, das der Mond zeichnete. »Für wen arbeiten Sie?«, fragte sie schließlich.

»Ich arbeite auf eigene Rechnung.«

»Nein, das stimmt nicht. Sie werden von Leuten bezahlt, die nichts weiter tun, als Sie zu benutzen!«

»*Conejo*, Sie sind eine mutige Frau.«

»So können Sie nicht mit mir reden.«

»Sie haben mich nicht ausreden lassen. Sie mögen eine mutige Frau sein, aber sie haben mich angelogen. Ich weiß, dass Sie den Leuten, die zu Ihnen kommen, die Kommunion erteilen. Sie tun genau das, was ein Priester tut. Und mich schicken Sie fort?«

»Ich denke, dass in Ihrem Körper eine gepeinigte Seele wohnt, die erst Ruhe und Frieden finden wird, wenn Sie die Gewalt aus Ihrem Leben verbannen«, sagte Anton Ling. »Sie waren es, der den Mann ein Stück südlich von hier gequält und getötet hat, nicht wahr? Sie sind der, den sie Krill nennen.«

Sie starrte ihm in die Augen. Sie waren von blassblauer Farbe, und die Pupillen sahen aus, als wären sie aus Asche. Seine Gestalt – der Oberkörper wie eine umgekehrte Pyramide, die langen, mit dem Messer geschnittenen Haare – erinnerte an einen Menschen aus einer früheren Zeit, an einen Krieger, der einem altertümlichen Glauben folgt. »Der Mann, den ich getötet habe, hat meinem Bruder grausame Dinge angetan. Wäre er tapfer gewesen, hätte er es wiedergutmachen können, aber er war ein Feigling, bis zum Schluss.«

»Sie haben noch mehr Männer da draußen in den Bergen, nicht wahr?«

»Ja, es gibt noch mehr. Sie folgen mir, aber es sind nicht meine Männer. Sie können kommen und gehen, wie es ihnen passt. Ich bin mir sicher, dass mich einige von ihnen bei der erstbesten Gelegenheit wie ein Rudel wilder Hunde zerfleischen würden.«

»Ist es wahr, dass Sie mal ein Kojote waren und die Frauen vergewaltigt haben, die Sie über die Grenze schleusen sollten?«

»Ein Mann hat Bedürfnisse, *china*. Ich habe diese Frauen nicht vergewaltigt. Sie selbst haben sich mir angeboten.«

»Und warum? Doch nur, weil Sie nichts mehr zu essen und zu trinken hatten, oder etwa nicht?«, sagte sie. »Kommen Sie nie wieder her. Nicht einmal, wenn Sie schwer verletzt sind oder hungern.«

Der Mann blickte auf die Trockenblitze am Himmel. Das Haar, das über seine Schultern fiel, sah aus wie schwarze Tinte. »Ich kann die Kinder hören, wie sie in den Bäumen flüstern«, sagte er. »Sie müssen sie taufen, Señora. Es spielt keine Rolle, ob Sie wollen oder nicht.«

»Verschwinden Sie.«

Mit einer mahnenden Geste hob er den Zeigefinger in die Luft, während die Schatten der Windmühlenblätter über sein

Gesicht und seinen Körper wischten. »Sie sollten mich nicht mit Verachtung behandeln, Magdalena. Und denken Sie über meine Bitte nach. Ich komme wieder.«

Drei Tage später, am Samstag, stand Hackberry bei Sonnenaufgang auf, kochte Kaffee in einem Blechtopf und bereitete sich ein Sandwich aus zwei Scheiben Sauerteigbrot und einem Stück Schweinekotelett, das er aus dem Kühlschrank holte. Dann nahm er den Kaffeepott, das Sandwich und eine Tasse und ging raus zur Scheune, wo er seine beiden Missouri Foxtrotter – einen Fuchs und einen Palomino namens Missy's Playboy und Love That Santa Fé – auf einer eingezäunten Koppel hielt. Er verteilte etwas Heu auf dem Betonfußboden in der Mitte der Scheune und setzte sich dann auf einen Holzstuhl aus der Sattelkammer, um zu frühstücken und seinen Pferden beim Fressen zuzusehen. Anschließend ging er zur Pferdetränke, drehte den frostsicheren Wasserhahn auf, ließ den Tank bis zum Rand volllaufen und schöpfte mit der Hand Insekten, Staub und Heureste von der Oberfläche ab. Das Wasser stammte aus einem Brunnen, der bis tief ins Erdreich seines Grundstücks reichte, und war eiskalt. Als es über seine Finger und Handgelenke lief, fragte er sich, ob das kalte Nass in der Tiefe des ausgedörrten Bodens nicht eine Art Vorbote für das Ereignis war, das ihn in nicht allzu ferner Zukunft erwartete – ein Signal, wie das plötzlich schwächer werdende Tageslicht, der Geruch nach verwesendem Laub im Herbst, das Echo von Signalhörnern in den Bergen.

Nein, daran werde ich heute nicht denken, befahl er sich. Der Sonnenaufgang im Osten war rosafarben, der Himmel strahlend blau. Seine Quarter Horses grasten auf der Südkoppel, das bewässerte Gras wiegte sich im Wind, und im Schatten einer Baumgruppe am Ende seines Grundstücks konnte er eine Hirschkuh mit drei Kälbern sehen. Die Welt war ein großartiger Ort, ein prachtvolles Meisterwerk, dachte er. Wie hatte Robert Frost es in einem seiner Gedichte einmal ausgedrückt? Die Erde ist der Liebe wahrer Ort? Hackberry konnte sich nicht mehr an den genauen Wortlaut erinnern.

Er legte seinen Foxtrottern Zaumzeug an und machte sich daran, sie zu entwurmen. Dazu zog er den Kopf des Tieres mit der Leine nach oben und schob eine Einwegspritze in den Mundwinkel des Pferds, um dann das Entwurmungsmittel auf die Zunge und in den Hals zu spritzen. Beide Tiere waren noch Junghengste, sogenannte Colts, die ihn gern ärgerten, indem sie auf die Spritze bissen und das Plastikinstrument so lange mit den Zähnen festhielten, bis er die Leine loslassen musste, um es mit beiden Händen aus ihren Mäulern ziehen zu können.

Gerade als Hackberry glaubte, die Prozedur erfolgreich zu Ende gebracht zu haben, trat Missy's Playboy von hinten an ihn heran, schnappte sich seinen Strohhut und schleuderte ihn auf den Ast eines Baums. Dann preschte der Fuchs die Koppel hinunter, schleifte dabei die Leine im Dreck hinter sich her und trat immer wieder mit den Hinterläufen in die Luft. Durch das Spektakel abgelenkt, hatte Hackberry die Frau nicht kommen hören, die plötzlich hinter ihm stand. »Das Tor war nicht verschlossen. Ich hoffe, es macht Ihnen nichts aus, dass ich einfach so auf Ihr Grundstück gekommen bin«, sagte sie.

Sie trug eine Khakihose und Sandalen, dazu ein weißes Hemd mit Blumenmuster und eine weiße Baseballkappe mit lilafarbenem Schirm. Als er nicht antwortete, blickte sie sich ein wenig verunsichert um. »Ein wunderschönes Anwesen haben Sie hier.«

»Was kann ich für sie tun, Miss Anton?«

»Vor zwei Tagen ist nachts ein Mann zu meinem Haus gekommen. Er hat gesagt, er heißt Antonio, aber ich denke, dass es der Mann war, den sie Krill nennen.«

»Was wollte er von Ihnen?«

»Er sagte, er sei ein Jäger und suche einen Mann. Ich sagte ihm, dass der betreffende Mann in meinem Haus war, aber fortgegangen ist und nicht zurückkommen würde.«

»Warum haben Sie zwei Tage gewartet, um uns das mitzuteilen?«

Sie schwieg für einen Moment. »Ich weiß es nicht.«

»Sie haben geglaubt, Sie würden damit sein Vertrauen verletzen?«

»Im Körper dieses Mannes wohnt eine gequälte Seele, Sheriff. Ich denke, dass er zu mir kam, weil er Hilfe sucht. Warum schütteln Sie den Kopf?«

»Seien Sie doch nicht naiv! Haben Sie eine Ahnung, wie viele der Schwerverbrecher im Todestrakt in ihren letzten Wochen zu Gott finden und gute Menschen werden? Alle! Wenn Sie diese Leute wieder auf die Menschheit loslassen würden, gäbe es eine Katastrophe.«

»Sie glauben, der Staat hat das Recht, Menschen zu töten?«

»Nein.«

»Warum nicht?«

»Wen interessiert's?«

»Sheriff, ich musste einfach zu Ihnen kommen, um mein Gewissen zu entlasten. Ich denke nicht, dass dieser Mann mir etwas antut, aber er wird andere Menschen töten.«

»Sie glauben wirklich, dass er ausgerechnet Ihnen kein Leid zufügen wird? Warum sollte er eine Ausnahme machen?«

»Er hatte drei Kinder, die bei einem Hubschrauberangriff getötet wurden, und glaubt, dass ihre Seelen auf Ewigkeit in der Dunkelheit umherirren, wenn sie nicht getauft werden. Deshalb will er, dass ich sie taufe, rückwirkend sozusagen. Zu einem Priester kann er damit nicht gehen. Er hat einen französischen Jesuiten ermordet.«

»Ich denke, Sie haben es mit einer durch und durch wahnsinnigen Person ohne jegliche Moral zu tun, Miss Anton. Es ist naiv und gefährlich, sich etwas anderes einzureden. Für wen arbeitet er?«

»Das habe ich ihn auch gefragt, aber er wollte mir keine Antwort geben.«

»Wer ist der Mann, dem Sie Unterschlupf gewährt haben?«

»Ein Mann des Friedens. Ein Mann, der in einem Militärprogramm gearbeitet hat, das unschuldige Menschen auf dem Gewissen hat.«

»Hat das FBI schon mit Ihnen gesprochen?«

»Nein.«

»Das werden sie. Und ich kann nur hoffen, dass Sie dann bessere Antworten parat haben. Sie haben für Air America in Indochina gearbeitet, Miss Anton. Es passiert häufig, dass Leute mit großen Schuldgefühlen sich später umso stärker für die eine oder andere Sache engagieren.«

Sie zog eine Plastiktüte aus der Tasche, in der sich ein benutzter Pappteller befand. »Dieser Mann, Antonio oder Krill oder wie auch immer er heißt, hat von diesem Teller gegessen. Vielleicht können Sie ja etwas damit anfangen.«

»Warum sind das FBI und dieser Krill hinter demselben Mann her?«

»Da fragen Sie die Falsche«, erwiderte sie. »Aber bevor ich gehe, möchte ich noch etwas klarstellen. Meine Arbeit hat nichts mit Schuldgefühlen zu tun. Dieses Land hat sich eine riesige Arbeiterklasse von Illegalen geschaffen, die für wenig

Geld die Jobs übernehmen, für die sich die Einheimischen zu fein sind. In wirtschaftlich stabilen Zeiten kommen wir hervorragend mit diesen Leuten aus, aber wenn die Konjunkturkurve nach unten zeigt, behandeln wir sie wie den letzten Dreck. Sie sind ein intelligenter und gebildeter Mann, Sheriff. Warum verhalten Sie sich nicht dementsprechend?«

Sie drehte sich um und ging in Richtung Tor. Nach ein paar Schritten blieb sie stehen und schaute ihn noch einmal an. Mit ihrer Baseballkappe und dem engen Hemd sah sie in diesem Moment jünger und kleiner aus, als sie in Wirklichkeit war. »Eine Sache noch, Sir«, sagte sie. »Warum schauen Sie mich eigentlich immer so eigenartig an? Ich finde das ziemlich unhöflich.«

Weil du mich an meine geliebte Frau erinnerst, dachte er.

Reverend Cody Daniels hatte sich hoch oben auf einem Felsen ein Haus gebaut, das wie das Vordeck eines Schiffs aussah. Im Sonnenuntergang erinnerten die roten und weißen Streifen der Gesteinsschichten an den Rändern des weiten, trockenen Tals, das er von seinem Haus aus überblickte, an einen frisch angeschnittenen Erdbeerkuchen. Auf den Sandsteinfelsen, der hinter seinem Haus steil in den Himmel ragte, hatte Daniels ein riesiges Sternenbanner gemalt, größer noch als das Dach seines Hauses. In den Abendstunden spazierte er gern auf seiner Sonnenterrasse hin und her, schaute ins Tal hinunter oder beobachtete durch das auf dem Geländer montierte Teleskop den südlichen Horizont. Manchmal erfreute er sich auch einfach nur am Anblick seiner Besitztümer – dem kanariengelben Pickup, dem Pferdeanhänger, der Zisterne auf dem Berg hinter dem Haus, dem silberfarbenen Propangas-Tank, der ihn niemals frieren lassen würde – und genoss den Geruch der Jagdbeute und der Fleischstücke, die in seiner Räucherkammer hingen. Auch auf die Umrisse der Kirche, die er mit dem Grundstück erworben und durch den Einbau neuer Kirchenbänke und die Installation eines blau-weiß leuchtenden Neonkreuzes über dem Eingang wieder in ein ansehnliches Gotteshaus verwandelt hatte, schaute er gern hinab.

An manchen Abenden, wenn der letzte Rest des goldenen Lichts auf der Ostseite des Tals in den Himmel gestiegen und wie vom Winde verwehter Rauch verschwunden war, richtete er das Teleskop auf ein viktorianisches Landhaus im Süden und beobachtete die Vorgänge, die sich dort zwei- bis dreimal in der Woche abspielten.

Wenn der Abendstern über den Bergen aufgestiegen war, konnte Cody Daniels durch sein Teleskop sehen, wie kleine Menschengruppen aus dem Dunst an der mexikanischen Grenze zu diesem Haus kamen. Sie trugen ihre Habseligkeiten in Rucksäcken oder zusammengeknoteten Decken bei sich, wie Läuse, die vor dem Licht der Flamme flohen und ihre Kinder wie Nissen in sein Land schleppten.

Er hatte von der Frau gehört, die in dem Landhaus im Süden lebte. Die Wetbacks, die über die Grenze kamen, knieten vor ihrem Altar nieder und glaubten, das Licht der Opferkerzen am Fuße einer Heiligenfigur würde bedeuten, dass sie einen sicheren Hafen erreicht hatten. *Irrtum, meine Freunde*, dachte Cody Daniels. Nicht, solange er im Stande war, diese Leute dorthin zurückzuschicken, wo sie herkamen. Nicht, solange es noch Patrioten gab, die willens waren, unabhängig von einer Regierung zu agieren, die von Drecks-Mexikanern unterwandert war und amerikanische Jobs an ihre bohnenfressenden Freunde verschacherte.

Cody hätte einfach nur drei Nummern wählen müssen, um

der Asiatin die Behörden auf den Hals zu hetzen. Die Tatsache, dass er es nicht tat, gab ihm ein Gefühl von Macht und Kontrolle, das er nur selten in seinem Leben verspürte. Ohne es zu wissen, stand diese Frau in seiner Schuld. Wenn er ihr in der Stadt begegnete, auf dem Gehweg oder im Lebensmittelladen, fasste er sich mit einem leichten Nicken an den Hut, aber sie starrte nur stur geradeaus und ignorierte ihn und seinen dezenten Gruß. Er fragte sich, was sie wohl sagen würde, wenn sie wüsste, welche Macht er über sie hatte. Er fragte sich, wie ihr wohl die erste Ganzkörperuntersuchung in einem Bundesgefängnis gefallen würde. Er fragte sich, ob sie immer noch so arrogant wäre, wenn sie im Knast in einen Duschraum voller Kampflesben gestoßen würde.

Eigentlich hätte ihn an diesem Abend auf dem Sonnendach, wo ihm der kühle Wind sanft übers Gesicht strich, ein Gefühl der Ruhe und des Friedens erfüllen müssen, aber es war nicht so. Stattdessen kreisten seine Gedanken um sein Zusammentreffen mit Deputy Sheriff Tibbs, und es fühlte sich an, als würde jemand eine Reißzwecke in seine Stirn drücken. Seine Augen, aufgeplustert und geschwollen wie die einer Eule, schmerzten immer noch vom Pfefferspray, das sie ihm ins Gesicht gesprüht hatte, und ihre Schläge mit dem Stock sorgten bei jedem Schritt für einen peinigenden Schmerz in seinen Unterschenkeln. Er musste oft daran denken, wie sie ihn gegen den Pick-up gestoßen, sein Gesicht auf den Boden gedrückt, ihr Knie in seinen Rücken gebohrt und seine Hände mit Handschellen gefesselt hatte. Aus Gründen, die er nicht nachvollziehen konnte, sorgten diese Gedanken nicht nur für einen Kloß in seinem Hals und ein steifes Glied in seiner Hose, sondern auch für Fantasien, bei denen er sich zusammen mit Pam Tibbs in einer schalldichten Zelle ohne Fenster befand.

Cody Daniels aber wehrte sich gegen Vorstellungen dieser Art, da sie Bilder und Schuldgefühle in ihm heraufbeschworen, die keinen Sinn für ihn ergaben. Es war, als würde er sich zwei oder drei Einzelbilder eines Films ansehen – ihre Hand, wie sie sein Gesicht trifft, ihre Fingernägel, wie sie seine Wange zerkratzen – und dann abschalten, um die restlichen Bilder auf der Spule nicht anschauen zu müssen.

Unwillkürlich begann er, über die Zehn-Cent-Stück großen Narben auf der Rückseite seiner Finger zu reiben. Vor langer Zeit, als er als junger Bursche auf Güterzüge aufgesprungen und durch den amerikanischen Westen gefahren war, hatte er ein paar Lektionen gelernt, die er mit ins Grab nehmen würde. Erstens: Beamten der Bahnpolizei tanzt man besser nicht auf der Nase herum. Zweitens: Man legt sich nicht mit den Wärtern auf einer Gefängnisfarm an. Drittens: Man lässt sich keine Tattoos stechen, die anderen Leuten signalisieren, dass man ein Nichts ist und all das verdient, was sie einem antun. Man schrubbt sich die Spuren des Missbrauchs von der Haut, verdrängt sie aus seiner Seele und nimmt eine neue Identität an. Wenn man das erst mal geschafft hat, braucht man sich nicht länger für denjenigen schämen, der man einmal war und wegen dem man, aus welchen Gründen auch immer, derart erniedrigt wurde.

Später dann tat man anderen das an, was einem selbst widerfahren war, und befreite sich so aus der Opferrolle. Zumindest war es das, was einige Leute taten. Er aber hatte es nicht getan. Das sagte er sich immer wieder. Er war Pfarrer geworden und hatte einen Universitätsabschluss gemacht. Sogar die Trucker auf den Highways sprachen über Funk von ihm. Er verteilte Bibeln an Rodeo-Cowboys, wenn sie sich hinter den Startboxen für ihren Auftritt bereit machten, und attraktive Kellnerinnen schenkten ihm kostenlos Kaffee nach und nannten ihn

Reverend. Er verfasste Empfehlungsschreiben für die Bewährungsanträge von Straftätern und taufte Alkoholsüchtige und Meth-Junkies in einem sandigen Tümpel, dessen Wasser so rot wie das Blut Christi war. Wie viele Leute mit einer ähnlichen Geschichte konnten Derartiges von sich behaupten? Wie viele Leute hatten es wie er ohne Therapeuten, Psychiater oder irgendwelche Weichei-Zwölf-Schritt-Programme geschafft?

Aber diese selbst gefertigten Lobpreisungen spendeten ihm keinen Trost. Sheriff Hollands Chief Deputy hatte ihn vorgeführt und gedemütigt, und auf perverse Weise hatte er es sogar genossen. Anschließend hatte ihn auch noch der Sheriff wie Dreck behandelt und ihm körperliche Gewalt angedroht, während eine Asiatin ganz unbekümmert irgendwelchen illegal eingewanderten Wetbacks half und als Anerkennung für ihre Arbeit als La Magdalena verehrt wurde. Irgendwas lief hier gewaltig schief.

Vielleicht war es langsam an der Zeit, dass Miss Chop Suey mal ihre Nachbarn kennenlernte.

Im letzten Licht der Abenddämmerung machte er sich auf den Weg. In seinem Pick-up fuhr er die lange, unbefestigte Piste hinunter, die von seinem Haus quer durch das Tal zu einer Straße führte, auf der er irgendwann zum südlichen Ende des Grundstücks der Asiatin gelangen würde. Er kam an zwei ausrangierten, von Rost überzogenen Öltanks vorbei, passierte eine ausgebrannte Baracke, in der hin und wieder ein geistig verwirrter Landstreicher hauste, und eine von Steppenläufern übersäte Landebahn, wo ein ausgebleichter Windsack am Mast baumelte. Als er auf das Grundstück einbog, sah er einen Wagen, einen Spritfresser mit abgewetztem Lack, und nicht weit entfernt davon zwei Männer auf einem Berg, die in Richtung Norden zum Anwesen der Asiatin starrten. Sie rauchten handgerollte Zigaretten und trugen neue Strohhüte und Stiefel mit langen, nach oben gebogenen Spitzen. Einer der Männer nahm einen Schluck aus einer Flasche und gurgelte kurz mit der Flüssigkeit, bevor er sie schluckte. Der andere Mann war größer als sein Gefährte und trug einen Feldstecher an einem Band um seinen Hals. Sein Hemd war offen, sodass man die braune Brust sehen konnte, deren Haut so geschmeidig und glatt wie der Lehmboden an einem Flussufer zu sein schien. Cody Daniels nickte ihm zu, ohne genau zu wissen, warum. Der Mann jedoch reagierte nicht. Entweder ignorierte er ihn bewusst, oder er hatte Daniels' Geste nicht gesehen.

Warum legst du dir nicht mal ein paar Manieren zu, wenn du schon in diesem Land leben willst?, dachte Cody.

Er fuhr weiter, durch die torlosen Mauern hindurch auf das Anwesen der Asiatin, und sah sich überrascht um. Überall saßen Mexikaner – auf der Galerie, auf der Treppe, an Picknicktischen, die mitten auf dem Hof unter einer Weide standen – und aßen von Papptellern. Niemand schien sonderlich große Anstrengungen zu unternehmen, die Anwesenheit dieser Menschen geheim zu halten. Als er aus dem Pick-up stieg, fiel ihm sofort die Frau auf, die ihn von der Galerie aus anstarrte. Unter all den Menschen war sie die Einzige, die ihn direkt ansah. Sie trat von der Galerie auf den Hof hinunter und ging direkt auf ihn zu, ohne auch nur einmal ihren Blick von ihm abzuwenden. Er merkte, wie er sich, eher unfreiwillig, räusperte.

»Was führt Sie her?«

»Ich wollte mich vorstellen. Ich wohne da oben, in einem Haus in den Bergen. Ich bin Reverend Cody Daniels, der Pastor der Cowboy Chapel.«

»Ich weiß, wer Sie sind. Sie sind ein Nativist, den ganz sicher nichts Gutes herführt.«

»Ich bin ein was?«

»Vergessen Sie's. Was wollen Sie?«

»Wer sind diese Menschen?«

»Freunde von mir.«

»Dann haben die ja bestimmt auch alle Papiere, oder?«

»Fragen Sie sie doch selbst.«

»Ich spreche kein Spanisch.«

»Haben Sie ein Handy?«

»Ja, hab ich, aber hier in der Gegend ist das Netz ziemlich schlecht. Wollen Sie jemanden anrufen?«, fragte er und spürte, wie ihm die offene Tür seines Pick-ups in den Rücken stieß.

»Nein, aber Sie vielleicht. Rufen Sie 911 oder verschwinden Sie auf der Stelle.«

»Ich bin nicht gekommen, um Ihnen Ärger zu machen.«

»Das sehe ich anders.«

»Ich versuche nur, verlorene Seelen zu retten. Genau wie Sie. Als ich die vielen Menschen durch mein Teleskop gesehen habe, dachte ich, ich schaue besser mal nach.«

Sie trat näher an ihn heran. »Lassen Sie mich Ihre Hände sehen.«

»Ma'am?«

»Ich werde Ihnen nicht wehtun.«

»Das weiß ich«, sagte er und lächelte gezwungen.

»Dann lassen Sie mich Ihre Hände sehen.«

Er streckte seine Hände aus, die Handflächen nach oben. Sie griff sie, drehte sie um und strich mit den Daumen über das Narbengewebe auf seinen Fingern. »Sie waren im Gefängnis, nicht wahr?«, sagte sie.

»Ich würde es nicht Gefängnis nennen.« Er schwieg einen Moment. »Als junger Bursche war ich auf einer Gefängnisfarm in New Mexico.«

»Und als Sie rauskamen, haben Sie sich die Knast-Tattoos entfernen lassen?«

»Das hab ich selbst gemacht. Ich hab sie mit Säure weggeätzt und dann das restliche Fleisch mit einer Nagelschere abgeschnitten.« Er versuchte, seine Hände aus ihrem Griff zu ziehen, aber sie hielt seine Finger fest. Er grinste. »Ich weiß, was Sie jetzt sagen wollen. Sie werden mir erzählen, dass ich LOVE und HATE auf meinen Fingern tätowiert hatte, nicht wahr? Aber das stimmt nicht. Es zeigt nur, dass Sie gar nichts wissen.«

»Nein, das wollte ich nicht sagen. Auf den Fingern Ihrer rechten Hand stand BORN, auf den Daumen TO und auf den Fingern Ihrer linken Hand stand LOSE. Von wem haben Sie sich nur ein derart schreckliches Bild von sich selbst eintrichtern lassen?«

»Das stimmt nicht. So eine Tätowierung hatte ich nicht.«

»Warum fühlen Sie sich schuldig für Dinge, für die Sie nichts können? Sie waren doch viel zu jung. Ein paar Erwachsene haben Sie verletzt und versucht, Ihre Unschuld zu stehlen. Sie müssen sich nicht dafür schämen, was Ihnen zugestoßen ist. Und Sie sollten keine Angst vor Menschen haben, die anders aussehen und eine andere Sprache sprechen.«

Er merkte, wie er einen Kloß im Hals hinunterzuschlucken versuchte. Ein feuchter Film hatte sich auf seine Augen gelegt, und er konnte nur noch die schimmernden, verschwommenen Umrisse der Menschen im Hof, auf der Treppe und auf der Veranda sehen. »Ich habe keine Angst. Vor niemandem. Wenn ich die Hundesöhne erwische, die das getan haben, werden Sie schon sehen, wer hier Angst hat.«

Sie packte seine Hände fester und hielt sie eng umschlossen. »Sie müssen diesen Männern vergeben.«

Wieder versuchte er, sich aus ihrem Griff zu lösen. Wieder hielt sie ihn fest. »Ich hoffe«, sagte er, »dass sie im Höllenfeuer schmoren, und dass Satan ihnen brennendes Öl in die Münder gießt.«

»Sie sind von Hass erfüllt, Reverend, und erkennen nicht, wie das Verlangen nach Vergeltung Sie nach und nach auffrisst.«

»Kommen Sie mir nicht mit diesem Hobbypsychologen-Mist. Die Kerle haben mich auf einen Sägebock gespannt. Ich war gerade mal siebzehn. Wurden Sie schon mal vergewaltigt? Ich denke nicht. Andernfalls würden Sie wohl kaum derart schwachsinniges Zeug daherreden.«

»Bleiben Sie eine Weile und essen Sie mit uns.«

»Sind Sie wahnsinnig? Lassen Sie mich los.«

Aber sie hielt ihn fest, packte seine Hände noch energischer und starrte in sein Gesicht. Er riss eine Hand los, löste ihren Griff von seinem anderen Arm und stieß ihre Hand von sich fort. Dann stieg er in seinen Pick-up, ließ den Motor an, legte den Rückwärtsgang ein und trat das Gaspedal bis aufs Bodenblech durch. Die Räder drehten durch, und Erdklumpen flogen in die Luft. Er steuerte den Wagen, indem er über die Schulter nach hinten blickte, um der Frau nicht noch einmal in die Augen schauen zu müssen.

Wie war es ihr nur gelungen, so tief in das Innere seiner Seele zu schauen? Wie konnte sie so genau über seine Geschichte Bescheid wissen? Dabei hatte er doch immer von sich selbst behauptet, die Gedanken anderer Menschen lesen zu können. Aber offenbar stimmte das nicht. Er konnte Personen einschätzen, Charakterzüge erahnen und die geheimen Pläne in den Augen manipulativer Personen erkennen. Alle Überlebenskünstler besaßen diese Fähigkeit. Nur so konnten sie überleben. Diese Frau jedoch war ihm haushoch überlegen. Sie hatte in seine Vergangenheit geschaut, wie es noch niemand vor ihr getan hatte. Der bloße Gedanke daran ließ ihn mit den Backenzähnen knirschen.

Der lilafarbene Dunst von der Grenze hatte sich mittlerweile über den Boden des gesamten Tals ausgebreitet, und so musste er seine Scheinwerfer einschalten, um der unbefestigten Piste auf die Straße folgen zu können. Die zwei rauchenden Mexikaner auf dem Berg, an denen er auf dem Hinweg vorbeigefahren war, hatte er ganz vergessen. Sogar der Ärger über ihre unhöfliche Art und das Nicht-Erwidern seines Grußes waren für eine kurze Weile aus seinem Gedächtnis verschwunden gewesen. Jetzt aber blockierte der Wagen der beiden den Weg vor ihm, und zwar ausgerechnet an einer Stelle, an der große Felsbrocken die Piste noch enger machten, als sie ohnehin schon war. So wie es aussah, hatten die beiden Männer angehalten, um am Straßenrand zu pinkeln und das spritfressende Ungetüm einfach auf der Straße stehen lassen.

Reverend Cody Daniels brachte seinen Pick-up zum Stehen und schaltete das Fernlicht an, sodass die beiden Figuren vor ihm – ihre gekrümmten Wirbelsäulen, ihre gespreizten Knie, die Hände am Gemächt und auch der bernsteinfarbene Urinbogen – durch das grelle Licht seiner Scheinwerfer aus der dunklen Landschaft geschält wurden.

Das mit dem Draht eines Kleiderhakens an der Stoßstange befestigte Kennzeichen des Spritfressers war verbeult und von einer Schicht getrocknetem Matsch überzogen. Trotzdem konnte Daniels am unteren Rand das Wort COAHUILA erkennen. Ungeduldig drückte er wieder und wieder auf die Hupe und schaltete das Fernlicht ein und aus, während die beiden Männer damit beschäftigt waren, ihre besten Stücke zu verstauen und mit funkelnden Augen in Codys Richtung zu starren.

Der kleinere der beiden – ein Kerl mit einem Kiefer, so schwer und massiv wie ein Hufeisen, und einer gerunzelten Stirn, dessen Kopfhaar und Bartstoppeln die Farbe von Rost hatten – kam zu Codys Pick-up. »Hast du ein Problem, *chico*?«, sagte er.

»*Chico*?«, fragte Cody.

»Das bedeutet ›Junge‹«, antwortete der Mann mit dem orangefarbenen Haar. »Also, hast du ein Problem, *chico*?«

»Ja, hab ich. Wie wär's, wenn du deine Schweinekiste mal von der Straße bewegst?«, erwiderte Daniels. »Außerdem könntet ihr Typen euch mal eine Toilette suchen, anstatt hier die Landschaft zu verschmutzen. Weiter oben auf dem Highway gibt es ein WC mit einem Automaten für Toilettenbrillenabdeckungen an der Wand. Über dem Automaten steht MEXIKANISCHE PLATZDECKCHEN. Wenn du das siehst, weißt du, dass du auf einem amerikanischen Scheißhaus gelandet bist.«

»Das hier ist einer von der ganz lustigen Sorte!«, rief der Mann seinem Gefährten zu. »Komm her und hör dir das mal an. Der Kerl ist wirklich verdammt witzig.«

Cody schaute in den Rückspiegel, konnte in der Ferne aber nur noch ein schwaches Licht erkennen, das vom Grundstück der Asiatin ausging. Über ihm hatten sich die Sterne am Himmel ausgebreitet wie auf einer Leinwand, die über den Horizont und den Erdenrand hinaus gespannt zu sein schien. »Ich habe noch ein paar Sachen zu erledigen und muss jetzt weiter. Wie sieht's aus, Jungs? Macht ihr langsam den Weg frei?« Er hob den Finger, um auf den Wagen der beiden Männer zu zeigen, aber seine Hand fühlte sich leichter an, als sie es eigentlich tun sollte, beinahe so, als wäre sie nicht länger mit dem Handgelenk verbunden.

»Was haben Sie denn für Sachen zu erledigen, Señor?«, fragte der Mann mit dem markanten Unterkiefer und lehnte sich durch das offene Fenster in den Wagen. Sein Atem roch nach Zwiebeln und Meskal, und seine Augen waren nicht weiß, sondern leuchteten in einem wässrigen Rot.

»Ich bin Pfarrer.«

»Hey, *jefe*, der lustige Gringo hier sagt, er ist ein Pfarrer. Deshalb hat er wahrscheinlich auch Schweinekiste zu meinem Auto gesagt und uns beim Pinkeln mit der Lichthupe genervt.«

Nun kam auch der zweite Mann zum Fenster von Codys Pick-up. Er legte seinem Kollegen die Hand auf die Schulter, damit dieser beiseitetrat. »Stimmt das? Sie sind ein Priester?«, fragte er.

»Ja. Mein Name ist Reverend Cody Daniels, aber ich habe es gerade etwas eilig.«

»Und Sie arbeiten mit La Magdalena zusammen?«

»Nein. Ich habe ihr nur einen nachbarschaftlichen Besuch abgestattet. Ich wohne nämlich da oben, in den Bergen. Und jetzt muss ich los. Ich werde erwartet.«

Die Schultern des Mannes wirkten unnatürlich breit im Vergleich zu seiner dünnen Taille, und beim Anblick seines Profils musste Daniels an eine Axt denken. »Warum sind Sie so nervös, Reverend?«, fragte der Mann. »Habe ich etwas getan, das sie nervös macht? Sie haben doch bestimmt schon mal gesehen, wie sich jemand am Straßenrand erleichtert, oder etwa nicht?«

»Da steckt eine Pistole in Ihrem Gürtel. Das Tragen einer versteckten Waffe ist hier nur mit einer entsprechenden Genehmigung erlaubt. Ich an Ihrer Stelle würde mich an die Gesetze in diesem Land halten.«

Der große Mann strich sich über die Wange und zeigte dann mit dem Finger auf Cody. »Ich glaube, ich kenne Sie, mein Freund.«

»Nein, Sir, das kann nicht sein.«

Der große Mann schwenkte spielerisch seinen Finger. »Oh doch. Sie sind wie ich. Ein Jäger. Ich hab Sie unten an der Grenze gesehen. Sie jagen Kojoten. Allerdings haben die Kojoten, auf die Sie es abgesehen haben, nur zwei Beine.«

»Nein, Sir. Sie müssen mich verwechseln.«

»Meinen Sie? Dann sind Sie nicht der Mann, der andere Leute durch sein Teleskop beobachtet?«

»Ich muss jetzt wirklich weiter.«

»Was haben Sie auf dem Grundstück von La China gesehen?«

»Von La was?«

»Sie scheinen wirklich ein saublöder Gringo zu sein, mein Freund. Muss ich mich wirklich wiederholen?«

»Wenn Sie von der Chinesin sprechen, dann habe ich wahrscheinlich genau dasselbe gesehen wie Sie beide mit Ihrem Fernglas: einen Haufen Leute, die sich die Bäuche vollschlagen.«

»Sie haben uns beobachtet?«

»Nein, Sir. Ich bin nur vorhin auf der Straße vorbeigefahren und habe Sie gesehen. Das ist alles.«

»Sie sind ein schlechter Lügner, Gringo.«

»Ihr Problem ist die Frau da unten, nicht ich.«

»Und ein *cobarde* sind Sie noch dazu.«

»Ich weiß nicht, was das bedeuten soll.«

»Das bedeutet, dass Sie ein Feigling sind und den Gestank der Angst verströmen. Ich glaube fast, Sie sind der *cobarde*, der einmal auf mich geschossen hat. Ein Mann, der sich hoch oben in den Bergen verschanzt und mit einem Gewehr auf die Leute im Tal schießt. Sie haben sich gut da oben versteckt, weit weg, damit niemand zurückschießen kann.«

»Nein, Sir«, sagte Cody und schüttelte den Kopf.

»Was sollen wir jetzt mit Ihnen machen, Mann?«

»Ich fahre einfach von der Straße ab, mache eine Kurve um die Felsbrocken da vorn und gehe meiner Wege. Sie haben recht, Sir, die ganze Sache hier geht mich nichts an.«

»Nein, Mann. So wird das nicht laufen. Sehen Sie Negrito da drüben? Er trinkt. Und er ist ein *marijuanista*. Und wenn er zu viel Alkohol getrunken und Dope geraucht hat, wissen Sie, was er dann tut? Er war lange in Jalisco im Gefängnis, wo seine Mitgefangenen junge Männer zu ihm gebracht haben. Und wenn er trinkt und raucht, dann glaubt er, er ist wieder in Jalisco. Wenn Sie versuchen weiterzufahren, bevor ich es Ihnen erlaube, werden Sie sehr viel mehr über Ihre feminine Seite erfahren, als Sie wollen, mein Freund.«

»So lasse ich nicht mit mir reden«, protestierte Daniels. »Nein, Sir, das lasse ich nicht zu.«

Der kleinere der beiden Männer, Negrito, öffnete die Beifahrertür und ließ sich schwerfällig in den Sitz plumpsen. Er lächelte und streichelte die Wange des Reverends. Dann ließ er einen Finger hinter dessen Ohr gleiten. »Du hast goldene Haare, Süßer«, sagte er und versuchte, seine Fingerspitze in Daniels Mund zu stecken. »Mexikanische Platzdeckchen, was? Das war wirklich ein toller Witz, mein hübscher Gringo.«

»Holen Sie den Kerl aus meinem Wagen«, sagte Daniels zu dem großen Mann.

»La China versteckt einen Freund von uns. Er ist ein bisschen verwirrt und braucht seine Familie«, erklärte der Mann. »Sie, Reverend, werden herausfinden, wo La China unseren Freund versteckt, und wenn Sie es wissen, zünden Sie ein Feuer an und kippen Motoröl drauf, damit wir den dunklen Qualm am Himmel sehen. Wenn Sie jemanden von unserer Abmachung erzählen oder uns sonst irgendwie Ärger machen, sind Sie am Arsch, verstanden?«

»Ohne mich. Das mache ich nicht«, erklärte Cody.

»Doch, das werden Sie. Zeig's ihm, Negrito.«

Negrito legte seine Hand auf Cody Daniels' Kopf und spreizte seine Finger, die sich wie die Tentakel eines Seesterns über die Schädeldecke des Reverends spannten. Dann drückte Negrito zu. Sofort durchschoss den Reverend ein heftiger Schmerz, und er hatte das Gefühl, seine Schädelknochen würden bersten.

»Beim Jahrmarkt zerdrücke ich Ziegelsteine mit meinen Händen«, sagte Negrito. »Ich esse Glühbirnen, spucke Feuer und kann einem Stier das Genick brechen. Und wenn ich will, ramme ich dir meine Finger in den Bauch und reiß dir die Leber aus dem Leib, Mann. Zieh besser nicht an meinem Handgelenk. Ich drücke nur noch fester zu.«

»Aufhören! Bitte!«, bettelte Cody Daniels.

Als Negrito den Griff löste, standen dem Reverend die Tränen in den weit aus dem Schädel getretenen Augen, und sein Kopf dröhnte.

»Wenn ich dunklen Rauch in den Bergen aufsteigen sehe, weiß ich, dass du gute Nachrichten für mich hast«, sagte der große Mann. »Wenn ich aber keinen Rauch sehe, werde ich sehr enttäuscht sein. Dann wird Negrito dich an Pfählen im Wüstenboden festketten und in der Sonne schmoren lassen. Du wirst mit den Geiern oben am Himmel sprechen. Vielleicht zwei oder drei Tage. Du wirst lernen zu jodeln, Mann.«

»Aber ich habe doch nichts getan. Ich bin doch bloß auf dieser Straße gefahren und habe gehupt«, sagte Cody Daniels.

»Ja, du bist wirklich ein echter Pechvogel, Gringo«, sagte der große Mann.

Die beiden lachten ihn aus. Ihre Arbeit war getan. Die Selbstachtung von Cody Daniels lag in Trümmern, und die Person, die er als Reverend Daniels kannte, war aus dem Pick-up verschwunden.

»Was hast du nur getan, um so ein Pech zu haben, Mann?«, fragte Negrito und streichelte mit dem Handrücken über Codys Wange. »Vielleicht spielst du ja nur den lustigen Mann und hast in Wirklichkeit schlimme Dinge angestellt, von denen du mir und Krill lieber nichts erzählen willst. Du weißt schon: Dinge, wegen denen du dich schlecht und schuldig fühlst. Du bist ein hübscher Bursche, Gringo. Wir werden bestimmt gute Freunde werden.« Er lehnte sich nah an Cody heran und flüsterte ihm etwas ins Ohr. Sein Atem tanzte wie eine Feder auf Daniels Haut. Dann lehnte er sich zurück und lächelte. »Ihr Gringos habt einen komischen Ausdruck dafür: ans Hintertürchen klopfen. Bei dir werde ich aber nicht klopfen, mein Lieber, sondern gleich die Tür eintreten, wenn du verstehst, was ich meine.«

Kapitel 4

Hackberry Holland hatte Krills Pappteller dem FBI übergeben. Das war am Montag gewesen. Als sich am darauffolgenden Tag niemand bei ihm meldete, schob er das auf die permanent hohe Arbeitsbelastung, unter der alle staatlichen Strafvollzugsbehörden litten. Am Mittwoch begann er, das FBI anzurufen, aber niemand rief zurück. Auch nicht am Donnerstag. Am späten Freitagnachmittag kam Maydeen Stoltz in sein Büro. Sie hatte dicke Arme, trug zu viel Lippenstift, stank nach Zigarettenqualm und schien reichlich Freude an ihrer poltrigen, manchmal respektlosen Art zu haben. Als sie eintrat, schloss Hackberry das Buch aus der Bibliothek, das er gerade gelesen hatte, und legte den Arm auf den Buchdeckel. »Dieser Agent war am Telefon«, sagte Maydeen.

»Welcher Agent?«

»Der, der sich immer den Arsch mit unserem Department abwischt.«

»Meine Güte, Maydeen.«

»Wenn's nach mir ginge, würde er dafür einen vor den Latz kriegen, egal, wie alt er ist.«

»Verrätst du mir freundlicherweise, über wen wir gerade sprechen?«

»Über Ethan Riser, wen denn sonst?«

Hackberry rieb sich die Schläfen und fixierte einen neutralen Punkt im Raum.

»Und was wollte Riser?«

»Das ist ja der Witz an der Sache. Er hat nur gesagt, dass du ihn zurückrufen sollst. Ich meinte, dass du in deinem Büro wärst, worauf er sagte, dass er im Moment nicht mit dir sprechen kann und du ihn später auf dem Handy anrufen sollst.«

Hackberry versuchte zu verarbeiten, was er gerade gehört hatte, gab es dann aber auf. »Danke, Maydeen.«

»Brauchst du noch was?«

»Nein, aber ich sag dir Bescheid, falls doch.«

»Ich habe nur das Gespräch wiedergegeben.«

»Ja, ist angekommen«, sagte er.

Eine halbe Stunde später rief Ethan Riser wieder an. »Warum wollten Sie vorhin nicht mit mir sprechen?«, fragte Hackberry.

»Ich hab einen Anruf aus Washington reinbekommen. Dachte, das hätte ich Ihrer Disponentin erklärt.«

»Anscheinend nicht. Hat Ihr Labor ein paar Fingerabdrücke für uns identifiziert?«

»Kommen Sie runter in den Saloon. Ich lade Sie auf einen Drink ein.«

»Sie sind in der Stadt?«

»Ja, auf der Durchreise. Ich muss später noch nach Brewster. Aber ich mag den Saloon und das Café in eurem Nest.«

»Danke, dass Sie sich die Zeit nehmen, vorbeizuschauen. Gibt es einen besonderen Grund dafür, dass Sie nicht in mein Büro kommen?«

»Ist nicht drin, Partner. So ist das eben«, sagte Riser.

»Verstehe. Meine Disponentin heißt Maydeen Stoltz. Wenn sie Ihnen über den Weg laufen sollte, gehen Sie einfach weiter.«

»Warum das?«

»Glauben Sie mir, das wollen Sie nicht wissen«, sagte Hackberry und legte auf, ohne sich zu verabschieden. Dann erhob er sich von seinem Schreibtisch und ging in Pams Büro. »Lass uns einen kleinen Spaziergang machen«, sagte er.

Als sie den Saloon betraten, sahen sie Riser an einem der hinteren Tische sitzen und einen Hamburger essen. Dazu trank er ein Bier aus einem mit einer dünnen Eisschicht überzogenen Glas. Sein Blick wanderte von Hackberrys Gesicht zu Pams und wieder zurück. »Bestellen Sie sich was. Heute zahlt das Bureau«, sagte er, während sich Pam und Hackberry ihm gegenübersetzten.

Im Raum war es dunkel und kühl. Es roch nach Bier, geräucherten Würstchen und den Hamburger-Patties, die in der Küche vor sich hin brutzelten. Der Boden bestand aus alten Eisenbahnschwellen, die mit Kreosot behandelt und mit dem Ruß von Präriefeuern geschwärzt worden waren. Die Köpfe der rostigen Nägel an den Enden der Schwellen waren abgewetzt und glänzten silbern wie alte Fünf-Cent-Münzen. Der Spiegel hinter der Theke hatte einen langen, blitzförmigen Riss und warf ein zweigeteiltes Bild zurück, wenn man hineinschaute: Die eine Hälfte war normal, die andere verzerrt wie die Fratze eines Mannes, der unter der Eisdecke eines gefrorenen Sees gefangen ist und nach oben starrt. Riser trank von seinem Bier, wobei ein dünnes Stück Eis vom Glas auf seine Finger rutschte. »Ich mag's hier wirklich. Jedes Mal, wenn ich in der Gegend bin, komme ich hier vorbei«, sagte er.

»Ja, sollte fünf Sterne kriegen, der Laden«, erwiderte Hackberry. »Wie wär's, wenn wir uns den Smalltalk sparen?«

»Ich tue, was ich tun muss, Sheriff, und ich sage Ihnen, was ich Ihnen sagen darf.«

»Ja, ja, das hab ich schon mal gehört.«

»Also gut.« Riser stellte sein Bier auf den Tisch und schob den Teller zur Seite. »Die Fingerabdrücke des Kerls, der von diesem Pappteller gegessen hat, waren nicht in unserem normalen System. Aber das wussten Sie ja bereits, sonst hätten Sie mir das Ding nicht gegeben. Sie haben versucht, uns zu benutzen, Sheriff.«

»Den Pappteller hab ich Ihnen gegeben, weil ich von Amts wegen dazu verpflichtet bin«, sagte Hackberry.

»Deputy Tibbs, gehen Sie doch mal zur Bar und bestellen, was immer Sie und Sheriff Holland trinken möchten. Und wenn Sie schon dabei sind, können Sie mir noch ein Bier mitbringen?«, sagte Riser.

»Nein, kann ich nicht«, antwortete sie.

Riser warf ihr einen Blick aus dem Augenwinkel zu, trank sein Bier aus und wischte sich den Mund mit einer Papierserviette ab. »Über diesen Typen, Krill, gibt es was in den CIA-Computern in Langley. Seit dem 11. September haben auch wir Zugang zu Informationen, die uns vorher verwehrt waren. Vor vielen Jahren hatte unsere Regierung ein paar ziemlich unangenehme Typen in Mittelamerika, die die Drecksarbeit für sie erledigten. Krill war einer von ihnen. Er hat keine übergeordnete Rolle gespielt, war aber im Busch ein ziemlich wertvoller Kämpfer.«

»Wie lautet sein richtiger Name?«, fragte Pam.

»Wie bitte?«

»Hören Sie schlecht?«, fragte sie.

»Ich glaube, wir haben hier ein Problem, Sheriff«, sagte Riser.

»Falsch. *Wir* haben kein Problem«, sagte Pam. »Das Problem ist, dass Sie uns wie Dienstboten behandeln und uns mit wertlosen Informationsbrocken abspeisen wollen. Sheriff Holland hat Sie und das FBI immer mit Respekt behandelt. Warum kommen Sie nicht endlich mal von Ihrem hohen Ross runter und tun es ihm gleich?«

»Ich hatte eigentlich auf ein nettes Gespräch gehofft.«

»Nun, ich denke, Chief Deputy Tibbs hat nicht ganz Unrecht mit dem, was sie sagt«, schaltete sich Hackberry ein.

»Ich habe die Regeln nicht gemacht, und für unsere Außenpolitik bin ich auch nicht verantwortlich«, sagte Riser. »Niemand gibt gerne zu, dass wir da unten mit ein paar fiesen Sackläusen zusammengearbeitet haben. Unser Freund Krill heißt eigentlich Antonio Vargas. Wir wissen nicht viel über ihn. Nur, dass er für eine Weile auf der Gehaltsliste unserer Regierung stand. Jetzt scheint man ihn von der Leine gelassen zu haben, und offenbar hegt er einen übermäßigen Hass auf die Vereinigten Staaten.«

»Warum?«, fragte Hackberry.

»Vielleicht hat die CIA ihn mit Enron-Aktien bezahlt. Woher zum Teufel soll ich das wissen?«

»Hören Sie auf, uns anzulügen, Riser«, sagte Pam.

»Ma'am, so können Sie nicht mit mir reden«, erwiderte Riser.

»Wieder falsch«, gab sie zurück. »Wir waren es schließlich, die die Schweinerei dieses Typen beseitigen mussten. Haben Sie schon mal die Finger eines Menschen vom Boden aufgesammelt? So etwas macht nur jemand, der einen Hochofen statt eines Hirns im Schädel hat. Für uns sind diese Typen keine abstrakten Fälle, sondern Alltagsrealität. Wir leben hier an der Grenze mitten unter ihnen und müssen uns mit diesen Kerlen auseinandersetzen. Und Sie haben nichts Besseres zu tun, als uns Informationen zu diesen Mistkerlen zu verweigern, auf die wir einen Anspruch haben.«

Riser nahm seinen Hamburger, biss ein Stück ab und kaute bedächtig, bevor er wieder etwas sagte. Er sah plötzlich älter aus, wirkte müde und möglicherweise erschöpft davon, Menschen und Dingen zu dienen, die er nicht respektierte. »Dieser

Saloon erinnert mich an ein Foto oder vielleicht auch an einen Ort, den ich mal im Urlaub gesehen habe«, sagte er.

»Das Oriental in Tombstone, Arizona«, erklärte Hackberry. »Das war dieser Laden, der den Earp-Brüdern gehörte, kurz bevor sie zusammen mit Doc Holliday drei Mitglieder vom Clanton-Clan bei der Schießerei am O. K. Corral kaltmachten. Den Rest der Bande haben sie dann bis nach Trinidad verfolgt und einen nach dem anderen abgeknallt.«

»Irgendwie tickt ihr hier unten anders. Ich weiß nie so genau, was Sie eigentlich meinen, Sheriff«, sagte Riser.

»Ich verrate es Ihnen«, erklärte Pam. »Wir mögen es nicht, wenn man uns wie Fliegenschiss behandelt.«

»Das war ein wirklich interessantes Treffen.« Riser stand auf und studierte die Rechnung. Er trug einen braunen Anzug mit einem dünnen Westerngürtel und ein Cowboy-Hemd ohne Binder, das silbern glänzte wie poliertes Blech. »Ich liebe dieses Land«, begann er, ohne den Blick von der Rechnung zu heben. »Habe ihm die meiste Zeit meines Lebens gedient. Und ich achte die Menschen, die ihm ebenfalls gedient haben, insbesondere wenn sie dafür mit dem Navy Cross ausgezeichnet wurden. Ich achte auch diejenigen, die für Menschen dieses Kalibers arbeiten. Und es tut mir außerordentlich leid, wenn ich einen anderen Eindruck gemacht haben sollte. Ich wünsche Ihnen beiden ein schönes Wochenende.«

Auf dem Rückweg zum Sheriffbüro sprachen Pam und Hackberry kaum miteinander. Der Wind trieb Regen und Staub von den Bergen in Richtung der untergehenden Sonne, und es sah aus, als würde sich ein grüner Heiligenschein von der Landschaft in die Höhe erheben. Als würde der Tag gerade erst beginnen anstatt zu enden. Hackberry holte die Fahne vor dem

Büro ein, faltete sie zum Dreispitz, wie er es beim Militär gelernt hatte, und legte sie in die Schublade seines Schreibtischs. Dann nahm er das Buch zur Hand, das auf der Schreibunterlage lag. Er bemerkte nicht, dass Pam hinter ihm stand. »Glaub ihm kein Wort«, sagte sie.

»Was meinst du?«

»Riser spielt mit falschen Karten.«

»Er ist kein schlechter Mensch. Er befolgt einfach nur seine Befehle. Stell dir mal vor, was passiert, wenn die Risers dieser Welt das Handtuch werfen und anderen ihre Arbeit überlassen würden.« Im Zimmer wurde es still. »Habe ich was Falsches gesagt?«, fragte er.

»Du bist einfach zu gutmütig. Andere Menschen wissen das und nutzen es aus«, antwortete sie.

»Du musst aufhören, so mit mir zu reden, Pam.«

Sie schaute auf den Titel des Buches auf seinem Schreibtisch. »Du liest ein Buch über Air America?«, fragte sie.

»Ich dachte, es kann nicht schaden«.

»Kommt diese Asiatin auch drin vor?«

»Ja, das tut sie.«

»Magst du sie?«

»Ich hege keine besonderen Gefühle für sie, wenn du das meinst.«

Pam starrte aus dem Fenster, wo sich das rosafarbene Glühen des Sonnenuntergangs auf die alten Gebäude und die hohen Bürgersteige legte. Etwas weiter die Straße runter war im Fenster einer Bar gerade ein neonfarbenes Bier-Reklameschild angegangen. Vor dem mexikanischen Restaurant mit dem neongrünen Kaktus über der Eingangstür standen schräg zur Straße geparkt zahlreiche Pick-ups und Pkws. Es war Freitagabend. Und wie immer im amerikanischen Südwesten mischte sich zum Ende der Woche ein Gefühl gespannter Erwartung mit der Zufriedenheit über die abgeschlossene Arbeitswoche, zu denen sich manchmal noch der Geruch nach Grillfleisch und Regen auf warmem Asphalt gesellte. »Hack?«

Sag nichts. Denk nicht mal daran, hörte er eine Stimme in sich sagen. Aber er wusste nicht, ob sich die Stimme an ihn oder an Pam richtete. »Was?«, fragte er.

»Abends ist es sehr schön hier, nicht wahr?«

»Ja, das ist es.«

»Ich wollte dich vor Riser nicht in Verlegenheit bringen.«

»Das hast du nicht.«

Sie schaute wieder aus dem Fenster. »Wir haben jetzt Feierabend. Kann ich dich was fragen?«

Nein, das ist keine gute Idee, dachte er.

»Hack?«, fragte sie und wartete auf eine Antwort.

»Sicher doch, frag schon.« Vor seinem inneren Auge tauchte das Motelzimmer nördlich vom Big-Bend-Nationalpark auf, und er spürte wieder dieses Verlangen, das ihn damals dazu gebracht hatte, sämtliche Vorsätze über Bord zu werfen und sich mit einer Frau einzulassen, die viel zu jung für ihn war und sehr wahrscheinlich nur Interesse an ihm hatte, weil er zu einer Art Vaterfigur für sie geworden war.

»Denkst du manchmal daran, was zwischen uns passiert ist?«, fragte sie. »Ich meine, denkst du überhaupt mal dran?«

»Natürlich.«

»Mit Bedauern?«

Er nahm seinen Hut von der Hutablage und schaute rüber zu den anderen Büros. »Nein, aber ich muss mich daran erinnern, dass ein alter Mann eben ein alter Mann ist. Eine junge Frau verdient etwas Besseres, egal wie sehr ihr Herz an der Sache hängen mag.«

»Wie kommt es, dass ich bei dieser Angelegenheit nichts zu melden habe und du alle Entscheidungen für mich triffst?«, fragte sie.

Weil du in Wirklichkeit nur nach deinem Vater suchst.

»Antworte mir!«, sagte sie.

»Ich bin immer noch dein Vorgesetzter. Vergiss das nicht. Darüber dulde ich keine Diskussionen, und jetzt ist Schluss mit dem Thema.«

»Ich habe ein Foto von deiner Frau gesehen.«

Er spürte ein Zucken neben dem Auge. »Worauf willst du hinaus?«

»Die Asiatin. Sie ähnelt ihr. Das ist alles.«

»Ich glaube, ich gehe jetzt besser nach Hause.«

Langsam setzte er sich seinen Hut auf, obwohl er das nie tat, außer, wenn er auf die Straße ging. Sie trat auf ihn zu, die Daumen seitlich in den Gürtel gehakt. Er konnte ihr Haar und einen Hauch von Parfüm riechen und die Wärme ihrer Haut spüren. Ein glasiger Film lag auf ihren Augen. »Was ist los, Pam?«, fragte er.

»Nichts.«

»Sag schon.«

»Es ist nichts. Wie du schon gesagt hast: Du solltest besser nach Hause gehen. Heute ist zwar so ein Abend, an dem die meisten Leute den Sonnenuntergang feiern, zusammen Essen gehen, tanzen und Musik hören, aber egal. Wenn du meinst, dann solltest du besser nach Hause gehen.«

»Ja, so ist das eben«, antwortete er. Doch dann fiel ihm auf, dass das genau die Worte waren, mit denen Ethan Riser immer wieder Verhaltensweisen rechtfertigte, die er für moralisch unvertretbar hielt. Im Weggehen hörte er noch, wie sie tief einatmete, aber er drehte sich nicht um, sondern starrte weiter geradeaus. So musste er ihr Gesicht nicht sehen und das Loch in seinem Herzen nicht spüren.

Hackberry schlief nur selten gut und mochte es nicht sonderlich, wenn die Dunkelheit hereinzog, auch wenn er viele Stunden damit verbrachte, allein in seinem stockfinsteren Haus zu hocken. Manchmal schlief er, den Kopf auf der Brust abgelegt, in seinem Arbeitszimmer ein und wachte erst gegen zwei oder drei Uhr morgens wieder auf. Meist erfüllte ihn dann ein Gefühl des Triumphes, da er schon die halbe Nacht hinter sich gebracht hatte. In diesen Nächten kam es ihm manchmal so vor, als würde er die rot leuchtenden Ziffern des Digitalweckers auf dem Schreibtisch durch seine Augenlider hindurch sehen können. Für gewöhnlich verwandelte sich der Dunst in seinem Kopf aber schnell in den Staub einer Straße nördlich von Pjöngjang und in eine geschmolzene Sonne, die über zwei brustförmigen Hügeln stand.

Manchmal, wenn er in seinem schwarzen Drehstuhl vor sich hin döste, hörte er Flugzeuge oder Helikopter, die tief über sein Haus hinwegflogen und dabei das Dach über seinem Kopf vibrieren ließen. Bei diesen Geräuschen dachte er allerdings nicht an die Maschine einer Grenzpatrouille oder das Flugzeug eines Farmers, das gerade zum Landeanflug ansetzte, sondern sah vor seinem geistigen Auge eine amerikanische F-80, wie sie eine MiG über den Yalu jagte und dann in weitem Bogen abdrehte, während sich die MiG in den chinesischen Luftraum rettete. Der amerikanische Pilot rollte über dem Kriegsgefangenenlager einmal um die eigene Längsachse, um den internierten GIs zu zeigen, dass man sie nicht vergessen hatte.

Wenn Hackberry in seinem Bett schlief, lag sein Revolver, eine Spezialanfertigung Kaliber .45 aus schwarz-blauem

Stahl mit weißen Griffschalen, in seinem Halfter neben ihm auf dem Nachttisch. Döste er in seinem Arbeitszimmer, befand sich der Revolver auf dem Schreibtisch vor ihm, wobei die Griffe im Mondlicht manchmal wie weißes Feuer leuchteten. Früher hatte er sich gesagt, dass ein solches Verhalten töricht sei, symptomatisch für einen Mann mit Verfolgungswahn oder unterdrückten Ängsten. Dann jedoch las er, dass selbst der hochdekorierte Kriegsheld Audie Murphy in den letzten zwei Jahrzehnten seines Leben mit einer 45er Automatik unter dem Kopfkissen geschlafen hatte und in die Garage ziehen musste, weil seine Frau es nicht mehr mit ihm aushielt.

Manchmal hörte Hackberry den Wind in den Bäumen oder das Geräusch aufeinanderschlagender Steine, wenn Hirsche das Flussbett hinunterkamen, um an den Pferdetränken auf seiner Koppel zu trinken. Und manchmal glaubte er zu hören, wie sich ein Obdachloser namens Preacher Jack Collins – ein Massenmörder mit Messiaskomplex, der sowohl Hackberry als auch dem FBI immer wieder durch die Finger geschlüpft war – durch das Gestrüpp und das Unterholz zu seinem Haus schlich.

Hackberry redete sich ein, dass Collins tot war und sein Leichnam entweder längst von Kojoten gefressen oder einfach von der Erde verschluckt worden war. Er sagte sich, dass der Mann, den sie Preacher nannten, der Vergangenheit angehörte, verbannt in die Tiefen des Kollektiven Unbewussten wie die meisten Dämonen. Wenn das Böse tatsächlich eine unabhängige, sich selbst erhaltende und unvergängliche Kraft war, dachte er, dann zeigte sie sich am ehesten in den nationalistischen Kriegen, die trotz des unermesslichen Leids, das sie verursachten, als patriotische Ereignisse gefeiert wurden.

Um 02.41 Uhr früh am Samstagmorgen zuckte sein Kopf hoch. Er hörte schwere Steine, die das Flussbett herunterrollten, das Knacken von Ästen, Stimmengeflüster und schließlich Schritte am Fuß des Hügels. Er löste den Sicherheitsriemen am Halfter seines Revolvers, stand vom Schreibtisch auf und ging zur Hintertür.

Dort sah er, wie ein Dutzend oder mehr Menschen am Zaun entlang in Richtung seiner Nordweide liefen, darunter auch eine Frau mit einem Koffer, die ein Baby gegen ihre Schulter druckte. Die Männer waren von eher kleiner Statur, trugen Baseballkappen und mehrere Lagen Hemden übereinander. Im Mondlicht erinnerten ihre Silhouetten an die gedrungenen Profile von Maya-Skulpturen. *Das sind also die Leute, die man zum neuen Feind erklärt hat*, dachte Hackberry. *Campesinos* – hungrig, verängstigt und den Kojoten, die sie über die Grenze schleusten, auf Gedeih und Verderb ausgeliefert. Menschen, die auf ihrem beschwerlichen Weg manchmal den Urin ihrer Leidensgenossen trinken mussten, um nicht in der Wüste zu verdursten, und deren einziges Ziel darin bestand, möglichst bald einen Ort zu finden, an dem sie unbehelligt ein Feuer machen konnten, um sich etwas zu Essen zu kochen. Aber wie John Steinbeck vor langer Zeit gesagt hatte: Es ist so weit mit uns gekommen, dass wir einen Mann mit Loch im Schuh fürchten.

Hackberry trat in Socken, aber mit dem Hut auf dem Kopf auf den Rasen hinter dem Haus. In der Stille hörte er, wie der Wind durch die Bäume auf den Hügeln wehte und das Laub zerstreute, das dort seit dem Winter lag. »*No tengan miedo. Hay enlatados en la granja!*«, rief er den Leuten zu. »*Llenen sus cantimploras de la llave de agua. No dejen la reja abierta. No quiero que me dañen la cerca, por favor.*«

Niemand antwortete. Die Menschen, die er deutlich genug erkannt hatte, um sie zählen zu können, schienen mit einem

Mal so formlos und ungreifbar wie die Schatten, in denen sie sich versteckt hielten. »Mein Spanisch ist nicht besonders gut!«, rief er. »Nehmt euch die Dosen aus der Scheune und füllt eure Trinkflaschen am Brunnen bei der Pferdetränke. Macht mir nur bitte nicht meine Zäune kaputt und lasst auch das Gatter nicht offen stehen.«

Vom Fuß des Hügels kam immer noch keine Antwort, auch Bewegungen waren keine auszumachen. Aber was hatte er denn erwartet? Dank oder gar Vertrauen von Leuten, die immer wieder von nationalistischen Bürgermilizen wie Tiere gejagt wurden? Er setzte sich auf die Stufen, lehnte sich an einen Holzpfosten und schloss die Augen. Ein paar Minuten später hörte er Schritte am Zaun, dann quietschende Weidedrähte und schließlich das Rauschen des Wasserstrahls aus dem Brunnen bei der Pferdetränke. Das Tor zur Weide war nicht geöffnet worden, sonst hätte er die Kette gegen das Metall schlagen hören. Er wartete noch eine Weile, bevor er zum Stall ging. Die Kiste mit den Lebensmitteldosen in der Sattelkammer hatten sie nicht angetastet. Seine beiden Foxtrotter standen einen knappen Meter neben der Tränke und starrten ihn neugierig an. »Na, Jungs, wie geht's euch so? Habt ihr heute Nacht ein paar neue Freunde kennengelernt?«

Er erhielt keine Antwort.

Anschließend ging er wieder ins Haus, hängte seinen Hut an den Bettpfosten und legte seine Pistole auf den Nachttisch. Ohne seine Sachen auszuziehen, warf er sich aufs Bett, legte einen Arm über die Augen und schlief ein, sodass die Gedanken an den Krieg und den unwiederbringlichen Verlust seiner Frau zumindest vorübergehend in einer Höhle am Grund eines burgunderroten Meeres versanken.

Noch bevor er aufgestanden war, wusste Hackberry, was er an diesem Morgen tun würde. Früher waren er und seine Frau an den Samstagnachmittagen stets zur Messe in eine Kirche gegangen, wo die Predigt auf Spanisch gehalten wurde. Anschließend hatten sie meist bei Burger King einen Fischburger gegessen und sich danach im Kino den Film angeschaut, der gerade lief. Nach ihrem Tod hätte er eine Ausrede gehabt, um wieder zu trinken, aber er tat es nicht. Stattdessen hatte er sich in seiner Einsamkeit eingerichtet, lebte von Freitagabend bis Montagmorgen einsam in seinem Haus, seine einzige Gesellschaft eine Art selbst auferlegtes Zölibat, das ihn jedoch mittlerweile quälte wie eine eiserne Jungfrau.

Heute jedoch würde es anders sein, sagte er sich und verspürte dabei ein leichtes Ziehen im Herzen und einen Hauch von Selbstbetrug. Er fütterte die Tiere, trank eine Tasse Kaffee, rasierte und duschte sich, putzte seine Stiefel, zog eine neue graue Hose mit Westernschnitt und breitem Gürtel an und ein marineblaues Hemd. Dann schnallte er sich den Pistolengürtel um, nahm den taubengrauen Stetson vom Bettpfosten und ging zu seinem Pick-up. Die Sonne hielt sich noch hinter den Hügeln versteckt, und so lagen auch die Weiden im Norden und im Süden noch feucht im Schatten, während die Sterne und der Mond gerade am Himmel verblassten. *Du bist zu alt für so was,* sagte eine Stimme in ihm.

»Na und?«, entgegnete er.

Du solltest dein Amt nicht als Vorwand benutzen, um persönliche Ziele zu verfolgen oder dich zum Idioten zu machen.

»Das tue ich auch nicht.«

Sollte dieses Selbstgespräch eine Art Schlussfolgerung gehabt haben, so weigerte er sich, sie sich einzugestehen.

Nachdem er beim Haus der Asiatin angekommen war und

den Motor seines Pick-ups abgestellt hatte, hörte er ein metallisches Kratzen. Er ging um die Seite des Gebäudes herum und fand sie neben dem Windrad, wo sie damit beschäftigt war, den Wellblechtank mit einer langstieligen Bürste auszuschrubben. Sie trug eine übergroße Jeans, die sie weit hochgekrempelt hatte, und dazu ein langärmeliges Jeanshemd, das mit Wasserspritzern übersät war. Mit der Rückseite ihres Handgelenks wischte sie sich eine Haarsträhne aus dem Gesicht und schaute zu ihm herüber.

»Ich muss Ihnen ein paar Fragen über den Mann stellen, der unserem gemeinsamen Freund Krill entkommen ist«, sagte Hackberry.

»Da kann ich Ihnen nicht weiterhelfen«, sagte sie.

»Sie haben diesem Mann geholfen, als er verletzt war. Ich selbst habe die blutgetränkten Verbände und die Matratze in dem Häuschen da drüben gesehen. Damals haben Sie mir nicht genug vertraut, um davon zu erzählen. Dann haben Sie Krill gegenüber geäußert, dass dieser Mann nicht wieder bei Ihnen aufkreuzen würde. Nicht *in Ihrem Haus*, stimmt's? Aber möglicherweise treibt er sich noch in der Nähe herum. Ich bin mir sicher, dass Sie nicht lügen wollen, Miss Anton, aber aus irgendeinem Grund sagen Sie auch nicht die ganze Wahrheit.«

Für einen Moment hielt sie seinem Blick stand, und es schien, als wollte sie etwas sagen, aber dann beugte sie sich wieder nach vorn und arbeitete weiter. Er nahm ihr die Bürste aus der Hand. »Sie gehen die Sache falsch an«, sagte er und stemmte den Tank auf die Seite, bis alles Wasser unterhalb des Ablasshahns ausgelaufen war. Dann richtete er ihn wieder auf, löste die Sperrkette der Windmühle, sodass wieder Wasser in den Tank lief, und schrubbte gleichzeitig die hartnäckigen roten

Ablagerungen von Innenwänden und Boden ab. »Dieses Zeug entsteht aus einer Mischung von Wasser und Blättern oder Staub. Vielleicht auch beidem. Ich bin nie wirklich dahintergekommen. Es ist wie mit fast allem hier in der Gegend: Wenig von dem, was passiert, ergibt wirklich einen Sinn. Eigentlich ziehen hier nur Leute her, für die selbst ein Kaff wie Needles, Kalifornien, zu mondän ist.«

»Was wollen Sie von mir hören?«, fragte sie.

»Sie brauchen mir nichts zu sagen, Miss Anton. Ich glaube, ich kenne die Wahrheit schon.«

Sie hatte einen Schmutzfleck auf der Wange, und der Wind wirbelte ihre Haare durcheinander. Sie wartete darauf, dass er weitersprach. Als er nichts sagte, stemmte sie die Hände in die Hüften und starrte auf die Pferdetränke. »Spielen Sie keine Spielchen mit mir, Sheriff Holland.«

»Der Bundesbeamte, den Krill als Geisel genommen hat, ist wahrscheinlich nicht verheiratet und hat keine Familie. Andernfalls wären sie schon hier und würden nach ihm suchen oder hätten zumindest Alarm in den Medien geschlagen. Dass er zu Ihnen gekommen ist, bedeutet, dass er entweder völlig auf sich allein gestellt ist oder aber glaubt, Sie könnten ihn mit anderen Pazifisten in Verbindung bringen. Es bedeutet aber auch, dass er vermutlich irgendwo in der Nähe ist, da oben in den Hügeln oder in einer der Höhlen vielleicht. Aus dem Wenigen, was Sie gesagt haben, und dem, was das FBI nicht gesagt hat, kann ich nur schlussfolgern, dass dieser Mann wahrscheinlich an irgendeiner Art von Verteidigungsprogramm beteiligt war, das für ihn zum Gewissenskonflikt geworden ist. Es ist gut möglich, dass ich Sympathien für seine und auch für Ihre Beweggründe hege, Miss Anton, aber dieser Krill hat in meinem County einen Mann zu Tode gefoltert. Und Ihr Freund, der flüchtige Bundesbeamte, verfügt sehr wahrscheinlich über Informationen, die mir helfen könnten, Krill zu finden. Außerdem schwebt er meiner Meinung nach in großer Gefahr. Ich brauche Ihre Hilfe, Miss Anton. Sie haben den Krieg am eigenen Leib erfahren. Lassen Sie nicht zu, dass Ihr Schweigen diesen Mann tötet.«

»Sie werden ihn dem FBI übergeben«, sagte sie.

»Wäre das denn so schlimm?«

»Er hat Informationen, die die Regierung vor der Öffentlichkeit geheim halten will.«

»So funktioniert die Regierung nicht. Politiker vielleicht schon, aber Politiker und Regierung, das sind zwei sehr verschiedene Dinge«, sagte Hackberry.

»Ich habe gehört, Sie waren mal Bürgerrechtsanwalt bei der ACLU. Das sieht man Ihnen gar nicht an. Sie wissen Ihre Referenzen wirklich gut zu verbergen.«

Er antwortete nicht, sondern lenkte lieber das Wasser, das aus dem Brunnenrohr spritzte, mit der flachen Hand auf die Bürste, um sie zu reinigen. Er spürte, wie sie ihn mit bohrendem Blick anstarrte.

»Bringe ich Sie zum Lachen? Amüsiere ich Sie?«, fragte sie.

»Nein, das nicht, aber es gab da mal eine andere Frau, die hat genau das Gleiche zu mir gesagt. Manchmal jeden Tag.«

Sie sah ihn lange schweigend an. »Sind Sie Witwer?«

»Ja, Ma'am.«

»Schon lange?«

»Elf Jahre.«

»Das tut mir leid.«

»Sie war eine tolle Frau. Sie hatte keine Angst, vor nichts. Sie wollte auch nie, dass man Mitleid mit ihr hatte, ganz egal, wie sehr sie litt.«

»Verstehe«, sagte sie und versuchte, sich die Mischung aus Unbehagen und Verlegenheit nicht anmerken zu lassen.

Er schüttelte die Bürste aus, sodass die Tropfen auf den Boden spritzten. Dann schaute er auf den lachsfarbenen Himmel und die Hügel und konnte beinahe das Grünen der Landschaft und den herben Duft der Natur riechen, der in den Schluchten und den ausgetrockneten Flussbetten hing. Wie konnte ein Land, so weit und karg und selbstdefinierend wie dieses, gleichzeitig von tobenden Staubstürmen und von riesigen, saftig grünen Anbauflächen wie denen des alten Mesopotamiens geprägt sein? Hatte, wer auch immer in der Bibel schrieb, dass die Sonne über den Bösen und den Guten aufging und der Regen auf Gerechte und Ungerechte fiel, eben diesen Ort hier im Sinn gehabt? Lag der Beginn der Schöpfung möglicherweise genau vor seiner Nase? »Kommen Sie, gehen wir frühstücken«, sagte Hackberry.

»Wie bitte?«

»Sie haben mich verstanden.«

»Ich bin mir nicht sicher, ob das angebracht wäre.«

»Wer sollte denn sagen, dass es das nicht wäre?«

»Nun, Sie glauben, ich würde einen Flüchtigen vor dem FBI verstecken. Eigentlich haben Sie mich sogar dessen beschuldigt.«

»Nein, verstecken tun Sie ihn nicht. Möglicherweise versorgen Sie ihn aber mit Essen und behandeln seine Wunden.«

»Und Sie möchten wirklich nur mit mir frühstücken gehen?«

»Schauen Sie mich an, Miss Anton. Glauben Sie, ich würde versuchen, Sie reinzulegen und Ihnen unter dem Deckmantel der Freundschaft Informationen zu entlocken? Schauen Sie mir in die Augen und sagen Sie mir, dass Sie das von mir denken.«

»Nein, so einer sind Sie nicht.«

Er ließ den Wassertank halbvoll laufen, arretierte das Windrad wieder mit der Kette und drehte den Hahn zu. »Ich kenne da diesen Laden, draußen am Highway. Da servieren sie Huevos Rancheros mit Bohnen, die einem auf der Zunge zergehen«, sagte er.

Cody Daniels fühlte sich nicht nur wie ein Kapitän auf der Brücke eines Schiffs, sondern auch wie der Kapitän seiner Seele, als er durch das Teleskop schaute, das am Geländer seiner Sonnenterasse montiert war. Unter ihm breitete sich das Tal aus, auf dem Felsen hinter ihm prangte eine gigantische amerikanische Flagge, und sein Hemd bauschte sich im Wind. Während er beobachtete, wie der Sheriff am Haus der Asiatin vorfuhr, kitzelte es ihm in den Lenden, und ein Gefühl von Macht und Kontrolle durchströmte ihn. Er leckte sich über die Lippe und vergaß für kurze Zeit sogar die Demütigungen der beiden Latinos. Die Körpersprache der Asiatin und des Sheriffs faszinierten ihn, sie mit ihren sittsamen Posen, und er, wie er in bester John-Wayne-Manier den roten Dreck von der Innenseite des Wassertanks kratzte, als wüsste nur er allein, wie man das macht. Vielleicht bumste der Sheriff ja nicht nur seinen Chief Deputy – die Frau, die Cody eine 357er ins Gesicht gehalten hatte –, sondern versuchte auch Miss Frühlingsrolle flachzulegen. *Ja, schau sie dir an*, dachte Cody, *sie fällt echt drauf rein.* Das waren also die Leute, die ihn wie ein Stück Scheiße behandelt hatten, ihn, Cody Daniels, den Begründer der Cowboy Chapel! Diese Leute sollten die Elite sein und er nur ein Teil der Herde? Was für ein schlechter Witz.

Ein Auge zugedrückt, das andere ans Fernrohr gepresst war Cody derart besessen davon, die Falschheit und den Egoismus im Verhalten anderer zu beobachten, dass er gar nicht bemerkte, wie zwei dunkle Limousinen sich seinem Haus näherten. Die Autos ratterten über die Viehgitter hinweg und fuhren auf der unbefestigten Piste bis zur Kirche, wo sie anhielten. Sie hatten jede Menge Staub aufgewirbelt, der in einer zimtfarbenen Wolke heranrollte und auf Höhe von Codys Sonnenterrasse auseinanderstob. Sieben Männer stiegen aus den Fahrzeugen und kamen die Holzstufen hinauf, die zu Codys Haus führten. Sie trugen entweder Anzüge oder teure Freizeitkleidung, dazu Sonnenbrillen, Schmuck und auf Hochglanz polierte Schuhe oder Stiefel. Ihre Gesichter waren ausdruckslos. Als sie auf der obersten Stufe angekommen waren, schauten sie Cody mit denselben gleichgültigen Mienen an, als würden sie eine öffentliche Toilette betreten.

Einer der Männer in der Mitte der Gruppe hob sich deutlich von den anderen ab. Er nahm seine Sonnenbrille ab und rieb sich mit Daumen und Zeigefinger den Nasenrücken. Dann streckte er die Hand aus und lächelte wohlwollend mit der Autorität und dem Selbstbewusstsein eines Mannes, der jederzeit Herr der Lage ist. »Ich bin Temple Dowling. Ich freue mich, Sie kennenzulernen, Reverend«, sagte er. »Schön haben Sie es hier, und offensichtlich haben Sie auch keine Scheu, Flagge zu zeigen.«

Die anderen Männer gingen an Cody vorbei, als wäre er gar nicht da. »Wo gehen die hin?«, fragte er.

»Keine Sorge, das sind Profis«, sagte Temple Dowling.

»Aber die gehen in mein Haus.«

»Konzentrieren Sie sich auf mich, Reverend. Wir sind auf der gleichen Seite. Dieses Land ist in Gefahr. Da stimmen Sie mir doch zu, oder?«

»Was hat das damit zu tun, dass sich diese Typen in mein Haus schleichen?«

»In Ihr Haus *schleichen*?«

»Ja, die schleichen sich in mein Haus. Das ist unbefugtes Betreten oder sogar Einbruch, verstehen Sie?«

»Ich könnte Ihnen jetzt sagen, ich wäre von der CIA oder von der NSA. Ich könnte Ihnen auch sagen, dass ich beim FBI bin.« Temple Dowling hatte dichtes, frisch geschnittenes, silbergrau-schwarzes Haar mit einem Scheitel, so gerade wie ein gespannter Draht. Mit seiner cremigen rosafarbenen Haut und den für seinen Mund zu großen Lippen sah er aus wie eine dieser vor Glück und Freude strotzenden Zeichentrickfiguren. Er ergriff abermals Codys Hand. Dieses Mal allerdings drückte er fester zu und starrte Cody dabei in die Augen. Dieser spürte einen stechenden Schmerz, der von seinem Handgelenk aus hoch in die Achselhöhle kroch. »Was machen Sie da?«, fragte er.

»Ich gratuliere Ihnen. Ich liebe es, unsere Fahne flattern zu sehen. Und ich liebe alle, die sie gerne hissen.«

»Und Sie sind also von der Regierung?«, setzte Cody an, aber ihm versagte die Stimme, während er seine schmerzende Hand öffnete und schloss.

»Nein, ich bin wie Sie, ein Bürgersoldat. Wir suchen einen Mann namens Noie Barnum. Er ist ein fehlgeleiteter Idealist, der unserem Land großen Schaden zufügen kann. Jemandem wie Ihnen stehen zahlreiche Augen und Ohren zur Verfügung. Sie könnten uns eine große Hilfe sein, Reverend.«

»*Zahlreiche Augen und Ohren*? Wovon reden Sie?«

»Sie haben eine ganze Kirche voller Mitarbeiter.«

»Die Menschen in meiner Gemeinde haben ihren eigenen Kopf und gehen ihre eigenen Wege.«

»Wir wissen beide, dass das nicht stimmt. Wenn Sie sie richtig anpacken und die Saat der Angst in ihnen säen, tun diese Leute, was auch immer Sie von ihnen verlangen.«

»Damit will ich nichts zu tun haben. Holen Sie jetzt sofort Ihre Leute wieder aus meinem Haus«, erwiderte Cody.

»Seien wir mal ehrlich, Reverend, Sie sind hier durch einen blöden Zufall zwischen die Fronten geraten. Würden Sie lieber Seite an Seite mit Ihresgleichen kämpfen oder mit Typen wie diesem Krill gemeinsame Sache machen?«

»Wie kommen Sie auf Krill?«

»Wir haben gesehen, wie Sie mit ihm gesprochen haben. Krill will Noie Barnum an Al-Qaida verkaufen. Möchten Sie das?«

»Sie haben mir nachspioniert?«

»Was macht das schon für einen Unterschied? Sie arbeiten ja jetzt für uns.«

»Nein, Sir. Ich arbeite für den Herrn.«

»Wollen Sie damit etwa andeuten, ich würde nicht für den Herrn arbeiten?«

Die anderen Männer kamen wieder aus Codys Haus heraus. »Alles sauber«, erklärte einer von ihnen.

»Beantworten Sie meine Frage«, sagte Temple Dowling zu Cody. »Sie wollen mir sagen, dass ich nicht auf der Seite des Herrn stehe?«

»Nein, Sir, das habe ich nicht gesagt. Was meint er damit, es ist alles sauber?«

»Das bedeutet, dass Sie nicht den Mann verstecken, den wir suchen. Und auch, dass es auf Ihrem Computer keine Hinweise dafür gibt, dass Sie mit den falschen Leuten zu tun haben. Damit haben Sie gerade einen wichtigen Test bestanden«, erklärte Temple Dowling. »Hier, Reverend, nehmen Sie meine Karte. Ich erwarte, dass Sie mich anrufen, wenn Sie herausfinden, wo sich Mr. Barnum aufhält. Des Weiteren halten Sie mich auf dem Laufenden, was diese Chinesin treibt. Ich will alles wissen, was da unten passiert. Außerdem werden Sie meine Verbindung zu Krills Bande sein. Was immer er tut, was immer er sagt, Sie werden mir jedes Detail unverzüglich berichten.«

»Moment mal, das geht mir alles zu schnell.«

»Ich weiß, dass Sie das hier alles freiwillig machen. Sie machen es, weil Sie ein Patriot sind, Reverend«, sagte Dowling. »Ich weiß auch über die Bombe in der Klinik Bescheid. Sie sind ein Mann, der bereit ist, Risiken einzugehen. Deshalb nehme ich Sie in mein Team auf.«

»Mit dieser Sache in der Klinik hatte ich nichts zu tun. Rein gar nichts.«

Temple Dowling legte seine Hand auf Codys Schulter. »Mit uns wird es Ihnen an nichts fehlen. Es ist auch ein guter Batzen Geld für Sie drin. Mein Wort drauf. So, und jetzt eine Umarmung!«

»Wie bitte?«

»War nur ein Scherz. Fast wären Sie drauf reingefallen, stimmt's?«

In Codys Kopf drehte sich alles, und aus seinen Achselhöhlen roch es nach Katzenklo. »Nein, Sir«, sagte er.

»Nein, Sir, was?«, fragte Temple Dowling.

»Ich arbeite nicht für Sie. Ich habe mit Ihnen und dem, was Sie treiben, nichts zu tun.«

»Nun, ich habe zwei beeidigte Erklärungen, dass Sie den Küchenwecker für den Bombenanschlag auf die Klinik gekauft haben. Wie Sie wissen, ist eine Krankenschwester bei der Sache erblindet und muss nun mit einem entstellten Gesicht leben. Wenn Sie möchten, kann ich Ihnen ein paar Bilder von der Frau zeigen. Ich habe auch ein Video, auf dem Sie in der Menge der Schaulustigen zu sehen sind, die sich nach der Explosion auf der Straße vor der Klinik versammelt haben. Sie konnten es wohl nicht lassen und mussten sich das Ergebnis Ihres Machwerks unbedingt aus nächster Nähe ansehen, stimmt's? Genau das meine ich, wenn ich sage, dass Sie ein Kerl sind, der am Limit lebt. Sie nehmen nicht alles hin und lassen nicht zu, dass andere auf Ihnen herumtrampeln. Sie wissen, wie man zurückschlägt, Reverend. Die Babykiller-Karriere dieser Frau dürfte jedenfalls ein für alle Mal beendet sein, so viel ist sicher.« Er sah seine Männer an und konnte das Lachen nicht länger unterdrücken. Auch seine Gefolgsleute feixten und schienen sich über alle Maßen zu amüsieren. »Sie sind schon ein ganz besonderer Hirte, Reverend Daniels«, sagte Dowling.

Als die Besucher gegangen waren, spürte Cody ein Hämmern in seinem Schädel. Völlig erschlagen sank er auf eine Bank. Seine Augenlider flatterten, und seine Muskeln fühlten sich so schlaff, als hätte man ihm die Knochen aus dem Körper entfernt. Bisher hatte er sich nur einmal in seinem Leben derart verzweifelt gefühlt – damals, als die zwei Gefängniswärter mit ihm fertig waren, ihn vom Sägebock hoben und wie ein Stück Fleisch auf den Werkstattboden fallen ließen. Er fragte sich, warum so viele Menschen glaubten, erst sterben zu müssen, um durch die Hölle zu gehen.

Kapitel 5

Spät am Sonntagnachmittag parkte Pam Tibbs den Jeep Cherokee des Departments am Eingangstor zu Hackberrys Grundstück, ging über den mit Steinplatten befestigten Gehweg zur Veranda des Hauses und klopfte an die Tür. Hackberry öffnete barfuß und mit einer Lesebrille auf der Nase.

»Ich habe zweimal angerufen, aber du bist nicht rangegangen. Also dachte ich, ich fahr einfach mal raus und versuch mein Glück«, sagte sie.

»Ich war auf der Koppel«, antwortete er.

»Maydeen hat zwei Meldungen reinbekommen: Eine illegale Müllentsorgung und einen Einbruch in einem Jagdlager. Bei beiden Vorfällen wurden zwei Männer beobachtet. Die Müllentsorgung war dann aber doch nicht, wonach es anfänglich aussah.«

»Ich fürchte, ich kann dir nicht ganz folgen.«

»Letzte Nacht hat ein Autofahrer gesehen, wie zwei Typen in einem Flussbett rumgeschlichen sind. Er dachte, die beiden würden dort Müll abladen. Später hat sich rausgestellt, dass sie den Campingaufsatz eines Pick-ups aufgebrochen und dort allerlei Zeug geklaut haben: Klamotten, Schuhe, Schlafsäcke, einen Gaskocher und einen Erste-Hilfe-Koffer«, erklärte Pam. »Heute Morgen wurde dann ein Kerl mit einem langen spitzen Bart und einem abgewetzten Sakko beim Einbruch in ein Jagdlager beobachtet. Die Beschreibung des Mannes klingt sehr stark nach einem Obdachlosen, der schon öfter beim Durchwühlen von Mülltonnen in der Nähe von Chapala Crossing gesehen wurde. Dieses Mal allerdings war er mit einer zweiten Person unterwegs. Zusammen haben die beiden über vierzig Pfund Wildfleisch aus der Trockenkammer des Jagdlagers gestohlen. Der Augenzeuge gab an, dass der Mann mit dem abgewetzten Sakko ein Stück Wäscheleine statt eines Gürtels trug. Erinnert dich das nicht an einen alten Bekannten?«

»Jack Collins ist tot«, sagte Hackberry.

»Bist du davon überzeugt?«

»Entweder ist er noch in der Höhle an seinen Verletzungen gestorben, oder er wurde später von Kojoten und Pumas gefressen. Collins war weder unsterblich, noch hatte er übernatürliche Fähigkeiten. Er war ein Psychopath und ein Frauenhasser, ein Mann, der wahrscheinlich eine Anleitung brauchte, um sich die Schuhe zuzubinden.«

»Und wer ist dann dieser Typ, der immer wieder hier in der Gegend auftaucht?«

»Ein anderer Wahnsinniger. Ist ja nicht so, als gäbe es hier nicht genug von dieser Sorte.«

»Laut Zeugenaussage hat der zweite Mann gehumpelt, so als hätte er einen weiten Weg ohne Schuhe hinter sich.«

»Der Mann, der Krill entkommen ist?«

»Kennst du die ausgebrannte Baracke, in der dieser Penner mit dem Bart gehaust hat?«

»Was ist damit?«

»Ich war da und hab's mir angesehen. Da hat jemand eine ganze Menge Brandbeschleuniger benutzt. Wer würde sich so viel Mühe machen, um eine alte Hütte anzustecken?«

»Du glaubst wirklich, dass Collins noch am Leben ist?«

»Ich bin mir nicht sicher, aber es beunruhigt mich schon, dass du noch nicht mal die Möglichkeit in Betracht ziehst. Ich glaube, du redest dir ein, dass sich das Böse tatsächlich irgendwann ausmerzen lässt.«

Sie konnte nicht sagen, ob er schwieg, weil er über ihre Worte nachdachte, oder ob er einfach nur das Interesse an der Unterhaltung verloren hatte. Mittlerweile war die Sonne hinter einem Hügel verschwunden und hatte das Innere des Hauses in Dunkelheit getaucht.

»Komme ich vielleicht gerade ungelegen?«, fragte sie und schaute an ihm vorbei in den dunklen Flur.

»Wie bitte?«

»Na ja, du hast mich nicht reingebeten. Hast du gerade Besuch?«

»Sehe ich etwa so aus, als hätte ich Besuch?«

»Verrat du es mir. Das Essen mit unserer chinesischen Maria Magdalena war doch bestimmt erst der Auftakt, oder?« Sie wartete nicht auf eine Antwort. »Wir leben in einer kleinen Stadt, Hack. Hättest du dir nicht wenigstens die Mühe machen können, mit ihr in ein anderes County zu fahren?«

»Du solltest dir nicht über derart bedeutungslose Dinge den Kopf zerbrechen, Pam.«

»Bedeutungslos? Du gehst mit einer Frau essen, die Teil einer Mordermittlung ist. Einer Frau, die möglicherweise sogar Beihilfe zu einer Straftat geleistet hat.«

»Komm rein.«

»Nein.«

»Du solltest nicht wütend auf sie sein.«

»Ich bin wütend auf *dich*! Du lässt dich von der Frau nach Strich und Faden verarschen und verhältst dich wie ein totaler Volltrottel.«

»Du meinst wie ein *alter* Volltrottel, nicht wahr?«

»Leg mir bitte keine Worte in den Mund. Und wag es ja

nicht, so zu tun, als würde ich nicht bei allem, was du tust, bedingungslos hinter dir stehen.«

Er schaute ihr fest in die Augen, nicht gewillt, auch nur einen Zentimeter nachzugeben. Sie griff seine Hand und presste sie so fest auf ihre linke Brust, dass er sie nicht wegziehen konnte. »Spürst du das? Das ist mein Herz.«

»Tu das nicht, Pam.«

»Wage niemals, mir zu unterstellen, ich wäre dir gegenüber nicht loyal!«

»Das würde ich nicht tun, Pam. Niemals.«

»Und warum tust du mir dann so weh, verdammt?«

»Das war keine Absicht.«

»Ist das alles, was du dazu zu sagen hast?«

»Ja, Ma'am, das ist alles.«

»Am liebsten würde ich dir jetzt eine runterhauen, Hack. Mit beiden Fäusten und so hart ich kann. Glaub mir, ich würde dir nur allzu gern die Visage zertrümmern.«

»Dann tu es.«

Ihre Augen schienen immer wieder den Fokus zu verlieren, und an ihren Schläfen traten pochend die blauen Venen hervor. »Wie lauten deine Anweisungen?«, fragte sie.

»Anweisungen?«

»Zu Preacher Jack Collins, oder wer auch immer dieser obdachlose Landstreicher sein mag, und seinem Kumpanen.«

»Zuerst schauen wir uns mal das Jagdlager an. Später würde ich dich gern zum Abendessen einladen.«

»Das kannst du vergessen, Hack«, sagte sie. »Ich warte im Jeep auf dich.«

In einem ausgetrockneten Flussbett, das sich durch säulenartige Sandsteinformationen schlängelte, hockte ein Mann mit einem schmutzigen, tief in die Stirn gezogenen Panama-Hut und einem Nadelstreifensakko mit abgewetzten Ärmeln vor dem Eingang zu einer Höhle. Er starrte ins Feuer, das er mit einem Ring aus Steinen begrenzt hatte, und legte immer wieder Äste und Zweige nach, wie fasziniert von seiner Macht über die Flammen. Oder von den Bildern, die er in ihnen sah. Das flackernde Licht des Feuers beleuchtete die Unebenheiten in seinem Gesicht und den unregelmäßigen Stoppelbart an Hals und Wangen, das Resultat einer Rasur mit trockener Klinge.

»Warum grinst du?«, fragte ihn der Mann auf der anderen Seite des Feuers.

»Nur so.«

Aber das war nicht die Wahrheit. Denn in den Flammen sah der Mann mit dem abgewetzten Sakko eine Frau: ihr Haar, ihr blasses Gesicht, ihren roten Mund. Er sah ihr lüsternes Lächeln, den unzüchtigen Blick ihrer Augen und den blitzenden Schneidezahn zwischen ihren Lippen, als sie mit einer Decke den hinteren Teil des Güterwagons abhängte, den sie mit ihrem Sohn bewohnte. Dann hörte er die Geräusche hinter der Decke: die Laute eines schwergewichtigen Schienenarbeiters aus Mexiko, der sich zwischen ihre Schenkel legte.

»Du bist ein eigenartiger Kerl«, sagte der Mann, der ihm gegenübersaß.

»Wieso?«

»Du hast selbst kaum genug, und doch hilfst du einem Fremden, der gar nichts hat. Du brichst das Gesetz, um ihm etwas zu Essen zu besorgen, obwohl du ihm nichts schuldig bist.«

»Vielleicht habe ich das Essen ja für mich selbst gestohlen.«

»Menschen, die so arm sind wie du, sind keine Diebe.«

»Möglich, dass ich es getan habe, weil mir dein Name so gut gefällt.«

»Mein Name ist nichts Besonderes«, sagte der Mann auf der anderen Seite des Feuers. Sein längliches Gesicht war wegen der langen Ohren und der birnenförmigen Nase eher unansehnlich. Seine Schultern waren so rund, als hätte man sie auf einer Drehbank gefertigt. Er hieß Noie Barnum.

»Noie hat die Menschheit gerettet«, sagte der Mann im Sakko. »Noie sah, wie Jahwe den Bogen in den Himmel hängte. Kennst du nicht dieses Lied: ›God gave Noie the rainbow sign / It's not by water, it's the fire next time‹?«

»Nein. Hab ich noch nie gehört.«

»Jahwe hat einen Pakt mit ihm geschlossen. Er ließ den Regen enden, glättete die Fluten und sorgte dafür, dass Noies Arche festes Land erreichte. Vor der Flut war es dem Menschen untersagt, den Tieren das Fell mit dem Messer zu öffnen. Und nach der Flut sollte der Wolf beim Lamm wohnen und der Löwe mit dem Kalb weiden. Aber das hat nicht funktioniert, und deswegen liegt ein Fluch auf der Erde.«

»Entweder warst du Professor oder hast sehr viel Zeit in öffentlichen Bibliotheken verbracht«, sagte Noie Barnum.

»Verspottest du mich?«, fragte der Mann im Sakko. Die Zähne in seinem Mundwinkel funkelten während er sprach, aber es war kein Groll in seiner Stimme.

»Nein, ich verspotte dich nicht. Ich glaube, dass du ein guter Mensch bist. Genauso wie diese asiatische Frau. Ihr beide habt mein Leben gerettet.«

»Welche asiatische Frau?«

»Die Mexikaner nennen sie *La Magdalena*.«

»Die Papistin?«

»Ich weiß nicht, ob sie eine Papistin ist. Ich weiß nur, dass sie mutig ist und ein edles Herz hat. Sie hat viel mit dir gemeinsam, Jack.«

»Das möchte ich bezweifeln.« Jack warf einen weiteren Zweig ins Feuer und schaute fasziniert zu, wie er von den Flammen erfasst wurde. Dann zog er sein Taschenmesser hervor, schälte die Rinde vom Ast eines Mesquitebaums und schnitzte ein Ende des Stocks zu einer Spitze. Anschließend spießte er vier Stücke Wildfleisch auf und sah zu, wie sie sich über dem Feuer bräunten. Er hatte dreckige Fingernägel und trug eine ausgebeulte Hose. Die Hosenbeine hatte er in seine Cowboystiefel gesteckt, und wenn er sich hinhockte, zeichnete sich an den Gesäßtaschen sein knochiges Hinterteil ab. Er öffnete eine Dose Bohnen und stellte sie in die Glut. Dann füllte er zwei Blechtassen mit dem Wasser aus seiner Trinkflasche und reichte Noie eins der Gefäße. »Hörst du dieses Geräusch?«, fragte er.

»Welches Geräusch?«

»Da draußen im Südwesten, unter dem Abendstern.«

»Nein, tut mir leid, ich kann nichts hören«, antwortete Noie.

»Das ist ein Hubschrauber. Wenn er über uns hinwegfliegt, schaust du besser auf den Boden. Dein Gesicht reflektiert das Licht, egal, wie dunkel es ist. Der karge Schein der Sterne reicht aus, um uns zu verraten. Hast du schon mal beobachtet, wie Gänse und Enten ihre Flugbahn ändern, wenn du zu ihnen hochschaust? Das ist dasselbe Phänomen. Diese Tiere bemerken selbst die kleinsten Veränderungen am Erdboden.«

»Sollten wir dann nicht auch das Feuer ausmachen?«

»In den Bergen, Canyons und Arroyos dieser Gegend gibt es überall kleine Lagerfeuer von Illegalen aus Mexiko. Aber die Leute in dem Helikopter da oben suchen nach zwei Anglos mit weißen Gesichtern. Sie suchen nach uns.«

»Wer bist du, Jack?«

»Glaub mir, das willst du nicht wissen.«

Jack zog das Band aus den Gürtelschlaufen seiner Hose, warf es ins Feuer und schaute zu, wie es sich auf den glühenden Holzresten zischend verformte und schließlich auflöste. Dann rollte er einen Gürtel aus, den er aus der aufgebrochenen Wohnkabine des Pick-ups gestohlen hatte, fädelte ihn durch die Gürtelschlaufen seiner Hose und zog ihn eng um seine knochigen Hüften zusammen.

»Ich wollte dich nicht beleidigen«, sagte Noie.

»Schon gut. Du solltest dir nicht den Kopf über einen Kauz wie mich zerbrechen«, sagte Jack. Kurz darauf erfüllte das Dröhnen eines Hubschraubers den Himmel über ihnen, und seine Silhouette, die aussah wie ein riesiger Raubvogel, schob sich vor den Mond. Jack saß regungslos auf einem Felsbrocken. Ein schiefes Lächeln umspielte sein Gesicht unter dem Schirm des Panama-Huts. Als der drückende Abwind der Rotorblätter nachgelassen hatte und der Helikopter in der Dunkelheit verschwunden war, reichte er Noie einen Blechteller. »Hier, iss. Viel mehr als über offenem Feuer gebratenes Hirschfleisch mit einer Prise Salz und Pfeffer kannst du im Moment nicht erwarten.«

Die Nachforschungen von Pam und Hackberry rund um das aufgebrochene Jagdlager und die Wohnkabine des Pick-ups blieben ergebnislos. Es gab weder verwertbare Fingerabdrücke noch Augenzeugen, die detailliertere Angaben zu den beiden Einbrechern liefern konnten. Am frühen Montagmorgen fuhr Hackberry zu der ausgebrannten Baracke, an der Anwohner häufiger einen Obdachlosen gesehen hatten.

Der Sheriff war nicht der Erste, der sich an diesem Tag für die Hütte interessierte.

Ethan Riser war bereits vor Ort und unterhielt sich mit mehreren Männern, die sich vor zwei SUVs versammelt hatten.

Obwohl die Morgenluft noch nicht sonderlich warm, die Sonne kaum über die Berge geklettert und der Boden noch feucht vom Nachtdunst war, trugen die Männer keine Jacken über ihren Hemden, dafür aber dunkle Sonnenbrillen. Riser war der Einzige, der sich zu Hackberry umdrehte, als dieser aus dem Streifenwagen stieg und auf sie zukam. »Ich bin in einer Minute bei Ihnen, Sheriff«, sagte er.

»Nein, Sir, ich muss jetzt mit Ihnen sprechen«, erwiderte Hackberry.

Riser trat aus der Gruppe heraus, und Hackberry ging mit ihm zu den Resten der Unterkunft des namenlosen Obdachlosen hinüber, einem Haufen aus Asche und Schutt. »Sind Sie aus den gleichen Gründen hier wie ich?«, fragte er.

»Welche Gründe sollten das sein?«, erwiderte Riser.

»Versuchen Sie doch nicht, mich für dumm zu verkaufen, Ethan.«

»Der FBI-Mitarbeiter, den wir suchen, heißt Noie Barnum. Wenn dieser Mann den falschen Leuten in die Hände fällt, kann das unserem Land großen Schaden zufügen. Glauben Sie mir, Hackberry, Sie haben keine Vorstellung davon, was für ein Desaster das wäre. Deshalb muss ich Sie um uneingeschränkte Kooperation bitten. Und mit ›Kooperation‹ meine ich dieses Mal, dass Sie aufhören, sich in unsere Angelegenheiten einzumischen.«

»Der Mann heißt Noie?«

»Ja, Noie wie Noah. Das ist die Schreibweise aus der King-James-Bibel«, sagte Riser.

»Passen Sie auf Riser: Das ist mein County und mein Zuständigkeitsbereich. Sie und ihre Leute sind hier nur Gäste«, sagte Hackberry.

»Jetzt werden Sie unverschämt.«

»Nicht unverschämter als die Arroganz der Bundesbehörden.«

»Ich hab keine Zeit für diesen Quatsch, Sheriff. Ich muss jetzt wieder an die Arbeit.«

»Nein, müssen Sie nicht«, erwiderte Hackberry. »Warum interessieren sich Ihre Leute für eine abgebrannte Baracke?«

»Das muss nicht Ihre Sorge sein.«

»Denken Sie, dass Jack Collins diesem Noie Barnum Unterschlupf gewährt?«

»Warum fragen Sie noch das FBI, wenn Sie eh schon alles wissen?«

»Ich frage nicht das FBI. Ich frage Sie, Ethan, von Mann zu Mann.«

»Collins Leiche wurde nie gefunden. Damit ist der Fall noch offen.«

»Denken Sie wirklich, dass er seine eigene Hütte angezündet hat? Warum sollte er das tun? Um Spuren und Fingerabdrücke zu vernichten?«

»Noch haben wir nicht alle Informationen ausgewertet und können nichts dazu sagen.«

»*Wir*? Ich habe Sie um Ihre persönliche Meinung zu einer abgebrannten Baracke gebeten. Das ist keine besonders schwierige Frage.«

»Ich denke, Sie sollten sich nicht über Dinge den Kopf zerbrechen, die ein paar Nummern zu groß für Sie sind, Sheriff. Tun Sie uns diesen Gefallen, und wir werden uns nach Kräften bemühen, Ihnen nicht mehr auf die Nerven zu gehen.«

Hackberry schaute auf die grauen und schwarzen Häufchen aus Asche, Schutt und verkohltem Holz, aus denen verrostete Wellblechplatten und von der Hitze des Feuers aufgeplatzte Lebensmitteldosen ragten. Auf dem Gras lag eine verkohlte Bibel, die man offenbar aus dem Schutthaufen gezogen hatte. Die Seiten des Buchs waren an den Außenrändern so schwarz wie Kohlepapier und flatterten im Wind. Hackberry drehte sich wieder zu Riser.

»Sie haben die Bibel nicht eingepackt«, sagte Hackberry.

»Warum sollte ich?«

»Um zu sehen, ob Collins' Fingerabdrücke drauf sind.«

Riser zog einen Kugelschreiber aus seiner Hemdtasche. Er schaute den Stift einen Moment lang an und drückte dann wieder und wieder auf den Taster am oberen Ende. »Irgendwie funktionieren die Dinger bei mir nie.«

»Sie wissen bereits, wem die Bibel gehört. Collins, nicht wahr?«, sagte Hackberry.

Riser steckte den Kugelschreiber wieder in die Tasche zurück, schaute auf die Uhr und dann zu seinen Kollegen. »Ich kann nur hoffen, dass wir uns nicht allzu sehr in die Quere kommen, Sheriff. Wir sehen uns.«

»Hier ist etwas anderes passiert, stimmt's? Collins hat die Baracke nicht angezündet.«

»Wie kommen Sie darauf?«

»Jack Collins ist ein religiöser Fanatiker. Er würde seine Bibel nicht verbrennen.«

»Sie sind cleverer, als Ihnen guttut, Sheriff. Und das meine ich als Kompliment.«

»Ihre Leute haben den Schuppen angezündet.«

»Nein, *wir* haben das nicht getan.«

»Dann eben einer von der Immigrationsbehörde, von der Border Patrol oder von der Drogenfahndung. Irgendeiner von euch Typen hat das zu verantworten. Und jetzt sagen Sie mir nicht, dass ich Unrecht habe. Ich wünschte es wäre so, aber die Wahrheit sieht anders aus.«

»Vielleicht haben Sie ja recht«, erwiderte Riser, »und irgendein Hitzkopf ist durchgedreht, um Collins einen Denkzettel zu verpassen. Nicht alle Menschen auf diesem Planeten haben ihre Emotionen immer so einwandfrei unter Kontrolle wie Sie, Sheriff.«

»Wollen Sie mir damit etwa sagen, dass einer Ihrer Leute ein Privatgebäude mit Brandbeschleuniger überschüttet und angesteckt hat, und dass so etwas unter Gesetzeshütern öfter vorkommt?«

»Die Typen von der Forstverwaltung stecken seit Jahren die Bretterbuden von Landbesetzern an, um sie zu vertreiben.«

»So dumm kann doch niemand sein. Kapieren Sie überhaupt, was Ihre Leute da getan haben?«

»Das Justizministerium ist kein Streichelzoo und lässt sich nicht verarschen. Wir machen uns nicht in die Hose, nur weil wir einen selbsternannten Messias zur Strecke bringen müssen, der seine Unterwäsche das letzte Mal im Zweiten Weltkrieg gewechselt hat.«

Hackberry ging zu der Gruppe Bundesagenten, die immer noch bei den zwei SUVs standen. »Wer von euch hat die Baracke abgefackelt?«

Schweigend und ohne die Miene zu verziehen, starrten sie Hackberry durch ihre Sonnenbrillen an. »Welche Baracke?«, sagte schließlich einer von ihnen.

»Ich habe neun Opfer von Jack Collins ausgegraben; asiatische Frauen, manche von ihnen noch Kinder. Der Mistkerl hat eine Thompson-Maschinenpistole benutzt und aus nächster Nähe ein ganzes Magazin auf diese Frauen abgefeuert. Anschließend hat er sie mit einem Bulldozer hinter einer verlassenen Kirche verscharrt. Mindestens eine der Frauen war noch am Leben, als die Planierraupe über sie hinweggerollt ist. Später hat ein Mafiaboss aus Phoenix drei kalifornische Auftragskiller auf Collins angesetzt, aber das hat nichts genutzt. Collins hat die Kerle mithilfe einer Nutte in die Falle gelockt und mit ihren Innereien die Wände des Motelzimmers dekoriert.«

»Hört sich so an, als hätte es der Mistkerl verdient, dass man ihm die Bude ansteckt«, bemerkte einer der Agenten.

Hackberry ging mit versteinertem Gesicht zu seinem Streifenwagen zurück. An seinen Schläfen traten pochend die Venen hervor. Er hörte, wie einer der Agenten irgendeine Bemerkung machte und seine Kollegen lachten. Aber er drehte sich nicht um. Stattdessen sah er Ethan Riser an. »Diese Ivy-League-Pisser da hinten?«, presste er hervor.

»Was ist mit denen?«, fragte Riser.

Hackberry öffnete die Tür zu seinem Wagen. »Ich dachte, Sie wären anders als die«, sagte er.

»Sie hätten bei der ACLU bleiben sollen, Sheriff. Da hält man sich wenigstens an die allgemein üblichen Vorgehensweisen und an das Protokoll. Das sind Leute, die zweimal nachdenken, bevor sie die eigenen Ziele über die Sicherheit ihres Landes stellen«, sagte Riser. »Wie kommen Sie eigentlich darauf, andere Leute derart zu belehren? Wer hat Sie zum Allmächtigen gemacht?«

»Niemand«, erwiderte Hackberry. »Ihr Typen kommt einem doch immer auf die gleiche Tour. Ihr wickelt eure Lügen ins Sternenbanner und gebt dann anderen die Schuld. Sie und Ihre Kollegen sollten sich schämen, Ethan.«

Als er davonfuhr, rissen die Hinterräder seines Wagens zwei lange Furchen in den Grasboden.

Am Abend wurde Hackberry einmal mehr daran erinnert, dass die Vergangenheit keine flüchtige Erinnerung war, sondern ein

Wesen mit langen und kraftvollen Tentakeln, die sich durch Raum und Zeit winden und selbst nach Jahrzehnten noch ihre Opfer packen und fortreißen können. Als er von der Arbeit heimkehrte, fand er einen Briefumschlag vor seiner Tür. In dem Kuvert befand sich ein sorgsam in der Mitte gefaltetes Stück Papier mit silbernen Kanten. Die Nachricht war mit blauer Tinte geschrieben und in einer fließenden Handschrift verfasst, deren Schnörkel an den Enden dünn ausliefen.

Sehr geehrter Sheriff Holland,

zuallererst möchte ich Ihnen zu all Ihren politischen Erfolgen gratulieren. Mein Vater hat immer in den höchsten Tönen von Ihnen gesprochen. Ich bin mir sicher, dass er sehr stolz auf Sie wäre. Entschuldigen Sie bitte, dass ich direkt zu Ihrem Haus gefahren bin, ohne vorher anzurufen. Ihre Nummer stand nicht im Telefonbuch. Rufen Sie mich doch auf meinem Autotelefon an, wenn Sie heute Abend Zeit für ein gemeinsames Essen oder einen Drink haben. Andernfalls versuche ich es später noch einmal persönlich bei Ihnen Zuhause oder im Büro.

Mit freundlichen Grüßen
Temple Dowling

Instinktiv warf Hackberry einen Blick über die Schulter, als könnte dort, außerhalb seines Sichtfelds, ein alter Feind lauern. Dann ging er ins Haus und zerriss das Schreiben und den Umschlag. Er legte die Fetzen übereinander und zerriss sie noch einmal, bevor er sie in den Eimer für die Küchenabfälle warf und sich die Hände in der Spüle wusch.

Das Wasser konnte zwar den Dreck von seiner Haut spülen,

die Erinnerungen an Temples Vater, Senator Samuel Dowling, allerdings konnte es nicht fortwaschen. Die Erinnerungen, die Hackberry beim Namen Dowling überkamen, waren nicht deshalb unbequem, weil der Senator ein schlechter und bis auf die Knochen korrupter Mensch gewesen war. Sie quälten Hackberry, weil er sich in seiner Zeit als Kandidat für das Repräsentantenhaus aus freien Stücken von Dowling hatte manipulieren lassen.

Die Sechzigerjahre waren eine Phase des Übergangs in der politischen Geschichte von Texas gewesen: Mexikanische Landarbeiter hatten begonnen, sich in Gewerkschaften zusammenzuschließen, und die Schwarzen hatten durch den Voting Rights Act von 1965 politisches Mitbestimmungsrecht erhalten. Hackberry hatte diese Veränderungen nur aus der Ferne wahrgenommen und war ansonsten mit Ausflügen in die Bordelle von Coahuila und Nuevo León beschäftigt gewesen oder hatte sich die Zeit mit seiner alten Liebe namens Jack Daniel's vertrieben. Für den ersten Drink des Tages füllte er ein großes Glas mit geschabtem Eis, goss vier Finger hoch Whiskey auf und gab ein paar Pfefferminzblätter und einen Teelöffel Zucker hinzu. Wenn er dann trank, rauschte die bernsteinfarbene Flüssigkeit mit der Intensität eines Orgasmus durch seinen Körper.

Sowohl die Spitze der texanischen Demokraten als auch Hackberrys erste Frau Verisa waren von der Aussicht begeistert gewesen, dass bald schon ein groß gewachsener, attraktiver Kriegsheld ihren Bundesstaat im Repräsentantenhaus vertreten würde. Es dauerte nicht allzu lange, bis auch Hackberry auf den Geschmack kam und herausfand, dass weder eisgekühlter Whiskey noch die Schenkel mexikanischer Huren mit den Verlockungen von Berühmtheit und politischer Macht mithalten konnten.

Die Reize einer solchen Karriere waren allerdings nicht ausschließlich oberflächlicher Natur. Versteckt zwischen dem geschmacklosen und groben Gebaren der Neureichen, die Hackberry umschwärmten, und den manipulativen Annäherungsversuchen der Schmeichler und Heuchler gab es Momente, die ihm das Gefühl vermittelten, Geschichte zu schreiben. Wie auch immer man es beurteilen mochte, Hackberry war Teil des Jefferson'schen Traums geworden: ein hochdekorierter Navy-Sanitäter aus einer texanischen Kleinstadt, der bald schon in der Machtzentrale der Vereinigten Staaten sitzen sollte. Möglich, dass andere diesen Traum beschmutzt hatten, aber das bedeutete noch lange nicht, dass er verloren war – oder zumindest hatte Hackberry sich das immer wieder eingeredet. Selbst George Orwell hatte in seiner Beschreibung der feierlichen, von Blaskapellen und Blumen streuenden Mädchen begleiteten Verabschiedung der Soldaten an die Front des Spanischen Bürgerkriegs gesagt, dass es möglicherweise doch so etwas wie eine glorreiche Seite des Krieges gäbe.

Ein Abend im Kampagnensommer war Hackberry ganz besonders deutlich in Erinnerung geblieben. Nur im Bademantel, mit einem Glas eisgekühltem Whiskey in der Hand, hatte er auf dem Balkon seines Zimmers im Shamrock Hotel in Houston gestanden. In der Tiefe glitzerten die Lichtsäulen der Scheinwerfer unter der Oberfläche des Swimmingpools, der in Form eines vierblättrigen Kleeblatts angelegt war. Auf der anderen Seite des Boulevards, wo der ländliche Süden auf das neue amerikanische Imperium des Öls traf, pumpten die Ölförderanlagen unermüdlich und in dem gleichmäßigen, vorhersehbaren Rhythmus eines kopulierenden Paares das schwarze Gold aus dem Boden, während nicht weit entfernt die Rinder im hüfthohen Gras weideten und der Donner durch die schwarzen und dunkelvioletten Regenwolken am Himmel krachte.

Das Shamrock Hotel war von einem berüchtigten Öl-Tycoon erbaut worden, der später gelegentlich im Shamrock Room, einem der noblen Hotelrestaurants, auftauchte, um eine Schlägerei mit seinen Gästen anzuzetteln und das Mobiliar zu zertrümmern – und auf diese Weise den Mythos zu befeuern, der seinen Anhängern vorgaukelte, selbst zu Residenten in diesem magischen Königreich werden zu können, wenn nur die Würfel richtig fielen.

An jenem Abend sollte Hackberry zu einem Festsaal voller Wahlkampfsponsoren sprechen, die mit ihren Kreditkarten ganze Länder in der Dritten Welt hätten kaufen können. Wenn er sich in ihrer Gesellschaft befand, blitzten in seinem Kopf manchmal Erinnerungen an den baseballbegeisterten High-School-Schüler auf, der 1947 ein mexikanisches Mädchen in ein Autokino ausgeführt hatte und für diese Dreistigkeit auf der Schultoilette bewusstlos geschlagen worden war. Aber Hackberry dachte nicht gern an den Menschen zurück, der er einmal gewesen war. Stattdessen erhob er die Selbstzerstörung seiner Person zu einer Religion und umgab sich mich Leuten, die er insgeheim verabscheute.

Gedankenversunken stand er auf dem Balkon, hoch über dem Pool, und hörte nicht, wie der Senator von hinten an ihn herantrat. Erst als dieser ihm die Hand in den Nacken legte und seine Muskeln massierte, wie ein Vater es bei seinem Sohn tun würde, bemerkte er ihn. »Nervös?«, fragte ihn der Senator.

»Sollte ich denn nervös sein?«

»Nur, wenn du vorhast, diesen Leuten die Wahrheit zu sagen.«

»Was ist die Wahrheit, Senator?«

»Dass die Welt, in der wir leben, eine Kloake ist, egal wie schön sie duftet. Dass die meisten dieser Menschen lieber einen

Spucknapf austrinken würden, als auch nur einen winzigen Teil von dem aufzugeben, was du da drüben auf der anderen Seite des Boulevards siehst: die Grundlage ihres Reichtums und ihrer Macht. Dass sie dich heute kaufen wollen, um dich nicht später leasen zu müssen. Das ist die Wahrheit.«

Hackberry nahm einen Schluck aus seinem Glas. Die Eiswürfel klirrten leise, die Palmwedel vor dem Hotel wiegten sich im Wind, und die Wärme des Whiskeys beruhigte sein Herz wie ein alter Freund, der ihn daran erinnerte, dass nicht die Schnellen den Wettlauf gewinnen. »Die Wahrheit zu sagen wäre also meine größte Sünde? Ist das nicht eine sehr merkwürdige Sicht auf die Aufgaben eines Staatsdieners?«

»Es gibt noch eine weitaus schlimmere Sünde.«

»Und die wäre?«

»Die Antwort auf diese Frage kennst du bereits, Hack.«

»Der Treuebruch gegenüber der Person, die mich auserwählte und mir die Hand auf das Haupt legte, um mich zu salben?«, fragte Hackberry.

»Das ist eine schöne Umschreibung«, sagte der Senator. »Deine Frau sagt, du hättest die letzte Nacht bei einer mexikanischen Hure in Uvalde verbracht?«

»Das stimmt nicht. Es war in San Antonio.«

»Ha! Der war gut, den muss ich mir merken! Aber von nun an ist Schluss mit derartigen Ausflügen. Dafür hast du noch genug Zeit, wenn du erst mal in Washington bist. Glaub mir, dort wirst du so viele Gelegenheiten haben, dass es dich irgendwann langweilt – falls das nicht jetzt schon der Fall ist. Wenn ein Mann deines Kalibers mexikanische Putzfrauen flachlegt, geschieht das nicht aus einem willentlichen Akt der Untreue heraus. Es ist vielmehr ein Zeichen von Wut als von körperlicher Lust. Als Auslöser reicht da schon ein bisschen Ärger zu

Hause. Besser als sich zu besaufen, ist es allemal. Trifft das auch für deine Geschichte mit diesem Mädchen in San Antonio zu?«

Hackberry antwortete nicht.

»Schon okay. Es ist keine Schande, ein Laster zu haben. Das macht uns schließlich menschlich«, sagte der Senator und klopfte Hackberry sanft auf den Hinterkopf. Dann lehnte er sich über das Geländer des Balkons und spuckte hinunter, wo die Hotelgäste am Pool beim Essen saßen.

Dieser Moment auf dem Balkon und die Berührung des Senators, als er seinen Hinterkopf tätschelte, hatten sich in Hackberrys Erinnerung eingebrannt und ihn wie eine Art Stigma über vier Jahrzehnte lang verfolgt.

Eine Stunde nachdem er die Nachricht von Temple Dowling zerrissen und entsorgt hatte, sah Hackberry durchs Fenster, wie ein BMW vorne am Tor zu seinem Grundstück parkte und ein Mann den mit großen Steinplatten befestigten Weg zur Galerie seines Hauses hinaufging. Der Besucher hatte grau meliertes, volles Haar und Lippen, die zu groß für seinen Mund zu sein schienen. Er trug einen mit Eiswürfeln gefüllten Kübel unter dem Arm, aus dem der Hals einer grünen Flasche ragte. Noch bevor der unbekannte Gast auf den Klingelknopf drücken konnte, öffnete Hackberry die Tür.

»Hallo, Sheriff. Haben Sie meine Nachricht erhalten?«

»Ja, Sir, das habe ich. Sie müssen Mr. Dowling sein. Stellen Sie doch den Eimer und die Flasche ab und kommen Sie rein.«

»Wie bitte?«

»Wenn ich Gäste habe, trinken die in meinem Haus nur das, was ich auch trinke. Oder sie trinken gar nichts.«

»Eigentlich war die Flasche für das Treffen mit einer Bekannten gedacht, aber die Gute hat mich sitzen lassen. Ich sehe es nicht gern, wenn ein edler Tropfen umkommt. Nur deshalb habe ich die Flasche mitgebracht. Mein Vater sagte, Sie seien früher kein Kostverächter gewesen.«

»Wollen Sie reinkommen oder nicht, Sir?«

»Danke. Ich werde meinen Kübel hier draußen stehen lassen.« Dowling ließ sich in einem tiefen kastanienbraunen Ledersessel nieder, schaute aus dem großen Fenster nach draußen und klopfte sich mit den Händen auf die Oberschenkel. Ein massiver goldener Siegelring der University of Texas prangte an einem der Finger seiner linken Hand. Er trug einen grauen Anzug und einen Schlips, der so rot strahlte wie ein aufgeschnittener Granatapfel. Doch es war sein Gesicht, das Hackberrys Aufmerksamkeit weckte: die großen Lippen, die rosafarbenen Wangen und der Teint seiner Haut, der aus einem Kosmetiktöpfchen zu stammen schien, dazu die schweren Augenlider, die fast durchsichtig und von feinen Äderchen durchzogen waren. »Was für eine tolle Aussicht. Die Berge vor Ihrem Haus erinnern mich an …«

»An was?«

»An eines dieser tahitianischen Gemälde von diesem Maler – wie hieß er doch gleich? Gauguin? Er hatte eine Vorliebe für barbusige Tahitianerinnen.«

»Möglich. Ich bin kein Experte auf diesem Gebiet.«

Temple Dowling lächelte und verschränkte die Finger.

»Amüsiere ich Sie, Sir?«, fragte Hackberry.

»Nein. Ich musste nur eben an etwas denken, das mein Vater einmal sagte. Er bewunderte Ihren Elan, Sheriff«, sagte Dowling. »Als ich ihm erzählte, dass ich gehört hatte, Sie hätten viele Freundinnen, meinte er: ›Nun, Mr. Holland ist ein wahrer Menschenfreund. Man darf eben nur nicht vergessen, dass die Hälfte der Menschheit weiblichen Geschlechts ist.‹«

»Ich glaube, dass der Senator die Art unserer Beziehung falsch interpretiert hat, Sir«, sagte Hackberry. »Wir waren keine Freunde, sondern haben einander benutzt. Diese Aussage bezieht sich allerdings in erster Linie auf mich, nicht so sehr auf ihn.«

»Nennen Sie mich doch Temple.«

»Ich hatte nicht einfach nur viele Freundinnen. Ich war ein Säufer und ein Hurenbock und habe die Körper armer Bauernmädchen auf der anderen Seite des Flusses benutzt, ohne an das Elend zu denken, in dem diese Menschen lebten. Als ich den Senator kennenlernte, war ich arrogant und eigensinnig und dachte, ich könnte mit dem Teufel tanzen. Irgendwann kam dann der Moment, an dem ich merkte, dass ich das Potenzial des Senators unterschätzt hatte«, sagte Hackberry. »Ich sprach mit ihm über die politischen Prinzipien meines Vaters und dessen Freundschaft mit Franklin Roosevelt, woraufhin mir der Senator die näheren Umstände des Freitods meines alten Herrn erläuterte: Mein Vater hatte sich eine Kugel in den Schädel gejagt, weil er Schmiergeld von Leuten angenommen hatte, die ihn später damit erpressen wollten. Diese Leute waren Freunde des Senators. Er hat es sichtlich genossen, mir diese Geschichte zu erzählen.«

»Ich bin nicht mein Vater, Sheriff.«

»Nein, Sir, das sind sie nicht. Aber aus reinem Wohlwollen sind Sie bestimmt auch nicht hier.«

»Was schätzen Sie, Sheriff, wie viel Geld braucht man wohl, um New York City lahmzulegen?«

»Ich weiß es nicht, und ehrlich gesagt interessiert es mich auch nicht.«

»Mit ›lahmlegen‹ meine ich keine vorübergehenden Störungen wie nach dem 11. September. Ich meine, dass die Tunnel geflutet, die Brücken und Krankenhäuser zerstört, das Trinkwasser vergiftet und alle fünf Stadtgemeinden mit Feuer, Krankheit und Leiden überzogen werden. Was, wenn ich Ihnen sage, dass fünfzigtausend Dollar reichen würden? Die bösen Jungs brauchen nur fünf Riesen an den richtigen Stellen einzusetzen und könnten ganz New York City in den neunten Höllenkreis verwandeln.«

»In welcher Branche sind Sie tätig, Sir?«

»Ich arbeite für die Verteidigung unserer Nation.«

»Würden Sie bitte meine Frage beantworten?«

»Unbemannte Luftfahrzeuge.«

»Drohnen zum Abfeuern von Raketen?«

»Ja, teilweise. Oftmals übernehmen diese Flugobjekte aber auch nur einfache Beobachtungsaufgaben. Die Kosten zur Herstellung einer Patriot-Rakete betragen drei Millionen Dollar. Drohnen lassen sich zu einem Bruchteil dieser Summe produzieren. Eine kleine Drohne lässt sich sogar mit Batterien betreiben und kann durch gegnerische Wärmesuchraketen nicht abgeschossen werden. Diese Dinger können bei Bedarf so langsam fliegen, dass feindliche Abfangjäger sie nicht erfassen. Vor Kurzem erst hat die Hisbollah Drohnen im israelischen Luftraum eingesetzt.«

»Schön und gut, aber was wollen Sie von mir?«

»Nichts. Ich bin nur hier, um meine Dienste anzubieten.«

»Ihre Dienste? Die werden weder benötigt, noch sind sie erwünscht.«

»Irgendwo in diesen Bergen da draußen läuft ein Mann namens Noie Barnum herum. Barnum ist ein Spinner, ein fehlgeleiteter Idealist, der glaubt, die Welt ein wenig sicherer zu machen, wenn er Detailwissen zu unseren Waffen veröffentlicht.«

»Mein Eindruck ist eher, dass er gekidnappt wurde, um an Al-Qaida verkauft zu werden, aber kurz vor der Übergabe fliehen konnte. Es scheint mir ganz und gar nicht so, als wäre er freiwillig auf der Flucht.«

»Warum stellt er sich dann nicht?«

»Das ist eine gute Frage.«

»Barnum hat anderen Leuten gegenüber von ›Gewissensproblemen‹ gesprochen. Diese ›Probleme‹ scheinen wohl darin zu bestehen, dass unbemannte Luftfahrzeuge auch Kollateralschäden verursachen können. Im Vergleich mit Napalmbomben und B52-Bombardements ist das natürlich ein Witz, aber vielleicht ist es ihm ja auch egal, wenn noch mehr von unseren Jungs draufgehen, nur weil sie irgendwelche Kameltreiber aus ihren Höhlen scheuchen müssen.«

»Warum sind Sie hier, Sir?«, fragte Hackberry.

»Ich will Noie Barnum schnappen und in einen Käfig sperren. Ich will verhindern, dass er vor eine Kamera tritt oder in ein Mikrofon spricht. Ich will, dass er hinter meterdicken Betonmauern in Guantánamo verrottet. Aber vorher soll man ihm ein Tuch aufs Gesicht pressen und den halben Atlantik drübergießen.«

»Sie können sicher sein, dass ich bei der erstbesten Gelegenheit das FBI von Ihren Bemerkungen in Kenntnis setzen werde.«

»Wer, denken Sie, lenkt dieses Land, in dem Sie leben, Sheriff?«

»Sagen Sie es mir.«

»Lyndon B. Johnson wurde von Brown & Root ins Präsidentenamt gesponsert, einem Militärdienstleister. Mittlerweile gammeln die Überreste des guten Lyndon auf irgendeinem Friedhof vor sich hin, aber Brown & Root hat sich mit Halliburton vereinigt und ist immer noch am Ball. Denken Sie vielleicht, dass unser derzeitiger Präsident die Verträge annullieren wird, die dieser Konzern für die US-Militärbasen auf der ganzen Welt abgeschlossen hat?«

»Keine Ahnung.«

Temple Dowling erhob sich aus dem Sessel und schnipste ein paar Katzenhaare von seinem Ärmel. »Mein Vater hat mich gewarnt, dass Sie nie ein besonders guter Zuhörer waren.«

»Sagt Ihnen der Name Preacher Jack Collins etwas?«

»Nein, wer ist das?«

»Der gefährlichste Mann, den ich je kennengelernt habe«, sagte Hackberry.

»Und was hat das mit Noie Barnum zu tun?«

»Ich denke, dass sich Preacher Jack Collins um Noie Barnum kümmert und ihn versorgt und beschützt. Warum er das tut, weiß ich selbst nicht so genau. Möglicherweise, weil die Feds die Baracke niedergebrannt haben, die ihm als Behausung diente. Wenn Sie noch ein wenig in der Gegend bleiben, haben Sie mit etwas Glück vielleicht sogar die Möglichkeit, ihn persönlich kennenlernen. Ich kann Ihnen nur empfehlen, das Gespräch aufzunehmen.«

»Warum sollte ich das tun?«

»Weil so Ihre letzten Worte für die Nachwelt erhalten bleiben«, antwortete Hackberry. »Hat mich gefreut, Sie kennenzulernen, Sir.«

Kapitel 6

Unter dem kargen Licht der Sterne kämpften sich Jack Collins und Noie Barnum einen Wildpfad an der Seite eines Felshangs entlang und stiegen von dort in einen engen Canyon hinab, den ein Bach in die Landschaft gefressen hatte. Der Canyon war von gelben Steinen übersät, die wie Hornstein aussahen und von den Seitenwänden heruntergefallen waren. Jack ging voraus, den Körper weit nach vorn gelehnt. Er trug ein Nylonbündel auf dem Rücken, die Gurte so eng geschnallt, dass sie ihm das Sakko in die Achselhöhlen pressten. Noie humpelte schwer, hielt einen Arm gegen die Rippen gedrückt und konnte kaum mithalten. Der Grund des Canyons war von einer Schicht fruchtbarem Boden bedeckt; Erde, die ab und an von den Hängen hinunterrutschte und auf der nun Gras und Wildblumen wuchsen. Jack legte eine Pause ein, wischte sich das Gesicht ab und musterte seinen Begleiter.

»Willst du dich vielleicht hinsetzen und eine Pause machen, Kumpel?«, fragte er.

»Nein, nein, es geht schon.«

»Du bist ein zäher Bursche.«

»Mit dir kann ich trotzdem nicht mithalten, Jack. Du bist eine wahre Bergziege.«

Jack ging zurück zu seinem Gefährten, der sich gegen die Überreste eines Zedernbaumes lehnte und schwer durch die Nase atmete. »Da unten wird's ziemlich steil. Leg deinen Arm auf meine Schulter und stütz dich auf mir ab. Wenn du eine Klapperschlange hörst, bleib stehen und gib ihr etwas Zeit, sich aus dem Staub zu machen.«

»Und wenn sie sich nicht aus dem Staub macht?«

»Dann schmeißt du mit einem Stein nach ihr.«

»Echt?«

»Irgendwie hab ich das Gefühl, dass man sich da, wo du herkommst, nicht sonderlich viele Witze erzählt, oder?«

An der Öffnung des Canyons tauchte eine Holzhütte auf und daneben eine Verladerampe, deren Holz schon ziemlich grau und verrottet aussah. Hinter der Rampe schloss sich eine Scheune mit einem Schiebetor an, und ein Stück oberhalb der Hütte stand auf Stahlpfeilern ein Wassertank. Jack stützte Noie den gesamten Weg bis zur Hütte hinauf. Dort angekommen warf er das Nylonbündel auf die Veranda und half Noie, sich auf die Stufen zu setzen. »Ich schließe erst mal die Hütte auf und mache Feuer, damit wir uns was zu essen machen können«, sagte er.

»Wem gehört das alles hier?«, fragte Noie.

»Mir.«

»Du besitzt Häuser und Grundstücke?«

»Jede Menge.«

»Du bist echt ein Spaßvogel, Jack.«

»So bin ich eben.«

Jack zog einen Schlüssel hinter einem Wandbrett hervor, schloss die Hütte auf und ging hinein. Drinnen stopfte er Zeitungspapier, ein paar dünne Zweige und drei Scheite Feuerholz in den Ofen der Kochstelle und zündete sie an. Dann trat er wieder hinaus und warf den Generator an, damit die Wasserpumpe lief und Licht in der Hütte war. Er schob das Tor der Scheune auf und warf einen Blick auf den Trans Am mit dem abgewetzten Lack, der dort stand. Um die Stoßstangen herum hatte er zwar Rost angesetzt, war aber trotzdem mit vier nagelneuen Michelin-Reifen bestückt. Jack ging zur Hütte zurück und öffnete zwei Vorratsschränke, in denen Dosen und Gläser mit Lebensmitteln sowie Kartons mit Cornflakes und Müsli lagerten. Er schmiss Corned Beef und Hash Browns in eine Pfanne, schüttete ein Glas Spinat in einen Topf und stellte beides auf die Kochstelle. Dann kam er zurück auf die Veranda und half Noie auf die Beine. »Ich schätze mal, dass ein paar deiner Rippen gebrochen sind. Von dem Schmerz wirst du noch gute sechs Wochen was haben«, sagte er. »Ich schlage vor, du nimmst das Bett, und ich lege mir eine Matratze auf den Boden.«

»Jack, ich habe keine Ahnung, was hier eigentlich abläuft. Ist das wirklich deine Hütte?«

»Weißt du immer noch nicht, wer ich bin und was ich mache?«

»Nein, ich habe keine Ahnung.«

»Ich habe lange als Kammerjäger für Orkin gearbeitet. Hab sogar noch meine Lizenz.«

»Du bist ein Schädlingsbekämpfer?«

»Ungeziefervernichtung. Das sagt eigentlich alles«, antwortete Jack.

»Warum tust du das alles für mich?«

»Ich mag deinen Akzent. Hab noch nie einen Quäker aus Alabama getroffen.«

Am nächsten Morgen stand Jack in aller Frühe von seiner Matratze am Boden auf, zog seine Stiefel an und holte eine Taschenlampe und eine Schaufel aus der Scheune. Der Himmel war von Sternen übersät, als er sich auf den Weg hinauf zu einer Höhle machte. Nachdem er sich durch die gerade einmal hüftbreite Öffnung ins Innere gezwängt hatte, stand er langsam auf und schaltete die Taschenlampe ein. Die Wände der Höhle waren so orange und blass wie die Innenseite eines Kürbisses, die Decke zerklüftet und schwarz vom Feuer der Jäger und Sammler, die diesen Unterschlupf wahrscheinlich schon vor den ersten Indianern genutzt hatten. Eine der Wände war mit Höhlenmalerei verziert worden: Bilder, die mit Steinwerkzeugen in den Fels geritzt worden waren und das Töten von Tieren und Menschen zeigten. Jack fragte sich manchmal, ob es bei dem dargestellten Kampf um Fleisch gegangen war, oder ob man die Tiere abgeschlachtet hatte, um die überlebenden Feinde verhungern zu lassen. Eine mörserähnliche Vertiefung zum Mahlen von Mais in einem Felsvorsprung, der an der Wand entlanglief, lieferte in seinen Augen den Beweis dafür, dass es bei dem Kampf nicht ums Essen gegangen war. Seiner Meinung nach töteten die Menschen einander, weil sie den Garten Eden verloren hatten. Die Verbitterung über diesen Verlust war ganz offensichtlich so groß, dass man sie nur durch Massenmord vergessen machen konnte. Warum sonst fanden die Menschen so großen Gefallen an derartigen Massakern? Töten für Nahrung? Schwachsinn. Die Besuchermassen bei diesen blutigen Free-Fight-Veranstaltungen interessierten sich auch nicht für die Qualität der Hot Dogs.

Die Luft in der Höhle war kühl und roch nach Guano, feuchtem Lehm und den Feldmäusen, die auf kleinen Vorsprüngen ihre Nester gebaut hatten. Jack kämpfte sich zum hinteren Teil des schlauchartigen Schachts vor, stellte seine Taschenlampe auf einen tischartigen Vorsprung an der Wand und machte sich ans Werk. Seinen schmutzigen Panama-Hut hatte er tief in die Stirn gezogen, seine unrasierten Wangen waren so runzlig und faltig wie altes Pergament. Mit der Schaufel pellte er eine

Mischung aus Sand, Lehm und verkohltem Holz vom Boden, die sich wie ein Streifen alter Haut auf dem Schaufelblatt rollte. Schicht für Schicht trug er den Boden ab und häufte ihn an der Seite auf. Als er ungefähr dreißig Zentimeter tief gegraben hatte, sah er einen Zipfel schwarze Plastikfolie aus der Erde ragen. Er kniete sich hin und schaufelte mit den Händen weiter. Wieder und wieder wischte er die Plastikfolie ab und schob den Dreck zur Seite, um an die äußere Kante der Plastiktüte zu gelangen. Als er die wohlvertrauten Konturen in der Tüte ertasten konnte, begann er noch kräftiger zu graben. Sein Herz schlug schneller, und in seiner Kehle breitete sich ein Kribbeln vorfreudiger Erwartung aus. Die Geräusche seines schweren Atems hallten von den Höhlenwänden wieder. Als er den Beutel schließlich komplett freigelegt hatte, schob er die Hände darunter und hob ihn aus dem Loch. Ein feuchter Geruch, kühl und streng wie ein zerstampftes Nachtschattengewächs, stieg ihm ins Gesicht. In seiner Hast stieß er die Taschenlampe vom Felsvorsprung, und mit einem Mal war es stockdunkel in der Höhle. Er tastete den Boden ab, bis er die zylinderförmige Aluminiumröhre der Taschenlampe gefunden hatte, aber als er sie einzuschalten versuchte, tat sich nichts. So blieb das Innere der Höhle von einer Dunkelheit erfüllt, die nur Blinde verstehen, und Jack fühlte sich, als hätte ihm jemand die Augen aus dem Schädel geschält. Er starrte die schlauchartige Höhle hinunter und hoffte, das Glitzern eines Sterns durch die Öffnung sehen zu können. Aufgrund des kurvigen, abschüssigen Verlaufs der Höhle jedoch war die Dunkelheit absolut und vollkommen. Wie schwarze Tinte schien sie durch seine Augen zu strömen und seinen Schädel zu füllen.

Die Situation in der Höhle erinnerte ihn an das Innere des großen Koffers seiner Mutter, damals in dem Güterwaggon, der ihr und ihm ein Zuhause gewesen war. »Du vermasselst mir die Nummern und verscheuchst mir die Freier, Jack. Das ist nun mal die einzige Möglichkeit, wie deine Mutter Geld verdienen kann«, hatte sie immer gesagt. »Es tut mir weh, das zu tun. Warum bist du nur so stur, mein Kleiner? Warum zwingst du deine Mama dazu, ihrem einzigen Sohn so etwas anzutun?«

Mit einer Hand zog er die Plastiktüte hinter sich her, mit der anderen tastete er an der Decke entlang, um sich nicht den Kopf zu stoßen. Der Gegenstand in der Tüte war so schwer, dass er polternd über den Boden der Höhle schleifte. Als er um die Kurve bog und den Sternenhimmel sah, überkam ihn ein Gefühl der Erleichterung, das sich anfühlte wie eine Infusion reinen Sauerstoffs in seine Seele. Er kletterte durch die Höhlenöffnung hinaus in die Brise des anbrechenden Tages, wo ihm der Geruch von Flusswasser, nassem Gras und Wüstenblumen in die Nase stieg, und zog dann den Plastiksack hinter sich durch den Spalt. Als er sich an den Hang setzte, lief ihm der Schweiß unter dem Hut hervor und trocknete augenblicklich auf seinem Gesicht. Er wartete, bis er wieder zu Atem gekommen war, und riss dann den Plastiksack von den harten Konturen des schweren Gegenstands hinunter. Seine Hände zitterten, als er die Schnappverschlüsse auf der oberen Seite des Gitarrenkoffers aufklappte und den Deckel öffnete. Im rosafarbenen Samtfutter des Koffers lag alles noch genauso da, wie er es vor einem Jahr zurückgelassen hatte: Seine Thompson Kaliber .45, dazu ein Stangenmagazin und zwei Trommelmagazine mit je fünfzig Schuss und sechs Schachteln Munition. Er berührte die kaltblaue, ölige Oberfläche der Maschinenpistole und beobachtete die Abdrücke seiner Finger auf dem Stahl, die sich nach der Berührung auflösten und zu verdampfen schienen wie schmelzende Eiswürfel oder Hagelkörner. Hatten die alten Götter durch die Berührung mit ihren Fingerspitzen Macht verliehen, fragte er sich selbst, oder hatten sie vielmehr die Kraft aus jenen hinausgesogen, die sie berührten? Mussten nicht Leute sterben, damit der Tod überhaupt existieren konnte? Jack fragte sich, was seine Ma wohl gesagt hätte, wenn sie ihn so gesehen hätte. Hätte sie ehrfürchtig gelächelt, wenn der elektrische Lichtbogen aus der Mündung der Thompson zuckte und seine Feinde niedermähte wie eine Sense, die durch das reife Korn gezogen wird? Hätte sie verstanden, dass ihr Sohn zur linken Hand Gottes geworden war? Hätte es sie mit Stolz erfüllt oder wäre sie schreiend und zitternd wie eine verängstigte Maus davongelaufen und hätte sich bibbernd in ihrem Loch verkrochen?

Er ging durch die Hintertür zurück in die Hütte und nahm sich frische Unterwäsche, ein Paar saubere Socken, ein weißes Hemd und einen ungebügelten braunen Anzug aus dem Schrank. Dann streifte er die schmutzigen Sachen ab, ließ sie auf den Boden fallen und hüllte sich in eine Steppdecke. Mit dem Gitarrenkoffer, einer Rasierklinge, einem Stück Seife und dem Bündel frischer Kleidung unter dem Arm ging er runter zum Fluss. Dort breitete er Anzug und Unterwäsche auf einem Felsbrocken aus und setzte sich in die Mitte des Flusses, sodass das Wasser über seinen Körper hinwegströmte. Ein paar Hirsche schauten ihm von einem Arroyo aus zu. Er wusch sich Haare, Gesicht und Körper, seifte Hals, Kinn und Wangen ein und rasierte sich so gut er es ohne Spiegel vermochte. Selbst als er klitschnass ans Ufer kletterte und sich gleich anzog, ohne sich vorher abzutrocknen, fühlte sich seine Haut doch so warm an wie der Schirm einer Leselampe. Das Licht der Sterne schwand langsam vom Himmel, aber im Westen hing der Abendstern noch tief über den Bergen und verhieß mit seinem Glitzern den Anbruch eines wunderschönen, neuen Tages.

Er zog sich die Stiefel an, streckte sich mit der Thompson auf der Decke aus und legte den Kopf auf den Arm. Der Boden war mit einem Teppich winziger Wildblumen überzogen, und als er ihren Duft einatmete, glaubte er, das Flüstern des Windes im Gras zu hören. Es wurde lauter und klang bald schon wie das Brummen in einem Bienenstock oder das Flüstern verzweifelter Mädchen, die man lange vor ihrer Zeit im Boden verscharrt hatte – asiatische Mädchen, deren dunkle Augen um Mitleid bettelten und fragten: *Warum hast du uns das nur angetan?*

Ich habe euch vor einem Leben voller Erniedrigungen bewahrt, antwortete er.

Aber seine Worte fühlten sich an wie die schweren Bleistücke am Ende einer mehrschwänzigen Peitsche, die wieder und wieder auf seine Seele niederging.

Früh am nächsten Morgen trat Maydeen Stoltz in Hackberrys Büro. Sie hatte einen pinkfarbenen Notizzettel in der Hand. »Ich hatte gerade Bedford von der Feuerwehr an der Strippe. Er meinte, es hätte da einen Anruf gegeben, von dem wir wissen sollten.«

»Um was ging's?«

Maydeen schaute auf ihren Zettel. »Ein Kerl namens Garland Roark hat ihn angerufen, angeblich Spezialermittler für Brandstiftungen beim Department für öffentliche Sicherheit in Texas. Er meinte, er würde Informationen über Brandstiftungen an der Grenze zusammentragen.«

»Wie hieß der Mann noch mal?«

»Garland Roark.«

Hackberry notierte sich den Namen auf einem Notizblock.

»Jedenfalls hat Bedford ihm von der abgebrannten Hütte erzählt, in der Collins vermutlich gelebt hat«, sagte Maydeen.

»Und weiter?«

»Der Anrufer wollte wissen, warum sich Bedford so sicher war, dass es Brandstiftung gewesen ist. Bedford erklärte ihm, dass dort alles nach Kerosin gestunken hätte. Dann fragte der Anrufer, ob Bedford jemanden verdächtigen würde, und Bedford meinte: ›Keine Verdächtigen, das FBI mal ausgenommen.‹«

»Moment mal«, sagte Hackberry. »Wann hat Bedford diesen Anruf erhalten?«

»Vor einer Woche. Direkt nach dem Feuer.«

»Bedford hatte den Verdacht, dass die Feds die Hütte abgefackelt haben, und uns nichts davon erzählt?«

»Wenn du mir nicht alle zwei Sekunden dazwischenplappern würdest, könnte ich die Geschichte zu Ende erzählen«, sagte Maydeen.

»Entschuldige.«

»Ich habe Bedford jedenfalls genau dieselbe Frage gestellt. Er meinte, ein Trucker hätte ein Auto mit Regierungskennzeichen neben der Hütte gesehen, kurz bevor sie in Flammen aufging. Bedford dachte sich, dass die Feds bestimmt einen triftigen Grund hatten, die Hütte anzuzünden, dass es möglicherweise ein Rastplatz für illegale Einwanderer war oder so.«

»Warum ruft Bedford uns gerade jetzt an?«

»Er hat sich nach dem Anruf gewundert, warum dieser Roark nicht auch nach den Brandstiftungen in unseren Wäldern gefragt hat. Warum so viel Aufhebens um eine alte Bretterbude? Heute Morgen hat er dann in Austin angerufen, wo man ihm mitteilte, dass im Department für öffentliche Sicherheit niemand mit dem Namen Garland Roark arbeitet.«

»Ich weiß. Der Mann ist nämlich schon tot«, sagte Hackberry.

»Du kanntest ihn?«

»Garland Roark war der Autor von *Im Banne der roten Hexe*. Jack Collins benutzt auf offiziellen Dokumenten gern die Namen bekannter Schriftsteller – wie zum Beispiel B. Traven, der Autor von *Der Schatz der Sierra Madre*. Wenn er nicht gerade Leute umlegt, kann Jack ein ziemlicher Spaßvogel sein.«

»Soll ich Bedford an die Strippe holen?«

»Ach, vergiss Bedford. Ruf Ethan Riser an und gib ihm die Details durch. Wenn du ihn nicht erreichst, quatsch ihm einfach aufs Band.«

»Solltest du das nicht lieber selbst machen?«

»Ich habe keine Lust mehr, für Ethan Riser die Kohlen aus dem Feuer zu holen«, antwortete Hackberry. »Und sag doch bitte Pam Bescheid, dass ich Sie sprechen möchte.«

»Jawohl, Sir.«

Kurz darauf klopfte Pam an den Türpfosten von Hackberrys Büro.

»Jack Collins hat Wind davon bekommen, dass die Feds seine Hütte abgefackelt haben«, sagte Hackberry.

»Weiß Riser davon?«

»Noch nicht, aber bald. Irgendwelche Vorschläge?«

Sie zuckte mit den Schultern. »Nicht wirklich. Collins wird sich dafür rächen wollen.«

»Ja, das ist anzunehmen. Allerdings sind wir beide die einzigen Gesetzeshüter in der Gegend, die ihn kennen und ihm schon persönlich gegenüberstanden.«

»Tja, vielleicht lernt Agent Riser auf diese Weise ja mal was und hört endlich auf, ständig den Oberschlauen zu spielen.«

»Wir werden nicht zulassen, dass Collins unser County zu seinem persönlichen Jagdgebiet macht.«

Sie fischte eine Dose Altoids aus ihrer Hemdtasche und legte sich eins der Pfefferminz-Dragees auf die Zunge. »Warum wolltest du mit mir sprechen, Hack?«

»Du weißt, wie Collins denkt.«

»Du fragst mich also, was sein nächster Schritt sein wird?«

»Ich dachte, du hättest vielleicht eine Idee. Schließlich ist er mit einer Maschinenpistole auf dich losgegangen.«

»Ja, und ehrlich gesagt, würde ich das lieber heute als morgen aus meiner Erinnerung streichen.«

»Ich auch«, erwiderte er.

»Collins jagt wie ein Puma«, sagte sie. »Er geht zum Wasserloch und wartet dort auf seine Beute.«

»Wo ist das Wasserloch?«

»Wo auch immer er damit rechnet, dass die Feds da in nächster Zeit auftauchen«, antwortete Pam.

»Aber wo genau soll das sein?

»Das weißt du doch selbst.«

»Sag du es mir.«

»Bei der Asiatin, die Noie Barnum Unterschlupf gewährt hat. Wahrscheinlich beobachten die Feds sie bereits. Collins wird es irgendwann herausfinden.«

»Lust auf einen Ausflug?«, fragte Hackberry.

Sie schaute aus dem Fenster, auf die Flagge, die am silberfarbenen Mast vor dem Gebäude flatterte. Im Norden zog eine Wand aus Regen und Staub über die Berge, aber im Süden war der Himmel strahlend blau, und die Sonne war heiß und gelb wie die Mitte eines Spiegeleis. »Warum fragst du mich überhaupt? Du bist doch der Boss, oder etwa nicht?«, antwortete sie.

Nachdem die zwei Männer ihren schwarzen SUV hinter einem Hügel abgestellt hatten, suchten sie sich ein Plätzchen, von dem aus sie das gesamte Tal überblicken konnten, in dem die Asiatin wohnte, und bauten dort ein Hochleistungsfernrohr inklusive Kamera auf. Sie trugen Stonewashed-Jeans, Wanderschuhe mit festen Sohlen, Sonnenbrillen und kurzärmelige Hemden mit vielen Taschen. Beide waren braun gebrannt und wirkten wie Männer, die regelmäßig lange Strecken liefen oder schwammen, Kampfsport machten oder ihr Alltagsleben nach militärischen Vorgaben ausrichteten. Einer von ihnen stellte eine Lunchbox auf einen flachen Felsen und holte zwei Schinkensandwiches und eine Thermoskanne mit heißem Kaffee heraus. Beide Männer trugen an ihren Gürteln schwarze Nylonhalfter, in denen Glock-Pistolen steckten.

Zehn Minuten später rollte ein Stein von dem Hügel hinter ihnen herab. Die Männer drehten sich um, konnten aber nichts Außergewöhnliches entdecken. Nachdem sie ihre Sandwiches gegessen und sich eine zweite Tasse Kaffee eingeschenkt hatten, hörten sie den Ton einer Gitarrensaite. Als sie sich wieder umdrehten, sahen sie ungefähr dreißig Meter entfernt in einem ausgetrockneten Flussbett eine einsame Figur – einen Mann, der auf dem ausgeblichenen Stamm eines entwurzelten Baumes saß. Das Gesicht des Mannes war durch den Rand seines verdreckten Panama-Huts nur schlecht zu erkennen. Auf einem seiner Oberschenkel ruhte eine Gitarre. Er zupfte mit dem Daumennagel an einer einzelnen Saite und drehte gleichzeitig einen Wirbel am Gitarrenkopf. »Howdy«, sagte er, ohne aufzuschauen.

»Wo zum Teufel kommst du denn her?«, fragte einer der Männer am Fernrohr.

»Von da drüben, hinter den Felsen«, erwiderte der Mann mit der Gitarre.

»Verrätst du uns, wer du bist?«

»Nur ein einfacher Pilger.«

»Wo ist dein Auto, Pilger?«

»Wer sagt denn, dass ich eins habe?«

Die Männer mit den Sonnenbrillen sahen sich an. »Dann hat er sich wohl hergebeamt«, sagte einer von ihnen.

»Man kann nie wissen. Ich komme eben rum. Kennen Sie das Lied von den Beach Boys? ›I Get Around‹?«, fragte der sitzende Mann.

»Jetzt kapier ich's. Du warst in Malibu und hast zu viel Sonne abbekommen.«

»Es gibt nicht viele Orte, an denen ich noch nicht war.«

»Toller Anzug übrigens.«

»Der hier?«, fragte der Mann und rieb mit zwei Fingern über sein Sakko.

»Ja, Mann. Muss von Armani sein.«

»Mag sein. Sie sind vom FBI, stimmt's? Oder von der DEA?«

Die zwei Männer mit den Sonnenbrillen und den Stonewashed-Jeans schauten sich an. »Sieht so aus, als wäre unsere Tarnung aufgeflogen«, sagte einer.

»Ich hab's an den Glocks erkannt.«

»Wie heißt du eigentlich, du Penner?«

Der sitzende Mann legte seine Gitarre flach auf die Oberschenkel und starrte ins Leere. Die Unebenheiten seiner Gesichtshaut sahen aus wie beigefarbenes Pappmaché. Neben seinen Füßen lag ein stabiler Gitarrenkoffer. Es war ein teures Modell, in dem man eine Martin oder eine alte Gibson erwarten würde. »Habe ich Sie bei irgendetwas gestört?«, fragte er.

»Deine Gitarre sieht ziemlich schrottreif aus.«

»Das ist sie auch. Die Saiten sind rostig und hören sich an wie Weidedraht.«

»Warum nimmst du nicht deine Mistforke von einer Gitarre und spielst irgendwo anders?«

»Glauben Sie, dass die Regierung das Recht auf Expropriation hat?«

»Das Recht auf was?«

»Das Recht, nach Lust und Laune fremde Häuser niederzubrennen.«

»Pass auf, ich hab hier noch ein Sandwich über. Das kannst du gern haben, wenn du jetzt deinen stinkenden Arsch bewegst und abziehst.«

»Sie haben meine Frage nicht beantwortet. Wer hat Ihnen das Recht gegeben, das Haus eines Mannes anzustecken und seine Bücher, seine Kleidung und sogar seine Bibel zu verbrennen?«

»Was muss ich tun, damit du verschwindest, Kumpel? Soll ich erst deine Gitarre auf einem dieser Felsen da zertrümmern? Oder müssen wir dich persönlich über den Hügel bringen und in dein Auto setzen?«

Der sitzende Mann stellte die Gitarre ab, sodass der Boden des Instruments im Sand knirschte, und rieb sich mit den Händen über die Oberschenkel. Der Fokus schien aus seinen Augen verschwunden. Seine Lippen waren zusammengepresst und zeigten an den Mundwinkeln nach unten. In Kniehöhe war seine Hose so abgewetzt, dass der Stoff glänzte. »Typen wie Sie sind keine Herausforderung für mich.«

»Sag das noch mal.«

Der sitzende Mann hob den Kopf, sodass ihm die Sonne ins Gesicht schien.

»Erkennen Sie mich etwa nicht?«

»Warum sollten wir? Wer bist du denn? Jemand aus America's Most Wanted oder was?«

»Volltreffer.«

Schweigend starrten die beiden Männer den Gitarrenspieler an, musterten den gelassenen Ausdruck auf seinem Gesicht und die ungeschnittenen Haare in seinem Nacken, die sich im Wind wiegten. Es war offensichtlich, dass ihre Anspannung mit jeder Sekunde stieg, doch der Mann kümmerte sich nicht darum. Stattdessen grinste er und zeigte seine Zähne, so winzig wie Perlen. »Da habe ich Sie ganz schön reingelegt, was? Man sagt, die Chinesin da unten kann Wunder bewirken. Glauben Sie das?«

»Kumpel, du hörst einfach nicht zu, oder?«

»Vielleicht kann sie ja ihre Spucke mit Dreck anrühren und den Mist auf die Augen der Blinden schmieren, um sie wieder sehend zu machen? Das ist nämlich genau das, was Sie beide brauchen. Wie alle gottverlassenen Menschen sind auch Sie ziemlich arrogant. Sie steuern auf den Abgrund zu und halten es nicht mal für nötig, nach unten auf Ihre Füße zu schauen.«

»Wenn du nicht in zehn Sekunden verschwunden bist, muss ich dir leider wehtun.«

»Da wären Sie nicht der Erste.«

Einer der Männer setzte seine Sonnenbrille ab, schob sie in ein Lederetui und begann, Steine vom Boden aufzusammeln.

»Hätten Sie die Bibel gelesen, anstatt sie zu verbrennen, wüssten Sie, wie Josua die Region Kanaan für die Israeliten eingenommen hat«, sagte der noch immer sitzende Mann. »Er griff stets im Morgengrauen an und achtete darauf, dass er die Sonne in seinem Rücken hatte. So wurden seine Feinde von den Lichtstrahlen geblendet, während er sie tötete.«

Der Mann, der seine Brille abgesetzt hatte, warf einen scharfkantigen Stein in Richtung des sitzenden Gitarrenspielers. Der Stein streifte dessen Gesicht und hinterließ einen zweieinhalb Zentimeter langen Cut unter dem Auge, aus dem sofort Blut tröpfelte.

»Verpiss dich!«, rief der Mann, der den Stein geworfen hatte. »Habe ich mich jetzt klar genug ausgedrückt, oder muss ich das noch einmal tun?«

»Nun, es war sehr nett, mit Ihnen beiden zu schwatzen«, erwiderte der sitzende Mann. Als er aufstand, zeichnete sich seine Silhouette gegen die Sonne ab, und der Rand seines Panama-Huts flatterte leicht im Wind. Er hob seinen Gitarrenkoffer vom Boden auf, stelle ihn auf den harten, rindenlosen, von Würmern zerfressenen Baumstamm hinter ihm und öffnete die Schnappverschlüsse. Als er sich wieder umdrehte, starrten ihn die beiden Männer, die er fälschlicherweise für Bundesagenten gehalten hatte, mit offenen Mündern an. Ihre Hände hingen unbeweglich wie Holzblöcke an ihren Seiten herunter, und ihre Gesichtszüge waren wie versteinert.

»Ein Prachtexemplar, finden Sie nicht auch? Achtzehntausend hab ich dafür bezahlt. Ist das gleiche Modell, das John Dillinger auf dem berühmten Foto trägt.«

»Wir können doch über alles reden, Kumpel«, sagte der Mann, der den Stein geworfen hatte.

»Mein größtes Problem mit Typen wie Ihnen ist der mangelnde Respekt. Aber vielleicht kann der Teufel Ihnen ja ein paar Manieren beibringen.«

Im Gegenlicht der Sonne wirkte das Mündungsfeuer der Thompson wie eine Eruption von Blitzen auf schwarzem Hintergrund. Die wenigen Geschosse, die ihr Ziel verfehlten, prallten von den Felsbrocken ab und verschwanden zischend und pfeifend in der Ferne. Dann zog der Mann mit dem Panama-Hut das Trommelmagazin von der Thompson, verstaute beides im Gitarrenkoffer, klappte den Deckel zu und schloss die Schnappverschlüsse. Bevor er aufbrach, nahm er das letzte Schinkensandwich aus der Lunchbox auf dem Felsbrocken, wickelte das Wachspapier ab und ließ es vom Wind davonwehen. In der einen Hand das Sandwich, in der anderen den Gitarrenkoffer, machte er sich auf den Weg zurück zu seinem Auto. Der Koffer schlug ihm ständig gegen die Beine, und auf den flachen Steinen klangen seine Schritte wie das Getrampel von Hufen.

Als Hackberry und Pam am Haus von Anton Ling ankamen, war die Luft schwer und glitzerte feucht. Wie eine unsichtbare Schicht legte sie sich auf die Oberflächen und klebte an der Haut wie nasse Baumwolle, als würde der Sonnenaufgang nicht das Licht bringen, sondern die Atmosphäre entzünden wollen. Der Morgen selbst war von Dunkelheit und Schatten dominiert: Schwarze Wolken, die vor Elektrizität förmlich zu knistern schienen, tummelten sich vor einem ansonsten strahlend blauen und ruhigen Himmel. Im Norden konnte Hackberry eine große braune Staubwolke sehen, die sich aus den Bergen erhob. Und obwohl er hunderte Meilen vom Salzwasser des Meeres entfernt war, glaubte er in diesem Moment, den Geruch von Fischen riechen zu können, die sich im Seetang verfangen hatten und am Strand eines Ozeans verendet waren. Seine Augen brannten vom Schweiß, als er den Blick auf die Frau richtete, die aus dem Garten hinter dem Haus zu ihnen nach vorn kam. Sie trug ein weißes Kleid und eine Kette mit schwarzen Steinen um den Hals.

»Hier kommt Madame Lotusblüte«, sagte Pam.

»Fang nicht schon wieder damit an.«

»Ich kann nichts dafür. Die Frau ist eine Mogelpackung.«

»Zeit, die Klappe zu halten, Pam«, sagte er.

Sie drehte sich um und starrte ihn mit geblähten Nasenflügeln an. Er trat einen Schritt nach vorn, um sie nicht mehr sehen zu müssen. »Wie geht es Ihnen, Miss Anton?«, sagte er und tippte mit den Fingern gegen den Rand seines Huts. »Tut mir leid, dass wir Sie schon wieder belästigen müssen, aber wir haben ein Problem mit einem Kerl namens Jack Collins.«

»Der Name sagt mir nichts«, antwortete sie.

»Collins ist ein mehrfacher Mörder. Ein paar Bundesagenten haben seine Unterkunft niedergebrannt, und ich gehe davon aus, dass er sich dafür rächen will. Ihr Grundstück wird sehr wahrscheinlich von den Feds überwacht, und ich denke, Jack weiß das. Die Chancen stehen also nicht schlecht, dass er früher oder später hier auftauchen wird.«

»Woher sollte dieser Mann wissen, dass ich überwacht werde?«

»Nun, sogar Krill ist auf die Idee gekommen, Ihnen einen Besuch abzustatten, und dessen IQ dürfte noch nicht mal halb so hoch sein wie der von Collins. Die Mexikaner behaupten, er könne durch Wände gehen. Fakt ist, dass Collins seit Jahren Menschen tötet, bisher aber niemals verhaftet werden konnte oder auch nur einen Tag im Gefängnis gesessen hat. Vor einer Weile erst hat er unten in Chapala Crossing neun Thai-Frauen ermordet und verscharrt. Ich habe sie gefunden.«

»Er war das?«, fragte Anton Ling. Ihr Gesicht war wie versteinert, ihre Augen länglicher als zuvor und weit aufgerissen.

»Er hat versucht, meinen Chief Deputy in ihrem Streifenwagen zu erschießen und tötete einen seiner eigenen Männer in einer Höhle. Außerdem hat er die Eingeweide von drei Bikern über die Wände eines Motelzimmers verteilt und einen korrupten Polizisten von einem Steilhang oben in den Glass Mountains in die Tiefe gestürzt. Am selben Tag hat er ganz nebenbei auch noch eine Gruppe von Gangstern in einer Jagdhütte umgelegt. In San Antonio hat er sich mal als Reinigungsfrau verkleidet und einen Agenten von der Einwanderungsbehörde in einem Motel ermordet. Wie viele Leichen südlich der Grenze auf sein Konto gehen, kann niemand mit Gewissheit sagen.«

Anton Ling hörte aufmerksam zu, wirkte aber nicht sonderlich geschockt oder entsetzt, sondern eher, als würde sie konzentriert einen Film verfolgen, den sie schon einmal gesehen hatte. »Glauben Sie, dass er eine Gefahr für die Menschen darstellt, die zu meinem Haus kommen?«

»Wahrscheinlich nicht. Sie haben nichts, was ihn interessiert«, sagte Hackberry.

»Könnte er mir gefährlich werden?«

»Möglich.«

»Nun, dann möchte ich Ihnen vielmals für die Warnung danken. Unterm Strich ist es doch aber so, dass ich ohnehin keinen Einfluss darauf habe, was dieser Mann tut oder nicht tut.«

»Es geht hier nicht nur um Sie, Ms. Ling. Ob Sie es glauben oder nicht, wir würden diesen Kerl gerne festnehmen«, erklärte Pam. »Collins trägt normalerweise Anzüge und Fedora-Hüte, die er in Second-Hand-Läden wie Goodwill kauft, und sein Gesicht sieht so aus, als wäre er in einen Bienenschwarm gelaufen. Haben Sie jemanden gesehen, auf den diese Beschreibung passen könnte?«

»Nein, das habe ich nicht. Andernfalls hätte ich es Ihnen ganz sicher gesagt.«

»Sicher? Bisher waren Sie ja nicht sonderlich kooperativ«, sagte Pam.

»Madam, was habe ich gerade eben gesagt?«

»Nennen Sie mich doch bitte Chief Deputy Tibbs.«

»Ich würde Sie ja gern ins Haus bitten«, sagte Anton Ling zu Hackberry. »Aber ich muss jetzt nach San Antonio. Ein paar unserer Leute sitzen dort im Gefängnis.«

»Ihre Leute?«, fragte Pam nach.

»Ja, so nenne ich sie. Es sind arme Menschen, die von Kojoten bestohlen, von Nativisten mit Gewehren beschossen und von der Allgemeinheit als Menschen zweiter Klasse behandelt werden. Die Frau, die ich auf Kaution aus dem Gefängnis in San Antonio holen will, musste mit ansehen, wie ihre zweijährige Tochter in der Wüste am Biss einer Klapperschlange gestorben ist.«

»Ich denke, Pam wollte einfach nur eine Antwort auf ihre Frage haben, Miss Anton«, sagte Hackberry.

»Nein, Sheriff, sie hat eine Behauptung aufgestellt, wie schon beim letzten Mal.«

»Warum müssen wir eigentlich immer wieder hier rauskommen, um Sie vor sich selbst zu schützen, Miss Anton? Um ehrlich zu sein, entwickelt sich die ganze Sache langsam zu einer echt nervigen Angelegenheit«, sagte Pam.

»Ich habe eine Lösung für ihr Problem: Verlassen Sie einfach mein Grundstück und kommen Sie nicht wieder.«

»Gute Idee«, sagte Pam, aber Hackberry hörte nicht mehr zu. Die Gewitterwolken hatten sich vor die Sonne geschoben und überzogen die Landschaft mit Schatten. Er schaute in Richtung Südosten, wo der Wind den Staub von den Bergspitzen aufwirbelte und durch die Mesquitebäume fegte, die an den Hängen wuchsen. Sein Blick fixierte einen Punkt, an dem es zu regnen begonnen hatte, und er glaubte, ein gedämpftes Geräusch zu hören, das wie Folienknistern klang. Hackberry öffnete den Mund und schloss ihn wieder, um den Druck in seinen Ohren loszuwerden, und lauschte erneut, aber das Knistern war schon wieder verhallt.

»Was ist los?«, fragte Pam.

»Da hat jemand eine Maschinenpistole abgefeuert«, antwortete er.

»Ich hab nichts gehört.«

Weil du gequatscht hast, dachte er, sagte es aber nicht. »Los, du fährst. Auf Wiedersehen, Miss Anton. Vielen Dank für Ihre Zeit.«

»Ich komme mit«, erklärte sie.

»Das ist keine gute Idee«, erwiderte Hackberry.

»Die Grenze meines Grundstücks verläuft genau durch diese Berge da. Ich habe ein Recht zu erfahren, wer sich auf meinem Land rumtreibt.«

»In diesem Fall nicht. Bleiben Sie bitte hier und zwingen Sie mich nicht dazu, mich zu wiederholen«, sagte er.

Er stieg auf der Beifahrerseite in den Streifenwagen und zog die Tür zu, ohne sich noch einmal umzuschauen. Im Seitenspiegel sah er, dass Anton Ling in einen hellblauen und mit Rost überzogenen Pick-up stieg, dessen vordere Stoßstange von einem Stück Draht an der Karosserie gehalten wurde. »Dieser Mist muss aufhören, Pam«, sagte er.

»Dann sag es ihr«, erwiderte Pam.

»Ihr zwei seid euch ähnlicher, als du denkst.«

»Wen meinst du?«

»Dich und Miss Anton. Wen denn sonst?«

»Ach ja?«, sagte sie und schaute ihn schräg an. »Darüber sprechen wir später noch mal.«

»Nein, das tun wir nicht. Du fährst jetzt und sprichst in Zukunft nicht mehr für mich mit anderen Personen, wenn wir eine Ermittlung führen.«

»Vielleicht sollte ich meine Marke abgeben, Hack. Das ist zumindest das Gefühl, das du mir vermittelst. Nein, ich korrigiere mich: Ich kann gar nicht beschreiben, wie scheiße ich mich wegen dir fühle«, sagte sie. »Du behandelst mich, als wäre ich ein Zaunpfahl.« Sie ließ den Motor an und schwieg, weil sie sich konzentrieren musste.

»Du bist einer der besten Cops, die ich kenne«, sagte er.

»Spar dir das. Du versteckst dich hinter deinem Alter, und ehrlich gesagt, ist das eine armselige Ausrede.«

»Heute ist der Todestag meiner Frau, Pam. Ich habe keine Lust auf derartige Gespräche an einem Tag wie diesem. Außerdem sind wir im Dienst und sollten uns nicht von so einem Quatsch ablenken lassen.«

»Ich bin heute beim Grab gewesen. Ich dachte, du würdest auch da sein.«

Er schaute sie überrascht an. »Warum bist du hingegangen?«

»Ich dachte, du brauchst vielleicht Beistand. Außerdem habe ich Blumen aufs Grab gelegt.«

»Du warst das?«

Sie starrte auf die Berge vor ihnen. Ihre Hände hielten das Lenkrad fest umklammert, Regen prasselte gegen die Scheibe. Ihr Gesicht war fahl, ihre Augen tot. »Ich glaube, du hast vorhin bloß ein paar Donnerschläge gehört«, sagte sie. »Da draußen ist nichts.«

»Du hast Blumen auf Ries Grab gelegt?«

Pam antwortete nicht und schwieg auch den Rest des Weges in die Berge, wo Hackberry die Staccato-Salven eines Maschinengewehrs gehört zu haben glaubte. Er zog eine Packung Aspirin aus seiner Hemdtasche, schluckte zwei Tabletten und starrte aus dem Fenster. Seine Gedanken spendeten ihm nur schwachen Trost für den emotionalen Erschöpfungszustand, der ihn von innen heraus zu zerfressen schien.

Pam verließ die Hauptstraße und fuhr einen Hang hinauf, der übersät war mit Kakteen, kleinen Felsbrocken, Mesquitesträuchern und Yucca-Pflanzen, deren Blätter sich im Regen dunkel färbten. Auf einer ebenen Fläche zwischen zwei Hügeln verlangsamte Pam das Tempo. Der Himmel schien von schwarzen Wolken versiegelt zu sein, die bis zum südlichen Horizont reichten.

»Da steht ein Stativ mit einem Fernrohr. Sieht so aus, als wäre auch eine Kamera dran«, sagte sie.

»Hier kannst du halten«, sagte Hack. »Du gehst links rüber, ich komme in einem Bogen von der rechten Seite.«

Sie brachte den Jeep zum Stehen und schaltete die Zündung aus. »Hack?«

»Ja?«

»Ach, nichts.«

»Nun sag schon.«

»Ich gebe dir Rückendeckung.«

»Das tust du doch immer. Und genau deshalb würde ich auch keinen anderen Partner haben wollen«, sagte er.

Sie schaute ihm direkt ins Gesicht. Ihre Lippen waren leicht geöffnet, sodass ihre weißen Zähne sichtbar waren. Bei ihrem Anblick musste er an ein junges Mädchen beim Abschlussball denken, das vor dem Festsaal steht und darauf wartet, geküsst zu werden. Dann öffnete sie die Tür und stieg aus. Als sie in den Regen hinaustrat, öffnete sie den Sicherheitsverschluss am Holster ihrer 357er. Die Muskeln an ihren Armen waren angespannt, und ihre braune Haut glänzte. Sie schaute hinter ihm die Böschung hinunter und hob ihr Kinn, wie um auf etwas hinzuweisen. Er drehte sich um und sah den Pick-up von Anton Ling, der sich von der Schotterpiste aus näherte. Unter Stoßstange und Ölwanne des Wagens hatte sich allerlei Gestrüpp verfangen, das nun über den holprigen Boden mitgeschleift wurde. »Geh runter und sorg dafür, dass sie nicht weiterfährt«, sagte er.

»Mit Vergnügen«, antwortete Pam.

Während Pam die Böschung zu Anton Ling hinunterlief, machte sich Hackberry zwischen den beiden Hügeln hindurch auf den Weg hinauf zu dem Platz, wo das Fernrohr und die Kamera standen. Er zog seinen .45er Revolver aus dem Halfter und ließ ihn locker am langen Arm an seinem Bein hinunterbaumeln. Gleichzeitig versuchte er, den Rücken möglichst gerade zu halten, damit der Schmerz in seiner Lendenwirbelsäule sich nicht wie ein elektrisches Feuer über seinen Rücken ausbreiten und um seine Oberschenkel wickeln würde. Er warf einen Blick über die Schulter und ging dann weiter in Richtung des Fernrohrs. Er wusste bereits, was ihn dort erwartete, wusste, dass sein Erzfeind, Jack Collins, seinen Namen mit einem dreckigen Finger in die Landschaft geschmiert und sich anschließend wie ein Geist in Luft aufgelöst hatte.

Als junger Mann, kaum dem Teenager-Alter entwachsen, hatte Hackberry im Feldlazarett bei der Schlacht um Incheon und später an der Front am Changjin-Stausee und in dem riesigen Kriegsgefangenenlager, das von den Insassen nur Bean Camp genannt wurde, sehr viel über die Sterbenden, die Toten und die verschiedenen Übergänge von der Welt des Lichts in das Land des großen Schattens gelernt. Der wachsähnliche Schimmer der Haut, die Wunden, die mit ihrem glasigen Glanz an in Eis gefrorene Rosen erinnerten, die steif gefrorenen Leichen, die sich in ihren Schlafsäcken auf den Pritschen der Armeelaster stapelten – das waren die Bilder, aus denen ein Poet ein Gedicht über den Krieg verfassen könnte. Die wahre Geschichte allerdings stand in ihren Augen. Die Marines, Soldaten und Navy-Sanitäter, die an ihren Verletzungen starben, oder an Hunger und Krankheit zugrunde gingen, hatten ihn mit Augen angestarrt, die so hell leuchteten wie Rohdiamanten. Ihre Pupillen waren meist nur winzige Punkte gewesen, so klein, dass sie wohl kaum ein Bild an das Gehirn hätten übertragen können. Einen Moment später, und das Licht war verschwunden, ihre Augen so trüb und ausdruckslos wie Fischschuppen. Damals hatte er gelernt, dass die Sterbenden sehr wohl durch den Vorhang schauen konnten, aber ihre Geheimnisse mit sich nahmen.

Die beiden Männer am Boden trugen legere Freizeitkleidung und sahen aus wie zwei Wanderer, die geradewegs in eine von diesen rotierenden Maschinenkanonen gelaufen waren. Ihre Kleidungsstücke waren von den Schuhen bis hoch zum Hemdkragen zerlöchert. Die Patronenhülsen lagen kreuz und quer verstreut auf dem Boden und wiesen kein Muster auf. Es sah alles danach aus, als hätte der Schütze seine Arbeit genossen und nach jeder Salve seine Position geändert, um aus unterschiedlichen Richtungen und Winkeln zu schießen. Angesichts der zerlöcherten Körper schien es wie ein Wunder, dass die Hand von einem der Männer noch zuckte.

»Pam! Ruf einen Krankenwagen und sag dem Gerichtsmediziner, Felix und R. C., dass sie herkommen sollen!«, rief Hackberry den Hang hinunter.

Er steckte den Revolver zurück in den Halfter und trat an einen umgefallenen Baumstamm, dessen Wurzeln noch voller Erde hingen. Auf dem Boden lag eine unbrauchbare Gitarre mit rostigen Saiten. Hack blickte eine Reihe flacher gelber Felsen entlang, die wie eine Treppe zu einer breiten Schlucht hinunterführten, in der ein SUV stand. Auf dem Boden neben dem Wagen waren die Reifenabdrücke eines zweiten Fahrzeugs zu sehen. Er strengte seine Augen an, um den Punkt am Horizont zu verfolgen, der möglicherweise ein Auto hätte sein können. Aber er war sich nicht sicher, und der Punkt verlor sich in den Lichtblitzen, die sich wie goldene Drähte von der Erde in die Wolken am Himmel bohrten.

»Collins?«, fragte Pam hinter ihm.

»Kennst du sonst noch jemanden, der auf diese Weise tötet?«
»Ich glaube, einer der beiden ist noch am Leben.«
»Hirntod. Das Zucken in der Hand hat nichts zu bedeuten.«
»Das solltest du vielleicht auch unserer Begleitung sagen«, erwiderte Pam.
Er drehte sich um und sah Anton Ling, die neben dem sterbenden Mann kniete und ihn zu reanimieren versuchte. Sie drückte ihren Mund auf seine Lippen, presste einen Atemzug in seine Lungen und drückte dann mit dem Handballen auf seine Brust. Ihr Kleid, ihre Haare und ihre Wangen waren mit Blutspritzern überzogen. Sie drehte den Kopf des Mannes zur Seite, leerte seinen Mund aus und beugte sich dann wieder über ihn, um es noch einmal zu versuchen.
»Miss Anton?«, sagte Hackberry.
Aber Anton Ling reagierte nicht.
»Der Mann ist tot, Miss Anton«, sagte er.
Sie starrte in Hackberrys Gesicht. Ihr Mund war blutverschmiert, ihre Augen schielten leicht.
»Sie haben alles versucht«, sagte er. Dann griff er ihren Ellbogen und half ihr auf.
»Wer hat das getan?«, fragte sie.
»Der Mann, der sich selbst als die linke Hand Gottes bezeichnet.«
»Das ist Blasphemie, eine Beleidigung Gottes«, sagte sie.
»Jack Collins ist eine Beleidigung für den gesamten Planeten«, erwiderte Hackberry. »Pam und ich müssen uns jetzt an die Arbeit machen.«
»Sind diese Männer Bundesagenten gewesen?«, fragte Anton Ling.
»Möglich.« Hackberrys Knie knackten, als er in die Hocke ging, und er verzog das Gesicht, als der Schmerz seinen Rü-

cken hinaufschoss. Er zog die Brieftasche aus der Gesäßtasche des Mannes, den Anton Ling zu reanimieren versucht hatte. Das Leder war warm und klebrig vom Blut. Er musste sich die Hände an einem Taschentuch abwischen, bevor er das Portemonnaie öffnete und sich die Kreditkarten, den Führerschein und die Bilder hinter dem Sichtfenster anschauen konnte. Anschließend legte er es neben die Füße des Toten und durchsuchte das Portemonnaie des zweiten Opfers. Als er wieder aufstand, kam er etwas aus dem Gleichgewicht. »Falls Collins sich mit dieser Aktion an den Feds rächen wollte, hat er die Kiste gehörig gegen die Wand gefahren.«

»Was meinst du damit?«, fragte Pam.

»Die Typen haben für einen Sicherheitsdienst in Houston gearbeitet. Ich schätze mal, dass sie für Temple Dowling in unserer Gegend unterwegs waren. Dowling ist ein Militärdienstleister und der Sohn eines US-Senators, mit dem ich mal zusammengearbeitet habe.«

»Das verstehe ich nicht.«

»In den Sechzigern wollte ich in die Politik gehen.«

»Tja, wir alle machen Fehler«, sagte Pam.

»Einen Fehler macht man dann, wenn man es nicht besser weiß.«

»Was hat die Gitarre hier zu suchen?«, fragte sie.

»Kein Ahnung. Collins ist immer für einen Scherz zu haben und empfindet abgrundtiefe Verachtung für die meisten seiner Opfer.«

Pam schaute den Hang hinab. Während Hackberry die Brieftaschen der beiden Toten durchsucht hatte, war Anton Ling zu ihrem Pick-up gegangen und hatte eine kleine silberfarbene Flasche geholt. Sie kniete neben dem Mann nieder, den sie zu reanimieren versucht hatte, und schraubte die Flasche auf.

Dann ließ sie etwas Öl auf ihre Finger tropfen und bekreuzigte die Stirn des Toten.

»Miss Anton?«, sagte Pam. »Wir sollten die Leichen lieber nicht anfassen, bis der Gerichtsmediziner seine Arbeit getan hat.«

»Wenn Sie es nicht wollen, lasse ich es sein«, antwortete Anton Ling.

Pam schaute zu Hackberry und wartete.

»Es wird schon nicht so schlimm sein«, sagte er.

Pam schaute zu, wie sich Anton Ling neben den zweiten Toten hockte und ihm ebenfalls mit dem Daumen ein Kreuz auf die Stirn zeichnete. Dann ging Pam zum Jeep zurück und kehrte mit einer großen Trinkflasche und einer Rolle Papiertücher zurück. Sie griff sich eine Handvoll Tücher, tränkte sie mit Wasser und hockte sich neben Anton Ling auf den Boden, um erst ihre Hände und ihr Gesicht und dann auch ihre Haare vom Blut des Mannes zu reinigen.

»Sie müssen das nicht tun«, sagte Anton Ling.

»Das weiß ich«, sagte Pam.

»Ich bin in Ordnung«, sagte Anton Ling.

»Ja, das sind Sie, Ma'am. Genau das sind Sie«, erwiderte Pam. »Sie sind verdammt in Ordnung.«

Anton Ling schaute sie fragend an.

Hackberry ging den Hang hinunter zum Jeep. Er kratzte sich beiläufig mit drei Fingern an der Wange und fragte sich, warum die Menschheit die Geheimnisse des Himmels zu entschlüsseln versuchte, wenn sie noch nicht mal die Mysterien ergründet hatte, die in ihren Herzen schlummerten. Über Funk rief er R. C. und Felix, um sie nach ihrer geschätzten Ankunftszeit am Tatort zu fragen. Als ein Blitz den Horizont erhellte, glaubte er eine einsame Figur zu sehen, deren Silhouette sich wie ein Ausrufezeichen auf der Sonnenterrasse eines Hauses, hoch oben auf einem Plateau in den Bergen, abzeichnete. Die Regentropfen prasselten schwer wie Kieselsteine auf seinen Hut herunter, und Hack musste sich zu sehr auf das Gespräch mit Felix und R. C. konzentrieren, als dass er noch einmal zu der einsamen Figur oder dem Haus vor der Steilwand mit dem riesigen Sternenbanner hinaufschauen konnte.

Kapitel 7

Reverend Cody Daniels schlief nicht gern. Tagsüber konnte er mit seiner Vergangenheit umgehen, indem er immer wieder die mentalen Verteidigungslinien verstärkte, unbequeme Erinnerungsbruchstücke unterdrückte oder sie so umdeutete, dass sie dem selbst erschaffenen Image vom Pastor der Cowboy Chapel nicht widersprachen. Nachts allerdings sah die Sache anders aus. Der Schlaf war für Cody wie eine Gefängniszelle aus Beton, ohne Fenster oder Licht, in der Unmengen missgebildeter Wesen aus der Dunkelheit auftauchten und ihre gallertartigen, klebrigen Finger nach ihm ausstreckten. Manchmal pressten diese Kreaturen im Traum ihre Gesichter an das seine, ließen ihre Zungen über seine Haut wandern und stöhnten in sein Ohr. In diesen Momenten fühlte sich die Invasion seiner Person derart absolut an, dass er das Gefühl hatte, seine Eingeweide würden explodieren und sein Becken zerspringen. Wenn er dann aufwachte, hatte er Tränen in den Augen, saß im Dunkeln auf der Bettkante und schlug sich mit den Fäusten auf die Oberschenkel.

Mittlerweile waren fast vierundzwanzig Stunden vergangen, seit er durch sein Teleskop beobachtet hatte, wie ein Kerl mit ausgebeultem Anzug und Panama-Hut zwei Männer mit einer Maschinenpistole erschossen hatte. Zuerst konnte er kaum glauben, was er da sah. Einerseits hatte die Effizienz des Killers, der seine Opfer kaltblütig und methodisch niedermähte und ihre

Eingeweide über die Felsbrocken und den Sandboden verteilte, Cody vor Angst und Schrecken erstarren lassen. Andererseits hatte der Anblick des Gemetzels ihm auch eine Art Ehrfurcht vor dem Schützen – einem Mann mit Wangen so rau wie Schmirgelpapier und der Kleidung einer Vogelscheuche – eingeflößt.

Dann hatte Cody beobachtet, wie der Sheriff und sein weiblicher Deputy, die Beamtin mit dem breiten Hinterteil und den massigen Schultern, zusammen mit der Asiatin, die seine Hände gehalten, ihm tief in die Augen gestarrt und seine geheimsten Gedanken gelesen hatte, am Tatort ankamen. Aber die drei hatten das Verbrechen nicht mit angesehen und waren keine Zeugen. Er, Cody Daniels, schon. Er hatte alles beobachtet und hätte beschreiben können, wie die Opfer ihre Arme hochrissen, um ihre Gesichter zu schützen, wie ihre aufgerissenen Münder um Gnade bettelten und wie sich dann ihre Augen schlossen und der Kaffee im Boden versickerte. Er, Cody Daniels, hatte aus einer nahezu allwissenden Position die Ereignisse miterlebt, die andere nur mühsam rekonstruieren, diskutieren und unter Laborbedingungen analysieren konnten. Er hätte nur einen einzigen Anruf machen müssen, und der Sheriff, der ihm ein mit Nägeln gespicktes Kantholz in den Hintern rammen wollte, hätte ihn als einen wichtigen Zeugen behandelt, hätte an seinen Worten geklebt, während sein weiblicher Deputy zu einem Nichts, einer unwichtigen Randfigur im Hintergrund reduziert worden wäre.

Cody Daniels aber hatte den Sheriff nicht angerufen.

Warum nicht?

Er kannte die Antwort nur allzu gut. Angst – der Dämon, der sein ganzes Leben über schon an seinem Herzen nagte.

Temple Dowling hatte ihm eine Visitenkarte in die Hand gedrückt und verlangt, dass er ihn über die Vorgänge auf dem

Grundstück der Asiatin informierte. Krill und dessen degenerierter Kumpane Negrito hatten ihn mit der gleichen Aufgabe betraut. Sie wollten, dass er ein Signalfeuer entzündete und Motoröl hineingoss, sobald er etwas Wichtiges beobachtet hatte – ganz so, als wäre er einer dieser mit Lendenschurzen bekleideten Indianer in einem John-Wayne-Streifen. Dowling hatte behauptet, über Beweise zu verfügen, die Cody mit dem Bombenanschlag in der Abtreibungsklinik in Verbindung brachten. Das Gefahrenpotenzial, das von Krill und Negrito ausging, war noch um einiges größer. Ganz gleich, welchen Weg er einschlug, Cody Daniels lief Gefahr, zu einer menschlichen Piñata-Pappmaché-Figur für zwei Gruppierungen zu werden, die er verachtete: die Reichen und Mächtigen auf der einen, ein paar sadistische Bohnenfresser auf der anderen Seite.

Warum war all das nur über ihn gekommen? Sicher, er hatte den Küchenwecker gekauft, aber er hatte ihn nicht gestellt. Die anderen hatten ihm gesagt, die Bombe würde mitten in der Nacht losgehen und niemanden verletzen. Das Ziel wäre es, den Mördern ungeborenen Lebens Angst einzujagen und ihnen einen Denkzettel zu verpassen. Und das war doch ein ehrenwerter Beweggrund, oder etwa nicht?

Warum nur war er gleich nach der Explosion zum Tatort gegangen und hatte sich – von einer Mischung aus Faszination, Euphorie und Schuldgefühlen getrieben – in der Menge versteckt, um sich das Werk des Sprengsatzes anzusehen? Unglücklicherweise hatte er mehr zu sehen bekommen, als ihm lieb gewesen wäre. Mit trockenem Mund hatte er zugeschaut, wie die Feuerwehrleute und Sanitäter eine Krankenschwester aus den Trümmern bargen. Er hatte die Glas- und Betonsplitter in ihrem Gesicht und in ihren Augen gesehen, und auch das Blut, das wie ein schwarzer Schleier die Seite ihres Kopfes verdeckte. Er hatte gehen, sich nach hinten durch die Masse vom Tatort entfernen wollen, weg von den Sanitätern, die nur wenige Meter entfernt die verletzte Krankenschwester in einen Krankenwagen schoben. Aber da war diese dicke weiße Frau gewesen, die ihm den Weg versperrt und ihn mit wütendem Gesichtsausdruck wieder nach vorn geschoben hatte. »Pass bloß auf, du Mistkerl«, hatte sie gesagt. »Ich geb dir gleich eins in die Fresse. Dich hab ich doch schon mal hier rumschleichen sehen.«

Die Frau hatte ihn derart in Panik versetzt, dass er sich noch in derselben Nacht ein Busticket nach San Antonio gekauft hatte und von diesem Moment an nicht mehr ans Telefon ging, wenn das Display eine Vorwahl von der Ostküste anzeigte.

Auf eigenartige Weise war Cody an diesem Morgen jedoch mit sich und der Welt im Reinen. Die Luft war kühl, die Sonne versteckte sich noch hinter dem Horizont und sein Schlafzimmer war von einem weichen Duft erfüllt, den er mit baldigem Regen und blühenden Wüstenblumen verband. Er hatte sich nicht unterworfen, war weder den Forderungen von Temple Dowling noch denen des blauäugigen Halbbluts Krill nachgekommen. Mittlerweile waren fast vierundzwanzig Stunden vergangen, seit er den Doppelmord in den Hügeln unter seinem Haus beobachtet hatte, und nichts war passiert. Gut möglich, dass diese Kerle bloß Maulhelden waren, beruhigte er sich. Cody hatte während seiner Zeit auf der Gefängnisfarm mit methsüchtigen Bikern, Gangmitgliedern und Perversen jeder Couleur zu tun gehabt – darunter auch die zwei Latino-Wärter, die ihn eines Abends zu einer Bretterhütte führten, wo unter einer nackten Glühlampe ein einsamer Sägebock für ihn bereitstand. Konnten Krill oder Dowling ihm überhaupt etwas anhaben, das er noch nicht durchlitten hatte? Cody war ein zäher

Bursche, ein Überlebenskünstler. *Scheiß auf diese Kerle*, dachte er sich.

Er rollte sich auf die Seite, ließ das kühle Blau der Morgendämmerung in seine Augenlider sickern und ergab sich noch einmal dem Schlaf. Plötzlich hörte er ein Geräusch, das er eigentlich nicht hätte hören dürfen. Irgendjemand schien sich in seinem Badezimmer die Zähne zu putzen. Er setzte sich auf und starrte den Mann vor dem Waschbecken ungläubig an: Er hatte Codys Zahnbürste im Mund, und an seinen Fingern lief der weiße Schaum von Zahnpasta und Spucke hinunter.

Der Mann sah aus wie ein Halbaffe, war bekleidet mit einer Weste und einer gestreiften Hose, trug aber weder Hemd noch Gürtel. Seine Haut war mit Büscheln orangefarbener Haare überzogen, und an seinem Oberarm hatte er mit dünnen Lederriemen ein Futteral befestigt, in dem ein Messer steckte. Plötzlich hörte er auf, sich die Zähne zu putzen, scheffelte sich mit der Hand etwas Wasser in den Mund und spuckte es dann wieder ins Waschbecken. »Wie geht's, Mann?«, fragte er.

»Sie benutzen meine Zahnbürste.«

»Ja, die ist echt gut.«

»Wie sind Sie hier reingekommen?«

»Du hattest ein Signalfeuer anzünden sollen. Warum hast du das nicht gemacht, Mann? Krill ist ziemlich angepisst.«

»Ein Signalfeuer? Wofür?«

»Wegen des Verrückten, der diese zwei Kerle unten im Tal erschossen hat. Mit einer Maschinenpistole. Das Geknatter hat man meilenweit gehört. Sag bloß, du hast das nicht mitbekommen.«

»Ich war unterwegs und habe nichts gehört oder gesehen. Ich weiß nur, was in den Nachrichten kam. Und jetzt verschwinden Sie aus meinem Badezimmer.«

»Einer unserer Freunde meint, dass dein Pick-up gestern den ganzen Tag hier war. Willst du etwa sagen, dass unser Freund ein Lügner ist?«

»Wo ist Krill?«

»Draußen. Schaut durchs Teleskop, was La China so treibt. Er ist besessen von ihr, weißt du. Irgendeine Idee, warum er so auf die Tante steht?«

»Nein. Ich meine, es interessiert mich nicht. Ich will nur, dass Sie beide aus meinem Leben verschwinden.«

»Ich sag's dir: Krill hatte mal Kinder. Die wurden von einem Hubschrauber der Gringo-Armee getötet. Waren nicht getauft, die Kleinen. Jetzt denkt er, dass La China sie taufen kann. Zumindest hat er das bis vor Kurzem gehofft. Weißt du, warum Krill dich so mag?«

»Warum er mich mag?«

»Ja, Mann, du hast echt Glück. Er mag dich wirklich, sogar, wenn er sauer auf dich ist. Du sollst ihm nämlich einen Gefallen tun. Hast echt Glück, würde ich sagen.«

»Was für eine Art Gefallen soll das sein?«

»Er will, dass du seine Kinder taufst.«

»Sie haben doch gesagt, dass sie tot sind.«

»Ja, Mann, mausetot. Und lebendig werden die ganz sicher nicht mehr.«

»Ich kann keine toten Menschen taufen. Niemand kann das.«

»Warum nicht? Die haben es doch am nötigsten. Ich wurde nach meiner Geburt getauft. Und was hat es mir gebracht? Nichts. Vielleicht ist es wirklich besser, erst nach dem Tod getauft zu werden. Dann kann man es wenigstens nicht mehr versauen.«

»Wie lange sind seine Kinder schon tot?«

»Viele Jahre, Mann.«

»Dann wurden sie doch bestimmt beerdigt? In Nicaragua, El Salvador, Guatemala oder irgend so einem Drecksloch, nicht wahr?«

»Nicht wirklich.«

Während Cody darauf wartete, dass Negrito fortfuhr, füllte sich sein Herz mit einem überwältigenden Gefühl der Angst. Negrito grinste ihn an. In seinen Augen leuchtete ein wahnsinniges Funkeln auf. »Die Kleinen sind in einer Kiste«, sagte Negrito. »Er hat sie ewig mit durch die Gegend geschleppt und irgendwann in der Wüste vergraben.«

»Sie sind was?«

»Er hat sie in eine Holzkiste gelegt. Die Knochen sahen aus wie kleine Zweige mit verschrumpelten Hautfetzen dran. Wie Mumien eben. Wenn man die Kiste geschüttelt hat, konnte man sie klappern hören.«

»Das ist doch krank!«

»Das kannst du ja mal zu Krill sagen, wenn du dich traust. Er spricht mit den Kleinen, verstehst du? Krills Gehirn läuft manchmal auf Sparflamme. Deshalb treibt er sich auch in dieser Gegend hier rum, in dieser riesigen Bratpfanne. Darum seid ihr alle hier. Das ist eine Gegend für Loser, Mann. Hast du das noch nicht kapiert?«

»Was kapiert?«

»Warum du hier lebst, Mann. Du, La China, dieser Verrückte, den sie Preacher Jack nennen. Krill hat das kapiert, aber du nicht? Willst du damit sagen, dass du blöder bist als Krill?«

»Blöder?«

»Ja, blöder! Du weißt nicht, wer du bist, Mann. Und du weißt nicht, warum du hier wohnst. Krill sagt, das hier ist der Bauch Gottes. Und du dachtest, ich wäre gruselig, was? Falsch gedacht, Mann. Schau dir doch nur mal Krill an. Er nimmt sich den Skalp von Leuten, weil er innen drin mehr Indianer ist als Weißer. Und du willst ihm sagen, dass du seine Kinder nicht taufen willst, weil es ein paar verschrumpelte Mumien sind? Dann musst du ziemlich Eier in der Hose haben. Ich hätte garantiert nicht so viel Mumm.«

»Wenn ich die Kinder taufe, werde ich Sie beide dann ein für alle Mal los?«

»Nein, Mann. Das ist nur der Anfang.«

Negrito zog das Messer aus dem Futteral an seinem Oberarm und begann, sich beiläufig die Fingernägel zu säubern, als hätte er das Thema der Unterhaltung vergessen. Plötzlich rutschte seine Hand ab, und die Spitze des Messers riss einen Schlitz in seinen Zeigefinger. Er schaute zu, wie ein dicker Tropfen Blut aus der Wunde quoll, schob sich dann den Finger in den Mund und leckte die Wunde sauber.

»Erzählen Sie weiter. Was will Krill eigentlich?«, sagte Cody.

»Deine Seele, Mann. Was denkst du denn?«, antwortete Negrito. »Er sammelt Seelen, um sie später mit in die nächste Welt zu nehmen. Bist du wirklich so dumm, oder tust du nur so, mein kleiner Gringo-Freund?«

An diesem Morgen marschierte Maydeen Stoltz ohne anzuklopfen in Hackberrys Büro. Einen Moment lang stand sie nur da und schien ihre Gedanken zu sammeln. Ihr Mund glänzte vom Lippenstift, und an den Seiten quoll ihr Hüftgold über den Gürtel. »Heute hat schon zweimal ein Typ auf der Notrufnummer angerufen, der seinen Namen nicht nennen will. Er verlangt, mit dir zu sprechen«, sagte sie.

»Er *verlangt*, mit mir zu sprechen?«

»Ich glaube, seine Worte waren: ›Mach schon, Weib.‹«

»Was will er?«

»Das wollte er nicht sagen. Er behauptet, dass ihr euch kennt.« Sie sah ihn mit ausdrucksloser Miene an.

»Du verschweigst mir doch etwas, oder?«

»Na ja, ich sag mal: So eine Stimme vergisst man nicht. Ich glaube, ich habe letztes Jahr schon mal mit diesem Kerl telefoniert.«

»Collins?«

»Wie viele Typen sind so durchgeknallt, dass sie die Notrufnummer wählen und dann sexistische Sprüche klopfen?«

»Wenn er noch mal anruft, stell ihn einfach durch.«

»Er ist noch dran. Ich habe ihn in die Warteschleife gelegt«, sagte Maydeen. »Außerdem habe ich ihm gesagt, dass ich ihm das Hirn aus dem Schädel prügle, wenn ich ihn in die Hände bekomme.«

»Das hast du zu Jack Collins gesagt?«

»Wenn der Anrufer wirklich Collins ist, dann habe ich das wohl zu ihm gesagt.«

»Okay, dann gehe ich jetzt ran. Schau doch mal, ob du den Anruf zurückverfolgen kannst.«

»Sei vorsichtig, Hack.«

Er zwinkerte ihr kurz zu und nahm dann den Hörer von der Gabel. Zu seiner Überraschung drang ein Geräusch aus der Hörmuschel, das sich wie pfeifender Wind anhörte.

»Sheriff Holland hier. Wie kann ich Ihnen helfen?«, sagte er.

»Ich dachte, ich melde mich mal. Schon eine Weile her, dass wir uns das letzte Mal unterhalten haben.«

Ein Sprachwissenschaftler hätte den Akzent des Mannes wahrscheinlich als Southern Midland eingestuft – ein Dialekt, der in den Ebenen westlich von Fort Worth und in Oklahoma verbreitet ist und sich durch eine nachlässige Betonung auszeichnet, was etwa so klingt, als hätte der Sprecher nicht genügend Sauerstoff im Blut. Der Mann am anderen Ende der Leitung hörte sich zudem an wie jemand, der sich einen Teelöffel voll Metallsplitter in den Morgenkaffee gerührt hatte.

»Schön, von ihnen zu hören, Mr. Collins. Ich hatte eigentlich angenommen, dass sie tot sind«, sagte Hackberry.

»In gewisser Weise war ich das auch.«

»Helfen Sie mir auf die Sprünge. Ich kann Ihnen nicht folgen.«

»Ich habe Buße getan, ein ganzes Jahr lang. Ich habe aus den Mülleimern anderer Leute gegessen, in Höhlen geschlafen, Lumpen getragen und mich mit Asche gewaschen. Ich denke, Sie wissen, warum.«

»Ich hab die Mädchen selbst ausgegraben und wünschte, Sie wären dabei gewesen, Jack. Ich wette, dass Sie Ihre Rolle als Büßer dann auch etwas absurd fänden.«

»Urteilen Sie über mich, wie sie wollen.«

»Oh, keine Sorge. Das tue ich ohnehin.«

»Was ist mit diesen beiden Bundesagenten? Halten Sie die etwa auch für unschuldige Opfer?«

»Die zwei Männer, die Sie erschossen haben? Da habe ich ein paar Neuigkeiten für Sie: Das waren Mitarbeiter einer Privatdetektei aus Houston und keine Feds. Die haben weder Ihre Hütte abgefackelt noch Ihre Bibel verbrannt, mein Freund.«

»Tut mir leid, das zu hören.«

»Das sollten Sie den Familien der Opfer erzählen.«

»Nein, ich meine, es tut mir leid um die gute Munition. Sie haben doch sicher auch bemerkt, dass die Preise für Patronen stark angestiegen sind, seitdem unser neuer Präsident im Amt ist, oder?«

»Sie haben einen Fehler begangen, hier wieder aufzutauchen, Sie Mistkerl.«

»Ich spreche Sie mit Ihrem Titel an, Sheriff Holland, und würde mir im Gegenzug auch eine respektvolle Anrede Ihrerseits wünschen.«

»In gewisser Weise sind Sie ein intelligenter Mann, Collins, aber Sie sind auch ein Narzisst. Und wie alle Narzissten sind Sie sehr wahrscheinlich ein von Selbstekel zerfressener Versager, dessen Mutter sich dafür hasste, Sie nicht gleich nach der Geburt in die Mülltonne geworfen zu haben. Ihre gesamte Macht basiert einzig und allein auf der Maschinenpistole, mit der Sie Ihre Opfer niedermähen. Wie fühlt sich das an, kleine Thai-Mädchen zu erschießen, Mr. Collins? Glauben Sie wirklich, dass Autoren wie Garland Roark oder B. Traven mit Ihnen an einem Tisch sitzen würden?«

»Ich stelle keine Erwartungen an andere Personen, und ich dränge mich ihnen auch nicht auf.«

»Wie steht's mit Noie Barnum? Weiß der, dass Sie ein Massenmörder sind?«

»Wie kommen Sie darauf, dass ich eine Person mit diesem Namen kenne?«

»Man hat beobachtet, wie Sie zusammen mit Barnum Essen und Campingausrüstung gestohlen haben. Es tut mir leid, Ihnen die Illusion nehmen zu müssen, dass Sie ein meisterhafter Krimineller wären, Jack. Es ist ganz einfach so, dass Sie an allem, was Sie mit Ihren besudelten Fingern anfassen, Ihre nach Gülle stinkenden Spuren hinterlassen.«

»Noie ist ein rechtschaffener Mann, rein und unverdorben von den Organisationen, denen Sie dienen, Sheriff.«

»Das kann gut sein, aber Sie sind kein rechtschaffener Mann, Mr. Collins. Sie bringen Tod und Elend über das Leben anderer Menschen und zitieren nebenher Bibelverse. Ich bin kein Theologe, aber wenn der Fürst der Finsternis Jünger hat, werden sie es ganz sicher in sein Team schaffen.«

»Sie sind ein schändlicher Lügner, Sheriff.«

»Nein, Jack, Sie sind der Heuchler von uns beiden, aber mich können Sie nicht mehr täuschen. Dieses Mal werde ich Ihnen den Deckmantel der Religion vom Leib reißen und Sie als die armselige Witzfigur enttarnen, die Sie sind.«

»So können Sie nicht mit mir sprechen.«

»Ich hab's doch gerade getan! Rufen Sie mich nie wieder an. Eine Unterhaltung mit Ihnen ist eine peinliche Angelegenheit.« Hackberry legte den Hörer wieder auf die Gabel. Maydeen trat in den Türrahmen und musterte sein Gesicht. »Und, haben wir ihn erwischt?«, fragte er.

»Nein. Er hat so eine Art Relais-System benutzt.«

»Das hatte ich befürchtet. Egal. Früher oder später wird er uns sowieso über den Weg laufen.«

»Das wird nach diesem Gespräch unvermeidbar sein.«

Hackberry lehnte sich in seinen Drehsessel zurück, legte die Füße auf den Rand des Mülleimers und streckte die Arme aus. »Irgendwie muss man ja dafür sorgen, dass es spannend bleibt«, sagte er. »Kann ich dich und Pam heute zum Mittagessen einladen?«

Anton Ling hatte ihren Einkaufswagen gerade um eine Pyramide aus Dosen mit Schweinefleisch und Bohnen herumgeschoben, als ein anderer Kunde mit seinem Wagen aus einem Gang preschte und sie rammte. Der Zusammenstoß war so heftig, dass ihre Hände von der Stange am Einkaufswagen losgerissen wurden und, wie von einem Stromschlag getroffen, in die Luft flogen. Auch die Tüte mit den Tomaten wurde in hohem Bogen aus dem Wagen geschleudert, und ihre Einkäufe landeten auf dem Boden des Supermarkts.

»Sorry, ich habe Sie nicht kommen sehen«, sagte Cody Daniels.

»Erzählen Sie doch keinen Unsinn. Das war Absicht«, antwortete sie.

»Nein, Ma'am. Das war ganz sicher keine Absicht. Ich war gerade auf der Suche nach den Wienern und ein paar Crackern, und dann standen Sie auf einmal da.«

»Was wollen Sie gesucht haben?«

»Wiener Würstchen. Gibt's die in China nicht?«

»Haben Sie etwa getrunken?«

»Nein. Ich leide an Diabetes. Deshalb riecht mein Atem hin und wieder etwas chemisch.« Auf seinem breiten, glänzenden Gesicht machte sich ein dämliches Grinsen breit. »Kälter als im Arsch eines Eisbären hier drinnen, finden Sie nicht auch?«

»Warum führen Sie sich so auf?«

»Warten Sie, ich sammele Ihr Zeug auf. Haben Sie vielleicht Lust auf einen Snack im Dog 'n' Shake? Ich lade Sie ein.«

»Sir, Sie können ja kaum noch gerade stehen.«

»Beschwipst durch die endlose Liebe des Herrn, wie ich immer sage.«

»Rühren Sie bloß nichts an in meinem Einkaufskorb. Verschwinden Sie«, sagte sie.

Sie sammelte die Tomaten vom Boden auf, legte sie in den Einkaufswagen zurück und stellte sich dann in der Kassenschlange an. Auf dem Parkplatz traf sie erneut auf Cody Daniels, der bereits an ihrem Pick-up wartete.

»Wir sind doch beide Angehörige des geistlichen Standes, Miss Anton, und wir haben ein gemeinsames Problem. Ich denke, wir sollten die Köpfe zusammenstecken und uns eine Lösung überlegen.«

»Ich bin keine Angehöriges des geistlichen Standes, Reverend Daniels. Ich glaube, dass Sie sehr verwirrt sind und besser nach Hause gehen sollten.«

»Sie haben leicht reden, Miss Anton. Ein Kerl namens Krill war bei mir zu Hause und will, dass ich irgendwelche toten Kinder taufe, die er in der Wüste verscharrt hat. Er meint, Sie hätten die Taufe abgelehnt, und nun müsse ich es machen.«

»Natürlich habe ich das abgelehnt.«

»Warum werde dann ausgerechnet ich damit belästigt?«

»Ich weiß es nicht. Sprechen Sie mit Sheriff Holland.«

Cody Daniels wankte leicht und brauchte einen Moment, um sich zu konzentrieren.

»Sheriff Holland hat mich erst neulich bedroht. Ich bin kein besonders großer Fan von ihm.«

»Schauen Sie mich an.«

»Ma'am?«

»Ich sagte, Sie sollen mich anschauen.«

»Was zum Teufel denken Sie denn, was ich tue?«

»Warum sind Sie so wütend auf sich selbst und andere?«

Der Himmel war grau, und der Wind fegte einzelne Zeitungsseiten über den Parkplatz. Cody Daniels' Augen schienen den Himmel abzusuchen, als würden der Wind, die Wolken oder das von Reifenspuren gezeichnete Zeitungspapier ihm irgendwelche Antworten liefern. »Ich bin auf niemanden wütend. Ich will einfach nur meiner Gemeinde dienen und ansonsten in Ruhe gelassen werden.«

»Nein, das ist nicht wahr. Sie tragen eine schreckliche Schuld mit sich herum. Eine Schuld, von der sie niemandem erzählen, und genau diese Schuld ist es, die anderen Menschen Macht über Sie verleiht, Reverend. Das ist der Grund, warum Sie jetzt betrunken sind und anderen die Verantwortung für Ihre Probleme geben.«

»Ich bin schon vor langer Zeit erlöst worden und muss mir dieses Geschwätz nicht anhören.«

Sie öffnete die Heckklappe ihres Pick-ups, lud die Lebensmittel auf die Ladefläche und hoffte inständig, dass Daniels verschwunden wäre, wenn sie sich wieder umdrehte. Dann schloss sie die Heckklappe, sicherte sie mit einer Kette und sah zu einer Arbeiterfamilie hinüber, die gerade in ihr Auto stieg. Die Kinder hatten große Luftballons von einem Straßenfest in der Hand und versuchten, diese mit ins Auto zu nehmen. Cody Daniels war nicht verschwunden. »Lassen Sie mich bitte vorbei«, sagte sie.

»Ich hätte Sie jederzeit ans Messer liefern können. Ein Anruf, und Sie wären im Knast gelandet«, sagte er.

»Weswegen?«

»Sie schmuggeln Wetbacks über die Grenze, helfen Drogendealern und gewähren Kerlen wie Noie Barnum Unterschlupf, der über kurz oder lang wahrscheinlich in den Händen von Al-Qaida landen wird.«

Sie versuchte, um ihn herumzugehen, aber er versperrte ihr den Weg. Der Geruch seines Atems ließ sie zusammenzucken. »Ich habe gesehen, wie ein Kerl mit einer Maschinenpistole auf Ihrem Land zwei Männer erschossen hat«, sagte er. »Es war der Mann, den sie Preacher Jack Collins nennen.«

»Na und?«

»Wenn Sie mich fragen, hat der Mann nicht nur Schlechtes getan.«

»Sagen Sie das noch einmal.«

»Aus Nissen werden Läuse.«

»Entschuldigen Sie bitte, Sir, aber Sie sind einfach ekelerregend.«

»Diese Thai-Frauen hatten nichts in unserem Land zu suchen. Genauso wenig wie die Mexikaner, die Sie dauernd anschleppen. Die machen sich hier breit und vermehren sich wie die Karnickel, damit ihre Blagen die Staatsbürgerschaft bekommen.«

Anton Lings Augen brannten. Mit zusammengebissenen Zähnen starrte sie ihn an, als würde sie ein Zootier beobachten, das hinter einer Glasscheibe auf und ab lief. Er trat einen Schritt zurück. Ein Zucken huschte über sein Gesicht. »Warum starren Sie mich so an?«

»Es hatte mit einer Frau zu tun, nicht wahr?«, sagte sie.

»Was?«

»Sie haben einer Frau wehgetan. Entweder haben Sie ihr sehr wehgetan oder sie sogar getötet. Das ist es, was Sie nicht loslässt, nicht wahr?«

»Wagen Sie es ja nicht, derartige Lügen über mich zu verbreiten, oder ich komme zu Ihnen runter und …«

»Und was?«

Seine Züge verzerrten sich, seine Pupillen waren zu winzigen Punkten geschrumpft und schienen zu glühen. »Ich will doch einfach nur Ihr Freund sein«, sagte er. »Aber Sie setzen diesen Krill und seinen Kumpanen Negrito auf mich an und tragen dabei die Nase so hoch in der Luft, als wären Sie der Papst höchstpersönlich. La Magdalena, mein Arsch!«

Sie stieg in ihren Pick-up und startete den Motor. »Kommen Sie nie wieder auf mein Grundstück. Und erdreisten Sie sich nicht noch einmal, Mutmaßungen über mich anzustellen.«

»Mutmaßungen?«, rief er. »Was wollen Sie denn machen? Die chinesische Armee auf mich hetzen?«

Ohne zu antworten, fuhr sie in ihrem rostigen Pick-up davon.

»Mutmaßungen über was?«, rief er ihr hinterher.

Hackberry blieb an diesem Abend sehr lange im Büro. Als es dunkel wurde, nahm er den Hut vom Haken, setzte ihn auf, legte sich den Pistolengürtel mit dem Revolver mit den weißen Griffschalen über die Schulter und fuhr hinaus zu dem Ort, an dem Jack Collins zwei Privatermittler mit einer Maschinenpistole niedergestreckt hatte. Das Plastikband, das um die Mesquitebäume und Palmlilien gewickelt worden war, um den Tatort abzusperren, war von Wildtieren zerrissen worden. Die Messinghülsen aus Collins Waffe waren aufgesammelt und das Blut an den Felsbrocken vom Regen der letzten Nacht abgewaschen worden. Selbst die Sandwichkrümel vom Picknick der beiden Opfer waren verschwunden – vertilgt von Ameisen, die in der Zwischenzeit möglicherweise von einem Gürteltier verspeist worden waren. Bis auf das in Fetzen gerissene schwarzgelbe Plastikband, das zwischen den Kreosotbüschen, Agaven und Kakteen flatterte, wies nur wenig im blauroten Licht des Sonnenuntergangs auf das hin, was hier vor weniger als sechsunddreißig Stunden passiert war: Zwei Männer hatten um ihr Leben gebettelt, hatten gespürt, wie ihre Schließmuskeln versagten und ihr gesamter Mut im Boden versickerte, während all ihre Erwartungen und Hoffnungen aus ihren Herzen gerissen wurden und ihr letzter Blick auf die Welt in einem blutigen Nebel unterging.

Er fragte sich, welchen Sinn der Besuch dieser Hinrichtungsstätte hatte. Vermutlich gar keinen. Warum er wirklich dort war, wusste er allerdings sehr genau, und die Gründe dafür hatten nur wenig mit den beiden Todesopfern zu tun. Hackberry hatte gelernt, dass ein Krieg nicht mit der Entlassung des Soldaten endete. Der Leidensweg – wenn das nicht ein zu starkes Wort in diesem Zusammenhang war – hatte kein Ende, war ein Alpha ohne Omega, eine surreale Landschaft, beleuchtet von Signalraketen, die über Stolperdrähte ausgelöst wurden und von einem Augenblick auf den nächsten losgehen konnten.

Hackberry hatte viele Erinnerungen an den Krieg: die wellenartigen Frontalangriffe des Gegners, die glühend heißen Maschinengewehrläufe Kaliber .30, die mit bloßen Händen gewechselt werden mussten, die festgefrorenen und von Schnee bedeckten Leichen der Chinesen, der Ton der Signalhörner in den Bergen, und der Wind, der unter einer Sonne, die nie mehr als ein blassgelber Fleck am Himmel war, über vereiste Felder hinwegfegte. All diese Erinnerungen waren allerdings harmlos im Vergleich mit dem Film, der ihn immer wieder quälte und den er weder mit Alkohol noch mit Drogen, Sex, Religion, Psychotherapien, guten Taten oder Selbstkasteiung aus seinem Unterbewusstsein verbannen konnte. Der Film lief nicht jeden Abend in seinem Kopf ab, aber Hackberry wusste, dass er sich im Projektor befand und jederzeit an die Leinwand in seinem Schädel projiziert werden konnte. Und wenn der Film erst mal lief, war er gezwungen, sich jede Sekunde anzusehen, als hätte ihm jemand die Augenlider festgetackert.

Die Handlung des Films war schnell erzählt: Sergeant Kwong pinkelte durch ein Abflussgitter auf den Kriegsgefangenen Hackberry Holland hinunter, der sechs Wochen lang bei einer Kost aus Fischköpfen und verfaultem Reis in einem Erdloch vor sich hinvegetiert war und einen GI-Stahlhelm als Toilette benutzen musste. Als er sein Geschäft erledigt hatte, zog Kwong den vor Kälte bibbernden Gefangenen mit den gefrorenen Augenbrauen aus dem Loch, stellte ihn neben zwei

Barackennachbarn, hob seine Maschinenpistole und schoss den beiden Mitgefangenen aus nächster Nähe ins Gesicht, sodass ihre Körper wie Klappmesser zusammenschnappten und in die offene Latrine hinter ihnen geschleudert wurden.

Sie starben. Hackberry lebte weiter. Auch die anderen Gefangenen in Hackberrys Baracke wurden verschont. Den Überlebenden wurde eingetrichtert, dass sie allein – und niemand sonst – für den Tod ihrer Kameraden verantwortlich waren, weil sie in Verhören imaginierte Verschwörungen eingeräumt hatten, um nicht mehr Nacht für Nacht in verdreckten Erdlöchern zittern zu müssen.

Wenn Hackberry noch einmal in die Mündung von Sergeant Kwongs Kotzkanone schauen müsste, hätte er dann weniger Angst als an jenem Morgen, an dem er mit ansehen musste, wie seine Kameraden voller Verzweiflung und ohne Aussicht auf Gnade die Hände in die Höhe rissen, um ihre Gesichter zu schützen? Wenn er Kwong auf der Straße begegnen würde, könnte er die Vergangenheit ruhen lassen? Oder würde er diesen Mann stellen, ihn mit ein paar heftigen Schlägen in die Knie zwingen, wie sein Großvater Old Hack es wahrscheinlich getan hätte?

Hackberry wusste, dass er die Antworten auf diese Fragen niemals erfahren würde. Wahrscheinlich war Kwong nach dem Krieg heimgekehrt, hatte Fahrräder repariert oder auf den Reisfeldern der Genossenschaft gearbeitet, das Bauernmädchen, das er dem Nachbarn abgekauft hatte, regelmäßig geschlagen und missbraucht, das arme Ding schließlich geschwängert und die entstandenen Kinder mit einer Mischung aus selbstverliebtem Stolz und Grausamkeit zu Imitationen seiner selbst geformt. Falls er überhaupt mal an seine Verbrechen im Bean Camp zurückdachte, dann wahrscheinlich nur, um sich selbst zu fragen, ob er nicht doch zu nachsichtig mit den Ausländern umgegangen war, wegen denen er seine Heimat verlassen und Dienst in den eisbedeckten Einöden Nordkoreas hatte schieben müssen. Sehr wahrscheinlich wäre er sehr erstaunt, wenn er erführe, dass ein Gesetzeshüter aus Süd-Texas nicht einen Tag, geschweige denn eine Nacht seines Lebens verbringen konnte, ohne an ihn zu denken.

Hackberry hob sein Fernglas und schaute hinab auf das Haus von Anton Ling: auf die Blitzableiter an Spitzdach und Giebeln, die breite Galerie und das seit vielen Jahren nicht mehr gestrichene, von Witterung und Hitze gezeichnete Holz der Außenwände. Das Gebäude erinnerte ihn an das Haus von Old Hack – ein Stück viktorianische Architektur, das durch puren Zufall oder aus einem Versehen heraus in der texanischen Prärie errichtet worden war und so wirkte, als würden seine Lattenzäune, Ziergitter und barocken Gesimse die Tornados und Präriefeuer aufhalten können, oder die Eisstürme, die einen Mann im Sattel festfrieren ließen, oder die marodierenden Indianer, die ganze Anglo-Familien hinter ihre Pferden banden, durch Kakteenfelder schleiften oder mit dem Kopf nach unten über einem Lagerfeuer aufknüpften.

Er ließ den Blick über die Galerie des Hauses schweifen, wo Körbe mit Springkraut hingen und Veilchen und Petunien in alten Kaffeedosen wuchsen. Auf den Stufen der Holztreppe saßen Kinder und spielten mit einem Kreisel. Im Garten hinter dem Haus qualmte das Feuer einer Grillstelle, die Windmühle drehte sich hastig, und ein paar mexikanische Familien saßen an schlichten Holztischen unter den Obstbäumen bei der Scheune. Dann sah er, wie sie mit einem Korb unter dem Arm aus der Hintertür des Hauses trat und begann, den Tisch mit Plastikbesteck, Papptellern und Gläsern einzudecken. Sie trug Cowboystiefel und ein marineblaues Kleid mit einem langen, bestickten Saum und einem silberfarbenen Kragen – ein Kleid, wie auch seine tote Frau Rie es oft getragen hatte; ein Kleid, das die Wirkung ihrer dunklen Züge und die Strähnen in ihrem Haar noch verstärkte. Dann sah er, wie die Mexikaner bunte Gläser mit brennenden Kerzen aus der Kapelle zu den Tischen brachten. Der Wind trug einzelne Wörter ihres Gesangs zu ihm hinauf. Ihre Gesichter waren von harter Arbeit gezeichnet, und sie sahen genauso aus wie die Menschen, für die sich Rie immer eingesetzt hatte. Er musste das Fernglas senken und sich auf einen Felsbrocken setzen, denn ein durchdringender Schmerz wie von einem spitzen Stein fuhr durch sein Herz.

War er wirklich so töricht, seine verstorbene Frau im Körper dieser Asiatin zu neuem Leben zu erwecken? Würde er nie lernen, die Welt als das zu akzeptieren, was sie war? Ein Ort, an dem die Sonne mitunter so stark blendete, dass wir die Figuren, die uns aus dem Schattenreich zuwinkten, nicht sehen konnten?

In diesem Moment wünschte er sich, Preacher Jack Collins möge noch einmal auftauchen: das Gesicht unrasiert, die Fingernägel schwarz vor Dreck, die Anzughose ramponiert, das Hemd von Schweißflecken überzogen wie das eines zänkischen Trunkenbolds, und die Thompson direkt auf Hackberrys Brust gerichtet. Man fürchtet den Whiskey in seinen Träumen, im Ladenfenster oder hinter der Bar, dachte Hackberry, nicht aber, wenn man ihn trinkt. Und den Tod fürchtet man nur so lange, wie man am Leben hängt. Sobald man sich ihm aber stellt und ihn herausfordert, verliert der Sensenmann seine Macht.

Keiner dieser Gedanken konnte Hackberry Trost spenden. Die unabänderliche Realität, die jeden Moment seines Alltags prägte, war einfach in einen Satz zu gießen: Die Liebe seines Lebens war tot, und er würde sie niemals wiedersehen.

Kapitel 8

Danny Boy Lorcas Heim war kein Haus im herkömmlichen Sinne, sondern eine Ansammlung von Gebäuden, Baracken und Unterständen, in und unter denen er sein Essen kochte, seine Mahlzeiten zu sich nahm, schlief und sich betrank. Er räucherte sein eigenes Fleisch, baute sein eigenes Gemüse an, machte die Reparaturen an seinem Army-Pick-up selbst, wusch seine Wäsche in einem Waschzuber unter freiem Himmel und hängte sie zum Trocknen an einen Drahtzaun. Die Türen schloss er nur selten ab. Eine Ausnahme bildete eine Hütte, deren Außenwände zwar von oben bis unten mit verchromten Autoradkappen bestückt waren, deren Inneres aber absolut nichts mit Fahrzeugen zu tun hatte. In dieser Hütte bewahrte er die Kästen mit Corona und die Flaschen mit Bacardi und Oso Negro auf, die er in Mexiko kaufte und durch eine Schlucht ins Land brachte – eine Schlucht, in der die Spanier im siebzehnten Jahrhundert Kreuze in die Felswände geritzt hatten, um eines Gefechts zu gedenken, bei dem sie Dutzende Indianer niedergemetzelt hatten.

Wenn Danny Boy trank, dann tat er es methodisch und mit Hingabe. Er setzte sich keine zeitlichen Grenzen und trank vom ersten bis zum letzten Drink derart zielstrebig, unnachgiebig und diszipliniert, wie es einem Menschen eben möglich war, der sich systematisch in seine Einzelteile zerlegte. Seine Sauftouren konnten dabei von ein paar Tagen bis hin zu einigen Wochen dauern, begannen aber immer auf dieselbe Weise. Irgendwann ertönte ein Weckerklingeln in seinem Inneren und eine Stimme flüsterte: *Es ist Zeit*. Danny Boy diskutierte nicht mit der Stimme, sondern handelte. Als Erstes füllte er einen Eimer mit zerstoßenen Eiswürfeln von der Tankstelle am Ende der Straße, schloss die Hütte auf, in der das Bier und der Schnaps lagerten, und stopfte ein Dutzend Flaschen Corona in den Eimer. Dann setzte er sich an einen langen Holztisch, von dem man auf die uralte Landschaft im Süden blicken konnte, goss vier Finger breit Bacardi in ein Glas und schnippte den Deckel von einer Corona-Flasche, sodass der Schaum wie eine weiße Schlange erst am Flaschenhals hinabglitt und sich anschließend um sein Handgelenk wand.

Dem ersten Drink folgte der Zweite, dann der Dritte. Irgendwann zählte er nicht mehr mit und verlor den Überblick über seinen Konsum. An dieser Stelle rutschte er für gewöhnlich in einen Blackout ab, in dem seine Körpermotorik noch funktionierte, seine Seele aber an einen anderen Ort wanderte. War der Vorrat in seiner Hütte aufgebraucht, ging er in den Straßen der Stadt betteln, wischte Kneipenböden im Austausch für Alkohol und schlief in Gassen oder auf den Betonböden von Gefängniszellen. Das Muster war immer das Gleiche. An die ersten zwei Tage seiner Sauftouren konnte er sich noch erinnern. Danach verschwand alles in einem großen schwarzen Loch, über das ihn später Polizeibeamte und Mitarbeiter des Sheriffbüros informierten.

Es war vier Uhr morgens, als er sich an den Tisch hinter seinem Haus setzte und mit dem Trinken begann. Der Himmel war voller Sterne, der blassgrüne Wüstenboden flimmerte silberfarben, und Lebewesen, die man tagsüber nicht zu Gesicht bekam, huschten durch die Nacht. Die Visionen, die in seinem Kopf entstanden, die Bilder der Landschaft, der ausgedörrten Weite einstiger Schwemmlandebenen, brachten ihn immer wieder zum Grübeln. Manchmal glaubte er, Dinosaurier zu sehen, die ihre langen Hälse aus üppigen Sumpflandschaften emporreckten und auf großen Blättern und Wurzeln herumkauten, während in den Bergen mit Fellen bekleidete Menschen an Lagerfeuern saßen. Man hatte ihm gesagt, dass seine Visionen Schwachsinn und die Dinosaurier schon lange vor dem Auftreten der ersten Menschen ausgestorben seien. Danny Boy diskutierte nicht mit seinen Kritikern und Zweiflern. Wie hätte er es auch wagen können? Selbst wenn er einst über die Kräfte eines Schamanen verfügt haben mochte, so war er jetzt nichts weiter als ein erbärmlicher Feigling, ein Mann, der sich versteckt hatte, während nur wenige Meter von ihm entfernt ein wehrloser Mensch zu Tode gequält worden war. Die Kräfte, über die er einst verfügt hatte, waren verschwunden und sehr wahrscheinlich auf eine andere Person übergegangen. Danny Boy kämpfte nicht gegen sein Schicksal an. Er hatte versagt. Ein echter Schamane fürchtete sich nicht, weder in dieser noch in der nächsten Welt.

Warum er ausgerechnet in diesem Moment eine weitere Vision hatte – ein Mann, der aus Stöcken zusammengesetzt schien und über die ausgedörrte Ebene auf ihn zukam – war ihm unbegreiflich. Waren seine seherischen Kräfte gar nicht verschwunden? Die Figur trug einen hellen Hut mit breitem Rand und einen formlosen Anzug, dessen Hosenbeine in Cowboystiefeln steckten. In Hüfthöhe hing ein altmodischer Halfter an einem Pistolengürtel aus Leder, der mit Messingpatronen bestückt war.

Danny Boy sah, wie die Figur näher kam und ihre Stiefel bei jedem Schritt in die trockene Lehmschicht im Flussbett einsanken. Der Himmel in ihrem Rücken war dunkellila, und aus den Mesquite-Bäumen und Pinyon-Kiefern war angeregtes Zwitschern von Vögeln zu hören, die vor wenigen Minuten noch fest geschlafen hatten. Danny Boy kippte das Glas mit dem Rum hinunter und setzte die Corona-Flasche an, bis der Rumgeschmack verschwunden, seine Zunge taub und seine Brust warm und ohne Furcht war. Dann rieb er sich mit dem Handrücken über die Augen und hoffte, dass die Figur beim nächsten Blick weg sein würde – ein weiteres Hirngespinst, das sich kurzzeitig in seinen Träumen eingenistet hatte und von selbst wieder verschwand.

»Manche Leute behaupten ja, Schlaflosigkeit sei eine Krankheit, aber meiner Meinung nach stimmt das nicht«, sagte der Mann. Der Wind verbog den Rand seines Huts und plusterte das Sakko über seinem flachen Bauch auf. »Schlaflosigkeit ist das Los der Menschen, die die Dinge so sehen, wie sie sind.«

Danny Boy schwieg. Sein Gesicht wirkte so kantig und ausdruckslos wie das einer Steinskulptur. Seine Schultern hingen schlaf herunter, und seine Hände lagen mit den Handflächen nach unten auf dem Tisch wie die Pfoten eines Tieres.

»Weißt du, wer ich bin?«, fragte der Mann.

Danny Boy schien über die Frage nachzudenken. »Vielleicht«, antwortete er. »Vielleicht auch nicht. Manchmal geht es in meinem Kopf drunter und drüber, und ich bringe alles durcheinander.«

»Spielt auch keine Rolle. Ich bin hier. Das allein zählt. Ein tolles Plätzchen hast du hier. Und was für ein Ausblick. Wow!«

»Woher kommen Sie?«

»Von da hinten.« Der Mann schaute über seine Schulter und zeigte auf einen weit entfernten Punkt am Horizont.

»Wo Sie hinzeigen, ist Mexiko.«

»Ich komme eben rum.«

»Warum tragen Sie eine Pistole?«

»Für Schlangen und andere Viecher. Hast du heute früh angefangen oder zechst du schon seit gestern Abend? Du siehst ziemlich mitgenommen aus.«

Danny Boy dachte über die Worte des Fremden nach. »Schätze, manche Leute führen einen nicht sonderlich gesunden Lebensstil«, antwortete er. Ohne den Blick zu fokussieren, schaute er auf seine Hände hinab und dann auf die Maserung des Holztisches. Er wartete darauf, dass der Besucher weitersprach, aber der schwieg. »Wollen Sie einen Drink?«

»Ich hab's nicht so mit Alkohol. Kann ich mich setzen?«

Jetzt war es Danny, der nicht sprach. Er spürte, dass die Augen des Besuchers sein Gesicht musterten. »Du hast eine Weile im Ring gestanden, nicht wahr?«, fragte der Fremde.

»Ich war Clubboxer.«

»Sieht so aus, als hättest du ziemlich was einstecken müssen.«

»Ja, aber nicht von den anderen Boxern. Unser Club ist damals von Stadt zu Stadt gezogen, so wie die Wrestler. Der Besitzer hat die Kämpfe manipuliert, aber das war egal. Wir Boxer kannten uns und haben immer zusammen im selben Hotel übernachtet.«

»Und was ist mit deinem Gesicht passiert?«

»Für hundert Dollar konnten Leute aus dem Publikum drei Runden gegen mich antreten. Ich hab die Hälfte bekommen, wenn ich sie die kompletten drei Runden kämpfen ließ, und wenn ich mich von ihnen grün und blau schlagen ließ, gab's noch mal fünfzehn Dollar oben drauf.« Er versuchte zu lächeln, während er sprach. Seine vernarbten Brauen zogen seine Augen derart in die Länge, dass er aussah wie ein Asiate. »Die Typen haben mir den Mundschutz rausgedroschen, weil ich mich nicht richtig gewehrt habe. Am Ende waren ihre Handschuhe rot von meinem Blut. Sie haben einfach auf mich eingeprügelt und sich gefreut, weil sie einen Profi fertig gemacht haben.«

»Was du damals getan hast, spielt keine Rolle mehr. Du bist ein besonderer Mensch.« Der Besucher drehte sich um. Er sah die Ebene hinunter und anschließend hinauf zu den Sternen. Dann schaute er wieder Danny Boy an. »Was siehst du da draußen?«

»Felsen und Sand. Eine Wüste. Manchmal auch ein paar finstere Typen, die Drogen durch die Schluchten schmuggeln.«

»Ich bin auch ein besonderer Mensch, also rate ich dir, mich nicht für dumm zu verkaufen. Ich bin von sehr weit hergekommen, um mit dir zu sprechen. Besser also, du bringst mir ein bisschen Respekt entgegen.«

»Ich verstehe nicht, wovon Sie reden«, sagte Danny Boy.

»Du hast mich gerade angelogen.«

Danny Boy sah dem Besucher dabei zu, wie er sein Bein über die Lehne des Holzstuhls hob und sich zu ihm an den Tisch setzte. Sein Körper war dürr und kantig, wie ein Drahtgerüst aus Kleiderbügeln. Der lederne Pistolenhalfter drückte gegen seine Hüfte und knarzte bei jeder Bewegung. »Manchmal sehe ich einen Ozean«, sagte Danny Boy. »Ich kann die Wellen im Wind hören. Vielleicht ist es aber auch nur das Geräusch, das der Wind macht, wenn er durch die Bäume fegt. Es hört sich an wie Wasser, das durch einen Canyon rauscht.«

Als der Besucher nicht antwortete, hob Danny Boy die Hand, um auf etwas zu zeigen. »Da drüben. Die Schildkröten legen ihre Eier immer im Sand am Fuß dieser Steilhänge ab. Wenn sie bei Sonnenlicht schlüpfen, rennen die Schildkrötenbabys so schnell es geht zum Wasser, um den Raubvögeln zu entwischen. Manchmal höre ich ihr Quieken, wenn die Vögel sie mit den Schnäbeln packen. Vielleicht ist es aber auch nur das Gekrächze der Vögel.«

»Ist es das, was du jetzt siehst?«

»Nein, nicht mehr. Ich sehe nur noch Sand und Kakteen. Ich habe keine Kräfte mehr. Du bist es, nicht wahr?«

»Kommt drauf an, wen du meinst.«

»*Ihn.*«

»Ich kann dir nicht folgen. Manche Leute sind heute hier, morgen da, aber ich komme noch weiter rum. Ist es das, was du meinst? Ein Kerl, der weit rumkommt?«

»Hier gibt es nichts, was Sie wollen.«

»Das werde ich selbst entscheiden.«

Danny Boy musterte die Augen und die Hände des Besuchers im Sternenlicht. »Ich zieh mir eine Jacke an. Es ist ziemlich kalt. Zumindest für diese Jahreszeit«, sagte er.

»Warum sollte es mich kümmern, was du tust?«

»Ich dachte, ich sag's halt.«

»Dein Name stand in der Zeitung. Du hast gesehen, wie ein Mann zu Tode gefoltert wurde – ein korrupter mexikanischer Cop. Der Mann, der ihn getötet hat, heißt Krill. Ich bin auf der Suche nach diesem Kerl.«

Danny Boy senkte den Blick.

»Hast du gehört, was ich gesagt habe?«

»Ich weiß nicht, wo er ist.«

»Hast du Angst vor ihm?«

Danny Boy merkte, wie sich seine Finger zusammenrollten und in die Handballen pressten. Sein Mund und sein Rachen wurden trocken, und er hatte das Gefühl, ein Stein würde in seinem Brustkorb nach unten wandern und schließlich in seinem Magen liegen bleiben.

»Hat's dir die Sprache verschlagen, oder was?«, fragte der Besucher.

»Ich habe mich versteckt, während dieser Mann zu Tode gefoltert wurde.«

Danny Boy steckte einen Arm in seine Jeansjacke, vergaß dann aber, was er eigentlich tun wollte, und starrte den Besucher mit leerem Blick an. Das Gesicht des Mannes war von beulenartigen Schwellungen überzogen, als hätten ihm ein paar Insekten übel zugesetzt.

»Säufst du deshalb, oder warst du schon immer ein Alki?«

»Ich gebe nicht vor, irgendwas oder irgendjemand zu sein. Ich bin, was ich bin.«

»Und was bist du?«

»Das, was Sie vor sich sehen, schätze ich mal.«

»Ein besoffener Indianer?«

Danny Boy spürte einen Schmerz an der Schläfe, der wie ein Stromschlag hinunter in sein Auge fuhr und ihm die Sicht vernebelte, als würde er mit einem Mal an grauem Star leiden. »Das hier ist mein Zuhause. Alles, was Sie hier sehen, gehört mir. Hier bin ich aufgewachsen.«

»Was soll das bedeuten?«

Danny Boy konnte keine passende Antwort auf die Frage formulieren, versuchte es aber trotzdem: »Mein Daddy hat hier mit einem alten Ford-Motor einen Tiefwasserbrunnen gebohrt und außerdem Mais, Kürbisse und Melonen angebaut. Die haben wir jeden Sonntag auf dem Markt verkauft. Am Abend sind wir dann immer ins Kino gegangen und haben unser eigenes Popcorn und mit Limonade gefüllte Marmeladengläser reingeschmuggelt. Damals hat meine Mutter noch gelebt. Wir sind alle zusammen mit dem Pick-up in die Stadt gefahren. Meine Eltern vorn, wir Kinder hinten auf der Ladefläche.«

»Wenn das jetzt irgendeine Art Metapher oder ein Gleichnis sein sollte, hab ich's nicht kapiert.«

»Sie sind hier nicht willkommen.«

»Pass auf: Ich will diesen Kerl schnappen, diesen Krill. Die meisten Illegalen kommen über dein Grundstück und über das der Asiatin in unser Land. Also solltest du dich lieber daran gewöhnen, dass ich jetzt öfter hier auftauchte. Krill hat einem Freund von mir wehgetan. Sein Name ist Noie Barnum.«

»Ihr Problem ist nicht dieser Krill.«

»Was meinst du damit?«

Danny Boy griff nach der Corona-Flasche, aber der Besucher riss sie ihm aus der Hand. »Du hast genug«, sagte der Fremde.

»Schauen Sie mal dort hinüber.«

»Was soll da sein?«

»*Sie* sind da.«

Der Fremde drehte sich um und schaute die abfallende Ebene hinunter auf das Buschwerk, die Palmlilien und die Mesquitebäume, die sich im Wind wiegten. Dann starrte er auf die malvenfarbigen Flecke am dunklen Himmel und auf die Silhouetten der Mesas und der Berge und auf die Sterne, die im Morgengrauen verschwanden.

»Siehst du da irgendwelche Schildkröten oder was?«, sagte der Fremde.

»Nein, ich sehe die Frauen und Mädchen, die Ihnen gefolgt sind.«

»Was?«

»Die asiatischen Mädchen und Frauen, die Sie ermordet haben. Sie stehen da drüben. Der Pfad der Geister verläuft direkt über mein Grundstück. Meine Leute kümmern sich jetzt um die Mädchen. Nachdem ich mich vor diesem Krill und seiner

Mörderbande versteckt hatte, konnte ich den Pfad der Geister nicht mehr sehen. Jetzt sehe ich ihn wieder.«

»Ich würd's mir zweimal überlegen, bevor ich die Klappe so weit aufreiße.«

»Sie zeigen auf Sie. Neun Frauen sind es. Sie wollen wissen, warum Sie ihnen das Leben gestohlen haben. Es war eine sinnlose Tat, und sie haben Sie um Gnade angefleht. Sie hatten die Hände gefaltet, wie in der Kirche, und weinten.«

Der Besucher streckte den Arm aus und gab Danny Boy mit der flachen Hand einen Klaps auf die Wange. »Vorsicht, Kumpel. Ich kann dir verdammt wehtun.«

»Verpassen Sie mir doch eine Kugel. Ich hab auf der Sugar Land Farm gesessen. Etwas Schlimmeres, als ich da erlebt habe, können Sie mir eh nicht antun.«

»Du kennst doch sicher die Zeile: ›Du sollst den Herrn, deinen Gott, nicht versuchen‹, oder?«

»Aber Sie sind nicht Er.«

Der Besucher erhob sich von seinem Platz. Er hatte das Sakko zurückgeschoben und hinter den Griff des Revolvers in seinem Gürtelhalfter geklemmt. Er atmete angestrengt durch die Nase. Sein Blick wanderte von einem Gegenstand zum nächsten, als würden die Gedanken in seinem Kopf keinen Sinn ergeben. Er starrte Danny Boy an. »Sheriff Holland hat mir mal ins Gesicht gespuckt. Wusstest du das?«

»Nein, wusste ich nicht.«

»Hast du eine Vorstellung davon, wie es sich anfühlt, wenn dich jemand anspuckt? Ich spreche nicht von Frauen. Die tun das ständig, wenn man ihren Stolz verletzt. Ich spreche von dem Gefühl, wenn dich ein Mann anspuckt. Weißt du, wie sich das anfühlt?«

»Nein.«

»Sheriff Holland hat mich angespuckt, und ich hätte ihn dafür erschießen können. Aber ich habe es nicht getan. Weißt du warum?«

»Nein.«

»Weil ich ein Mann voller Gnade und Vergebung bin. Weil ich Sheriff Holland nicht durch eine emotionale Überreaktion richten werde, sondern selbst die Umstände dieses Moments bestimme.«

Danny Boy nickte, aber sein Blick war nach innen gerichtet.

»Sag dem Sheriff, dass ich hier war«, sagte der Besucher. »Bestell ihm, dass ich mein Wort halten werde. Sag ihm, er wird merken, wenn ich zu ihm komme. Kannst du das alles behalten?«

»Ja, kann ich«, sagte Danny Boy.

»Fein. Du bist ein guter Zuhörer.« Dann füllte der Mann das Glas auf dem Tisch zur Hälfte mit Rum und kippte es Danny Boy ins Gesicht.

An diesem Morgen machte sich Hackberry schon früh auf den Weg ins Büro. Er hatte in der Nacht gut geschlafen und fühlte sich frisch und erholt. Der Wind wehte kühl aus dem Norden, die ramponierten Gehwege waren noch dunkel vom Nachtdunst, und die Berge vor der Stadt zeichneten sich in einem sanften Grün gegen den von grauen Wolken verhangenen Himmel ab. Er konnte das Essen riechen, das im Eat Café am Ende der Straße zubereitet wurde.

Am Hintereingang des Sheriffbüros traf er auf Pam. »Danny Boy Lorca ist gerade reingetorkelt und hat mich gebeten, ihn einzusperren«, sagte sie.

»Muss er wieder seinen Rausch ausschlafen?«

»Nein, er wollte eingesperrt werden. Er sagt, er hat heute Morgen Besuch bekommen.«

Hackberry ging durch den Korridor des Departments in sein Büro und hängte dort seinen Hut an den Haken. »Ich kann mir schon denken, wer ihn besucht hat.«

»Danny Boy sagt, der Besucher hätte seinen Namen nicht genannt. Er trug einen Pistolengürtel, einen Anzug, ein paar ausgelatschte Stiefel und einen Hut. Danny Boy meint, der Kerl hätte dich im Visier. Er hätte gesagt, du würdest merken, wenn er zu dir kommt.«

»Was will Collins von Danny Boy?«

»Das ist noch nicht alles, was heute Morgen passiert ist. Als ich vorhin im Café war, sind dort zwei SUV-Ladungen Cowboys angekommen. Stonewashed-Jeans, gepflegte Schnauzer oder Dreitagebärte, modische Haarschnitte ... Die Typen sahen aus wie Pornodarsteller.«

»So wie die Kerle, die Collins über den Jordan geschickt hat?«

»Der Chef der Truppe kannte die Kellnerin. Er trug einen blauen Anzug und ein silbernes Westernhemd ohne Binder, als wäre er einer von den Jungs. Als sie weg waren, hab ich die Kellnerin gefragt, wer diese Typen waren. Sie meinte: Temple Dowling und seine Jungs.«

»Vergiss Dowling.«

Sie schloss die Bürotür und trat an seinen Schreibtisch. »Ich habe gehört, wie sich die Typen in ihrer Sitzecke unterhalten haben. Dein Name ist gefallen.«

»Könntest du zum Punkt kommen, Pam?«

»Er hat dich als Säufer bezeichnet.«

»Das war ich auch.«

»Dann hat er irgendwas geflüstert, woraufhin die ganze Runde gelacht hat.«

»Lass es bleiben, Pam. Die Typen sind es nicht wert, dass wir über sie sprechen.«

»Ein anderer Kerl meinte dann: ›Und er hat wirklich seiner Frau ’n Tripper mit nach Haus gebracht?‹ Daraufhin sagte Dowling etwas, das ich nicht verstehen konnte, und die Runde hat wieder laut gelacht. Das ganze Café hat sich umgedreht und sie angestarrt.«

»Was dieser Mann gesagt hat, ist nicht wahr. Wenn er es in meiner Gegenwart tut, werde ich etwas dagegen unternehmen. Bis das geschieht, sollten wir die Sache ignorieren und mit Danny Boy sprechen.« Hackberry nahm den Ring mit den Zellenschlüsseln von dem Haken neben seinem Hut.

»Das ist noch nicht alles. Ich bin den Typen auf den Parkplatz gefolgt«, sagte Pam.

»Hast du jemanden geschlagen?«

»Nein.«

»Okay, dann vergiss es.«

»Ich hab die Großfresse beiseitegenommen, die das mit dem Tripper erzählt hat. Er war der Fahrer von dem einen SUV. Ich hab ihm gesagt, dass ich ihm die defekten Rücklichter noch mal durchgehen lasse, ihm aber die Scheiße aus dem Leib prügele, wenn ich noch mal hören sollte, dass er deinen Namen in den Dreck zieht.«

»Seine beiden Rücklichter waren defekt?«

»Nun ja, nachdem ich sie mit meinem Schlagstock eingeschlagen hatte, schon.«

»Wie bitte, Pam?«

»Was?«

»Was soll ich dazu noch sagen?«

»Keine Ahnung.«

Er trat näher an sie heran und legte eine Hand in ihren Nacken. Ihre Haut fühlte sich warm an. Er konnte das Shampoo in ihrem Haar riechen, die Hitze ihres Körpers und die harten

Muskeln in ihrem Nacken spüren. »Du musst aufhören, mich zu beschützen«, sagte er.

»Du bist mein Boss, Hack. Ich werde nicht zulassen, dass dieser Abschaum Lügengeschichten über dich verbreitet.«

»Du verstehst es wirklich, einen Mann schon am frühen Morgen auf Touren zu bringen«, sagte er.

Sie schaute ihm in die Augen. Ihr Mund sah aus wie eine Blüte, die im Schatten in sich selbst zusammengefallen war. »Findest du, ja?«

Hackberry nahm die Hand aus ihrem Nacken und versuchte, nicht zu schlucken. »Was will Collins auf einmal von Danny Boy?«, fragte er mit rauer Stimme und bemühte sich, den Kloß in seinem Hals, die Enge in seiner Brust und die Schwäche in seinen Lenden zu ignorieren.

»Er will dir wehtun.«

»So einfach ist das?«

»Darauf kannst du deinen Arsch verwetten«, antwortete sie.

Sie stiegen die Wendeltreppe im hinteren Teil des Gebäudes nach oben und gingen den Korridor entlang zu einer Zellentür, deren schachbrettartig in einem stählernen Rahmen angebrachte, ursprünglich einmal weiß gestrichene Gusseisenplatten mit Schmierereien übersät waren. Um die Schrauben herum hatten sich orangefarbene Rostflecken gebildet. Danny Boy stand am Fenster und schaute hinaus. Als er sich herumdrehte, zeichneten sich sein Kopf und sein Hals vor dem hellen Fenster ab, während sein restlicher Körper vom Schatten verschluckt wurde. Es sah so aus, als hätte man ihn enthauptet und seinen Kopf auf einen Teller gelegt. »Ich will nicht raus«, sagte er.

»Ich kann niemanden einsperren, der keine Straftat begangen hat«, antwortete Hackberry.

»Ich werde wieder trinken, wenn Sie mich rauslassen.«

»Eine Gefängniszelle ist nicht der Ort, um den Weg zur Abstinenz zu finden«, erwiderte der Sheriff.

»Ich bin nicht so wie Sie, Sir. In meinem Schuppen lagert noch jede Menge Alkohol. Wenn ich die Möglichkeit habe, werde ich ihn trinken. Aber in ein paar Tagen komme ich ohne ihn zurecht.«

»War Preacher Jack Collins bei dir zu Hause?«

»Wenn das sein Name ist.«

»Hat er denn gesagt, wie sein Name lautet?«

»Nein, hat er nicht. Ich meinte zu ihm: ›Sie sind es.‹«

»Und was hat er darauf gesagt?«

»Nichts. Er hat so getan, als wäre es nicht wichtig. Oder als wäre es nicht wichtig, dass ein Kerl wie ich Bescheid weiß. Als ich ihm gesagt hab, dass die ermordeten Mädchen draußen in der Wüste stehen und mit den Fingern auf ihn zeigen, meinte er, ich soll lieber nicht so eine große Klappe riskieren.«

»Was hat er noch gesagt?«

»Dass er hinter einem Kerl namens Krill her ist. Er dachte wohl, ich würde wissen, wo sich dieser Typ aufhält.«

»Was hast du ihm gesagt?«

»Dass ich mich versteckt habe, als Krill diesen Mann ermordet hat.«

»Jetzt hör mir mal gut zu«, sagte Hackberry. »Manche Leute denken, ich müsste mich schuldig fühlen, weil ich mich vor den chinesischen Soldaten versteckt habe, die mich umbringen wollten. Aber das stimmt nicht. Sagt dir der Name General Patton etwas?«

»Nein. Wer ist das?«

»Er war ein berühmter Militärführer und sagte einmal: ›Es ist nicht das Ziel des Krieges, für dein Land zu sterben, sondern den anderen Bastard für seins sterben zu lassen.‹« Hackberry versuchte zu lächeln und Danny Boys Stimmung zu heben, aber er hatte keinen Erfolg. »Was hat Collins noch gesagt?«, fragte er.

»Dass er Ihnen einen Besuch abstatten will.«

»Was noch?«

»Nichts weiter. Zum Abschied hat er mir ein Glas Rum ins Gesicht geschüttet.«

Pam klopfte mit ihrem Fingerring gegen die Gitterstäbe der Zellentür, um Danny Boys Aufmerksamkeit auf sich zu lenken. »Jack Collins hat die Angewohnheit, im Leben anderer Leute aufzutauchen, wenn sie unbewaffnet und verletzbar sind«, sagte sie. »Er will ihnen die Selbstachtung nehmen, weil er sich selbst nicht ausstehen kann. Fall nicht auf seine miesen Tricks rein.«

»Hör auf das, was Pam sagt«, fügte Hackberry hinzu. »Du bist ein anständiger Bursche, Danny Boy. Du magst eine Krankheit in dir tragen, aber das ist nicht deine Schuld. Eines Tages wirst du aufwachen und wissen, dass du nicht mehr so weiterleben willst. Dann gehst du die Probleme an, die dich zum Trinker machen. Bis es so weit ist, kann noch einige Zeit vergehen. Ich schlage vor, dass du jetzt erst mal duschen gehst, eine frische Jeans und das Sporttrikot aus meinem Spint anziehst, und dann genehmigen wir beide uns ein anständiges Frühstück im Café.«

»Ich hab die asiatischen Mädchen gesehen. Neun Stück. Sie stehen in der Wüste und warten auf ihn«, sagte Danny Boy.

»Du hast die Mädchen gesehen, als du getrunken hast?«

»Es spielt keine Rolle, ob ich getrunken habe. Sie waren da. Collins weiß von meinen Visionen. Er weiß, was ich sehe. Oder besser gesagt: Er weiß, dass die Dinge nicht der Reihe nach ablaufen und dass Begriffe wie Vergangenheit, Gegenwart und Zukunft Quatsch sind. Er weiß, dass alles gleichzeitig und in unserer Mitte geschieht, dass direkt neben uns Menschen leben, die wir aber nicht mehr sehen können. Das wissen nicht viele Leute.«

»Collins ist ein Hochstapler. Du sollest dir keine Gedanken über den Quatsch machen, den er erzählt«, sagte Hackberry.

»Wenn er ein Hochstapler ist, wer versucht er dann zu sein? Haben Sie schon mal jemanden kennengelernt, der so ist wie er?«

Pam Tibbs sah Hackberry an und zog die Augenbrauen hoch. Dann nahm sie ihm den Schlüsselbund aus der Hand, schloss die Zelle auf und öffnete mit einem kräftigen Ruck die Tür, sodass die Scharniere quietschten und das Metallgitter über den Betonboden kratzte. »Zeit für eine Dusche und ein Frühstück, Danny«, sagte sie.

Um elf Uhr am Vormittag brannte die Sonne hell und heiß auf die Welt vor Hackberrys Bürofenster hinunter. Draußen auf dem großen Platz ragte das kastenförmige Gerichtsgebäude aus Sandstein in den blauen Himmel empor, und der Rasen vor seinen Türen wirkte im Schatten der Bäume grün und kühl. Eine Kirchengruppe hatte einen Flohmarkt auf dem Gehweg vor dem Luna Theater aufgebaut, und es waren viele Menschen unterwegs. Sie gingen in das Gerichtsgebäude und in die alte Bank an der Ecke, wie sie es schon zu Zeiten getan hatten, als die Stadt noch von einer funktionierenden Agrarwirtschaft lebte. Es war einer dieser wunderschönen Tage, an denen die Jungs die Schule schwänzten, um Fischen zu gehen oder in alten Autoschläuchen den Fluss hinunterzupaddeln. Kein Tag, an dem er sich mit den unangenehmen Seiten seines Jobs oder den Geistern aus der Vergangenheit auseinandersetzen wollte. Als dann aber ein schwarzer SUV am Bordstein vor seinem

Büro hielt und Temple Dowling, gefolgt von dreien seiner Leute, ausstieg, wusste Hackberry, wie der Rest seines Vormittags verlaufen würde.

Es gab Menschen mit einem ganz eigenen Verständnis von Recht und Ordnung. Diese Leute glaubten, dass Polizeibeamte, Sheriff Deputys und auch die Behörden der Bundesregierung zu einem riesigen Heer hilfsbereiter Bediensteter gehörten und aus dem gleichen Grund existierten wie Versicherungsangestellte, Steuerfachgehilfen, Mediziner und Gärtner: Um die Probleme zu lösen, für die geschäftige und produktive Menschen wie sie selbst keine Zeit hatten.

Hackberry sah, wie Temple Dowling raschen Schritts auf die Eingangstür des Gebäudes zukam. Er trug keine Jacke über seinem knittrigen silbernen Hemd und hatte ein streitlustiges Funkeln in den Augen. Seine cremefarbene Gesichtshaut war von einem feuchten Film überzogen. Doch es waren seine Lippen, die Hackberry ganz besonders auffielen, weil ihre Farbe und Beschaffenheit ihn an einen Radiergummi erinnerten. Sie gehörten zum Mund eines grausamen Mannes, dessen Gefühlsregungen niemals echt und dessen körperliches Verlangen von niederen Instinkten und infantilen Fantasien geprägt waren. Während er zusah, wie Dowling über den Gehweg schritt, wurde Hackberry klar, dass er vermutlich zu nachsichtig gewesen war, als er ihn und seine Kumpanen zu der harmlosen und eher isolierten Gruppe derjenigen gerechnet hatte, die Polizeibeamten wie loyale Diener behandelten. Wie sein Vater, der Senator, wusste auch Temple Dowling mit der Peitsche umzugehen und konnte die Daumenschrauben anziehen, um andere Menschen gefügig zu machen. Das Schicksal mochte ihn zwar mit einem Gesicht ausgestattet haben, das ihn auf ewig daran hindern würde, den Thron zu besteigen, aber die Macht hinter dem Thron, davon war Hackberry überzeugt, würde Dowling auch genügen. Der Sheriff erhob sich und ging zum Haupteingang, wo er auf Dowling traf. »Was ist Ihr Problem?«, sagte er.

»Die Liste ist so lang, dass ich nicht weiß, wo ich anfangen soll«, antwortete Dowling.

Hinter ihm standen drei Männer. Sie trugen Westernhüte und Sonnenbrillen und sahen so aus, als würden sie regelmäßig im Fitnessstudio schwitzen. Statt der üblichen glatten Rasur trugen sie Schnauzer und gepflegte Dreitagebärte. Die Hände hielten sie mit verschränkten Fingern locker vor dem Körper, die Gesichter mit Bedacht abgewandt, um Hackberry glauben zu lassen, dass sie ihn nicht hinter ihren Sonnenbrillen heraus anstarrten. Einer der Männer hatte eine lochartige Wunde auf seiner Wange, die so aussah, als hätte jemand den Daumen zu tief in weichen Fensterkitt gedrückt. Bei seinem Kollegen war durch das Barthaar hindurch ein Tattoo am Hals zu erkennen, und die Gesichtshaut des Dritten war so dunkel wie Sattelleder und von kleinen Narben überzogen.

»Sagen Sie Ihren Leuten, dass sie mal Pause machen sollen, und kommen Sie rein«, sagte Hackberry.

»Diese Männer folgen mir überall hin.«

»Hier aber nicht.«

»Warum habe ich immer wieder Ärger mit Ihnen, Sheriff?«

»Weil Sie es nicht anders wollen.«

»Heute Morgen musste ich an einem meiner Fahrzeuge die Bremslichter auswechseln lassen.«

»Ich habe schon davon gehört. Dumme Sache.«

»Dann wissen Sie auch, dass Ihr Deputy die Lichter kaputtgeschlagen hat.«

»Sie sollten wissen, dass ich bedingungslos hinter meinem Deputy stehe«, antwortete Hackberry. »Ich bin sehr beschäftigt. Wollen Sie weiter in der Sonne rumstehen oder lieber reinkommen?«

»Ich stehe ganz gut hier«, entgegnete Dowling. Er wischte sich Stirn und Oberlippe mit einem Taschentuch ab, schüttelte es aus und fuhr sich mit dem Tuch über den Nacken. Dann schaute er die Straße hinunter zum Gerichtsgebäude. Auf seiner Wange waren ein paar Schweißperlen zu sehen, und seine Augen funkelten konzentriert, während er nach den richtigen Worten suchte. Hackberry wurde klar, dass Dowlings nächste Bemerkung Teil einer Performance sein würde, die nicht für ihn, seinen Gesprächspartner, sondern für die drei Angestellten hinter ihm bestimmt war. »Ich habe zwei gute Männer verloren, ermordet von einem Psychopathen, der schon Wurmfutter hätte sein sollen, als Sie ihn das erste Mal sahen. Derselbe Mann hat bereits eine Vielzahl von Menschen in diesem County – Ihrem County, Sheriff – umgebracht, aber Sie haben weder eine Ahnung, wo er sich aufhält, noch scheinen Sie sich an Ihrer eigenen Ahnungslosigkeit zu stören. Anstatt sich auf die Ermittlungsarbeit zu konzentrieren, schlagen Ihre Untergebenen lieber anderer Leute Autos kaputt. Ich bin mir darüber im Klaren, dass Mittelmäßigkeit an Orten wie diesem eine Art Lebensstil ist, aber ich werde keine Inkompetenz dulden, wenn es um das Wohlergehen meiner Angestellten und die Sicherheit unserer Nation geht. Wir werden uns um diese Angelegenheit kümmern und Ihre Arbeit erledigen, Sheriff, aber Sie müssen uns von jetzt an freie Hand lassen.«

»Falls Sie uns bei einer Mordermittlung in die Quere kommen, werden Sie sich in Handschellen wiederfinden, Mr. Dowling.«

»Mein Vater hat mal etwas über Sie gesagt, Sheriff, das Sie vielleicht wissen sollten. Er meinte, dass Sie einer dieser seltenen Politiker sind, denen man kein Geld zahlen muss, um sie zu korrumpieren. Alles, was man tun muss, ist an Ihren Don-Quichotte-Komplex zu appellieren. Er sagte, anstatt einer Bezahlung würden Sie sich mit der Chance zufrieden geben, die Rolle des fahrenden Ritters zu spielen, damit Sie sich der Selbstzerstörung hingeben und nach Erlösung von Ihren Sünden suchen können. Ich glaube fast, mein Vater hat Sie gelesen wie ein Buch.«

»Wissen Sie, Dowling, ich habe gerade meine Meinung über etwas geändert, was ich heute Morgen zu meinem Chief Deputy sagte. Ich meinte zu ihr, dass es mich nicht die Bohne interessiert, wenn Sie versuchen, meinen Namen in den Dreck zu ziehen. Abe wenn ich jetzt so darüber nachdenke, könnte man auf die Idee kommen, dass Teile Ihrer Lügengeschichten auf meine verstorbene Frau Rie und unsere Beziehung bezogen sein könnten. Sie haben doch derartige Bemerkungen gemacht, oder nicht?«

»Ich musste sie nicht aussprechen. Jeder, der Sie kennt, hat sie schon mal gehört.«

»In der Regel vermeide ich es, einen Mann vor seinen Angestellten zu demütigen, aber für Sie werde ich eine Ausnahme machen. Ich bin wahrscheinlich am Ende des achten Innings, möglicherweise schon am Anfang des neunten angelangt, was bedeutet, dass ich nicht mehr sonderlich viel zu verlieren habe. Haben Sie mal Baseball gespielt, Mr. Dowling? Wenn Sie sich als Schlagmann zu weit in Richtung der Strike Zone drehen, wird Ihnen der Pitcher beim nächsten Wurf einen Forkball servieren, der Ihren Kopf trifft wie die stumpfe Klinge einer Guillotine.« Hackberry lächelte vergnügt und zwinkerte seinem Gesprächspartner zu. »Was halten Sie davon?«

»Wenn ich mir überlege, aus wessen Mund diese Worte stammen – nicht sonderlich viel«, sagte Dowling.

Hackberry ging wieder in sein Büro zurück, setzte sich an den Schreibtisch und schaute erst wieder aus dem Fenster, als er hörte, wie der SUV die Straße hinunterfuhr. Die Wut, die sich in seiner Brust breitgemacht hatte, wollte aber nicht so schnell verschwinden. Eine halbe Stunde später klingelte das Telefon auf seinem Schreibtisch. Er warf einen Blick auf die Nummer im Display und nahm den Hörer ab. *»¿Qué tal?«*

»*¿Qué tal?*«, wiederholte Ethan Riser am anderen Ende.

»Das bedeutet ›Wie geht's?‹«

»Ich weiß, was es bedeutet.«

»Okay, dann schießen Sie mal los, Ethan, was verschafft mir das Vergnügen?«

»Das ist ein rein privater Anruf.«

»Ich bin der Sheriff dieses Countys. Ich sitze in meinem Büro, an meinem Schreibtisch, während der Arbeitszeit und im Rahmen des mir offiziell übertragenen Amtes. Nichts, was hier geschieht, ist *rein privat.*«

»Sie klingen ein bisschen angefressen.«

»Wie kann ich Ihnen helfen, Ethan?«

»Ich werde vorzeitig in den Ruhestand gehen. Das wollte ich Ihnen sagen. Das und ein paar andere Dinge.«

»Wie zum Beispiel?«

»Sie stehen im Weg, Hackberry.«

»Wie bitte?«

»Dieser Kerl, Noie Barnum, ist so was wie der Heilige Gral. Alle Welt will sich diesen Typen schnappen: Wir, Krill und seine Bande, Al-Qaida, Temple Dowling, Josef Sholokoff.«

»Warum sollte ein russischer Pornoproduzent seine Aufenthaltsgenehmigung aufs Spiel setzen, indem er sich in die Welt der Spionage drängt?«

»Josef Sholokoff hat unser Land seit seiner Ankunft in

Brighton Beach mit Drogen und Pornos verseucht. Warum sollte er jetzt davor zurückschrecken, Geschäfte mit irgendwelchen Kakerlaken aus Dritte-Welt-Ländern zu machen?«

»Sie sagten, ich stünde im Weg.«

»Kerle wie Sie sind einfach keine Teamplayer. Sie sind dickköpfig, kriechen Ihren Vorgesetzten nicht in den Arsch und verursachen haufenweise Ärger. Die Regierungsbehörden werden Ihnen etwas anderes erzählen, aber in Wirklichkeit interessieren sie sich nicht für Typen wie Sie.«

»Na und?«

»Diese Leute werden Ihnen keine Rückendeckung mehr geben, Partner.«

»Haben Sie getrunken, Ethan?«

»Ich bin auf einer Driving Range. Ich wünschte, ich hätte mir schon früher mehr Zeit für Golf genommen.«

»Wann gehen Sie in Ruhestand?«

»In drei Monaten ungefähr. Ja, in etwa drei Monaten.«

»Sie gehen in den Ruhestand und wissen nicht genau wann?«

»Ich bin im Endstadium.«

Hackberry lehnte sich nach vorn und musste sich auf dem Schreibtisch abstützen. Doch bevor er reagieren konnte, sprach Riser schon weiter. »Ich habe früher drei Schachteln am Tag geraucht. Vor fünf Jahren habe ich aufgehört und gedacht, ich wäre noch mal ungeschoren davongekommen. Letzte Woche bin ich wegen einer Blase an meiner Nase zum Arzt gegangen. Der Doc meinte, es wäre in meiner Leber, in meiner Bauchspeicheldrüse und hätte auch schon mein Gehirn erreicht.«

»Das tut mir schrecklich leid, Ethan.«

»Es gibt da eine Sache, von der ich Ihnen nie erzählt habe. Können Sie sich dran erinnern, dass kurz nach dem 11. September ein ganzes Flugzeug voller Familienmitglieder von Osama bin Laden das Land verlassen durfte, ohne aufgehalten zu werden? Vor dem Start der Maschine gab man uns genau fünfzehn Minuten, um diese Leute auf der Rollbahn zu befragen. Ich war einer der Agenten, die damals an Bord des Flugzeugs gingen. Ich hätte aus Protest kündigen sollen. Aber ich habe es nicht getan. Das habe ich immer bereut. Tief bereut, sogar. Wenn man auf die Zielgerade einschwenkt, bereut man nicht die Dinge, die man getan hat. Man bereut die Dinge, die man nicht getan hat. Sie sind ein guter Kerl, Hackberry, aber gute Kerle werden meist erst im Nachhinein bewundert, wenn man sicher ist, dass sie tot sind.«

Nachdem er aufgelegt hatte, saß Hackberry noch lange in seinem Sessel. Die rechte Seite seines Gesichts fühlte sich taub an, und in seinem Ohr brummte es wie bei einem Kurzschluss.

Kapitel 9

Anton Ling wurde vom Flackern der Blitze eines Trockengewitters und einem Donnergrollen geweckt, das die Wände ihres Hauses so heftig erzittern ließ, wie es sonst nur die Erschütterungen von Fliegerbomben vermögen, auch wenn diese meilenweit entfernt abgeworfen wurden. Sie ging in die Küche, setzte sich an den Tisch, trank ein Glas warme Milch und versuchte, die durch den Donner und die grellen Blitze in den Wolken wachgerufenen Bilder in ihrem Kopf zu verdrängen.

Die Nacht war für die Jahreszeit verhältnismäßig kühl und der Himmel von Wolken überzogen, die mit schwarzem Ruß gefüllt zu sein schienen. Sie glaubte, das Heulen eines Kojoten gehört zu haben, vielleicht war es aber auch nur das Quietschen eines rostigen Scharniers gewesen. Der Wind trieb einen leeren Apfelkorb hinter dem Wassertank im Garten entlang und wehte so heftig, dass sich das Rad der Windmühle mit hoher Geschwindigkeit drehte. Die Pfeiler der Konstruktion ächzten unter der Belastung, und das Wasser lief über die Ränder der Tränke. War sie wirklich so geistesabwesend gewesen und hatte vergessen, die Welle der Windmühle mit der Sicherungskette zu arretieren?

Sie zog sich eine Canvasjacke über und ging hinaus. Sofort schlugen ihr der scharfe Wind und ein Geruch nach Kreosot und feuchtem Schwefel entgegen, der sich mit einem Gestank wie aus den Schornsteinen einer Abdeckerei mischte. Als sie die Kette an der Windmühle eingehängt hatte, um die Welle zu blockieren, bemerkte sie, dass die Barackentüren offen standen und vom Wind auf und zu geschlagen wurden. Auch das Blechdach der Scheune hatte sich gelöst und krachte nun wieder und wieder auf die Querbalken nieder. Es sah ganz so aus, als wäre die Welt dabei zu zerreißen und der Kern zu schwach, um sie zusammenzuhalten. Kam der Gestank von der anderen Seite der Grenze, wo sich die Industrie nicht um Umweltauflagen kümmerte? Die Wolken waberten schwarz und schwer am Himmel und wurden in ihrem Inneren von den Blitzen erhellt. Sie sahen aus wie gigantische Rauchschwaden über feuchten Strohballen, die jemand mit einem chemischen Brandbeschleuniger entzündet hatte.

Wann würde sie sich von diesen Träumen, Gefühlen und Erinnerungsfetzen befreien können, die sie nicht nur nachts plagten, sondern auch am Tag verfolgten, die ihr Blut vergifteten und Zweifel in ihr aufkommen ließen, ob ihre gesamte Mission nicht die einer Lügnerin war? Warum konnte sie die Tatsache nicht akzeptieren, dass Amnesie nicht notwendigerweise mit Absolution einherging?

Denk einfach nicht dran!, ermahnte sie sich selbst. *Sprich ein Gebet für die Verletzten und die Toten, erwarte vom Leben nicht mehr als einen weiteren Sonnenaufgang und verrichte in der Zwischenzeit ein oder zwei gute Taten.* Sie konnte die Vergangenheit nicht ungeschehen machen. Warum nur musste sie immer wieder über dieselbe Geschichte nachgrübeln?

Fässer gefüllt mit Benzin und Diesel, dazu Tide-Waschmittel, damit die Flüssigkeit an den Oberflächen kleben blieb – das Rezept für die selbst gemachten Napalmbomben, die aus ein paar hundert Fuß Höhe abgeworfen wurden, während unten am Boden winzige Figuren aus ihren Hütten in den Wald rannten oder sich in den Reisfeldern wälzten, um das Feuer auf ihrer Haut zu ersticken.

Die Luftangriffe der B-52-Bomber in Kambodscha hatte sie nur aus großer Entfernung miterlebt: Sie hatte das Donnern der Bomben gehört und die Erschütterungen der Explosionen durch ihre Schuhsohlen hindurch gespürt, hatte gesehen, wie die Oberflächen der Reisfelder knitterten, aber die Vibrationen, die sich unsichtbar über den Boden des Regenwaldes ausbreiteten, unterschieden sich nicht sonderlich von den Erschütterungen, die eine heranfahrende U-Bahn verursachte. Die zweihundert Liter fassenden Fässer, gefüllt mit Benzin oder Diesel oder einem Gemisch aus beidem, waren anders: nah und unmittelbar, die angerichteten Schäden verheerend und unvergesslich.

Sie hatte die verstärkten Ränder der Fässer mit beiden Händen gepackt und dabei geholfen, sie zur Heckklappe des zweimotorigen Transporthubschraubers zu schieben, den man einfach nur Chinook nannte. Dann hatte sie zugesehen, wie die Fässer aus der Öffnung rollten und schwer wie Küchenherde durch die Luft in Richtung Erde rasten, wo Elefantengras wuchs und Tropenbäume standen, wo sich pink und rot blühende Mohnfelder vor blauen Berglandschaften ausbreiteten. Sie hatte mitangesehen, wie die Fässer in einem Dorf explodierten, das den Pathet Lao als Depot und Versorgungsstützpunkt diente, das aber auch das Zuhause von Menschen war, die Affen und Hunde aßen, ihre Reisfelder mit den Händen bestellten und keine Ahnung von den Weltmächten hatten, die ausgerechnet ihr Land in ein Schlachtfeld verwandelten.

Sie ging ins Haus zurück, hängte die Canvasjacke an einem Kleiderhaken auf, schaute nach, ob alle Türen verschlossen waren, und setzte sich dann auf ihr Bett. Sie ließ das Kinn auf die Brust sinken, und nach und nach verschwanden die Bilder und Geräusche aus ihrem Kopf. Der Wind fegte unter dem Haus hindurch, ließ den Fußboden und die Wände knarzen und eine Tasse in der Küchenspüle umfallen. Als sie ans Fenster trat, um den Vorhang zuzuziehen, zuckten mehrere Blitze durch die Wolken am Himmel, und sie sah einen Schatten an der Ecke der alten Schlafbaracke. Eigentlich war es mehr als nur ein Schatten, denn er bewegte sich und reflektierte das Licht. Sie starrte in die Dunkelheit hinaus und wartete darauf, dass ihr das Licht eines neuen Blitzes Gewissheit bringen würde. Stattdessen begannen Regentropfen auf das Dach zu prasseln und auf den staubtrockenen Boden an der Windmühle und den kurz gemähten Rasen vor der Scheune niederzugehen. Von ihrem Schlafzimmerfenster aus konnte sie nichts weiter sehen als die Dunkelheit der Nacht und den Glanz des Regenwassers an den Wänden der Baracke. Dort, wo sie die Umrisse eines Mannes gesehen zu haben glaubte, war nichts weiter als dunkle Leere.

Sie öffnete das untere Schubfach ihrer Kommode, griff hinein und zog unter einem Stapel Kleidungsstücke einen Gegenstand hervor, den sie viele Monate lang weder berührt, noch überhaupt an ihm gedacht hatte. Dann ging sie in die Küche und kramte aus einer Schublade voller Schraubenzieher, Hämmer, Zangen und Klebebandrollen eine Taschenlampe hervor, setzte sich eine Baseballkappe auf, öffnete die Hintertür und ging, dieses Mal ohne ihre Jacke, hinaus in die Nacht.

Sie richtete den Lichtstrahl der Lampe auf die Wände der Schlafbaracke und des Gartenhauses, dann auf die eingezäunte Pferdekoppel und durch das offene Tor der Scheune auf die Boxen und Pfosten im Inneren. Anschließend ging sie über den Hof, warf einen Blick in die Baracke und das Gartenhaus, suchte den Bereich hinter der Schlafbaracke ab und näherte sich dann der Ecke, wo sie zuvor die Figur gesehen zu haben glaubte.

Sie spürte, wie die Regentropfen auf Baseballkappe und Schultern fielen, wie sie ihre Kleidung durchnässten und an ihrem Hals hinunterliefen. Als sie auf die Scheune zuging, durchschnitt der Lichtstrahl der Taschenlampe die Dunkelheit und fiel durch das offene Tor auf die Werkzeuge und das staubbedeckte Zaumzeug im Inneren des Gebäudes. Dann holte sie tief Luft, füllte ihre Lungen mit Sauerstoff und trat durch das Tor in die Scheune, wo sich die Gerüche von Pferdeschweiß, Stallmist und festgestampftem, von grünem Schimmel überzogenem Lehm zu einer strengen Mischung vereinten.

»Was tun Sie hier?«, sagte sie.

»Nichts«, sagte die Figur im Schatten und hob den Arm, um die Augen vor dem blendenden Licht der Taschenlampe zu schützen.

»Sie haben durch meine Fenster geschaut.«

»Nein, das habe ich nicht. Ich wollte nur über das reden, was Sie mir im Lebensmittelmarkt gesagt haben. Das habe ich nicht verstanden.«

»Was meinen Sie?«

»Sie sagten, ich sollte mich nicht erdreisten, Mutmaßungen über Sie anzustellen. Meinten Sie damit, ich müsste aufpassen, mit wem ich mich anlege? Dachten Sie vielleicht, ich würde Sie bedrohen? Das würde ich nie tun. Nach unserem Gespräch hatte ich ein furchtbar schlechtes Gewissen, wissen Sie? Ich habe mich gefühlt wie ein echtes Ekelpaket oder ein durchgeknallter Freak oder so was. Ma'am, ist das eine Pistole in Ihrer Hand?«

»Wonach sieht es denn aus?«

»Wir sind seelenverwandt.«

»Nein, das sind wir nicht. Wie lange sind sie schon hier draußen?«

»Erst ein paar Minuten. Ich wollte an Ihre Tür klopfen, weil ich weiß, dass Sie immer lange wach sind. Ich habe gesehen, dass nachts noch Kerzen in Ihrer Kapelle brennen.«

»Wie können Sie das sehen?«

»Ich habe ein Teleskop auf meiner Terrasse, mit dem ich mir manchmal die Sterne anschaue. Es ist ein Hobby von mir.«

»Wo steht Ihr Auto?«

»Ein Stück die Straße runter.«

»Sie sind ein Voyeur, Reverend Cody. Verschwinden Sie von meinem Land. Wenn ich Sie noch mal hier erwische, werde ich Sie erschießen.«

»So können Sie nicht mit mir reden. Sie verstehen das alles falsch, Ma'am.«

»Nein, das tue ich nicht. Ich glaube, dass Sie das schlechte Gewissen einer schrecklichen Tat umtreibt – ein Verbrechen, das Sie an einer oder mehreren Frauen begangen haben. Es muss etwas derart Schreckliches sein, dass Sie mit niemandem darüber reden können. Aber das ist Ihr Problem, Reverend, und nicht meins. Verschwinden Sie und lassen Sie sich hier nie wieder blicken. Haben Sie verstanden?«

»Jawohl, Ma'am, wenn es das ist, was Sie wollen.«

Sie ließ die Pistole sinken und trat einen Schritt zur Seite. Als er an ihr vorbeiging, wirkte sein Gesicht wie aus den Fugen geraten, von Angst und Scham gezeichnet wie das eines Kindes, das man gerade bei einer schändlichen Tat erwischt hatte. Sie ging zurück ins Haus, wo sie die Tür hinter sich abschloss und die kleinkalibrige Pistole in das untere Schubfach der Kommode zurücklegte. Dann zog sie ihre nassen Sachen aus, trocknete sich mit einem Handtuch ab, schlüpfte in einen Pyjama, legte sich aufs Bett und vergrub ihr Gesicht unter einem Kissen. Sie war überrascht, wie schnell und leicht sie einschlief. Draußen schlug ein Blitz auf einem Hügel ein und ließ die Umrisse der Kiefer auf seiner Spitze scharf und rot vor dem pechschwarzen Himmel im Hintergrund aufleuchten.

Der glänzende kanariengelbe Pick-up von Cody Daniels stand etwas abseits des Weges neben einem Flussbett, an dessen von Kieseln übersäten Ufer Pappeln und Weiden wuchsen. Der Regen hatte den gewachsten Lack des Pick-ups mit Wasserperlen überzogen, und jedes Mal, wenn ein Blitz durch die Wolken zuckte, funkelte der Truck wie ein mit Juwelen dekoriertes Kunstwerk, das Schönheit, Kraft und Komfort ausstrahlte und Cody stets ein Gefühl von Freude, Stolz und Kontrolle vermittelt hatte. Momentan konnte sich Cody Daniels allerdings an gar nichts erfreuen: Weder an seinem Truck oder an der Cowboy Chapel noch an seinem Titel als Reverend oder seinem Haus hoch oben in den Felsen, über dessen Sonnenterrasse er stolz wie der Kapitän eines Segelschiffs stolziert war.

Nicht nur war er erwischt worden, als er sich in der Scheune der Chinesin versteckt hatte, nein, man hatte ihn auch des Voyeurismus beschuldigt und fortgejagt, wie man es sonst nur mit Landstreichern und Verrückten tun würde. Schlimmer noch war allerdings, dass er weder sich selbst noch Anton Ling erklären konnte, warum er überhaupt dort gewesen war. Um sich für den Annäherungsversuch unter Alkoholeinfluss im Supermarkt zu entschuldigen? Vielleicht. Um ihr zu sagen, dass er ihr, unabhängig davon, was er in der Vergangenheit getan hatte, nichts zu Leide tun würde? Möglich. Um durch ihre Fenster zu schauen?

Die letzte Frage hätte er gern mit einem beherzten »Nein!« beantwortet, aber er zögerte. Natürlich würde er so etwas nicht tun, redete er sich selbst ein. Niemals in seinem Leben hatte er derartige Gedanken gehabt. Warum verdächtigte sie ihn auf diese Weise? Warum zweifelte er auf einmal an sich selbst?

Die Antwort war einfach: Er war ganz offensichtlich von ihr besessen. Während er die Gebetsbücher in der Cowboy Chapel auslegte oder eine Predigt vorbereitete, grübelte er darüber nach, was für eine Art Gottesdienst sie wohl in dem kleinen Raum abhielt, in dem unzählige Kerzen in roten und blauen Gläsern brannten. Er überlegte, warum keine Latinos in seine Kirche kamen, nicht mal die mit Papieren. Was hatte er ihnen denn getan? Er fragte sich, ob Anton Ling möglicherweise über Kräfte und Fähigkeiten verfügte, die ihm zeitlebens verwehrt geblieben waren. Wie hieß es doch gleich in der Heiligen Schrift? *Denn viele sind berufen, aber wenige sind auserwählt.* Anders ausgedrückt konnte man also sagen, dass da draußen eine ganze Menge Verlierer herumliefen. Und Cody Daniels war wahrscheinlich einer von ihnen.

Sollte das etwa sein Schicksal sein? Berufen, aber niemals auserwählt, um den warmen Finger des Schicksals auf der Stirn zu spüren? War er etwa mit dem Schlimmsten aller Schicksale geschlagen, das einen Mann befallen konnte? Eine Frau zu beneiden, in diesem Fall eine Asiatin, deren Aussehen und Anmut ihn erregten? Er schaute gen Himmel. *Warum hast du mir das angetan?*, fragte er.

Falls ihm jemand antwortete, hörte er es nicht. Das einzige Geräusch, das er vernahm, war das eines Fahrzeugs mit einem brummenden Dieselmotor, das auf der Nordseite von Anton Lings Grundstück zwischen zwei Bergen eine Schotterpiste hinunterfuhr. Durch den Regen konnte er die Scheinwerfer des

Wagens sehen, ebenso die Umrisse der doppelten Fahrerkabine und die große Ladefläche dahinter. Es war ein teures Fahrzeug, das problemlos sechs Personen transportieren konnte. Was hatte es mitten in der Nacht in diesen Bergen zu suchen? Wenig später bog es von der Straße ab und fuhr über einen langen Hang hinunter in eine weite Ebene mit Zaunpfählen aus Zedernholz, zwischen denen kein Draht gespannt war.

Cody setzte sich in seinen Pick-up, rollte das Fenster auf der Beifahrerseite herunter und beobachtete, wie sich der Diesel-Pick-up mit ausgeschalteten Scheinwerfern der Hinterseite von Anton Lings Haus näherte.

Vielleicht sind das Leute von dieser Fluchthilfe-Organisation, dieser Underground Railroad, oder wie auch immer die heißen, versuchte er sich einzureden. Aber er wusste es besser.

Er klappte sein Handy auf und schaute auf die Balken in der Ecke des Bildschirms. Kein Empfang. *Tja, das nennt man wohl Schicksal*, dachte er. Was hatte sie ihm noch gleich gesagt? Er solle verschwinden und sich nie wieder blicken lassen? Irgend so was in der Art. *Sayonara, Ms. Ling. Auf Wiedersehen und gute Reise, oder was auch immer die da drüben sagen. Vielleicht bringen Sie ja das nächste Mal einem wohlwollenden Besucher wie mir etwas mehr Respekt entgegen. Voyeur, mein Arsch!*, dachte er.

Dann schaltete er seine Scheinwerfer an, legte den Gang ein und fuhr durch den Regen in Richtung Süden davon. Das Grundstück von Anton Ling ließ er ebenso hinter sich wie die dunklen Wolken am Himmel, die wie Zellophan knisterten.

Es war noch dunkel, als sie aufwachte und erkannte, dass die vier Männer vor ihrem Bett nicht Teil eines Traums waren. Sie konnte den Matsch an ihren Stiefeln riechen und auch das Wasser und die Blätter an ihren Regenmänteln. Sie konnte hören, wie die Dielen unter ihrem Gewicht knarzten. Und sie konnte die Handschuhe an ihren Händen sehen, ihre kräftigen Arme und massigen Oberkörper. Die Physis der drei Männer, die vor ihrem Bett standen, war überwältigend, so real und spürbar wie die dreckige Hand eines Gewalttäters auf der eigenen Haut. Der vierte Mann hielt sich im Hintergrund und schien nicht so recht dazuzugehören. Er war viel kleiner als die anderen, sein Körper verloren in seinem Regenmantel. Die einzige Sache, die Anton Ling nicht sehen konnte, waren die Gesichter der Männer, denn sie hatten sich mit Tüchern vermummt, deren camouflage-gemusterter Stoff an einigen Stellen Falten schlug wie eine Trockenpflaume.

Sie setzte sich auf, die Decke bis zur Taille hochgezogen. Ihr Herz hämmerte in ihrer Brust. Sie wartete, dass einer der Männer etwas sagen würde, aber sie schwiegen. Die leuchtenden Ziffern des Weckers auf der Kommode zeigten 04:54 Uhr an. Noch eine Stunde bis zum Sonnenaufgang. »Die Türen waren verschlossen«, sagte sie.

»Jetzt nicht mehr«, erwiderte einer der Männer. Er war größer als die anderen, möglicherweise trug er Cowboy-Stiefel, und an seinem linken Handgelenk prangte eine Militärarmbanduhr ohne reflektierende Oberflächen.

»Ich bin wertlos für Sie«, sagte sie.

»Wie kommen Sie darauf, dass es um Sie geht?«

»Der Mann, den Sie suchen, war nur kurz hier. Ich habe ihm Essen gegeben und seine Wunden verbunden. Dann ist er wieder gegangen. Ich weiß aber nicht wohin. Ich habe nichts, was Sie interessieren würde.«

»Das kann man nie so genau wissen«, sagte der Mann mehrdeutig.

Sie versuchte, ihm in die Augen zu schauen, um seiner sexuellen Anspielung etwas entgegenzusetzen, aber sie konnte nichts hinter den Löchern in seiner Maske erkennen.

»Wie viele Leute haben Sie noch draußen?«, fragte sie.

»Wie kommen Sie darauf, dass noch jemand draußen ist?«

»Es sind noch mindestens zwei Männer draußen. Einer vorn, einer hinten. Wenn Sie mit vier Männern in ein Schlafzimmer eindringen, um eine einzelne Frau zu stellen, dann haben Sie mehr als genug Leute, und deshalb sind noch mindestens zwei Männer draußen postiert.«

»Sie sind eine intelligente Frau«, sagte der große Mann. »Aber das wussten wir bereits, bevor wir herkamen.«

»Dann wissen Sie auch, dass ich Sie nicht belüge. Das würde weder mir nützen noch meiner Arbeit. Ich habe keine persönliche Agenda und muss nichts vor Ihnen verstecken.«

»Mag sein, dass *ich* das weiß. Andere tun es nicht. Sie waren in Laos und Kambodscha. Sie waren auch in Tibet und haben Versorgungspakete für den tibetischen Widerstand abgeworfen. Nicht viele Leute haben so eine bewegte Vergangenheit.«

»Mehr als Sie denken.«

»Eine Zeit lang waren Sie auch in der Hand der Kommunisten. Wo war das noch mal?«

»In Tibet.«

»Und, wie war das so?«

»Nicht sonderlich angenehm.«

»In Ihren Akten steht, Sie hätten keine Informationen preisgegeben, und trotzdem sind Sie mit dem Leben davongekommen. Manche Leute könnten daraus schließen, dass wir Ihnen nur das glauben können, was Sie unter schwerer Folter aussagen. Zwingen Sie uns besser nicht dazu, Ma'am.«

»Glauben Sie vielleicht, Ihre Höflichkeitsfloskeln würden Ihr Verhalten weniger widerwärtig machen? Sie brechen in mein Haus ein, reißen mich aus dem Schlaf, drohen damit, mich zu foltern oder zu vergewaltigen, und sprechen mich dann mit ›Ma'am‹ an? Was für eine Art Mann sind Sie eigentlich? Brauchen Sie wirklich eine Maske, um eine einzelne Frau zu tyrannisieren?«

Ihr wurde bewusst, dass sie zu viel und zu provokant redete. Sie hatte die Tatsache ignoriert, dass die Eindringlinge sehr wahrscheinlich deshalb Masken trugen, weil sie nicht vorhatten, sie zu töten. Sie legte einen möglichst neutralen Gesichtsausdruck auf, um die Männer nicht wissen zu lassen, dass sie sowohl ihre Gedankengänge als auch ihre Methoden durchschaut hatte. Dann versuchte sie es mit einem Ablenkungsmanöver: Indem sie den Männern Informationen gab, die sie wahrscheinlich schon kannten, wollte sie ihnen beweisen, dass sie die Wahrheit sagte und ihnen nicht weiterhelfen konnte. »Der Mann, den Sie suchen, ist wahrscheinlich mit einem wahnsinnigen Massenmörder namens Jack Colins unterwegs.«

»Irgendeine Idee, wo Collins sein könnte?«

»Meinen Sie das ernst?«, antwortete sie.

In der Pause, die nun folgte, konnte sie den großen Mann atmen hören, und sie sah, wie sich der Camouflage-Stoff um seinen Mund hob und senkte. Warum atmete er durch den Mund? Als Vorbereitung auf das, was er gleich tun würde? Stand er kurz vor einer Entscheidung, mit der er einen persönlichen Rubikon überschreiten würde, von dem sie lieber nichts wissen wollte?

»Collins ist ein religiöser Spinner. Er scheint von Frauen in der Bibel besessen zu sein«, sagte der große Mann. »Sie würden da perfekt ins Raster passen. Was sagen Sie dazu?«

Lass ihn nicht merken, dass du Angst hast, sagte eine Stimme in ihrem Inneren. »Ich glaube, dass Sie ein Vollidiot sind.«

Der kleinere Mann, der hinter den anderen stand, schaute durch eine Lücke zwischen den Fenstervorhängen hinaus in den Hof. Er trug schwere Schuhe, die so aussahen, als hätten sie extrahohe Absätze und Sohlen. Sie sah, wie sich sein Blick nach oben richtete, und vermutete, dass er nach den ersten Sonnenstrahlen über der Hügelkette Ausschau hielt. Dann bemerkte sie, dass der große Mann den kleinen Mann am Fenstervorhang beobachtete. Obwohl er die ganze Zeit über gesprochen hatte, war er also gar nicht der Chef der Truppe. Er wartete nur darauf, dass der kleine Mann am Fenster ihm sagte, wie es weitergehen würde.

Anstatt zu sprechen, machte der Mann am Fenster eine Kreisbewegung mit dem nach oben gerichteten Zeigefinger, die so aussah, als wollte er sagen: »Weitermachen!« oder »Komm zur Sache!«

Aber was meinte er genau?

Der große Mann ging zum Kleiderschrank und warf einen Morgenrock auf Anton Ling Betts. »Anziehen.«

»Warum?«, fragte sie.

»Manche Dinge müssen nun einmal getan werden. Machen Sie die Sache nicht noch schwerer, als sie ohnehin schon ist.«

»Für wen arbeiten Sie?«

»Für unser Land und die Menschen, die es in Freiheit gedeihen sehen wollen. Glauben Sie vielleicht, es sei eine noble Tat, einen Verräter wie Noie Barnum zu beschützen?«

»Ich werde den Morgenrock nicht anziehen. Ich werde mich nicht vom Fleck bewegen. Ich kann nicht ändern, was Sie tun werden, aber ich werde Ihnen nicht dabei helfen.«

Der große Mann lehnte sich zu ihr hinunter und packte ihr

Handgelenk. Seine Finger umspannten so problemlos ihren Arm, als würde er einen Stock in die Hand nehmen. »Aufstehen.«

»Nein.«

»Sie machen eine persönliche Angelegenheit aus der Sache, Ms. Ling. Das ist nicht sonderlich schlau.«

»Wagen Sie es nicht, meinen Namen in den Mund zu nehmen. Ich kenne Sie nicht, und ich habe kein Interesse an Ihrer Bekanntschaft. Also sprechen Sie mich gefälligst nicht so an, als würden Sie mich kennen.«

»Sie haben den Ruf, arrogant zu sein, ein richtiges chinesisches Prinzesschen.« Er riss sie vom Bett hoch, packte ihre Haare und zog ihren Kopf nach hinten, bis ihr Mund sperrangelweit offen stand. »Früher nannten wir das ›Dem Schlitzi das Maul öffnen‹. Wollen Sie das? Wollen Sie das wirklich?« Er zog noch fester an ihren Haaren. »Ich mag das eigentlich nicht, aber Sie wollen es ja nicht anders. Es wird schlimmer und schlimmer und schlimmer für Sie, bis ich anfange, es zu genießen. Ich kann Ihnen nicht raten, mich so weit zu treiben.«

Als er ihr Haar losließ, damit sie sprechen konnte, sammelte sie all ihre Spucke in ihrem Mund und spie ihm mitten ins Gesicht, woraufhin er ihr einen so heftigen Faustschlag verpasste, dass ihr Körper gegen die Wand geschleudert wurde und zwei Bilderrahmen herunterfielen. Die beiden anderen Männer hievten sie wieder auf die Beine und schleiften sie zur Tür hinaus. Anton Ling glaubte, den Wasserhahn der Küchenspüle zu hören.

Cody Daniels raste weiter Richtung Süden. Der Wagen holperte durch die Schlaglöcher, Wasser spritzte auf die Motorhaube und über die Windschutzscheibe. Aus den Boxen dröhnte mit voller Lautstärke ein englischsprachiger Radiosender, der bis hoch nach Kanada empfangen werden konnte und von der mexikanischen Seite der Grenze sendete, um die Vorschriften der Kommunikationsregulierungsbehörde FCC für den Radio- und Funkverkehr in den USA zu umgehen. Vierundzwanzig Stunden am Tag übertrug er Country-Musik, religiöse Hasspredigten wutschnaubender Priester und Werbung für Zuchthennen, Tulpenzwiebeln, Fledermaus-Guano, Potenzmittel, fluoreszierende Tischdecken mit Motiven des Letzten Abendmahls und mystische Jesusbilder. Spät in der Nacht verwandelte sich der Sender in die Spielwiese von schlaflosen Seelen, Verschwörungstheoretikern, Hobby-Ufologen, Menschen auf der Suche nach sexueller Erfüllung oder Anhängern der Entrückungstheorie. Für Cody Daniels war der Sender in diesem Moment allerdings nicht viel mehr als eine möglichst laute Geräuschkulisse, die den Namen »Anton Ling« in seinem Schädel pulverisieren sollte.

Er war der Pastor der Cowboy Chapel und nicht das Kindermädchen irgendwelcher asiatischer Frauen in Südwest-Texas. Warum ging sie nicht einfach dahin zurück, wo sie hergekommen war? Sie hatte ihm gesagt, er solle verschwinden, und genau das hatte er auch getan. Leben und leben lassen. Gut möglich, dass der Pick-up mit der doppelten Fahrerkabine gar nicht zu Anton Lings Haus gefahren war. Vielleicht waren es Leute von der Border Patrol auf der Suche nach umherstreunenden Wetbacks. Das war doch möglich. Schließlich kamen die Illegalen immer nur nachts über die Grenze. War denn die Vermutung so abwegig, dass die Männer in dem übergroßen Pick-up im Auftrag der Regierung unterwegs waren?

Dagegen sprach natürlich, dass die Border Patrol normalerweise mit mehreren Fahrzeugen unterwegs war und keine Pick-ups benutzte, um Wets aufzugreifen oder mitten in der Nacht auf Privatgrundstücken herumzufahren.

Warum nur stellten ihm seine Gedanken immer wieder solche Fallen? Sein Geist schien intelligenter und gerissener als er selbst. Immer wieder führte er ihn vor und trieb ihn in die Ecke, so als wäre er ein fremdes Wesen, das ihn mit einem spitzen Stock piesackte.

Ohne nachzudenken oder es zu planen, und ganz so, als wäre sein Bewegungsapparat von seinen Instinkten losgekoppelt worden, hob er den Fuß vom Gaspedal und trat auf die Bremse. Er spürte, wie der Pick-up langsamer wurde, wie die Vibrationen des Fahrgestells nachließen und das Fahrzeug schließlich zum Stehen kam wie ein rollender Stein, der irgendwann auf der Straße liegen bleibt. Er schaltete das Radio ab und lauschte dem Geräusch des Scheibenwischers. In der Hoffnung, wenigstens einen Balken auf dem Display zu erblicken, klappte er sein Handy auf.

Kein Empfang.

Wo war der Sheriff? Wo war sein Deputy, die Frau, die ihn in die Gefängniszelle gesteckt hatte? Das hier war deren Job, nicht seiner. Wer hatte Cody Daniels nur all diese Verantwortung aufgebürdet? Er schaute durch die Windschutzscheibe auf ein Geflecht weißer Blitze, die aus den Wolken auf die Bergspitzen niedergingen.

Du etwa?, fragte er.

Nein, Gott hatte sicher wichtigere Dinge zu tun, als sich mit Typen wie Cody Daniels aufzuhalten.

Woher willst du das wissen?, fragte eine Stimme, von der er nicht wusste, ob sie in seinem Kopf oder außerhalb erklang.

Cody legte den Rückwärtsgang ein, wendete den Wagen und fragte sich, ob er sich damals nicht statt *Born to Lose* lieber *Born to be Stupid* auf die Finger hätte tätowieren lassen sollen.

Zwei Männer hielten die Arme von Anton Ling fest, während ein dritter ihren Kopf ins Wasser drückte, das über den Rand der Spüle schwappte. Sie presste ihre Lippen zusammen, hielt den Atem an und versuchte, ihren Kopf von der Hand wegzuziehen, die sie immer tiefer hinunterdrückte. Sie trat mit den Füßen zur Seite aus und stieß mit den Knien nach vorn gegen den Schrank unter der Spüle. Außer Energie und Sauerstoff zu verschwenden und damit ihre Überlebenschancen zu verringern, erreichte sie nichts damit. Nachdem sie eine Minute gekämpft hatte, brannten ihre Lungen, und Luftblasen stiegen aus ihrem Mund. Sie wusste, dass sie nur noch Sekunden hatte, bevor sie Wasser schlucken und anschließend wieder durch die Nase hinauspressen würde. In diesem Moment löste sich die Hand in ihrem Nacken. Anton Ling riss den Kopf hoch und schnappte nach Luft.

»Noie Barnum muss noch andere Leute kennen. An wen würde er sich wenden?«, fragte der große Mann. Der Handschuh und der Ärmel an seinem rechten Arm waren nass. Er war es gewesen, der ihren Kopf unter Wasser gedrückt hatte.

»Er ist ein Quäker. Wahrscheinlich andere Quäker.«

»Wo wohnen die?«

»Hier in der Gegend gibt es keine.«

»Falsche Antwort.«

»Er ist bei Collins.«

»Wo ist Collins?«

»Ich weiß nichts über Collins.«

»Haltet ihre Arme fester«, befahl der große Mann.

»Nein, warten Sie«, sagte sie.

»Ihre Zeit läuft ab, Ms. Ling.«

»Noie kennt niemanden in dieser Gegend. Er ist dort, wo Collins ist. Wie soll ich aber wissen, wo sich Collins aufhält, wenn noch nicht mal das FBI es weiß? Sie verlangen Unmögliches von mir. Ich kann Ihnen nicht beweisen, was ich nicht weiß.«

»Ich muss schon sagen, dass ich froh bin, nicht in Ihrer Haut zu stecken, Ms. Ling. Aber sie haben diese Situation erschaffen, nicht wir. Ich sage Ihnen jetzt mal, wie es laufen wird: Das erste Mal waren Sie genau eine Minute und zehn Sekunden lang unter Wasser. Beim zweiten Mal gehen Sie zwei Minuten und zwanzig Sekunden lang tauchen. Meinen Sie, dass Sie die Luft zwei Minuten und zwanzig Sekunden lang anhalten können?«

»Nein, das kann ich nicht.«

»Tja, dann werden Sie draufgehen. Vielleicht haben Sie eine Herzattacke, bevor Sie ertrinken. Dann wird es nicht ganz so schlimm. Ich lasse Ihnen kurz Zeit, um Ihre Lungen mit Luft zu füllen. Nicken Sie, wenn Sie so weit sind.«

»Mein Vater ist mit den ersten Flying Tigers geflogen. Er war ein Freund von Claire Chennault.«

»Und, wen interessiert das?«

»Wenn er hier wäre, müssten Sie sich verkriechen.«

Er drückte ihr Gesicht unter Wasser und stützte sich mit seinem ganzen Gewicht auf ihren Hinterkopf. Durch die Wucht der Bewegung schlug ihre Stirn auf den Boden des Waschbeckens auf, und im nächsten Moment färbte das Blut ihrer Platzwunde das Wasser rot und stieg in rauchigen Fäden zur Oberfläche auf. Ihre Lungen brannten, als hätte jemand Säure hineingeschüttet. Sie presste ihre Knie nach vorn in die Schranktüren unter der Spüle und kämpfte mit all ihrer noch verbleibenden Kraft gegen den Druck der Hand in ihrem Nacken. Sie erkannte, dass die Brandbombenangriffe aus ihrer Kindheit, der Flugzeugabsturz auf dieser Landebahn in Laos und auch die Qualen während der Verhöre der chinesischen Kommunisten nichts weiter als Illusionen waren – Kaffeekränzchen mit einer im Grunde harmlosen Chimäre. Der Tod kam nicht mit weit ausladenden, ledrigen Schwingen daher, sondern in Form eines Stöpsels im chromierten Abflussloch eines wassergefüllten Waschbeckens und mithilfe von drei Männern, die die Sehnen und Knochen in ihren Armen und Händen malträtierten.

Gerade, als ihr diese Gedanken durch den Kopf spukten, passierte etwas, dass weder sie noch ihre Peiniger hätten voraussehen können: Der Mann auf ihrer linken Seite lockerte für einen kurzen Moment seinen Griff. Als er seine Hände wieder um ihren Arm schließen wollte, riss sie sich von ihm los und fiel rückwärts auf den Boden, wo sie so hastig und ruckartig Luft in ihre Lungen saugte, dass man meinen könnte, sie hätte eine Rasierklinge verschluckt.

Der große Mann beugte sich zu ihr hinunter, packte sie beim Kragen und hievte sie auf die Beine. Dabei kam er ihr so nah, dass sie seinen sauren Atem in ihrem Gesicht spüren konnte. »Jetzt passen Sie mal auf«, fuhr er sie an. »Sie verschwenden hier gerade Zeit, die wir nicht haben. Sie sind eine von Kopf bis Fuß nutzlose Kreatur – eingebildet und überflüssig –, und das wissen Sie auch. Sie haben Ihren Stolz zu einer Religion erhoben und einen Haufen einfältiger Bauern davon überzeugt, Sie seien eine katholische Heilige. Wenn Sie unbedingt als Märtyrerin enden wollen, können wir das problemlos arrangieren. Vorher werden Sie uns aber entweder sagen, wo Barnum steckt, oder uns beweisen, dass Sie wirklich so ahnungslos sind, wie Sie behaupten. Wenn Sie nicht wissen, wo er ist, dann geben Sie uns den Namen einer Person, die es weiß. Dann lassen wir Sie vom Haken, aber nur dann«, zischte der Mann. »Wenn Sie glauben, ich würde nur dummes Zeug quatschen, dann warten

Sie eine Stunde, bis meine Kollegen Sie in die Berge gebracht haben. Mag sein, dass sie in Asien hässliche Dinge gesehen haben – Dinge, wie sie meine Kollegen gerne tun, ohne mit der Wimper zu zucken –, aber sie haben diese Dinge nur *gesehen*. Sie sind Ihnen nicht selbst zugestoßen. Andernfalls wären Sie heute nicht hier, sondern würden sechs Fuß tief unter der Erde liegen oder in einem Pflegeheim vor sich hinvegetieren und von den qualvollen Erinnerungen in den Wahnsinn getrieben werden. Meine Kollegen haben einen unstillbaren Appetit. Wenn die erst mal loslegen, werden Sie alles verleugnen, an das Sie je geglaubt haben, nur um sich eine Verschnaufpause zu erkaufen. Glauben Sie mir, Sie werden Ihre Geliebten und Ihre Familie verraten und auch Ihre Religion leugnen. Ich habe den Jungs schon bei der Arbeit zugesehen. Ich verurteile sie nicht für das, was sie tun. Im Grunde befriedigen sie nur die Bedürfnisse, die sie als natürlich empfinden. Aber ehrlich gesagt, will ich mir eine derartige Tortur nicht noch einmal mit ansehen müssen. Ich glaube, Sie haben keine Vorstellung davon, wie nett ich bis jetzt zu Ihnen war, Ms. Ling.

Es gibt da noch eine Sache, die ich gern mit Ihnen besprechen möchte. Menschen, die sich in Ihrer Situation befinden, reden sich häufig selbst ein, dass ein Wunder geschehen wird, dass ihre Schmerzen enden und ein Engel sie in den letzten, qualvollen Momenten retten wird. Aber so läuft das nicht. Kein Gott wird Ihnen helfen, keine Plastik-Madonna wird sich Ihrer erbarmen, kein Halleluja-Chor wird für Sie singen, Ms. Ling. Sie werden einen erbärmlichen und qualvollen Tod sterben, und niemand wird je erfahren, wo man sie verscharrt hat. Also, Ms. Ling, was wollen Sie tun?«

Von ihrem Haar, das wie eine verfilzte Wurst vor ihren Augen herunterhing, trieften Blut und Wasser auf ihr Gesicht und ihr Hemd. Ihre Augen, von Schock und Trauma gezeichnet, schielten ein wenig, und ihre nassen Füße rutschten auf dem Boden hin und her. Ihr Pyjama klebte wie ein nasses Papiertaschentuch auf ihrer Haut. Ihre Brust bebte angestrengt durch die Atemnot, und ihr Herz war geschwollen, so groß und hart wie eine Melone. »Ich weiß nichts«, sagte sie.

»Dann viel Spaß in der Hölle, du Miststück.«

Er streckte den Arm aus und legte seine Hand fast schon liebevoll in ihren Nacken. Doch plötzlich schoss ein Energieschub durch ihren Körper, und sie trat mit einer Kraft nach hinten aus, die sie selbst nicht für möglich gehalten hatte.

Der Tritt hatte den großen Mann völlig unvorbereitet getroffen. Sein Oberkörper klappte nach vorn, und er hielt sich mit beiden Händen den Schritt, während ein unfreiwilliger Schrei aus seiner Kehle emporstieg. Der Mann zu ihrer Rechten versuchte sie zu packen, aber sie kam ihm zuvor und rammte ihm den Ellbogen in die Rippen. Dann drehte sie sich um und versetzte dem großen Mann noch einen Tritt, dieses Mal ins Gesicht. Der Dritte hatte den Kragen ihres Pyjamas gepackt, aber sie konnte sich losreißen und an den anderen beiden Männern vorbeihuschen. In ihrem Kopf dröhnte es, ihr Haar war von Blut verklebt, und ihre nassen Füße rutschen über den Fußboden. Da spürte sie, wie eine Hand sie ihm Nacken packte, und ein paar Finger nach der Gebetskette um ihren Hals griffen.

Das Schubfach mit den Werkzeugen, dem Draht und den Klebebandrollen stand noch halb offen. Sie streckte ihre Hand aus und griff einen Schraubenzieher mit dickem Griff und einer breiten, circa fünf Zentimeter langen Klinge. Sie wirbelte herum und stieß zu, direkt in das Gesicht des Mannes, der nach ihrer Gebetskette gegriffen hatte. Die Spitze des Schraubenziehers bohrte sich unter dem linken Auge so tief in seinen

Schädel, dass der Holzgriff den Stoff der Maske in die Wunde drückte. Der Mann schrie kurz auf und ertastete mit zitternder Hand den Griff des Schraubenziehers. Dann begann er erneut zu schreien und schien nicht mehr aufhören zu wollen.

»Halt die Fresse, verdammt!«, herrschte ihn der große Mann an. »Schluck den Schmerz runter und hör auf, hier rumzubrüllen!«

»Ich bin blind!«

»Du bist nicht blind, du hast nur einen Schock. Also halt jetzt die Klappe«, erwiderte der große Mann. Dann wirbelte er herum. »Schnappt sie euch!«

Anton Ling rannte durch die mit Fliegengitter bespannte Veranda, stieß die Tür auf und stürzte in den Hof hinaus. Sie fiel hin, rappelte sich aber sofort wieder auf und hastete in Richtung Scheune, wo ihr Pick-up stand, die Wagenschlüssel im Aschenbecher versteckt.

In diesem Moment packte sie ein anderer maskierter Mann, hob sie in die Luft und presste sie mit seinen massigen Armen gegen seine Brust. Sein Atem roch nach Kautabak und Pfefferminz, und er war noch größer als die Männer im Haus. »Was haben wir denn hier?«, sagte er und fuhr mit seinen Lippen über ihre Wange. »Einen Goldfisch, der aus dem Goldfischglas entwischt ist, würde ich sagen. Besser, wir setzen dich wieder zurück ins Glas, was?«

Die Finger seiner großen Hände in ihren Brustkorb gepresst, trug er die um sich tretende und strampelnde Frau zur Pferdetränke bei der Windmühle.

Cody Daniels hatte den Pick-up mitten auf der Straße gewendet. In seinem Magen rumorte es, und sein Schweiß war kalt wie Eiswasser. Langsam trat er auf das Gaspedal, während seine rechte Hand zitternd auf dem Schaltknüppel ruhte. Bei jedem noch so kleinen Schlagloch hatte er das Gefühl, als würden kleine Glassplitter Löcher in seine Eingeweide reißen. Mit dem Ärmel wischte er sich den Schweiß aus den Augen. In wildem Zickzack lenkte er den Wagen um die Pfützen auf der Straße und hoffte insgeheim, dass eine der Achsen brechen oder der Pick-up über den Fahrbahnrand hinausschießen und in einem Graben landen würde. Er betete, dass die Sonne endlich aufgehen möge, oder ein Blitz das Haus von Anton Ling in Brand setzte oder ein FBI-Helikopter am Himmel auftauchte. Noch nie in seinem Leben hatte er eine solche Angst verspürt. Aber warum? Weil ein übergroßer Diesel-Pick-up einen Hang hinuntergefahren war? Das war doch vollkommen irrational.

Nein, war es nicht. Cody Daniels wusste, dass er ein Talent hatte, ein Talent, auf das er nicht sonderlich stolz war. Er war knastschlau und konnte Niedertracht in anderen erkennen, weil er selbst von ihr erfüllt war. Außerdem verfügte er über eine Art siebten Sinn, der in seinem Kopf Alarm auslöste, wenn er sich in der Nähe von gefährlichen Menschen aufhielt. Er hatte gelernt, dass Grausamkeit kein temporäres Laster war, von dem man sich jederzeit lossagen konnte. Wenn sie in einer Person existierte, dann war sie systemisch, durchdringend und immer auf der Suche nach einem neuen Ventil. Cody Daniels wusste, dass der große Pick-up zum Haus von Anton Ling unterwegs war, und dass in ihm die Männer von Temple Dowling saßen, möglicherweise sogar Dowling selbst.

Die Lektionen, die er im Gefängnis gelernt hatte, waren simpel. Im Knast gab es nur zwei Arten von Menschen: die Loser, die Scheiße gebaut hatten, wie er selbst, und die, die zur dunklen Seite übergetreten waren und ihre Zeit dort nicht nur genossen, sondern auch nicht beabsichtigten, wieder auf die Seite des Lichts zurückzukehren. Der Witz an der Sache war, dass diese zweite Kategorie sich nicht allein auf die Gefangenen beschränkte. Die schlimmsten Menschen, die er hinter Gittern kennengelernt hatte, trugen Uniformen und richteten mit ihren Kugelschreibern Schäden an, zu denen einfache Kriminelle nicht mal ansatzweise in der Lage waren. Wie erkannte man nun die Temple Dowlings dieser Welt? Das war einfach: an ihrer Art, andere Menschen zu verspotten. Es lag in ihrer Stimme, in ihrer komplizierten Sprechweise, in der Art, wie sie einem die Worte im Mund herumdrehten. Sie stahlen anderen Menschen die Würde und brachten sie dazu, sich selbst zu hassen. Dowling und seine Männer waren in Codys Haus eingedrungen, hatten ihn wie Abschaum behandelt und gedemütigt und waren anschließend mit einer Gleichgültigkeit davongefahren, als hätten sie gerade auf eine Ameise getreten.

Was hieß das nun für ihn – einen Mann, der als Mittäter einer Krankenschwester das Augenlicht geraubt und sie zeitlebens entstellt hatte? Er wollte lieber nicht darüber nachdenken. Die eine offizielle Straftat in seinem Leben, diejenige, wegen der man ihn belangt hatte, war Fälschung gewesen. Niemals hatte er vorsätzlich andere Personen verletzt. Warum nur hatte er sich dann mit Leuten eingelassen, die Bombenanschläge auf Abtreibungskliniken verübten? Die Antwort auf diese Frage war auch ziemlich einfach: Diese Menschen hatten ein Gespür für Loser, die sie benutzen konnten.

Vielleicht war das, was ihn unter den Gewitterwolken am Ende der Straße erwartete, gar kein so schlechtes Schicksal. Vielleicht war dieser Ort so gut wie jeder andere auch, um abzutreten. Die meiste Zeit seines Lebens war er morgens mit einem Gefühl aufgewacht, als würden tausende Spinnen in seinem Schädel herumkrabbeln, nur um sich den Rest des Tages einzureden, sie wären nicht da. Er hatte über die Köpfe von Mexikanern hinweggeschossen, die aus der Wüste im Süden kamen, hatte Frauen mit Kleinkindern im Arm durch seine Gewehrschüsse zu Tode erschreckt. Er hatte das Sternenbanner an einen Felsen hinter seinem Haus gemalt, war aber selbst nie bei der Armee gewesen. Er war ein religiöser Scharlatan, ein ignoranter Ex-Knacki, der andere Menschen wegen ihrer Hautfarbe terrorisierte. Seine Mutter war mit einem Trucker davongelaufen, als er drei Jahre alt gewesen war. Sein Vater, den er verehrte und liebte, hatte ihn mit neun in ein Waisenheim gesteckt, um in Alaska einen Job auf einem Ölfeld anzunehmen, von dem er nie mehr wiederkehrte. Hatte sich denn die ganze Welt gegen Cody Daniels verschworen? Oder war es wahrscheinlicher, dass er ungewollt – und schlimmer noch: aus einem legitimen Grund ungewollt – war? Er wusste es nicht. Er wusste nur, dass die Erdanziehungskraft ein Naturgesetz war, und Scheiße immer nach unten floss.

Er merkte, wie sein Fuß das Gaspedal weiter nach unten drückte. Noch nie zuvor hatte er so klar über sein Leben nachgedacht. Der Donner rollte durch die Berge, und die Luft war von dem Geruch nach Ozon und diesem kalten, prägnanten Duft von Regen und Staub erfüllt, während der Wind die Äste der Mesquitebäume und Buscheichen fast bis zum Boden durchbog. All das schien ihm mit einem Mal wie die Seiten eines Buches, das ihm die Welt und seine Rolle darin auf eine Weise vor Augen führte, die er niemals für möglich gehalten hatte. Sollten Temple Dowling und seine Männer mit ihm veranstalten, was sie wollten. Was war denn so schlimm daran, das Ganze einfach hier zu beenden, hier, inmitten dieses Gewitters, inmitten dieses Donners, der so laut war, als würde Gott die Hände zusammenschlagen?

Mit diesen Gedanken im Kopf fuhr Cody Daniels beinahe frei von Furcht auf den Hof von Anton Lings Haus. Doch dann erfassten die Scheinwerfer seines Wagens die Szene bei der Windmühle, und er erinnerte sich wieder daran, warum er so viel Angst gehabt hatte.

Kapitel 10

Zwei Männer hielten Anton Ling an den Oberarmen fest. Ihre nackten Füße waren blutverschmiert, ihre Handgelenke mit Panzerband auf dem Rücken gefesselt. Man hatte ihren Oberkörper gerade aus der Pferdetränke gehievt. Vier weitere Männer standen im Halbkreis um die Tränke herum und schauten zu. Alle wandten die Köpfe und starrten Cody Daniels aus vermummten Gesichtern an. Die einzige Person, die nicht zu ihm schaute, war Anton Ling. Ihr Kopf hing auf ihrer Brust, ihr nasses Haar klebte an ihren Wangen. Als Cody bremste und auf die Szene vor sich blickte, hatte er das Gefühl, in den Albtraum einer fremden Person gestolpert zu sein und ihn in absehbarer Zeit nicht mehr verlassen zu können.

Er öffnete die Tür und stieg aus dem Wagen, ohne den Motor abzustellen. Der Boden unter seinen Füßen schien vom Donnergrollen zu beben, die Wolken über ihm von Quecksilberströmen zerrissen. »Howdy, Leute«, sagte er, aber niemand antwortete ihm.

Warum starrten sie ihn so erstaunt an? Hatten sie seinen Pick-up etwa nicht kommen hören? Vielleicht hatte das Gewitter ja die Motorgeräusche verschluckt. Vielleicht hatten Dowlings Leute auch seinen Wagen erkannt und seine Anwesenheit als unwesentlich ignoriert. »Ich bin's. Cody Daniels. Was geht hier vor?«, sagte er.

»Stell den Motor aus, schalt die Scheinwerfer ab und beweg deinen Arsch hier rüber«, befahl ein groß gewachsener Mann.

»Ich habe nur getan, was Sie mir gesagt haben. Ein Auge auf das Anwesen werfen und so«, sagte Cody. »Ich finde, Sie sollten Miss Anton nicht so behandeln.«

»Hast du gehört, was ich gesagt habe?«

»Ja, Sir.«

»Motor und Scheinwerfer aus!«

»Ja, Sir, bin schon dabei«, sagte Cody. Er lehnte sich in die Fahrerkabine und schaltete Zündung und Scheinwerfer aus. Dann schaute er in den östlichen Himmel und auf die vom Wind gebogenen Bäume auf den Bergkämmen und starrte in die Dunkelheit, die sich bis zum Horizont erstreckte. »Mann, das war vielleicht ein Wolkenbruch, oder? Wo ist eigentlich Mr. Dowling?«

»Was hast du hier zu suchen?«

»Ich fahre ein bisschen spazieren.«

»Spazieren fahren?«

»Ja, Sir.«

»Nimm deine Brieftasche raus und leg sie auf die Motorhaube.«

»Aber Sie wissen doch, wer ich bin.«

Der große Mann trat auf ihn zu. »Muss ich mich wirklich wiederholen?«

»Wissen Sie, eigentlich dachte ich, dass Sie die Cops sind, die ich vorhin gerufen habe. Ich habe hier unten nämlich so komische Lichter gesehen und dachte, da stimmt was nicht. Deshalb habe ich den Sheriff angerufen, aber Sie sind ja gar nicht Hollands Leute … Ist ja auch egal, er wird bestimmt jeden Augenblick hier sein.«

»Du bist ein wirklich mieser Lügner, Junge.«

»Ich wäre Ihnen dankbar, wenn Sie mich nicht so nennen würden.«

»Runter auf die Knie und Hände hinter den Kopf.«

»Die Frau hat Ihnen doch gar nichts getan. Warum lassen Sie sie nicht zufrieden?«

Der große Mann holte aus und versenkte seine Faust bis zum Handgelenk in Codys Bauch, der daraufhin nach vorn überkippte und keuchend in die Knie ging. Der Hüne stieß ihn in den Dreck und stellte seinen Fuß auf die Seite von Codys Gesicht. »Wer bist du?«

»Nur ein Nachbar. Ich wohne da oben in den Bergen.«

»Wen hast du angerufen?«

»Niemanden. Ich habe niemanden angerufen. Kein Empfang hier draußen.«

»Kennst du einen Mann namens Noie Barnum?« Der Mann drückte seinen Fuß noch fester in Codys Gesicht.

»Hab schon von ihm gehört, aber kennen tue ich ihn nicht.«

»Wo hast du schon von Barnum gehört?«

»Als ich mit einem gewissen Dowling gesprochen habe. Ich dachte ja, Sie würden zu ihm gehören.«

»Was hast du heute Morgen hier gesehen?«

»Nichts«, presste Cody mit dem Schuh im Gesicht heraus.

»Sicher?«

»Ich bin schlau genug, um mich nicht mit den falschen Leuten anzulegen.«

Der große Mann ließ seinen Fuß in Codys Gesicht und schaute zu einem kleineren Mann im Hintergrund, als wartete er auf dessen Anweisungen. Cody spürte, wie sich der Dreck unter der Sohle des großen Mannes in seine Wange und seine Kieferknochen bohrte. Er konnte das erdige Aroma seiner Schuhe riechen, ebenso wie seine Socken und das Öl, mit dem er das Leder eingerieben hatte. Der Druck wurde unerträglich, und langsam hatte er das Gefühl, als wollte der große Mann ihm den Schädel zertrümmern.

Das Bild vor Codys Augen veränderte sich. Statt des großen Mannes sah er nun zwei Wärter einer Gefängnisfarm, die ihn aus dem Schlafsaal zu einer Hütte führten, wo unter einer nackten Glühbirne ein Sägebock stand. Beide waren betrunken und lachten, als würden sie nur Spaß machen und sich wie ein paar Kinder amüsieren, die einem Freund einen harmlosen Streich spielten. Und vielleicht war es das auch gewesen, was sie anfänglich vorhatten. Vielleicht wollten sie Cody tatsächlich nur etwas Angst einjagen und ihn einschüchtern, weil er zu einem von ihnen am Nachmittag frech geworden war. Wie hatten sie es noch gleich formuliert? *Eine Lektion erteilen?* Er ahnte jedoch, dass die Realität anders aussah. Für diese Männer war Grausamkeit wie das tägliche Frühstück – ein vollkommen natürlicher Bestandteil ihres Lebens. Aber anstatt sie offen auszuleben, verbargen sie ihre wahren Absichten vor sich selbst und schufen Situationen, in denen sie nur noch ihren Instinkten folgen mussten. Es war in etwa so, als würde man Öl in ein schwelendes Feuer gießen und dann zurücktreten, um sich anzuschauen, was wohl passieren würde. Niemals würde Cody Daniels den lustvollen Aufschrei aus der Kehle des Wärters vergessen, der ihn zuerst bestiegen hatte. Und er würde sich auch niemals dafür vergeben, dass er zum Opfer dieser beiden Männer geworden war und ihr Tun akzeptiert hatte wie jemand, der dieses Schicksal verdiente.

»Ich habe nichts gesehen – nur sechs Männer, die sich an einer hilflosen Frau vergreifen«, sagte er.

Stille. »Du hast *was* gesehen?«, fragte der große Mann und drehte seinen Fuß, als würde er eine Zigarette auf Cody Daniels Gesicht austreten.

»Einen Riesenkerl, der so viel Kautabak im Mund hatte, dass er nicht mehr schlucken konnte; einen kleinen Kerl drüben bei der Pferdetränke; einen Typen, der stark unterm Auge blutete, als hätte ihm jemand anständig das Gesicht zerkratzt; einen großen, grauen Pick-up mit Dieselmotor und doppelter Fahrerkabine; einen Haufen Kerle mit Klamotten wie Ex-Militärs, die mir nicht glauben wollten, als ich ihnen sagte, dass ich Sheriff Holland gerufen habe. Aber ich sag euch was, Jungs: Der Sheriff in diesem County ist ein harter Hund, ein richtig fieser Mistkerl, der euch ein splittriges Kantholz in den Arsch schieben wird. Ich weiß, wovon ich rede. Ich hab schon in seinem Gefängnis gesessen.«

Cody Daniels hatte das Gefühl, als würde der Druck, den der Fuß des Mannes in seinem Nacken ausübte, jeden Moment seine Wirbelsäule in zwei Teile zerbrechen. Er hörte, wie sich die Blätter der Windmühle drehten, hörte eine offene Scheunentür ins Schloss knallen, hörte den Donner in den Wolken, die sich in die Berge zurückzogen. Seine Augen waren voller Schmutz, Schweiß und Regendunst. Trotzdem konnte er sehen, wie ein blasser Streifen kalten Lichts hinter den Bergen im Osten auftauchte, ganz so, als wäre gerade Winter und nicht Frühling. Er hörte, wie jemand mit den Fingern schnipste, um die Aufmerksamkeit des großen Mannes über ihm auf sich zu lenken. Dann ließ der Druck in Cody Daniels' Gesicht nach, und der Mann hob seinen Fuß.

»Glück gehabt, mein Lieber«, sagte der Hüne, packte ihn am Kragen und riss ihn nach oben. »Hier noch eine kleine Erinnerung daran, was passiert, wenn du dich mit den falschen Leuten anlegst.« Er rammte ihn mit dem Kopf gegen die Kühlerhaube des Pick-ups und stieß ihn zu Boden.

Daniels hatte das Gefühl, in einen tiefen Brunnen hinabzusinken – irgendwohin, wo es kühl und feucht war und überflutet vom Licht eines Sonnenaufgangs, so rosa und weich wie Zuckerwatte. Ihm war, als hörte er, wie Fensterscheiben und Möbelstücke zu Bruch gingen, wie ein Telefon in den Hof geschleudert und ein Computer in seine Einzelteile zerlegt wurde. Aber all diese Dinge interessierten ihn nicht. Cody Daniels hatte sich gewehrt und, in gewisser Weise, den Männern, die ihn mit siebzehn vergewaltigt hatten, die Stirn geboten. Dass noch mal ein Ereignis dieser Größenordnung in seinem Leben stattfinden würde, hatte er bisher für unmöglich gehalten.

Nach ein paar Minuten am Grunde des Brunnens hörte er, wie der Pick-up mit dem Dieselmotor davonfuhr. Dann machte er sich daran, das Panzerband an den Handgelenken und Knöcheln von Anton Ling durchzuschneiden, ohne zu wissen, ob sie noch am Leben war.

Der Notruf ging um 6:47 Uhr im Sheriffbüro ein. Der Anrufer, ein Elektriker, den seine Firma losgeschickt hatte, um eine ausgefallene Stromleitung in der Nachbarschaft zu reparieren, war von einem Mann angehalten worden war, der sich selbst als Priester ausgab. »Ihr solltet besser hier rauskommen. Der Kerl erzählt einen Haufen wirres Zeug«, sagte der Anrufer.

»Das tun Sie auch gerade, Sir. Was für einen Notfall wollen Sie denn melden?«, fragte Maydeen.

»Der Kerl meint, da wäre eine Chinesin, die beinahe ertrunken wäre, und das Haus sieht aus, als hätte es jemand in Stücke schlagen wollen. Auf dem Hof stehen zwei Pick-ups, bei denen jemand die Elektronik aus den Armaturenbrettern gerissen hat. Vielleicht sind hier wieder ein paar von diesen Mexikanern ausgerastet.«

»Welche Mexikaner?«

»Na die, die hier jede Nacht durchkommen. Ich würde vorschlagen, ihr bewegt mal langsam eure Ärsche und unternehmt was wegen der Sache.«

»Wie ist Ihr Name, Sir?«

»Marvin.«

»Und Ihr Nachname, Marvin?«

»Den hab ich nicht gesagt.«

»Dann passen Sie mal auf, Marvin Ich-will-meinen-Nachnamen-nicht-sagen, Sie bleiben jetzt samt Ihres vorlauten Mundwerks vor Ort, bis einer unserer Deputys kommt. Und lassen Sie Ihr Handy angeschaltet. Ist das angekommen, Marvin?«

»Jawohl, Ma'am. Ist angekommen«, sagte er. »Ma'am?«

»Was?«

»Ich stehe hier mitten im Hof bei einer Pferdetränke. Da ist Blut im Wasser, und auch am Rand der Tränke. Da ist noch was. Warten Sie mal kurz.«

»Sind Sie noch dran, Marvin?«

»Da kommt ein Wagen, ein Trans Am oder so, vom hinteren Ende des Grundstücks hierher. Der Wagen hat überhaupt keinen Lack mehr. Jetzt steigt ein Kerl aus.«

»Was ist mit dem Mann?«

»Ich weiß nicht so recht. Der Kerl trägt einen Anzug, ein Hemd und einen Hut. Aber irgendwie verstehe ich nicht, wo der hergekommen ist. Da hinten gibt es keine Straße.«

»Haben Sie ihn schon mal gesehen?«

»Ich hab ihm zugewunken, aber der steht einfach nur da und lässt den Motor laufen.«

»Können Sie das Nummernschild erkennen?«

»Nein, Ma'am. Er steht einfach nur da, in der offenen Wagentür, und starrt mich an. Sieht so aus, als hätte er sich schon eine Weile nicht mehr rasiert. Sein Hemd hat so einen Gelbstich, als wäre es voll getrockneter Seife, und seine Hosenbeine hat er oben in die Stiefel gesteckt.«

Dann verstummte die Stimme des Anrufers.

»Sind Sie noch dran? Sprechen Sie mit mir, Marvin«, sagte Maydeen.

»Ich weiß nicht, was der Kerl will. Er starrt mich einfach nur an. Sind Ihre Leute schon unterwegs?«

»Können Sie den Mann fragen, wer er ist?«

»Nein, Ma'am.«

»Warum nicht?«

»Ich bin mir nicht sicher, aber der Kerl sieht aus wie ein ziemlich komischer Vogel.«

»Was meinen Sie damit?«

»Na ja, wie er mich anstarrt und so. Außerdem trägt er einen Schulterhalfter.«

»Der Mann trägt eine Waffe?«

»Ja, Ma'am, einen fetten Revolver in einem Halfter, der an einem Gürtel über seiner Brust hängt.«

»Gehen Sie zu Ihrem Fahrzeug, Marvin.«

»Ich glaube, der Typ will nicht, dass ich zum Wagen gehe.«

»Jetzt hören Sie mir zu, Marvin. Nehmen Sie das Handy vom Ohr und gehen Sie zu Ihrem Wagen, aber legen Sie nicht auf. Haben Sie verstanden?«

»Er kommt jetzt zu mir rüber, Ma'am.«

»Gehen Sie zu Ihrem Wagen und fahren Sie weg, Marvin.«

»Geht nicht, Ma'am. Ich kann hier jetzt nicht mehr so einfach wegfahren. Wo bleiben Ihre Leute, verdammt noch mal?« Nach einer kurzen Pause hörte Maydeen, wie Marvin sagte: »Guten Tag, Sir, ich bin vom Stromversorgungsunternehmen. Was ist hier eigentlich los? Ich meine, das Haus sieht übel aus, nicht wahr? Und ich glaube, da gibt es noch eine Frau, die ziemlich schwer verletzt ist. Sir, warten Sie mal! Sie können nicht einfach die Schlüssel aus meinem Truck nehmen. Das ist ein Betriebsfahrzeug. Es ist verboten, dass Betriebsfremde in die Fahrzeuge steigen. He, Sir, warum schmeißen Sie denn jetzt die Fahrzeugschlüssel weg? Da krieg ich doch nur Ärger …«

Die Verbindung brach ab.

Maydeen schickte eine Ambulanz und zwei Deputys zu dem Haus und rief dann Hackberry an, um ihm von dem Notruf zu erzählen. »Und der Typ von der Stromfirma hat nicht gesagt, wer der Priester war?«, fragte er.

»Nein, hat er nicht.«

»Und er hat keine näheren Angaben zu dem Kerl im Trans Am gemacht?«

»Nur das, was ich dir gesagt habe.«

»Collins.«

»Ich hab's jetzt zweimal auf dem Handy von diesem Marvin versucht, aber der Anruf wird gleich zum AB weitergeleitet.«

»Ruf mal bei seiner Firma an. Sie sollen es auf dem Funkgerät in seinem Wagen versuchen.«

»Jawohl, Sir.«

»Da war Blut in der Pferdetränke?«

»Das hat der Anrufer gesagt.«

»Okay, ich mach mich auf den Weg. Sag Pam, dass sie auch zu dem Haus fahren soll.«

»Sie kommt gerade rein.«

»Dann gib Sie mir bitte.«

»Es ist Collins, nicht wahr?«

»Schätze schon.«

»Du wirst wahrscheinlich noch vor dem Krankenwagen an

dem Haus ankommen. Ich schicke dir R. C. und Felix als Unterstützung. Warte auf die beiden.«

»Tu bitte, was ich dir gesagt habe, Maydeen.«

»Hackberry Holland, du bist ein gottverdammter Sturkopf, und wenn du nicht aufpasst, wird es dich noch mal den Kopf kosten.«

Pam nahm den Hörer am Zweitapparat ab. »Hallo, Hack. Was ist los?«, fragte sie.

»Wir treffen uns am Haus von Anton Ling. Maydeen gibt dir die Details. Versuch Ethan Riser zu erreichen und sag ihm, dass Jack Collins in der Gegend ist. Und gib eine Fahndung nach einem Trans Am mit abgewetzter Lackierung raus, zusammen mit einer Beschreibung von Collins.«

»Alles klar. Wird gemacht«, antwortete sie. »Hack?«

»Was?«

»Wenn du Collins triffst, dann vergiss die Regeln.«

»Wir vergessen niemals die Regeln.«

»Hast du es etwa noch nicht begriffen? Genau das ist es doch, worauf Collins setzt.«

Maydeen hatte recht gehabt. Da Hackberry sich von seiner Ranch aus auf den Weg gemacht hatte, kam er noch vor dem Krankenwagen und den Deputys am Grundstück von Anton Ling an. Der Regen hatte aufgehört, und die große, grenzenlose Leere des ausgedörrten Landes, das dem Grund eines urzeitlichen Ozeans ähnelte, war kühl und grün und in gewisser Weise erlöst aus dem stürmischen Wolkenbruch hervorgegangen, während der in Blau, Rosa und Türkis schimmernde Regenbogen über den Bergen eine vage Verheißung zu beinhalten schien.

Vor dem Haus stand der Pick-up von Cody Daniels. Die Zündkabel waren aus dem Armaturenbrett gerissen. Der Wagen des Elektrikers parkte ganz in der Nähe. Die Fahrertür stand offen, aber die Schlüssel steckten nicht im Zündschloss. Alles schien ruhig, und es waren keine Bewegungen wahrzunehmen, weder im Haus noch draußen. Hackberry ging zur Scheune hinüber und warf dann einen Blick in die Schlafbaracke und das Gartenhäuschen. Nichts. Auch der Trans Am war nirgends zu sehen. Er zog seinen Revolver aus dem Halfter und ging mit der Waffe in der Hand durch die Küchentür ins Haus. Der Inhalt der Küchenschränke und Regale lag auf dem Boden verstreut. Durch eine Tür konnte er in den Raum blicken, der als Kapelle diente. Die Skulptur der Jungfrau Maria war in Stücke geschlagen, der Ständer mit den bunten Gläsern umgestoßen, die Kerzen auf dem Boden verstreut. Den kleinen Altar hatte man in die Reihen der Klappstühle geschleudert, und jemand hatte sich mit dem weißen Altartuch die dreckigen Schuhe geputzt.

Das einzige Geräusch, das Hackberry in diesem Moment hörte, stammte vom Wind, der die Vorhänge gegen die Fenster schlug. Durch die offene Tür konnte er in das Esszimmer und die Wohnstube schauen. Die Bilder waren von den Wänden gerissen, der Esstisch auf den Kopf gestellt, als hätte jemand nachschauen wollen, ob auf der Unterseite etwas versteckt gewesen war, und die Polster der Sitzmöbel aufgeschlitzt.

»Ich bin Sheriff Holland. Ist hier jemand?«, rief er.

»Sheriff?«, meldete sich eine vertraute Stimme.

»Ja, ich bin's, Sheriff Holland.«

»Cody Daniels hier.«

»Kommen Sie raus, Reverend, sodass ich Sie sehen kann.«

»Haben Sie einen Krankenwagen mitgebracht?«

»Tun Sie bitte, was ich sage.«

»Ja, Sir, ich komme«, sagte Daniels und kam ins Esszimmer. »Die Kerle haben Miss Anton verprügelt und fast ertränkt. Wir müssen Sie ins Krankenhaus bringen. Manchmal bekommen Leute eine Lungenentzündung, wenn Sie zu viel Wasser geschluckt haben.«

Hackberry hatte immer noch den Revolver in der Hand. Seine Augen suchten den Bereich hinter Cody Daniels ab. »Wo ist Collins?«

»So heißt der Mann?«

»Beantworten Sie bitte meine Frage.«

»Sie sprechen von dem Kerl, der die Thai-Frauen erschossen hat, nicht wahr? Er hat uns nicht gesagt, wie er heißt, er wollte nur wissen, wer Miss Anton das angetan hat. Ich habe ihm erklärt, dass ich keine Ahnung habe.«

Hackberry steckte den Revolver zurück in den Halfter und ging ins Schlafzimmer, wo Anton Ling auf einer Matratze lag, die jemand vom Bettgestell gerissen und auf die Erde geworfen hatte. Der Inhalt ihrer Kommodenschubfächer war auf dem Fußboden verteilt, ihre Kleider von den Bügeln im Schrank gerissen. Das Kissen unter ihrem Kopf war blutverschmiert, ihre Kleidung durchnässt und ihr Blick so vernebelt, wie man es von Menschen mit heftigen Gehirnerschütterungen kennt. Der Sheriff kniete neben ihr nieder. »Wer hat Ihnen das angetan, Miss Anton?«

»Die Männer haben alle Tarnmasken getragen. Nur einer von ihnen hat gesprochen.«

»Was hat Jack Collins hier gewollt?«

»Der Mann im Anzug?«

»Ja, was hat er zu Ihnen gesagt?«

»Er wollte wissen, wer die Männer waren, und hat gesagt, wir stehen auf derselben Seite. Dann hat er mein Gesicht angefasst. Cody hat ihm gesagt, er soll damit aufhören. Für einen Augenblick hatte ich Angst, dass Collins ihm etwas antut.«

»Cody?«

»Ohne ihn wäre ich jetzt tot.«

Hackberry warf einen Blick über die Schulter auf Cody Daniels und sagte: »Wo ist dieser Marvin, der Mann vom Stromversorgungsunternehmen?«

»Der Kerl im Anzug hat seine Autoschlüssel aufs Dach geworfen und ihm gesagt, er soll die Beine in die Hand nehmen. Und genau das hat er auch getan«, antwortet Cody Daniels.

»Der Krankenwagen wird bald hier sein, Miss Anton«, sagte Hackberry. »Ich gehe kurz raus, um mit dem Reverend zu sprechen. Aber keine Angst, wir stehen direkt vor der Tür.«

»Ich glaube, einer der Männer hat Russisch gesprochen«, sagte sie. »Ganz sicher bin ich mir aber nicht.«

»Russisch?«, fragte Hackberry.

»Ja, ich könnte schwören, dass es Russisch oder zumindest eine osteuropäische Sprache war.«

Als Hackberry aufstand, breitete der Schmerz seine Tentakel über seinen Rücken und sein Gesäß aus und arbeitete sich dann bis in die Eingeweide vor, bevor er allmählich abebbte. Der Sheriff ging mit Cody Daniels in die Küche. »Was hatten Sie hier draußen zu suchen?«, fragte er ihn.

»Ich wollte nur nachschauen, ob bei Ms. Ling alles in Ordnung ist. Als ich wieder weggefahren bin, habe ich einen grauen Doppelkabiner-Pick-up gesehen, der aus den Bergen heruntergefahren kam. Einer von denen, wo der Auspuff hinter der Kabine nach oben weggeht. Nur einer der Männer hat mit mir gesprochen. Er hatte den Mund voller Kautabak und hat auch dementsprechend gerochen.«

»Wann sind Sie hier angekommen?«

»Es war schon dunkel. Ich habe nicht auf die Uhrzeit geachtet.«

»Und Sie haben durch die Fenster ins Haus geschaut?«

»So etwas tue ich nicht.«

»Dann fahren Sie ohne besonderen Grund mitten in der Nacht über das Land anderer Leute?«

»Ja. In diesem Fall war es so. Und jetzt habe ich mal eine Frage für *Sie*: Wann kommt endlich der Krankenwagen?«

»Warum ist Ihnen der Pick-up verdächtig vorgekommen?«, fragte Hackberry.

»Weil ich dachte, dass diese Leute für Temple Dowling arbeiten.«

»Kennen Sie Dowling?«

»Er hat mich in meinem Haus besucht und wollte, dass ich Miss Anton für ihn im Auge behalte.«

»Warum hat er gerade Sie für diese ehrenhafte Aufgabe ausgesucht?«

»Das müssen Sie ihn schon selbst fragen.«

»Keine Angst, das werde ich.«

»Sie haben alles Recht der Welt, schlecht von mir zu denken, Sheriff, aber ich habe Ihnen die Wahrheit gesagt. Und wenn Ihnen das nicht gefällt, dann …«

»Wer waren diese Männer?«, fragte Hackberry.

»Jedenfalls keine von Dowlings Leuten.«

»Wie können Sie sich da so sicher sein? Ich denke, die Kerle haben Masken getragen?«

»Dowling ist mit ein paar seiner Schläger zu mir nach Hause gekommen und hat mich bedroht. Die hätten mich also erkannt. Die Kerle von vorhin hatten aber keine Ahnung, wer ich bin. Ist das wirklich so schwer zu verstehen?«

»Hat Dowling Ihnen Geld angeboten?«

»Er hat es zumindest erwähnt.«

»Was hat er noch *erwähnt*?«

»Sir?«

»Ich kenne die Dowlings. Ich weiß, wie Sie vorgehen. Erpresst Temple Dowling Sie mit irgendetwas?«

Cody Daniels Hand ruhte auf dem Abtropfbrett. Bei der Frage zuckten seine Finger ein paar Mal leicht und blieben dann ruhig liegen. »Ich schätze mal, dass man es so nennen könnte. Nein, kein Zweifel, das ist genau, was er tut.« Sein Blick schweifte vom Fenster zum Hof. »Da sind ja endlich Ihre Leute und der Krankenwagen. Könnte ich kurz mal mit Ihrem Chief Deputy sprechen?«

»Nein, können Sie nicht. Hatten Sie eine Waffe dabei, als sie umkehrten, um Ms. Ling zu helfen?«

»Nein, Sir.«

»Sie sind einfach so zurückgefahren, völlig unbewaffnet?«

»*Einfach so* stimmt nicht ganz. Meine Zähne haben geklappert, als wäre ich nackt durch die Arktis gewandert.«

»Was hat Dowling gegen Sie in der Hand, Partner?«

»Sie kennen meine Akte. Suchen Sie sich was aus.«

»Man hat Sie mal wegen eines Fälschungsdelikts drangekriegt, aber das kann es nicht sein, oder doch?«

»Ich hab zu dem Thema nichts mehr zu sagen.«

»Ist es wegen des Bombenanschlags auf die Abtreibungsklinik?«

»Ich muss mit Ihrem Chief Deputy sprechen. Es ist wichtig. Zumindest für mich.«

»Sie setzen sich jetzt erst mal auf die Veranda und lassen Ihren Kopf ein paar kühle Gedanken denken. Wissen Sie, wer das gesagt hat? Satchel Paige. Er war davon überzeugt, dass das Geheimnis eines langen Lebens darin besteht, kühle Gedanken zu denken und nichts Frittiertes zu essen. Versuchen Sie das ruhig mal eine Zeit lang.«

»Warum haben Sie es eigentlich so auf mich abgesehen, Sheriff?«

»Weil Sie dabei geholfen haben, eine wehrlose Frau zu entstellen und ihr das Augenlicht zu rauben. Weil ich der Meinung bin, dass Leute, die Bombenanschläge auf ahnungslose Zivilisten verüben, mit den Füßen voran in eine Häckselmaschine gesteckt werden sollten.«

Die Haut an Cody Daniels Hals färbte sich so rot, als hätte er sich einen Sonnenbrand geholt. »Das meinen Sie nicht im Ernst, oder?«, sagte er leise.

»Wahrscheinlich nicht«, erwiderte Hackberry. »Aber so etwas Ähnliches.«

»Sie halten nicht viel von Gnade und Vergebung, was, Sheriff? Ich finde es nicht richtig, Menschen auf diese Weise zu behandeln, selbst wenn es solche Menschen sind wie ich«, sagte Cody Daniels. Er ging aus dem Haus und setzte sich auf die Stufen der Veranda. Sein Gesicht war blass, sein Blick auf seine Füße am Boden gerichtet.

Hackberry half den Sanitätern, Anton Ling auf die Trage zu heben. Bevor sie in den Krankenwagen geschoben wurde, griff sie sein Handgelenk. »Ich habe Ihr Gespräch in der Küche mitangehört«, sagte sie. »Gehen Sie nicht zu hart mit Reverend Daniels ins Gericht.«

»Er hat keine Erklärung dafür, warum er sich auf Ihrem Grundstück herumgetrieben hat.«

»Sein Stolz hat ihn hergeführt. Ich habe ihn auf dem Supermarktparkplatz gedemütigt und wie menschlichen Abfall behandelt.«

»Meiner Meinung nach ist das gar keine so schlechte Bezeichnung für Leute, die Krankenhäuser in die Luft sprengen.«

»Sie täuschen sich in ihm«, sagte sie.

»Wir räumen jetzt erst mal das Chaos hier auf und verriegeln die Türen. Ich komme Sie dann später im Krankenhaus besuchen. Machen Sie sich keine Sorgen, okay? Wir kriegen die Typen, die Ihnen das angetan haben.«

»Vielleicht«, antwortete sie.

»Was haben die Kerle gesucht?«

»Noie Barnum.«

»Nein, ich meine, was sie im Haus gesucht haben?«

»Ich glaube, dass sie nach technischen Unterlagen der Predator-Drohne suchen.«

»Hätten sie denn welche finden können?«

Sie schüttelte den Kopf.

»Hatte Barnum die Unterlagen bei sich?«

»Soweit ich weiß, kam er nur mit seinen Wunden zu mir. Er war die ganze Zeit über draußen im Gartenhäuschen. Eine Sache muss ich Ihnen noch sagen: Ich habe einen der Männer mit einem Schraubenzieher verwundet. Er hat ein Loch unter dem Auge und wird ins Krankenhaus oder zu einem Arzt gehen müssen.«

»Sie sind eine toughe Lady, Miss Anton.«

»Sie werden die Typen nicht schnappen.«

»Wie bitte?«

»Die Männer, die das getan haben, leben schon seit einer sehr langen Zeit in unserer Mitte. Wir begegnen ihnen jeden Tag, und doch leugnen wir ihre Existenz«, sagte sie.

Hackberry schaute dem davonfahrenden Krankenwagen nach. Dann ging er zur Windmühle, wo Pam und ein weiterer Deputy namens R. C. damit beschäftigt waren, den Tatort von der Scheune bis zum Haus mit Plastikband abzusperren. R. C. war eins dreiundachtzig groß und sah aus, als hätte man ihn aus den Leisten einer Obstkiste zusammengehämmert: Bauch und Po waren flach wie ein Bügelbrett, die Hüfte hielt nur Hosen mit Bundweite 28 oder kleiner, und sein Gesicht – mit einem Mund, so klein wie der eines Mädchens, und ein paar vor Spannung funkelnden Augen – strahlte eine scheinbar ewig währende Jugendhaftigkeit aus. Er kaute Kaugummi und hatte den weißen Deputy-Strohhut tief in die Stirn gezogen. »Ich habe einen blutigen Schraubenzieher gefunden. Lag unter der Arbeitsfläche in der Küche, Sheriff«, sagte er.

»Hast du ihn eingetütet?«, fragte Hackberry.

»Ja, Sir.«

»Gut. Ist wahrscheinlich der Schraubenzieher, den Ms. Ling im Gesicht eines dieser Kerle versenkt hat.«

»Sollen wir vielleicht Gipsabdrücke von den Reifenspuren da machen?«

»Ja. Gute Idee.«

»Sehen Sie die Spuren da vorn? Die sind von einem Truck, sehr wahrscheinlich Michelin-Reifen.«

»Woher weißt du das?«

»Ich erkenn's an der Breite und am Profil. Sind brandneu, die Dinger. Soll ich vielleicht mal die Händler abtelefonieren?«

»Du kannst an den Abdrücken erkennen, dass es Michelin Reifen sind?«

»Klar, hab schließlich mindestens fünfhundert von den Dingern aufgezogen.«

Hackberry schielte zu Pam hinüber, die sich mit dem Handgelenk über die Nase rieb und nur mit Mühe ihr Lachen unterdrücken konnte.

»Warum lacht ihr denn jetzt alle?«, fragte R. C.

»Ach, nichts«, sagte Hackberry.

»Hab ich was Falsches gesagt?«

»Nein, überhaupt nicht.«

»Ich hab doch bloß kombiniert«, sagte R. C. und lief rot an.

»Wir haben gelacht, weil du uns zwei Schritte voraus warst, R. C.«, sagte Hackberry. »Sag das bloß nicht den Wählern, sonst bin ich meinen Stern los.«

»Nein, Sir, wird nicht passieren«, erklärte R. C. »Die Leute hier mögen Sie zwar für einen dieser weichherzigen Liberalen halten, aber am Ende des Tages vertrauen die Ihnen mehr als sich selbst, wenn es darum geht, das Richtige zu tun. Hört sich bescheuert an, ist aber so.«

»Apropos *bescheuert*, was ist mit der Matschbirne da drüben auf der Verandatreppe?«, fragte Pam und blickte in die Richtung von Cody Daniels. Die Sonne war durch die Wolken gebrochen und warf ein helles Licht auf Pams massige braune Arme, während sie das Absperrband festzurrte. Ihre Brüste unter dem Khakihemd waren so fest wie Softbälle, und ihr dunkles mahagonifarbenes Haar war an den Spitzen entweder weiß oder von der Sonne verbrannt und kringelte sich an ihren Wangen.

»Er hat gesagt, er muss was mit dir besprechen«, antwortete Hackberry.

»Auf dieses Vergnügen kann ich gut verzichten«, antwortete Pam.

»Anton Ling sagt, er hat ihr das Leben gerettet.«

»Wenn dem wirklich so ist, dann muss es purer Zufall gewesen sein.«

Pam machte sich wieder an die Arbeit und spannte das Absperrband hinter der Scheune bis zum Gartenhäuschen und von dort zur Schlafbaracke. Nachdem sie das Band an einem Zaunpfahl auf der anderen Seite des Haupthauses befestigt hatte, ging sie zur Windmühle zurück. Der Wind fuhr durch ihr Haar und wehte ihr einzelne Strähnen ins Gesicht und über den

Mund. In Momenten wie diesen, wenn sie vollkommen sorglos und sich ihrer selbst so wenig bewusst war, wurde Hackberry bewusst, dass Pam Tibbs zu dieser besonderen Art von Frauen gehörte, deren Schönheit von innen kam und durch die Haut nach außen strahlte und im Grunde nur wenig mit dem Aussehen zu tun hatte, das sie bei ihrer Geburt mit auf den Weg bekommen hatten. In diesen Momenten verspürte er eine undefinierbare Sehnsucht in seinem Herzen, die er sich jedoch nicht eingestehen wollte.

»Was dagegen, wenn ich mir mal anhöre, was er auf dem Herzen hat?«, fragte Pam.

»Ganz wie du willst«, antwortete Hackberry.

»Kommst du mit?«

»Wozu?«

»*Wozu?* Der Kerl hat behauptet, ich hätte ihn angefallen. Ich will nicht, dass er nach dem Gespräch noch mehr Lügengeschichten über mich verbreitet.«

»Dann sprichst du besser nicht mit ihm.«

»Verdammt noch mal, Hack! Erst sagst du mir, der Kerl will sich mit mir unterhalten, dann rätst du mir davon ab, mit ihm zu sprechen, und zwischendurch erzählst du mir, er hätte jemandem das Leben gerettet.«

»Was gibt's da zu lachen, R. C.?«, fragte Hackberry.

»Ach, gar nichts Sheriff. Ich hab nur die frische Brise genossen. Dieser Wind ist etwas ganz Besonderes, wissen Sie? Heute wird bestimmt ein prächtiger Tag.« R. C. verschränkte die Arme vor der Brust, schaute auf die von Sonnenlicht überfluteten Berge, die klar und in vollem Grün dalagen, und sog die Luft durch die Lücken in seinen Zähnen ein.

»Wir sprechen uns später«, sagte Hackberry.

»Ja, Sir«, sagte R. C.

Zusammen mit Pam ging Hackberry zur Verandatreppe hinüber, wo Cody Daniels mit einem Verband um die Stirn im Schatten des Hauses saß und ins Leere starrte. »Sie wollten meinem Chief Deputy etwas sagen, Reverend?«, begann Hackberry.

»Ich würde das gern unter vier Augen tun, wenn Sie nichts dagegen haben«, antwortete Cody Daniels.

»Sagen Sie einfach, was Sie auf der Seele haben. Wir haben viel zu tun«, sagte Pam.

Cody Daniels Blick wanderte zwischen den beiden hin und her. Seine Lippen waren fest zusammengepresst. Er nestelte an der Knopfleiste seines Hemds herum und scharte mit den Absätzen seiner Schuhe auf dem Boden. Auf seiner Stirn waren ein paar Haarsträhnen in den Pflasterverband geraten, was ihn wie ein vernachlässigtes und unglückliches Kind aussehen ließ. »Ich wollte mich für mein Verhalten entschuldigen, als Sie mich verhaftet haben. Ich habe Sie absichtlich provoziert«, sagte er zu Pam.

Sie berührte mit dem Fingerknöchel ihren Nasenflügel und atmete schnaufend durch die Nase aus. »War's das?«, fragte sie.

»Und als ich in der Zelle saß, hab ich ein paar bescheuerte Bemerkungen gemacht. Das tut mir auch leid.«

»Was für bescheuerte Bemerkungen?«, fragte Pam.

»Ich habe da etwas zu Sheriff Holland gesagt, aber ich erinnere mich nicht mehr dran. Ich hätte einfach die Klappe halten sollen. Das ist alles.«

»Was für Bemerkungen?«, wiederholte Pam.

Cody Daniels wischte sich mit der Hand etwas Schmutz aus dem Gesicht und starrte dann auf seine Finger. »Respektloses Zeug ohne Sinn und Bedeutung. Kommentare, die man von ungebildeten und wütenden Männern erwartet – und von minderbemittelten, böswilligen Pissnelken wie mir.«

»Was genau haben Sie gesagt?«

»Sheriff?« Cody Daniels blickte zu Hackberry.

»Der Mann hat sich doch bereits entschuldigt. Wollen wir es nicht dabei belassen?«, sagte dieser zu Pam.

»Reverend, Sie haben genau fünf Sekunden Zeit, um Ihrem Gedächtnis auf die Sprünge zu helfen«, sagte Pam.

»Ich kann mich beim besten Willen nicht erinnern.«

Pam zog eine mit Leder umflochtene Stahlrute aus der Seitentasche ihrer Hose und ließ sie an ihrer Hand herunterbaumeln.

»Ich sagte, dass ich lieber eine Rolle Stacheldraht besteigen würde.« Daniels verschränkte die Finger und drehte die Hände hin und her. Dann biss er die Zähne aufeinander und atmete durch ein kleines Loch am Mundwinkel ein und aus, als hätte er sich gerade eine Gabel mit zu heißem Essen in den Mund geschoben. Seine Schuhsohlen kratzten über den Boden. Plötzlich hörte Hackberry, wie sich die Blätter der Windmühle klappernd in Bewegung setzten. R. C. hatte die Kette von der Welle gelöst und genehmigte sich ein paar Hand voll frisches Wasser aus dem Rohr über der Pferdetränke.

»Was hatte Sheriff Holland zu dieser Bemerkung zu sagen?«, fragte Pam.

»Er meinte, dass er mir ein Kantholz mit Nägeln in den Arsch rammen würde, bis ich Holzsplitter spucke – oder so was in der Art.«

Pam rieb sich erneut mit den Fingern über die Nase und schob die Stahlrute wieder in die Tasche. »Was sollen wir jetzt mit Ihnen machen?«

»Keine Ahnung«, sagte er mit gesenktem Blick und schüttelte den Kopf.

»Schauen Sie mich an und beantworten Sie die Frage.«

»Mich erschießen?«

»Das wäre eine Möglichkeit«, sagte sie.

»Das meint sie doch nicht ernst, oder?«, sagte Cody Daniels zu Hackberry.

»Glauben Sie's ihr lieber, Kumpel«, sagte der Sheriff.

Pam und Hackberry gingen ins Haus und machten sich mit den zwei anderen Deputys daran, die Möbel wieder aufzustellen und die Glasscherben in der Küche und der kleinen Kapelle aufzusammeln. »Tun wir das, weil du Katholik bist?«, fragte Pam.

Hackberry stellte den Altar wieder an seinen Platz im vorderen Teil der Kapelle und sammelte dann die Einzelstücke der zerbrochenen Jungfrau Maria auf, um sie auf dem Altar abzulegen. »Wir tun das, weil es richtig ist«, sagte er.

»Dachte ich mir. Ich wollte nur noch mal nachfragen.«

»Wir helfen und wir schützen und wir behandeln alle Menschen gleich. Wenn es den Leuten nicht passt, wie wir unsere Arbeit machen, können sie uns abwählen. Ende der Diskussion.«

»Wer hat dir denn heute Morgen in die Cornflakes gepinkelt?«

»Hast du eigentlich eine Vorstellung davon, wie solche Worte aus dem Mund eines Chief Deputy wirken? Warum können Maydeen und du nicht wenigstens ein klein wenig sensibler sein? Ein Quäntchen mehr Professionalität ist doch wirklich nicht zu viel verlangt, oder?« Verärgert stellte er den Besen gegen die Wand.

»Ja, schon mein Onkel meinte, dass ich mit meinem Mundwerk eine größere Sauerei anrichten kann als eine Kuh mit Durchfall«, sagte sie.

Hackberry gab auf. Durch das Fenster sah er, wie Cody Daniels sich von der Treppe erhob und auf der Straße in Richtung Highway marschierte. Auch Pam sah ihn und hielt in ihrer Arbeit inne. Mit einem hörbaren Schnauben atmete sie aus. »Ist das eine Abkürzung zu seinem Haus in den Bergen?«, fragte sie.

»Nein, würde ich nicht sagen. Auf diesem Weg dürften es vier Meilen sein, immer steil bergauf«, antwortete Hackberry.

»Der Sheriff in Jim Hogg hat dir erzählt, dass Daniels in einen Bombenanschlag auf eine Abtreibungsklinik an der Ostküste verwickelt war?«

»Er sagte, dass Daniels ein Unterstützer der Gruppe war, vielleicht sogar mehr als das. Wer weiß? Er verhält sich jedenfalls so, als wäre er schuldig. Wenn ich einen Tipp abgeben müsste, würde ich sagen, er war ein aktives Mitglied.«

Sie stellte ihren Besen gegen den zusammengeklappten Kerzenständer und biss ein Stück Haut von ihrem Daumen ab. »Wie du schon sagtest: Wir behandeln alle Menschen gleich, richtig?«

»Das sind die Regeln.«

»Der Kerl ist ehrlich gewesen und hat sein Fehlverhalten zugegeben. Wir sollten nicht so tun, als wäre das Gegenteil der Fall.«

»Ich würde zwar nicht sagen, dass er hundertprozentig ehrlich gewesen ist, aber er hat es versucht.«

»Hast du was dagegen, wenn ich ihn heimfahre? Ich werde ihn auch nur auf der Rückbank hinter dem Gitter sitzen lassen.«

»Nein, ich habe überhaupt nichts dagegen«, antwortete Hackberry.

Er schaute zu, wie Pam aus dem Haus ging, in den Streifenwagen stieg und Daniels hinterherfuhr. Als sie ihn erreicht hatte, hielt sie an und kurbelte das Fenster runter. Einen Augenblick später öffnete Daniels die Hintertür des Wagens und stieg ein. Er sah aus wie ein Mann, der in einem schweren Sturm völlig unerwartet einen sicheren Hafen gefunden hatte.

Da sieh mal einer an, dachte Hackberry.

Kapitel 11

Hackberry hatte sich nie für allwissend gehalten und verfügte auch nicht über hellseherische Fähigkeiten. Trotzdem zweifelte er nicht daran, dass er an diesem Abend noch einen Anruf erhalten würde. Als die Sonne hinter seinem Haus verschwand, machte er es sich mit einem Glas Eistee in dem großen, gut gepolsterten und leicht windschiefen Korbsessel auf der Terrasse hinter seinem Haus bequem. Den Stetson hatte er weit nach vorn über seine Stirn gekippt, auf dem Tisch neben ihm lagen das schnurlose Telefon und seine gehalfterte 45er. Er hatte die Beine hochgelegt, nippte an seinem Eistee, kaute auf gestoßenen Eisstücken und Pfefferminzblättern herum und döste vor sich hin. Er wusste sicher, dass der Anruf kommen würde, genauso sicher, wie man weiß, dass unverschämte Personen, zu denen man zu freundlich war, irgendwann ungeladen vor der Tür stehen.

In seinem halbwachen Zustand konnte er die Tiere hören, die durch das dichte Buschwerk an den Hügeln liefen, und die Palmen auf dem Bergkamm sehen, deren Silhouetten sich vor der Sonne abzeichneten, die wie eine dünne, rote Oblate im blauen Himmel hing. Er spürte, wie er in einen Traum über seinen Vater abglitt, den Geschichtsprofessor, Kongressabgeordneten und Freund von Franklin D. Roosevelt. In dem Traum ging es jedoch weder um Präsident Roosevelt noch um die politische Laufbahn seines Vaters, dessen Arbeit an der Uni oder dessen Tod. Hackberry träumte von dem Jahr 1943, davon, wie er mit seinem Vater in das Ödland an der Grenze geritten war, um dort nach Pfeilspitzen von Indianern zu suchen. Sie hatten ihre Pferde vor einem Café aus grauen Feldsteinen angebunden, die wie Brotlaibe aussahen. In der Ferne senkte sich das Land allmählich ab, und es sah aus, als wären all die Felsen und Sedimentgesteine unter die Erdoberfläche in die Tiefe gesackt, um einen gigantischen, mit Sand gefüllten Krater zu hinterlassen, umrandet von Mesas, die im Sonnenuntergang so rot leuchteten wie frisch gezogene Backenzähne.

Irgendwann wurde die Sonne von den tief und dicht am Himmel wabernden Wolken verschluckt, die die Farbe von verbranntem Zinn hatten. Während sich der Tag abkühlte und Blitze in den Wolken pulsierten, bildeten sich auf dem ausgedörrten Boden immer wieder Luftwirbel, die nach kurzer Zeit wieder auseinanderbrachen. Aus Gründen, die Hackberry aufgrund seiner Jugend noch nicht verstand, machte der fallende Barometerdruck ihm Angst, ebenso wie der große Schatten, der plötzlich alles zu verdunkeln schien, als hätte eine unsichtbare Hand einen riesigen Sonnenschirm über der Landschaft aufgespannt.

Sein Vater war in das Café gegangen, um zwei Flaschen Cream Soda zu kaufen. Als er wieder herauskam und Hackberry eine Flasche reichte, an deren Hals hauchdünne Eisstückchen hinabglitten, bemerkte er den Ausdruck auf dem Gesicht des Jungen. »Stimmt was nicht, mein Sohn?«, fragte er ihn, ohne die Flasche loszulassen.

»Es ist die Landschaft«, sagte Hackberry. »Sie sieht irgendwie komisch aus und gibt mir ein eigenartiges Gefühl.«

»Was meinst du damit?«

»So als wäre alles tot. Als wäre die Sonne für immer untergegangen, und wir wären die letzten Menschen auf dieser Erde.«

»Ja, ich weiß, was du meinst. Psychologen nennen das Weltuntergangsfantasien. Aber ich sag dir was: Die Erde wird immer da sein. Vor hundert Millionen Jahren war diese Einöde da draußen von einem grenzenlosen Ozean bedeckt, in dem Fische schwammen, so groß wie Eisenbahnwaggons. Jetzt ist es zwar eine Wüste, aber möglicherweise verwandelt sie sich eines Tages wieder in einen Ozean. Kannst du dir vorstellen, dass da draußen mal Wale rumgeschwommen sind?«

»Nein, Sir.«

»Ist aber so. Und auch mythische Kreaturen. Siehst du die blassen Querlinien an den Mesas? So hoch stand der Ozean mal. Und auf den flachen Felsbrocken, die du weiter oben siehst, haben sich die Meerjungfrauen gesonnt.«

»Meerjungfrauen? In Texas?«

»Und ob, mein Junge. Vor hundert Millionen Jahren schon.«

»Woher weißt du das, Daddy?«

»Ich hab's mit eigenen Augen gesehen. Du weißt doch, dein Dad ist ein ziemlich alter Knacker.« Er strich Hackberry mit der Hand über den Kopf. »Es gibt nichts auf der Welt, über das du dir Sorgen machen musst, Hack«, sagte er. »Denk doch nur mal, wie lange dieser Ort schon existiert und wie viele Menschen hier gelebt haben. In der einen oder anderen Form sind sie immer noch da und wachen als Geister über uns. Das glauben zumindest die Indianer. Unsere Aufgabe besteht darin, das Leben zu genießen und auf die Erde achtzugeben. Sorgen rauben uns die Zuversicht und die Freude und geben uns im Gegenzug nichts zurück. Was hältst du davon, wenn wir jetzt reingehen, ein bisschen Flipper spielen und uns ein paar Barbecue-Chicken-Wings zum Abendessen genehmigen? Vielleicht sitzt ja eine dieser Meerjungfrauen da oben und zwinkert dir zu, wenn wir wieder rauskommen.«

So wollte Hackberry seinen Vater für alle Zeiten in Erinnerung behalten: humorvoll, warmherzig, beschützend und mit klugen Gedanken zu allen erdenklichen Lebenslagen. Und so hatte er auch jeden Tag über seinen Vater gedacht – bis zu dem Morgen, an dem dieser seinen Revolver aus der Schreibtischschublade holte, ihn ölte und säuberte, Hohlspitzgeschosse mit Kupfermantel in die Kammern steckte, ein Kissen gegen seinen Hinterkopf presste, den Hahn spannte, sich den Lauf in den Mund steckte und den Abzug drückte, um den Inhalt seines Schädels an der Zimmerdecke zu verteilen.

Die Sonne war schon fast hinter den Hügeln verschwunden, als das Klingeln des schnurlosen Telefons Hackberry aus seinen Träumen riss. Er schaute auf das Display, aber dort stand nur, dass der Anrufer ein Handy benutzte und die Rufnummer unterdrückt hatte. Hackberry tippte auf die grüne Taste, um das Gespräch anzunehmen. »Na, was haben Sie auf dem Herzen, Collins?«

»Wow, ich bin beeindruckt, Sheriff. Es ist wirklich schwer, Sie zu überraschen. Können Sie etwa hellsehen?«

»Nicht nötig, wenn man mit bestimmten Leuten zu tun hat.«

»Leuten wie mir?«

»Nun, es ist ja kein Geheimnis, dass Sie in Ihrem ganz eigenen Universum leben.«

»Vielleicht überrasche ich Sie ja eines Tages doch noch mal.«

»Wohl kaum.«

»Wie geht es der Frau, der Asiatin?«

»Ms. Ling? Rufen Sie doch im Krankenhaus an und erkundigen Sie sich.«

»Würde ich ja, aber Krankenhäuser erteilen am Telefon keine Auskunft zu ihren Patienten.«

»Nun, sie hat ganz schön was eingesteckt, aber sie kommt wieder auf die Beine. Was hatten Sie eigentlich an Ms. Lings Haus zu suchen? Und erzählen Sie mir jetzt bitte nicht, Sie wären nur zufällig in der Gegend gewesen.«

»Ich habe ein paar Leute beauftragt, das Grundstück zu beobachten und mich auf dem Laufenden zu halten. Eigentlich wäre das Ihre Aufgabe gewesen, Sheriff.«

»Vielen Dank für den Hinweis. Ich werd's mir notieren. Sind Sie jetzt fertig?«

»Noch nicht ganz.«

»Doch, Collins, Sie sind fertig. Ich habe keine Lust mehr, Ihre Echokammer zu spielen. Sie mögen sich zwar für den Luzifer in einem Milton-Gedicht halten, der im Garten Eden aufräumt, aber ich sag Ihnen was: Sie sind nichts weiter als ein armseliger Wicht. Ein ehemaliger Kammerjäger, der Kakerlaken vernichtet hat, und dem niemand beigebracht hat, wie man sich richtig den Arsch abwischt, sodass er seit Kindheitstagen mit vollgeschissenen Unterhosen durch die Gegend läuft. Sie sind Ihren Widersachern noch nie auf ebenem Terrain gegenübergetreten, Collins. Und auch wenn Sie glauben, gebildet zu sein, verstehen Sie in Wirklichkeit doch einen Scheißdreck von den Büchern, die Sie lesen. Sie sind ein größenwahnsinniger Vollidiot, und Sie werden entweder in Huntsville enden, mit einer Giftspritze im Arm, oder mit einer Kugel im Kopf. Ich sage Ihnen das nicht ohne Grund. Letztes Jahr haben Sie mich in meinem Haus überfallen und versucht, meinen Chief Deputy zu erschießen. Dafür mache ich Sie fertig, Collins. Dafür und für all die feigen Morde, die Sie im Namen Gottes begangen haben.«

»Jetzt halten Sie mal die Luft an, Sheriff, und hören mir zu. Ich bin mir sicher, Sie haben keinen blassen Schimmer, wer Ms. Ling gefoltert und ihr Haus zu Kleinholz verarbeitet hat. Dieser Militärdienstleister Dowling sucht zwar überall nach Noie Barnum, aber er war es nicht. Meinen Informationen zufolge befand sich unter den Peinigern von Ms. Ling ein auffällig kleiner Kerl, der zwar nicht sonderlich viel gesprochen hat, aber der Chef der Gruppe zu sein schien. Ich gehe davon aus, dass es Josef Sholokoff war. Sagt Ihnen der Name was?«

»Nicht, dass ich wüsste«, log Hackberry.

»Ich habe mal für Sholokoff gearbeitet, aber dann hat er mir drei verblödete Biker auf den Hals gehetzt, die mich umlegen sollten. Am Ende musste irgendeine unterbezahlte Latino-Putze die Reste des Trios von der Tapete eines Motelzimmers kratzen. Irgendwie hat mir das immer leidgetan«, sagte Collins. »Ich meine die Schweinerei, die ich der Ärmsten hinterlassen habe.«

»Ja, Sie haben zweifellos ein Talent dafür, es stets wie ein Schlachtfest aussehen zu lassen. Ich würde sagen, dass Sie mit Ihren Wahnsinnstaten sogar ausgemachte Psychopathen wie Ted Bundy, Dennis Rader oder Gary Ridgway in den Schatten stellen.«

»Es gibt sehr viele unterschiedliche Arten von Mördern auf dieser Welt, Sheriff Holland. Manche tun es, weil sie böse sind. Manche tun es, weil sie dafür bezahlt werden. Manche sind schizophren und sehen in jedem einen Feind, den sie angreifen müssen. Dann gibt es noch die Politiker, die das Militär morden lassen, damit die Kassen der Großkonzerne klingeln. Aber dieser Sholokoff ist ein ganz anderes Kaliber. Oder was halten Sie von einem Mann, der seine Handlanger beauftragt, eine Kapelle zu verwüsten und eine Priesterin zu foltern?«

»Dann hat Sholokoff also dem Schöpfer den Krieg erklärt?«

»So könnte man es ausdrücken. Ich meine, der Kerl ist ein Zuhälter. Gibt es auf dieser Welt etwas Schändlicheres als einen Mann, der vom Verdienst einer Hure lebt?«

»Ich glaube nicht, dass ausgerechnet Sie beim Thema Moral große Töne spucken sollten, Collins. Sie haben unschuldige Mädchen und Frauen ermordet, und das bedeutet nichts anderes, als dass sie ein moralisch verwahrloster Feigling sind.«

»Ein Feigling? Ich? Ich glaube, dass *Sie* derjenige von uns beiden sind, dem es an Mut fehlt. Wer hat denn mit einer Waffe in der Hand auf seiner Veranda gesessen, während er auf meinen Anruf gewartet hat? Kaum zu glauben, dass Ihnen ein obdachloser Vagabund solche Angst einflößt.«

Hackberrys Blick suchte die Berge und die Schatten der Bäume und Sträucher auf den Hängen ab. Dann konzentrierte er sich auf die Bergkämme, die Bäume in den Arroyos, die Vorsprünge der Sandsteinformationen und der Tafelberge – kurzum auf all die Orte, an denen sich ein Mann mit einem Feldstecher in der Abenddämmerung verstecken könnte.

»Warum sagen Sie ›Waffe‹? Das ist ziemlich allgemein. Können oder wollen Sie nicht präziser werden?«, sagte Hackberry.

»Vielleicht habe ich ja nur einen Scherz gemacht, um Sie aus der Reserve zu locken.«

»Ich hab's ja immer schon gesagt: Sie sind ein richtiger Witzbold.«

»Eben noch haben Sie mich als etwas ganz anderes bezeichnet. Sie sagten, ich wäre ein Feigling. Ich mag viele Dinge sein, Sheriff, aber ein Feigling bin ich ganz bestimmt nicht. Ein Feigling fürchtet den Tod. Bei mir ist das Gegenteil der Fall: Der Tod ist mein Freund. Kennen Sie dieses Gedicht von E. E. Cummings? Wie hieß es da noch gleich? ›How do you like your blue-eyed boy, Mister Death?‹ Cummings sprach in diesem Gedicht von Buffalo Bill. Haben Sie auch so viel Angst vor dem Grab wie Buffalo Bill? Oder wird es eine Befreiung für Sie sein? Können Sie wirklich sagen, dass Sie das schwarze Loch nicht fürchten, das Sie erwartet?«

»Ich habe genug von Ihren rhetorischen Mätzchen, Collins.«

»Ist das so, ja?«

»Passen Sie auf: Ich werde jetzt auflegen und möchte Sie bitten, mich nicht mehr anzurufen. Wir werden uns bestimmt bald wiedersehen, und wenn es so weit ist, gibt es keine Warnschüsse mehr.«

»Sie fällen sehr schnell Ihre Urteile über andere Menschen, Sheriff. Und ich glaube, dass Ihnen genau dieser Charakterzug zum Verhängnis werden wird.«

»Glauben Sie, was Sie wollen.«

»Vielleicht überdenken Sie ja noch mal Ihre Einstellung.«

Kaum hatte Collins seinen Satz beendet, tauchte auf Hackberrys linkem Handrücken der rote Punkt eines Laserzielfernrohrs auf und wanderte seinen Arm hinauf in Richtung Brustkorb. Hackberry hielt unwillkürlich die Luft an, als würde gerade eine schwarze Witwe oder eine Tarantel über seinen Körper krabbeln. Als der rote Punkt über seinem Herzen stehen blieb, versuchte er aufzustehen, aber der brennende Schmerz in seinem Rücken lähmte ihn. Sofort fiel er wieder zurück in den Stuhl und kippte dabei das Glas mit dem Eistee um. Der rote Punkt wanderte weiter nach unten, zwischen seine Beine. Als er einen Augenblick später verschwunden war, fragte sich Hackberry, ob er sich das Ganze nicht nur eingebildet hatte. Er starrte auf die schwarz-grünen Schatten an den Berghängen, wo in der Nähe der Kammlinie ein paar Steinbrocken den Abhang hinunterrollten. Das Freizeichen des schnurlosen Telefons in seiner Hand brummte wie eine von einem Stromschlag getroffene Pferdebremse.

Hackberry verbrachte die Nacht weitgehend schlaflos im Bett und ärgerte sich darüber, dass er sich von einem größenwahnsinnigen Möchtegern-Messias und Massenmörder wie Jack Collins hatte vorführen lassen. Noch mehr wurmte ihn allerdings, dass er durch eben jenen Ärger Collins' Macht nur noch verstärkte und zuließ, dass dieser ihm den Schlaf, den Seelenfrieden und nicht zuletzt auch einen Teil seiner Selbstachtung raubte. Er hatte schon viele selbsternannte Gottesjünger und bibelfanatische Fundamentalisten erlebt, und seiner Meinung nach war keiner von ihnen vollkommen frei von sexuellen Obsessionen. Jeder Einzelne dieser Menschen fürchtete sich vor seinem Verlangen und ahnte insgeheim, dass er bestimmte Träume – und zwar solche, aus denen man schweißgebadet und beschämt erwacht – in die Praxis umsetzen würde, wenn sich nur die Gelegenheit dazu böte. Diese Menschen waren nicht von Sehnsucht erfüllt, sondern von einer rasenden Wut, die sich immer wieder auf dieselbe Weise manifestierte: Sie wollten andere Menschen kontrollieren, und wenn das nicht möglich war, wollten sie sie zerstören.

Das Erbe von Salem löst sich nicht einfach so in Luft auf. Der Vigilantismus nach dem Bürgerkrieg, der Ku-Klux-Klan, Senator McCarthy und seine Anhänger – ein roter Faden, der sich seit 1692 durch die Geschichte zieht, dachte er. Diese Erkenntnis änderte aber wenig an der Tatsache, dass Hackberry kläglich versagt hatte, sich des Problems Jack Collins anzunehmen. Er hatte es versäumt, einen Mann dingfest zu machen, der damals wie heute nach Lust und Laune Menschen ermordete und dabei nicht nur wie ein Geist durch Wände zu gehen schien, sondern – mal abgesehen von trichterförmigen Fußabdrücken – auch keinerlei Spuren hinterließ.

Auch am nächsten Morgen besserte sich Hackberrys Stimmung nicht sonderlich. Bei einem Telefongespräch am Vortag hatte Ethan Riser nur wenig Interesse an den Ereignissen auf dem Grundstück von Anton Ling gezeigt: Weder der Einbruch in ihr Haus, noch der Überfall auf ihre Person stellten eine Straftat nach Bundesgesetzen dar, und das kurzzeitige Auftauchen von Jack Collins am Tatort lieferte keine neuen Erkenntnisse über das Versteck von Noie Barnum. »Ich rufe Sie morgen früh zurück, Sheriff«, hatte Riser gesagt. »Bis dahin habe ich rausgefunden, wo sich Josef Sholokoff gerade aufhält. Falls er wirklich in der Gegend ist, kann sich das Bureau der Sache annehmen und richtig Druck machen.«

»Warum hängt sich das FBI bei Sholokoff so ins Zeug und rührt keinen Finger, wenn es um Kriminelle aus unserer Gegend geht?«, hatte Hackberry gefragt.

»Jack Collins ist eine unschöne Anomalie der menschlichen Spezies und wird sich früher oder später selbst zerstören. Sholokoff hingegen ist eine ansteckende Krankheit, die es auszumerzen gilt. Wenn der Kerl eine funktionierende Predator-Drohne oder die Baupläne dafür in die Hände bekommt, landet das Ding vierundzwanzig Stunden später bei Al-Qaida.«

»Woher weiß Sholokoff von Noie Barnum?«

»Temple Dowling war eine Zeit lang Sholokoffs stiller Partner. Wir haben den Kerl schon ziemlich lange im Visier, aber entweder hat er das noch nicht mitbekommen, oder es interessiert ihn ganz einfach nicht. Waren Sie nicht mal politisch mit Dowlings Vater verbandelt?«

»Ja, sehr zu meinem Bedauern«, hatte Hackberry geantwortet. »Ich erwarte dann morgen Früh Ihren Anruf, Ethan.«

Aber Ethan Riser rief nicht an, und Hackberrys Nachrichten auf Risers Anrufbeantworter blieben unbeantwortet. Am Nachmittag meldete sich dann ein anderer Bundesagent bei Hackberry und teilte ihm mit, dass Riser nach Washington geflogen sei. Auf die Frage nach dem Grund der Reise antwortete der Agent nur: »Fragen Sie ihn selbst, wenn er zurückkommt«, und legte auf.

Hackberry besuchte Anton Ling im Krankenhaus, verbrachte den restlichen Tag aber auf relativ unproduktive Weise. Er war immer noch wütend auf sich selbst, schließlich hatte er zugelassen, dass Jack Collins in seinen Schädel gekrochen war und nun in seinen Gedanken herumspukte. Oder gab es da noch etwas anderes, das ihn umtrieb?

Am Abend besorgte er sich eine Zwei-Liter-Packung Vanilleeis und ein Sixpack A&W-Root-Beer, verstaute beides in seiner Kühlbox und fuhr zu Pam Tibbs. Nachdem er an der Tür geklingelt hatte, setzte er sich auf die Treppe und wartete. Die Straße war von Bungalows und zweistöckigen Häusern aus den Zwanzigerjahren gesäumt. Auf den Veranden hingen Hollywood-Schaukeln, Blumen blühten in den Beeten, und an den Holzbalken vieler Balkone waren Metallhalterungen angebracht, in denen das Sternenbanner eingesteckt war. Auch wenn die Anwohner es nicht so empfinden mochten, wirkte die Gegend wie aus einer anderen Zeit, einer Zeit, an die viele Amerikaner mit Nostalgie zurückdachten.

Hackberry hörte, wie die Fliegengittertür an der Rückseite des Hauses ins Schloss fiel. Einen Moment später setzte ein rotes Cabrio mit glänzendem Lack rückwärts auf die Straße und fuhr davon. Der Fahrer war voll und ganz auf den Verkehr konzentriert und bemerkte ihn nicht.

»Hallo, Hack«, sagte Pam, als sie die Vordertür öffnete.

Er drehte sich zu ihr um. Sie trug eine kurze Jeanshose, eine rosafarbene Bluse, Ohrringe und Römersandalen. »Hallo«, antwortete er.

»Willst du reinkommen?«

»Wer war der Typ mit dem Cabrio?«

»Mein Cousin.«

»Den hab ich noch nie gesehen. Ist er hier aus der Gegend?«

»Nein.«

»Wo wohnt er dann?«

»Er arbeitet als Vertreter für eine Computerfirma und ist viel unterwegs.«

»Und Leute, die viel unterwegs sind, haben keine festen Adressen?«

»Eigentlich geht dich das nichts an, Hack.«

»Du hast recht. Es geht mich wirklich nichts an.«

Sie schaute auf das Sixpack Root-Beer, das neben Hack auf dem Boden stand. Die Dosen waren so kalt, dass an den Seitenwänden Wasserperlen hinabliefen und auf die Veranda tropften. »Was hast du da in der Tüte?«

»Vanilleeis.«

»Willst du reinkommen?«

»Entschuldige. Ich hätte anrufen sollen.«

»Was ist denn los?«

»Nichts ist los. Ich dachte nur, du hättest vielleicht Lust auf einen Root-Beer-Float. Irgendwie ist das einer dieser Abende.«

»Was für Abende?«

»Als Kind haben wir oft Ausflüge zu diesen A&W-Drive-Ins gemacht. Das war immer eine große Sache für uns. Die Abende im späten Frühling und im Sommer sind die besten Momente dafür.«

»Komm rein.«

»Ein anderes Mal vielleicht.«

»Komm jetzt endlich rein, Hack, oder ich verpass dir einen Tritt ins Kreuz, von dem du dich nicht so schnell wieder erholst.«

Er ließ den Blick über die Straße schweifen, die in der Dämmerung des Abends dalag, und auf die dunklen Rasenflächen im Schatten der Häuser, und wusste mit einem Mal, was ihn den Tag über bekümmert hatte. Auf dem Gehweg fuhr ein Junge mit seinem Fahrrad Zeitungen aus. Dass die Taschen an seinem Gepäckträger bei jedem Schlenker gegen den Rahmen des Fahrrads knallten, schien ihn nicht zu stören. Mit der Treffsicherheit eines Scharfschützen schleuderte er die zusammengerollten Päckchen gegen die Türen der Häuser und auf die Veranden. Der Junge erinnerte Hackberry an seine eigene Kindheit, oder besser gesagt, an all die anderen Kids jener Zeit: aus sich heraus liebenswert und nicht berechnend, voller Erwartungen an die Zukunft und erfüllt von einem unschuldigen Stolz auf ihre Fähigkeit, eine zusammengerollte Zeitung auf den Veranden der Abonnenten platzieren zu können. Aber warum war der Junge mit seiner Zeitungsrunde so spät dran? Und warum schimmerte das Licht so eigenartig – sepiafarben und golden in den Baumkronen? Und warum rochen die Blumenbeete so stark nach Chrysanthemen, als wäre es bereits Herbst und nicht erst Frühling?

»Hack?«, sagte Pam.

»Ja?«

»Ich habe große Lust auf einen Root-Beer-Float. Das war eine tolle Idee von dir. Komm doch bitte rein, okay?«

Ihr Mund war rot, und in ihrer Stimme klang eine Fürsorglichkeit mit, die sie nur selten zeigte.

»Sicher doch. Das wollte ich gerade tun«, antwortete er.

Sie hielt ihm die Fliegengittertür auf, damit er eintreten konnte. Er spürte ihren Blick auf der Seite seines Gesichts, als sie die Tür hinter ihm schloss. Dann hörte er, wie sie auch die Innentür zuzog und verriegelte.

»Warum hast du das getan?«

»Was getan?«

»Warum hast du die Tür verriegelt?«

»Nur so. Ich hab mir nichts dabei gedacht.«

»Hast du etwa Angst, dass Collins vorbeikommt?«

»Nichts lieber als das. Für den hätte ich ein paar Überraschungen parat. Aber ehrlich gesagt, glaube ich nicht, dass er sich für mich interessiert«, sagte sie.

»Warum hast du dann die Tür verriegelt?«

»Vielleicht weil ich Ruhe vor meinen geschwätzigen Nachbarn haben will? Du verhältst dich etwas eigenartig, Hack.«

»Ja, das meinten die vom Kriegsveteranenamt vor fünfzig Jahren auch schon, als sie mir eine Vier Minus in der Kategorie Normalität gaben.«

Er ging in die Küche, wo er das Root-Beer auf den Tresen stellte und das Vanilleeis ins Tiefkühlfach schob. Sein Rücken fühlte sich an wie ein Werkzeugkasten, der eine Wendeltreppe hinuntergepoltert war. Er stützte die Arme auf die Kante der Spüle, streckte die Beine nach hinten durch und verlagerte sein Gewicht nach vorn. Langsam kroch der Schmerz aus seiner Wirbelsäule hinab in die Rückseite seiner Beine und versickerte im Küchenboden. Pam legte eine Hand auf seinen Rücken. »Es bricht mir das Herz, dich so zu sehen«, sagte sie. »Ich wünschte, ich könnte dir das abnehmen.«

»Wie siehst du mich denn?«

»Voller Schmerzen, deprimiert, unglücklich. Was hat Collins am Telefon zu dir gesagt?«

»Es ist nicht das, was er gesagt hat, sondern das, was er ist. Er liebt den Tod. Das ist das Einzige, was für ihn Bedeutung hat.«

»Passt doch. Dann wird er ein Lächeln im Gesicht haben, wenn wir ihm die Birne wegpusten.«

»Der Schriftsteller Jim Harrison hat mal was gesagt, das ich niemals vergessen werde. Er meinte: ›Wir lieben die Erde, aber wir können nicht für immer hierbleiben.‹ An Abenden wie diesem habe ich manchmal das Gefühl, dass eine Art unbestreitbare Wahrheit unsere Seelen durchströmt. Als Nihilist ist Collins frei von derartigen Anwandlungen. Stattdessen sucht er das dunkle Loch in der Erde, das der Rest von uns fürchtet. Und aus eben diesem Grund haben wir keine Macht über ihn. Selbst wenn wir ihn töten, erfüllen wir nur seinen Willen. Deshalb habe ich auch nie an die Todesstrafe geglaubt. Du hast es richtig ausgedrückt, als wir das erste Mal mit ihm zu tun hatten: Collins will, dass ich sein Henker bin.«

Sie schob ihren Arm über seinen Rücken, bis ihre Hand auf seiner rechten Schulter lag und drückte dann ihr Gesicht gegen seinen linken Oberarm. »Und du warst echt sauer, weil ich Besuch von meinem Cousin hatte?«

»Nein«, log er.

»Er wollte sich Geld borgen. Seine Frau hat ihn verlassen. Er ist ein Schürzenjäger, und niemand aus der Familie will etwas mit ihm zu tun haben.« Sie atmete aus, schob ihre Hand unter seinen Arm und drückte ihn. »Du und ich, wir wurden aus Versehen in unterschiedlichen Generationen geboren, Hack. In Wirklichkeit sind wir zwei Seiten derselben Medaille. Warum beharrst du nur immer wieder darauf, ein alter Mann zu sein? Du bist ein attraktiver, jung gebliebener Kerl mit festen Prinzipien. Warum glaubst du wohl, respektieren dich die Leute in dieser Gegend so sehr? Ich sag's dir: Weil sie wissen, dass du immer der gleiche gutherzige Mensch sein wirst und niemals mit der Mode gehst.«

»Für eine junge Frau gibt es kein schlimmeres Schicksal, als einen Trunkenbold zu heiraten oder einen alten Mann, der schon in der Hochzeitsnacht den Geist aufgibt.«

»Wow, du verstehst es wirklich, einem die Laune zu vermiesen.« Sie drückte ihre Stirn noch fester an seine Schulter. »Was sollen wir nur machen, Hack?«

»In Bezug auf was?«

»Uns.«

»Willst du einen Root-Beer-Float?«, fragte er.

»Vielleicht sollte ich doch mit meinem Cousin durchbrennen. Wenn ich nicht mit ihm verwandt wäre, würde ich's wahrscheinlich sogar tun. Momentan würde mir sogar Attila der Hunnenkönig genügen.«

»Du bist einfach die Beste, Pam.«

»Die Beste was?«

»Die Beste von allen.«

»Ich kann dir gar nicht sagen, wie sehr mich das deprimiert.«

Das Schweigen, das folgte, schien sie zu verschlucken, und die Unzulänglichkeit ihrer Worte wirkte wie ein Symbol für die Unmöglichkeit einer Beziehung zwischen ihnen.

Das Handy in seiner Hosentasche vibrierte. Es war R.C. »Maydeen meinte, ich sollte Sie lieber direkt anrufen, Sheriff«, sagte er. »Ich bin unten in Coahuila und sitze in einer von diesen *cantinas*.«

»Was treibst du in Coahuila?«

»Ich habe eine Freundin in El Cibolo. Auf dem Rückweg ist mir ein Reifen geplatzt, und als ich ihn wechseln wollte, ist mir aufgefallen, dass jemand mein Ersatzrad geklaut hat. Ich hab mich dann mitnehmen lassen und bin so in dieser Bierspelunke gelandet, die anscheinend nicht nur Getränke anbietet. Nach hinten raus gibt's ein paar Verschläge mit Matratzen drin, und etwas weiter die Straße hoch jede Menge reguläre Puffs, die Drehkreuze an den Türen gebrauchen könnten. Vorhin hing hier so ein finsterer Typ mit einer Art Delle im Gesicht rum. Als er und seine Freunde weg waren, hab ich einen Mulatten am Billardtisch gefragt, wer diese Typen waren, aber der meinte nur, ich sollte lieber nicht fragen, außer ich würde mich für den Transport von Schießeisen in den Süden und Kokain in den Norden interessieren. Außerdem hat er gesagt, dass der Chef des Typen mit der Delle in der Visage sich gerade in einem Laden vergnügt, der auf Mädchen im frühen Teenageralter spezialisiert ist.«

»Könnte das vielleicht der Typ sein, dem Anton Ling einen Schraubenzieher ins Gesicht gerammt hat?«

»Möglich. Er war etwas weiter hinten, hat im schummrigen Teil des Ladens Billard gespielt. Daher konnte ich nur erkennen, dass sein Gesicht komisch aussah; irgendwie eingefallen unter dem Auge.«

»Sind da mexikanische Cops in der Nähe, an die du dich wenden könntest?«

»Nein, außer wir zählen die beiden mit, die sich gerade hinten einen blasen lassen.«

Hackberry zog einen Notizblock und einen Kugelschreiber aus seiner Hemdtasche. »Wie hieß der Laden noch mal?«, fragte er.

R. C. hatte Schwierigkeiten, die Details in den Gesichtszügen des Mulatten auszumachen, der neben ihm an der Bar saß. Das lag nicht nur an den Meskal-Shots, die er mit Corona nachspülte, sondern auch an dem Licht, das irgendwie unnatürlich wirkte und weder zu der Tageszeit noch zu der Landschaft vor der Tür passen wollte. Die Sonne war in den Wolken westlich der Berge verschwunden, aber noch nicht untergegangen. Ein glanzloses silbriges Leuchten wie geschmolzenes Nickel erfüllte die Wolken und verstärkte die Dunkelheit im Tal. Auch die Pappeln entlang des alten Highways und die rot beleuchteten Häuser entlang der Straße, wo die Huren wegen der sommerlichen Schwüle in knappen Kleidern, Flip-Flops und ohne Unterwäsche in den Fenstern saßen, lagen in einer Art Schummerlicht.

Der große Ventilator am Fenster saugte den Zigarettenqualm aus der *cantina*, den Gestank nach abgestandenem Wasser und verschüttetem Bier, der aus den Ablauflöchern im Boden emporstieg, vermochte er allerdings ebenso wenig zu beseitigen wie den Ammoniakmief der langen Pissrinne im *baño*, über dessen offen stehender Tür die Worte SOLO PARA URINAR geschrieben standen. Die Innenbeleuchtung der *cantina* wurde zum Großteil von der neonfarbenen Bierwerbung – Dos Equis und Carta Blanca – an der Bar übernommen. Darunter mischte sich ein schmutziges lilafarbenes Licht, das entweder vom Staub der Straße oder vom trüben Leuchten in den Wolken westlich der Berge herrührte und die Gesichter der Gestalten an der Bar wie die Fratzen von grellen Comicfiguren aussehen ließ. R. C. merkte, dass die Drinks, die ihm der Mulatte spendiert hatte, ihren Tribut zu fordern begannen. Sein Kopf dröhnte, und sein Herz raste. Zudem hatte er das Gefühl, dass die Luft in der *cantina* mit einem Mal so heiß, feucht und drückend war, als säße er mit einer Wolljacke an der Bar.

Er fragte sich, warum ihm gerade jetzt diese Gedanken und Bilder in den Sinn kamen.

Der Mulatte trug einen rauchgeschwärzten, fettigen Lederhut mit breiter Krempe und einer Lederkordel, die unter seinem Kinn baumelte, dazu eine Weste, ebenfalls aus Leder, aber kein Hemd, eine gestreifte Anzughose ohne Gürtel und ein paar Stiefel mit Westernsporen. Ein paar seiner orangefarbenen Locken klebten ihm auf der Stirn, und seine Augenbrauen bildeten eine durchgehende Linie. In Kombination mit den quadratischen Zähnen, den markanten Gesichtsknochen und den dicken Lippen musste R. C. beim Anblick des Mannes unweigerlich an einen Gorilla denken. Der Mulatte füllte seinen Mund mit Meskal und gurgelte eine Weile, bevor er ihn hinunterschluckte. Dann zog er ein Bandana aus der Gesäßtasche und wischte sich das Kinn ab. »Was hast du vorhin gesagt, warum du hier bist?«

»Ich muss den Reifen an meinem Auto wechseln lassen«, antwortete R. C.

»Geht mir genauso, Mann! Ich bin auch nur wegen 'nem kaputten Reifen hier auf der Straße der *putas*. Warst du schon hinten bei den Mädchen, damit sie dir ›den Reifen wechseln‹?«

»Ich bin nur hier, weil mich so ein Kerl in seinem Auto mitgenommen hat.«

»Klar, Mann. Ich sag dir: Da hinten gibt's *chicas*, die reiten dich, bis du um Hilfe schreist, Kumpel.« Der Barmann stellte einen Teller vor den Mulatten auf den Tresen und ging dann wieder weg. Der Mulatte schaufelte die zischend heißen Zwiebel- und Paprikastücke auf eine der Tortillas, rollte sie zusammen und begann zu essen. »Du solltest dir auch was zwischen die Kiemen schieben, Mann. Aber von dem Meskal lässt du besser die Finger. Du siehst nämlich aus wie ein seekranker Matrose, der jeden Moment über die Reling kotzt. Hey, Bernicio, einen Kaffee für meinen Kumpel hier.«

Der Barmann nahm den Blechpott von der heißen Herdplatte neben den Schnapsflaschen, goss Kaffee in eine Tasse und brachte sie zu R. C. an den Tresen. Der führte die Tasse an den Mund und pustete in den noch viel zu heißen Kaffee.

»Was machst du eigentlich, wenn du dir mal nicht in Mexiko den Reifen platt fährst?«, fragte der Mulatte.

»Ich bin Viehhändler.«

»Mustangs, hm?«

»Manchmal.«

»Für Hundefutter?«

»Keine Ahnung, was mit den Viechern passiert.«

»Sind sowieso nicht mehr viele da. Ihr Typen habt ja fast alle abgeknallt. Wo fängst du eigentlich deine Mustangs, *hombre*? Hier, auf der Straße der *putas*?«

»Ich bin nur der Zwischenhändler.«

»Du trägst gebügelte Jeans und ein sauberes Cowboy-Hemd mit Blümchen, hast Tony Lamas an den Füßen und bist frisch rasiert. Den Quatsch mit den Pferden kannst du wem anders auftischen. Du bist wegen der *putas* hier.«

»Meine Freundin wohnt hier in der Gegend, aber sie ist keine dieser Frauen, von denen du sprichst.«

»Wenn du mit einer Frau in die Koje springst, dann nur aus einem einzigen Grund, *hombre*. Deswegen brauchst du keine Schuldgefühle zu haben. Es ist seine Natur, wenn ein Mann seinen Bedürfnissen nachgeht.«

R. C. nahm noch einen Schluck von dem Kaffee und stellte die Tasse auf der Bar ab. Sein Hals fühlte sich an, als würde eine Hand voll Nadeln in seinem Rachen feststecken. Er räusperte sich und hustete, aber es half nichts.

»Hier, Mann, nimm ’ne Tortilla«, sagte der Mulatte. »Vielleicht solltest du mal zum Priester gehen und um den Segen des heiligen Blasius bitten. Der legt dir zwei gekreuzte Kerzen auf den Hals, und danach brauchst du dir ein Jahr lang keine Sorgen mehr machen, dass du dich an einem Knochen verschluckst oder an einer Glasscherbe, die dir jemand ins Essen getan hat. Alles klar, *rubio*?«

»Warum nennst du mich so?«

»Na, weil du halt *rubio* bist, und ein Macho obendrein, Mann. Du bist blond, stark, hast Eier wie ein Bulle und kannst bestimmt gut austeilen. Ich würd meinen Arsch drauf verwetten. Hier, trink deinen Kaffee aus. Danach gehen wir nach hinten. Die Nummer geht auf mich. Ich lass es auf meinen Deckel schreiben. Das Beste an meinem Deckel ist nämlich, dass ich ihn nicht bezahlen muss. Weißt du auch, warum ich nichts bezahlen muss, Mann?«

R. C. hatte das Gefühl, als würde die Haut auf seinem Gesicht zusammenschrumpeln. Dann begann die Umgebung vor seinen Augen zu verschwimmen. Die Bierwerbung, die lange Bar, die von Kautabak und Speichel verschmierten Spucknäpfe – alles verlor seine Form. Wenig später begannen die Farben der Jukebox zu zerfließen, und das Grinsen auf dem Gesicht des Mulatten war so rot und feucht wie ein Streifen Wassermelone.

»Ich sag dir, warum ich hier nicht bezahlen muss. Ich bin mit La Familia Michoacána befreundet. Weißt du, was das für Typen sind? Religiöse Fanatiker sind das. Die schneiden dir den Kopf ab, wenn du dich weigerst, ihr Crystal-Meth nach Gringoland zu schmuggeln. Wir haben euch an den Eiern, Mann. Ihr braucht unser Dope und ihr vögelt gern unsere Weiber. Euer ganzes verdammtes Land hängt am Haken. Aber keine Angst, ich werde mich gut um dich kümmern. Hier, halt dich an meinem Arm fest, Kumpel. Ich stell dich jetzt einer von den *chicas* da hinten vor. Du wirst sie lieben, Mann. Ich geb dir sogar meine Sporen, damit du sie anständig reiten kannst.«

R. C. spürte, wie er zusammensackte, aber der Mulatte und ein zweiter Mann fingen ihn auf. Sie legten seine Arme um ihre Schultern und trugen ihn durch den hinteren Teil der Bar hinaus, vorbei an der kleinen Tanzfläche und dem nur durch einen Perlenvorhang abgetrennten Steinurinal, in eine Gasse zwischen der *cantina* und den Bretterverschlägen, deren Eingänge mit Stofffetzen verhangen waren.

R. C. hörte sich selbst sprechen, als käme seine Stimme von irgendwo außerhalb seines Körpers und er hätte keinerlei Kontrolle über sie.

»Was hast du gesagt?«, fragte der Mulatte. »Ich hab's nicht verstanden. Meine Ohren sind irgendwie verstopft, und mein Gehirn arbeitet im Schneckentempo. Das liegt an meiner beschissenen Kindheit, Mann. Hab für ein paar Pesos am Tag auf einer Gringo-Ranch geschuftet und nur Bohnen ohne Fleisch zu fressen bekommen. Dass sie mir dauernd auf die Ohren gehauen haben, hat's auch nicht besser gemacht. Aber sag's einfach noch mal. Ich werd jetzt auch besser zuhören.«

R. C. hörte sich wieder selbst sprechen, und dann hörte er sich lachen, so heftig und laut, wie er noch nie zuvor gelacht hatte. Seine Beine fühlten sich schwach und schlapp an, wie Blattranken, die an seinem Bauch hinunterbaumelten.

»Oh, ja, *hombre*, das ist echt ein guter Witz!«, sagte der Mulatte, nachdem er R. C. aufmerksam zugehört hatte. »›Mexiko könnte ein spitzenmäßiger Golfplatz sein, wenn er von Texanern geführt würde.‹ Aber du bist ein Narc, Mann, und deshalb rate mal, an wen wir dich verkaufen werden. Richtig, du wirst La Familia Michoacána kennenlernen, und die machen keine halben Sachen, das kann ich dir sagen. Wenn die hier unten Spitzel oder Narcs kaschen, die behaupten, wegen irgendwelcher Bräute in Mexiko zu sein, schneiden sie denen die Birne ab, spießen das Ding auf einen Pfahl am Gehwegrand und stecken ihnen eine Zigarette zwischen die Kauleisten. Glaub mir, Mann, die verstehen keinen Spaß. Was jetzt kommt, hat nichts mit dem Leben auf einem Golfplatz zu tun.«

Kapitel 12

Als Pam und Hackberry die *cantina* betraten, blickte der Barmann kurz auf, musterte die Neuankömmlinge und wandte sich dann wieder seinem Essen zu. Er saß auf einem Barhocker, hatte sich eine Serviette in den Kragen gestopft und aß Kutteln, wobei er immer wieder auf den Löffel pustete, bevor er ihn zum Mund führte. Die Haut an seinem Hals war so rau und faltig wie die eines Truthahns, seine Augen wirkten wie die braunen Knöpfe im Gesicht eines Teddy-Bären, und den Schädel hatte er kahlrasiert, sodass man das Tattoo auf seinem Kopf sehen konnte: ein großes schwarzes Hakenkreuz mit roten Federn als Verzierung. Er erklärte dem Sheriff, dass es ihm leid täte, er aber niemanden in der Bar gesehen hätte, auf den die Beschreibung von Hackberrys jungem Freund passen könnte. Seine Hände waren groß und breit und sahen eher aus wie die eines Maurers als wie die eines Barmanns. Nachdem er Hackberrys Frage beantwortet hatte, lehnte er sich wieder über seinen Teller und aß weiter.

»Wie lange sind Sie heute schon hier?«, fragte Hackberry.

»Seit ein paar Stunden«, antwortete der Barmann. »Manchmal muss ich aber nach hinten gehen, um da Essen und Drinks zu servieren. Möglich, dass Ihr Freund hier war und ich ihn nicht gesehen habe.«

»Nach hinten?«, fragte Hackberry nach.

»Ja, nach hinten, Señor. Da vermieten wir Einzelzimmer an

Gäste, die weit gereist sind. Manchmal trinken sie zu viel und wollen sich etwas ausruhen, bevor sie sich auf den Heimweg machen.«

»Das ist ja ein toller Service. Brauchen Sie lange, um eine Bestellung nach hinten zu bringen und dann wieder zu den Kunden an der Bar zurückzukommen?«

»Das ist unterschiedlich, Señor. Manchmal versorgen sich die Kunden auch selbst. Sie mögen arm sein, sind aber ehrliche Leute und legen das Geld für ihre Drinks auf die Bar.«

»Wie heißen Sie?«, fragte Hackberry.

»Bernicio.«

»Okay, Bernicio, wie ich das sehe, haben Sie hier nur ein halbes Dutzend Kunden zu bedienen und können die komplette *cantina* von der Eingangstür bis zum hinteren Bereich überblicken. Mein Freund hat mich aus diesem Laden hier angerufen und mir den Namen der *cantina* und eine Wegbeschreibung durchgegeben. Er ist groß und sieht aus wie ein Anglo. Beleidigen Sie mich bitte nicht, indem Sie weiterhin behaupten, Sie hätten ihn nicht bemerkt.«

»*Claro*, möglich, dass er hier war, aber ich hab ihn nicht gesehen. Ich wünschte, es wäre so. Dann könnte ich Ihnen helfen und in Ruhe weiteressen.«

Hackberry dachte einen Moment über diese seltsame Art der Unehrlichkeit nach, die in der Dritten Welt als vollkommen normal, vom Durchschnitts-US-Bürger allerdings als absolut unmoralisch angesehen wurde. Meist kreierte die betreffende Person dabei ihre eigene Realität und erklärte ohne mit der Wimper zu zucken, dass Weiß tatsächlich Schwarz und Schwarz eigentlich Weiß sei. Da der äußere Schein unter allen Umständen gewahrt werden musste, wurde geleugnet und gelogen, was das Zeug hielt. Mit Fakten, Logik oder Vernunft kam man gegen diese selbst gefertigten Überzeugungen nicht an.

»Haben Sie einen Mann mit einer Narbe im Gesicht gesehen, der hier Billard gespielt hat?«, fragte Hackberry.

»Nein, Señor, habe ich nicht.«

»Warum schütteln Sie schon den Kopf, bevor ich meine Frage ausgesprochen habe?«, fragte Hackberry.

»Weil ich keine Informationen habe, die Ihnen weiterhelfen könnten. Unsere Gäste sind keine Kriminellen. Schauen Sie sich die Leute am Billardtisch an. Das sind einfache Bauern. Oder wirken diese Männer auf Sie vielleicht wie Betrüger und Verbrecher?«

»Auf der anderen Seite der Grenze vertrete ich das Gesetz, Bernicio. Und ich bin mit Polizisten in Coahuila befreundet. Falls Sie uns belogen haben sollten, und mein Freund dadurch in Gefahr ist, werden Sie sich vor der US-amerikanischen Regierung und der mexikanischen Polizei verantworten müssen.«

»Wollen Sie vielleicht auch was essen, Sheriff? Wie steht's mit der Señorita? Ich kann noch ein paar Zwiebeln und Tortillas holen, dann reichen die Kutteln für uns drei. Ich würde mich freuen, wenn Sie meine Gäste wären und glauben würden, was ich Ihnen gesagt habe. Und ich hoffe, dass Sie Ihren jungen Freund finden. Die Amerikaner, die hierherkommen, wollen hier meist irgendwelche krummen Dinge abziehen. Ich hoffe, Ihr Freund gehört nicht zu dieser Sorte. Ich habe in Tijuana gearbeitet und weiß, wie es gehen kann. Da wurden US-Marines von unserer Polizei verhaftet und anschließend von einem Gefängnis ins nächste verlegt, bis sie irgendwo im Landesinneren verschwanden. Selbst die US-Regierung konnte nichts für sie tun. Ich war schon mal in einem amerikanischen Gefängnis.

Das sind Sanatorien im Vergleich zu unseren. Zum Glück habe ich mittlerweile zu Gott gefunden und muss mir nicht mehr den Kopf über solche Dinge zerbrechen.«

Hackberry warf einen Blick auf das handtellergroße Hakenkreuz-Tattoo, das auf dem rasierten Schädel des Barmanns prangte. »Müssen Sie eigentlich einen Hut tragen, wenn Sie in die Kirche gehen?«, fragte er.

Bernicio lehnte sich nach vorn, führte den Löffel zum Mund und sah dabei aus, als würde er auf eine Fliege starren, die zehn Zentimeter vor seiner Nase herumschwirrte. »*Buena suerte, señor*«, sagte er.

Hackberry und Pam verließen die *cantina* und gingen auf die Straße. Die Abenddämmerung hatte sich über die Landschaft gelegt, und der Himmel war von den Streifen der Sternschnuppen durchzogen, die hinter den Bergen im Süden verschwanden. Ein Stück die Straße hoch spielte eine Band in einer *cantina.* Die Prostituierten saßen auf den Stufen der Bordelle. Im Dunkeln sah man die glühenden Enden ihrer Zigaretten und die Funken, wenn sie die Stummel wegschnipsten. Gegenüber von der Stelle, wo Hackberry und Pam ihren Wagen, einen nicht als Polizeifahrzeug gekennzeichneten Jeep Cherokee, geparkt hatten, befand sich ein einstöckiges Gebäude aus einfachen Mauersteinen. Die Fenster waren mit Gitterstäben gesichert, und über dem Eingang hing eine gelbe Glühbirne mit einer Lampenschirm aus Blech. Durch das Fenster konnte Hackberry einen Mann in einer Khakiuniform und einer dazu passenden Mütze mit schwarzem Lackschirm sehen, der in ein Comicheft vertieft war.

»Willst du die Locals um Hilfe bitten?«, fragte Pam.

»Zeitverschwendung«, antwortete Hackberry.

»Das ist wie bei einem Gebet. Was haben wir zu verlieren?«

»Das ist nicht wie bei einem Gebet. Hier kontrollieren die Cops die Bordelle.«

Pam kaute auf ihrem Kaugummi herum, stemmte die Hände in die Hüften und schaute die Straße auf und ab. »So oder so ähnlich muss die Hölle aussehen.«

»Das hier *ist* die Hölle«, antwortete er.

Sie schaute ihn kurz an, richtete ihren Blick dann aber wieder auf das Polizeirevier. Er konnte das Schnalzen des Kaugummis in ihrem Mund hören.

»Ich war hier häufig zu Besuch«, sagte er. »Nicht unbedingt an diesem Ort, aber an sieben oder acht anderen, die ganz ähnlich aussahen. Ich war gebildet, hatte Geld und Macht und fuhr einen Cadillac. Die Prostituierten waren meist blutjunge Frauen, und ihr Gewerbe oft die einzige Einkommensquelle der ganzen Familie.«

»Wie viele Menschen waren in einem nordkoreanischen Kriegsgefangenenlager und haben überlebt? Und wie viele von denen haben Monate lang bei Schnee und Frost in einem Erdloch ausgeharrt?« Als er nicht antwortete, sah sie ihn noch einmal an. Sie kaute immer noch auf ihrem Kaugummi und schob ihn abwechselnd von einer Seite des Munds auf die andere. »Okay, so kommen wir nicht weiter. Lass uns ein paar Leuten in den Arsch treten, Hack. R. C. meinte, der Typ mit dem Loch in der Visage wäre mit seinem Chef in einen Puff gegangen?«

»Ja, in einen dieser Schuppen mit Teenie-Girls«, antwortete Hackberry.

Krill war außer sich. Im letzten Tageslicht, das nicht viel mehr war als ein silberfarbenes Glimmern in den Wolken über ihm marschierte er vor dem Wagen hin und her, den Negrito hinter ihrem Quartier – einer heruntergekommenen Lehmhütte – geparkt hatte, und starrte fassungslos in den offenen Kofferraum der Spritschleuder. Die Finger seiner rechten Hand umklammerten eine Brieftasche mit geflochtenem Lederband, die durch das ständige Tragen in der Gesäßtasche stark gebogen war und die Farbe von ausgelassener Butter hatte. »Was für einen Scheiß hast du denn geraucht, Mann?«, fuhr er Negrito an. »Irgendwas mit Angel Dust oder Pilzen oder was? *¡Estúpido!* Verdammter Vollidiot!«

»Warum sagst du so was, Krill? Das ist nicht besonders nett«, erwiderte Negrito.

»Du hast tatsächlich einen texanischen Deputy Sheriff gekidnappt!«

»Ich dachte, er wär wertvoll, *jefe*.«

»Ich bin nicht dein *jefe*, also nenn mich nicht so. Oder sehe ich vielleicht aus wie der *jefe* von *estúpidos*?«

»Ist doch klar, dass der Typ Drogenfahnder ist. Vielleicht sogar noch schlimmer. Möglich, dass er wegen uns hier runtergekommen ist; wegen dem DEA-Informanten, den wir umgelegt haben. Einen *tejano* wie den können wir an La Familia Michoacána verkaufen. Die schneiden ihm die Zunge raus. Und ohne Zunge kann er uns nicht mehr verraten.«

Krill riss Negrito den Lederhut vom Kopf und schlug ihm damit heftig ins Gesicht. Negrito aber starrte Krill nur mit ausdrucksloser Miene an, die Lippen leicht geöffnet. Die orangefarbenen Barthaare an Mund, Kinn und Hals waren steif wie Draht, und sein zu Stein erstarrtes Gesicht schien vollkommen schmerzunempfindlich zu sein und ließ keine Emotionen erkennen. Krill fletschte die Zähne und schlug Negrito wieder und wieder mit dem Hut ins Gesicht. »Hörst du mir überhaupt zu, *estúpido*?«, wütete er. »Wer hat dir erlaubt, auf eigene

Faust zu handeln? Seit wann bist du der brillante Mann mit dem Masterplan?«

»Du sagst doch sonst immer, dass du nicht unser *jefe* bist, dass wir dir folgen oder es bleiben lassen, dass dich diese Kleinigkeiten nicht interessieren. Aber wenn ich eine Chance erkenne und eine Entscheidung treffe, wirst du böse. Ich bin ein treuer Soldat, Krill.«

»Du bist ein Judas, der nur auf seine Gelegenheit wartet.« Krill schlug ein weiteres Mal mit dem Hut auf Negrito ein. Dieses Mal landete das kleine Holzstück am Ende des Lederriemens direkt in Negritos Auge, das sofort zu tränen begann.

»Warum behandelst du mich so? Hältst du mich etwa für ein Stück Vieh und dich selbst für den Herrn, der mit mir tun kann, was er will?«, protestierte Negrito.

»Nein, denn Tiere haben Hirn und einen Überlebensinstinkt. Tiere denken nicht nur mit ihrem Schwanz. Wer hat gesehen, wie du mit dem Deputy den Puff verlassen hast?«

»Es war kein Puff. Ich gehe nicht in Puffs. Es war eine *cantina*. Der Barmann heißt Bernicio und ist ein Mitglied von La Familia. Er hat dem Bullen was in den Kaffee gemischt, und dann haben wir den Kerl zusammen durch den Hinterausgang rausgebracht. Bernicio hält auf jeden Fall dicht. Du machst dir grundlos Sorgen, Mann. Und jetzt lässt du deinen Ärger an deinem einzigen Freund aus, an deinem Kumpel Negrito, der von Anfang an bei dir war.«

Der Boden des Hofs, auf dem sie standen, war von Steppenläufern, Geflügelfedern und den Blüten der Pappeln übersät. An einem leeren Schweinegehege stand ein Hackklotz, in dem eine Axt steckte. Neben dem Klotz lagen mindestens zwei Dutzend abgeschlagener Hühnerköpfe mit aufgerissenen Schnäbeln und staubverschmierten Augen. Jemand hatte eine

Petroleumlampe in der Lehmhütte entzündet, sodass Krill nun durch das Hoffenster die schwarzen Silhouetten von fünf seiner Männer sehen konnte, die an einem Tisch saßen, tranken und Karten spielten. Er versuchte, seinen Ärger hinunterzuschlucken, und überlegte, was er als Nächstes tun sollte, während er auf den gefesselten und geknebelten Mann blickte, der in Embryohaltung im Kofferraum des Wagens lag. *Es wäre nicht klug, Negrito weiter so zu behandeln*, sagte er zu sich selbst. *Die Dummheit im Schädel dieses Halbaffen ist so grenzenlos, dass sie nur durch eine Kugel zwischen die Augen geheilt werden kann. Aber dafür ist später immer noch Zeit. Die anderen bewundern Negrito wegen seiner Kraft, seiner Schmerzunempfindlichkeit und seiner Brutalität. Du musst diesen Judas im Auge behalten und darfst ihm niemals den Rücken zuwenden*, ermahnte er sich, *aber du musst auch damit aufhören, ihn zu schlagen und zu demütigen, ganz besonders, wenn die anderen es mitbekommen.*

Als Krill diesen langen Denkprozess beendet hatte, setzte er an, um in versöhnlicherem Ton weiterzusprechen. Aber Negrito kam ihm zuvor: »Weißt du, Krill, alle hier machen sich Sorgen um dich. Du hast diese Kiste mit den Knochen deiner Kinder in unser Quartier gebracht. Das ist so, als würdest du uns mit einem Fluch belegen. Die Toten müssen begraben werden, Mann. Man muss schwere Steine auf ihre Gräber legen, damit ihre Seelen nicht entweichen und die Gedanken der Lebenden vergiften können. Das machen die Toten nämlich manchmal. Selbst deine Kinder. Auch eine Taufe kann ihnen nicht mehr helfen. Sie sind tot und kommen nicht mehr zurück. Darum begräbt man die Überreste der Verstorbenen, Krill: um den Zerfall ihrer Körper nicht mit ansehen zu müssen und den Gestank loszuwerden. Was du machst, ist gegen die Natur. Und das sage nicht nur ich. Du nennst mich einen Judas? Dabei bin ich der Einzige, der sich traut, dir die Wahrheit ins Gesicht zu sagen. Die anderen in der Hütte sind nicht deine Freunde. Wenn du nicht da bist, reden sie über dich.«

Krill ging in die Hocke und schaute sich den Inhalt der Brieftasche des Mannes an, der gefesselt, mit einem Stück Panzerklebeband über dem Mund und schweißbedeckter Stirn im Kofferraum lag. Er fand verschiedene Fotos, Kreditkarten, einen Führerschein, eine Sozialversicherungskarte und diverse Ausweise, unter anderem die Mitgliedskarte einer texanischen Polizeivereinigung. Krill zog eine kleine Taschenlampe aus seiner Hemdtasche und richtete den Lichtkegel auf eins der Fotos. Auf dem Bild war eine junge Frau vor einer Kirche zu sehen. Sie trug ein Sommerkleid und eine rote Hibiskusblüte im Haar und lächelte in die Kamera. Die Kirche mit den drei Glockentürmen und dem Ziegeldach im Hintergrund erinnerte Krill an ein Gotteshaus, das er in Monterrey gesehen hatte. Er richtete die Lampe auf die Fahrerlaubnis, betrachtete das Foto und beleuchtete dann das Gesicht des Texaners. Immer noch hockend, warf er den Inhalt des Portemonnaies auf den Boden und stützte sich mit den Händen auf die Oberschenkel.

»Was denkst du, *jefe*?«, fragte Negrito.

Krill wollte ihn gerade wieder wegen des *jefe* korrigieren, erkannte aber, dass es keinen Sinn ergab. Negrito war unbelehrbar. »Wo ist das Geld des Texaners?«, fragte er.

»Sieht so aus, als hätte er alles ausgegeben.«

Krill nickte. *Ja, sicher doch. Und deshalb sind deine Hosentaschen auch so dick.* Er warf einen Blick auf den Texaner im Kofferraum, schaute dann auf den Staub, der sich von den Bergen in den Himmel erhob, und auf die Hühnerköpfe, die vor dem Schweinegehege im Dreck lagen. Sein Schädel war erfüllt von einem Geräusch, das sich so anhörte, als würde jemand ein

Stück Eisen wieder und wieder mit einer Schmirgelscheibe bearbeiten. Er presste sich die Zeigefinger gegen die Schläfen und starrte Negrito an. »Kennst du die Schotterpiste, die hinausführt in die Wüste?«

»*Claro.*«

»Findest du die Piste im Dunkeln? Durch die Flussbetten und an den Bergen vorbei, wo das Land flach wird und niemand mehr wohnt?«

»Ich hab die Tour schon oft gemacht, mit dem Pferd und mit dem Auto. Aber warum in die Wüste, Mann? Wir müssen ihn nicht in die Wüste bringen. Du kennst doch das Plätzchen, das ich für solche Fälle benutze. Ich sag dir, Krill, der Kerl ist wertvoll und kann uns Geld bringen. Warum ein Vermögen wegschmeißen, anstatt etwas Gutes aus einer schlechten Situation zu machen?«

»Du solltest eine Weile den Mund halten, Negrito. Reiß dich zusammen und schweige. Höre das Pfeifen des Windes oder das Rauschen der Pappeln, wenn ihre Äste gegeneinander schlagen. Wenn du still bist und ehrfurchtsvoll lauschst, wirst du die Toten sprechen hören und ihre Welt ernster nehmen. Wichtig ist, dass du jetzt aufhörst zu sprechen. Sag einfach nichts, außer du hast der Stille etwas Wichtiges hinzuzufügen. *¿Entiendes?* Halt einfach die Klappe.«

»Wenn die Toten zu dir sprechen, dann musst du selbst tot sein, *jefe*«, sagte Negrito und freute sich mit einem breiten Grinsen über seinen eigenen Witz.

Krill sammelte den Inhalt der Brieftasche zusammen und steckte die Karten, Fotos und Ausweise wieder zurück in die Fächer und Plastikfensterchen. Als er fertig war, klappte er sie zu und warf sie in den Kofferraum des Wagens. Er spürte, wie sich Negritos starrender Blick in seinen Nacken bohrte. Er trat näher an den Wagen heran, schaute in das verschwitzte Gesicht des Texaners und sah die kleine Vertiefung im Klebeband, wo es seinen Mund bedeckte. Als er die Kofferraumklappe zuknallte, glaubte er den Texaner schreien zu hören.

»Ich sag dir, was du tust, Negrito«, sagte Krill. »Zuerst wirst du …«

»Das musst du mir nicht erklären. Ich weiß Bescheid. Ich schnapp mir die Schaufel und kümmere mich darum. Ich denke aber, dass uns eine großartige Möglichkeit durch die Lappen geht. Und wenn ich dafür jetzt extra raus in die Wüste fahre, kostet uns das nur Zeit und Geld. Die anderen werden das nicht mögen, Mann. Wir verdienen kein Geld, Krill. Bei allem, was wir tun, geht es nur um deine toten Kinder und um deine Rache an den Gringos, weil sie deine Kleinen aus einem Hubschrauber abgeknallt haben. Aber was ist mit uns, Mann? Wir haben auch Bedürfnisse und müssen unsere Familien ernähren.«

Krill wartete geduldig, bis Negrito ausgesprochen hatte. Sein Gesicht war ausdruckslos, sein weißes Baumwollhemd vom Wind aufgeplustert. »Warum willst du nicht verstehen, dass der Texaner uns nichts getan hat? Du wirst jetzt die große Holztrinkflasche mit Wasser füllen und sie zusammen mit einem Beutel Lebensmittel ins Auto stellen. Dann fährst du auf der Schotterpiste mindestens fünfzig Kilometer raus in die Wüste und lässt ihn laufen. Wir treffen uns in La Babia. Mit etwas Glück geht die ganze Sache ohne Probleme vorüber. Wenn du den Texaner verkaufst oder ihn verletzt, werden sie uns nicht zufriedenlassen. Verstehst du das, *hermano*?«

»Wenn du es so willst«, antwortete Negrito.

»Gut.«

»Und was kommt nach La Babia?«

»Wer weiß? Der Quäker gehört uns. Wir müssen ihn zurückbekommen. Nur so werden sie uns bezahlen. Du wirst so viel Geld haben, dass du massenweise *chicas* in Durango, Piedras Negras und Chihuahua haben kannst. Sie werden dich für deine Großzügigkeit lieben.«

»Du willst den Quäker an die Araber verkaufen, aber den Texaner nicht an unsere eigenen Leute?«

»Dieser Mann, Barnum, hat Maschinen entwickelt, die durch die Luft fliegen und Menschen töten. Jetzt behauptet er, er hätte seine Einstellung geändert und wäre ein anderer Mensch geworden, aber ich sage dir: Alle Gringos sind Kriegstreiber, die Mörder unseres Volks. Von mir aus sollen sie alle in ihrem eigenen Dreck liegen und Scheiße fressen.«

»Ich werd dich nie verstehen.«

Krill schaute Negrito nach, als dieser durch die Hintertür ins Haus trat. Er hörte die Sporen an seinen Stiefeln klimpern und sah den orangefarbenen Flaum auf Negritos Armen und Schultern im Küchenlicht glänzen. Gedankenversunken stützte Krill sich mit der Hand auf die Kofferraumklappe. Er spürte, wie die Hitze seine Haut durchdrang, und hatte das Gefühl, das Blech würde ihm die Handfläche versengen.

Das Bordell, vor dem die zwei SUVs mit texanischen Kennzeichen parkten, sah nicht wirklich aus wie ein Puff. Zumindest hatte es keine Ähnlichkeit mit den Lehmhäusern und Holzhütten am anderen Ende der Stadt, wo die Hauptstraße in die dunkle Wüste hinausführte und betrunkene Puffbesucher Wettschießen auf Bierflaschen veranstalteten. Das von den Texanern besuchte Bordell befand sich am Ende eines Kieswegs und bestand aus mehreren Gebäuden, die früher einmal zu einer Ranch gehört hatten. Das Haupthaus war aus Natursteinen gebaut, die aus Steinbrüchen in den Bergen stammten, und hatte eine breite Veranda mit Terrazzo-Boden und großen Keramikurnen, in denen Kerzen-Palmlilien und Nachtblüher wuchsen. Das Dach über der Veranda war mit spanischen Ziegeln gedeckt, von Pfeilern aus Zedernholz gestützt und leicht geneigt, sodass es das Regenwasser in den niederschlagsreichen Monaten vom Haus fortlenkte.

Um die Anonymität der Besucher zu wahren, verfügte das Gebäude über keinerlei Außenbeleuchtung. Die Nachtluft roch nach Blumen, warmem Sand und Wasserpfützen, die von Insektenschwärmen belagert wurden. Pam Tibbs brachte den Cherokee vor dem Haus zum Stehen und schaltete die Zündung aus. »Wie willst du vorgehen?«, fragte sie.

»Wir tragen unsere Marken und Waffen so, dass alle Welt sie sehen kann«, antwortete Hackberry.

»Den lilafarbenen SUV da hab ich schon mal gesehen.«

»Wo?«

»Als ich die Rücklichter der Kiste vor dem Café eingedroschen hab.«

»*Das* ist der Wagen von Temple Dowling?«, fragte er.

»Zumindest war er das noch auf dem Parkplatz des Cafés. Überrascht, dass Dowling einen Ort wie diesen besucht?«

»Bei Temple Dowling überrascht mich überhaupt nichts mehr. Aber ich dachte, dass der Kerl mit dem Loch unter dem Auge für diesen Russen Sholokoff arbeitet.«

»Finden wir's raus.«

»Ist es okay für dich, da reinzugehen?«, fragte er.

Sie legte die Hände auf dem Lenkrad ab. Selbst im schwachen Licht der Sterne konnte er ihre kräftigen Oberarme und die sonnenverbrannten Spitzen ihrer Haare sehen. Und auch das Mitgefühl in ihren Augen blieb ihm nicht verborgen. »Du bist derjenige von uns beiden, der bei der Sache ein unbehagliches Gefühl hat«, sagte sie. »Wann wirst du endlich akzeptieren, dass du ein guter Mensch bist und bereits zur Genüge für vergangene Sünden bezahlt hast?«

»Wenn die Meerjungfrauen nach Texas zurückkehren«, sagte er.

»Wie bitte?«

»Ach, nichts. Ein Witz zwischen meinem Vater und mir. Bereit, ein paar Drecksäcken auf die Pelle zu rücken?«

»Immer doch«, antwortete sie.

Sie stiegen aus und gingen in das Bordell. Das Empfangszimmer war mit einer roten Samtcouch, ein paar tiefen Ledersesseln, einem Stoffsofa sowie einem Kaffeetisch ausgestattet, auf dem neben zwei Schüsseln mit Guacamole und Tortilla-Chips mehrere Weingläser, Burgunder- und Whiskeyflaschen sowie ein Kübel mit Eiswürfeln standen. Beleuchtet wurde der Raum von zwei Stehlampen mit rosaroten Quasten an den Schirmen. Auf dem Sofa saßen zwei Männer mit Schnurrbärten, die Hackberry schon einmal gesehen hatte. Sie dippten Tortilla-Chips in die Guacamole und tranken Whiskey on the rocks. Auf der Samtcouch saß ein mexikanisches Mädchen, das kaum älter als fünfzehn sein konnte. Sie trug ein sternenbesetztes blaues Kleid, weiße Mokassins an den Füßen und lilafarbene Glasperlenketten um den Hals. Ihre Haut war dunkel, ihre Nase hakenförmig, ihre Augen so länglich wie die einer Asiatin. Weder Lippenstift noch Rouge vermochten die Melancholie in ihren Zügen zu überdecken.

»Wie geht es denn heute Abend, Gentlemen?«, fragte Hackberry.

»Sehr gut, Sheriff. Ich dachte eigentlich nicht, dass Sie sich an uns erinnern würden«, antwortete einer der Männer.

»Ihr habt mich mit Mr. Dowling in meinem Büro besucht«, sagte Hackberry.

»Ja, Sir, das haben wir. Was führt Sie hier runter?«, fragte der Mann.

»Nichts Besonderes. Ich fahre nur ein wenig durch die Gegend und versuche, einen meiner Deputys wiederzufinden, der so dumm war, sich entführen zu lassen. Habt ihr vielleicht irgendwas von einem gekidnappten Deputy Sheriff namens R. C. Bevins gehört?«

Die beiden Männer auf der Couch sahen sich an und richteten den Blick dann wieder auf Hackberry. »Nein, Sir«, sagte der erste.

Hackberry hörte, wie im Nebenzimmer Billardkugeln aufeinanderprallten. »Sind da noch mehr von euren Leuten?«

»Ja, Sir, die gehören auch zu uns. Wir würden Ihnen gern helfen, Sheriff, aber ich fürchte, dass Sie am falschen Ort suchen.«

»Dieser Laden ist also der falsche Ort, meint ihr? Fragt sich nur für was«, sagte Hackberry.

»Sir?«

»Auf wie alt würdet ihr das Mädchen da schätzen?«

»Wir machen hier unten nicht die Regeln«, sagte der zweite Mann.

Beide Männer trugen hautenge Jeans, Hemden mit Druckknöpfen und Gürtel mit großen, silber- und goldfarbenen Schnallen. Die durchgestylten Frisuren und die sorgfältig gepflegten Drei-Tage-Bärte erinnerten an Models aus Werbeanzeigen für Alkohol und Tabak oder Schwulenkalendern. Die Stimme des zweiten Mannes war tiefer und von einem lokalen Dialekt gefärbt. Durch die Stoppeln konnte man ein formloses, blaues Tattoo erkennen, das wie ein verschmierter Fleck an seinem Hals prangte.

»Waren ein paar von euch vorher in einer *cantina*?«, fragte Hackberry.

»Nein, keiner von uns«, erwiderte der zweite Mann.

»Wir suchen nach einem Kerl mit einem Loch im Gesicht. Kennt ihr jemanden, auf den diese Beschreibung passt?«

»Nein, Sir«, sagte der erste Mann.

»Verstehe«, sagte Hackberry. »Ist Mr. Dowling in einem der Hinterzimmer?«

Keiner der Männer antwortete. Der zweite Mann tauchte einen Chip in die Guacamole, steckte ihn in den Mund und musterte Pam Tibbs, während er kaute.

»Was geht in den Hinterzimmern ab?«, fragte Hackberry.

»Das volle Programm«, antwortete der erste Mann.

»Ihr zwei geht jetzt mal eine Runde frische Luft schnappen«, sagte Hackberry.

»Hier unten haben Sie nichts zu melden, Sheriff«, sagte der zweite Mann.

»Wen interessiert's? Mit euch beiden werd ich schon noch fertig. Wollt ihr wirklich Ärger? Könnt ihr haben.«

Die zwei Männer sahen sich erneut an und erhoben sich dann vom Sofa. »Wir werden rausgehen. Aus Respekt vor Ihnen, Sheriff Holland, und unserem Arbeitgeber«, erklärte der erste Mann.

»Nein, ihr tut das, weil ich euch andernfalls so heftig in eure erbärmlichen Ärsche trete, dass ihr bis nach Mexiko City fliegt. Sollte ich rausfinden, dass ihr die Kleine da angerührt habt oder was mit der Entführung meines Deputys zu tun habt, knall ich euch die Birne weg.« Hackberry wartete nicht auf die Reaktion der beiden Männer, sondern marschierte geradewegs ins Nebenzimmer, wo zwei Männer unter dem Lichtkegel eines Blechlampenschirms Billard spielten. Der Billardtisch war mit rotem Samt bezogen, die Taschen bestanden aus schwarzen Ledernetzen, und das polierte Mahagoniholz des äußeren

Rahmens glänzte weich. »Du da«, sagte er und zeigte auf den Mann, der gerade die Partie eröffnen wollte. »Ja, du. Leg den Queue beiseite und schau mich an.«

»*¿Hay algún problema?*«

»Ja, du. Erinnerst du dich an mich?«

»Ja, Sir. Sie sind der Sheriff.«

»Hast du heute Abend schon in einer *cantina* Billard gespielt?«

»Vielleicht hab ich das. Vielleicht auch nicht. Was macht das für einen Unterschied?« Unter dem linken Auge des Mannes war ein tiefes Loch. Es sah so aus, als hätte man dort ein Stück Wangenknochen entfernt, sodass eine Vertiefung entstanden war, in die man einen Daumen drücken konnte. Die Verletzung war allerdings alt, die Wunde längst verheilt. Hackberry hatte das dazugehörige Gesicht schon einmal gesehen, als Temple Dowling mit ein paar von seinen Leuten in seinem Büro aufgetaucht war.

»Bei dieser Frage gibt es kein Vielleicht«, sagte Hackberry. »Du warst in der Cantina del Cazador und hast dort Billard gespielt, als mein Deputy mich von dort angerufen hat. Er hat dich am Telefon beschrieben. Ich will wissen, was mit meinem Mann passiert ist.«

Das Hemd des Billardspielers war bis zur Hälfte aufgeknöpft, sodass man sein Brusthaar, seine Brustwarzen und die Goldkette sehen konnte, die er um den Hals trug. »*¿Quién sabe, hombre?*«

»*Tu sabes*, Kumpel. Das rat ich dir zumindest.«

»Ich war in der *cantina*, aber ich habe niemanden gesehen, der wie ein Deputy Sheriff aussah. Was soll ich Ihnen noch sagen?«

»Warum haben deine Kollegen auf dem Sofa nebenan gesagt, du wärst nicht in der *cantina* gewesen?«

»Vielleicht hab ich's ihnen nicht erzählt.«

»Wie ich sehe, bist du ein Mann, der es gern einfach mag. Ich glaube, ich habe da einen Vorschlag für dich«, sagte Hackberry. Dann riss er seinen blau-schwarzen 45er mit den weißen Griffschalen aus dem Halfter und zog ihn seinem Gegenüber mit einer schwungvollen Rückhand übers Gesicht. Als das schwere Hinterteil der Waffe in die Lippen und Zähne des Mannes krachte, ertönte ein lautes Knacken. Der Billardspieler ließ den Queue fallen und hielt sich mit beiden Händen den Mund. Sein Gesicht zitterte vor Schock. Dann senkte er die Hände und starrte fassungslos auf das Blut und den einzelnen Zahn in seiner hohlen Hand.

»*Chingado!* Was zum Henker soll das, Mann?«, stöhnte er.

»Und, wie sieht's aus? *Tu sabes* jetzt?«

»Was ist hier los?«, erklang eine Stimme hinter Hackberry. Temple Dowling war aus einem der Hinterzimmer am Ende des Flurs gekommen. Er trug Slipper und einen mit Lippenstift verschmierten Bademantel, der oben offen war, sodass man seine Brust sehen konnte, rosa und wabbelig wie die einer Frau. Hinter ihm lugten zwei junge Mädchen aus der Tür, um zu schauen, was im Eingangsbereich vor sich ging. Hackberry sah, wie eine Bürotür am Ende des Gangs aufflog und ein großer Mann in weißem Baumwollpullover und nietenbesetzter Jeans mit einem Holzknüppel in der Hand nach vorn stürmte.

Hackberry steckte seinen Revolver zurück in den Halfter und streckte dem Mann mit dem Knüppel die Handfläche der linken Hand entgegen. »Ich bin wegen Mr. Dowling und seinen Leuten hier. Wenn du dich einmischst, wird es dir genauso ergehen wie dem Typen da drüben.«

»*¿Qué dice?*«, fragte der Mann mit dem Knüppel eines der Mädchen, das auf den Flur getreten war.

»*No sé*«, antwortete sie.

»*Está bien*. Alles okay, Hector«, sagte Dowling zu dem Mexikaner mit dem Knüppel.

»Einer meiner Deputys wurde in der *cantina* entführt, in der Ihr Totschläger Billard gespielt hat«, sagte Hackberry. »Er leugnet, meinen Deputy gesehen zu haben, wurde mir aber exakt am Telefon beschrieben.«

»Welches Interesse sollten meine Angestellten an Ihrem Deputy haben, Sheriff Holland?«, fragte Dowling. »Sind sie wegen Jack Collins hier?«

»Nein.«

»Wirklich nicht?« Dowling sah ihn verwirrt an.

»Warum sollte ich auf einer Straße voll mexikanischer Freudenhäuser nach Jack Collins suchen?«

»Es heißt doch, er wäre überall«, antwortete Dowling.

»Glauben Sie jetzt etwa auch an den Mythos Jack Collins?«

»Ich habe diesem Mann nichts getan. Nicht ein schlechtes Wort habe ich über ihn verloren.«

Dowlings Stimme hatte sich verändert: Die Vokale und Konsonanten klangen mit einem Mal brüchig und ohne Verbindung. Die Haut unter seinem Auge begann, nervös zu zucken, als hätte sich eine Fliege auf seinem Gesicht niedergelassen. Hackberry fragte sich, wie viele junge Mädchen schon wegen der Angst in Temple Dowlings Brust hatten leiden müssen.

»Haben Sie Collins mittlerweile persönlich kennengelernt?«, fragte Hackberry.

»Ich dachte, Sie wüssten Bescheid.«

»Über was?«

»Ich habe einen Preis auf ihn ausgesetzt. Er hat zwei meiner Männer getötet.«

»Sie haben ein Kopfgeld auf Jack Collins ausgesetzt?«

»In meiner Erklärung steht nur, dass ich eine Belohnung für Hinweise zahle, die zu seiner Ergreifung und Verurteilung führen. Ich habe niemanden dazu aufgefordert, loszuziehen und Jack Collins zu töten. Das machen alle Arbeitgeber, wenn ihre Angestellten ermordet werden.«

»Haben Sie ihn gesehen?«

»Gestern Nacht ist ein Mann vor meinem Motel herumgeschlichen. Meine Leute wollten ihn fangen, aber er ist verschwunden. Er stand im Schatten auf der anderen Seite des Parkplatzes unter einer Straßenlaterne und trug so einen eigenartigen, schmutzigen Hut. Wie nennt man diese Dinger noch gleich? Panama-Hüte? Er war aus Stroh und hatte einen breiten Rand, der vorn abfällt und die Augen verdeckt.«

Dowling schien darauf zu warten, dass Hackberry seine Ängste zerstreute. Aus welchem Grund auch immer hoffte er darauf, dass Hackberry ihm sagte, die Figur im Schatten könne unmöglich Jack Collins gewesen sein.

»Ja, das hört sich ganz nach meinem alten Freund Jack Collins an«, sagte Hackberry. »Glückwunsch, Mr. Dowling. Wie es aussieht, haben Sie es geschafft, den gefährlichsten Mann in den Vereinigten Staaten auf sich anzusetzen. Jack ist einer von den ganz Schlauen, müssen Sie wissen. Ich versuche schon seit einem guten Jahr, ihn zu erwischen. Bisher ohne Erfolg. Vielleicht haben Sie ja mehr Glück. Ich hoffe mal, dass Ihre Leute genügend schusssichere Westen für alle dabei haben.«

»Macht es Ihnen Spaß, mich zu verhöhnen?«

»Sagen wir so: Anders würde ich es nicht aushalten, mich mit einem Pädophilen in einem Edelpuff zu unterhalten.«

»Wie können Sie es wagen, so mit mir zu sprechen?«

»Ich war selbst ein Hurenbock, Mr. Dowling. Wenn ich Männer wie Sie sehe, würde ich mir am liebsten eine Kugel in den Schädel jagen. Ich weiß nicht, ob die Frauen, mit denen ich ins Bett gestiegen bin, immer volljährig waren. Bei den meisten meiner Ausflüge auf die andere Seite des Rio Grande war ich zu besoffen, um zu wissen, in welchem Universum ich mich befand.«

Dowling hörte nicht zu. »Haben Sie hier unten jemanden gesehen, der so aussieht wie er?«

»Wie wer? Jack Collins?«

»Über wen sprechen wir denn sonst, Sie Vollidiot?«

»Erst gestern hat mir Jack einen Besuch auf meiner Ranch abgestattet. Er hat den Laserpointer eines Scharfschützengewehrs auf mich gerichtet, aber abgedrückt hat er nicht. Wahrscheinlich hat er andere besondere Pläne für mich«, erwiderte Hackberry. »Ich glaube nicht, dass sich Jack bei Ihnen die Mühe macht, einen roten Punkt über ihre Haut krabbeln zu lassen. Wenn Sie Glück haben, werden Sie ein paar Sekunden lang in den Lauf seiner Thompson starren, bevor es für immer schwarz wird.«

Eine stämmige Mexikanerin kam aus dem Büro am hinteren Ende des Gangs nach vorn und drückte Dowling ein Cocktailglas in die Hand. Dowling starrte den Drink an, als würde er nicht recht verstehen, wie dieser in seine Hand gelangt war. Die zwei Mädchen, mit denen er sich vergnügt hatte, sprachen flüsternd miteinander. Sie versuchten, nicht zu kichern, während die eine der anderen die Unterhaltung der Gringos übersetzte. »*Señor, esto es muy malo para los negocios*«, sagte die große mexikanische Frau.

Temple Dowling aber ignorierte den besorgten Kommentar der Hausherrin hinsichtlich der geschäftsschädigenden Wirkung dieses Spektakels und starrte weiter in Hackberrys Augen. Die Angst schien ihm die Luft abzuschnüren, und als er den Mund leicht öffnete, drang ein klickendes Geräusch unfreiwillig zwischen seinen Lippen hervor.

»Leider habe ich hier unten keine Amtsgewalt, Mr. Dowling«, erklärte Hackberry. »Aber wenn ich zurück in Texas bin, werde ich persönlich dafür sorgen, dass die zuständigen Behörden von Ihren sexuellen Neigungen erfahren.«

»Sie sind ein verdammter Mistkerl, Holland.«

»Das, und noch vieles mehr«, antwortete Hackberry.

Kapitel 13

Enge, geschlossene Räume hatten Deputy R. C. Bevins seit jeher in Panik versetzt – eine Panik, die so überwältigend war, dass er weder in der Lage war, sich ihr bewusst zu stellen, noch mit anderen darüber zu sprechen. In der Dunkelheit des Kofferraums gefangen, versuchte R. C. nach vorn zu rutschen und mit den Knien gegen die Heckklappe und das Schloss zu drücken, während der Spritfresser über eine unbefestigte Piste polterte. Da seine Hand- und Fußgelenke mit Panzerband auf seinem Rücken gefesselt waren, musste er auf der Seite liegen und fand dadurch keinen Halt auf dem Boden des Kofferraums. Zudem war der Auspuff des Wagens defekt, und so stieg das tiefe Röhren des Motors ebenso zu R. C. hinauf wie die Abgase, die sich mit dem Gestank des Ersatzreifens hinter seinem Kopf mischten. Irgendwann gelang es ihm, mit den Spitzen seiner Stiefel das Schloss zu erreichen, allerdings konnte er nicht genügend Druck ausüben, um irgendetwas zu bewirken. Dieser Negrito hatte wirklich ganze Arbeit geleistet, dachte R. C., und tat das hier ganz offensichtlich nicht zum ersten Mal.

Er spürte, wie das Auto von der Straße gelenkt wurde, eine Böschung hinunterrumpelte und anschließend auf einer ebenen Fläche weiterfuhr. Er konnte hören, wie sich Gestrüpp im Unterboden des Wagens verfing und mitgeschleift wurde, und wie die Räder kleine Steine gegen die Karosserie schleuderten. R. C. zerrte am Klebeband und versuchte es zu dehnen, um ein

Handgelenk aus der Fessel ziehen zu können. Dabei drückte er die Hände nach unten, um seine Ferse in das Panzerband an den Handgelenken zu stemmen und durch einfaches Ausstrecken der Beine die Fesseln zu lösen – auch wenn er sich dabei die Haut von den Fingern reißen würde.

Das Autorradio lief. Negrito hatte einen mexikanischen Sender eingestellt, der Musik mit kreischenden Bläsern und Mariachi-Gitarren spielte. Das Auto fuhr eine scharfe Kurve und raste über eine Bodenwelle hinweg, wahrscheinlich die Böschung eines trockenen Flussbetts. R. C. wurde in die Höhe geschleudert und knallte mit dem Kopf gegen das Ersatzrad hinter ihm. Dann fegte der Wagen über einen felsigen Untergrund mit Gestrüpp hinweg. Äste und Zweige schrammten an den Schmutzfängern und Türen entlang, und öliger Qualm zog aus dem defekten Schalldämpfer in den Kofferraum. Wieder machte das Auto einen heftigen Schlenker, brach mit dem Hinterteil aus und bremste dann so stark, dass die Stoßdämpfer aufsetzten.

Negrito wartete, bis der Song zu Ende war und schaltete dann Radio und Zündung aus. Bis auf das Knacken der überhitzten Karosserie war die Nacht absolut still. Die Fahrertür öffnete sich mit einem Quietschen, das an Fingernägel auf einer Schiefertafel erinnerte. Am Klimpern der Sporen erkannte R. C., dass Negrito sich dem Kofferraum näherte.

Als die Klappe aufging, strömte der süße, kühle Geruch der Wüstennacht in den Kofferraum. Die Erleichterung war aber nur von kurzer Dauer, denn sofort schob sich Negritos Silhouette vor das Licht der Sterne. Er trug eine 45er Automatik in seinem Gürtelhalfter. »Alles okay, Tejano-Boy?«, fragte er. »Ich hab mir schon Sorgen gemacht, weil du da drin so hin und her geflogen bist. Pass auf, ich hol dich jetzt raus und erklär dir mal die Lage.«

Negrito packte R. C. an Arm und Gürtel, zerrte ihn zum Rand des Kofferraums und ließ ihn von dort auf den Boden fallen. »Weißt du, mein Freund Krill ist manchmal ein bisschen stur und versteht nicht, was gut für ihn und seine Freunde ist. Deshalb muss ich dann die Entscheidungen für ihn treffen.«

Ohne ersichtlichen Grund hörte Negrito auf einmal auf zu sprechen und schaute über die Schulter nach hinten. Von seiner Position auf der Erde aus konnte R. C. erkennen, dass das Auto in einem sandigen Flussbett stand, in einer Art Sackgasse, am Fuß eines hohen Berges, der wie ein Haufen aufgeschütteter Gießereischlacke aussah. Negrito starrte in die Dunkelheit und drehte den Kopf in alle Richtungen. Dann nahm er einen Stein, warf ihn die Böschung hinauf und hörte aufmerksam zu, wie er durch die Mesquitesträucher am Hang wieder hinabrollte.

»Vielleicht ist ein Puma da oben«, sagte er zu R. C. »Aber ich tippe eher auf einen Kojoten. Egal. Wenn sich eins von den Biestern hier runtertraut, knall ich es ab. Diese Tiere fressen Aas und übertragen Krankheiten. Genau wie ein paar von meinen Freundinnen in Durango. Was sagst du dazu?«

Das Bild, das R. C. sah, als er zwischen Negritos Stiefeln hindurchschaute, raubte ihm jede Zuversicht: Am Rand des Flussbetts gab es eine ebene Fläche mit fünf oder sechs rechteckigen Vertiefungen. Die Mulden waren ungefähr eins achtzig lang, weniger als einen Meter breit und mit einer Mischung aus Erde, Sand und verkohltem Holz alter Präriefeuer bedeckt. Es sah so aus, als hätte dort jemand ein Loch ausgehoben und den Boden anschließend wieder mit einer Schaufel festgedrückt.

»Pass auf, mein Freund, ich werd dich eine Weile hier lassen, weil ich ein paar Leute kontaktieren muss«, sagte Negrito. »Aber keine Angst, hier bist du sicher, bis ich zurückkomme.

Ich mag dich, mein kleiner Tejano-Boy, aber ich muss Geld verdienen, um meine Familie zu ernähren. Vorher hab ich aber noch eine Frage für dich. Als Junge habe ich auf dieser Touristenranch in Jalisco gearbeitet. Da war ein Gringo, der genauso aussah wie du. Der Kerl hat den ganzen Tag Tauben geschossen, und ich musste die Viecher einsammeln und für sein Abendbrot säubern. Während ich mit dem Federvieh beschäftigt war, hat er meine Schwester gevögelt. Könnte das vielleicht dein Vater gewesen sein?«

Einen Moment lang glaubte R. C., Negrito würde das Klebeband von seinem Mund entfernen, damit er ihm antworten konnte. Stattdessen riss Negrito den Kopf herum und starrte wieder in die Dunkelheit. Seine Nasenwände blähten sich wie bei einem Tier, das eine Witterung aufgenommen hatte, und seine rechte Hand ruhte auf dem Griff des 45er Revolvers in seinem Halfter. Er ging zu der ebenen Fläche, blieb zwischen den rechteckigen Erdmulden stehen und schaute von einem Ende der Berge zum anderen. »*¿Quién está ahí?*«, rief er in den Wind. »Ist da jemand, der mit mir sprechen will?«

Nachdem er eine Weile schweigend gewartet hatte, ging er zum Kofferraum des Wagens zurück, schaute sich noch einmal um und riss R. C. das Panzerklebeband vom Mund. »Ich werde dir diese Frage nur einmal stellen. Es gibt keine zweite Chance«, sagte er. »Wenn du ehrlich zu mir bist, werde ich auch ehrlich zu dir sein. War heute Abend noch eine andere Person mit dir unterwegs oder ist dir jemand gefolgt? Das Gefühl habe ich nämlich schon die ganze Zeit.«

R. C. versuchte nachzudenken. Was war die richtige Antwort? »Nein«, sagte er.

»Das ist das Problem mit euch Gringos. Ihr überlegt ständig, mit welcher Lüge ihr wohl durchkommt. Jetzt denkst du wahrscheinlich, wie dumm dieser Mexikaner doch ist, mit dem du es zu tun hast. Auch wenn du nicht ehrlich zu mir bist, werd ich es zu dir sein: Du wirst eine richtig beschissene Nacht haben, Mann. Du kannst weinen, du kannst betteln, du kannst beten – es wird dir nichts nützen. Du kannst es nicht ändern und brauchst nicht versuchen, dich dagegen zu wehren. Diese Nacht wird richtig scheiße, Kumpel. Aber Morgen, na ja, wer weiß? Vielleicht hast du ja Glück.«

»Ich bin kein Drogenfahnder«, sagte R. C.

»Vielleicht bist du einer, vielleicht bist du keiner. Die Leute, an die ich dich verkaufe, werden das herausfinden.« Negrito stand auf, öffnete die Hintertür des Wagens und kam mit einer Schaufel und einer Gasmaske mit einem langen Atemschlauch wieder. »Siehst du das?«, sagte er. »Das ist deine Chance zu überleben. Du musst dich einfach nur zusammenreißen und verhindern, dass deine Gedanken die Kontrolle über deinen Körper übernehmen.«

»Das können Sie mir nicht antun.«

»Es liegt nicht mehr in meiner Hand, mein kleiner Tejano-Boy. Ich wollte einfach nur meinen Drink in dieser *cantina* genießen, aber dann bist du gekommen – zur falschen Zeit an den falschen Ort – und hast deine Nase in die Angelegenheiten von Leuten gesteckt, die das ganz und gar nicht schätzen. Jetzt musst du den Preis dafür bezahlen.«

»Der andere Typ meinte doch, dass Sie mich laufen lassen sollen.«

»Krill? Der wird nie erfahren, was mit dir passiert ist. Krill hält sich für einen smarten Kerl, aber meistens ist er mit seinen Gedanken schon in der nächsten Welt, bei seinen toten Kindern.« Negrito wischte R. C. mit dem Daumen ein Stück Dreck von der Wange und lächelte. »Ein Gringo-Cop in Mexiko, dem der Reifen platzt und der dann in einem Puff abhängt, dessen Barmann für La Familia arbeitet. Ich hoffe, du bist morgen Früh noch am Leben, damit du den anderen deine Geschichte erzählen kannst. Die ist nämlich echt witzig. Fast so gut wie dein Witz mit dem Golfplatz. Den musst du ihnen auch erzählen. Die lachen sich bestimmt scheckig.«

Nachdem Hackberry und Pam das Bordell verlassen hatten, saßen sie eine ganze Weile schweigend im Auto. Dann startete Pam den Motor und schaute ihn an. »Wohin?«

»Zurück zur *cantina*. Der Barmann hat gelogen.«

»Ich hab mir eben ein wenig Sorgen gemacht da drin.«

»Weswegen?«

»Weil du dem Typen die Zähne aus dem Mund geschlagen hast.«

»Er wird drüber hinwegkommen.«

»So hab ich dich noch nie erlebt, Hack.«

»Ich kann Kinderschänder einfach nicht ausstehen.«

»Du hast den beiden Kerlen im Empfangszimmer gesagt, dass du ihnen die Birnen wegballern würdest«, sagte sie. »Ich konnte hören, wie schwer du dabei geatmet hast.«

»Ja, weil es mein voller Ernst war.«

»Und genau das macht mir Sorgen.«

»Machen wir uns besser an die Arbeit, Pam«, sagte er.

Auf dem Weg zur *cantina* zog Hackberry den Stetson tief in die Stirn und schloss die Augen. Er wollte schlafen, mindestens eine Ewigkeit lang, und die Gewalt, die Grausamkeit, das schäbige Verhalten und die Ausbeutung des Menschen durch seine Artgenossen vergessen – Dinge, die immer deutlicher hervortraten, je älter er wurde. Vertraute man den Mythen und den billigen Lügen über die Weisheit des Menschen, dann erkannte dieser erst im Alter das Gute in der Welt, das man in jungen Jahren noch nicht hatte sehen können. Doch Hackberry war mit den Jahren zu der Ansicht gelangt, dass die Welt nun einmal war, wie sie war, und sich nicht änderte, nur weil der Betrachter älter wurde. Die historische Epoche spielte keine Rolle. Es waren immer die gleichen Akteure, die den Ton angaben. Diejenigen, die den Planeten am schamlosesten plünderten, die uns in einen Krieg nach dem anderen führten und vorgefertigte Rechtfertigungen aus dem Ärmel zauberten, wenn wir uns gezwungen glaubten, ohne Skrupel und Moral gegen unsere Mitmenschen vorzugehen, waren immer auch diejenigen, denen wir am eifrigsten folgten. Vielleicht war es nicht gut, so negativ über die Welt zu grübeln, sagte er sich. Andererseits konnte man sich kurz vor dem Lebensende keinen schlimmeren Bärendienst erweisen, als wissentlich an einer Lüge festzuhalten. Der Tod war nur elend, wenn man wusste, dass man seine Zeit auf Erden nicht genutzt hatte, um zu leben, oder sich selbst über die Realität dieser Welt belogen beziehungsweise willentlich die Lügen anderer akzeptiert hatte.

Als Pam vor der *cantina* auf die Bremse trat, ging ein Ruck durch Hackberrys Körper, und er war wieder hellwach.

»Geh es locker an da drin, okay?«, sagte sie.

»Sicher doch. Allerdings frage ich mich gerade, wie R.C. wohl die Nacht verbringen wird«, antwortete Hackberry.

»Meinst du nicht, du malst das alles gerade ein wenig zu schwarz?«

»Wenn wir hier versagen, ist R.C. ein toter Mann. Die Uniformierten in dem Steingebäude an der Ecke da hinten würden wahrscheinlich mit Freuden in einer iranischen Folterkammer anheuern und dafür nicht mal den Mindestlohn verlangen. Und das Meth, das durch diese Stadt geschleust wird, stammt mit Sicherheit von irgendwelchen finsteren Gestalten unten in Michoacán, gegen die die lokalen Cops die reinsten Chorknaben sind.«

Sie schaltete die Zündung aus, legte die Hände aufs Lenkrad und starrte geradeaus. »Ich wollte dich vorhin nicht kritisieren. Manchmal mache ich mir ganz einfach Sorgen um dich. Du kannst nicht besonders gut mit Trauer umgehen.«

»Leute, die das können, sind vom Hals ab aufwärts tot.«

»Irgendwann werde ich lernen, meine Ratschläge für mich zu behalten.«

»Halt mir den Rücken frei. Ich habe keine Lust, dass diese *rurales* durch die Tür spazieren und mir von hinten eine Kugel verpassen.«

»R. C. ist hart im Nehmen. Und das wissen wir beide«, sagte sie.

»Was soll das denn bedeuten?«

»Dass du einen Gang runterschalten kannst.«

»Halt mir den Rücken frei und lass die Sprüche, okay?«

»Wie du willst.«

Pam hatte noch nicht mal den Fuß auf den Bürgersteig gesetzt, da war Hackberry bereits aus dem Jeep gesprungen und über den Gehweg in die *cantina* gestürmt. Der Barmann mit dem Hakenkreuz-Tattoo auf dem Schädel stellte gerade im hinteren Teil bei der kleinen Tanzfläche die Stühle auf die Tische. Er grinste, als er Hackberry erblickte. »Hey, Amigo, wollen Sie doch noch mit mir zu Abend essen? Seien Sie mir willkommen. Und Sie haben sogar die Lady mitgebracht!«

»Wer wäre nicht von einem Laden wie diesem hier verzaubert?«, sagte Hackberry. »Entschuldigen Sie mal kurz …«

»Was tun Sie da, Señor?«

»Nichts Besonderes. Als ich noch Baseball gespielt habe, war ich ein gefürchteter Switch-Hitter, ein beidhändiger Schlagmann mit ordentlich Pfeffer in den Armen. Ab und an frage ich mich, ob ich es noch drauf habe«, sagte Hackberry, während er einen Billardqueue aus dem Wandregal zog, das dünne Ende fest mit beiden Händen griff und ausholte. Sekundenbruchteile später krachte das dicke Ende des Queues direkt ins Gesicht des Barmanns, und das Holz zersplitterte mit demselben vibrierenden Krachen, wie es sonst nur ein Baseball-Schläger tut, wenn der Schlagmann einen 140 km/h schnellen Pitch im falschen Winkel erwischt. Der abgebrochene Queue schoss quer durch den Raum gegen die Wand, während der Barmann mit blutender Nase über einen Tisch flog und in der Plastikverkleidung der Jukebox landete.

Als er die Hände auf den Boden stemmte und sich an der Jukebox aufzurichten versuchte, hob Hackberry den rechten Fuß und ließ seinen Stiefel in das Gesicht des Mannes krachen. Der Hinterkopf des Barmanns knallte gegen die Jukebox und hinterließ im Glas des Automaten ein Loch von der Größe einer Grapefruit.

»Wo ist mein Deputy?«, knurrte Hackberry.

»Ich weiß es nicht«, antwortete der Barmann.

»Wollen Sie noch mal an meiner Schuhsohle riechen?«, fragte Hackberry.

Die drei Männer, die in der Nähe der Tanzfläche an einem Tisch gesessen hatten, erhoben sich und gingen eilig zur Hintertür hinaus. Einen Augenblick später kam ihr Kumpel aus der Toilette, warf einen Blick auf die Szene an der Jukebox und folgte seinen Freunden nach draußen. In Hackberrys Kopf summte es, und unter das Summen mischte sich das Knatschen und Schnalzen von Pams Kaugummi. Sie stand direkt hinter ihm. »Hack, komm wieder runter«, sagte sie.

»Nein, noch nicht. Unser Freund Bernicio hier will uns gerade erzählen, wo R. C. ist. Er muss nur richtig motiviert werden, nicht wahr, *amigo*?« Wieder krachte Hackberrys Stiefel in das Gesicht des Barmanns. »So, jetzt haben Sie eine gute Entschuldigung, wenn Sie Ihren Freunden erklären müssen, warum Sie mit den Gringos kooperiert haben.«

»Ach du Scheiße«, murmelte Pam plötzlich.

Als Hackberry sich umdrehte, sah er zwei mexikanische Polizisten in zerknitterten grünen Uniformen am Tresen entlang auf ihn zukommen. Beide trugen Mützen mit lackierten Schirmen sowie halbautomatische Pistolen in ihren Gürtelhalftern, waren von eher kleiner Statur und hatten dunkle Haut. An ihren Hemdtaschen prangten Polizeimarken aus Messing und schwarz glänzende Namensschilder. Einer der Männer trug schwere, auf Hochglanz polierte Militärstiefel mit leuchtend weißen Schnürsenkeln. Seine Hose hatte er in Fallschirmspringer-Manier in die Stiefel gesteckt.

»*¿Qué pasa, gringo?*«, fragte er.

Hackberry öffnete das Etui mit seiner Dienstmarke und hielt sie den Polizisten entgegen. »Mein Deputy wurde in dieser *cantina* entführt. Bernicio wollte mir gerade erzählen, wo er jetzt ist. Danke für Ihre Unterstützung.«

»*Chinga tu madre. Tus credenciales valen mierda, hombre*«, antwortete der Polizist mit den glänzenden Stiefeln.

»Meine Marke ist hier einen Scheißdreck wert, und ich soll meine Mutter ficken?«, wiederholte Hackberry. »Ich bin mir nicht ganz sicher, wie ich das verstehen soll.«

»*Venga*«, sagte der Polizist und bedeutete Hackberry mit einer Handgeste, ihm zu folgen.

»Bei allem Respekt, Kollegen, aber wir gehen nirgendwohin, außer es dient der Suche nach meinem Freund«, erwiderte

Hackberry. Er wiederholte seine Worte auf Spanisch und sagte dann in beiden Sprachen: »Im Moment verschwenden wir Zeit, die wir nicht haben. Das Leben meines Freundes ist in Gefahr. Der Mann da am Boden ist ein Krimineller. Sie wissen das, und ich weiß es auch. Wir stehen doch auf der gleichen Seite, Señores: Wir vertreten das Gesetz und werden lediglich von ein paar Meilen Staub und Sand getrennt. Ich bitte Sie hiermit noch einmal um Ihre Unterstützung bei der Suche nach meinem Deputy und bin nur deshalb so förmlich, weil ich großen Respekt vor Ihrer Tätigkeit und Ihrer gesellschaftlichen Stellung habe.«

»Ihre Einschätzung zu unserer gesellschaftlichen Stellung interessiert uns nicht. Sie kommen jetzt mit mir, Gringo«, sagte der Polizist. Dieses Mal hatte er nicht auf Spanisch gesprochen, krümmte aber wieder beide Finger zum Zeichen, dass Hackberry jetzt mitkommen sollte. »Hier unten haben Sie keine Amtsgewalt, und wie ich das sehe, haben Sie gerade einen unschuldigen Mann niedergeschlagen.«

»Was hältst du von dieser Art Amtsgewalt, du Arschgesicht?«, sagte Pam Tibbs und hielt dem Polizisten ihre Magnum .357 ins Gesicht.

»Das ist nicht sehr klug von Ihnen«, erwiderte dieser.

»Da magst du recht haben«, antwortete Pam und spannte mit dem Daumen den Hahn des Revolvers. »Ich habe ein ziemlich schlechtes Urteilsvermögen und wenig Geduld. Deshalb stehe ich kurz davor, die Wand da drüben mit deiner Hirnpaste zu dekorieren.«

»*Dekorieren*? Was meinen Sie mit ›dekorieren‹?«

»Sie sollten meinen Chief Deputy lieber nicht weiter provozieren, Partner«, sagte Hackberry und war selbst ein wenig erstaunt über den besorgten Klang seiner Stimme.

»*No entiendo*«, sagte der Polizist.

Hackberrys Schädel fühlte sich an, als hätte ihm jemand ein Tuch straff um den Kopf gewickelt. Es war ein Gefühl, das er erst wenige Male zuvor verspürt hatte, eine Dehnung der Blutgefäße unter der Schädeldecke wie zu verknotetem Zwirn. Man spürte es wenige Sekunden, nachdem man die Schüsse von kleinkalibrigen Waffen gehört hatte, ein Knattern, so dünn und harmlos wie von chinesischen Knallfröschen. Oder wenn jemand die Worte »In Deckung!« schrie. Wie eine Klaviersaite spannte es sich um den Schädel, wenn ein Monster in einer von Matsch und Schnodder überzogenen Wattejacke sich vor einem aufbaute, den Bolzen seiner Maschinenpistole aus Sowjetproduktion zurückzog und einem den Lauf der Waffe ins Gesicht hielt.

Hackberry konnte das abgestandene Wasser und die ausgespuckten Kautabakreste unter den Abflussgittern im Betonboden riechen, den faden Zigarettenqualm in der Luft und den Gestank von getrocknetem Schweiß, der auf sämtlichen Oberflächen der *cantina* klebte. Aus den Bretterverschlägen, die sich an den hinteren Teil des Hauses anschlossen, drang ein Mief nach sonnengetrocknetem Fischrogen und offenen Güllegräben in seine Nase. Er hörte den Gesang eines Betrunkenen und seinen eigenen Puls, der immer lauter und intensiver in seinen Ohren hämmerte.

»Sie wird Sie umlegen, Kollege. Wollen Sie wirklich Ihr Leben für einen Kerl wegschmeißen, der das Symbol eines selbstverliebten Wahnsinnigen auf dem Schädel trägt?«, sagte Hackberry.

Was dann folgte, war ein Phänomen, das Hackberry während des Krieges und in seiner Laufbahn als Gesetzeshüter nur ein knappes dutzend Mal erlebt hatte. Am ehesten konnte man es wohl als eine Todesvision bezeichnen: Es war der Moment, in dem eine Person, die bereits gefährlich nah am Abgrund stand, eine Art Gewinn-Verlust-Rechnung aufstellte und eine Entscheidung fällte. Manchmal löste sich diese nervenaufreibende Pause kurz bevor die Würfel fielen, wenn der Filmstreifen im Projektor festzustecken schien, in einen Moment auf, den Hackberry »das Blinzeln« nannte. Dieses Blinzeln hatte aber nichts mit den Augen zu tun, sondern fand tief unten in der Seele des Betreffenden statt, wo es einen unmittelbaren und überaus realen Effekt hatte, so echt wie das Zucken der Gesichtsmuskeln, wenn einem ein Einweckgummi auf die Wange klatschte.

»Ich kann hier nichts Ungewöhnliches sehen«, sagte der Polizist mit den glänzenden Stiefeln. »Zumindest nichts, was unsere Anwesenheit erfordern würde. Als Polizist kann man seine Zeit nicht mit solchen Kindereien verschwenden. Ich wünsche Ihnen noch einen schönen Abend, Señor. Und der Señorita ebenfalls.«

Dann verließ er zusammen mit seinem Kollegen die *cantina*.

Hackberry hörte, wie Pam erleichtert ausatmete, den Hahn an ihrem Revolver löste und die Waffe wieder in den Halfter schob. »So einen Moment will ich nie wieder erleben müssen«, sagte sie.

»Bernicio sicher auch nicht«, antwortete Hackberry und schaute auf den Barmann hinunter. »Richtig?«

»Fick dich, Bulle«, fauchte dieser ihn an.

Hackberry ging in die Hocke und stützte ein Knie auf dem Boden ab. Er hatte immer noch das dünne Ende des zersplitterten Billardqueues in der Hand. Mit einem Blick zur Tür vergewisserte er sich, dass die Polizisten wirklich verschwunden waren. Er wusste, dass die beiden früher oder später versuchen würden, es ihm und Pam heimzuzahlen. Vielleicht würden sie aus dem Hinterhalt auf sie schießen, vielleicht aber auch einfach ihren Totschläger-Freunden Bescheid sagen. Man konnte nicht einfach so einen mexikanischen Polizisten vorführen und glauben, dass es kein Nachspiel hätte.

»Sie wissen, wohin mein Deputy verschleppt wurde«, sagte Hackberry. »Ich will, dass Sie es mir *genau* sagen, und nicht ungefähr. Wenn Sie weiterhin behaupten, dass Sie es nicht wissen, werde ich es Ihnen nicht glauben. Ihr Leben hängt jetzt voll und ganz davon ab, ob Sie mir glaubhaft erklären können, wo sich mein Freund befindet. Verstehen Sie die Bedeutung meiner Worte und die damit einhergehenden Konsequenzen?«

»Nein, ich verstehe nichts von dem, was Sie sagen. Ihre Worte sind verwirrend. Warum tun Sie mir das an?«, antwortete der Barmann mit blutiger Unterlippe.

»Weil Sie ein böser Mensch sind.«

»Nein, *hombre*, ich bin kein böser Mensch. Ich bin ein Arbeiter, ein Teil der Revolution.«

Hackberry presste sein Knie auf den Brustkorb des Barmanns, lehnte sich nach vorn und schob ihm das abgebrochene Ende des Queues durch die Zahnreihen in den Mund. »In fünf Sekunden ramme ich Ihnen das Teil in die Luftröhre, bis es am Hals wieder rauskommt. Bisher habe ich nur Spaß gemacht, aber jetzt wird's ernst.«

Er spürte den leichten Druck von Pams Hand auf seiner Schulter. »Hack«, sagte sie leise.

Aber er beachtete sie nicht.

R. C. massierte seine Handgelenke und hob dann die Schaufel vom Boden auf, wie es ihm Negrito befohlen hatte. Der Himmel war schwarz und von Staub erfüllt, und die Sternschnuppen über den Bergen sahen aus wie Eiswürfel, die auf ihrem Weg ins Nichts zerschmolzen. R. C. glaubte, in der Ferne das Pfeifen eines Zugs zu hören, und das Quietschen von Güterwaggons, die mit angezogenen Bremsen einen Berg hinunterrutschten.

»Worauf wartest du, Tejano-Boy? Fang an zu buddeln«, sagte Negrito.

R. C. hatte die Hände auf dem Stiel der Schaufel abgestützt, deren abgenutzte, runde Spitze sich ein paar Zentimeter in den Boden gebohrt hatte. An seinen Stiefeln hingen lose Streifen des Panzerklebebands hinunter. Er konnte spüren, wie sein Herz pulsierte und gegen seine Rippen drückte, während ihm der Schweiß aus den Achselhöhlen lief. Negrito hockte gute fünf Meter entfernt auf einem kleinen Hügel und hatte seinen Colt M1911 Kaliber .45 locker auf einem Knie abgelegt. Seine Finger lagen auf dem Abzugsbügel, und er strahlte wie ein Mann, der sich seiner Sache sehr sicher ist. Der Lederhut baumelte in seinem Nacken, die Kinnkordel spannte sich straff über seinen Hals. Er griff nach einen Dreckklumpen und warf ihn R. C. an den Kopf.

»Bisher war ich sehr nett zu dir«, sagte er. »Aber du solltest das lieber nicht ausnutzen. Wenn man mich provoziert, bin ich nämlich alles andere als nett.«

»Ich kann das nicht tun«, erklärte R. C.

»*Sí, puedes.*«

»Nein, ich kann nicht. Das wollte ich damit sagen.« Selbst in R. C.s Ohren klang seine Stimme eigenartig, als hätte er Glasscherben im Hals. Direkt neben ihm auf dem Boden erwartete ihn das schlimmste Schicksal, das er sich vorstellen konnte.

»*Was* wolltest du damit sagen, Tejano-Boy?«

»Ich wollte sagen, dass ich nicht mein eigenes Grab ausheben werde«, antwortete R. C. »Und ich bin kein Junge.«

»Völlig egal, wie ich dich nenne, Mann. Du wirst jetzt graben.«

»Nein, das werde ich nicht. Was immer Sie mit mir vorhaben, ich werde Ihnen nicht dabei helfen.«

»Das sagen sie alle am Anfang. So kaufen sie sich ein bisschen Zeit und fühlen sich ein wenig besser. Sie hoffen, dass ihre Freunde über den Hügel kommen, um Negrito zu töten und sie zu befreien, damit sie wieder nach Hause gehen können, zu ihren Müttern und Vätern und Frauen und Männern … aber am Ende graben sie trotzdem. Und zwar alle. Du musst dich deswegen nicht schlecht fühlen.«

R. C. hob ein Bein und stellte den Fuß auf der Kante der Schaufel ab. Den Stiel hielt er immer noch mit beiden Händen gepackt. Der Schweiß ließ seine Augen brennen, und unter seinen Achselhöhlen kroch ein essigähnlicher Gestank hervor. Er hatte das Gefühl, Fadenwürmer würden sich durch sein Herz wühlen und es langsam aber sicher auf eine Größe dezimieren, die nicht mehr ausreichte, um das Blut durch seinen Körper zu pumpen.

»Ich verdiene sechsundzwanzigtausend Dollar im Jahr und verbringe meine Arbeitstage damit, Ehestreitigkeiten zu schlichten, Besoffene und Wetbacks einzusperren und kleine Meth-Schmuggler hochzunehmen.«

»Und?«

»Ich bin nichts wert. Ihre Freunde werden Ihnen kein Geld für mich bezahlen.«

»Willst du vielleicht, dass ich dich umlege, Mann?« Negrito sah ihn belustigt an und hob die 45er. »Schon mal gesehen, was so eine Wumme wie diese hier mit einer Kniescheibe anstellt? Oder mit einem Fuß? Ich hab Hohlspitzgeschosse geladen.« Er schwenkte die Pistole hin und her.

R. C. musste schlucken. Jedes Mal, wenn sich die Mündung auf seinen Körper richtete, zog sich sein Schließmuskel zusammen und seine Eingeweide verkrampften.

»Ich werd irgendwohin schießen, wo es höllisch wehtut, Mann«, sagte Negrito. »Wenn ich dich dann eingebuddelt hab, liegst du mit brutalen Schmerzen unter der Erde und musst dich darauf konzentrieren, durch eine Gasmaske zu atmen. Warum willst du dir das antun, Mann?«

In R. C.s Kopf drehte sich alles, und saurer Mageninhalt begann seine Speiseröhre hinaufzuklettern. Seine Angst war so groß, die Wut auf sich selbst und die Verzweiflung derart überwältigend, dass er spürte, wie sich in seinem Inneren eine Tür öffnete, hinter der es nur noch Gleichgültigkeit gab. »Mir ist wieder eingefallen, wie Sie aussehen, Mann. Erst bin ich nicht draufgekommen, aber jetzt weiß ich es wieder«, sagte er, während er angestrengt durch den Mund atmete.

»Warum musst du eigentlich dauernd quatschen, Mann? Du bist wie ein Weib, dauernd am Schwafeln. Du verpestest die Luft mit deiner Stimme, dass einem die Ohren wehtun.«

»Ich hatte schon fast vergessen, an was Sie mich erinnern. In der *cantina* hab ich drüber nachgedacht, aber es wollte mir nicht einfallen, weil ich zu betrunken war.«

»Nun, an was erinnere ich dich?«

»An einen Topfreiniger. Sie wissen schon, diese Stahlwolle-Pads, mit denen die Frauen das Fett, den Dreck und die angebrannten Essensreste aus den Pfannen und Töpfen kratzen. Nach einer Weile färben sich die Dinger orange und blau wegen des Spülmittels, des Rosts und der stinkenden Pampe, die sich in ihnen festsetzt.«

»Und so sehe ich aus?«

»Jawohl. Genau so sehen Sie aus.«

»Sei still«, sagte Negrito und stand auf.

»Aber machen Sie sich nichts draus. Meine Mutter hat immer gesagt: Gutes Aussehen ist nicht alles.«

»*¡Silencio!* Jetzt hör endlich mal auf mit dem Gequatsche.«

R. C. erkannte, dass sein Peiniger nicht auf seine Beleidigungen eingehen würde, denn er hatte etwas gehört, draußen in der Dunkelheit. Negrito stieg die Böschung hinauf und entfernte sich von dem trockenen Flussbett, den Gräbern, den Kreosotbüschen, den verkrüppelten Weiden am Ufer und den schildkrötenförmigen Sandsteinbrocken, in die die Witterung armlange Löcher getrieben hatte.

»Bist du das, Mr. Crazy Man?«, rief er. »Willst du dich mit Negrito anlegen? Dann komm runter und kämpf mit mir. Ich habe keine Angst.«

R. C. sah ihn verblüfft an.

»Die Gringos mögen Angst vor dir haben! Ich aber nicht! *¡Me cago en la puta de tu madre!* Ich kack deiner Mutter in die Fresse! Hörst du? Na, wie findest du das?«, rief Negrito.

»Mit wem sprichst du da?«

Negrito antwortete nicht. Er stand auf einem Felsbrocken, der schräg nach oben ragte, hatte einen Fuß vor den anderen gestellt und die Schultern eingezogen. Der 45er Revolver baumelte an seiner rechten Hand nach unten. Im Profil sah es so aus, als würde sein rechtes Auge sowohl die Berge vor ihm als auch R. C. beobachten. Wie ein Hai schien er seine Umgebung zu observieren und Feind und Beute gleichzeitig im Auge zu behalten, ohne auch nur einen Deut über sein emotionales Innenleben preiszugeben.

»Hey, *sacerdote*, ich hab gehört, du predigst auf einer Müllkippe und frisst deine eigene Scheiße! Hat sich dein kleiner Quäker-Freund beschwert, dass wir ihn schlecht behandelt haben?«, rief er. »Was hältst du davon, wenn ich dich holen komme, damit du mir den Schwanz lutschen kannst? Das würd ich echt gern tun, Mann.«

Aus den Bergen kam keine Antwort. R. C. starrte hinauf zu den Schatten, den Mesquite-Sträuchern, den Felsen und den toten Wacholderbäumen, die wie von Gicht befallene und glatt polierte Knochen aussahen, konnte aber keinerlei Bewegung ausmachen. Auch Negrito schaute weiter in die Dunkelheit hinaus. Seine Nasenflügel bebten, und sein eingedrücktes Gesicht sah im Profil so aus wie das eines Piranhas. »Komm schon und hol es dir, *cabrón*!«, rief er und griff sich mit der linken Hand in den Schritt.

Der Mond brach hinter einer Wolke hervor und färbte die Berge grau, sodass Sträucher und Büsche auf einmal Schatten warfen. »Du schießt wohl lieber auf Menschen, die keine Waffen haben, was? Auf wehrlose Frauen! Du bist echt ein armseliger Christ, Mr. Preacher. Ein Christ ohne *cojones*.«

»Sie kennen Preacher Collins?«, fragte R. C.

»Mach dir keine Hoffnungen. Der Verrückte da oben wird dir nicht helfen«, antwortete Negrito, während er die Böschung hinunterstieg, den Blick weiterhin auf die Berge gerichtet. »Er ist ein Jäger, die linke Hand Gottes. Der Kerl hat kein Interesse an einem Jungen wie dir.«

»Aber an Ihnen hat er Interesse, oder was?«

»Natürlich. Er weiß, dass wir Brüder sind.«

»Brüder?«

»Jawohl, Tejano-Boy. Preacher und ich, wir sind beide tot. Unsere Seelen sind schon vor vielen Jahren gestorben. Was siehst du, wenn du in meine Augen schaust?«

»Nichts.«

»Korrekt. Nichts. Und genau deshalb wirst du jetzt auch

anfangen zu graben. Andernfalls verpass ich dir ein paar Löcher, die so höllisch wehtun, dass du es dir nicht mal vorstellen kannst.«

»Ich habe es Ihnen doch schon gesagt: Ich werde das nicht tun. Also bringen Sie mich lieber gleich um. Wenn Sie es nämlich nicht tun, werde ich Sie irgendwann finden, und dann werde ich Sie für all das bezahlen lassen. Da können Sie Gift drauf nehmen.«

Negritos Augen waren feucht und rot, sein Gesicht matt vor Erschöpfung, sein Mund dreckig und verkrustet. Er schniefte und wischte sich dann mit dem Handgelenk über die Nase. »Leg die Schaufel hin und krabble wieder in den Kofferraum.«

»Was haben Sie vor?«

»Wie es aussieht, werde *ich* das Loch für dich graben müssen, und das macht mich verdammt sauer. Du hast Glück, dass ich ein gnädiger Mensch bin.«

R. C. ließ die Schaufel fallen und ging zum Wagen. Als er dabei misstrauisch über die Schulter schaute, stolperte er. Hinter sich hörte er, wie Negrito die Schaufel aufhob.

»Schau mal da oben«, sagte Negrito.

»Was soll da sein?«

»Der Preacher ist da oben in den Bergen. Siehst du ihn nicht, vor dem Mond? Er will dein Freund sein. Der *sacerdote*, der seine eigene Scheiße frisst, ist gekommen, um dich zu retten. Vielleicht ist es aber auch dein Chef, der Sheriff. Scheint dein Glückstag zu sein.«

R. C. starrte auf die Büsche in den Arroyos, auf die durch Erosion freigelegten Gesteinsschichten in den Bergen und die Schlammrückstände einer Mine, die sich wie flüssiger Rost über einen Berghang hinab in ein ausgetrocknetes Flussbett ergossen hatten. Weiter oben sah er, wie ein Schatten über den Mond huschte. »Das ist doch nur ein Kojote«, sagte er.

Als er sich umdrehte, wirbelte Negrito die Schaufel mit beiden Händen durch die Luft und traf R. C. am Hinterkopf. Es fehlte nicht viel, und die Heftigkeit des Schlages hätte das Schaufelblatt verbogen.

»Du hattest recht, Mann. Es war wirklich nur ein Kojote«, sagte Negrito und starrte den Hügel hinauf.

Bauch, Hüfte und Beine fest auf den Boden gepresst, lag Jack Collins etwas unterhalb des Bergkamms auf einem flachen Felsen mit einer geriffelten Oberfläche wie aufgewühltes Wasser. Sein Hut lag neben ihm auf dem Boden. Den Kopf hatte er leicht angehoben, um über ein paar Steinbrocken hinweg nach unten spähen zu können. Hinter ihm saßen seine beiden mexikanischen Informanten und unterhielten sich leise, wobei sie ab und an einen Blick in seine Richtung warfen. Die beiden Cousins, die für Geld mordeten, waren rastlose Männer, die weder Unentschlossenheit noch Komplexität mochten und sich oftmals in einer Klemme der ganz besonderen Art wiederfanden: Während ihr Selbstschutzinstinkt danach verlangte, zu handeln, zögerten sie, gegen die Eigenarten des *gringo loco* aufzubegehren, der wegen seiner Morde in Coahuila und Chihuahua zu einer Legende geworden war. Nach einer Weile wendete sich Eladio, einer der beiden Cousins, dann doch an den unrasierten und ungewaschenen Amerikaner, der sich in Lumpen kleidete und einen schweren Revolver an seinem Pistolengürtel trug. »Señor Jack?«, sagte er, während er sich neben seinen Auftraggeber legte, damit sich seine Silhouette nicht vor dem Himmel abzeichnete.

»Nur Geduld«, erwiderte Jack und starrte weiter auf den gegenüberliegenden Berghang.

»Warum gehen wir nicht einfach runter ins Flussbett und erledigen Negrito? Ich würd's sogar umsonst machen.«

Jack blickte über die Schulter nach hinten. »Ihr beide solltet mir eigentlich diesen Krill liefern. Wir sind nicht hier rausgefahren, um einen Affen mit orangefarbenen Haaren zu jagen.«

»Ich dachte, Krill wäre in dem Landhaus. Er ist nicht leicht zu fangen, Boss. Das hier ist der Ort, an dem Negrito seine Opfer vergräbt. Wir haben Glück, dass ich das wusste.«

»Soll ich mich jetzt besser fühlen, weil uns dieser schicksalhafte Umstand vor den Folgen deiner Inkompetenz bewahrt, oder was?«

»Manchmal reden Sie zu schnell, Boss, und ich verstehe nicht alles.«

Jack kroch ein Stück zurück, sodass er aufstehen konnte, ohne von unten gesehen zu werden. Er klopfte sich den Staub von den Knien und den Ellbogen seines Sakkos, setzte seinen Hut auf und blickte zu den schwarzen Wolkenstreifen hinauf, die sich vor den Mond schoben. Dann winkte er Eladios Cousin heran, um mit den beiden zu sprechen, aber es schien Minuten zu dauern, bis er etwas sagte. Schweigend sah er erst den einen, dann den anderen Mann an und starrte anschließend hinaus in die Leere, als würde er vor seinem inneren Auge zwei unterschiedliche Bildfolgen betrachten. »Ich zahle euch Jungs doch genug, oder?«, fragte er.

»*Sí*«, sagten die beiden und nickten.

»Es war Krill, der meinem Freund sehr wehgetan hat. Dieser Halbaffe da unten im Flussbett ist ein unbedeutender Statist.«

»Was bedeutet ›unbedeutender Statist‹? Solche Wörter verstehen wir nicht, Boss«, sagte Eladio.

»Es ist nicht eure Schuld, dass ihr in armen Verhältnissen und ohne Bildung aufgewachsen seid. Wahrscheinlich hätten sich eure Mütter für eine Abtreibung entschieden, wenn sie das Geld dazu gehabt hätten. Heutzutage gibt es aber keine Entschuldigung mehr für Ignoranz im Erwachsenenalter. Selbst Menschen, die in Lehmhütten hausen, schauen CNN, und in jedem Café gibt es Internet. Ihr könnt also auf die gleichen Ressourcen zugreifen wie ein Universitätsprofessor. Wie wär's, wenn ihr hinsichtlich eures Bildungsniveaus mal ein bisschen mehr Engagement zeigen würdet?«

»Wir wollen Sie zufriedenstellen, Señor Jack, und Sie nicht wütend machen«, erklärte Eladio.

»Ihr habt Temple Dowling für mich beschattet und mich über diesen Negrito und den jungen Deputy aus Texas informiert. Das war gute Arbeit, Jungs«, sagte Collins. »Aber ihr habt mir nicht das gegeben, was ich wollte. Krill ist das Ziel, nicht sein Halbaffe. Habt ihr mich verstanden?«

»Wir sind auch nur Menschen, Boss«, sagte Jaime, der weniger intelligente und aufmüpfigere der beiden.

Eladio strafte seinen Cousin mit einem verärgerten Blick und wandte sich dann wieder Jack zu, um etwaige Verstimmungen bei seinem Arbeitgeber zu beheben. »Wir können uns Negrito schnappen und ihn zum Reden bringen«, bot er an.

»Gehört dieser Kerl zu den Menschen, die unter Folter verlässliche Informationen liefern?«, fragte Jack. »Oder wird er lügen und nur das erzählen, was man hören will?«

»Sie sind sehr schlau, Señor Jack«, sagte Eladio. »Negrito ist stark wie ein Ochse und listig wie eine Schlange. Schmerz macht ihm nichts aus. Als Junge hat er auf dem Jahrmarkt Feuer gespuckt. Seine *putas* sagen, dass er immer noch nach Petroleum stinkt.«

Jaime kaute auf einem Grashalm herum und schaute auf eine Uhr mit zerrissenem Armband, die er gerade aus seiner Hemdtasche gezogen hatte. »Eladio hat recht. Wenn Negrito keinen Wert hat, wird es Zeit, dass wir ihn erledigen und uns aufs Ohr hauen. Genauso wie den Gringo in dem Puff, den Sie nicht leiden können, Señor Jack. Was ist wertvoller? Eine Patrone oder die Zeit, die wir verschwenden, wenn wir über diese wertlosen Männer sprechen? Immer nur über diese Kerle zu quatschen, statt sie einfach umzulegen, macht mich wütend.«

Jacks Gesicht ließ keine Emotionen erkennen. Es wirkte ruhig und gelassen, wie geschmolzenes Plastik, auf dessen Oberfläche sich beim Abkühlen schmutzige Blasen gebildet hatten. Er schaute auf die Lichter am Himmel und auf den Staub, der vom Wüstenboden aufgewirbelt wurde, und knöpfte mit einer Hand den Kragen seines Hemds zu, als würde er Regen oder gar Kälte erwarten. Die beiden Mexikaner, die für ihn arbeiteten, waren ihm ein Rätsel; eine unwahrscheinliche genetische Mischung, in der sich indianische Blutlust und die Grausamkeit der Inquisition vereinten. Die kantige Schärfe ihrer Züge, die Art, wie sich ihre Haut straff über die Knochen spannte, der fettige, schwarze Glanz ihrer ungeschnittenen Haare und das Funkeln in ihren Augen bei der Erwähnung von Gewalt oder Schmerz ließen in ihm die Frage aufkommen, ob es sich bei Jaime und Eladio möglicherweise um die Nachfahren eines verloren geglaubten Volkes aus biblischen Zeiten handelte, einer unerlösten Sippe, die die große Flut überlebt hatte und weit entfernt vom Berg Ararat an Land gegangen war. Im Grunde war das die sinnvollste Erklärung. Diese Menschen waren unbelehrbar und töteten einander mit einer Gleichgültigkeit und einer moralischen Skrupellosigkeit, die man sonst nur von Leuten kennt, die ihre Kinder auf dem Freeway spielen lassen.

Was sagte Jaime? Seine Lippen bewegten sich, aber es schienen keine Geräusche aus seinem Mund zu kommen. Jack löste sich von seiner Tagträumerei und starrte ihn an. »Was hast du gesagt?«, fragte er.

»Warum haben wir nicht zumindest diesen *abusador de niños* umgelegt? Der war in dem Puff. Das wäre eine einfache Übung gewesen. Nicht mal *la policía* hätte was dagegen gehabt.«

»Ich betrete keine Bordelle«, sagte Jack. »Und erzähl mir nicht, eure Polizisten wären anständige Leute. Das sind alles Schakale, die sogar die Münzen auf den Augen eines Toten stehlen würden. Ihr beide scheint nicht zu verstehen, dass euer Land unregierbar ist. Eure Nationalhelden sind Tagelöhner, die andere Tagelöhner an Bäumen aufknüpfen lassen. Also sag du mir nicht, was ich tun und lassen soll.«

»Señor Jack ist sehr klug. Wir müssen auf ihn hören, Jaime«, sagte Eladio.

»Aber wir spielen Spiele mit Gringos, die eigentlich schon Wurmfutter sein sollten«, sagte Jaime. »Wie dieser Holland. Er ist der Feind von Señor Jack, aber wir unternehmen nichts gegen ihn. Warum erledigen wir Holland nicht einfach? Ich würde Señor Jack mit Vergnügen diesen Gefallen tun. Was ist so besonders an diesem Mann?«

Jack zog den Grashalm aus Jaimes Mund und warf ihn zur Seite. »Wenn du über Sheriff Holland sprichst, sagst du entweder Mr. Holland oder Sheriff Holland aber niemals einfach nur ›Holland‹. Hast du das kapiert?«

Jaime wollte etwas erwidern, aber Eladio kam ihm zuvor. »Sie sind ein Ehrenmann, Señor Jack. Wir werden Ihnen immer folgen und tun, was Sie uns sagen«, beteuerte Eladio.

»Wenn man euch so reden hört, könnte man denken, ihr wollt mich verscheißern«, sagte Jack.

»Es macht uns sehr traurig, wenn Sie so mit uns sprechen, Señor Jack«, sagte Eladio.

»Wirklich?« Jack schaute hinaus in die Wüste und auf das glühende Licht einer weit entfernten Stadt in den Wolken. »Das tut mir leid. Ich muss schon sagen, ihr Typen steckt voller Überraschungen.«

Die beiden Cousins warteten darauf, dass er noch etwas sagte, schauten ihm aber nicht in die Augen. Eladios Hand hielt immer noch Jaimes Unterarm umschlungen. »Hat's euch die Sprache verschlagen, Jungs?«, fragte Jack.

»Wir sind einfache Männer, Boss«, antwortete Eladio.

»Und genau darum mag ich euch auch. Für mich seid ihr nicht nur Freunde, sondern Familie. Ich würde nie auf die Idee kommen, euch zu beleidigen.«

»Ist das wahr?«, fragte Eladio.

»Ich schwöre«, antwortete Jack, wobei seine Zähne im Mondlicht blitzten. »Aber jetzt will ich sehen, was dieser *hombre malo*, dieser Negrito, da unten treibt. Er scheint ein ganz besonders durchgeknalltes Exemplar zu sein, findet ihr nicht auch? Ein Mann, der einen Privatfriedhof für seine Opfer anlegt. Ich muss schon sagen, unter euren Landsleuten gibt es ein paar wirklich fiese Gestalten.«

Jack ging wieder vor bis zum Bergkamm, zog ein Taschentuch aus der Tasche und legte es auf den Boden, um ein Knie darauf abzustellen. Auf diese Weise konnte er problemlos den Berghang hinabschauen, ohne dass seine Silhouette sichtbar wurde. Während er die Szene weiter unten beobachtete, spielte er mit der rechten Hand an seinem Revolver. Er zog ihn halb aus dem Halfter, drehte den Griff und schob ihn mit einem trocken ploppenden Geräusch ins Leder zurück.

»Kommt mal her und seht euch das an«, sagte er und winkte die Cousins zu sich.

Als die Mexikaner zu ihm an die Kante traten, lösten sich

ein paar kleine Felsbrocken unter ihren Cowboystiefeln und rollten den Hang hinunter. Die beiden beugten sich nach vorn, um nach unten zu schauen, ohne jedoch Jacks rechte Hand aus den Augen zu lassen. Unten auf dem ausgedörrten Boden fuhr Negritos Spritschleuder in die Nacht hinaus und schwenkte mit den Scheinwerferkegeln über die Büsche und Kakteen auf dem ausgedörrten Boden. »Was sollen wir uns ansehen?«, fragte Eladio.

»Ich habe doch gerade über fiese Gestalten gesprochen«, sagte Jack. Dann stand er auf und zeigte mit dem Finger den Berghang hinunter. »Schaut mal, da unten an dem neuen Grab. Was ist das für ein Ding, das da aus dem Boden ragt?«

Beide Cousins starrten mit nachdenklich gerunzelter Stirn in das vom Mondlicht beleuchtete Flussbett hinab. »Ein Elefantenrüssel?«, fragte Eladio.

»Das ist der Schlauch einer Gasmaske aus dem Zweiten Weltkrieg«, erklärte Jack. »Was meint ihr, sollen wir uns das mal aus der Nähe anschauen?«

R. C. Bevins war in einer fundamentalistischen Gemeinde aufgewachsen, deren Pfarrer in großer Ausführlichkeit über die Details der Kreuzigung Jesu berichtet hatte. Seine Vorliebe fürs Makabre schien nur noch von seinem Streben übertroffen, so viele Gemeindemitglieder wie möglich zu animieren, sich *Die Passion Christi* im örtlichen Kino anzusehen. In seinen Ausführungen beschrieb der Pfarrer auch die langen Vierkantnägel, die man Jesus durch die Handgelenke – und nicht etwa wie oftmals und fälschlicherweise dargestellt durch die Hände – geschlagen hatte. Die Knochen und Sehnen in den Handgelenken, so wusste der Pfarrer zu berichten, waren nämlich viel robuster als in den Händen und durchaus in der Lage, das

Gewicht eines erwachsenen Mannes zu tragen. Auch zu den Nägeln in den Füßen hatte er etwas zu berichten, denn diese waren nicht durch die Fußrücken ins Holz geschlagen worden, wie auf vielen Abbildungen der Kreuzigung zu sehen ist. Vielmehr hatte man Jesus' Knie zur Seite gedreht und die Fußgelenke auf dem senkrechten Balken übereinander gelegt, um dann einen einzelnen langen Nagel durch die Fußgelenke ins Holz zu treiben.

Der Pfarrer erklärte, dass Jesus erstickt war, weil die Sehnen und Muskelstränge im oberen Brustkorb die Lungenflügel eingeschnürt und die Luft wieder hinauf in die Luftröhre des Opfers gedrückt hatten. Das schrecklichste Detail in den Spekulationen des Pfarrers war für R. C. allerdings, dass der Sohn Gottes durch den Schock der Kreuzigung angeblich ohnmächtig geworden war, nur um ein paar Minuten später wieder zu sich zu kommen und zu realisieren, dass er nicht etwa aus einem Albtraum erwachte, sondern tatsächlich unter schrecklichen Schmerzen auf ein Holzkreuz genagelt worden war, von dem es kein Entkommen mehr gab.

Ganz ähnlich ging es R. C., als er unter der Erde erwachte: Er hatte das vage Gefühl, dass irgendetwas mit seinen Armen und Beinen nicht stimmte, und glaubte ein zischendes Geräusch gehört zu haben, das so klang, als würden Erde und feiner Kies von einem Schaufelblatt rutschen und mit einem dumpfen Geräusch auf seinem Oberkörper landen. Er öffnete die Augen, konnte aber nichts sehen. Sein Rachen fühlte sich so rau an, als hätte er seit Tagen nichts getrunken. Als er versuchte, den Kopf zu heben, merkte er, dass er nicht nur von Erde bedeckt, sondern ganz und gar unter ihr begraben war. Die Luft, die er atmete, kam aus einem Schlauch, der nach Gummi und derbem Segeltuch stank. Er wurde von einer Panik ergriffen, die wie heftige Stromschläge durch seinen Körper zuckten, sich aber nirgends entladen konnten.

Das Innere der Maske war durch Schweiß und Atem feucht und stickig, und durch die transparenten Sehlöcher fiel kein Licht. Er streckte seine Finger aus und glaubte für einen Moment, sich mit seinen Händen Stück für Stück durch die Erde nach oben graben zu können. Doch dann merkte er, dass er durch das Ausstrecken seiner Hände nichts erreicht hatte, außer, dass die Erdmassen über ihm nun mit noch größerem Gewicht auf seinen Körper drückten und ihm die Brust zuschnürten wie die Fangarme eines Kraken.

Diese Spinner, die ständig von der Harmonie zwischen Mensch und Erde faselten, hatten ja keine Ahnung. Einer seiner Onkel, ein Arbeiter in einer Kohlemine in Kentucky, hatte R. C. erklärt, dass zwischen Erde und Mensch keine Harmonie herrschte, dass es gegen die Natur war, in das Erdreich einzudringen, bevor die Zeit eines Menschen gekommen war, und man nur genau hinhören musste, um das warnende Krächzen zu vernehmen, das an diejenigen adressiert war, die glaubten, ungestraft Tunnel ins Innere des Erdreiches treiben zu können.

R. C. spürte, wie die Angst ihn packte und wie er nach und nach die Kontrolle verlor, wie ihm das Atmen unter der Maske immer schwerer fiel, während die Erde und die Steine wie Messer auf sein Herz drückten. Er versuchte, seinen Gedanken Flügel zu verleihen, damit sie seine Seele davontragen konnten, und flüchtete sich in die Szenen, die ihm als die besten Momente seines Lebens in Erinnerung waren. Und so sah er sich selbst in einem Autoreifen an einem brennend heißen Julinachmittag den Comal River hinuntertreiben, die Hände in das eiskalte Wasser getaucht, unter ihm der felsige Boden am Grund des Flusses, grau und glatt und von den Schattenmustern der Pappeln an den

Ufern gezeichnet. Er sah sich mit einem mexikanischen Mädchen in einem Biergarten in Monterrey tanzen, während Indianer auf Feuerschalen geröstete Maiskolben verkauften und der Sonnenuntergang die Berge im Hintergrund in ein kräftiges Magenta tauchte. Er sah sich auf dem Abwurfhügel, in der zweiten Hälfte des neunten Innings bei den Staatsmeisterschaften in San Marcos: Wie er einen präzisen Slider an die Kante der Home Plate serviert, unerreichbar für den gegnerischen Schlagmann – der dritte Strike, das dritte Out. Das Gras des Baseballfelds schillert grün unter den Flutlichtern, der abendliche Wind fühlt sich kühl auf seiner Haut an, und ein Highschool-Girl wartet bei den Tribünen auf ihn. Die Hände zu Fäusten geballt, springt sie begeistert auf und ab, erfüllt von Liebe und stolz auf den perfekten Pitch, den er gerade abgeliefert hat.

Seine schönste Erinnerung jedoch war die an seinen zwölften Geburtstag, an dem seine verwitwete Mutter mit ihm in einen Greyhound Bus stieg und den ganzen Weg von Del Rio zum Jahrmarkt nach Dallas fuhr. An jenem Abend hatte er staunend auf die bunten Lichterketten der Riesenräder gestarrt, und auf die Kamikazeschaukel, die durch einen blauen Himmel mit rosafarbenen Wolken schoss. Teenager schrien vergnügt in der quietschenden Walzerbahn und im dröhnenden Super Loops, und die Luft war erfüllt von der Musik aus den Karussellen, dem Knallen platzender Ballons und den Schüssen der Luftgewehre an den Schießbuden. Er konnte das Feuerwerk riechen, das aus den lila- und rosafarbenen Rauchwolken über der Rodeo-Arena in die Luft emporstieg, und auch die Leckereien an den Fressbuden: das Karamellpopcorn, das frittierte Indianerbrot, die kandierten Äpfel und die mit Würstchen gefüllten Backkartoffeln. Seine Mutter kaufte ihm eine Portion Zuckerwatte, und als er dann auf einem mechanischen Rodeobullen reiten wollte, hielt sie die Zuckerwatte für ihn und lächelte ihm zu, obwohl sie müde von den Strapazen der langen Busfahrt war und ihr ausgewaschenes Kleid schlaff wie eine Fahne bei Windstille an ihrem dünnen Körper herunterhing.

R. C. versuchte, den Jahrmarkt in seinem Kopf zu fixieren, um an diesem Ort Sicherheit zu finden und dem Grab und dem Gewicht auf seinem Herzen zu entfliehen. Eingehüllt von der Musik der Dampforgeln und dem Geschrei der Kinder, das Lächeln der Mutter im Augenwinkel, fantasierte er sich an diesen Ort, wo das Glühen der elektrischen Lichter der Fahrgeschäfte in einen Himmel hinaufstieg, der seinerseits exemplarisch für all das Gute und Schöne in der Welt stand.

Wenn es eine Möglichkeit zu seiner Rettung gab, würde Sheriff Holland sie finden, redete er sich selbst ein. R. C. hatte ihm seinen Standort durchgegeben, sodass es nur eine Frage der Zeit war, bis er in der Bar auftauchen und den Barmann nach seinem Verbleib ausquetschen würde. Alles, was R. C. nun tun musste, war durchzuhalten. Ruhig ein- und ausatmen, an die Jahrmärkte denken und am besten Tag seines Lebens festhalten. Die Seele eines Menschen konnte an alle erdenklichen Orte reisen, sagte er sich. Und die Seele existierte, davon war er überzeugt. Wenn sie im Moment des Todes aus dem Leichnam treten und davonfliegen konnte, warum sollte sie nicht auch einen lebenden Körper verlassen können? Er wollte sich der Situation, in der er sich befand, nicht ergeben, und sie auch nicht durch sein eigenes Tun verschlechtern.

Als er schluckte, schmeckte er, dass sein Speichel sauer war, und Tränen der Verzweiflung über das ihm auferlegte Schicksal stiegen ihm in die Augen. Unter seine Ohnmacht mischten sich Wut und Verzweiflung, und er verfluchte sich für sein Selbstmitleid.

Plötzlich hörte er, wie das Blatt einer Schaufel in die Erde über ihm eintauchte, und wenig später spürte er die Spitze in seiner Seite, ganz ähnlich wie die römische Speerspitze, die einst in die Rippen eines gekreuzigten Mannes gestoßen worden war.

Kurz darauf begannen vier Männerhände, die Erde von seinem Gesicht, seinen Schultern, Armen und Rippen zu schieben. Dann legten sie seinen Kopf frei und nahmen ihm die Maske vom Gesicht, sodass er wieder frische Luft atmen konnte, die ihn wie reiner Sauerstoff durchströmte. Vor dem Mond konnte er die Silhouette eines dritten Mannes erkennen. Er trug einen schweren Revolver in einem Halfter an seiner Hüfte, einen sonnengebleichten Panama-Hut, dessen vorderer Rand mit fettigen Fingerabdrücken übersät war, und hatte Fingernägel wie Tierklauen.

»Wer sind Sie?«, fragte R. C. Sein Gesicht war von kaltem Schweiß überzogen, und er wurde das Gefühl nicht los, dass er besser nicht gefragt hätte.

Kapitel 14

Hackberry schaute durch die Frontscheibe des Wagens in die Weite hinaus: auf die flache, ausgedörrte, raue Landschaft und den lilafarbenen Dunst, der aus den Kreosotbüschen, den kargen Sträuchern und den fleckförmigen Salzablagerungen entlang der versandeten Flussbetten emporzusteigen schien. In der Ferne konnte er die Berge im Mondlicht sehen, und auch die Orgelpfeifenkakteen im Garten eines Lehmhauses mit eingefallenem Dach. Er nahm das Fernglas zur Hand und warf einen genaueren Blick auf die Berge und das Haus. Hinter dem Haus schien eine unbefestigte Straße zu beginnen, die sich an einem Berghang emporschlängelte.

Der Barmann mit dem Hakenkreuz-Tattoo auf dem Schädel hatte ihnen den Weg zu dem Ort beschrieben, an den Negrito den jungen texanischen Gesetzeshüter wahrscheinlich verschleppt hatte. Als Hackberry den Mann gefragt hatte, ob er sich ganz sicher war, hatte der Barmann nur auf den abgebrochenen Queue geschaut, den Hackberry ihm fast in den Hals gerammt hatte, und gesagt: »Negrito entsorgt die Leute, für die er keine Verwendung mehr hat, immer an diesem Ort. Es ist eine Art Gefängnis unter der Erde. Manchmal kehrt er zurück, manchmal überlässt er seine Gefangenen dem Schicksal. Vielleicht enden Sie ja auch mal da, Sheriff. Ehrlich gesagt, hoffe ich das sogar.«

Hackberrys Handy auf dem Armaturenbrett des Jeeps vibrierte.

»Sheriff Holland.«

»Maydeen hier. Habt ihr R. C. gefunden?«

»Noch nicht.«

»Ich könnte versuchen, euch etwas Unterstützung zu organisieren.«

»Hier unten gibt es niemanden, dem ich vertrauen würde.«

»Hack, eigentlich rufe ich an, weil ich gerade im Krankenhaus bin. Anton Ling meint, sie hätte den Kerl gesehen, dem sie den Schraubenzieher in die Visage gerammt hat. Er wäre zusammen mit einem anderen Typen auf dem Flur vor ihrem Zimmer rumgeschlichen. Sie sagt, sie hätte auch den anderen Kerl erkannt. Er wäre vor ein paar Jahren bei einer Geheimdienstaktion dabei gewesen, in die auch sie verstrickt war. Felix und ich sind gerade in ihrem Zimmer. Sie möchte mit dir sprechen.«

»Okay, dann gib sie mir mal.«

Hackberry hörte, wie Maydeen mit Anton Ling sprach. Dann meldete sich aber noch einmal Maydeen zurück: »Sie möchte, dass wir das Zimmer verlassen. Wenn ihr fertig seid, komm ich wieder rein. Felix bleibt heute Nacht zu ihrem Schutz hier.«

»Sag ihr bitte, dass niemand das Zimmer verlassen muss und dass meine Mitarbeiter alles hören können, was sie zu sagen hat.«

»Mach dir keine Gedanken, Hack. Ich wollte mir ohnehin einen Kaffee holen«, sagte Maydeen.

Einen Moment später war Anton Ling am Apparat. »Es tut mir leid, Sie stören zu müssen, Sheriff, aber da ist etwas, das ich loswerden muss«, sagte sie.

»Miss Anton, in meinem Department gibt es keine Privatgespräche, und die Mitarbeiter haben keine Geheimnisse voreinander«, sagte Hackberry. »Ich mache in diesem Fall nur eine Ausnahme, weil Ihr Leben in Gefahr sein könnte.«

»Und genau deswegen wollte ich nicht, dass Ihre Deputys unser Gespräch mit anhören. Wer das weiß, was ich weiß, schwebt ebenso in Lebensgefahr.«

»*Was* wissen Sie?«

»Vor ein paar Jahren gab es einen Skandal, der kurz aufflammte, dann aber in Vergessenheit geriet. Ein Reporter hat darüber berichtet, dass die Contras Kokain in US-amerikanische Städte lieferten, mit dem Erlös Waffen kauften und diese dann zu ihren Leuten nach Nicaragua schickten. Ein paar Zeitungen von der Ostküste haben die Story als unglaubwürdig abgetan, und der Journalist hat kurz darauf Selbstmord begangen. Aber es stimmt. Die Waffen waren AK-47-Sturmgewehre aus China. Man hat sie in Kalifornien zusammengebaut und dann nach Süden verschifft. Die Drogen landeten an der Westküste und wurden von da weitertransportiert. Ich selbst war daran beteiligt.«

»Warum haben Sie niemandem davon erzählt?«

»Weil sich niemand dafür interessiert hat – weder damals noch heute. Es waren Zeitungen wie die Washington Post und die New York Times, die diese Story herunterspielten.«

»Kennen Sie die Namen der Männer, die vor Ihrem Zimmer herumgeschlichen sind?«

»Nein, aber ich denke, dass die Kerle hier waren, um reinen Tisch zu machen. Der, den ich erkannt habe, war ein Verbindungsmann zwischen den Contras und kalifornischen Drogenschmugglern.«

»Sagt Ihnen der Name Josef Sholokoff etwas?«

»Ja. Er war an dem Drogendeal mit den Contras beteiligt«, sagte sie. »Ich habe das Gefühl, dass es einfach kein Ende nimmt.«

»Was nimmt kein Ende?«

»Das Leid, das mein damaliges Handeln für andere Menschen bedeutet.«

»Leute wie wir sind nicht schuld an den Kriegen dieser Welt, Miss Anton. Wir kämpfen nur in einigen von ihnen«, sagte er. »Ich bin gerade hier unten in Mexiko und suche einen entführten Deputy Sheriff. So wie es momentan aussieht, ist er tot. Wenn ich die Typen erwische, die das getan haben, werde ich sie in die ewigen Jagdgründe schicken und ganz sicher keinerlei Gewissensbisse deswegen haben.«

»Diese Art der Rhetorik steht Ihnen nicht, Sheriff.«

»Ach nein? Wissen Sie, was Ambrose Bierce gesagt hat, als er über seine Erfahrungen in der Schlacht von Shiloh berichtete? ›Tote Quäker sind die einzig wahren Pazifisten.‹«

»Das ist doch nur billiges Gerede. Auf Wiederhören«, erwiderte sie und legte auf.

»Schau mal da vorn«, sagte Pam, als sie den Wagen in das Flussbett lenkte. »Da sind Reifenspuren im Sand. Sie verlaufen über den Hof des Lehmhauses da. Das muss der Berg sein, von dem der Barmann gesprochen hat.«

Hackberry schaltete den Suchscheinwerfer an, der auf der Beifahrerseite des Jeeps montiert war, und richtete den Lichtkegel in die Dunkelheit. Ein abgemagerter gelber Hund mit Räude an Schnauze und Hals kam aus dem heruntergekommenen Haus hervorgekrochen, starrte kurz in den Schweinwerfer und humpelte davon.

»Willst du den Serpentinen den Berg hinauf folgen oder lieber drum herumfahren?«, fragte Pam.

»Wir verschaffen uns einen Vorteil, wenn wir zu Fuß über den Berg gehen und sie von oben überraschen. Stell den Wagen hinter dem Haus ab.«

»Vorhin, in der *cantina*, habe ich eine Seite von dir gesehen, die mir Sorgen macht, Hack«, sagte sie.

»Ich habe keine andere Seite, Pam. Entweder steht man hinter seinen Leuten oder man steht nicht hinter ihnen. So einfach ist das. Wir werden R. C. finden und dieser Bande von Schwachköpfen zeigen, wo es langgeht. Damals, in Korea, bei der Schlacht um Incheon, hatte ich panische Angst. Ein Sergeant hat dann etwas zu mir gesagt, das ich nie wieder vergessen werde: ›Denk nicht darüber nach, bevor es passiert. Und denk bloß nicht darüber nach, wenn es vorüber ist‹. Wir holen R. C. da raus und bringen ihn nach Hause. Bist du dabei oder nicht?«

»Ich bin immer dabei, das weißt du. Aber es scheint dich gar nicht zu interessieren, was ich dazu zu sagen habe«, antwortete sie. »Und das macht mir mehr Sorgen, als dir klar zu sein scheint.«

Er sprach erst wieder, als sie den Jeep hinter dem Lehmhaus abgestellt hatten, allerdings nur, um ihr zu sagen, dass sie sich beim Fußmarsch über den Berg hinter ihm halten sollte.

Der Mann mit dem Hut und dem großen Revolver hockte sich hin, sodass er R. C. direkt in die Augen schauen konnte. Sein Atem war beißend und widerlich wie eine Kloake. Links und rechts neben ihm, steif wie aus Draht geflochtene Buchstützen, standen zwei Mexikaner in hautengen Jeans. »Das war bestimmt kein Zuckerschlecken da unten, oder?«, fragte der Mann.

R. C. schüttelte den Kopf und schaute dem Fremden kurz in die Augen.

»Schlimm genug, um sich in die Hose zu pinkeln?«, fragte der Mann.

»Nein, Sir, in die Hose habe ich mir nicht gepinkelt.«

Der Mann hob das Kinn und zupfte mit den Fingern an den Hautfalten an seinem Hals. Er war unrasiert, und seine Stoppeln sahen aus wie Schweineborsten. »Wie ist das so, wenn man lebendig begraben unter der Erde liegt, durch eine Gasmaske atmet und weiß, dass jeder Dahergelaufene auf den Schlauch treten könnte, um einem die Luft zum Atmen zu nehmen?«

»Dunkel.«

»Wie in einem Kartoffelsack, möchte ich wetten.«

»So ungefähr, ja.«

»Das Herz schnürt sich zusammen, der Atem wird einem die Luftröhre hinaufgequetscht, und es fühlt sich so an, als hätte man eine Glasscherbe verschluckt.«

»Das beschreibt es ganz gut«, antwortete R. C.

»Ich weiß, wie das ist.«

»Waren Sie auch schon mal lebendig begraben?«

»Nicht so wie du.«

»Ja oder nein?«

»Als ich klein war, hat mich meine Mutter für acht oder neun Stunden am Stück in eine kleine Truhe gesperrt. Dann habe ich mir immer vorgestellt, ich säße auf dem Dach eines Güterwaggons und würde unter einem leuchtenden Sternenhimmel durch die Landschaft fliegen. Hattest du da unten auch so verrückte Fantasien? Wenn ich dann aber meine Augen aufgemacht habe, kam es mir so vor, als hätte jemand ein Fass schwarzer Tinte in meinen Kopf geschüttet.«

»Ich glaube, dass die Seele an einen anderen Ort fliehen kann. So stelle ich es mir zumindest vor. Nur so schafft man es, in solchen Situationen nicht durchzudrehen«, sagte R. C. Und als würde er nicht mit einem Fremden, sondern mit einer Person seines Vertrauens sprechen, fügte er hinzu: »Als Baby habe ich mich selbst mal in eine Plastikfolie gewickelt und wäre fast daran erstickt. Meine Mutter hat es früh genug bemerkt und mich gerettet, obwohl ich schon blau angelaufen war.«

»Willst du damit sagen, dass du eine fürsorgliche Mutter hattest und meine Mama ein verantwortungsloses Miststück war?«

»Nein, Sir, das wollte ich damit nicht sagen«, antwortete R. C. und wandte den Blick von dem Fremden ab.

»Und wenn schon. Denkst du vielleicht, deine Meinung über meine Mutter würde mich interessieren?«

»Nein, Sir.«

»In welcher Beziehung stehst du zu Sheriff Holland?«

»Sir?«

»Bist du taub?«

»Ich bin sein Deputy. Mein Name ist R. C. Bevins. Ich bin in Ozona und Del Rio und Marathon aufgewachsen. Mein Daddy war Vorarbeiter auf den Ölfeldern. Meine Mutter hat bis zum Schluss als Kassiererin bei IGA gearbeitet. Eines Tages ist sie zur Arbeit gegangen und an der Kasse gestorben.«

»Warum sollte ich mich dafür interessieren, wer deine Eltern waren oder was sie gemacht haben?«

»Weil ich weiß, wer Sie sind. Weil ich weiß, was mit den Menschen passiert, die Sie in die Finger bekommen. Für den Fall, dass mir das gleiche Schicksal bevorsteht, will ich zumindest, dass Sie wissen, wer ich war.«

»Und wer oder was bin ich deiner Meinung nach?«

»Ein herzloser Mörder, der keine Gefangenen macht.«

»Für jemanden, der gerade aus seinem eigenen Grab befreit wurde, bist du ziemlich vorlaut. Vielleicht solltest du einen Gang runterschalten.«

»Ach ja? Und vielleicht hätten Sie sich mal auf die Couch eines Seelenklempners legen sollen. Vielleicht hätten Sie dann auch nicht all diese Mädchen umgelegt.«

»Übertreib's nicht, Junge. Und zeig Älteren gegenüber gefälligst etwas mehr Respekt.«

»Respekt? Ich bin nicht derjenige, der versucht, in die Gedanken eines anderen Menschen einzudringen wie irgend so ein schmieriger Perversling.«

»Dann warst du also in dem Puff, um Piano zu spielen, oder was?«

»Wenn es wirklich ein Puff war, dann wusste ich es nicht. Mich hat jemand dahin mitgenommen, weil ich einen platten Reifen hatte. Sie können also aufhören, den Moralapostel zu spielen.«

Der Mann mit dem Hut schaute zu den beiden Mexikanern. Sein Blick schien belustigt, und er scharrte mit den Schuhen im Kies. »Hast du Durst?«

R. C. schluckte, antwortete aber nicht.

»Hast du schon mal einen Menschen getötet?«

»War noch nicht nötig«, antwortete R. C.

»Vielleicht hast du das ja noch vor dir.«

»Das wird nicht passieren. Nicht, wenn ich eine Wahl habe.«

»Willst du nun einen Schluck Wasser oder nicht?«

R. C. setzte sich auf und zog die Knie an den Körper heran. Erde und feiner Kies rieselten aus seiner Kleidung auf den Boden. »Hätte nichts dagegen«, sagte er.

Der Mann mit den gelben Krallen an den Fingern bedeutete einem der Mexikaner, R. C. die Trinkflasche zu reichen, die er an seinem Armeegürtel trug.

»Behandelt dich Sheriff Holland anständig?«

»Ja. Wir haben viele *Gemeinsamkeiten*, wie er es nennt.«

»Inwiefern?«

»Wir waren beide Pitcher beim Baseball. Ich habe während meiner gesamten Highschool-Zeit gespielt. Er hat nach der Highschool noch drei Jahre für das Team der Baylor University gepitcht. Die St. Louis Cardinals haben ihn sogar mal zu einem Trainingslager eingeladen. So gut war ich allerdings nie.«

»Alle Achtung.«

»Er ist mit dem Navy Cross und dem Purple Heart ausgezeichnet worden und behandelt alle Menschen gleich – ganz egal ob Mexikaner, Indianer oder Illegale. Sheriff Holland ist ein prima Kerl.«

»Hört sich ganz nach einer Vaterfigur an.«

»Selbst wenn er eine Vaterfigur für mich wäre, ginge das niemanden etwas an.«

»Der Sheriff ist verwitwet, und seine Familie wohnt ziemlich weit entfernt. Wahrscheinlich ist es ihm ein großer Trost, einen jungen Kerl wie dich in der Nähe zu wissen, den er als seinen Sohn betrachten kann.«

»Ich muss mal auf die Toilette.«

Der Mann nahm eine etwas bequemere Haltung ein, indem er eins seiner Knie auf dem Boden abstellte. »Das dürfte hier draußen ziemlich schwierig werden«, sagte er und starrte mit leerem, scheinbar gedankenlosem Blick in die Ferne. Der Kragen seines weißen Hemds war gelb von getrockneter Seife. »Was hältst du davon, wenn ich dir die Möglichkeit gebe, deine Loyalität auf eine Weise zu testen, die weder du noch sonst jemand je vergessen wird?«

R. C. hatte einen Schluck aus der Wasserflasche genommen und wollte gerade erneut ansetzen, hielt dann aber inne. Er stellte die Flasche am Rand des Grabs ab und starrte sie an, die Finger immer noch um die dazugehörige Koppeltasche geschlossen. Der Wind drückte die Mesquitesträucher in der Uferzone des Flussbetts gegen den Boden. Er wartete, denn er wusste, was kommen würde.

»Ich erklär dir jetzt mal, wie ich die Sache sehe«, sagte der

Fremde. »Der Sheriff hat versucht, mich umzubringen, indem er in einem Minenschacht ein komplettes Magazin auf mich abgefeuert hat. Außerdem hat er mich mehrmals persönlich und ohne Grund beleidigt, obwohl ich ihn immer mit Respekt behandelt habe. Das Prinzip verlangt, dass ich ihm etwas Ähnliches antue, da ich mich andernfalls der Sünde der Auslassung schuldig mache. Kannst du mir so weit folgen?«

»Sie sind Preacher Jack Collins. In unserer Gegend steht dieser Name für ›vollkommen durchgeknallt‹, und für gewöhnlich führe ich keine Gespräche mit Geisteskranken.«

Collins verlagerte das Gewicht, zog seinen Revolver aus dem Halfter und legte den Daumen auf den Hahn. »Jetzt hör mir mal gut zu, Junge.« Er zog den Hahn zurück und drückte R. C. die Mündung an die Schläfe. »Ich brauche den Abzug nur ganz leicht zu berühren, und die Grütze in deinem Schädel landet im Flussbett. Ein Blitz vor deinen Augen, ein lautes Dröhnen in deinen Ohren, und du liegst bei deiner toten Mama. Ich werde sicherstellen, dass der Sheriff deinen Tod als Rache für das versteht, was er mir angetan hat. Auf diese Weise werde ich ihm den Seelenfrieden rauben, sodass er bis ans Ende seiner Tage darunter leidet. Bei dieser Variante gibt es allerdings ein Problem: dich. Du magst zwar zu dumm sein, um einen ortsbekannten Puff als das zu erkennen, was er ist, scheinst aber ansonsten ein unschuldiger Bursche zu sein, der nicht den Preis für die Fehltritte seines Vorgesetzten bezahlen sollte. Deshalb werde ich dir eine Chance geben, die nur wenige Menschen in dieser Situation bekommen.«

Collins senkte den Spannhahn, öffnete die Sicherung des Zylinders, drückte ihn seitlich aus dem Revolver und ließ die sechs Messingpatronen in seine Handfläche fallen. »Bist du ein Spieler?«, fragte er.

»Was auch immer Sie vorschlagen, ich bin nicht interessiert.«

»Oh doch, das bist du. Glaub mir.«

»Sheriff Holland wird Sie aufspüren, egal in welchem Rattenloch von Coahuila Sie sich verkriechen. Und beim Thema Puff sollten Sie die Klappe lieber nicht so weit aufreißen. Ich weiß, dass Sie Prostituierte als Informanten benutzen, und ich kann mir nicht vorstellen, dass das alles ist, was diese Frauen für Sie tun. Besonders wählerisch können die jedenfalls nicht sein.«

Collins stand auf. »Ich werde jetzt eine Patrone in eine der Kammern stecken und den Zylinder drehen. Wenn ich dir dann den Revolver gebe, halte ich die Hand davor, damit du nicht sehen kannst, wo die Patrone sitzt. Wenn du zweimal den Abzug drückst und danach noch lebst, lass ich dich laufen. Wenn du dich weigerst, dir die Knarre an die Schläfe zu drücken, knall ich dich selbst ab. Und zwar hier und jetzt.«

»Warum tun Sie mir das an?«

»Junge, du hörst einfach nicht zu, was?«

»Lassen Sie mich kurz über das Angebot nachdenken«, sagte R. C. »Okay, fertig. Meine Antwort lautet: Lecken Sie mich am Arsch. Und wenn Sie damit fertig sind, lecken Sie mich noch mal da, wo keine Sonne scheint.«

»Warum trinkst du nicht noch einen Schluck Wasser und überdenkst noch mal deine letzten Worte?«

»Kein Bedarf. Ich will mir doch nicht die Krätze von eurem keimigen Wasser holen.«

»Steh auf.«

»Warum?«

Jack Collins begann zu lachen. »Das wirst du gleich herausfinden.«

»Ich hab echt genug.«

»Wovon?«

»Davon, wie ein Haufen Scheiße behandelt zu werden. Ich sag Ihnen jetzt das, was ich auch dem Typen erzählt habe, der mich hier rausgebracht hat: Tun Sie einfach, was Sie tun wollen. Ist mir scheißegal. Ich geb einen Scheiß auf Sie, Mann. Hackberry Holland wird Sie aufspüren und Sie zu einem Haufen lebloser Pampe verarbeiten.«

Jack Collins ließ die Hand mit dem Revolver lose an seiner Seite baumeln. »Steh auf und sieh mir ins Gesicht.«

R. C. stand auf. Seine Knie knackten. Er wischte sich den Schweiß und den Dreck von Hals und Nacken und schaute auf seine Hände. Dann fiel sein Blick auf den Revolver in der rechten Hand von Preacher Jack. Er schloss die Augen, riss sie anschließend wieder auf und hielt sie offen, ohne zu blinzeln. Im Augenwinkel glaubte er seine Mutter mit einer Portion Zuckerwatte in der Hand zu sehen.

»Nur um das klarzustellen: Das Halbblut, das dich eingebuddelt hat, wäre nicht wiedergekommen. Der Typ ist nach Durango gefahren und dürfte sich mittlerweile bis zur Besinnungslosigkeit besoffen haben«, sagte Jack Collins. »Du wärst also elendig in deinem Grab krepiert, wahrscheinlich verdurstet. Ich in deiner Situation würde mir jederzeit eine Knarre an die Schläfe halten.«

»Es fehlt nicht mehr viel, und ich verpass mir echt eine Kugel, nur um mir nicht mehr diesen Mist anhören zu müssen«, sagte R. C.

Jack Collins lachte noch einmal. Dann hob er die Trinkflasche auf und legte R. C. den Riemen um den Hals, wobei er achtgab, das Ohr des jungen Deputy nicht umzuknicken. »Halt dich am Rand der Berge und geh drei Meilen nach Norden, bis du zu einer unbefestigten Straße kommst. Der folgst du in Richtung Osten bis zu einer Asphaltstraße, die zur Grenze führt.«

R. C. sah ihn verdutzt an. Seine Beine zitterten. Er versuchte zu verstehen, was Collins gerade zu ihm gesagt hatte, aber die Worte ergaben keinen Sinn. Er hatte das Gefühl, als würde der Horizont zur Seite kippen, und die Berge vor seinen Augen immer wieder verschwimmen.

»Hast du wirklich gedacht, ich würde dich umlegen?«, fragte Collins. R. C. antwortete nicht. Er blickte zu der Stelle, wo seine Mutter gestanden hatte, aber sie war verschwunden.

»Das würde ich dir nicht antun, Junge. Du hast echt eine ganze Menge Schneid«, sagte Collins. Dann zogen er und seine zwei Begleiter ab – wie drei Jungs an Halloween, die von ihren eigenen Streichen gelangweilt waren.

Wenige Minuten später erreichten Hackberry und Pam den Kamm des Hügels und schauten auf das leere Flussbett hinab, das sich wie eine blasse Narbe durch die Uferlandschaft zog. Unter ihnen lagen die Gräber, in denen das Halbblut Negrito seine Opfer begraben hatte – manche von ihnen waren womöglich noch am Leben gewesen, als sie unter die Erde wanderten.

Es war niemand zu sehen. Pam suchte die Gegend mit ihrem Fernglas ab, reichte es dann Hackberry und zeigte nach Norden. Er setzte das Fernglas an und sah im Mondlicht eine einsame Gestalt am Flussbett entlanglaufen. Sie trug eine Trinkflasche über der Schulter, hatte ein Hemd an, das hinten aus der Hose hing, und warf einen Schatten auf den Boden, der so scharf und dünn war wie von einem Zaunpfahl. »R. C.«, sagte er.

»Wie konnte er dem Typen entfliehen?«, fragte Pam.

»Keine Ahnung.« Hackberry richtete den Feldstecher auf den südlichen Horizont und glaubte für einen Moment, die

Scheinwerfer eines Wagens zu sehen, die erst über einen Hügel streiften, um dann einen Felsen aus Sandstein anzustrahlen und in der Nacht zu verschwinden. »Finden wir's raus.«

Sie kletterten den Hügel hinunter, stiegen in den Jeep und fuhren Richtung Norden, bis sie flaches Land erreichten und an den Hügeln vorbei zu dem Flussbett fahren konnten, an dem R. C. offensichtlich entlanglief. Als die Scheinwerfer des Wagens den jungen Deputy zwischen den blassgrünen Sträuchern und Büschen des Wüstensands erfassten und die Schatten aus seinem jugendlichen Gesicht brannten, erlebte Hackberry einen dieser Momente, die von den Ärzten im Marinekrankenhaus in Houston als die Symptome einer posttraumatischen Belastungsstörung bezeichnet wurden. Für Hackberry waren sie allerdings nichts weiter als die natürliche Verflechtung von Geschehnissen und Menschen aus Vergangenheit und Gegenwart – kurzum: Situationen, wie man sie öfter erlebte, wenn man dem Ende seines Lebens näher kam.

In dieser Phase verwandelte sich die Gesamtheit der Lebenstage eines Menschen irgendwann in einen Kreis anstatt in eine Summe, und so landete man auf die eine oder andere Weise immer wieder an dem Punkt, an dem man begonnen hatte. Zumindest sah Hackberry es so.

Als er R. C. durch die Windschutzscheibe betrachtete, sah er sich selbst im Spätsommer 1953 über die Holzbrücke von Panmunjeom in der entmilitarisierten Zone zwischen Nord- und Südkorea gehen – der letzte Mann in einer Kolonne von Kriegsgefangenen, die aus den Lagern südlich der mandschurischen Grenze entlassen worden waren. Er war abgemagert, konnte kaum laufen, hatte Schwierigkeiten, seine Diarrhö unter Kontrolle zu halten, und trug eine vom Salz steife und von der Witterung ausgebleichte Marineuniform. Ein Fotograf vom Stars and Stripes Magazine machte mit einer großen Speed-Graphic-Kamera ein Foto von ihm, das später von den Nachrichtenagenturen im ganzen Land mit der Bildunterschrift »Der letzte amerikanische Soldat überquert die Freedom Bridge« veröffentlicht wurde.

In Wirklichkeit war er gar nicht der letzte Soldat gewesen, der die Freedom Bridge überquert hatte. Es folgten andere, später, und wieder andere wurden zurückgelassen und vergessen – wie die vierhundert, die man über den Yalu ins kommunistische China verschleppt hatte.

War es das wert gewesen? Die große Ironie an der Sache war, dass niemand sich genug dafür interessierte, um diese Frage überhaupt zu stellen. Die Daten, die Schlachten, der Beschuss von zivilen Flüchtlingen durch amerikanische F-80-Jets, das Elend der Schlacht um den Changjin-Stausee, die glühend heißen Läufe der Maschinengewehre, die mit bloßen Händen gewechselt werden mussten, auch wenn danach die Haut der Finger in Fetzen an den Rohren hing, die systematischen Grausamkeiten in den Gulags im Norden, Hackberrys Erlebnisse in Pak's Palace, einer verlassenen Ziegelfabrik, in der die Nordkoreaner eine Foltermethode namens »Paks Schaukel« perfektionierten, all das nichts weiter als die unscharfen Details einer Tragödie, die sich mit der Zeit in kaum mehr als eine unangenehme Erinnerung verwandelt hatte. Die Beteiligten allerdings würden die Einzelheiten ihrer Erlebnisse niemals vergessen. Wie die Figur des ewig durch die Zeit wandernden Juden waren auch sie dazu verdammt, ihre eigenen Geschichtsbücher zu sein, und ein jeder von ihnen schleppte eine Geschichte mit sich herum, die er nicht weitergeben konnte und von der niemand etwas lernen würde.

Hackberry konnte sich selbst in dem jungen Mann erkennen, der auf dem trockenen Boden des uralten Flussbetts vor ihnen entlanggelaufen war und sich nun umdrehte und mit einem Grinsen auf den Lippen in die Scheinwerfer des Jeeps starrte. Jugend war das stärkste aller Schmerzmittel, dachte Hackberry. Für R. C. war die Welt immer noch ein wunderbarer Ort. Sein Vertrauen in seine Mitmenschen wurde durch die Ankunft seiner Freunde erneuert und bestärkt, und sein Leben lag wieder vor ihm, als wäre es von derselben göttlichen Hand entworfen und gelenkt worden, die schon unsere Stammväter ins Paradies gesetzt hatte. Einen Moment lang wünschte Hackberry sich nichts sehnlicher, als all seine eigenen Erinnerungen nehmen und an R. C. weitergeben zu können, um dann dafür zu beten, dass sein junger Deputy einen besseren Umgang mit diesem Erbe fand, als es Hackberry möglich gewesen war.

Er rollte das Fenster auf der Beifahrerseite herunter. »Die Abfahrt nach San Antonio verpasst?«

»Ich wusste, dass Sie kommen würden«, sagte R. C. grinsend und stieg in den Wagen. »Warum haben Sie so lange gebraucht? Ich bin schon etwas nervös geworden.«

»Du kannst Fragen stellen, Junge. Stau, natürlich. Was zum Teufel ist da draußen eigentlich passiert?«, fragte Hackberry.

»Was passiert ist? Dieses Halbblut Negrito hat mir erst die Schaufel über den Schädel gezogen und mich dann lebendig begraben. Und dann kam Jack Collins mit zwei Mexikanern und hat mich wieder ausgebuddelt.«

Pam trat auf die Bremse. »Collins ist hier in der Nähe?«

»Er war in der Nähe.«

»Wo?«, fragte sie.

»Er ist zusammen mit den beiden Mexikanern über einen Hügel gegangen, und dann war er plötzlich verschwunden, einfach so.«

»Hatten sie ein Auto?«, fragte Hackberry.

»Hab zumindest keins gehört. Aber der Wind kam aus dem Norden. Möglich, dass ich es deshalb nicht gehört habe.«

»Was hat Collins zu dir gesagt?«, fragte Hackberry.

»Er meinte, er würde mich vor die Wahl stellen: Entweder ich spiele russisches Roulette, oder er legt mich auf der Stelle um. Als ich ihm dann gesagt habe, dass ich nicht mitspielen würde, hat er mir den Weg zum Highway erklärt. Ich kapier nicht, was das sollte. Vielleicht stimmt ja nicht alles, was man sich über ihn erzählt.«

»Und ob es stimmt«, sagte Hackberry.

»Warum hat er mich dann laufen lassen?«

»Er hat dir doch bestimmt gesagt, dass du mir etwas ausrichten sollst, oder?«

»Jedenfalls denkt er viel über Sie nach, Sheriff, so viel ist sicher, aber eine Nachricht hat er mir nicht mitgegeben.«

Hackberry starrte auf die Landschaft vor ihnen und auf die Sterne, die Richtung Horizont wanderten.

»Hab ich was verpasst?«, fragte R. C.

Collins will, dass ich in seiner Schuld stehe, dachte Hackberry. Aber er sagte etwas anderes. »Du hast alles richtig gemacht, R. C. Wen interessiert es da, was im Schädel eines Wahnsinnigen vorgeht?«

»*Mich* interessiert es. Er ist ein unheimlicher Kerl.«

»Das ist er in der Tat. Er bringt Menschen um.«

»Nein, ich meine etwas anderes. Sein Atem. Er stank nach Gas und Verwesung. Seine Haut auch. Der Mann riecht nicht nach Mensch.«

Die Mexikaner sagen, dass er durch Wände geht, dachte Hackberry.

»Sir?«

»Hast du Hunger?«

»Mit einem 600-Gramm-Steak, zwei Kilo Pommes und vier Litern Eiscreme dürfte ich bis zum Frühstück durchhalten«, antwortete R. C.

»So soll es sein, Junge«, antwortete Hackberry.

Als Hackberry im Morgengrauen nach Hause kam, rief er Ethan Riser auf dem Handy an, hinterließ eine Nachricht auf der Mailbox, schlief vier Stunden, genehmigte sich eine Dusche und rief Riser erneut an. Dieses Mal hatte er Glück. »Ich könnte Sie jetzt hier unten gebrauchen, Partner«, sagte er.

»Ich habe Ihre Nachricht wegen Collins erhalten, Sheriff. Wir haben die Behörden in Coahuila kontaktiert.«

»Sie hätten mir auch erzählen können, dass Sie sich gerade einen runtergeholt haben.«

»Warum geben Sie sich solche Mühe, mich zu beleidigen?«

»Anton Ling hat mir erzählt, dass sie vor einiger Zeit Teil einer Waffen-gegen-Drogen-Operation war. Das Dope ging in die amerikanischen Ghettos, die Knarren nach Nicaragua. Sie meinte, dass Josef Sholokoff in die Sache verstrickt war.«

»Davon habe ich auch schon gehört.«

»Und, ist da was dran?«

»Möglich. Teilweise zumindest. Aber das ist Schnee von gestern. Sholokoff ist unsere Sache, Sheriff. Sie sollten sich um Collins und um diesen Krill kümmern, denn diese Kerle sind in Ihrem County aktiv. Der Fall Sholokoff geht Sie nichts an.«

Hackberry spürte, wie seine Hand, die den Telefonhörer hielt, sich immer wieder öffnete und schloss. Auf. Zu. Durch das Fenster konnte er seine Pferde auf der Koppel sehen, den gelben Staub, der von den Bergen aufstieg, und die dunkelvioletten Regenwolken, die sich vor der Sonne sammelten. *Er hat*

Krebs und ist auf der Zielgeraden. Du solltest ihn nicht beleidigen, hörte er eine Stimme sagen.

»Ich stehe mit dem Rücken zur Wand«, sagte er. »Mein Deputy wurde unter Drogen gesetzt und lebendig begraben. Die Bundesbehörden und ihre Laufburschen, ja sogar Leute wie Temple Dowling, wischen sich mit meinem County den Arsch ab, und es gibt nichts, was ich dagegen tun kann. Ich glaube, langsam muss ich das Regelbuch zuklappen und in die Schublade legen, Ethan.«

»Ja, diese Versuchung besteht meist in solchen Fällen. Aber es läuft ja doch immer auf dasselbe Ergebnis hinaus: Man macht sich nur die Hände schmutzig und steht am Ende vor einer Riesensauerei.«

»Kommen Sie nun runter oder nicht?«

Es dauerte ziemlich lange, bis Riser antwortete. »Ich hab hier alle Hände voll zu tun. Momentan geht es einfach nicht. Aber ich sag Ihnen was, Hackberry: Stecken Sie Ihre Nase nicht in Geschichten, die schon Jahre zurückliegen, und halten Sie sich von dieser Anton Ling fern. Die Frau ist eine Idealistin und voller Schuldgefühle. Wie alle Idealisten würde sie am liebsten die eine Hälfte der Erde anzünden, um die andere zu retten. Sie hatte ihre Chance, uns Noie Barnum zu übergeben, denn wir sind die guten Jungs und nicht Al-Qaida. Stattdessen hat sie ihn versteckt, ihn versorgt und verarztet und in den Fängen von Jack Collins enden lassen. Wollen Sie Ihr Geld wirklich auf so eine Person setzen? Schalten Sie doch zur Abwechslung mal Ihren Verstand ein, Hackberry.«

An diesem Abend fuhr Danny Boy Lorca auf einem zweispurigen Highway durch eine Berglandschaft, die wie eine Reihe von Industriemüllhalden und nicht wie Hügel aus fester Erde und Fels aussah. Sein Ziel war ein Saloon, der aus entrindeten und lackierten Kiefernholzstämmen gebaut war und ein grünes Spitzdach hatte. Durch die an die Fensterrahmen getackerte Weihnachtsbaumbeleuchtung erhielt er einen festlichen Anstrich, auch wenn die Umgebung, in der er sich befand, allein auf Eidechsen, Skorpione und Aasvögel eine anziehende Wirkung hatte. Der Name des Saloons – LA ROSA BLANCA – war in großen Buchstaben auf dem Spitzdach montiert und strahlte ein unscharfes orangefarbenes Neonlicht ab. Der Besitzer hieß Joe Tex, wie der Soulsänger, mit dem er jedoch in keinerlei Beziehung stand. Wenn seine Gäste ihn nach dem Namen des Saloons fragten, erzählte Joe Tex von seiner Ex-Frau, einer vollbusigen Stripperin aus Dallas mit einem Herz aus Gold, einer kreischenden Stimme und einem Durst nach gekühltem Wodka, den selbst der Golf von Mexiko nicht hätte stillen können. Die Wahrheit war allerdings, dass Joe Tex niemals verheiratet gewesen war. Er hatte als Söldner in Kambodscha gekämpft, genauer gesagt in der Hauptstadt, Phnom Penh, wo er eng mit den Besitzern eines auf Oralsex spezialisierten Bordells befreundet gewesen war, das den Namen THE WHITE ROSE trug.

Danny Boy stellte seinen Armee-Truck ab und schlurfte wankenden Schrittes über den Kies zum Eingang des Saloons. Um Unterarm und Hand hatte er die Schnur eines Seesacks geschlungen, dessen schwerer Inhalt auf dem Weg zur Bar wieder und wieder gegen seine Hüfte prallte.

Neben dem Saloon stand ein mit roten und gelben Neon-Lichterketten geschmücktes Motel, wie man es aus den Fünfzigerjahren kannte. Durch die kreisförmige Wagenauffahrt und die eckigen Fassaden und Schilder sah es aus wie ein geparktes Raumschiff. Die Gäste im Saloon waren größtenteils

Trucker, die im Motel übernachteten, Frauen mit paillettenbesetzten Handtaschen, die Eyeliner, Lipgloss und Schaumfestiger im Haar trugen und deren Stimmen reichlich dämlich klangen, ortsansässige Ex-Knackis aus Huntsville, die in anderen Clubs nicht willkommen waren, und College-Boys auf der Suche nach einer heißen Nummer oder einer ordentlichen Schlägerei, je nachdem, was sich zuerst ergab.

Joe Tex kleidete sich wie ein Latino: Er trug Cowboystiefel, die an Spitze und Hacken mit Metallbeschlägen verziert waren, und ein schwarzes, mit roten Rosen besticktes Westernhemd. Er hatte ständig, egal in welcher Situation, ein Lächeln auf den Lippen, in dem seine Zähne massiv wie Grabsteine glänzten. Die schwarzen Haare auf seinen Unterarmen signalisierten Kraft und Männlichkeit, ebenso wie sein durchtrainierter Körper, an dessen Oberfläche pulsierende Venen hervortraten, wenn er selbst bei über vierzig Grad Hitze nur mit einer knappen Unterhose bekleidetet hinter dem Saloon Gewichte stemmte.

Auf dem Weg zum Tresen machte Danny Boy einen Bogen um die Tanzfläche und bewegte sich dabei so vorsichtig wie auf einem Schiff bei schwerem Seegang. Als er den Sack an der Bar abstellte, fiel der schwere Segelstoff in Falten über die harten Gegenstände auf dem Boden des Beutels.

»Ein Bier und einen Kurzen?«, fragte Joe Tex.

»Ich will meinen Deckel bezahlen«, antwortete Danny Boy.

Joe Tex nahm ein Bierglas aus dem Kühlschrank, das mit einer dünnen Eisschicht überzogen war, zapfte ein Bier und platzierte es vor Danny Boy auf den Tresen. Dann füllte er ein Schnapsglas bis zum Rand mit Jim Beam und stellte es auf die Serviette neben dem Bierglas. Der Ausdruck in Joes Gesicht ließ Danny Boy an die Schnitzereien an mexikanischen Wanderstöcken denken: starr und fest, leicht abgewetzt und mit abgegriffener Farbe. Joe Tex öffnete eine Schublade unter der Bar, kramte in einer Metallkiste und zog einen Zettel hervor, auf dem Zahlenreihen notiert waren. »Machen wir fünfundsiebzig glatt«, sagte er.

»Ich hab Dinosaurier-Eier. Die will ich verkaufen.«

»Wenn ich die Überreste von Dinosauriern kaufen oder verkaufen würde, müsste ich mir doch Gedanken um die gesetzlichen Beschränkungen hinsichtlich des Antiquitätenhandels machen, nicht wahr?«, sagte Joe Tex lächelnd. Seine Zähne leuchteten schneeweiß gegen den ledrigen Teint seines Gesichts.

»Die Eier stammen von meinem Grundstück. Was ich da aus der Erde buddele, geht die Regierung einen feuchten Dreck an. Ich hab zwei Eier, große noch dazu.« Er zog den Seesack an der Schnur leicht in die Höhe, sodass sich der Stoff um die Formen im Inneren spannte. »Sind fünftausend das Stück wert. Ich geb dir beide für vier Riesen.«

»Und so willst du deinen Deckel bezahlen?«

»Ich habe einen Mord gesehen. Der Täter war ein Kerl namens Krill. Ich werde ein Kopfgeld auf ihn aussetzen. Außerdem will ich eine Belohnung für Hinweise zum Aufenthaltsort von einem Kerl namens Noie Barnum ausschreiben. Vielleicht kann ich dem irgendwie helfen.«

Joe Tex stützte sich mit den Händen auf dem Tresen ab und schaute auf die College-Boys, die Frauen, die Trucker an den Tischen und die tanzenden Paare an der Jukebox, ohne sie wirklich wahrzunehmen. Vielmehr schien er seinen Blick über die Illusionen schweifen zu lassen, auf die seine Gäste ihr Leben aufbauten, und nach einer kurzen Denkpause wieder zu den Realitäten und Enttäuschungen zurückzukehren, die sein eigenes Dasein ausmachten. »Warum willst du das tun, Danny Boy?«

»Weil ich einen Mord mit angesehen habe und nichts getan habe, um den Täter zu stoppen. Weil ich es vielleicht wieder gutmachen kann, indem ich diesem Mann, Noie Barnum, helfe. Er ist diesem Killer Krill entwischt und direkt an mir vorbeigelaufen. Wahrscheinlich versteckt er sich zusammen mit dem, den sie Preacher nennen.«

Joe Tex betrachtete die Oberseite seiner Finger, dann die Haare, die auf seinen Händen wuchsen und unter dem Metallarmband seiner Armbanduhr und den Bündchen seines bestickten Hemds hervorquollen. »Das hier ist kein Ort, um persönliche Fehden auszutragen, und auch kein Souvenirshop. Also, lass die Eier verschwinden, okay? Der Kurze und das Bier gehen aufs Haus.« Joe Tex wandte sich von seinem Gast ab und ging. Seine metallbeschlagenen Stiefel klackten dumpf über den Lattenrost auf dem Boden hinter der Bar.

Danny Boys Augenlider öffneten und schlossen sich, während er versuchte, Ordnung in die Verwirrung zu bringen, die Joes Worte in seinem Kopf verursacht hatten. Er nahm einen kleinen Schluck von dem Whiskey und spülte mit Bier nach. Um dabei das Gleichgewicht zu behalten, lehnte er sich nach vorn und stützte einen Fuß auf der Leiste unten am Tresen ab. Seine Gesichtsmuskeln waren ölig und unkoordiniert, und die Flaschen im Wandregal hinter der Theke glitzerten in bunten Farben. Die beiden Gläser, die vor ihm standen, schienen sich von selbst zu leeren. Als er sie mit erschöpftem Blick anstarrte, rutschte sein Fuß von der Leiste. »Noch mal das Gleiche«, sagte er, als Joe an ihm vorüberging, um einen Gast am anderen Ende der Theke zu bedienen.

Danny Boy wartete darauf, dass seine Gläser aufgefüllt

wurden, als würde das bloße Verlangen ausreichen, um einen Wunsch Realität werden zu lassen. Joe Tex aber kehrte nicht vom Ende der Bar zurück, sondern unterhielt sich dort mit ein paar College-Kids, die ihn über den Big-Bend-Nationalpark ausfragten. Danny Boys Gläser blieben leer.

»Gib mir noch mal dasselbe«, sagte er zu Joe Tex, der nun mit dem Rücken zu ihm stand. Er legte seine Hand auf die festen Konturen der versteinerten Eier und starrte Löcher in den Rücken des Barmanns, schaute auf das Hemd, das sich über Joes Schultern spannte, die Sehnen und Muskeln, die in seiner schmalen Hüfte mündeten, den breiten Gürtel, die engen grauen Westernhosen und die glänzenden Tony-Lama-Stiefel. Konnte Joe ihn nicht hören? Danny Boy pochte mit den Fingerknöcheln auf die Theke. »Gib mir ein Bier und ein Sandwich«, sagte er. »Eins mit Schinken und Zwiebeln. Einen Kurzen hätte ich auch gern.«

Aber niemand reagierte. Weder Joe Tex oder die College-Kids noch die tanzenden Paare oder die Gäste an den Tischen. Verstanden diese Menschen denn nicht, wie wertvoll sein Fund war? Die Eier bewiesen doch, dass da draußen noch immer eine komplexe vorsintflutliche Welt existierte, in der Kreaturen mit gedrängten Körpern, kurzen Beinen und reptilienartigen Hälsen lebten. Man musste nur glauben, um durch die Zeit hindurch in die Vergangenheit sehen und diese Kreaturen möglicherweise sogar mit den Händen berühren zu können. Und genau das passierte, wenn man in die Wüste hinausging und absorbiert wurde – von den Felsen und den warmen Luftschichten, die von dem sandigen Boden emporstiegen. Man wurde Teil eines Ortes, an dem es weder Vergangenheit noch Zukunft gab, und an dem alle Dinge zur selben Zeit passierten. »Hey, Joe, warum quatschst du mit diesen Leuten da? Vergiss die Kids, Mann. Ich will jetzt einen verfickten Drink, verdammt.«

Hatte er das wirklich gerade gesagt?

Langsam ging Joe Tex über den Lattenrost hinter der Theke zu Danny Boy, eine Backe zu einer runden Kugel aufgebläht. Er nahm die beiden Gläser, stellte sie in das schmutzige Wasser in der Aluminiumspüle hinter sich, wo sie sofort durch den Film aus Fett und Spülmittel sanken und verschwanden. »Zeit, nach Hause zu gehen, Danny«, sagte er.

»Ich bin gekommen, um meinen Deckel zu bezahlen. Und um etwas zu trinken, wie jeder andere hier auch.«

»Ein anderes Mal.«

»Morgen bezahle ich meinen Deckel. Ich finde schon jemanden, der mir die Eier abkauft.«

Joe Tex stützte sich mit den Händen auf die Theke. »Ich kann jemanden anrufen, der dich nach Hause fährt. Wenn du willst, kannst du auch wieder hinten schlafen«, sagte er. »Du bekommst nichts mehr zu trinken. Wir sind fertig.«

Als Joe Tex wegging, fühlte Danny Boy sich, als stünde er ganz allein an einer Straßenecke, wo er einem Linienbus hinterherschaute, der gerade von der Haltestelle abgefahren war. Er sah sein Spiegelbild in den Busfenstern vorbeigleiten, sah die Fahrgäste im Inneren, wie sie Zeitung lasen, sich unterhielten oder Kopfhörer trugen und Musik hörten, als würde er gar nicht existieren. Seine Lippen waren verklebt, seine Kehle wie zugeschnürt, und die Venen unter seiner Kopfhaut schienen sich immer fester um seinen Schädel herum zusammenzuziehen. Vor ihm im Regal tanzte das Licht in den Flaschen mit Rum, Bourbon, Tequila und Wodka so mysteriös und verführerisch wie die glänzenden Farben in einem Regenbogen. »Ich bin immer ein guter Kunde gewesen. Ich bin dein Freund«, hörte er sich selbst sagen.

Einen Moment später aber schämte er sich wegen des klagenden Tons in seiner Stimme und der armseligen Opferrolle, die er wieder einmal in aller Öffentlichkeit eingenommen hatte.

»Willst du einen Drink, Häuptling?«, fragte eine Stimme hinter ihm.

Als Danny Boy sich umdrehte, sah er einen großen, glattrasierten Mann mit welligem braunem Haar vor sich. Hinter dem Mann saßen drei weitere Männer an einem Tisch. Sie rauchten und genehmigten sich ab und an einen Schluck aus ihren Bierflaschen. Der große Mann sah aus wie ein Cowboy oder ein Viehhändler für Rodeoveranstaltungen, aber wahrscheinlicher war, dass er etwas ganz anderes tat, dachte Danny Boy. Möglicherweise verwaltete er eine große Jagdfarm, oben in den Glass Mountains, oder arbeitete im Auftrag irgendwelcher reichen Leute, die andere Menschen anheuerten, um ihre Arbeit zu erledigen. Der Mann trug eine verspiegelte Sonnenbrille, ein himmelblaues Seidenhemd und eine Wrangler-Jeans, deren Gürtel weit oben über seinem flachen Bauch verlief. Er hatte ein leichtes Lächeln auf den Lippen und große Hände mit Fingerknöcheln wie Walnüsse. Vielleicht war er am Ende doch nur ein Cowboy, dachte Danny Boy, ein stinknormaler Kerl, der sich nichts Böses dachte, wenn er ihn mit »Häuptling« anredete.

»Ich bin blank«, sagte Danny Boy.

»Das vorhin war kein Alki-Gequatsche, oder? Du hast wirklich ein paar Dinosaurier-Eier in dem Sack da, stimmt's?«

Danny Boy versuchte den ersten Teil der Bemerkung zu ignorieren. »Ja. Ich hab sie auf meinem Grundstück gefunden und selbst ausgegraben.« Er linste zu den Flaschen im Regal und wischte sich mit einer Serviette über die Nase. Dann schaute er dem Cowboy dabei zu, wie er sein mexikanisches Bier an die Lippen setzte und trank. Sein Kehlkopf gluckste gleichmäßig, seine Wangen glänzten vom Aftershave, und das in Gold und Rot schimmernde Etikett der Flasche in seiner Hand übte eine große Anziehungskraft auf Danny Boy aus. Er wartete darauf, dass der Cowboy ihm einen Drink spendierte.

»Vielleicht kann ich dir weiterhelfen«, sagte der Mann.

Danny Boy schwieg und versuchte, nicht schon wieder zu den Flaschen mit Whiskey, Rum, Gin und Wodka hinüberzuschauen.

»Kann ich die Dinger mal sehen?«, fragte der Cowboy und strich mit der Hand über die Konturen der Eier.

»Das ist vielleicht nicht der beste Ort dafür.«

»Ich sehe da kein Problem.« Der Cowboy zog ein Portemonnaie aus seiner Gesäßtasche und legte es auf den Tresen. Die Ecken eines dicken Bündels frischer Banknoten ragten unter der geflochtenen Kante der Geldbörse hervor.

Danny Boy löste die Schnur am oberen Ende des Seesacks, steckte den Arm hinein, holte vorsichtig die beiden Eier heraus und legte sie auf die Bar. Als er in die verspiegelte Sonnenbrille des Cowboys blickte, sah er das Bild eines dunkelhäutigen Mannes mit kastenförmigem Oberkörper, der ein schmutziges olivgrünes T-Shirt und eine Canvashose trug, die er wahrscheinlich schon mal vollgepisst hatte, ohne sich daran zu erinnern.

»Wie viel willst du für die Dinger?«, fragte der Cowboy.

»Zweitausend pro Stück.«

»Die sehen aus wie ein paar versteinerte Titten, und nicht besonders schöne noch dazu.«

Danny Boy schnaubte und schaute auf die andere Wand des Saloons, zu den Menschen auf der Tanzfläche und den Qualm, der in Schichten unter der Decke hing. »Ich kann auf achtzehnhundert pro Stück runtergehen.«

»Und mit dem Geld willst du einen Kerl namens Noie Barnum aufspüren? Du scheinst ein Experte für die Lösung der ganz großen Probleme zu sein, was? Bevor du antwortest, mach ich dir einen Vorschlag: Ich geb dir hundertfünfzig für deine beiden hässlichen Titten hier, und dann schiebst du deinen stinkenden Arsch raus auf die Straße. Hast du eigentlich schon gemerkt, dass deine Hose aussieht, als hätte dir jemand einen nassen Lappen zwischen die Beine gelegt?«

Danny Boy starrte auf das Bild des Mannes, der in der Sonnenbrille des Cowboys gefangen war. Die Haare dieses Mannes sahen aus, als hätte man ihm einen Topf auf den Kopf gesetzt und dann einmal rundherum geschnitten. Seine Haut war dunkel und wirkte wie über einem Feuer geräuchert, und seine emotionslosen Züge wiesen auf einen begriffsstutzigen Kerl hin, der die gegen ihn ausgesprochenen Beleidigungen ohne Widerrede akzeptierte, weil er den Sinn der Wörter nicht verstand. Die vernarbten Brauen über seinen Augen, die Lücken zwischen seinen Zähnen und seine massigen Schultern waren die eines Mannes, der Zeit seines Lebens nur eingesteckt hatte, eines Handlangers, der unter den Baugerüsten einer Kathedrale Ziegel geschleppt hatte, während ihm von oben Staub und Dreck auf den Kopf gerieselt waren. Er starrte in die Sonnenbrille des Cowboys, bis sein Spiegelbild irgendwann in goldene Nadeln zu zersplittern schien.

»Ich habe die Dinger auf meinem Grundstück ausgegraben«, sagte er. »Und ich werde das Geld dafür einsetzen, Noie Barnum zu finden. Ich denke, Sie wissen, wer das ist, andernfalls hätten Sie mich nicht angesprochen.«

Der Cowboy packte Danny Boys Oberarm und lehnte sich

nach vorn. Seine Worte waren feucht von dem Kautabak hinter seinen Lippen, als er flüsterte: »Ich werde dich jetzt nach draußen bringen, Boy, und dann werden wir uns unterhalten. Bis dahin hältst du die Klappe, kapiert?«

»Ich war Mittelgewichtsboxer und hab sogar mal in der Olympia Arena in L.A. gekämpft. Tami Mauriello saß mal in meiner Ecke und hat mir Tipps gegeben, meinte, ich wäre so gut wie er. Um ein Haar hätte Tami mal Joe Louis auf die Bretter geschickt …«

»Du bewegst jetzt deinen gottverdammten, stinkenden Indianerarsch zur Vordertür raus, verstanden, Boy? Du weißt doch, was es bedeutet, wenn ich sage ›Westlich von Pecos gibt's weder Gott noch Gesetz‹, oder? Das bedeutet, dass das hier immer noch das Land des weißen Mannes ist.«

Der Cowboy hatte die Zähne gefletscht und packte in seiner Wut Danny Boys Oberarm noch fester. Sein feuchter Atem strich Danny Boy über das Gesicht. Vielleicht war es das Wort »Boy« oder sein fester Griff. Vielleicht waren es aber auch die Jahre voller Verachtung, Hohn, Spott und Beleidigungen, die Danny Boy als Teil seines Lebens akzeptiert hatte, so wie viele Trinker, die im Tausch für Alkohol Saloons und Toiletten wischten, wo Leute auf den Boden gekotzt, die Papierhandtücher neben den Mülleimer geworfen und auf die Klobrille gekackt hatten. Vielleicht war es aber auch keins dieser Dinge. Vielleicht wollte er auch einfach nur wieder siebzehn sein: das Golden-Gloves-Boxturnier gerade absolviert, drahtig und durchtrainiert bis in die Haarspitzen, seine Linke so schnell wie der Kopf einer Schlange und sein rechter Haken unter das Herz so heftig, dass selbst ein ausgewachsener Mann um Gnade winselte.

Danny Boys Rechte landete dieses Mal nicht als Haken in

den Rippen seines Gegners, sondern raste geradewegs in den Mund des Cowboys, quetschte dessen Lippen gegen die Zähne und fegte ihm die Brille von der Nase. Der Schock und der Schmerz in den Augen seines Gegenübers waren so intensiv, als wäre er gerade aus dem Auto gestiegen und von einem fahrenden Bus erfasst worden. Noch bevor der Cowboy seine Fäuste hochreißen konnte, um in Deckung zu gehen, feuerte Danny Boy sein ganzes Arsenal ab: Zwei linke Jabs, einer aufs Auge, der andere auf Wangenknochen und Nasenrücken, dann eine Rechte, und zwar mit vollem Gewicht und direkt aus der Schulter, geradewegs hinein in das blutige Loch in der unteren Gesichtshälfte des Cowboys, wo abgebrochene Zähne knackten und eine feste Kugel aus Blut, Schleim und Kautabak den Rachen verstopfte.

Mit einem Mal waren alle Geräusche im Saloon verstummt. Lediglich die Stimme von Willie Nelson war noch aus den Lautsprechern der Jukebox zu hören. Sein »Blue Eyes Crying in the Rain« klang allerdings so nervtötend, als würde gerade ein langes Stück Draht durch das Loch in einer Blechdose gezogen. Danny Boy schob die Dinosaurier-Eier wieder in den Seesack zurück, wickelte die Schnur um seinen Unterarm und ging Richtung Tür. Eigentlich hätte der Kampf vorbei sein sollen. Der Cowboy lag rücklings am Boden, und das Blut rann ihm aus Nase und Mund auf das himmelblaue Seidenhemd. Selbst Joe Tex, der bei Schlägereien sofort dazwischenging, stand regungslos hinter der Bar und zeigte durch seine Inaktivität an, dass der Fight vorbei war. Alles, was Danny Boy jetzt noch zu tun hatte, war, den Saloon zu verlassen.

So hätte es eigentlich laufen sollen. Tat es aber nicht. Danny Boy hatte gerade mal drei Schritte getan, als er hinter sich den schnaufenden Cowboy hörte. Den Seesack an seiner linken

Hand, wirbelte er herum und war sofort bereit, seine Rechte zum Einsatz zu bringen und dem Angreifer die Lichter auszuknipsen.

Der Cowboy allerdings, nun ein Messer mit Hirschgriff und zehn Zentimeter langer Klinge in der Hand, duckte sich unter dem Swing weg und riss Arm und Ellbogen vor seinem Gesicht in die Höhe, um Danny Boys nächsten Schlag abzuwehren. Dieser versuchte, ihm mit einem Sprung nach hinten zu entkommen, stieß dabei aber gegen einen Stuhl. Er spürte noch, wie die Klinge in seinen Oberschenkel raste. Wie ein Eiszapfen tauchte sie ein und stieß schließlich dumpf gegen den Knochen. Sofort strahlte eine Welle des Schmerzes und der Übelkeit von der Wunde aus, hinauf in Leiste und Magengegend. Er erinnerte sich noch, mal etwas von einer Arterie in dieser Körpergegend gehört zu haben, die für die Arbeit des Herzen unerlässlich war. Dann stand er plötzlich neben sich und sah, wie Danny Boy Lorca zur Tür wankte – taumelnd, den Seesack am Arm, sein linkes Bein steif wie Holz, das Messer bis zum Griff im Bein versenkt. Draußen, im Licht der orangefarbenen Neonbuchstaben, die sowohl den Namen eines Saloons in Texas als auch den eines Bordells in Kambodscha bewarben, schienen mit seinem Blut auch der Rest der Welt und die Sterne über ihm in den Boden zu sickern, über den vor langer Zeit wahrscheinlich mal Kreaturen mit langen echsenartigen Hälsen gelaufen waren. Eine komische Art, in den Fahrstuhl Richtung Süden zu steigen, dachte er noch, als der Parkplatz plötzlich sein gesamtes Blickfeld ausfüllte und er mit der Stirn voran in den Kies knallte.

Kapitel 15

Der Sanitäter, der mit Danny Boy im hinteren Teil des Krankenwagens ins County Hospital fuhr, hatte Akne auf der Stirn, auf dem Nasenbein und an der Spitze seines Kinns, sodass sein Profil aussah, als hätte es jemand mit einem stumpfen Messer aus einem Stück Holz geschnitzt. Seine Haut und seine Kleidung stanken nach Nikotin, sein Haar war von Schuppen übersät, und seine Arme in den Hemdärmeln so dünn wie Zweige. Die Asphaltstraße, auf der sie fuhren, war in schlechtem Zustand, und so rappelten Danny Boys Trage und die Ausrüstung lautstark im Krankenwagen hin und her. Der Sanitäter schien sich nicht sonderlich daran zu stören.

»Wie nennt man diese Arterie in der Leiste?«, fragte Danny Boy. »Die Arterie, die besser nicht verletzt werden sollte.«

»Arteria femoralis«, sagte der Sanitäter.

»Und da hat mich der Typ erwischt?«

»Rate mal.«

»Er hat sie nicht erwischt?«

Der Begleiter wickelte ein Pfefferminzbonbon aus. »Ich habe einen trockenen Mund«, sagte er. »Ich würde dir ja auch eins anbieten, aber du sollst jetzt erst mal nichts essen.«

»Und die Arterie ist okay?«

»Mein Güte, Kumpel, was denkst du denn?«

»Sag mal, kenn ich dich nicht irgendwoher? Dein Spitzname war ›Stoner‹ oder so was in der Art, stimmt's?«

»Sagt mir nichts.«

Danny Boy schaute dem Mann weiter ins Gesicht. »Ich hab mal auf dem Jahrmarkt in Marathon gearbeitet. Da hab ich dich in der Free Clinic gesehen. Du wolltest gerade clean werden.«

»Ja, kann sein. Warst du auch in einem der Programme da?«

»Ich war in der Klinik wegen meiner Kopfschmerzen.«

»Der Typ, den du auf die Bretter geschickt hast, ist Privatdetektiv. Er arbeitet für Temple Dowling.« Der Mann wartete auf eine Reaktion, aber Danny Boy starrte ihn nur lautlos an, während das Innere des Krankenwagens bei jedem geflickten Riss auf dem Asphalt durchgeschüttelt wurde. »Du weißt nicht, wer Temple Dowling ist?«

»Nein.«

»Sein Vater war mal Senator.«

»Senator? Von was?«

Der Mann schüttelte den Kopf. »Der Barmann hat den Cops erzählt, dass du eine Belohnung für Hinweise zum Aufenthaltsort von einem Kerl namens Barnum aussetzen wolltest. Du weißt schon, Barnum, wie der Barnum & Bailey Circus?« Er putzte sich die Nase, steckte sich das Taschentuch anschließend in die Hemdtasche und sah Danny Boy von der Seite an. »Möglich, dass ich weiß, wo er ist. Oder mit wem er unterwegs ist. Verstehst du, was ich sagen will?«

»Erzähl's dem Sheriff.«

»Warst du schon mal bei Narcotics Anonymous?«

»Was ist das?«

Der Mann rümpfte erneut die Nase. »Ich habe Medikamente an einen Typen verkauft, an den ich mich nicht besonders gern erinnere. Der Kerl bestand darauf, dass wir uns mitten in der Nacht draußen in der Wüste treffen. Weißt du, von wem ich rede?«

»Möglich. Wie heißt er?«

»Wenn du den Kerl triffst, sprichst du ihn nicht mit seinem Namen an.«

»Der, den Sie Preacher nennen?«

»Das hast jetzt du gesagt.«

Durch das Heckfenster konnte Danny Boy die Reflektion der Signalleuchten an der Seite des Highways sehen. »Der Typ ist ein Killer«, sagte er. »Und du hast ihm geklaute Medikamente verkauft?«

»Ich bin nicht sonderlich stolz darauf.«

»Mein Bein tut weh. Ich will mir das nicht mehr anhören.«

»Pass auf: Ich will nach Kalifornien gehen und neu anfangen. Clean werden und so, verstehst du? Gib mir eins der Eier, und ich sag dir, was du wissen willst.«

Danny Boy sah den Mann lange an, seine Augen stumpf, sein Blick erschöpft. »Mein Seesack liegt auf dem Boden.«

»Richtige Entscheidung, Mann. Aber ich muss dich was fragen. Warum willst du diesem Kerl Barnum helfen?«

»Da ist eine Sache, die ich wiedergutmachen muss.«

»Was?«

»Ich hab gesehen, wie Barnum ein paar Killern entkommen ist und wie diese Leute seinen Mitgefangenen zu Tode gequält haben.«

»Echt jetzt?«

»Wo ist Noie Barnum?«

»Den genauen Ort kann ich dir nicht sagen, aber der Typ, den ich in der Wüste wegen der Medikamente getroffen hab, der hat nach Norden geschaut und gesagt: ›Da hinten wird es gleich aus Eimern schütten‹. Und als ich gefragt habe, was er mit *da hinten* meinte, sagte er: ›In den Glass Mountains. Du solltest mal raufkommen, um einen dieser Regenstürme mitzuerleben.

Der würde dir glatt das Dope aus dem Körper spülen und einen Mann aus dir machen.‹« Der Sanitäter starrte ins Leere. »Dieser Typ versteht es wirklich, einem dieses beschissene Gefühl zu geben, als wäre man absolut wertlos und unbedeutend.«

Danny Boy antwortete nicht.

»Hat er das bei dir auch geschafft?«, fragte der Mann.

»Das wird nie wieder passieren«, sagte Danny Boy.

In dieser Nacht regnete es. Im Süden hatte ein tropischer Sturm die mexikanische Küste heimgesucht. Die Luft roch kühl und salzig wie Meerwasser, so als befände sich auf einmal ein großer Ozean hinter den Hügelketten, die die Stadt umgaben. Noch bevor Hackberry und Pam im Krankenhaus ankamen, um mit Danny Boy zu sprechen, hatte ein Blitzschlag für einen Stromausfall im gesamten County gesorgt. Weiße Blitze zuckten durch die Wolken, und Hackberry glaubte, tropische Blumen und getrockneten Seetang im Wind riechen zu können, ebenso wie einen Geruch nach Verwesung in den Bäumen vor dem Krankenhaus. Er wusste, dass es sich um die Gedankenspiele eines auf sich selbst fixierten alten Mannes handelte – eines Mannes, der ständig über die Vergangenheit und die Vergänglichkeit seines eigenen Lebens grübelte.

Zusammen mit Pam befragte er Danny Boy. Als dieser dann in den Operationssaal geschoben wurde, versuchten die beiden, den Sanitäter aus dem Krankenwagen ausfindig zu machen. Ohne Erfolg. Hackberry, Pam und ihre Deputys arbeiteten während des Stromausfalls genauso pflichtbewusst weiter wie die Ärzte und Pflegekräfte im Krankenhaus. Sie dachten nicht viel darüber nach, sondern taten es einfach, ohne innezuhalten. Man erledigte seinen Job so gut wie möglich und fragte nicht nach dem tieferen Sinn seines Tuns. Wie viele Male pro Tag gab sich Hackberry selbst diesen Rat? Wie oft redete er sich ein, dass es genau so und nicht anders laufen musste? Würde er etwa auf diese Weise seine Tage beenden? *Wahrscheinlich*, dachte er. Wahrscheinlich? Eigentlich gab es kein Wahrscheinlich bei dieser Frage. Anders über die eigene Sterblichkeit nachzudenken, bedeutete, früher oder später in der Klapsmühle zu landen oder sich eine Pistole in den Mund zu schieben.

Nach dem Ende des Stromausfalls fuhren Hackberry und Pam zwei Blocks weiter zum Café am Platz des Gerichtsgebäudes und bestellten sich Kaffee und Kuchen. Durch das Fenster hatte Hackberry einen guten Blick auf den Rasen vor dem Gerichtsgebäude und die Dunstschwaden, die der Wind über den Platz blies, auf die Straßenlampen und die Bronzestatur eines Soldaten aus dem Ersten Weltkrieg, der in einer Hand sein Springfield M1903 hielt und die andere über den Kopf erhoben hatte, um seine Kameraden anzufeuern.

»Du siehst müde aus«, sagte Pam.

»Du meinst, ich sehe alt aus.«

»Nein, das meine nicht.«

»Es geht mir gut. Ich habe mich selten besser gefühlt.«

»Du solltest lieber beten, dass man Lügner nicht allzu lange im Fegefeuer schmoren lässt.«

»Weißt du, Pam, eigentlich hättest du Zahnärztin werden sollen, eines von diesen Biestern, das ohne Betäubungsspritze Füllungen macht und Zähne zieht.«

Sie schaute aus dem Fenster auf den Regen und auf die Tropfen an der Scheibe. Im Licht der Straßenlampen schimmerten ihre Wimpern rötlich-braun, und auf ihrer Wange klebte eine feuchte Haarsträhne. Er konnte nicht sagen, ob sie gerade an ihre gemeinsame Zeit dachte oder an die Ereignisse der letzten Tage. Sie hingegen schien seine Gedanken lesen zu können.

»Warum setzt sich ein Massenmörder der Gefahr aus, verhaftet zu werden, und kauft gestohlene Medikamente von einem Junkie, um einer fremden Person zu helfen?«, fragte sie.

»Das tun diese Typen doch alle.«

»Was tut wer?«, hakte sie nach.

»Alle Soziopathen verrichten gute Taten, um ihre eigene Macht unter Beweis zu stellen und anderen zu zeigen, dass sie im Grunde doch genau so sind wie der Rest der Gesellschaft.«

»Du glaubst also nicht, dass Collins irgendwelche Sympathien für Noie Barnum empfindet?«

»Die einzige echte Emotion, zu der dieser Kerl in der Lage ist, heißt Selbstmitleid.«

»Ich mag es nicht, dich so verbittert zu sehen.«

Er legte seine Gabel zur Seite und löffelte Schlagsahne aus einem kleinen Schälchen auf seinen Blaubeerkuchen. Dann nahm er seine Gabel in die Hand, zögerte kurz und legte sie wieder ab. »Wenn man auf der Zielgeraden ist, hat man über ein paar Dinge Gewissheit. Zum Beispiel, dass sich böse Menschen klar vom Rest der Gesellschaft unterscheiden. Brutalo-Cops, KKK-Mitglieder, pädophile Gewalttäter, chinesische Gefängniswärter und durchgeknallte Fanatiker mit Messiaskomplex wie Jack Collins – sie alle wollen, dass wir sie als komplexe Individuen sehen, als Patrioten oder als Vorkämpfer für irgendwelche Sachen oder Ideologien. Die einfache Wahrheit lautet allerdings, dass diese Menschen tun, was sie tun, weil es ihnen ein gutes Gefühl gibt.«

»Hättest du dem Barmann wirklich den abgebrochenen Queue in den Hals gerammt?«

»Der Mann hat geglaubt, dass ich es tun würde, und nur darauf kam es in diesem Moment an.«

»Du solltest nicht aufhören, du selbst zu sein, nur weil du gegen diese Typen antreten musst. Das hast du mir selbst einmal gesagt: Gib ihnen nicht diese Macht über dich.«

Hackberry starrte aus dem Fenster auf das elektrische Licht, das in der Baumkrone über der Bronzefigur zitterte. Der Kopf des Soldaten war leicht zur Seite geneigt, sein Mund offen, als würde er den Männern, die ihm ins Niemandsland folgten, über die Schulter ein paar ermutigende Worte zurufen. Ahnten sie, was sie erwartete? Wussten sie, dass die Maschinengewehre, die sie zu Hackfleisch verarbeiten würden, auf der Erfindung eines britischen Ingenieurs basierten?

Hackberry fragte sich, wer dieses Monument wohl aufgestellt haben mochte. Am liebsten hätte er diese Leute als Idioten beschimpft, als geistlose Fahnenschwenker, als Mitglieder der unbelehrbaren Herde. Aber diese Worte wären nicht angemessen gewesen, sondern lediglich ein Zeichen von Verbitterung und Hass, dachte er. In unserem Unvermögen, die Entscheidungen rückgängig zu machen, die zu einem Krieg geführt haben, errichten wir Monumente, um die umherirrenden Seelen derer zu beschwichtigen, deren Leben gestohlen wurden, und um den zurückgebliebenen Familienmitgliedern eine Art Entschädigung dafür zu bieten, dass sie bis zu ihrem Lebensende einen derart schrecklichen Verlust ertragen müssen. Wer waren die größeren Opfer eines Krieges? Diejenigen, die ihr Leben gaben, oder diejenigen, die ihn überlebten?

Aber er sagte keines dieser Dinge, sondern schaute einem Mann mit einem ausgeleierten Hut dabei zu, wie er sein Auto parkte und dann ins Café ging.

»Ethan Riser ist da«, sagte Hackberry. »Es gibt da eine Sache, die ich dir noch nicht gesagt habe. Er hat vor Kurzem erfahren, dass er Krebs im Endstadium hat. Egal, was er heute sagt, wir lassen es ihm durchgehen, okay?«

»Warum hast du mir nichts davon erzählt?«

»Ich glaube, er will nicht, dass andere Leute davon erfahren. Er ist einer dieser Typen, die sich niemals ins Blatt schauen lassen, auch dann nicht, wenn das Spiel bereits vorbei ist.«

Sie presste ihren Nasenrücken mit Daumen und Zeigefinger zusammen und öffnete dann die Augen, woraufhin sich die Linien in ihrem Gesicht glätteten. »Und so etwas kann man mir nicht anvertrauen?«, sagte sie.

»Lass es, Pam.«

»Du behandelst mich wie einen Klotz am Bein. Wie eine Person, mit der du dich wohl oder übel abgeben musst, und der du erzählen musst, wie man sich anständig verhält.«

»Hör auf damit, Pam.«

»Du scheinst keine Vorstellung davon zu haben, welchen Schmerz deine Worte verursachen können – ganz besonders bei Personen, die es gut mit dir meinen. Verdammt, Hack!«

Er atmete geräuschvoll aus und bemühte sich um eine neutrale Miene, als er Ethan Riser zuwinkte.

»Fick dich, Hack«, sagte sie.

»Störe ich gerade?«, fragte Ethan Riser mit einem unbehaglichen Lächeln, ohne die beiden direkt anzuschauen.

»Wie geht es Ihnen?«, fragte Hackberry.

»Ziemlich gut. Kann ich mich zu Ihnen gesellen?«

»Ja, Sir, das können Sie.«

»Sind Sie sicher?«

»Jetzt setzen Sie sich schon, Ethan«, sagte Hackberry, während er zur Seite rutschte, ohne Pam dabei anzusehen.

»Lorca ist wieder aus dem OP-Saal raus«, sagte Riser. »Schön, Sie zu sehen, Chief Deputy.«

»Ebenso«, antwortete Pam.

»Lorca hat mir von dem Sanitäter im Krankenwagen erzählt,

und auch von der Möglichkeit, dass Jack Collins und Noie Barnum in den Glass Mountains sind. Ich habe so den Verdacht, dass Sie da hinfahren wollen, Sheriff.«

»Ehrlich gesagt, hatte ich nichts dergleichen vor«, antwortete Hackberry.

»Das kann ich nicht so recht glauben«, sagte Riser. »Aber dieses Mal müssen Sie und Chief Deputy Tibbs sich aus der Sache raushalten und in Ihrem Amtsbezirk bleiben. Ich kann es Ihnen nicht befehlen, aber ich kann Sie darum bitten.«

»Was auch immer wir tun werden, wir sprechen es mit dem Bureau ab«, antwortete Hackberry.

»Wissen Sie, wie Pretty Boy Floyd gestorben ist?«

»Auf der Flucht erschossen, von Bundesagenten auf einer Farm in Ohio.«

»So in der Art lautet die offizielle Version. Es gibt einen inoffiziellen Bericht über den Vorgang, nach dem der Mann nicht sofort tot war, sondern verwundet auf dem Rücken lag, als die Agenten ihn fanden. Ein Agent fragte ihn, ob er Pretty Boy Floyd sei. Floyd antwortete: ›Ich bin Charles Arthur Floyd.‹ Dann hat jemand den Befehl gegeben, ihm das Licht auszublasen, und das haben die Agenten dann auch getan.«

»Warum erzählen Sie uns das?«, fragte Hackberry.

»Weil es eine unterhaltsame Geschichte ist.«

»Es ist einfach nicht Ihr Stil.«

»Wahrscheinlich haben Sie recht«, sagte Riser. »Jetzt würde ich aber auch gern ein Stück von dem Kuchen da haben.«

»Ethan, haben Sie gehört, was ich gesagt habe? Das ist nicht Ihr Stil.«

»Ich belle nur, beiße aber nicht. Das wissen Sie doch. Miss, könnte ich auch ein Stück von diesem Blaubeerkuchen mit einer Kugel Eiscreme bekommen? Und dazu einen Kaffee, bitte.«

»Das geht auf uns«, sagte Pam.

»Vielen Dank.«

»Hören Sie auf das, was Hack sagt, Agent Riser.«

»Natürlich.«

Die Kellnerin brachte die Bestellung. Als Pam und Hackberry Ethan Riser beim Essen zusahen, sahen sie auch, wie die Haut an seinen Augen Falten schlug und wie sein Blick die Dunkelheit vor dem Fenster durchbohrte. Und beiden war es peinlich, mit anzusehen, wie ein mutiger Mann versuchte, die Tatsache zu kaschieren, dass er sein Todesurteil bereits in der Tasche hatte.

»Diese ganze Gegend hier hatte schon immer etwas Unwirkliches für mich«, sagte er. »Es ist ein Ort, an dem nichts so ist, wie es scheint. Ein Stück Mondlandschaft, an dem ungewöhnliche Menschen leben und Wahnsinnige nicht weiter auffallen.«

»Jedes Imperium hat eine Mülltonne«, sagte Hackberry. »Das hier ist der Ort, an dem wir unsere Sünden vergraben.«

»Das ist zu tiefgründig für mich.«

»Nehmen Sie's nicht so ernst. Was weiß jemand wie ich schon?«, sagte Hackberry.

»Viel mehr, als dem Bureau lieb ist«, erwiderte Riser. »Für diese Leute sind Sie nichts weiter als eine lästige Schmeißfliege, Sheriff. Besser, Sie halten sich von den Glass Mountains fern.«

Pam fuhr Hackberry nach Hause. Es regnete. Die Felder zu beiden Seiten der Straße waren aufgeweicht, der Himmel schwarz, und die langen Reihen der Zedernholzpfeiler mit dem dazwischengespannten Stacheldraht glänzten feucht im Scheinwerferlicht des Jeeps. »Wird er Collins umlegen?«, fragte sie.

»Ich glaube, das war alles nur Gerede. Er ist wütend, weil er sterben muss. Ethan ist ein grundanständiger Kerl. Leute wie er machen irgendwann einen Pakt mit sich selbst, den sie niemals verletzen.«

»Ich hab vorhin gesagt, dass du dich ficken sollst …«

»Ach, vergiss es.«

»Nein, ich meinte es tatsächlich so, hätte es aber anders ausdrücken sollen.«

»Verstehe.«

»Tust du das?«

»Ich bin alt, Pam. Denkst du vielleicht, es ist ehrenhaft für einen alten Mann, die Gefühle einer jungen Frau auszunutzen? Willst du dich wirklich mit einem Mann einlassen, von dem du weißt, dass er dich benutzt und dir irgendwann zur Last fallen wird?«

»Ich glaube nicht, dass das Alter irgendwas damit zu tun hat. Bei dir geht es doch immer nur um deinen Stolz. Du hast dir die Fehler deiner Jugend niemals vergeben. Also musstest du dir einen Moralkodex zulegen, der über dem von allen anderen steht. Damit unterscheidest du dich nicht sonderlich von den bösen Buben, die sich selbst andauernd von ihrer Menschlichkeit überzeugen müssen.«

»Das ist ein gehässiger Vergleich.«

»Ach ja? Zu dumm.«

Er spürte, wie seine linke Schläfe wieder zu pulsieren begann, und wusste, dass in den nächsten paar Sekunden ein Schmerz, so kalt und hart wie ein Stalaktit, durch sein Auge und die Muskeln seiner linken Wange rasen würde.

Ein Stück die Straße hoch sah er, wie sein Haus plötzlich von einem Blitz erleuchtet wurde, der in den Bäumen hinter seinem Büro eingeschlagen hatte. Es waren dieselben Bäume, in denen Jack Collins gesessen und mit einem Laserzielfernrohr auf ihn angelegt hatte. »Du musst nicht die Einfahrt hochfahren. Lass mich einfach an der Straße raus«, sagte er.

»Gehst du etwa gern in einem Gewitter zu Fuß nach Hause?«

»In diesem Fall schon.«

»Schon wieder zu dumm«, sagte sie.

Sie fuhr über eine Holzbrücke. Der Bach war vom Regen so angeschwollen, dass am Ufer bereits die wilden Rosen im Wasser hingen. Dann fuhr sie seine Einfahrt hinauf und hielt an dem kleinen Zaun, der den Garten vor dem Haus umgab. »Du denkst also, ich wäre unfair, was?«, fragte sie.

»Ich denke überhaupt nichts.« Er stieg aus dem Wagen.

»Auf dem Rücksitz liegt ein Regenschirm.«

»Ich habe meinen Hut«, sagte er und schloss die Beifahrertür.

Sie griff nach hinten, nahm den Regenschirm und stieg ebenfalls aus. Da der Mechanismus zu klemmen schien, ließ sich der Schirm aber nicht öffnen.

»Steig wieder in den Jeep«, sagte er.

Pam aber ignorierte seine Worte und folgte ihm stattdessen die Gehwegplatten hinauf bis zur Veranda. Sie trug einen Hut des Sheriffbüros, auf den der Regen niederprasselte, um dann in kleinen Rinnsalen an ihrer Schulter und ihrem Hemd hinunterzulaufen. »Ich denke, ich sollte kündigen, Hack. Vielleicht gehe ich nach Houston zurück«, sagte sie.

»Das kommt nicht infrage.«

»Für wen zum Teufel hältst du dich, dass du dir einbildest, mir etwas vorschreiben zu können?«

»Zu allererst einmal bin ich dein Boss.«

»Ich kann dir gar nicht sagen, wie sehr mich dieser Kommentar ankotzt.«

Er ging auf den Gehwegplatten zu ihr zurück, nahm ihr den Regenschirm aus der Hand und spannte ihn auf. Die Regentropfen prasselten so heftig wie Glasmurmeln auf das Nylon.

»Du bist die dickköpfigste Frau, der ich je begegnet bin. Was ist los mit dir?«

»Was glaubst du denn?«

»Komm rein.«

»Wozu?«

»Komm einfach rein.«

Er legte seinen Arm über ihre Schulter, führte sie die Verandastufen hinauf und hielt ihr die Tür auf. Das Wohnzimmer war dunkel und roch nach der Couch und dem Teppich und den Läufern und der Tapete und auch nach dem polierten Parkett. Es roch wie ein Heim, wie ein Ort, an dem man gerne verweilt, während draußen Blitze über den Bergen niedergehen, der Regen gegen die Fensterscheiben prasselt und der Wind eine offene Scheunentür malträtiert, durch die Bäume fegt und den Rasen mit Blättern und abgerissenen Blumen bedeckt. Er ließ den Regenschirm auf den Teppich fallen und strich mit den Fingern über ihr Gesicht. Einen Augenblick später stand sie auf seinen Stiefeln und presste ihren Körper gegen seinen. Als er ihre Hüften und ihre Brüste spürte, ihr nasses Haar an seiner Wange und ihre Arme auf seinem Rücken, vergaß er alle seine Vorsätze, all seine Bedenken über Alter, Sterblichkeit und Ehre weichten auf wie der Boden einer nassen Papiertüte.

»Oh, Hack«, sagte sie. »Oh, Hack, Hack, Hack.«

Von seiner Sonnenterrasse aus beobachtete Cody Daniels, wie der Sturm aus dem Süden heranzog und den Himmel versiegelte. Das Licht schien wie gefangen zwischen den blau-schwarzen Wolkenschichten und dem Wüstenboden mit den rosa- und talkfarbenen Mesas, die ihn an Bilder alter phönizischer Schiffe erinnerten. Als sich der Stromausfall über das County ausbreitete, verschwand auch das Glühen der elektrischen Lichter, das die Wolken über der Stadt erhellt hatte, und kalte Luft stieg vom Tal empor. Hagelkörner prasselten auf den ausgedörrten Boden und die Sonnenterrasse nieder und tanzten in einem weißen Dunst. Der Ozongeruch und die kühle Luft, die mit dem Hagelschauer einhergingen, gaben Cody Daniels das Gefühl, als wäre die Welt wieder frisch und gereinigt; als wären alle schlechten Erinnerungen fortgewaschen und jeder Fehler und alle persönliche Not über den Rand der Welt ins Nichts verschwunden.

Wenn es doch nur so einfach wäre, dachte Daniels.

Er warf den Benzingenerator an und ging wieder ins Haus, um sich der wahrscheinlich schwersten Aufgabe seines Lebens zu stellen: Er wollte einen Brief an das FBI schreiben. Er hatte bereits ein halbes Dutzend Versionen auf seinem Computer getippt, war aber mit keiner zufrieden gewesen. Mal klang seine Sprache gestelzt und selbstsüchtig, mal klang sie verwirrt und nahezu unverständlich. In seinem letzten Versuch, zwei Seiten mit doppeltem Zeilenabstand, lieferte er Einzelheiten über seine Rekrutierung durch eine kleine Gruppe von Abtreibungsgegnern in Nord-Virginia. Die Stellungnahme war nicht schlecht geschrieben, enthielt allerdings die Namen seiner Mitstreiter, von denen einige ganz sicher nicht über die letztendlichen Ziele der Gruppe informiert gewesen waren.

Er war auf die Terrasse gegangen, ohne den Brief auf der Festplatte zu speichern, und so hatte der Stromausfall seine Zeilen vernichtet. Als er wieder ins Haus ging, wo die Lampen wegen der niedrigen Generatorleistung nur dürftiges Licht spendeten, setzte er sich an den Schreibtisch, nahm einen Stift zur Hand und schrieb eine Adresse auf einen Briefumschlag: Federal Bureau Of Investigation, Washington D. C. Dann vermerkte er seine Anschrift als Absender in der linken oberen Ecke und schrieb den folgenden Brief auf einem gelben Notizblock:

Sehr geehrte Damen und Herren,

ich bin der armselige Mistkerl, der den Ofen-Timer für die Bombe gekauft hat, mit der vor drei Jahren eine Abtreibungsklinik in Baltimore in die Luft gejagt wurde. Ich dachte damals, die Bombe würde in der Nacht zünden. Aber das hilft der Frau mit dem zerfetzten Gesicht auch nicht weiter. Ich kann Ihnen nicht die Namen der beteiligten Personen nennen. In diesem Brief geht es einzig und allein um die schändliche Tat eines einzelnen, armseligen Mistkerls, und dieser Mistkerl bin, wie schon gesagt, ich selbst.

Mit freundlichen Grüßen
Reverend Cody Daniels

Draußen hörte er die zischenden Bremsen und Motorgeräusche eines Sattelschleppers. Er schaute aus dem Fenster und sah durch den Regendunst der langsam verblassenden Abenddämmerung einen Truck, der mit eingeschaltetem Fernlicht und laufendem Motor neben der Cowboy Chapel parkte, mit einem Begleitwagen. Cody kannte den Wagen, allerdings ohne die gelben Schwertransport-Warnlichter auf dem Dach. Er gehörte einem Musiker, einem Mann, der gelegentlich in die Cowboy Chapel kam, einen Kaffee trank, ein paar Donuts aß und die Gastfreundschaft genoss, die der Reverend Truckern und Reisenden auf dem Weg ins Big Bend Country gewährte.

Cody zog sich einen Regenmantel über und ging die Holzstufen hinunter in den Kaffeeraum im hinteren Teil der Kirche. »Nichts wie raus aus dem Sturm, was?«, sagte er zu dem kleinen Mann mit dem gedrungenen Körper, der an dem langen Tisch in der Mitte des Raums saß und eine Gitarre mit Chrombeschlägen auf dem Schoß hatte.

»Hey, Reverend. Ich habe Sie gar nicht gesehen, also bin ich einfach reingekommen«, sagte der Mann. »Hoffe, es stört Sie nicht.«

»Dafür ist die Kirche doch da. Ihr Name war Rector, nicht wahr?«

»Dennis Rector, genau«, antwortete der Mann. »Ich hab die Nagelpistole da drüben gesehen. Haben Sie etwa den Handwerker in sich entdeckt?«

Cody nickte. »Sie spielen eine Dobro?«

»Manometer, Reverend, Sie scheinen sich ja gut mit Instrumenten auszukennen. Ja, es ist eine Dobro, mit Resonatoren und allem Schnickschnack.« Der kleine Mann hatte die dunkle Haut eines Feldarbeiters, und sein Haar sah aus, als hätte er es mit einem Nagelclipper geschnitten. Er trug Schnürschuhe, ein Batik-T-Shirt und Arbeitsjeans. Sein Oberkörper war nach vorn gekrümmt, sodass er im Profil wie ein Fragezeichen aussah. »Das Schmuckstück hier ist eine Fender und basiert auf dem alten National-Modell. Fühlt sich an wie eine Coca-Cola-Box mit Eis, die dir um den Hals baumelt.«

Dennis Rector steckte sich einen Bottleneck auf den Finger und legte die linke Hand auf das Griffbrett. Dann begann er mit den Stahlplektren an Daumen und Zeigefinger seiner Rechten die Saiten zu zupfen. »Kennen Sie das? ›The Great Speckled Bird.‹ Gleiche Melodie wie ›The Wild Side of Life‹ und ›It Wasn't God Who Made Honky-Tonk Angels‹.«

Durch das Fenster konnte Cody sehen, dass in der Fahrerkabine des Sattelschleppers noch zwei Männer saßen. »Was transportiert ihr eigentlich?«, fragte er.

»Exotische Tiere. Wollen Sie eins?«

»Nein. Arbeiten Sie für einen Zoo?«

»So könnte man es auch nennen.« Dennis Rector lächelte,

als verfügte er über vertrauliche Informationen, von denen er noch nicht wusste, ob er sie preisgeben wollte. »Wir liefern Tiere für eine Jagdfarm oben in Pecos County.«

Daniels nickte, antwortete aber nicht.

»Sie halten nicht viel von solchen Orten?«

»Leben und leben lassen.«

»So sehe ich es auch. Es ist deren Unglück und nicht das meine. Wissen Sie eigentlich, dass da ein paar Bohnenfresser an der Straße zu Ihrem Grundstück rumhängen?«

»Wie bitte?«

»Da sitzen ein paar Mexen in einer schrottreifen Kiste mit kaputten Scheinwerfern an der Zufahrt zu Ihrer Kirche.«

»Und wer genau sind diese Leute?«

»Keine Ahnung. Vielleicht ficken die einfach nur. Ich konnte sie nicht so genau erkennen.« Der kleine Mann lächelte immer noch.

»Sie sollten auf Ihre Wortwahl achten. Das hier ist eine Kirche, auch wenn wir gerade nur im Kaffeeraum sind …«, mahnte Cody.

»Tut mir leid.«

»Haben Sie das Kennzeichen gesehen?«

»Ich hab nicht drauf geachtet. Die haben sich vom Licht unserer Scheinwerfer abgewandt, als wir vorbeigefahren sind. Deshalb dachte ich, dass sie vielleicht rummachen. Sie kennen doch die Mexikaner: Rammeln wie die Karnickel im Sommer und spielen Domino im Winter.«

Cody Daniels beäugte seinen Gesprächspartner. »Sind Sie hier aus der Gegend?«

»Ich wohn mal hier, mal da. Je nachdem, wo ich Arbeit finde. Scheint ja jedes Mal weniger Jobs für den weißen Mann zu geben, nicht wahr?«

»Ich wurde noch nie wegen meiner Hautfarbe gefeuert.«

»In Ihren Predigten klingt das aber anders.«

»Kann ich Ihnen und Ihren Kollegen sonst noch irgendwie behilflich sein?«

»Nein, danke. Ich wollte meinen Freunden bloß Ihre Kirche zeigen und aus dem Sturm rauskommen.«

Cody nickte noch einmal und schaute aus der Tür hinaus zu dem Truck und den Tieren, die hinter den Lüftungsschlitzen in den Seitenwänden saßen. »Könnten Sie die Tür abschließen, wenn Sie gehen? Ich hab noch ein paar Dinge im Haus zu erledigen.«

Der Mann stopfte sich einen Donut in den Mund und schob mit dem Handrücken die am Mundwinkel hängen gebliebene Marmeladenfüllung hinterher. Auf der chromierten Oberfläche seiner Gitarre waberte ölig-blaues Licht. »Kein Problem, Reverend«, sagte er.

Als Cody die Treppe hinaufstieg und quer über die Sonnenterrasse in sein Haus ging, musste er sich dazu zwingen, nicht über die Schulter nach hinten zu schauen. Er hatte ein unbehagliches Gefühl, das er nicht so recht beschreiben konnte. War es der raue Ton von Dennis Rector? Oder die Tatsache, dass er viele Gemeindemitglieder durch seine Predigten in eine Opferrolle gedrängt hatte? Oder erkannte er am Ende vielleicht sein früheres Ich in den abfälligen Kommentaren von Männern wie Rector? Warum hatte Rector ausgerechnet »The Great Speckled Bird« gespielt, ein Spiritual, das in der Religion der Südstaaten genauso fest verankert war wie »The Old Rugged Cross«? Irgendetwas wollte hier nicht so recht zusammenpassen.

Außerdem war da noch die Sache mit den Latinos in dem Auto vor der Zufahrt zu seinem Haus. Er hätte Rector nach Details fragen sollen. War es möglich, dass Krill und Negrito in dem Wagen gesessen hatten? Nein, die konnten es nicht gewesen sein. Oder doch? Die Kerle waren hartgesottene Kriminelle und wurden vom örtlichen Sheriff, dem FBI und wahrscheinlich sogar von den Texas Rangern gejagt. Warum sollten Krill und Negrito ihre Zeit damit verschwenden, ausgerechnet ihm nachzustellen? Ihm, einem Mann, der seine Priesterweihe per Post empfangen hatte und jede Nacht um zwei Uhr früh aufschreckte, weil eine blinde Frau mit entstelltem Gesicht an seinen Schlafzimmerfenstern rüttelte.

Als der Strom zurückkehrte, sah Cody Daniels, wie der Sattelschlepper mit den goldenen Lichterketten in einem weiten Kreis wendete und dem Auto von Dennis Rector auf die Straße Richtung Süden folgte. Er faltete den an das FBI adressierten Brief mit seinem Geständnis zusammen, schob ihn in einen Umschlag und leckte den Klebestreifen an. Sein Magen rebellierte, und sein Kopf war so leicht wie ein Heliumballon. Dann setzte er sich an den Schreibtisch, legte die Stirn in die Hände und grübelte darüber nach, warum sich sein Leben in eine Katastrophe verwandelt hatte.

Aus der Wüste fegte der Wind heran. Der Regen prasselte aufs Dach, tanzte auf den Handläufen der Sonnenterasse und wehte durch die blau-weiß leuchtende Aura des Neonlicht-Kreuzes, das Daniels über dem Eingang der Cowboy Chapel angebracht hatte. Vielleicht war es an der Zeit, ein paar Sachen in seinen Truck zu laden, den Brief an das FBI einzuwerfen und in der Anonymität des Westens unterzutauchen.

Den Wagen würde er sicherlich in Kalifornien loswerden können. Danach konnte er in San Joaquin als Obstpflücker anheuern, in Oregon und Washington Rüben ernten, sich in Montana als Holzfäller verdingen oder auf einem Fischkutter in Alaska arbeiten. Wenn ihn die Gesetzeshüter trotzdem kaschten, dann sollte es eben so sein. Und wenn nicht, dann war es auch gut. Warum nicht einfach mal den Würfelbecher schütteln und es so nehmen, wie es kam? In diesem Land war es genauso einfach, eine neue Identität anzunehmen und noch mal von vorne anzufangen, wie sich einen neuen Bibliotheksausweis ausstellen zu lassen. Die Ironie, die diesem Szenario innewohnte, machte ihn nachdenklich: Wenn er tatsächlich diesen Weg ging, würde er sich in das Heer der arbeitenden Migranten einreihen, gegen die er noch vor nicht allzu langer Zeit gehetzt hatte.

Er ging ins Schlafzimmer und begann, Sachen aus dem Schrank und der Kommode zu ziehen und in einen Seesack zu stopfen, als er plötzlich spürte, wie der Luftdruck um ihn herum abfiel und der kalte Geruch des Regens hereindrang, während die Balken und Parkettböden aufgrund der sinkenden Temperatur knarzten. Als er sich umdrehte, starrte er in die Gesichter von zwei Männern. Sie trugen Hüte mit herabhängenden Rändern, hatten braune Haut, auf der das Regenwasser glänzte, und ihre Kleidung roch nach Pferden, Lagerfeuer und im Flanell getrocknetem Schweiß.

»Warum lassen Sie mich nicht einfach zufrieden?«, sagte Cody.

»Du weißt, warum«, antwortete Krill.

»Ich weiß gar nichts.«

»Oh doch, du weißt es. Tu nicht so, als ob du es *nicht* wüsstest. Tu nicht so, als wären meine Kinder bedeutungslos.«

»Ich tauge nichts als Priester. Im Grunde bin ich kein bisschen anders als Sie. Ich habe beim Bau einer Bombe geholfen, mit der ein Anschlag auf eine Abtreibungsklinik verübt wurde. Dabei habe ich das Leben einer Krankenschwester ruiniert. Ich bin die Kugel nicht wert, mit der man mich erschießt.«

Krill schüttelte den Kopf, um anzuzeigen, dass Codys Wünsche sehr wenig mit dem zu tun hatten, was gleich passieren würde. Negrito hatte ein breites Lächeln im Gesicht. »Wir haben dir doch gesagt, dass wir wiederkommen, Mann. Aber du hörst einfach nicht zu«, sagte er. »Hast du vielleicht was zu essen da? Ich hab Hunger. Was war das für ein Gefasel von einer Bombe?«

»Sind Sie schwerhörig?«, fragte Cody.

»Hör auf zu reden und komm mit«, sagte Krill.

»Wohin?«

»Raus in den Regen, *hombre*.«

»Ich bin eine Null als Pfarrer, und ich bin auch eine Null als Mensch. Das ist kein demütiges Gequatsche, sondern die reine Wahrheit.«

»*Venga conmigo*. Jetzt! Schluss mit dem Gerede.«

»Sie müssen nicht die Knarre auf mich richten. Ich habe wirklich genug von Leuten, die mit Pistolen vor meiner Nase rumfuchteln.«

»Es geht nicht anders, *hombre*. Deine Ohren sind aus Holz und deine Gedanken zäh wie Zuckerrohrsirup. Offenbar bist du nicht sehr intelligent und verstehst nur diese Sprache.«

»Sie wollen also Ihre Pistole auf mich richten? Warten Sie, hier, ich helfe Ihnen.«

»Lass meine Hand los!«

»Na los, drücken Sie doch ab. Ich habe genug von diesem Terror.«

»Zeig's ihm«, sagte Negrito.

»Unterschätze mich nicht, Gringo«, sagte Krill zu Cody. »Ich habe schon viele Menschen getötet. Auch einen Priester.«

»Dann drücken Sie doch endlich ab«, sagte Cody noch einmal, während er Krills Handgelenk weiterhin so fest umklammert hielt, dass er dessen Puls in seinem Handteller spüren konnte. Krills Augen waren nur wenige Zentimeter entfernt, und sein nach Zwiebeln, Wein und gegrilltem Fleisch riechender Atem legte sich wie ein feuchtes Tuch auf Codys Gesicht. »Wirst du mir helfen?«, fragte Krill.

»Vielleicht. Wenn Sie die Pistole wegstecken«, sagte Cody Daniels.

Krills Augen waren schwarz und so flach wie zwei Farbkleckse auf einem Stück Pappe. »Wie du willst.« Er senkte die Pistole. Ein heftiger Regenguss schlug gegen das Fenster und fegte über das Dach des Gotteshauses hinweg. »Mein Auto steht hinter der Kirche.«

»Warten Sie, ich ziehe mir nur schnell eine Jacke an«, sagte Cody.

»Du wirst uns doch nicht austricksen wollen, oder?«, fragte Krill.

»Warum sollte ich Sie austricksen wollen?«

»Wir wissen von deinen Predigten. Du bist kein Freund der Menschen aus dem Süden. Deine Worte führen dazu, dass die Mitglieder deiner Gemeinde denken, sie haben ein Recht, uns zu hassen.«

»Werden Sie mich umlegen, wenn das hier vorüber ist?«

»Wäre das ein Verlust für die Welt?«

»Vielleicht nicht. Aber gefallen würde es mir deshalb trotzdem nicht.«

»Du bist ein sehr lustiger Mann«, sagte Krill.

Sie traten in den Regen hinaus und stiegen die Treppen zur Cowboy Chapel hinab, wo Krills Spritschleuder auf der windabgewandten Seite des Gebäudes stand. Krill öffnete den Kofferraum und hob eine große Holzkiste heraus, die mit einem Seil zugebunden war. Cody starrte auf die Kiste und wischte sich mit der Hand über den Mund. »Und die Kinder sind da drinnen?«

»Ja.«

»Ich habe sonst immer nur durch Untertauchen getauft«, sagte Cody, während der Regen auf seinen unbedeckten Kopf prasselte.

»Untertauchen? Was bedeutet das?«

»Ich gehe mit dem Täufling zum Bach und tauche ihn unter Wasser. Wenn es zu flach ist, muss ich den Bach anstauen. Ist er vollkommen ausgetrocknet, gehen wir zum Fluss. Ich schätze mal, dass der Bach bei diesem Wetter genug Wasser führt.«

»Nein, wir machen es nicht an irgendeinem Bach.«

»Dann sollten wir reingehen«, sagte Cody Daniels.

Krill schob beide Hände an der Stelle unter die Kiste, wo sie vom Seil zusammengehalten wurde, und folgte Cody durch den Kaffeeraum in die Kirche. Cody zog seinen Mantel aus und wischte sich das Gesicht mit dem Ärmel trocken. Er hatte bemerkt, dass Krill große Mühe mit der Kiste hatte, die ihm ständig gegen die Knie und in die Seite schlug. Trotzdem machte Negrito keinerlei Anstalten, ihm zu helfen. Krill stellte die Kiste beim Altar ab, öffnete die Knoten und ließ das Seil zu Boden gleiten.

Das einzige Licht in der Kapelle kam von einer kleinen Bühne mit blauem Samtvorhang. Das Innere der Kirche war makellos: Die Sitzbänke glänzten, und selbst der Boden schien blank poliert. Aus irgendeinem Grund fiel Cody in diesem Moment zum ersten Mal auf, wie gut er sich um das Gebäude gekümmert hatte. Erst kürzlich hatte er neue Stützpfeiler unter dem Spitzdach eingezogen, um den Effekt einer Kathedralendecke zu verstärken. Zudem hatte er die Fensterrahmen erneuert und Vögel und Blumen auf die Scheiben gemalt. Auf der kleinen Bühne, die er aus frisch gehobeltem Kieferholz gezimmert hatte, hoffte er im nächsten Jahr die Ostergeschichte als Schauspiel aufführen zu können, damit mehr Kinder zu seiner Bibelstunde kamen. Die Luft bei der Bühne roch so süß wie grünende Bäume im Frühjahr und wirkte wie eine Art Versprechen, dass alles besser werden würde.

»Eine sehr schöne Kirche hast du hier«, sagte Krill.

»Ich gehe jetzt in den Kaffeeraum, um eine Kanne mit Wasser zu holen. Keine Sorge, ich werde nicht die Polizei anrufen oder sonst irgendwelchen anderen Ärger machen. Was ich hier tue, mag zwar nicht richtig sein, aber ich werde es trotzdem tun.«

»Was meinst du damit, ›nicht richtig‹?«

»Die Papisten salben beim Tod. Wir aber taufen bei der Geburt.«

»Das spielt keine Rolle für mich. Geh und hol das Wasser. Und wage es nicht, zum Telefonhörer zu greifen!«

»Du solltest ihm nicht trauen, *jefe*. Er ist wie ein Kapaun; ganz unten in der Hackordnung und immer am besten mit dem befreundet, den er gerade zufriedenstellen muss«, sagte Negrito.

»Nein, das glaube ich nicht. Unser Freund hier hat keine Angst und keinen Grund zu lügen. Sieh ihm in die Augen. Ich glaube, er will nicht mehr leben. Er ist noch trauriger, als du es bist, Negrito.«

»So kannst du nicht über mich reden, *jefe*.«

»Dann nenn andere Leute nicht Kapaun, obwohl du derjenige bist, der Angst hat, die Kiste zu berühren, in der meine Kinder schlafen.«

Cody ging in den Kaffeeraum und füllte eine kleine Kanne mit Leitungswasser. In seinem Kopf hämmerte es, und er hatte Mühe zu atmen, aber er wusste nicht warum. War es einfach nur Angst? Krill mochte zwar ein Killer sein, aber im Grunde stellte er keine Gefahr für ihn dar, denn er war voll und ganz mit dem Schicksal seiner toten Kinder beschäftigt. Aber was war mit Negrito? Nein, Negrito war auch keine Gefahr, solange Krill ihn unter Kontrolle hatte. Was aber war dann der Grund dafür, dass sein Herz raste und seine Kopfhaut sich immer enger um seinen Schädel spannte?

Es war das erste Mal, dass er sich in seiner Rolle als kirchlicher Würdenträger einer ernsthaften Herausforderung stellen musste – und das in einer Zeit, in der er seiner Kirche und seinem Zuhause den Rücken zuwenden wollte, um zu fliehen, wie damals der Ausreißer, der wegen gefälschter Schecks auf einer Gefängnisfarm gelandet war. Als er wieder in die Kapelle kam, stieß er gegen eine Arbeitsplatte aus Brettern und Sägeböcken, sodass die darauf liegenden Werkzeuge, Zimmermannshammer und Nagelpistole, zu Boden polterten.

Krill hatte den Deckel der Holzkiste geöffnet und stand nun mit erwartungsvollem Gesichtsausdruck daneben, sein Blick voll und ganz auf Cody fixiert. »Wie willst du es machen?«, fragte er.

Cody hatte noch nicht darüber nachgedacht. Die Bilder, die ihm durch den Kopf schossen, waren zu bizarr, um einen klaren Gedanken zu fassen. Er schaute in die Kiste und schluckte. »Legen Sie sie an die Kante der Bühne«, sagte er.

»Sie schauen auf uns«, sagte Krill.

»Sie schauen auf uns?«

»Ja, sie schauen auf uns. Aus der Vorhölle. Sie wollen befreit werden und diesen Ort verlassen. Und genau das wirst du jetzt tun.«

»Hören Sie, ich habe keine Ahnung von diesen Dingen«, sagte Cody. »Sie halten mich für etwas, das ich nicht bin.«

»Quatsch nicht! Du hast *cojones, hombre.* Ich habe dich falsch eingeschätzt.« Krill legte seine Kinder eins nach dem anderen an den Rand der Bühne. Das Älteste von ihnen konnte höchstens vier gewesen sein, als es starb, die jüngeren beiden zwei oder drei. Sie waren fest in Stofftücher eingeschnürt, die mit Panzerklebeband umwickelt waren. Nur die Gesichter lagen frei. Ihre Augen waren nicht viel mehr als kleine Schlitze, ihre Haut grau, und ihre winzigen Wangenknochen standen so spitz hervor, als wären sie aus gebogenem Draht geformt. Es gab keinen Verwesungsgeruch. Stattdessen rochen die drei Kinderleichen wie frisch umgegrabene Gartenerde oder ein feuchtes, schattiges Plätzchen im Wald, an dem Pilze wuchsen.

»Worauf wartest du?«, drängte Krill.

»Ich habe das Gefühl, etwas Unehrliches zu tun«, sagte Cody.

»Deine Worte ergeben keinen Sinn. Du hörst dich an wie ein Mann, der keinen klaren Gedanken fassen kann.«

»Ihre Kinder sind frei von Schuld und Sünde. Sie haben niemandem Leid zugefügt.«

»Ich werde gleich die Geduld verlieren, *hombre.* Besser, du tust langsam, was du tun musst.«

Cody befeuchtete Daumen und Fingerspitzen mit dem Wasser aus der Kanne und zeichnete ein Kreuz auf die Stirn der Kinder. »Hiermit taufe ich diese Kinder im Namen des Vaters, des Sohnes und des Heiligen Geistes.«

»Gut gemacht«, sagte Krill. »Ich bin stolz auf dich.«

»Eigentlich bin ich es, lieber Herrgott, der um Vergebung bitten sollte«, fuhr Cody mit dem Gebet fort. »Ich und diese beiden Männer hier. Die Kinder hier haben keine Sünden begangen. Ich aber habe einer Frau das Augenlicht geraubt und sie für den Rest ihres Lebens entstellt. Die Hände der beiden Männer an meiner Seite sind über und über mit Blut besudelt.

Wir sind deiner nicht würdig, mein Herr. Wir sind es nicht würdig, diese Kinder zu taufen. Ganz besonders ich nicht. Wahrscheinlich bist du aber schon daran gewöhnt, dass sich scheinheilige Lügner mit ihren Gebeten an dich wenden, sodass zwei oder drei Heuchler mehr in deiner Mitte keinen großen Unterschied mehr machen.«

»Halt besser mal die Klappe, Gringo«, sagte Negrito.

»Ich bin fertig. Es tut mir leid, was mit Ihren Kindern passiert ist, Krill. Wenn Sie mich umlegen wollen, dann wäre jetzt wohl der richtige Zeitpunkt dafür.«

Er ging zurück ins Kaffeezimmer und spürte, wie ihm dabei ein Schauer über den Rücken lief. Dort blickte er aus dem Fenster und sah, wie die Sonnenterrasse seines Hauses vom Licht eines hellen Blitzes erleuchtet wurde und dabei aussah wie der Bug eines Schiffes, der aus den schwarzen Fluten nach oben ans Licht stieß. Cody setzte sich mit dem Rücken zur Kapellentür auf einen Klappstuhl. Bei der Spüle stand ein Telefon. Für einen Moment dachte er daran, den Notruf zu wählen. Aber wozu? Falls Krill ihn töten wollte, würde er es tun, bevor der Jeep des Sheriffs die Kirche erreichen konnte. Außerdem würde Cody dem Sheriff oder einem seiner Deputys früher oder später von dem Bombenanschlag auf die Klinik an der Ostküste erzählen müssen. Er wollte aber nicht wieder ins Gefängnis gehen, und zu seiner eigenen Verhaftung beitragen wollte er schon gar nicht.

Auf der Wanduhr verging erst eine Minute, dann zwei, dann drei. Er hörte die Stiefel von Krill und Negrito auf dem Holzfußboden der Kirche, schloss die Augen und presste die Hände zwischen den Oberschenkeln zusammen. Der Atem kratzte in seinem Rachen. Seine Finger zitterten, sein Schließmuskel verkrampfte. Dann wurde die Eingangstür der Kapelle aufgestoßen, und er spürte den Windzug, der durch die Sitzreihen zog. Einen Augenblick später hörte er, wie Krill den Motor seines Wagens startete und davonfuhr.

Cody öffnete die Augen, erhob sich von seinem Stuhl und begann, das schmutzige Geschirr in der Spüle zu stapeln und den langen Tisch in der Mitte des Raums abzuwischen. Er hätte sich nie vorstellen können, dass es ihm einmal so viel Freude bereiten würde, einen Kaffeeraum zu putzen. Warum hatte er nur so viel Zeit seines Lebens über die großen Probleme der Welt nachgegrübelt, anstatt die kleinen Freuden zu genießen, die mit einem von Ordnungsliebe geprägten Leben einhergingen? Warum gelangte man erst dann zu Einsicht und Weisheit, wenn es zu spät war, um einen Nutzen aus den Erkenntnissen zu ziehen?

Er schenkte sich eine Tasse Kaffee ein, gab einen kleinen Löffel Zucker hinzu und schaute aus dem Fenster, wo der Wind den Regen aus den Bergen und den Mesas im Westen in seine Richtung trug. Steppenläufer wurden hoch durch die Luft geschleudert, und einige prallten gegen die Kirche, während andere über den Hof rollten oder sich in der Treppe verfingen, die zur Sonnenterrasse von Codys Haus hinaufführte. *Ein Sturm ist eine feine Angelegenheit mit reinigender Wirkung*, dachte er. Man brauchte ihn nicht zu fürchten, sondern sollte ihn viel eher willkommen heißen, wie die Berührung eines kühlen Fingers auf der eigenen Stirn.

Er hörte, wie die Eingangstür zur Kapelle geöffnet wurde. Sofort fegte der Wind durch das Gotteshaus und wirbelte einen Stapel Gesangsblätter durch die Luft. Er stellte seine Kaffeetasse ab, blieb aber am Tisch sitzen.

»Ich habe doch gesagt, dass ich fertig bin!«, rief er in die Kapelle.

Ein kleiner, muskulöser Mann tauchte im Türrahmen auf. »Ich hab ein paar Freunde mitgebracht«, sagte Dennis Rector. »Sie haben sie schon mal gesehen, allerdings hatten die Jungs damals Masken auf. Sie müssen verstehen, Reverend, ich versuch nur, ein paar Dollar zu verdienen. Nehmen Sie's nicht persönlich.«

Kapitel 16

Als Anton Ling die Hintertür ihres Hauses öffnete, um die Katze hineinzulassen, konnte sie den Qualm in der von Regendunst erfüllten Luft riechen. Sie blickte hinauf zu den Bergen und sah im Schwarz des Sturms ein Feuer, das so rein und hell loderte wie die Flamme eines Schweißbrenners. Sie ging zum Telefon, wählte 911 und meldete das Feuer. Anschließend warf sie einen Feuerlöscher auf den Beifahrersitz ihres Trucks und raste auf der unbefestigten Landstraße zum Haus von Cody Daniels.

Als er sah, dass die Männer, die Dennis Rector in die Kapelle gefolgt waren, sich nicht die Mühe gemacht hatten, ihre Gesichter zu vermummen, ahnte Cody Daniels, dass sein Schicksal besiegelt war. Was er allerdings nicht ahnen konnte, war, mit welcher Brutalität sie zu Werk gehen würden. Als Erstes rissen sie den Samtvorhang der Bühne zurück, griffen Cody an Armen und Beinen und hoben ihn über ihre Köpfe in die Luft, wie es College-Kids bei einer Party im Verbindungshaus tun. Dann trugen sie ihn zu dem Holzkreuz, das er für das geplante Passionsspiel gebaut hatte. Sie lächelten, ganz so, als wäre Cody eingeweiht und die ganze Sache nur ein harmloser Scherz, an dessen Ende alle zusammen einen trinken gehen würden.

Das Sagen hatte nicht etwa Dennis Rector, sondern ein kleiner Kerl mit russischem Akzent. Das Kinn des Mannes war wie ein V geformt, seine Zähne hatten die Farbe von Fischschuppen. Seine Nase war hakenförmig, Wangen und Hals unrasiert. Er trug ein braunes Seidenhemd mit leicht geöffneter Knopfleiste, die den Blick auf eine skelettartige Brust und drei Goldketten freigab. Ein Filzhut saß lässig auf seinem Kopf. Sein Gesicht erinnerte an einen Ziegenbock oder an einen Kobold, auch wenn die lilafarbene Feder in seinem Hutband etwas von einem Casanova hatte.

»Hast du meinen Freund, den Preacher, in letzter Zeit gesehen?«, fragte er.

Die Männer hatten Cody auf der Bühne heruntergelassen. »Diesen Killer? Ich habe ihn einmal auf dem Anwesen von Miss Ling gesehen, aber ich kenne ihn nicht«, antwortete Cody.

»Nun, ich muss meinen Freund Preacher finden, und seinen Begleiter, einen gewissen Noie Barnum. Und ich denke, dass Miss Ling dir erzählt hat, wo sich die beiden aufhalten.«

»Nein, Sir, das hat sie nicht.«

»Warum sollte ich dir glauben?«

»Warum sollten Sie mir nicht glauben? Ich weiß nichts über diesen Barnum. Ich wünschte, ich hätte seinen Namen nie gehört.«

»Aber Temple Dowling kennst du, nicht wahr?«

»Auch diesen Namen hätte ich lieber nicht gehört.«

»Wusstest du, dass dieser Kerl ein Kinderschänder ist?«

»Nein.«

»Hat er dich nicht gebeten, ihm junge Mädchen zu suchen?«

»Über solche schändlichen Dinge will ich nicht sprechen.«

»Oh, glaub mir, mein Freund, du wirst noch über ganz andere Dinge mit uns sprechen. Wir haben die ganze Nacht Zeit.«

Cody spürte, wie er schluckte. Der Mann mit dem russischen Akzent saß in der ersten Reihe vor der Bühne. Er lächelte. Mit einer Geste seiner rechten Hand wies er seine Gefolgsleute an, das Kreuz flach auf die Bühne zu legen und Cody auf den Holzbalken auszustrecken und ihm die Schuhe auszuziehen. Cody hatte das Kreuz aus alten Bahnschwellen gezimmert, sodass ihm nun der derbe Geruch von Teeröl, Schmiere und der Asche von Präriefeuern in die Nase stieg, während das harte Holz seinen Nacken und Rücken malträtierte.

Die wollen mir nur Angst einjagen, beschwichtige ihn eine Stimme in seinem Inneren. *Das werden sie ganz bestimmt nicht tun.*

Doch dann hörte er das knallende Geräusch der Nagelpistole und hatte das Gefühl, eine Explosion würde seinen Fuß auseinanderreißen. Der Schmerz war kaum auszuhalten. Er versuchte sich aufzurichten, aber die beiden Männer links und rechts von ihm drückten seine Arme auf die Querbalken. Cody schloss die Augen. Als er sie wieder öffnete, starrte er hinauf an die Decke der Kapelle und spürte zum ersten Mal in seinem Leben eine Art Endgültigkeit, von der es keine Rückkehr gab. »Ich habe an der Grenze über die Köpfe von armen Mexikanern hinweggeschossen, die in unser Land kamen«, rief er. »Als junger Bursche habe ich eine fünfzehnjährige Schwarze gezwungen, mit mir ins Bett zu steigen. Ich habe mit einem gefälschten Scheck Lebensmittel gekauft. Ich habe auf einem Busbahnhof in Denver eine Damenhandtasche gestohlen. Ich habe einem betrunkenen Mann in einer Gasse hinter der Midnight Mission in Los Angeles die Armbanduhr abgenommen. Und ich habe in einem Vorort von Baltimore eine Frau verletzt, so schwer, dass sie fast gestorben wäre.«

»Was redet der Kerl?«, fragte der Mann mit dem russischen Akzent.

»Er bereut es gerade, auf die Welt gekommen zu sein«, antwortete einer der Männer, die Codys Arme festhielten.

»Dann schau doch mal, was er uns noch alles zu erzählen hat.«

Als die Nagelpistole zum zweiten Mal knallte, spürte Cody, wie sein anderer Fuß gegen den Längsbalken des Kreuzes gepresst wurde und sich gleichzeitig von dem Bolzen, der ihn auf das Holz drückte, loszureißen versuchte. Dieses Mal glaubte er, geschrien zu haben, aber er war sich nicht sicher, da ihm die Stimme, die er hörte, vollkommen fremd vorkam. Die Nagelpistole indessen arbeitete weiter. Zunächst feuerte sie zusätzliche Bolzen in seine Fußgelenke, dann nagelte sie seine Handflächen auf dem Querbalken fest und schoss anschließend ein paar Nägel durch seine Handgelenke. Als die knallenden Geräusche verstummt waren, spürte Cody, wie das Kreuz aufgerichtet wurde und mit dem oberen Ende gegen die Wand hinter der Bühne schlug. Mit einem Mal zerrte das ganze Gewicht seines Körpers an den Nägeln. Die Sehnen und Bänder in seinem Oberkörper schnürten ihm die Brust zusammen und pressten die Luft aus seinen Lungen. Durch einen roten Nebel hindurch sah er die Gesichter seiner Peiniger zu ihm aufschauen. Sie wirkten, als wären sie in der Zeit erstarrt oder aus einer weit zurückliegenden Ereigniskette herausgerissen worden, deren Bedeutung ihnen nicht bewusst war. Er hörte sich selbst flüstern, seine Worte nur schwer verständlich. Dann rollten seine Augen nach hinten, in den Schädel hinein.

»Was hat er gesagt?«, fragte einer der Männer.

»›I'm proud my name is on her book‹«, antwortete ein anderer.

»Und was zum Teufel soll das bedeuten?«, fragte der erste Mann.

»Das ist eine Zeile aus dem Song ›The Great Speckled Bird‹«, erklärte Dennis Rector.

»Und was hat es mit diesem gefleckten Vogel auf sich?«, fragte der Mann mit dem russischen Akzent, der nun am Fuß der Bühne stand.

»In dem Song ist damit die Bibel gemeint«, antwortete Dennis Rector.

Der Mann mit dem russischen Akzent schaute durch das Fenster auf den Regen, der gegen das Glas prasselte.

»Was sollen wir jetzt tun, Mr. Sholokoff?«, fragte Rector.

»Ist er noch am Leben?«

»Ich glaube schon.«

»*Du glaubst schon?*«

»Sagen Sie mir doch einfach, was ich tun soll, Sir«, sagte Rector.

»Willst du es schriftlich haben?«

»Nein, Sir.«

»Dann tu es und lass dich nie wieder in diesem County blicken.«

»Aber ich fahre doch hier durch, wenn ich die Tiere zu Ihrer Jagdfarm bringe.«

»Du solltest dir mal Urlaub gönnen, Dennis. Vielleicht gehst du für eine Weile raus in die Wüste. Hier, da hast du etwas Geld. Ich ruf dich an, wenn es an der Zeit ist, wieder zu arbeiten.«

Langsam schritt Sholokoff den Mittelgang zur Tür hinunter.

»Ich habe doch alles getan, was Sie von mir verlangt haben, Sir«, sagte Rector. »Sie haben kein Recht, mich so zu behandeln. Sie können mich nicht einfach so wegschmeißen wie ein benutztes Taschentuch.«

Ohne zu antworten oder sich umzusehen, trat Sholokoff durch die Vordertür der Kapelle hinaus in die Nacht. Dennis

Rector presste seine Hand auf den Mund und starrte zu Cody Daniels hinauf; auf das Blut an seinen Händen und Füßen und seine rot gefärbten Handgelenke und Unterarme. Er stopfte sich das Bündel Geldscheine in die Tasche seiner Jeans. »Okay, ihr habt gehört, was er gesagt hat. Ich hole jetzt den Benzinkanister aus meinem Wagen«, sagte er. »Was ist los? Seid ihr taub oder was?«, herrschte er die anderen an. »Steht da nicht so blöd rum, sondern macht euch an die Arbeit!«

Aber keiner der anderen Männer antwortete ihm oder schaute ihm in die Augen.

Ein Farmer aus der Gegend, der über die Kapelle hinwegflog, sah die Flammen durch das Dach der Cowboy Chapel züngeln und meldete das Feuer, noch bevor der Notruf von Anton Ling bei den Rettungskräften einging. So kam es, dass hinter Anton Lings Truck ein Löschzug der Freiwilligen Feuerwehr sowie zwei Streifenwagen des Sheriffbüros – Pam Tibbs und Hackberry Holland in dem einen, R. C. Bevins in dem anderen – die Straße zur Kirche entlangrasten.

»Grundgütiger, schau dir das an«, sagte Pam.

Die Kapelle brannte lichterloh. Die Flammen schossen an allen vier Wänden fast gleichförmig in die Höhe und wurden von der kalten Luft angefacht, die durch die sehr wahrscheinlich vorsätzlich eingeschlagenen Fenster ins Gebäudeinnere strömte. Das Feuer hatte ein Loch in das Dach der Kapelle gerissen, aus dem nun Funken und schwarze Rauchschwaden in den Himmel stiegen.

»Da hat jemand Brandbeschleuniger benutzt«, sagte Hackberry.

»Denkst du, es waren dieselben Typen, die Anton Ling überfallen haben?«

»Möglich. Oder die Leute von Temple Dowling.«

»Glaubst du an Karma? Ich meine im Fall von Cody Daniels?«

»Du willst wissen, ob ihm all das zugestoßen ist, weil er in das Bombenattentat auf diese Abtreibungsklinik verwickelt war? Nein, ich glaube nicht an Karma. Zumindest nicht an diese Art von Karma.«

»Komisch, irgendwie hatte ich gedacht, dass du daran glaubst«, sagte Pam.

»Wen hat das Schicksal schlimmer getroffen? Einen Bettler auf den Straßen von Kalkutta oder einen international tätigen Waffenhändler?«, fragte er, aber Pam war mit den Gedanken bereits woanders.

»Hack, schau mal, da. Anton Ling holt gerade einen Feuerlöscher aus ihrem Wagen.«

Hackberry sah, wie Anton Ling mit einem Feuerlöscher in der Hand direkt auf den Eingang der Kapelle zulief, unter dessen Türspalt bereits blau-schwarzer Rauch nach draußen drang. Pam stellte den Streifenwagen hinter dem Pick-up ab und stürmte an der Seite von Hackberry, R. C. Bevins und zwei Feuerwehrmännern hinter Anton Ling die Stufen zur Kapelle hinauf.

Als Hackberry die Kirche betrat, hatte er wegen der wahnwitzigen Hitze das Gefühl, als hätte er die Tür eines Hochofens aufgestoßen. Die Wände waren schwarz und standen entweder lichterloh in Flammen oder begannen bereits langsam nachzugeben. Von den Deckenbalken regnete es brennende Wachstropfen auf die Sitzreihen herunter. Hackberry konnte wegen des Qualms kaum noch atmen, aber Anton Ling stürmte mit dem Feuerlöscher in den Händen durch den Mittelgang auf die Bühne zu. Inmitten des dichten Rauchs konnte Hackberry einen Mann ausmachen, der am hinteren Ende der Bühne an ein großes Holzkreuz geschlagen war. Die brennenden Bühnenvorhänge warfen ein eigenartiges Licht auf sein glänzendes Gesicht und seine blutigen Füße. Die Arme hochgerissen, um die Augen vor der Hitze zu schützen, schloss Hackberry zu Anton Ling auf. »Geben Sie mir den Feuerlöscher«, sagte er.

»Finger weg!«, rief sie.

»Ihr Kleid steht in Flammen, um Himmels willen«, erwiderte er. Dann riss er ihr den Feuerlöscher aus den Händen, löste den Sicherheitsstift und deckte ihre Kleidung mit Löschschaum ein. Anschließend versuchte er, die Stufen zur Bühne hinaufzusteigen, aber die Hitze drohte, seine Haut zu versengen und sein Gehirn zu grillen. Er richtete den Feuerlöscher auf den Bereich um das Kreuz, an das der Mann geschlagen war, während die beiden Feuerwehrmänner, die beide Atemschutzmasken trugen, mit ihren Löschrucksäcken die Flammen an den Wänden bekämpften. Kurz darauf kamen ihre Kollegen mit einem Schlauch in den Händen durch die Tür gestürmt und richteten den Wasserstrahl nach oben auf die brennende Decke.

»Los, wir holen das Kreuz von der Bühne und tragen es zur Tür raus«, sagte Hackberry. »Andernfalls wird der Reverend bei diesem Qualm ersticken.« Als Hackberry aber den Balken des Kreuzes anpackte, zog er sofort die Hand von dem heißen Holz zurück.

»Sheriff?«, sagte R. C.

»*Was?*«

»Der Mann ist tot.«

»Unsinn. Seine Wunden sind nicht tödlich.«

»Schauen Sie sich mal den Brustkorb an. Da wollte jemand hundertprozentig sichergehen, dass der Mann stirbt, und hat ein paar Nägel in seinem Herz versenkt«, sagte R. C.

Die Feuerwehrleute brachten mit den flackernden Lichtkegeln ihrer Taschenlampen Licht in die dichten Rauchschwaden und die Dunkelheit der Kapelle, während von oben der Regen durch das Loch im Dach rieselte.

»Hier aus der Gegend war das bestimmt keiner«, sagte einer der Feuerwehrmänner.

»Wie kommen Sie darauf?«, fragte Hackberry.

»Nein, Sheriff, solche Sachen passieren bei uns nicht«, sagte der Feuerwehrmann. »Das war das Werk von jemandem, der high war bis in die Haarspitzen. Wahrscheinlich einer dieser Schmuggler, die sich nachts auf dem Grundstück von Miss Ling rumtreiben.«

»Ach, halten Sie doch die Klappe«, antwortete Anton Ling.

»Wenn die es nicht waren, wer dann?«, sagte der Feuerwehrmann. »Hier aus unserer Gegend war es bestimmt niemand.«

»Fass mal mit an, Kumpel. Wir müssen Reverend Daniels von dem Kreuz runterholen und auf eine Trage legen«, sagte Hackberry zu dem Feuerwehrmann.

Fünfzehn Minuten später sah Hackberry vor der Kapelle zwei Sanitätern dabei zu, wie sie den Reißverschluss eines schwarzen Leichensacks über dem Gesicht von Cody Daniels schlossen. Darl Windgate, der Gerichtsmediziner, stand nur ein paar Schritte entfernt. Der Regen hatte fast aufgehört. Darl zog nachdenklich an einer Zigarette, die in einer Zigarettenspitze steckte und deren Qualm sich mit dem Dunst aus dem Tal vermischte.

»Kannst du mir schon was zu der Sache da drinnen sagen?«, fragte Hackberry.

»Nun, falls es dich trösten sollte, kann ich dir mit ziemlicher Sicherheit sagen, dass das Opfer bereits tot war, als die Nägel in seinen Brustkorb gefeuert wurden. Wie es aussieht, ist er an einem Herzinfarkt gestorben. Früher wurde die Kreuzigung vor allem angewendet, weil es nicht nur eine sehr schmerzhafte, sondern auch eine äußerst demütigende Art der Hinrichtung war. Die Sehnen und Bänder im Oberkörper ziehen sich um die Lunge zusammen und ersticken das Opfer nach und nach. Die einzige Möglichkeit, das eigene Leben zu verlängern, besteht darin, sich an den Nägeln hochzudrücken, die einem durch Fuß oder Knöchel getrieben wurden. Das potenziert natürlich die ohnehin schon unvorstellbaren Qualen des Hingerichteten. Ich denke, dass es schwer sein dürfte, einen noch grausameren Tod zu erfinden.«

»Ich kann nur hoffen, dass dieser arme Teufel das nicht alles durchmachen musste und schon relativ früh abgetreten ist«, sagte Hackberry.

»Möglich ist das durchaus«, sagte Darl und wendete den Blick von Hackberry ab. »Wusstest du, dass ich vor meinem Medizinstudium einen Abschluss in Psychologie gemacht habe?«

»Nein, wusste ich nicht.«

»Eigentlich wollte ich nämlich in die Kriminalpsychologie gehen. Aber ich denke, du kannst dir vorstellen, warum ich mich letztendlich für die Medizin entschieden habe.«

»Nein, kann ich nicht«, erwiderte Hackberry, dessen Gedanken langsam abzudriften begannen.

»Weil ich mich nicht gern in die Gedanken von Typen versetze, die sich die Zeit mit solchen Gräueltaten vertreiben«, antwortete Darl. »Übrigens glaube ich nicht, dass dieser Mord das Werk einer Gruppe war. Wahrscheinlich hat sich eine Person die ganze Sauerei ausgedacht und sie dann von ein paar Handlangern umsetzen lassen«, sagte Darl.

»Erzähl mir mehr.«

»Dem Kerl, der hinter dieser Sache steckt, reicht es nicht, einfach in aller Ruhe sein Geschäft zu machen. Er kann nicht anders, als seine Scheiße an die Wände zu schmieren und sie der Öffentlichkeit zu präsentieren.«

»Denkst du vielleicht an Krill?«

»Nein. Du suchst einen Mann, dem beim Thema Religion gehörig einer abgeht.«

»Temple Dowling vielleicht?«

»Ach komm. Das glaubst du doch selbst nicht.«

»Warum nicht?«

»Dowling ist ein unbescholtener Bürger und kein Krimineller.«

»Das denkst du vielleicht.«

»Irrtum, Hack. Das eigentliche Problem besteht darin, was *du* denkst, denn du würdest lieber einen Mietwucherer hinter Gitter bringen, als einen Bankräuber zu verhaften. Außerdem bist du immer noch wütend auf Dowlings Vater.«

»Wie hast du das mit der Religion gemeint?«

»Das dürfte doch wohl offensichtlich sein, oder? Der Tatort ist eine Kirche, und das Opfer wurde an ein Holzkreuz genagelt. Die Tat wurde von einem Gläubigen begangen.«

»Einem Gläubigen?«

»Ja, und er ist verdammt sauer.«

»Jack Collins?«

»Collins ist ein Killer mit Messiaskomplex, aber kein Sadist.«

»Du solltest einer von uns werden, Darl, ein Cop.«

»Das war ich schon in der Army. Es war damals scheiße, und das ist es heute immer noch.«

»Warum?«

»Weil es reine Zeitverschwendung ist, diese Mistkerle zu verhaften und für ein paar Jahre einzulochen«, erklärte Darl.

Hackberry ging zum Streifenwagen, wo Pam und R. C. warteten. Die Haare auf seinen Armen waren versengt, die Seite seines Gesichts mit Ruß beschmiert. Auf dem Platz vor der Kapelle wimmelte es nur so von Einsatzfahrzeugen, deren blau-weiß-rote Lichter im Regendunst pulsierten.

»Lass uns zusammenpacken und verschwinden«, sagte er zu Pam.

»Du hast versucht, ihn zu retten, Hack. Du bist da reingegangen, obwohl das Dach hätte einstürzen können«, sagte sie.

»Ruf bitte Ethan Riser an.«

»Riser kann uns nicht helfen«, erwiderte sie.

»Wo sie recht hat, hat sie recht, Sheriff. Diese FBI-Leute würden sich noch nicht mal die Zeit nehmen, uns in den Mund zu spucken, wenn wir am Verdursten wären«, sagte R. C.

Hackberry öffnete sein Handy, suchte Risers Nummer in seinen Kontakten und drückte die Anruftaste. Dann ging er ein paar Schritte zur Seite, bis er im Dunkeln stand, und wartete darauf, dass sich Risers AB meldete. Zu seiner Überraschung meldete sich der FBI-Mann persönlich.

»Ethan?«

»Genau der. Wen haben Sie denn sonst erwartet?«

Hackberry erzählte Riser, was passiert war. »Ich brauche sämtliche Informationen zu Josef Sholokoff, die Sie mir liefern können. Und ich brauche sie bis morgen Mittag.«

»Ist nicht drin, Partner.«

»Hören Sie auf mit dem Scheiß, Ethan. So einfach können Sie mich nicht abwimmeln.«

»Momentan arbeiten rund fünfzig Agenten von einem halben Dutzend Behörden daran, diesen Kerl aus dem Verkehr zu ziehen. Wenn Sie jetzt Mist bauen und die Arbeit dieser Leute zunichtemachen, wird man Sie teeren und federn.«

»Wo sind Sie?«

»In den Glass Mountains.«

»Und mit wem sind Sie da oben?«

»Mit ein paar Freunden.«

»Haben Sie etwa vor, Collins allein zur Strecke zu bringen?«

»Collins hätte schon vor längerer Zeit in Pension gehen sollen.«

»Sie kennen ihn nicht, Ethan, ich aber schon. Lassen Sie mich Ihnen helfen.«

»Ich wünschte, Sie wären damals mein Partner gewesen, als wir bin Ladens Familie auf der Startbahn stehen hatten«, sagte Riser. »Sorry, Hack, aber bei dieser Sache kann ich keinen Partner brauchen.«

»Das ist keine besonders schlaue Herangehensweise.«

»Haben Sie je von diesem schwarzen Boxer gehört, der gegen einen Australier mit dem Beinamen ›Kämpfer des denkenden Mannes‹ antreten musste? Der Schwarze hat den Australier auf die Bretter geschickt. Als ein Reporter ihn später fragte, wie er das angestellt hätte, meinte er nur: ›Während er nachdachte, hab ich einfach draufgehauen.‹«

»Wagen Sie es nicht, einfach aufzulegen, Riser.«

»Wissen Sie, Hack, ich habe bei fast allen Dingen in meinem Leben falschgelegen. Begehen Sie nicht den gleichen Fehler. Wir sehen uns.«

Als Jack Collins sich am nächsten Morgen beim Frühstück mit Noie Barnum unterhielt, fragte er sich, ob sein Gesprächspartner nur leicht beschränkt oder komplett geistig zurückgeblieben war.

»Diese Geschichte musst du mir noch mal erzählen, Noie. Du hast diese Wanderer getroffen und dann was getan?«, fragte Jack.

»Na ja, ich wollte den Wanderstock ausprobieren, den du mir gegeben hast. Den Berg runter ging alles gut, und auch am Rand des Flüsschens, der zu den Pappeln auf der Ebene führt, lief es wie geschmiert. Aber dann musste ich eine Pause einlegen und habe mich auf einen großen Felsbrocken gesetzt. Und da habe ich dann diese Wanderer getroffen, ein wirklich nettes Pärchen.«

»Das möchte ich doch hoffen, dass sie nett waren. Und was war mit der Instamatic?«

»Nun, das Ding sah so aus wie eine dieser billigen Kameras, mit denen die Touristen immer rumlaufen. Deshalb glaube ich, dass es eine Instamatic war. Die beiden meinten, sie würden zu einem Ornithologen-Club gehören und Fotos von den Vögeln schießen, denen sie bei ihrer Wanderung begegnen. Dann haben sie mich gefragt, ob ich ein Foto von ihnen vor den Pappeln machen könnte. Die Sonne ging gerade unter, und der Himmel am Horizont sah aus wie ein langer roter Teppich. Außerdem blies der Wind ziemlich heftig, sodass die Äste zitterten. Jedenfalls habe ich ein Foto von ihnen geschossen. Und dann haben sie mich gefragt, ob sie auch einen Schnappschuss von mir machen könnten.«

»Jetzt hast du aber eine Sache ausgelassen, Noie.«

»Ach, ja? Was denn?«

»Das erste Mal hast du erzählt, was für einen Job der Mann hatte.«

»Stimmt. Er hat gesagt, er wäre beim Forstamt und gerade mit seiner Frau in den Flitterwochen. Er war ziemlich jung, unter fünfundzwanzig, würde ich schätzen, und seine Lady hatte diesen herzlichen, warmen Ausdruck im Gesicht. Ehrlich gesagt haben mich die beiden an ein paar Leute erinnert, die ich von Zuhause kenne.«

»Und wo leben die beiden?«

»Er hat gesagt: in Austin. Glaube ich zumindest, dass er das gesagt hat. Ja, genau, Austin.«

»In Austin, also, wie? Nun, das ist ziemlich interessant.«

Jack stand vom Tisch auf, nahm den Kaffeepott mit einem Geschirrtuch vom Holzofen und goss sich eine Tasse ein. Der Kaffee war kochend heiß, aber Jack nahm trotzdem einen großen Schluck, ohne auch nur einen Moment die Augen von Noie zu lassen. »Schmeckt dir das Frühstück?«

»Eier mit Würstchen. Da macht dir wirklich keiner was vor, Jack«, antwortete Noie. »*Besser geht's nimmer*, wie meine Oma sagen würde.«

»Du bist echt 'ne Marke, Noie«, sagte Jack. »Dann war dieser Wanderer also ein Gesetzeshüter?«

»Ich weiß nicht so recht, ob man die Jungs vom Forstamt wirklich als Gesetzeshüter bezeichnen kann.«

»Aber der Typ kam aus der Hauptstadt von Texas.«

»Jawohl. Das hat er zumindest gesagt.«

»Und du hast ihn ein Foto von dir machen lassen. Ist doch so, oder?«

Noie schien über Jacks Fragen nachzudenken. »Ja, so ist es abgelaufen.«

In den Schatten der frühen Morgenstunden erschien Jack die Nase von Noie wie eine Banane in einer leeren Saucenschüssel. Obwohl sein Karohemd eine Nummer zu klein für ihn war und über der Brust spannte, hatte er es am Kragen zugeknöpft. Die Hosenträger hatte er so eng über seine Schultern geschnallt, dass sie in seine Schultern schnitten und ihn aussehen ließen wie einen Farmer aus längst vergangenen Zeiten. Er war frisch rasiert und hatte seine Koteletten gestutzt. Sein Gesicht hatte einen fröhlichen Ausdruck, aber sein birnenförmiger Kopf und die großen Ohren hätten wahrscheinlich selbst die Braut von Frankenstein in die Flucht geschlagen, dachte Jack. Noie vertrieb sich die Zeit größtenteils damit, hölzerne Spielfiguren zu schnitzen, die er in einem Schuhkarton aufbewahrte, und verfügte über die sozialen Fähigkeiten eines Baumstumpfs. Zudem hatte er noch ein Problem, für das es keine Lösung zu geben schien: Obwohl er jeden Abend in einer Wanne bei der Scheune badete, verströmte sein Körper kontinuierlich einen strengen Geruch, der an saure Milch erinnerte. Jack dachte, dass Noie Barnum der wahrscheinlich abstoßendste und einsamste Mensch war, den er kannte.

»Und es hat dich nicht verwundert, dass dieses Pärchen ein Foto von einem Mann machen wollte, den sie erst vor ein paar Minuten kennengelernt hatten?«

»Meine Oma hat immer gesagt, dass Menschen, die dir eben noch vollkommen fremd waren, in der nächsten Minute schon deine besten Freunde sein können.«

»Möglich. Allerdings scheinst du zu vergessen, dass wir den Gesetzeshütern dieses Landes alles andere als fremd sind, Noie.«

»Schön, dass du das Thema ansprichst«, sagte Noie. »Ich weiß ja, dass die Regierungsbehörden hinter mir her sind. Aber mir will einfach nicht in den Kopf, warum du vor ihnen auf der Flucht bist.«

»Das siehst du falsch, Kumpel. Ich bin ein Einzelgänger und gehe meinen eigenen Weg. Wenn mir allerdings jemand etwas Böses will, dann warte ich darauf, dass diese Leute zu mir kommen, und trage die Sache persönlich mit ihnen aus.«

»Will wetten, dass du den Leuten dann gehörig den Kopf wäschst.«

»Ja, so könnte man es auch nennen.«

»Spielst du eigentlich mal hin und wieder auf deiner Gitarre?«

»Meiner Gitarre?«

»Na, du hast doch diesen Gitarrenkoffer unter deinem Bett. Aber ich habe noch nie erlebt, dass du sie rausholst und spielst.«

»Na ja, im Moment hört sie sich eher an wie eine Snaredrum. Ich selbst habe sie so gestimmt.«

Ein melancholischer Ausdruck zog über Noies Gesicht. Er legte seine Gabel beiseite und starrte auf den Teller. »Dieses Pärchen, das ich auf dem Wanderpfad getroffen habe, wird uns nichts Böses wollen, Jack. Ein feiner Kerl wie du hat da nichts zu befürchten. Ich weiß zwar nicht, warum du dich für dieses Einsiedler-Dasein entschieden hast, aber du bist wirklich der netteste Mensch, den ich kenne – und ich kenne eine ganze Menge netter Menschen.«

»Das glaube ich dir gern, Noie.«

»Aber ich mache mir Sorgen um dich, Jack. Ich habe das Gefühl, dass du dir wegen einer Sache in deiner Vergangenheit das Hirn zermarterst, obwohl es dazu keinen Grund gibt.«

Durch das Fenster konnte Jack sehen, wie der Regen vom Gewitter der letzten Nacht immer noch vom Scheunendach tropfte, wie der Morgentau auf der Windmühle glänzte und Dunstschwaden vom Pferdetank aufstiegen. Das Blau des Morgens war in diesem Moment so perfekt, dass er gut darauf hätte verzichten können, die Sonne über den Bergen aufgehen zu sehen. »Das ist ein wirklich schönes Plätzchen hier«, sagte er. »Manchmal muss man nur genau achtgeben, und man kann hören, wie die Erde stehenbleibt, als würde sie darauf warten, dass du wieder zu ihr aufschließt; so, als wärst du ihr Freund und sie würde sich nichts sehnlicher wünschen, als in Frieden mit dir zu leben. Darum bevorzuge ich es, allein zu bleiben und mich nur um meine eigenen Angelegenheiten zu kümmern. Wenn du mit dem Rest der Welt nichts zu tun hast, kann dir auch niemand Ärger machen.«

Noie schien über Jacks Worte nachzudenken. Dann starrte er wieder auf seinen Teller hinunter und schob die Arme unter den Tisch. »Ich habe Blut an meinen Händen«, sagte er.

»Weswegen?«

»Wegen dieser Predator-Drohnen.«

»Das ist nicht deine Schuld.«

»Diese Dinger haben unschuldige Menschen getötet, einfache Bauern, die nichts mit unseren Kriegen zu schaffen hatten.«

»So ist das manchmal.«

»Meine Oma hat immer gesagt, dass es zwei Arten von Menschen gibt, mit denen man sich besser nicht einlässt. Die einen vergießen das Blut Unschuldiger, die anderen erheben ihre Hand gegen Frauen. Menschen, die so etwas tun, sind aus ein und demselben Holz geschnitzt. Sie kommen nach Kain, nicht nach Abel.« Noie nahm seine Gabel wieder in die Hand und wartete darauf, dass Jack etwas sagte. »Na los.«

»Na los, was?«, fragte Jack.

»Du hast so ausgesehen, als würdest du etwas sagen wollen.«

»Wenn du diesen Kerl vom Forstamt noch mal siehst, lass ihn nicht gleich wieder ein Foto von dir machen«, sagte Jack.

»Wo willst du hin?«, fragte Noie.

»Ich dachte nur, dass ich mal hoch zu den Felsen gehe, um in Ruhe meine Gitarre zu stimmen.«

»Warum nimmst du das Fernglas mit?«

»Nach so einem Gewitter kommen allerlei Tierchen aus ihren Verstecken gekrochen. Gürteltiere, Eidechsen und so weiter. Die schau ich mir immer ganz gern an.«

Am selben Morgen erhielt Anton Ling den wahrscheinlich merkwürdigsten Anruf ihres Lebens. »Ms. Ling?«, meldete sich eine Stimme. »Hier ist Special Agent Riser. Erinnern Sie sich an mich?«

»Ich bin mir nicht sicher«, antwortete sie. »Arbeiten Sie für das FBI?«

»Ja. Ich war der leitende Beamte, der Sie nach dem Überfall in Ihrem Haus befragt hat.«

»Rufen Sie an, um mir zu sagen, dass Sie endlich mal jemanden verhaftet haben?«

»Sie haben keine allzu hohe Meinung von uns, oder?«

»Nein, habe ich nicht.«

»Ehrlich gesagt, kann ich Ihnen das nicht mal verdenken. Ich wollte Ihnen ein paar Dinge sagen, Ms. Ling. Wir haben eine Akte über Sie, die mittlerweile acht Zentimeter dick ist. Zudem habe ich Ihr Telefon anzapfen lassen und Sie aus der Ferne fotografiert. Ich habe mit einem Fernglas durch Ihre Fenster geschaut und jeden Aspekt Ihres Privatlebens ausspioniert. Einige meiner Kollegen können Sie auf den Tod nicht ausstehen und sind der Meinung, dass man Sie schon vor Jahren hätte ausweisen sollen. Die Ironie an der Sache ist, dass Sie schon für die CIA gearbeitet haben, bevor diese Leute überhaupt das Licht der Welt erblickten. Aber ich rufe nicht derentwegen an, sondern wegen mir. Ich möchte mich dafür entschuldigen, wie ich und meine Mitarbeiter Sie behandelt haben. Ich denke, dass Sie eine wahre Patriotin mit einer Menge Nächstenliebe sind, und ich wünschte, dass es noch eine Million mehr von Ihrer Sorte in diesem Land gäbe. Ich glaube, dass Josef Sholokoff hinter dem Überfall auf Ihr Haus steckt. Und außerdem glaube ich, dass wir jämmerlich dabei versagt haben, Verbrecher wie diesen Sholokoff hinter Gitter zu bringen, und stattdessen unsere Zeit und Energie damit verschwendet haben, Leuten wie Ihnen das Leben schwer zu machen.«

»Sind Sie jetzt nicht ein bisschen zu hart zu sich selbst, Mr. Riser?«

»Da ist noch eine Sache: Sie sollten Sheriff Hollands Freundschaftsangebot annehmen. Er ist in vielen Dingen so wie Sie. Und genau wie Sie vergisst er manchmal, auf sich selbst aufzupassen.«

»Sir, ist bei Ihnen alles in Ordnung?«

»Möglich, dass Sie zu einem späteren Zeitpunkt wieder von mir hören werden. Wenn dem so sein sollte, bedeutet das, es geht mir gut«, sagte Riser.

Ethan Riser klappte sein Handy zu und folgte dem Trampelpfad, der sich am Fuß eines Bergs mit den rosafarbenen Konturen eines verfaulten Zahns entlangschlängelte. Er passierte ein verrostetes Autowrack, dessen Karosserie von kleinkalibrigen Einschusslöchern übersät war. Nur ein paar Schritte weiter machten sich ein paar Truthahngeier am Kadaver eines Kalbs zu schaffen. Die Rippen des Tiers lagen frei, seine Augen waren herausgepickt, und die Zunge hing ihm wie ein langes Ledergeil seitlich aus dem Maul. Die Luft war noch kühl vom Gewitter. Im Schatten des Hügels hatten die Büsche und Mesquitesträucher ein dunkles Grün angenommen, und im feuchten Ufersand eines kleinen Flüsschens waren Tierspuren zu erkennen. Ethan schwitzte fürchterlich, seine Atemzüge waren flach, und schon bald musste er sich hinsetzen und ausruhen. Hinter ihm ging ein junger Mann, der eine gestärkte Jeans, ein weißes Hemd mit vielen Taschen und Wanderschuhe mit starkem Profil anhatte. Dazu trug er einen schlichten Strohhut mit schwarzem Band und nach unten gebogenem Rand und einen Westerngürtel mit einer großen, matten Metallschnalle, die sich flach über seinen Bauch legte.

Als der junge Mann den Felsbrocken erreichte, auf dem Ethan sich niedergelassen hatte, nahm er seine Feldflasche, schraubte den Deckel ab und bot dem Agenten einen Schluck an, bevor er selbst von dem Wasser trank. »Ich will ehrlich zu Ihnen sein, Ethan. Ich denke, wir jagen hier einem Phantom hinterher«, sagte er.

»Schwer zu sagen«, erwiderte Ethan und wischte sich mit einem Taschentuch den Schweiß aus dem Gesicht.

»Als ich den Kerl fotografiert habe, stand er im Schatten und trug zudem noch einen Hut. Der Mann hätte sonst wer sein können.«

»Deshalb will ich auch, dass Sie jetzt umkehren. Ich habe bereits genug von Ihrer Zeit verschwendet.«

»Sie sollten nicht allein hier draußen sein.«

»Besser als im Hotel zu sitzen und Däumchen zu drehen.«

»Los, kommen Sie, gehen wir was essen. Ich lade Sie ein.«

»Was ist da weiter oben?«, fragte Ethan.

»Ein Haufen Kaninchen, viel ungenutztes Land und noch ein paar Berge. Außerdem ein oder zwei Jagdfarmen und ein Typ, der Kühe züchtet. Ein Schießverein hat in der Gegend ein paar Grundstücke gepachtet, auf denen hin und wieder ein paar Arbeiter von den Öl- und Gasfeldern in der Gegend rumballern und Whiskey trinken. Ich glaube, da gibt es auch noch eine Hütte, die aber nur während der Jagdsaison genutzt wird.«

»Und wer könnte diese Hütte nutzen?«

»Niemand, für den man sich interessieren müsste. Ethan, Sie sehen erschöpft aus. Lassen Sie uns zurückgehen.«

»Es gibt keinen Grund für mich, umzukehren. Sie sind derjenige von uns beiden, der gerade geheiratet hat und seine Flitterwochen genießen sollte.«

»Ich wünschte, ich hätte Ihnen nie von diesem Typen erzählt. Der Kerl war hässlich wie die Nacht und sah so aus, als könnte er keiner Fliege etwas zu Leide tun. Wenn dieser Typ tatsächlich eine Gefahr für die nationale Sicherheit darstellt, hilft nur noch beten, Ethan, dann sitzen wir wirklich verdammt tief in der Scheiße.«

»Sie haben doch aber auch gesagt, der Mann hätte gesprochen, als hätte er den Mund voll Zuckerrübensirup. Das würde zu Noie Barnum passen, denn der stammt aus Nord-Alabama.«

»Ein Quäker aus Alabama?«

»Ja, Barnum ist ein ganz besonderes Exemplar, im Vergleich mit Jack Collins allerdings schon fast wieder normal.«

»Meine Familie lebt schon seit Ewigkeiten in dieser Gegend, aber keiner von denen hat jemals was von einem Einsiedler mit einer Thompson gehört.«

Eine einmotorige Maschine, deren Schatten über die Baumwipfel und Felsbrocken auf der sonnigen Seite des Bergs raste, flog über die beiden hinweg.

»Ein toller Tag, um in der Natur unterwegs zu sein, finden Sie nicht?«, sagte Ethan.

»Ohne Frage.«

»Helfen Sie mir doch bitte hoch«, bat Ethan Riser, aber sein Begleiter bewegte sich nicht. »Was starren Sie denn da rüber?«, fragte Ethan.

»Ich dachte, ich hätte eine Art Reflektion da oben auf dem Berg gesehen.« Der junge Mann holte ein Fernglas aus dem Lederetui an seinem Gürtel und schaute hindurch. »Wow, das hätte ich jetzt nicht gedacht. Es ist ein Buch.«

»Ein was?«

»Ein Buch. Es liegt auf einem Felsbrocken, und seine Seiten flattern im Wind. Da soll noch mal jemand sagen, die Leute in Südwest-Texas würden nicht lesen«, sagte der junge Mann. »Schauen Sie mich nicht so an, Ethan. Da oben liegt bloß ein Buch, das jemand auf einem Stein vergessen hat.«

Preacher Jack Collins las im Buch der Könige und spürte den Wind und die Sonne in seinem Gesicht. Als er etwas länger in den Himmel hinaufschaute, sah er ein einmotoriges Flugzeug, das aus südöstlicher Richtung kam. Die Tragflächen zitterten wegen der starken Aufwinde, und der Motor stotterte, als hätte die Maschine keinen Treibstoff mehr. Er trat ein paar Schritte zurück zwischen eine Hand voll Pinyon-Kiefern, die auf dem kargen Felsboden wuchsen, und blieb dort regungslos stehen. Das Gesicht hatte er zum Boden gewendet, den Daumen als Lesezeichen in die Bibel geschoben. Er hörte, wie das Flugzeug über ihn hinwegflog und der Motor wieder regelmäßig zu arbeiten begann. Anschließend kletterte er auf den Bergkamm hinauf, wo er zwischen zwei Felsbrocken hindurchsah, wie die Maschine über einem lang gezogenen Streifen Flachland davonflog, die Tragflächen parallel zum Horizont.

Feds? Möglich. Wahrscheinlicher aber war es ein Farmer, der Ethanol in den Tank seines Agrarflugzeugs gefüllt hatte, um den Motor der Maschine zu reinigen. Jack ging zu seinem Plätzchen zwischen den Felsen zurück und widmete sich wieder der Lektüre. Im Sonnenlicht lagen die Seiten der Bibel so weiß wie Schnee vor ihm, und die Schrift war so klar, scharf und unmissverständlich wie die Zeichen, die Jahwe mit brennendem Finger in Moses' Steintafeln gebrannt hatte. Für Jack gab es weder eine »Interpretation« der Schrift noch eine »metaphorische Bedeutung«. Das waren Erfindungen von zügellosen Individuen und Freigeistern, die damit Verhaltensweisen rechtfertigen wollten, bei denen sich Jack der Magen umdrehte.

Homosexualität? Sodomie? Nicht ganz. Es handelte sich eher um eine Art Verhalten, das ohne Namen blieb – eine vage Erinnerung, der unscharfe Schatten einer Person oder eines Ereignisses, verborgen hinter einer Ecke am Ende einer langen Straße, die er im Schlaf hinauflaufen musste. Der Straßenzug lag vollkommen trist und grau da, als wäre jegliche Farbe aus Beton, Asphalt und Stein gesogen worden. Auf den Gehwegen und in den Gebäuden gab es keine Menschen, und wenn er eine Kreuzung überquerte, hoffte er jedes Mal auf Verkehrslärm oder die Schritte eines Fußgängers in einer Seitenstraße, aber er hörte nichts weiter als das pulsierende Blut in seinen Ohren.

Er nahm sich stets vor, aufzuwachen, bevor er den letzten Häuserblock der Straße erreichte, aber im Traum war seine Willenskraft vollkommen nutzlos. An der Ecke am Ende der Straße trat eine Gestalt auf den Gehweg. Sie trug eine Trainingsjacke mit Kapuze, ein bedrucktes Kleid, rosa Sportschuhe und einen paillettenbesetzten Gürtel. Im Grunde sah sie so aus, als hätte sie sich aus der Wühlkiste eines Second-Hand-Ladens bedient. Auf gewisse Weise stellte alles an ihr einen beängstigenden Widerspruch dar. Sie war viel zu jung und viel zu schön für all den Ballast und den Schaden, den ihr die Welt und die Menschen zugefügt hatten. Ihre Mundwinkel zeigten nach unten, ihre Stirn war von zornigen Falten überzogen, und in ihren Augen brannte eine unausgesprochene Verachtung, aus der klar hervorging, dass sie Jacks geheimste Gedanken nicht nur kannte, sondern auch angewidert von ihnen war. Die Boshaftigkeit ihres Wesens und das Ausmaß ihrer Geringschätzung für Jack schienen ganz und gar nicht zu den jugendlichen Zügen ihres Gesichts zu passen. Wie nur sollte er das Rätsel verstehen können, das sich in ihr manifestierte?

Sie winkte ihn zu sich heran, absolut sicher, dass er zu ihr kommen würde, selbst dann noch, als sie ihren Gürtel löste und ihn sich um die Hand schlang.

Jedes Mal, wenn er aus diesem Traum erwachte, setzte er sich auf die Bettkante und schob die Hände zwischen die zusammengepressten Knie, von einem Selbstekel erfüllt, für den es keinen Grund zu geben schien.

Dieses Gefühl von Wertlosigkeit und Verachtung, das im Schlaf seine Seele befiel, wurde er auch am Folgetag nicht los – es sei denn, es gelang ihm, die Gründe für diese Emotionen an einer anderen Person festzumachen. Das mochte zwar eine etwas verschrobene Denkweise sein, so viel gestand er sich ein, aber andererseits hatte Jack weder die Welt erfunden noch die Menschen erschaffen, die ihn grundlos und über lange Jahre hinweg gepeinigt und bei jeder Möglichkeit mit Verachtung gestraft hatten.

Es waren Letztere, die ihn ganz besonders umtrieben. Er vertrat zwar weder die Ansicht, dass die Frau das Verderben des Mannes war, noch warf er den Frauen ihre Eitelkeit vor, und auch nicht die Tatsache, dass ihnen zuweilen nur die Arglist blieb, um sich gegen die Männer und die Ausbeutung ihrer Körper zu wehren. Sein Problem mit Frauen lag vielmehr in diesem eigenartigen Licht, das in ihren Augen aufflackerte, wenn sie ihn ansahen, und bei dem sich sein Innerstes zusammenzog, als hielte jemand ein brennendes Streichholz gegen seine Magenwand. Es war offensichtlich, dass sie ihn nicht nur fürchteten, sondern ihn bis auf die Knochen verabscheuten – ihn, einen Mann, der sich in seinem ganzen Leben nie einer Frau gegenüber unflätig oder ungebührlich verhalten hatte.

Und so hatte er sich dann eine andere Art Frau gesucht – eine Frau, der er vertrauen konnte und die eines Mannes würdig war, den man auf beiden Seiten der Grenze die linke Hand Gottes nannte. Diese Frau lebte innerhalb der Heiligen Schrift und wartete stets auf die Aufmerksamkeit seines Blickes, wenn er die abgegriffenen Buchseiten aufschlug, auf der ihre Geschichte begann, aber niemals endete. Sie hatte nicht nur einen Namen, sondern viele: Esther – die Frau, die Xerxes dem Ersten gesagt hatte, dass er durch ihr Blut waten müsse, bevor sie zuließe, dass er ihrem Volk Gewalt antat. Rebekka – die intelligente Ehefrau von Abrahams Sohn, die mit dem starken Willen und dem Wasserkrug auf der Schulter. Die Samariterin aus dem Neuen Testament – die Frau, mit der Jesus ein langes Gespräch geführt hatte. Und nicht zuletzt Maria Magdalena – die Frau, die Jesus finanziell unterstützt hatte, die am Kreuz bei ihm geblieben war und schließlich der erste Apostel der neuen Religion geworden war, als sie am Ostermorgen verkündet hatte: »Er ist auferstanden.«

Solange er seine Schrift hatte, konnte die Gestalt, die sich hinter der Ecke am Ende der Straße verbarg, Preacher Jack weder etwas anhaben noch sich seiner bemächtigen.

Wieder hörte er das Flugzeug. Dieses Mal kam es aus nordwestlicher Richtung. Er hockte sich in den Schatten der Pinyon-Kiefern, nahm seinen Panama-Hut ab und schaute mit dem Fernglas hinauf zu der Maschine, die gefährlich tief über den Bergkamm hinwegflog. Mindestens drei Männer saßen in der Kabine, aber Jack bezweifelte, dass es Feds waren, denn Bundesagenten nahmen nicht grundlos ein derartiges Risiko auf sich. Solche Mätzchen waren eher etwas für selbstgefällige Firmenbosse, für Volltrottel mit zu viel Geld, die Unmengen dafür bezahlten, um auf einer Jagdfarm Wildtiere abknallen zu können. Nur zum Spaß nahm Jack seine Maschinenpistole zur Hand und zielte auf den Heckflügel. »Peng!«, hauchte er leise.

Dann erkannte er, was ihm dieser Moment der Unaufmerksamkeit – in dem er das Flugzeug beobachtet und über Jagdfarmen und aufgeblasene Volltrottel sinniert hatte – eingebrockt hatte: In südwestlicher Richtung waren zwei Figuren aus einem felsigen Tal aufgetaucht und marschierten nun quer über die Ebene in seine Richtung. Wenn sie den Kurs beibehielten, würden sie dem Flüsschen hinauf in die Berge folgen und schließlich zu dem natürlichen Wall gelangen, hinter dem er seine Hütte gebaut hatte.

Er legte sich auf den Bauch, die Ellbogen in den Kies gestützt, und spähte mit dem Fernglas zwischen den Pinyon-Kiefern hindurch. Bei den Figuren handelte es sich um zwei Männer. Einer war jung und sah sportlich aus. Er trug eine Feldflasche an einem Riemen über der Schulter und einen Hut auf dem Kopf, wie man ihn sonst nur bei Touristen oder Hobbygeologen sah. Der andere Mann hatte weißes, ungekämmtes Haar und ein flaches Gesicht. Er schwitzte stark, und es war offensichtlich, dass er nur schwerlich mit dem jüngeren Mann mithalten konnte. Die Sonne stand glühend weiß am Himmel und hatte den Morgen all seiner versöhnlichen Qualitäten beraubt.

Diese beiden Männer, ganz besonders der ältere, sahen nicht so aus, als wären sie gekommen, um die Schönheit der texanischen Landschaft zu genießen.

Was tun?, fragte sich Jack.

Kapitel 17

Nachdem er sich ausgeruht hatte, stand Ethan Riser auf und folgte Caleb, seinem jungen Freund aus Austin, über die flache Ebene, die von Salzflecken und grünen Büschen überzogen war und sich unter der glühend heißen Sonne in einen Spiegel zu verwandeln schien. In einiger Entfernung vor ihm sah er ein paar schattenspendende Berge, möglicherweise sogar eine kühle Felsspalte, wo das Gestein noch nach der vergangenen Nacht roch, und nach Blumen, die sich nur in der Nacht öffneten.

»Was zum Teufel ist das?«, sagte Caleb.

Eine Gruppe von fünf Motorradfahrern auf Motocross-Maschinen donnerte über den ausgedörrten Boden der Ebene hinweg. Die Motoren jaulten so schrill wie Zahnarztbohrer, während die starken Reifenprofile tiefe Furchen in den Oberboden rissen und für einen Schweif aus Staub und Abgasen hinter den Maschinen sorgten. Ab und an lenkten die Fahrer ihre Maschinen über einen Hügel und flogen dann durch die Luft, um sofort nach der Landung wieder Vollgas zu geben und das Vorderrad so hochzureißen, dass sie auf den Hinterrädern fuhren und tiefe Spurrillen im Boden hinterließen. Der ohrenbetäubende Lärm der kreischenden Motoren war so unangenehm, dass Ethan und Caleb das Gefühl hatten, jemand würde ihnen eine Hand voll Glassplitter ins Trommelfell reiben. Viel schlimmer als die unmittelbare Belästigung war für die beiden allerdings die Erkenntnis, dass diese modernen Vandalen offenbar unter allen Umständen beweisen wollten, dass es kein Stück unberührter Natur auf diesem Planeten gab, das vor ihrem Treiben – der Verwüstung der Landschaft und dem Gestank nach Motorabgasen und verbranntem Gummi – sicher war.

»Dieser Truppe muss jemand Einhalt gebieten. Und zwar sofort!«, sagte Caleb. Er holte seine Dienstmarke hervor und hielt sie in die Höhe, sodass sie die Sonnenstrahlen reflektierte. Die Biker allerdings nahmen keine Notiz von ihm. Entweder ignorierten sie ihn bewusst, oder aber sie waren derart auf die Neugestaltung der Landschaft konzentriert, dass sie ihn tatsächlich übersahen.

Als Caleb sein Mobiltelefon zur Hand nahm, waren die Biker schon wieder verschwunden – und zwar ebenso so schnell, wie sie gekommen waren. Mit im Fahrtwind flatternden Bandanas flogen sie über einen Hügel davon und verschwanden außer Sichtweite. Was blieb, war das knatternde Echo der Motorradauspuffe, zurückgeworfen von einem Tafelberg, auf dessen felsiger Oberfläche ein paar Pinyon-Kiefern wuchsen.

»Ich schlage Ihnen eine Deal vor«, sagte Caleb.

»Und was soll das für ein Deal sein?«, antwortete Ethan. Die Achseln seines langärmligen blauen Hemds waren dunkel von Schweißflecken, und der Bund seiner Khakihose war tief unter seinen Bauch gerutscht. Obwohl er eine Schirmmütze trug, kniff er wegen der gleißenden Sonne die Augen zusammen. Auch die Halbautomatik in seinem Gürtelhalfter vermochte nicht mehr über die Tatsache hinwegzutäuschen, dass er ein alter Mann war, befallen von einer schweren Krankheit und auf dem Weg zu einem Ort, von dem es keine Wiederkehr gab.

»Wir gehen jetzt noch eine Meile bis zu diesem schattigen Plätzchen da«, sagte Caleb. »Da können wir uns ans Ufer eines Bachs setzen. Wir machen eine Pause und sehen uns die Truthahn-Spuren an, die die Indianer dort in die Felsen geschlagen haben, um Norden und Süden zu markieren. Das ist eine wirklich interessante Geschichte: Mithilfe der Sterne und der Spuren haben sie ihre Routen geplant und sind nie vom Weg abgekommen. Die sind so genau, dass man seinen Kompass danach stellen kann.«

»Und was machen wir dann?«

»Wenn wir uns ein wenig abgekühlt haben, gehen wir zurück. Und darüber gibt es keine Diskussion«, erklärte Caleb bestimmt.

»Gut, ich setze mich ein paar Minuten mit Ihnen an den Bach, aber dann gehe ich weiter.«

»Das bringt doch nichts, Ethan. Manchmal müssen wir die Realität einfach akzeptieren.«

»Und die wäre? Dass ich am Ende bin und es nicht schaffe?«

Caleb schaute auf die marmorierten Verfärbungen im Gesicht seines Freundes. »Ich glaube nicht, dass Jack Collins hier draußen ist. Sollte er sich doch hier rumtreiben, werden wir es bald erfahren. Dann kommen wir wieder her und ziehen ihm das Fell über die Ohren. Bis es so weit ist, sollten wir allerdings nicht in der brütenden Hitze herumlaufen.«

»Ich habe sieben Monate in einem Bambuskäfig gesessen. Der Typ neben mir hatte ein gebrochenes Rückgrat und saß sogar noch länger als ich in diesem Käfig«, sagte Ethan.

»In Vietnam?«

»Ist doch vollkommen egal, wo das war«, erwiderte Ethan.

In der Ferne hörten sie den Lärm eines einzelnen Motorrads. Der Motor der Maschine heulte auf, als hätte das Hinterrad bei Vollgas plötzlich den Kontakt mit dem Boden verloren. Dann herrschte Stille.

»Collins ist hier«, sagte Ethan.

»Woher wollen Sie das wissen?«

Ethan blickte nach Norden, wo die Truthahngeier an einem blauen Himmel ohne Wolken ihre Kreise zogen. »Haben Sie eine Vorstellung davon, wie der Tod riecht?«

»Ja, wahrscheinlich wie das krepierte Viech, um das sich die Geier da hinten streiten. Geben Sie lieber Acht, dass Ihre Fantasie nicht mit Ihnen durchgeht, Ethan.«

»Riechen Sie denn irgendetwas?«

»Nein, tue ich nicht.«

»Nun, ich schon. Und es ist Collins. Collins riecht wie der Tod. Er ist hier. Wenn man selbst den Tod in sich trägt, kann man ihn auch in anderen riechen.«

Jack gefiel ganz und gar nicht, was er da sah. Wie konnte sich diese Bande von Halbstarken erdreisten, in eine Gegend einzufallen, die doch eigentlich *ihm* gehörte – eine Gegend, die so wirkte, als hätte man sie von Kanaan, dem Land, in dem Milch und Honig flossen, abgesägt und an den südwestlichen Rand der Vereinigten Staaten geklebt? Wie konnte es angehen, dass die Regierung gegen Flüchtlinge aus dem Süden, meist arme Arbeiter und Bauern, mobil machte und gleichzeitig Führerscheine an Typen wie diese verteilte und ihnen erlaubte, öffentliches Land mit ihren Motorrädern zu zerstören?

Jack kniete auf einem Felsvorsprung aus Sandstein und hatte den Kolben seiner Thompson auf dem Oberschenkel aufgestützt. Das Trommelmagazin war mit fünfzig Patronen Kaliber .45 bestückt, und die blank polierten Metalloberflächen rochen noch nach dem öligen Lappen, mit dem er in der Nacht zuvor die Waffe geputzt hatte. Zu gern hätte er angelegt und die Biker aufs Korn genommen, um drei oder vier kurze Salven abzufeuern und die ganze Bande in eine Kopie von Picassos *Guernica* zu verwandeln: ein chaotisches Knäuel aus lose umherfliegenden Motorradteilen, rotierenden Reifen, abgerissenen Gliedmaßen und aus den Fugen geratenen Gesichtern.

Als hätte er Jacks Gedanken gelesen, drehte einer der Biker von der Gruppe ab und raste die Hügelkette hinauf zu der Stelle, von der aus Jack das Treiben der Gang auf der Ebene beobachtet hatte. Der Mann trug eine Brille, wie man sie von Panzerfahrern kennt, und musste hin und wieder einen Fuß auf den Boden setzen, um das Gleichgewicht auf der unebenen Piste zu halten. Seine Jeans war steif von Schmierfett, seine schwarze Lederweste unter den nackten Oberarmen braun und gelb verfärbt.

Der Biker zog am Gashahn und lehnte sich zur Seite, sodass die Maschine hinten ausbrach, eine Bremsspur zog und etwa fünf Meter vor Jacks Füßen zum Stehen kam. Eine Wolke aus Abgas und Staub stieg hinter dem Motorradfahrer auf und wirkte einen Moment lang wie ein dreckiger Heiligenschein. Wie die Fänge eines Raubtiers lugten ein paar Zähne aus dem Bart des Mannes hervor, und in seinen Brusthaaren glitzerte der Schweiß. Jack legte die Thompson auf einen sauberen, flachen Felsbrocken und stand auf. »Na, wie geht's, Pilger?«, sagte er.

»Hast du mich mit einem Spiegel geblendet?«, fragte der Biker.

»Nein, habe ich nicht.«

»Ich denke aber doch, dass du es warst. Mit einem von diesen Signalspiegeln aus blank poliertem Stahl, oder? Geht dir dabei einer ab, oder was soll der Scheiß?«

»Möglich, dass es die Reflektion von meinem Feldstecher war.«

»Und, was zum Teufel treibst du hier draußen mit einem verschissenen Feldstecher?«

»Nichts Besonderes. Ich schau mir die Gegend an und studiere das unglaubliche Maß an Mittelmäßigkeit, das in unserem Land zum Standard geworden zu sein scheint. Wusstest du, dass die Vereinigten Staaten das Land mit der höchsten Rate an funktionalen Analphabeten in der westlichen Welt sind? Und das, obwohl wir die meisten Bibliotheken haben! Wie denkst du darüber?«

»Ich denke, dass ich einen steifen Nacken kriege, wenn ich weiter zu dir hochgaffen muss. Für wen zum Henker hältst du dich eigentlich?«

»Den schlimmsten Fehler deines Lebens.«

Der Biker stopfte sich etwas Kautabak zwischen Zahnfleisch und Unterlippe. »War nett, mit dir zu quatschen, Kumpel. Halt den Kopf hoch und dein bestes Stück einsatzbereit. Auch ein blindes Huhn findet mal ein Korn.«

»Weißt du, ich hab da so eine Theorie, mit der du mir vielleicht helfen könntest«, sagte Jack. »Es geht um atavistische Verhaltensformen, also das Gebaren der Menschen zu Zeiten, als sich Jäger und Sammler noch mit Steinen und Stöcken die Schädel einschlugen. Ist dir schon mal aufgefallen, dass die Typen in Bikergangs alle irgendwie komisch aussehen? Ich meine, sie sind fett, haben garstige Abdominalhernien, Augenbrauen wie Snickers-Riegel, Schweinsnasen und aufgeblähte Klöten, und dazu wachsen ihnen die Haare in Büscheln aus den Ohren. Eigentlich sollte man meinen, dass sie es irgendwann selbst kapieren.«

Der Biker schob mit dem Daumen seine Brille nach oben auf die Stirn. Seine Augen waren von weißen Ringen umgeben. »Was sollen sie kapieren?«

»Dass ihr Verein ein Sammelbecken für hässliche Spatzenhirne ist.«

Der Biker drehte mit seiner rechten Hand am Gas und ließ den Motor aufheulen. Offenbar fällte er gerade eine Entscheidung. »Ich sag's dir nur ungern, Kumpel, aber ich glaube, ein Typ wie du sollte bei dem Thema die Fresse lieber nicht zu weit aufreißen. Möglich, dass du es noch nicht gecheckt hast, aber dein Anzug sieht aus, als hätte sich Bigfoot persönlich damit den Arsch abgewischt. Außerdem ist dein Hosenstall voller Wichsflecke, und unter deinen Fingernägeln ist so viel Dreck, dass man da locker Tomaten anbauen könnte. Ich hoffe nur, dass sich der Wind nicht in meine Richtung dreht, sonst muss ich hier wegen des üblen Gestanks noch einen Ventilator aufstellen.«

Jack schaute über die weite Ebene in die Ferne. Mit bloßem Auge konnte er die beiden Wanderer nicht ausmachen. Aus Süden kam eine Brise auf und bog die Pinyon-Kiefern zur Seite. Das Knattern einer kurzen Salve würde unter diesen Umständen sicherlich vom Wind verschluckt oder für die Fehlzündung eines Motorrads gehalten werden. Ja, es sah alles danach aus, als wäre es ein günstiger Moment. »Macht es dir eigentlich Spaß, die Landschaft mit deinem Motorrad umzupflügen und die Gegend mit diesem Lärm zu terrorisieren? Warum kommt es mir so vor, als würdest du das alles hier mit Scheiße beschmieren wollen? Schau mich gefälligst an.«

»Wozu?«

»Das Licht bläst einem immer der aus, von dem man es am wenigsten erwartet. Das kann ganz schnell gehen: Du fährst entspannt durch die Landschaft, triffst mitten in der Wüste so einen Typen, reißt die Klappe zu weit auf, und ehe du dichs versiehst, schiebt er dir einen Kaktus in den Arsch. Man kann nie wissen, auf wen man so alles trifft.«

»Und du bläst den Leuten die Lichter aus, oder wie?«

»Schließ deine Augen und zähl bis drei. Ich habe eine Überraschung für dich.«

»Fick dich, Mann.« Der Biker wendete seine Maschine und fuhr den Hang hinunter zurück in die Ebene. Kurz bevor sein Hinterrad eine Fontäne aus Kies und Sand in die Luft schleuderte, zeigte er Jack noch den Mittelfinger.

Jack stieß einen Seufzer aus. *Zwei Sekunden, und ich hätte dich gehabt*, dachte er. Vielleicht war es aber auch besser, wenn er seine Prioritäten im Blick behielt. Noch bevor Jack sich wieder den Wanderern widmen konnte, revidierte der Biker mit der Motorradbrille und dem bandanaverhüllten Kopf seine weise Entscheidung: Er bremste, riss die Maschine herum und raste mit Vollgas auf die Hügel zu. Die Oberschenkel gespreizt, die Knie hochgezogen und die Schultern zu einem Buckel geformt, wirkte er wie ein früher Vorfahre der menschlichen Spezies und schien wild entschlossen, diesem stinkenden, einfältigen alten Mann eine Lektion zu erteilen.

Nördlich von Jacks Position fuhr er eine Kurve und raste dann über den holprigen, schmalen Pfad, der zu dem Felsblock führte, hinter dem Jack stand. Für einen Moment verlor Jack den Biker aus den Augen, doch dann hörte er, wie der Fahrer den Motor seiner Maschine aufheulen ließ, um mit Vollgas einen steilen Hang hinaufzupreschen, sodass sein Hinterrad Dreck und Geröll in die Luft schleuderte.

Jack wartete mit der Thompson in der rechten Hand. Sein offener Mantel flatterte im Wind, auf seinem Gesicht lag ein leichtes Lächeln. Der Biker, der nun an der Spitze des steilen Anstiegs angekommen war, hatte sichtlich Mühe, die Maschine auf dem holprigen Pfad zu kontrollieren, während er auf Jack zusteuerte. Zehn Meter unter ihm verlief eine enge Schlucht, deren Grund mit gelben Hornsteinen und den vertrockneten

Ästen abgestorbener Bäume übersät war. Jack trat hinter dem Felsbrocken hervor, riss die Thompson hoch und legte auf die Brust des Bikers an.

»Ich kann dir keinen Vorwurf machen, Pilger. Mein Stolz wird auch für mich der Untergang sein«, sagte er.

Er kam nicht mehr dazu, den Abzug zu drücken, denn als der Biker die Thompson sah, riss er die Hände hoch, um sein Gesicht zu schützen und raste über die Begrenzung des Pfads hinaus. Mit dem Kopf voran stürzte er in die Tiefe der engen Schlucht. Die Maschine landete auf ihm.

Jack trat an den Rand und linste nach unten auf den Biker und das schrottreife Motorrad, an dem sich noch das Vorderrad drehte. »Autsch«, sagte er.

Die Sonne blendete Caleb, als er den Berg erreichte, an dem sich einer der Biker von der Gruppe getrennt hatte, um einen Bergpfad hinaufzupreschen. Seine Augen brannten vom Schweiß, sein Mund war trocken. Er wollte anhalten und einen Schluck aus seiner Trinkflasche nehmen, aber irgendetwas in seinem Inneren warnte ihn, auch wenn er nicht wusste, wo vor. Warum hatte sich der Biker von seinen Begleitern abgesetzt? Wer oder was war da oben in den Bergen, wo Caleb die im Wind flatternden Buchseiten gesehen hatte? Und warum war der Biker nicht wieder vom Berg heruntergekommen? Er legte seine Hände wie einen Trichter um seinen Mund. »Hallo da oben!«, rief er. »Ich habe hier einen verletzten Mann bei mir und brauche Hilfe!«

Sein Echo hallte in einem Arroyo wider, der sich nach oben hin zu einem Bergkamm emporschlängelte und nach unten in ein Tal mit grünen Bäumen ergoss. »Ich habe keinen Handyempfang«, rief er, »und ich brauche jemanden mit einem Fahrzeug, der mir helfen kann.«

Caleb begann den Hang hinaufzusteigen und steuerte geradewegs auf den Felsblock zu, wo er das Buch gesehen hatte. Er hörte, wie Geröll den Berg hinunterrutschte und in eine Schlucht fiel. Plötzlich tauchte auf einem sandigen Abschnitt zwischen einem Felsbrocken und zwei Pinyon-Kiefern ein Mann auf. Er trug eine dunkle Motorradbrille und hatte sich ein Bandana um den Kopf gebunden. Unter den Achselhöhlen schimmerte seine schwarze Lederweste in einem widerlichen Gelb. Calebs Augen wurden zwar von der Sonne geblendet, aber er konnte sehen, dass Gesicht, Arme und Brust des Mannes mit Blut verschmiert waren.

»Sind Sie gestürzt?«, fragte Caleb.

»Ja. Ich bin in eine Felsspalte abgerutscht und habe mir den Kopf aufgeschlagen. Sie sind mit einem Verletzten unterwegs?«

»Er hat sich den Knöchel verstaucht.«

»Dann lassen Sie uns zu ihm gehen.«

»Wo ist Ihre Maschine?«

»Auf dem Boden der Felsspalte.«

»Fährt sie noch?«

»Nein. Die ist Schrott.«

»Vielleicht kriege ich sie wieder hin. Ich verstehe was von Motorrädern.«

»Und ich nicht, oder was?«

»Hören Sie, wir brauchen Ihr Bike, um meinen Freund zu transportieren. Es geht ihm ziemlich schlecht. Die Sonne hat ihm arg zugesetzt.«

»Deshalb sage ich ja, dass wir schnell zu ihm gehen sollten.«

»Vielleicht sollten Sie sich erst mal hinsetzen. Sie scheinen ziemlich stark zu bluten.«

»Halb so schlimm. Was treibt Ihr Freund eigentlich hier draußen?«

»Er ist FBI-Agent.«

»Tatsache?«

»Wo sind eigentlich die Typen, mit denen Sie unterwegs waren?«

»Über alle Berge.«

»Die haben Sie hier allein zurückgelassen?«

»Was soll die ganze Fragerei? Sind Sie etwa auch ein Schnüffler?«

»Ich arbeite für das Forstamt, und ehrlich gesagt, gefällt mir Ihr Ton nicht besonders.«

»Tragt ihr Leute vom Forstamt keine Waffen? Ziemlich riskant. Gibt jede Menge Klapperschlangen hier draußen.«

»Wo genau ist eigentlich die Wunde an Ihrem Kopf? Ich kann gar nichts sehen.«

»Sie sind ziemlich neugierig für jemanden, der andere Leute um Hilfe bittet. Wo ist Ihr FBI-Kollege?«

»Nicht weit. Kommen die anderen Biker jetzt wieder oder nicht?«

»Das kann man bei den Typen nicht so genau sagen. Das sollten Sie doch am besten wissen. Diese Kerle pflügen die Landschaft um, wo immer es ihnen in den Kram passt. Und ihr vom Forstamt unternehmt einen Scheißdreck dagegen.«

»*Diese Kerle?*«

Der Mann mit der Motorradbrille presste die Rückseite seines Handgelenks gegen den Mund, als hätte er sich die Lippe aufgerissen oder ein paar seiner Zähne abgebrochen. Caleb sah jedoch, dass mit Mund und Zähnen des Mannes alles in Ordnung war und er lediglich intensiv nachdachte, um eine Entscheidung zu treffen, die wahrscheinlich schwerwiegende Konsequenzen für sie beide haben sollte.

»Das hier ist mein Revier. Sie wussten, worauf Sie sich einlassen, als Sie hergekommen sind«, sagte der Mann mit der Motorradbrille.

»Das ist öffentliches Land und gehört allen Menschen in Texas. Wir lassen uns nicht vorschreiben, wo wir hinzugehen haben.«

»Tun Sie nicht so, als wüssten Sie nicht, wer ich bin.«

Caleb befeuchtete seine Lippen. Seine Hände öffneten und schlossen sich in schneller Abfolge.

»Sie sollten sich den Behörden stellen, Mr. Collins.«

»Machen Sie hier Flitterwochen?«

»Ich wüsste nicht, was Sie das angeht.«

»Antworten Sie auf meine Frage.«

»Wenn Sie es genau wissen wollen: Ja, ich habe vor Kurzem geheiratet.«

»Natürlich will ich es genau wissen. Sie hätten bei Ihrer Frau bleiben sollen, statt herzukommen und mir in die Suppe zu spucken.«

»Ich werde jetzt gehen. Wenn ich wiederkomme, kann ich nur hoffen, dass Sie verschwunden sind. Andernfalls werde ich Sie in Gewahrsam nehmen.«

Jack Collins zog sich die Motorradbrille über die Stirn und warf sie beiseite. Dann bückte er sich, holte die Thompson hinter einem Felsbrocken hervor und richtete den Lauf auf Calebs Brust. »Warum bist du nur hergekommen, Junge? Warum hast du dich vom FBI benutzen lassen?«

Caleb spürte, wie sich seine Gesichtsmuskeln anspannten, aber er brachte kein Wort heraus.

»Hast du Handschellen oder ein Seil dabei?«, fragte Jack.

»Nein.«

»Wo ist der FBI-Typ?«

»An einem schattigen Plätzchen. Lass ihn zufrieden.«

»Wie heißt er?«

»Riser.«

»Ethan Riser?«

»Sie kennen Ethan?« Als Collins nicht antwortete, fragte Caleb: »Haben Sie den Biker umgebracht?«

Die Beulen und Knoten in Jack Collins' Gesicht, die teigigen Hautpartien und unrasierten Wangen verhärteten sich zu einer Maske, so als wären seine Atmung und all die kleinen Rädchen und Motoren in seinem Kopf abrupt stehen geblieben. Seine Augen verformten sich zu schmalen Schlitzen, strahlten aber weder Wut noch Erregung oder sonst irgendeine Gefühlsregung aus. Mit einem Mal begann seine Brust, sich wieder zu heben und zu senken. »Tut mir leid, dass ich dir das antun muss, mein Junge«, sagte er.

»Hören Sie mal, Kollege, bevor Sie jetzt …«

»Sag besser nichts.« Jack Collins schloss die Augen und spitzte den Mund. Für einen Moment sah es so aus, als würde er sich in einen Kugelfisch verwandeln, der am Boden eines dunklen Aquariums seine Kreise zieht, dort, wo das Wasser so kalt ist, dass man nichts mehr spürt.

Ethan saß auf einem flachen Stein in einem nach oben offenen Felsspalt mit sandigem Boden und einem großen Sandsteinbrocken an der Nordseite. Er hörte ein verzerrtes Knattern im Wind, eine Art Donnern, aber weit entfernt, und einen Moment lang glaubte er, das Flugzeug mit dem stotternden Motor wäre zurückgekommen oder die Biker würden wieder mit ihren lärmenden Maschinen über den ausgedörrten Boden der Ebene rasen. Als er in die gleißende Hitze hinausstarrte, sah er eine einsame Figur, einen Mann, der direkt auf ihn zukam. Der Mann trug eine Lederweste und einen schief auf dem Kopf sitzenden

Panama-Hut. Sein Gesicht war von beulenartigen Schwellungen überzogen, die wie entzündete Insektenstiche aussahen, und die Hosenbeine hatte er in seine Cowboystiefel gesteckt. In der rechten Hand hielt er eine Thompson-Maschinenpistole.

»Wir müssen reden«, rief er.

Riser trat ein paar Schritte zurück, hinter den Sandsteinbrocken, und zog seine Halbautomatik aus dem Gürtelhalfter.

»Haben Sie gehört? Es muss nicht so enden, wie Sie jetzt vielleicht denken«, sagte der Mann.

Vorsichtig schob Ethan seinen Körper nach vorn und lugte um die Ecke des Sandsteinbrockens. Der Mann mit der Thompson war verschwunden. Möglich, dass er in die felsigen Berge hinaufgeklettert war, von wo aus man über einen Trampelpfad in den Felsspalt gelangte. Möglich, dass er auch einfach nur abwartete, bis Ethan sich aus der Deckung wagte.

»Geht's Ihnen gut da unten?«, erklang die Stimme des Mannes zwischen den Pinyon-Kiefern oberhalb der Felsspalte.

»Kommen Sie runter und finden Sie's raus«, antwortete Ethan.

»Sie sind wahrlich nicht in der Position, Befehle zu erteilen, Mr. Riser.«

»Meine Leute wissen, wo ich bin.«

»Nein, das stimmt nicht. Ich denke, Sie sind auf eigene Faust hergekommen.«

»Wo ist Caleb?«, fragte Ethan.

»Hier ist er jedenfalls nicht.«

»Wo ist er?«

»Woanders.«

»Haben Sie ihn getötet?«

»Ich werde Ihnen jetzt eine Frage stellen, Mr. Riser. Und ich will, dass Sie sehr genau nachdenken, bevor Sie antworten, denn ich werde es merken, wenn Sie lügen«, sagte der Mann. »Sind Sie der Agent, der mich ausgeräuchert hat?«

»Nein. Was haben Sie mit Caleb angestellt?«

»Dann haben Sie den Befehl gegeben, mein Haus anzuzünden?«

»Das war kein Haus, sondern eine Bretterbude, und Sie haben widerrechtlich darin gehaust.«

»Haben Sie den Befehl gegeben, es niederzubrennen? Haben Sie meine Bibel verbrannt?«

»Nein, ich hatte nichts damit zu tun. Wo ist Caleb?«

»Wer hat Ihnen gesagt, wo ich bin?«

»Niemand.«

»Es war Ihr Buddy Caleb, nicht wahr? Er und seine Frau haben ein Foto von Noie Barnum gemacht und es Ihnen gezeigt.«

»Sie bringen da einiges durcheinander, Collins. Wir haben Berichte von der Border Patrol über Sie erhalten. Ein paar Illegale haben Sie hier oben gesehen.«

»Warum sollten ein paar Wetbacks von einem Kerl wie mir Notiz nehmen?«

»Wegen Ihres Körpergeruchs, Mann. Als die Latinos einen stinkenden Einsiedler erwähnten, wussten wir sofort, von wem sie sprachen.«

»Schmeißen Sie Ihre Knarre nach vorn in den Sand. Die Handschellen ebenfalls.«

»Sie sind ein Clown, Collins. Sie sind überall als Witzfigur bekannt. Diesen Quatsch von wegen *Krieger Gottes* können Sie sich sonst wohin schmieren, und ein *existentialistischer Held* sind Sie auch nicht. Sie sind ein emotionaler Krüppel, der sehr wahrscheinlich seine eigene Mutter auf dem Gewissen hat. Sie haben wehrlose Mädchen massakriert, und trotzdem stellen Sie sich als politisch motivierten Racheengel dar.

Passen Sie auf, ich erzähl Ihnen eine Geschichte: Wissen Sie, was das Narrenfest im Mittelalter war? Es war ein Tag im Jahr, an dem man dem niedrigen Kirchenvolk und den verwahrlosten Randgestalten erlaubte, mal die Sau rauszulassen. Also haben sich diese Leute in den Kirchen besoffen, prügelnd vor den Altären gewälzt, zu Kirchenliedern gefurzt, es untereinander und mit den Frauen anderer getrieben und sich sogar an Tieren vergangen und hatten eine verdammt gute Zeit dabei. Sie konnten einfach mal alles rauslassen, und am nächsten Tag sind sie mit einem schrecklichen Kater zum Gottesdienst gekommen und haben um Vergebung gebeten.

Vor fünfhundert Jahren gab es also einen Ort, an dem sich Ihresgleichen – sprich: der Bodensatz dieser Gesellschaft – tummeln konnte, aber heutzutage gibt es so etwas nicht mehr, und deshalb müssen sich Typen wie Sie anderweitig amüsieren. Folglich schleppen Sie Ihren stinkenden Kadaver durch die Wüste und terrorisieren als selbst ernannte Geißel Gottes wehrlose Menschen. Sie sollten sich ein paar Glocken an Ihren Anzug nähen, Collins. Vielleicht kriegen Sie ja einen Job als Narr auf einem dieser Mittelaltermärkte.«

Ethan wartete auf eine Antwort von Collins, aber er hörte nur den Wind.

»Was ist los, Collins, hab ich etwa Ihre Gefühle verletzt?«, sagte Ethan. »Wenn eine Person so sensibel reagiert, sind meist Probleme mit der Mutter dafür verantwortlich. Sexueller Missbrauch, ständige Kritik und so weiter. Falls das auch bei Ihnen der Fall sein sollte, können wir Sie in unsere Spezialabteilung für Heulsusen und Hosenscheißer stecken.«

Die schweißnasse Hand um den Griff seiner Halbautomatik geklammert, wartete Ethan auf eine Antwort. Eine Windböe blies ihm eine salzige Staubwolke ins Gesicht. Er wischte sich den Dreck aus den Augen und versuchte, über die Spitze der Felsspalte zu spähen, ohne dabei zur Zielscheibe für die Salven von Preachers Maschinenpistole zu werden. Er trat einen Schritt zurück in den Schatten und gab seinen gereizten Augen einen Moment Zeit, um sich zu beruhigen. Dann merkte er, dass irgendetwas nicht stimmte. Die salzige Staubwolke war nicht vorbeigezogen, sondern hatte sich ausgebreitet und war dichter geworden. Über ihm hörte er Schritte: Jemand schien auf trockenem Gesträuch herumzutrampeln und Äste über eine felsige Oberfläche zu schleifen. Dann roch er den Gestank von brennenden Kreosotsträuchern und erkannte, dass die vermeintliche Staubwolke tatsächlich der Qualm eines Feuers war, dessen lodernde Flammen alles vernichteten, was sie zu fassen bekamen.

»Sie stecken die Behausung eines Mannes in Brand und entschuldigen sich, indem Sie sie als Bretterbude bezeichnen?«, rief Collins. »Jetzt sind Sie an der Reihe, Agent Riser. Mal sehen, wie Ihnen eine Kostprobe Ihrer eigenen Medizin gefällt.«

Mit einem Mal regnete es Flammen: Brennendes Gras und Astwerk und in Brand gestecktes Totholz fielen durch die Öffnung des Felsspalts auf den Boden und füllten die Luft mit ätzendem Rauch, schwarzem Ruß und glühender Asche. Collins legte sofort nach und warf eine zusätzliche Ladung trockenes Buschwerk durch die Öffnung.

»Ich kann das den ganzen Tag lang machen, Mr. Riser«, rief Collins. »Oder Sie werfen Ihre Knarre auf die andere Seite des Feuers und kommen aus Ihrem Versteck. Keine Angst, ich werde nicht schießen.«

»Sie hatten das richtige Alter, um in Vietnam zu dienen. Wo waren Sie, als der Rest von uns gekämpft hat?«, fragte Ethan.

»Das waren Ihre Feinde, nicht meine. Ich habe nie einem Mann Leid zugefügt, der es nicht verdient hat.«

»Und was ist mit Caleb?«

»Möglich, dass er noch lebt. Kommen Sie aus Ihrem Loch, und wir schauen nach, wie es um ihn steht.«

Ethan taumelte durch die Flammen. Seine Kleidung hatte Feuer gefangen, seine Augenbrauen und Haare waren versengt. Die Halbautomatik gen Himmel gestreckt, drehte er sich hin und her und hoffte, einen sauberen Schuss auf Preacher Jack abgeben zu können. Aber die schwarze Silhouette, die sich über ihm am Himmel abzeichnete, schien mit einem Zauberstab bewaffnet, von dem ein Licht ausging, das heller strahlte als die Sonne, heller noch als das Feuer, das Ethans Haut verbrannte, heller sogar als die glänzende Marke, der er sein Leben gewidmet hatte. Er konnte die Thompson nicht hören, aber die Wucht der Kugeln fühlte sich an, als würde ein tonnenschwerer Felsbrocken seinen Körper niederstrecken.

Jack Collins kletterte den Hang hinunter. Er bewegte sich vorsichtig und langsam, um keine Schrammen an seiner Maschinenpistole zu riskieren. Unten angekommen nahm er Ethan Riser die Halbautomatik aus der Hand und zog ihm das Handy aus der Hosentasche. Er klappte das Telefon auf und schaute sich in der Anrufliste die letzten Gespräche an. Ganz oben auf der Liste stand ein Name, der ihn überraschte.

Riser hatte sie gerade an diesem Morgen angerufen. Warum?

Als er das Handy ins Feuer geworfen hatte, glaubte er für einen Moment, das Gesicht der Chinesin zu sehen, das Gesicht von La Magdalena, wie es aus den Flammen aufstieg.

Kapitel 18

Sechs Stunden später saß Hackberry Holland wie benommen in seinem Bürostuhl. Er hatte seine Stirn auf die Hand gestützt, starrte auf den Schreibtisch und hörte dem Sheriff von Brewster County zu, der gerade aus seinen Notizen vom Tatort vorlas. Wie bei allen Tatortberichten sorgten die sachliche Sprache und die nüchterne Schilderung der Fakten für eine zusätzliche Entmenschlichung der Opfer: Die Freunde des vermissten Bikers hatten die Leichen gefunden. Ethan Riser war DOA – *dead on arrival* –, tot bei Ankunft am Tatort. Risers Begleiter, Caleb Fry, war komatös und nur knapp dem Tod entronnen. Der Biker war entweder an Genickbruch oder massivem Schädelhirntrauma gestorben. Die auf Ethan Riser abgefeuerten Salven hatten ihn bis zur Unkenntlichkeit entstellt, sodass er nur über den Inhalt seiner Brieftasche hatte identifiziert werden können.

»Gibt es überhaupt irgendwelche Zeugen?«, fragte Hackberry. »Ich meine, hat irgendjemand Collins in der Gegend gesehen?«

»Nein, niemand«, sagte der Sheriff von Brewster County.

»Haben Sie mit den anderen Bikern gesprochen?«

»Ja. Die meinten, irgendjemand in den Bergen hätte ihren Kollegen mit einem Spiegel oder Ähnlichem geblendet. Er wäre ein Einzelgänger gewesen, der keine Rauferei ausgelassen und sich gern mit Leuten angelegt hätte. Ach ja, wir haben seine Weste nicht weit entfernt von der Leiche des FBI-Agenten gefunden. Denken Sie auch, dass Collins hier ist? Ich meine, hier, in meinem County?«

»Ich denke schon. Ist das FBI mittlerweile eingetroffen?«

»In Massen, wie Scheißhausfliegen an einem Abwasserkanal«, antwortete der Sheriff. »Da ist noch eine Sache, die ich Ihnen sagen wollte: Wir haben ein geschmolzenes Handy in der Asche des Feuers gefunden. Ich denke, dass es dem FBI-Agenten gehört hat. Es lag allerdings direkt im Zentrum des Feuerrings und kann eigentlich nicht zufällig dort hineingefallen sein. Warum sollte der Mörder das Handy seines Opfers ins Feuer werfen?«

»Wegen der Fingerabdrücke vielleicht?«

»Möglich. Die Patronenhülsen aus seiner Maschinenpistole hat er allerdings liegen lassen.«

»Der Tag, an dem Sie Jack Collins verstehen, ist der Tag, an dem Sie in die Klapse eingewiesen werden«, sagte Hackberry.

»Wo hält er sich Ihrer Meinung nach versteckt?«

»Der Unabomber lebte in Lincoln, Montana, in einer Holzhütte ohne fließend Wasser oder Strom. Die Leute von der Forstverwaltung glaubten, er hätte auf ihre Flugzeuge geschossen. Für die Anwohner war er allerdings ein ziemlich normaler Kerl. Gut möglich also, dass sich Collins gar nicht versteckt, sondern mitten unter uns lebt. Das ist ziemlich bezeichnend für die Zeiten, in denen wir leben. Der Standard für das, was normal ist, sinkt mit jedem Tag tiefer ins Bodenlose.«

»Ich finde das nicht besonders komisch.«

»Wer hat gesagt, dass es das wäre?«

Nachdem Hackberry aufgelegt hatte, rief er R.C. Bevins und Pam Tibbs in sein Büro und berichtete den beiden von seinem Telefongespräch.

»Das tut mir leid, Hack«, sagte Pam.

»Das muss dir nicht leidtun. Wir werden Ethans Andenken ehren, indem wir uns den Mistkerl schnappen, der ihn auf dem Gewissen hat«, sagte Hackberry. »R. C., du fährst nach Brewster, schnappst dir eine Karte von der Gegend und schaust dir die Grundbucheinträge von dem Land um den Tatort herum an.«

»Und nach was genau suche ich?«, fragte R. C.

»Collins benutzt mit Vorliebe die Namen von geheimnisumwitterten Schriftstellern. Google einfach die Namen der Landbesitzer und schau, ob dir da irgendwas auffällt«, sagte Hackberry. »Pam, wir beide müssen etwas wegen Josef Sholokoff unternehmen. Seit zwei Jahren taucht sein Name immer wieder in Zusammenhang mit unseren Recherchen zu Collins auf. Sholokoff hat Collins früher mal als Auftragskiller benutzt und mit Temple Dowling Geschäfte gemacht. Außerdem hat Anton Ling ausgesagt, dass Sholokoff in den Achtzigern in die Waffenlieferungen an die Contras verwickelt war. Seit Jahrzehnten schon lässt man dem Kerl seine Schweinereien durchgehen. Wahrscheinlich war er für einige Leute in der Regierung mal sehr nützlich.«

»Was willst du unternehmen?«, fragte sie.

»Er ist ein russischer Krimineller. Vielleicht ist es an der Zeit, dass wir ihn daran erinnern, wie brutal das Leben in Russland sein kann«, sagte Hackberry.

Nachdem Pam und R. C. gegangen waren, merkte Hackberry, dass er sich durch seine martialische Rhetorik nicht besser fühlte. Auch die Worte des Sheriffs von Brewster County, mit denen dieser die Wunden von Ethan Riser beschrieben hatte, wollten ihm nicht aus dem Kopf gehen. Was konnte Ethan nur zu Collins gesagt haben, dass dieser eine derart hasserfüllte Tat verübt hatte? Collins war bei seinen Morden bisher stets kaltblütig und methodisch vorgegangen und hatte sich nie von Emotionen oder gar Wutausbrüchen leiten lassen. Ganz offenbar war es Ethan jedoch gelungen, ihn zu provozieren. Aber wie? Eine Bemerkung über Collins' Mutter? Möglich, aber nicht sehr wahrscheinlich. Collins hatte keine Illusionen über die Frau, die ihn großgezogen hatte. Es musste etwas anderes gewesen sein. Ein Kommentar, der etwas mit dem Selbstbild zu tun hatte, das Collins von sich kreiert hatte. Gab es für einen Narzissten eine größere Schmach als die Entwertung seines Egos? In seiner eigenen Vorstellung hielt Collins sich für einen Titan, einen kriegerischen Engel mit einer Flügelspanne so riesig, dass er den Mond verdunkeln konnte. Ethan war belesen und intelligent, aber auch gerissen. Er hatte Collins stets für ein nerviges, Frauen verachtendes Ärgernis gehalten, das irgendjemand früher oder später von der Oberfläche dieses Planeten tilgen würde. Möglicherweise hatte er Collins zu verstehen gegeben, dass dieser, realistisch betrachtet, nur die Flügelspanne einer Motte besaß und so unbedeutend war, dass es sich nicht mal lohnte, eine Zeitschrift zusammenzurollen, um ihn zu Brei zu schlagen. Mit etwas Glück würde auch Hackberry die Chance bekommen, Collins derart zu beleidigen.

Tatsächlich trieb ihn aber noch etwas anderes um. Historiker beschrieben Kriegsschlachten als epische Ereignisse, bei denen Tausende Soldaten von brillanten Strategen wie Alexander dem Großen, Napoleon oder Stonewall Jackson dirigiert wurden. Für die einfachen Fußsoldaten an vorderster Front stellte sich die Sache allerdings etwas anders da. Wenn diese Männer heimkehrten, verfügten sie meist nur über eine sehr begrenzte Sicht auf die Ereignisse. Alles, was blieb, waren ein paar Erinnerungsfetzen, Lichtblitze, gebrüllte Namen und das Zischen von Projektilen, die einem am Kopf vorbeirasten. Im übergeordneten Kontext der Schlacht war die Perspektive eines einzelnen Soldaten nicht viel mehr als eine winzige Skizze. Ein Beispiel war die Landung von US-Truppen in der koreanischen Hafen- und Industriestadt Incheon, die die dort eingesetzten UN-Streitkräfte davor bewahrt hatte, ins offene Meer getrieben zu werden. Hackberry allerdings erinnerte sich nur an ein ganz bestimmtes Detail dieses Unternehmens. Und zwar hatte eine Gruppe von Marines unter dem Kommando eines jungen Marineleutnants mithilfe koreanischer Zivilisten einen Leuchtturm erobert. Hätten sie den Leuchtturm aufgegeben, wäre die Halbinsel verloren gewesen. Als Vergeltungsmaßnahme begannen die Nordkoreaner damit, Zivilisten zu exekutieren. Einige der Zivilisten griffen nach den von ihnen erbeuteten Waffen und verbarrikadierten sich in einem Bahnhof, indem sie Koffer aus der Gepäckaufbewahrung mit Erde füllten und als Deckung benutzten. Eigentlich hätten sie überleben müssen, aber Granaten, abgefeuert von einem Eisenbahngeschütz oder einer Batterie vor der Küste, trafen den Bahnhof und töteten alle, die sich dort verschanzt hatten. Wahrscheinlich waren die Granaten mit Phosphor präpariert worden, denn die Leichen der Koreaner waren komplett verkohlt, als hätte man sie auf kleiner Flamme geröstet, bis die Haut Beulen trieb und riss.

Den Anblick der toten Koreaner, ihre zu Stein erstarrten schwarzen Leichen in den Ruinen des Gebäudes, hatte Hackberry nie vergessen können. Genauso wenig konnte er nun das Bild des toten Ethan Riser vergessen, der in einem Hagel aus 45er-Projektilen gestorben war, die Jack Collins ihm ins Gesicht gefeuert hatte. Die Leute sagten, dass die Zeit alle Wunden heilte. Wenn das tatsächlich der Fall war, dachte Hackberry, musste die Taschenuhr, die er von seinem Vater geerbt hatte, wohl defekt sein.

»Pam?«, rief er durch die offene Tür, ohne aufzustehen.

»Ja, was gibt's?«, antwortete sie.

»Ruf doch bitte mal Anton Ling an. Wenn sie zu Hause ist, sag ihr, dass wir auf dem Weg zu ihr sind.«

»Wieso?«, fragte Pam, die jetzt in Hackberrys Bürotür stand.

»Es ist an der Zeit, dass Miss Anton sich ihrer Vergangenheit stellt.«

»Sprichst du von diesem Air-America-Scheiß?«

»Nein, von den Waffen, die Josef Sholokoff besorgt und nach Nicaragua transportiert hat. Ach ja, und könntest du bitte deine Kraftausdrücke für dich behalten?«

Pam sah aus dem Fenster, wo eine Frau gerade auf das Sheriffbüro zusteuerte.

»Die Frau scheint tatsächlich übernatürliche Fähigkeiten zu haben«, sagte sie.

Hackberry war nicht sicher, ob in Pams Stimme ein Hauch von Abneigung oder von Neid mitschwang. Eigentlich hatte er aufgegeben, sich den Kopf über die Geheimnisse von Liebe und Eros zu zerbrechen, und war zudem zu der Überzeugung gelangt, dass die Worte »erratisch« und »erotisch« vom selben Stammwort kommen mussten. Die Wahrheit war dass er sich weder über seine Gefühle für Anton Ling im Klaren war noch wusste, was er für Pam Tibbs empfand. Die eine erinnerte ihn an seine verstorbene Frau Rie, die für immer die Liebe seines Lebens bleiben würde. Die andere, Pam Tibbs, war genauso mutig wie Rie und versuchte ihn mit allen Mitteln zu beschützen, was mitunter für peinliche Situationen in der Öffentlichkeit sorgte. Der Blick in ihren Augen verriet ihm, dass sie den jungen Mann in ihm sah, der er, mit mittlerweile fast achtzig Jahren, nicht mehr war. Sie gewährte kein Pardon, weder in der Liebe noch im Krieg, und ihre Treue war grenzenlos. Einen besseren Begleiter, ob als Geliebte, Freundin oder Partnerin, konnte man sich eigentlich nicht wünschen. Es hätte ihn wirklich schlimmer treffen können, dachte er. Aber wie es aussah, schützte das Alter tatsächlich nicht vor Torheit.

Anton Ling ging an allen vorbei, ganz so, als wären weder Maydeen, R. C. und Felix anwesend, noch der Kautionsagent oder der an einen D-Ring gekettete Säufer. »Ich habe gerade im Radio von Ethan Riser gehört«, sagte sie.

»Chief Deputy Tibbs und ich wollten eben zu Ihnen fahren«, sagte Hackberry.

»Agent Riser hat mich heute Morgen von seinem Handy aus angerufen. Ich wünschte, ich hätte Sie erreicht, um Sie zu benachrichtigen.«

»Er hat Sie angerufen? Weswegen?«

»Er hat sich für die Verletzung meiner Privatsphäre entschuldigt und gesagt, dass ich Ihre Hilfe und Ihre Freundschaft annehmen sollte. Er hat sich angehört wie ein Mann, der Frieden mit sich selbst und der Welt schließen will. Ich habe ihn gefragt, ob alles in Ordnung sei, und er meinte, wenn ich noch mal von ihm hören würde, wäre alles okay. Warum stehen eigentlich all diese Leute hier herum?«

»Wir arbeiten hier«, erwiderte Pam.

»Wollen Sie sich vielleicht setzen, Miss Anton?«, sagte Hackberry.

»Nein.«

»Woher wussten Sie, dass Ethan Riser Sie vom Handy aus angerufen hat?«, fragte Hackberry.

»Weil die Verbindung immer wieder abgebrochen ist«, antwortete sie. »Außerdem hat Jack Collins mich eben angerufen.«

»Warten Sie mal eine Minute. Ich verstehe nicht ganz. Collins hat Sie angerufen, um Ihnen zu sagen, dass Ethan Riser tot ist?«

»Nein. Mr. Riser hat er nicht erwähnt. Er fragte mich, ob ich dem FBI verraten hätte, wo er sich versteckt hält. Ich antwortete ihm, dass ich keine Ahnung hätte, wovon er spricht. Er wollte wissen, ob mir vielleicht die Illegalen, die zu meinem Haus kommen, gesagt hätten, wo er sich aufhält. Als ich ihm sagte, dass ich weder mit ihm noch mit dem FBI sprechen wolle, beschimpfte er mich als hinterhältige Schlange. Auf meinem Weg in die Stadt habe ich dann ihm Radio von der Sache mit Agent Riser gehört.«

»Setzen Sie sich«, sagte Hackberry.

»Nein, ich muss gehen.«

»Wohin?«

»Nach Hause. Collins ist wahnsinnig. Ich bekomme heute Abend Besuch von Leuten aus dem Süden. Er wird sich an diesen Leuten rächen wollen.«

»Das möchte ich bezweifeln. Kommen Sie rein und schließen Sie die Tür, Deputy Tibbs.«

»Verhaften Sie mich jetzt etwa?«, fragte Anton Ling.

»Der Sheriff von Brewster County hat das Handy von Ethan Riser in der Asche eines Feuers gefunden, das Jack Collins am Tatort entfacht hat. Wahrscheinlich hat Collins es dort hineingeworfen, nachdem er die Anruferliste durchgesehen hatte. Aus der Liste der Anrufe hat Collins geschlossen, dass es eine Verbindung zwischen Ihnen und dem Auftauchen von Ethan Riser in der Nähe seines Verstecks geben muss. Außerdem ist es eine Macke von ihm, für den Großteil seiner Probleme irgendwelche Frauen verantwortlich zu machen.«

»Sie sagten, dass Sie auf dem Weg zu mir waren. Warum?«

»Wir wollen Josef Sholokoff in einer Zelle schmoren sehen.«

»Dann sprechen Sie mit den Regierungsbehörden, die ihn über all die Jahre gewähren ließen«, sagte Anton Ling.

»Vor Ihrem Krankenzimmer haben Sie einen Mann wiedererkannt, der in den Waffenschmuggel nach Nicaragua und die Einfuhr von Kokain verwickelt war. Der Kerl war mit dem Typen unterwegs, dem Sie einen Schraubenzieher ins Gesicht gerammt haben. Ich weiß, dass Sie eng mit Sholokoffs Leuten zusammengearbeitet haben und deshalb über Informationen verfügen, die sehr wertvoll für uns sein könnten. Sie müssen uns weiterhelfen, Miss Anton. Geben Sie uns etwas, mit dem wir arbeiten können.«

»Ich habe nichts.«

»Sie meinen wohl eher, dass Sie uns nichts geben wollen«, sagte Pam.

»Sehe ich vielleicht aus wie eine professionelle Informantin?«, sagte Anton und fügte dann hinzu: »Die meisten Leute, die ich damals kannte, sind wahrscheinlich ohnehin schon tot.«

»Jetzt hören Sie mal zu, Ms. Ling: Erstens sind wir hier nicht in Kambodscha, und zweitens haben wir langsam genug davon, dass alle möglichen Leute ihre Fehden auf unserem Rücken austragen«, sagte Pam. »Wie wär's, wenn Sie langsam mal den Kopf aus dem Arsch ziehen und uns helfen?«

»Vielleicht ziehen Sie selbst erst mal Ihren Kopf aus Ihrem Allerwertesten«, erwiderte Anton Ling. »Es ist schon eigenartig, dass die wahlberechtigte Bevölkerung in dieser Gegend immer wieder Leute in die öffentlichen Ämter wählt, die eigentlich mit Fußketten gefesselt am Straßenrand Unkraut rupfen sollten.«

»Ich schätze mal, dass Sie damit auch unseren Sheriff meinen«, sagte Pam.

»Sie wissen genau, was ich damit sagen wollte«, erwiderte Anton.

»Nein, tue ich nicht«, sagte Pam. »Wir wissen, dass Sie den Illegalen aus dem Süden Unterschlupf gewähren. Wir wissen auch, dass Sie in den Achtzigern Mitglied einer Organisation zur Flüchtlingshilfe in Kansas waren. Trotzdem lassen wir Sie gewähren. Vielleicht sollten Sie sich langsam mal darüber klar werden, wer Ihre wahren Freunde sind.«

Hackberry spürte, wie sich der Schmerz in seinem Kopf ausbreitete. Es kam ihm so vor, als hätte jemand seinen Schädel in einen Schraubstock gespannt und würde nun den Druck erhöhen. »Das bringt uns nicht weiter«, sagte er.

»Der Mann, den ich auf dem Krankenhausflur erkannt habe, transportierte früher Tiere – exotische Tiere, um genau zu sein. Ich konnte ihn nicht leiden«, erklärte Anton Ling. »Ich weiß, dass ich Unrecht getan habe, Sheriff. Ich habe Waffen geschmuggelt und bin deshalb für den Tod vieler unschuldiger Menschen verantwortlich.«

»Hat dieser Kerl auch Tiere an Jagdfarmen ausgeliefert?«, fragte Hackberry.

»Möglich. Zumindest hat er davon gesprochen. Ich erinnere mich noch daran, wie er sich einmal darüber beschwert hat, einen Truck voll exotischer Tiere nach West-Texas fahren zu müssen«, sagte Anton.

»Wohin genau in West-Texas?«, fragte Hackberry.

»Das ist fünfundzwanzig Jahre her.«

»*Wohin?*«, wiederholte er.

Sie schüttelte den Kopf. »Ich erinnere mich nicht. Wahrscheinlich hat er es nicht einmal gesagt. Oder warten Sie mal … Er hat mal einen dreckigen Witz über ein Bordell in Phnom Penh gemacht, das sich spezialisiert hatte auf …« Sie zögerte. »Ich möchte nicht sagen, auf was sich die Mädchen dort spezialisiert hatten.«

»Oralsex?«, fragte Hackberry.

»Ja«, antwortete sie. »Er erzählte von einem Freund, der in diesem Bordell oft zu Gast war, und später einen Nachtclub in Texas eröffnet hat.«

»*The White Rose?*«, fragte Hackberry.

»Wie bitte?«

»Bingo«, sagte Pam.

Das Neonwerbeschild auf dem Dach des Saloons von Joe Tex sandte sein orangefarbenes Licht hinaus in den türkisfarbenen Himmel, der im Westen zum Horizont hin von roten und schwarzen Wolkenstreifen begrenzt wurde. Der Abend war wunderschön. Aus dem Süden blies ein milder Wind, der nach weit entfernten Regenschauern roch. An einer ausgedienten Viehverladestation knatterte eine alte Windmühle vor sich hin und zeugte von einer großen Tradition und den Möglichkeiten, die dieser Landstrich für all diejenigen bereithielt, die demütig und bescheiden auf ihm arbeiteten. Selbst die Sattelzüge, die sich zwischen festen, Ameisenhaufen nicht unähnlichen Hügeln hindurchschlängelten, schienen eher ein Beweis für den industriellen Erfolg einer neuen Nation als die Boten von Umweltverschmutzung und Untergang des agrarischen Utopias von Thomas Jefferson.

Als Hackberry und Pam durch die Tür traten, waren nur wenige Gäste im Saloon. Joe Tex füllte gerade die Biervorräte im Kühlschrank hinter der Theke auf. Aus der Jukebox erklang die Stimme von Rosanne Cash, und die lackierten Kiefernstämme der Wände strahlten ein goldenes Licht aus, das an die Farbe von warmem Honig erinnerte. Joe Tex lächelte, als er von der

Theke aufblickte. Sein glänzendes Haar war so schwarz wie das Federkleid eines Raben, und seine hochgekrempelten Hemdsärmel entblößten seine von Blutgefäßen überzogenen, muskulösen Unterarme. »Sieh einer an. Mein Lieblings-Sheriff und mein Lieblings-Deputy«, sagte er. »Was kann ich Ihnen anbieten?« Er stützte die Arme auf die Theke und wartete. Die oberen Knöpfe seines weißen Cowboyhemds waren offen, sodass seine Brusthaare zu sehen waren. Seine Augen waren so weit geöffnet, sein Blick derart durchdringend und intensiv – es schien fast unmöglich, dass er jemals blinzelte.

»Ihr Name ist im Zusammenhang mit einer Ermittlung gefallen, Joe«, sagte Hackberry und legte seinen Hut mit der Krone nach unten auf die Bar. »Es liegt nichts gegen Sie vor. Wir hatten nur gehofft, dass Sie uns bei ein paar Fragen weiterhelfen könnten.«

»Zum Beispiel? Wer war der zweite Schütze beim Kennedy-Attentat?«, scherzte Joe Tex.

»Nein, es geht um den Namen Ihres Saloons«, antwortete Hackberry.

»Jetzt ist es mir wieder eingefallen: Mineralwasser mit Limette und Eis, stimmt's?«, sagte Joe Tex. »Was darf's für Sie sein, Miss Pam?«

»Wer war die weiße Rose?«, fragte sie.

»Meine Frau. Sie hat als Stripperin in Dallas gearbeitet, in dem Laden von Jack Ruby, dem Mörder von Lee Harvey Oswald.«

»Das haben wir überprüft, Joe«, sagte Hackberry. »Es existieren keinerlei Unterlagen, die belegen, dass Sie je verheiratet waren.«

»Das ist gut möglich. Meine Frau und ich haben uns in so einem Touri-Standesamt für Kurzentschlossene drüben in Matamoros das Ja-Wort gegeben.«

»Ich habe gehört, Sie waren in Kambodscha und haben dort Aufträge für die Regierung erledigt«, sagte Hackberry.

»Wissen Sie Sheriff, ich halte nicht viel davon, in der Vergangenheit zu wühlen. Ich war als GI am Mekong stationiert. Da habe ich viele Orte gesehen, von denen ich die meisten lieber vergessen möchte.«

»Haben Sie da auch Charterflüge ins Goldene Dreieck gemacht?«, fragte Hackberry.

»Kann mich nicht dran erinnern. Mein Gedächtnis ist etwas löchrig, wenn es um Indochina geht. Eine Sache kann ich Ihnen aber mit Sicherheit sagen: Ich muss mich für nichts schämen, was ich da drüben gemacht habe.«

»Es geht mir nicht darum, Ihren Dienst für unser Vaterland infrage zu stellen«, sagte Hackberry. »Ich will lediglich einen Mann namens Josef Sholokoff ausfindig machen. Seine Handlanger haben nämlich eine Frau aus dieser Gegend gefoltert und sehr wahrscheinlich auch Cody Daniels umgebracht. Einer dieser Männer wurde mit einem Kerl gesehen, der Sie und Ihren Saloon zu kennen scheint, Joe. Nach dem, was wir wissen, transportiert er exotische Tiere zu Jagdfarmen. Sagt Ihnen das was?«

»Ich fürchte, auf dem Ohr bin ich taub.«

»*The White Rose* war der Name eines Bordells in Phnom Penh, nicht wahr?«, fragte Hackberry.

»Kann sein. Na und? Die Cherry Alley in Tokyo ist auch kein Obstmarkt. Aber dass ich das weiß, bedeutet noch lange nicht, dass ich persönlich da war. Ich muss wieder an die Arbeit.«

»Nein, Sie müssen das Maul aufmachen. Und die ganze Scheiße, die Sie da gerade verzapfen, können Sie stecken lassen«, sagte Pam. »Ich habe Cody Daniels' Hände und Füße von den Nägeln gerissen, mit denen ihn jemand in einem brennenden Gebäude an ein Kreuz geschlagen hatte. Als seine Mörder das Feuer legten, war der Mann noch am Leben. Ich kann nur hoffen, dass er an einer Rauchvergiftung gestorben ist.«

»Ich hab's in den Nachrichten gesehen. Denken Sie vielleicht, so was lässt mich kalt? Vor einer halben Ewigkeit hab ich mal ein paar Leute vom Geheimdienst gekannt, aber ich erinnere mich an niemanden, der exotische Tiere durch die Gegend gekarrt hat«, sagte Joe Tex. »Falls kein Haftbefehl gegen mich vorliegt, würde ich Sie jetzt bitten, meinen Saloon zu verlassen.«

»Kann es sein, dass Sie ein Methamphetamin-Problem haben, Joe?«, fragte Hackberry.

Joe Tex lehnte sich über die Bar. Seine Haut war so dunkel, dass sie im spärlichen Licht des Saloons aussah, als hätte man sie aus einer Gerberei geholt und so lange geknetet und bearbeitet, bis sie weich genug war, um sie ihm über die Knochen zu spannen. Die Augen in seinem Schädel starrten aus ihren Höhlen wie bei einem Mann, der in einem Kostüm lebt. »Sie haben ja keine Ahnung, womit Sie es hier zu tun haben, Sheriff. Wollen Sie vielleicht als Erdhügel in der Wüste enden? Wenn Sie weiter den falschen Leuten ans Bein pissen, werden Sie sich in die Zeit zurückwünschen, in der Sie jeden Tag besoffen waren und irgendwelche minderjährigen mexikanischen Nutten gefickt haben. Sie sind nicht der Einzige, der an vertrauliche Akten rankommt. Besorgen Sie sich einen Haftbefehl oder lassen Sie mich zufrieden, denn ab jetzt bin ich für Sie T-S-V-V: taub, stumm und verdammt vergesslich!«

In dieser Nacht ging Hackberry raus zu seiner Scheune. Drinnen schaltete er die Reihe von der Decke baumelnder Glühbirnen an, die ein grell schillerndes Licht in die feuchte Luft aussandten. Im Mittelgang der Scheune, der die Pferdeboxen an beiden Enden des Gebäudes verband, lagen Ballen noch grünen Heus, die mit roten Stricken zusammengeschnürt waren. In der hinteren Box baumelte ein frei hängender Punchingball, ein so genannter Speedball, von einer Wandaufhängung herab. Hackberrys Scheune war wahrlich kein schlechter Ort, um Zuflucht vor den Sorgen dieser Welt zu suchen.

Er ging in die hintere Pferdebox und begann, den Speedball mit rotierenden Bewegungen zu bearbeiten: Abwechselnd landeten seine Fäuste auf dem Ball und stießen ihn mit jedem Schlag gerade so weit zurück, dass er hinten gegen die Aufhängung schlug und dann wieder nach vorn federte, um den nächsten Treffer zu kassieren. Hackberry erhöhte die Geschwindigkeit, und nach kurzer Zeit schon verschwamm der Speedball durch die schnellen Bewegungen vor seinen Augen, und der Rhythmus seiner Schläge klang so gleichmäßig und klar wie ein Trommelwirbel.

Trotzdem hallten die Worte von Joe Tex noch in seinem Kopf wieder. Hackberry hatte nie einen großen Hehl aus seinem früheren Leben als Säufer und Ehebrecher mit einem Hang zu Bordellbesuchen in Nordmexiko gemacht. So hart es sich rückblickend auch anhören mochte, aber das Alter der Prostituierten schien zu jener Zeit nebensächlich gewesen zu sein. Bei Tageslicht hätte er die meisten von ihnen ohnehin nicht erkannt. Manchmal hatte er so heftige Filmrisse gehabt, dass er am nächsten Morgen elend und verkatert aufgewacht war und nur noch anhand seines leeren Portemonnaies und des Tachostands hatte erahnen können, was er in der Nacht zuvor getan hatte. Er vermutete, dass die Frauen und Teenager seinen Körper in diesen Nächten bestenfalls mit Gleichgültigkeit, wahrscheinlicher aber mit Ekel berührt hatten. Das Gefühl der

Abscheu, das er gegenüber sich selbst verspürte, dürfte das ihre aber dennoch übertroffen haben. Er besaß damals eine große Ranch, war mit dem Navy Cross und dem Purple Heart für seine Tapferkeit im Krieg ausgezeichnet worden – auch wenn er die Orden tief unten in irgendeinem Seesack versteckt hatte –, fuhr einen dicken Cadillac mit Heckflossen, hatte einen Jura-Abschluss von der Baylor University und war Stammgast in ein paar erbärmlichen Bretterhütten, die an einem offenen Abwasserkanal auf der anderen Seite der Grenze standen. Schande und Ehrlosigkeit waren seine Flaggen, Selbsthass sein ständiger Begleiter. Seine Rolle im Leben dieser Frauen und Mädchen war so unbedeutend wie die eines Niednagels, den sie beiläufig vom Finger abkauten und auf die Straße spuckten.

Obwohl er all diese Dinge wusste, hatte er sein Verhalten nicht geändert, sondern es ständig wiederholt, ohne sich Gedanken über diese Art der moralischen Verfehlung zu machen, die weit über die bloße Untreue zu seiner Frau Verisa hinausging. Es half wenig, dass diese ebenfalls mindestens zwei Affären gehabt hatte, von denen er wusste: ein Banker in Victoria und ein Kampfpilot, der in Korea geflogen war. Aus Hackberrys Sicht bestand seine größere Sünde nämlich in der sexuellen Ausbeutung von Frauen und Mädchen, die in dieser Welt keine andere Wahl hatten, als diesem Gewerbe nachzugehen. Seine Gleichgültigkeit gegenüber den Entbehrungen und der Tristesse, aus denen das Leben dieser Menschen bestand, war unentschuldbar. Dass sein Verhalten in vertraulichen Akten dokumentiert war, störte ihn nicht sonderlich. Die Tatsache, dass ein Mann wie Joe Tex Zugriff auf diese Informationen hatte und ihn damit verspotten konnte, allerdings schon.

Er schlug ein letztes Mal gegen den Speedball, ging dann zum Eingang der Scheune und schaltete die Flutlichtstrahler für die Außenbeleuchtung ein. Seine beiden Foxtrotter schauten von der Tränke zu ihm herüber. »Na, was treibt ihr beiden?«, sagte er.

Love That Santa Fé blies lautstark Luft durch seine Lippen, und Missy's Playboy schwenkte seinen Schweif hin und her.

Hackberry hatte einen Obstkorb an die Seitenwand der Scheune genagelt, der von der Größe her ungefähr der Strike Zone – also dem unsichtbaren »Fenster« beim Baseball, durch das der Pitcher den Ball werfen muss – von einem Schlagmann mit ein Meter dreiundachtzig Körpergröße entsprach. Er holte einen Baseballhandschuh und einen Sack mit Bällen aus der Sattelkammer und legte sie bei dem improvisierten Abwurfhügel ab, den er achtzehn Meter entfernt von dem Obstkorb aufgeschüttet hatte. »Und jetzt passt mal auf«, sagte er zu seinen Pferden und begann das Fantasiespiel zu kommentieren. »Der Schlagmann ist an die Strike Zone herangerückt, obwohl er da nichts zu suchen hat. Servieren wir ihm doch einen Forkball, um ihn ein wenig Demut zu lehren.«

Hackberry spreizte seine Hand, klemmte den Ball zwischen Zeige- und Mittelfinger, sodass diese genau entlang der Nähte verliefen, und verdeckte seine Wurfhand mit dem Handschuh. Dann holte er aus, legte Schulter und Hüfte in den Wurf und feuerte den Ball auf den Obstkorb. Der Ball raste ein ganzes Stück neben dem Ziel in die Holzwand. Die Pferde schreckten auf, wirbelten herum und stoben in die Dunkelheit davon. Nachdem sie eine Runde auf der Koppel gedreht hatten, kamen sie mit steil nach oben stehenden Schweifen wieder zurück.

»Okay, habt ihr euch jetzt wieder eingekriegt?«, sagte Hackberry. »Passt auf, der nächste Pitch wird ein Changeup. Danach kommt ein Slider, und zum Schluss serviere ich dem Batter meinen Lieblingswurf.«

Für den Changeup legte Hackberry den Ball weit nach hinten in seine Handfläche und ließ ihn förmlich in den Obstkorb gleiten. Dann warf er den Slider, der in einer beachtlichen Kurve auf sein Ziel zuraste, den Korb aber nur an der Seite traf.

»Okay, vergesst den Slider«, sagte er. »Die Infielder meines Teams werfen sich den Ball hin und her, bevor er wieder bei mir landet. Als Letzter hat ihn der Shortstop in der Hand, und dieser Kerl hat kein Gewissen. Er hat ein Loch in die Tasche seines Handschuhs geschnitten und einen nassen Schwamm zwischen Handfläche und Handschuh gedrückt. Als der Ball wieder bei mir landet, fühlt er sich so an, als hätte er in einer Pfütze gelegen.«

Hackberry leckte zwei Finger seiner Wurfhand an und feuerte einen In-Shoot ab. Als der Ball in den Korb raste, klang es, als würde ein Stück Seide zerreißen.

»Na, was haltet ihr davon, Jungs?«

Er merkte, dass er die Aufmerksamkeit seiner Foxtrotter verloren hatte. Sie starrten auf etwas oder jemanden direkt am Rand des Lichtkegels der Flutlichtstrahler.

»Tut mir leid, ich wollte Sie nicht erschrecken«, sagte eine Stimme.

»Wer sind Sie?«, fragte Hackberry.

»Mein Name ist Dennis Rector. Und Sie sind Sheriff Holland, richtig?«

»Zumindest war ich das, als ich heute Morgen aufgewacht bin. Was haben Sie auf meinem Grundstück zu suchen?«

»Ich habe ein paar Fragen an Sie.«

»Wo ist Ihr Wagen?«

»Irgendwo da hinten, auf der Straße. Die Tankanzeige leuchtet schon.«

Dennis Rector trat ein paar Schritte nach vorn, ins Licht des Strahlers. Er war eher klein, hatte einen rasierten Schädel, weiße Haut und einen Körper, der aussah, als hätte man ihn aus Kunststoff gepresst. Die Jeans, die er trug, war ihm ein paar Nummern zu groß und über seinen Arbeitsstiefeln hochgekrempelt. Sein Hemd war zerrissen, eine Seite seines Gesichts mit Schrammen übersät.

»Tragen Sie eine Waffe bei sich, Mr. Rector?«

»Nein, Sir. Ich bin kein gewalttätiger Mensch. Aber ich kenne ein paar brutale Typen, die Männer, nach denen Sie suchen.«

»Eine Sache müssen Sie mir erklären, Mr. Rector: Sie starren direkt in einen Flutlichtstrahler, aber Ihre Pupillen sind so groß wie Unterteller. Wie kommt das?«

»Das kommt von meinem Beruf, Sir. Ich bin Truckfahrer. Vor einer Tour schmeiß ich mir ein paar Pillen ein, und dann geht's los: Dann bügle ich bei fünfundzwanzig unter null und vollbeladen über den Monarch Pass und auch über den Wolf Creek Pass und brettre mit vierzig Meilen die Stunde über die vereiste Hauptstraße durch Pagosa Springs. Die Tour von Manhattan nach L. A. mache ich so in einem Rutsch, ohne Pause. Angefangen hab ich ganz sachte, mit den Weißen, aber dann bin ich auf Black Beauties umgestiegen und irgendwie drauf hängen geblieben. Mit diesen Babys hat man das Gefühl, flüssiges TNT in den Adern zu haben. Kennen Sie einen Mann namens Josef Sholokoff?«

»Was ist mit ihm?«, fragte Hackberry.

»›*Was ist mit ihm?*‹, fragt er«, sagte Dennis Rector, als wäre noch eine dritte Person anwesend. »Okay, ich erklär Ihnen mal, worum es geht: Ich bin kein Judas und hab's satt, als einer behandelt zu werden. Ich hab keine Lust mehr, durch irgendwelche Büsche zu hetzen und wie ein entflohener Sträfling durchs ganze County gejagt zu werden. Jetzt hab ich mir sogar schon den Kopf rasiert, damit man mich nicht erkennt. Ich sag Ihnen, ich hab echt genug von diesem Hundeleben.«

»Das ist sehr interessant, Mr. Rector. Ich denke, dass Ihnen unsere Entzugsklinik gut gefallen würde. Da bekommen Sie Medikamente, können eine Therapie machen und vielleicht sogar an einem längerfristigen Programm teilnehmen«, sagte Hackberry. »Wie wär's, wenn wir zum Haus rübergehen, damit ich einen Krankenwagen organisieren kann, der Sie in die Klinik bringt? Auf dem Weg können Sie mir ja was über Josef Sholokoff erzählen.«

»Drei warme Mahlzeiten pro Tag, ein warmes Bett und jede Menge gesiebte Luft? Nein, danke, Sheriff. Dafür bin ich nicht hergekommen. Ich hab nur getan, was man von mir verlangt hat, und bin dann in eine Sache verstrickt worden, mit der ich nichts zu tun haben will. Ich weiß doch, wie das läuft! Ein paar Typen ziehen eine richtig miese Nummer durch – und damit meine ich eine Kiste, die schrecklicher ist als Ihre schlimmsten Albträume, Sheriff – und dann schieben sie einem Typen wie mir die Schuld in die Schuhe, sodass er zum Freiwild wird.«

»Das hört sich wirklich unfair an«, sagte Hackberry. »Passen Sie auf, ich mach Ihnen einen Vorschlag: Sie gehen in die Sattelkammer, holen sich einen Stuhl und entspannen sich erst mal ein wenig. Ich hole uns in der Zwischenzeit eine kleine Erfrischung aus dem Haus. Was halten Sie davon?«

»Gute Idee, Sir.«

Hackberry ging zum Haus und forderte per Telefon einen Streifenwagen an. Dann nahm er zwei Dosen Ginger Ale aus dem Eisschrank, packte zwei Stücke frittiertes Hühnchen in eine Plastiktüte und ging wieder zurück zur Scheune. Als er dort ankam, war von Dennis Rector nichts zu sehen. Der

Mond leuchtete über den Hügeln, der Wind rauschte durch die Bäume, und seine Pferde liefen auf der Koppel umher. In der Scheune war immer noch Licht. Plötzlich hörte er ein Geräusch, als würde der Speedball in unregelmäßigen Abständen gegen die Rückwand prallen, weil ein Anfänger auf ihn einschlug.

Dann bemerkte er, dass der Stuhl, der im Mittelgang gestanden hatte, verschwunden war und die Tür zur Sattelkammer einen Spalt weit offenstand. Er ließ die Getränkedosen und die Tüte mit dem Hühnchen fallen, rannte in die Scheune und riss die Tür zur Sattelkammer auf. Aber es war zu spät. Über dem umgekippten Stuhl baumelte der Körper von Dennis Rector hin und her. Die Schlinge aus Pferdezügeln hatte sich tief in seinen Hals geschnitten. Seine Arme zuckten zwar noch, aber sein Genick war gebrochen.

Kapitel 19

Preacher Jack Collins hatte schlechte Laune. Nachdem sie die Hütte am Fluss verlassen hatten, waren sie zwar ein ganzes Stück gefahren, aber während der Fahrt hatte er nur wenig mit Noie gesprochen. Auch eine Erklärung für die plötzliche Abreise war er ihm schuldig geblieben. Stattdessen hatte er nur finster dreingeblickt, wenn Noie ihm eine Frage gestellt hatte, oder grübelnd die Lippen bewegt, ohne einen Laut von sich zu geben, so als wäre er tief in Gedanken versunken. Das baufällige Haus, in das sie nun gezogen waren, hatte zuvor Fledermäusen und Feldmäusen als Unterschlupf gedient und roch nach der feuchten Erde unter den Dielen. Toilette, Waschbecken und Badewanne waren von orangefarbenen Roststreifen überzogen und mit den Panzern toter Kakerlaken gefüllt. Hinter dem Haus erhob sich ein Tafelberg, der aussah wie eine Reihe gigantischer erodierender Lehmsäulen, wodurch er zum einen stolz und mächtig, andererseits aber auch schwach und verletzlich wirkte. Durch die Fenster auf der Vorderseite des Hauses blickte man auf eine lange, leicht abschüssige Ebene und einen Schrottplatz, der von einem dreieinhalb Meter hohen Zaun mit Klingendraht umgeben war. In der Spätnachmittagssonne glänzten und blitzten die blanken Metallflächen, die zusammengepressten Fahrzeugkarosserien und die Spitzen des Klingendrahts wie hunderte Heliographen.

Jack hatte seine Sachen auf das Bett geworfen und dann seinen Gitarrenkoffer ins Haus gebracht und auf dem Küchentisch geöffnet.

»Was ist das?«, fragte Noie.

»Im Ersten Weltkrieg hat man die Dinger *Trench Sweepers* genannt – Schützengrabenreiniger«, erwiderte Jack und legte die Thompson zusammen mit zwei Magazinen und ein paar Schachteln Munition auf einen öligen Lappen. »Aber sie sind zu spät in Produktion gegangen, um in Grabenkämpfen zum Einsatz zu kommen. Und so bekamen Typen wie John Dillinger und Baby Face Nelson diese Waffen in die Finger.«

»Und was machst du damit, Jack?«

»Selbstverteidigung.«

»Das verstehe ich nicht.«

»Was verstehst du nicht?«

»Ich kapiere überhaupt nichts von dem, was wir tun.«

»Da draußen gibt es Leute, die mir Böses wollen. Das ist nun wirklich nicht allzu schwer zu kapieren.«

»Warum sollten sie dir Böses wollen?«

»Weil ich dir Unterschlupf gewähre, mein Junge.« Noies genäselter Alabama-Akzent begann Jack langsam zu nerven. Er legte einen Stofflappen in die Aussparung für das Magazin, ließ etwas Öl darauf tropfen und drückte ihn mit einem dünnen Stab in den Lauf der Thompson. Anschließend schob er ein weißes Stück Papier in den Lauf und linste in die Mündung, wo das Licht durch die blitzblanken Züge floss. »Hast du eigentlich mal Kurse für Rhetorik oder Diktion belegt?«

»Ich habe Ingenieurswesen studiert.«

»Das merkt man.«

»Wie bitte?«

In Jacks Augenwinkeln bildeten sich kleine Fältchen. »Lass dich nicht von meinem Tonfall irritieren. Ich muss einfach aufhören, mich über unsere Feinde aufzuregen«, sagte er. »Manche Menschen sind nun mal nicht für diese Welt geschaffen. Damit meine ich Leute wie uns. Deshalb werden wir gejagt.«

»Jeder ist selbst für sein Schicksal verantwortlich. Die Welt hat damit nicht viel zu tun«, antwortete Noie. »So sehe ich das zumindest.«

Jack begann damit, eins der Trommelmagazine zu laden: Mit den Fingerspitzen hob er eine Patrone Kaliber .45 nach der anderen aus den Löchern des Styropor-Blocks und drückte sie in das runde Magazin. Es sah ganz so aus, als fände er in erster Linie Gefallen an dem Ritual und betrachte den eigentlichen Zweck seiner Tätigkeit als netten Nebeneffekt. »Alles, was ich von den Menschen wollte, war, in Ruhe gelassen zu werden. Früher oder später merkst du aber, dass es nur für diejenigen Frieden gibt, die bereit sind, in den Krieg zu ziehen.«

»Hast du schon mal jemanden mit dem Ding erschossen?«

»Die Leute erschießen sich selbst.«

»Wie das?«, fragte Noie, wobei ihm die Worte fast im Hals stecken blieben.

»Na ja, sie stehen Schlange und können es kaum erwarten, an die Reihe zu kommen.«

»Das ist keine Antwort auf meine Frage.«

Wie sollte Jack erklären, dass er zwei Bilder in seinem Kopf hatte? Eins, auf dem die Leute zu sehen waren, die ihm Ärger machten oder die sein Leben bedrohten, und ein Zweites mit den Kulissen, vor denen diese Menschen einmal in Jacks Leben getreten waren. Allerdings fehlten in diesem zweiten Bild die Personen selbst, als hätte jemand sie übermalt. *Peng*, einfach so. Die Veränderung der Bilder hatte relativ wenig mit ihm selbst zu tun. Vielmehr war es so, dass die beiden Seiten seines Gehirns miteinander kommunizierten. Während die eine Seite das Problem definierte, war die andere Hälfte für die Lösung des Problems zuständig. Die Menschen, die dann von der Leinwand verschwanden, hatten sich ihr Schicksal ausgesucht und waren somit selbst verantwortlich für ihren Untergang.

»Schau mal aus dem Fenster«, sagte Jack.

»Auf die Straße?«

»Nein, auf den Schrottplatz. Glaubst du, dass da irgendetwas Wertvolles unter all diesem Schrott ist?«

»Nein. Außer für Leute mit einem Faible für verrosteten Schrott vielleicht.«

»Trotzdem hat der Besitzer des Schrottplatzes die Zäune mit Klingendraht gesichert. Gut möglich, dass dieser Draht allein mehr gekostet hat als das potenzielle Diebesgut unter all diesem Mist. Mal ehrlich, die ganze Anlage sieht aus wie ein riesiges Warzenschwein aus Schrott. Zudem drückt der Klingendraht den Wert der Nachbargrundstücke nach unten und lässt Nebraska im Vergleich aussehen wie die französische Riviera. Trotzdem würden neun von zehn Menschen in diesem Land das Recht des Schrotthändlers verteidigen, einen derart gigantischen Schandfleck neben einen Highway zu setzen, den sie mit ihren Steuergeldern bezahlt haben.«

»Was hat das mit der Maschinenpistole zu tun?«

»Nicht alle Klapsmühlen haben Wände.«

»Die sind hinter uns her?«

»Die Regierung versucht seit zwanzig Jahren, mich außer Gefecht zu setzen. Dasselbe Ziel verfolgt ein Kerl namens Josef Sholokoff. Und sein ehemaliger Geschäftspartner, Temple Dowling, wünscht sich nichts sehnlicher, als dass du dir die Radieschen von unten ansiehst, während Sholokoff darauf aus ist, dich in einen Käfig zu sperren und an Al-Qaida zu verkaufen, um Dowling eins auszuwischen. Und in der Zwischenzeit werden ausgerechnet wir beide als Kriminelle verfolgt. Verstehst du, was ich dir sagen will?«

»Da sind Schießpulverreste auf dem Lappen.«

»Richtig.«

»Hast du die Thompson kürzlich benutzt?«

Jack zog den Verschluss des Trommelmagazins zurück und drehte am Aufzugshebel. »Alles deutet darauf hin, dass diese Asiatin unser Versteck ans FBI verraten hat.«

»Miss Anton? Die Frau hat meine Wunden behandelt. Die würde mich nicht verraten.«

»Dich vielleicht nicht, aber wie steht's mit mir?«

»Du hast ihr doch kein Leid zugefügt, oder?«

»Nein, habe ich nicht. Aber da waren ein paar andere Typen, die ihr übel zugesetzt haben.«

»Was willst du mir eigentlich sagen?«

»Ich frage mich, ob du wieder in den Händen unseres Freundes Krill landen willst? Es wird Zeit, dass du die Scheuklappen abnimmst, mein Junge. Für wen glaubst du denn, hat Krill gearbeitet? Ich sag's dir: die Regierung der Vereinigten Staaten.«

»Was hast du getan, Jack?«

»Nichts. Das hab ich dir doch von Anfang an erzählt. Moses hat Hunderte seiner Leute erschlagen lassen, weil sie das goldene Kalb geschaffen haben. Er hat getötet, aber nicht gemordet. Seine Anhänger haben bekommen, was sie verdienten.«

»Hast du schon mal einen Menschen getötet? Sag's einfach, wenn es so ist.«

Jack atmete aus und starrte vor sich hin. Die Beulen in seinem Gesicht waren von steifen Bartstoppeln überzogen. »Vor Jahren habe ich etwas getan, das mir manchmal heute noch Kopfzerbrechen bereitet. Ich werd's dir erzählen, und du kannst dir selbst eine Meinung drüber bilden. Meine Mutter war eine

Prostituierte. Der Großteil ihrer Kunden waren Gleisarbeiter und Bremser, die in der Nähe von uns an einer Zugstrecke arbeiteten. Wir wohnten nämlich in einem Güterwaggon auf einem Abstellgleis, musst du wissen. Jedenfalls kam einer der Typen regelmäßig vorbei, so alle zwei Wochen. Dass er eine Familie in Oklahoma City hatte, hielt ihn nicht davon ab, meine Mutter zu besteigen, wenn er mal wieder auf Sauftour war. Wenn die beiden zugange waren, musste ich immer draußen warten. Ich hatte mich zwar daran gewöhnt, aber einmal waren es zehn Grad Minus, und es schneite. Mit einem Stück Segeltuch gegen die Kälte hockte ich eine Stunde lang hinter seinem Auto, um Schutz vor dem Wind zu suchen. Das Auto hat er immer abgeschlossen, weil er nicht wollte, dass ein kleiner stinkender Junge wie ich es sich auf seinen teuren Ledersitzen bequem machte.

Im darauffolgenden Sommer habe ich in der Stadt als Tellerwäscher gearbeitet. Eines Tages kam dieser Typ rein und bestellte sich den Rindfleischeintopf. Er sah aus, als wär er gerade von einer seiner Sauftouren zurück und könnte eine ganze Kuh verspeisen. Am Morgen dieses Tages hatte ich auf der Treppe des Hinterausgangs des Restaurants ein zerbrochenes Glas zusammengefegt und in den Müll geworfen. Die Glassplitter waren so fein wie Nadeln, aber ich zerkleinerte sie noch mehr und kippte sie zusammen mit ein paar zusätzlichen Kartoffeln in den Eintopf des Typen. Dreißig Minuten später brach der Kerl draußen auf der Straße zusammen, als hätte er eine Hand voll Angelhaken verschluckt. Ich hab gehört, dass er gestorben ist, aber ich bin nicht rumgelaufen und habe Fragen gestellt.«

Jack drückte das Trommelmagazin auf seine Maschinenpistole und legte die Waffe in den Gitarrenkoffer. Anschließend wischte er sich mit einem Papierhandtuch das Öl von den Fingern und sah Noie düster an. Seine Augen glänzten, und in seinem Blick lag etwas Melancholisches. Dann, als hätte er unter Wasser die Luft angehalten, bis seine Lungen zu platzen drohten, riss er den Mund auf, und seine Lippen verzogen sich zu einem breiten Lächeln. »Reingelegt! Da hab ich dir doch tatsächlich weiß gemacht, dass du mit Jack The Ripper unterwegs bist, was, Junge? Meine Mutter war eine Grundschullehrerin in Okemah, Oklahoma, und ist an der Huntington-Krankheit verstorben. Meine letzte Anstellung hatte ich in einem Vergnügungspark. Ich könnte keiner Fliege was zu Leide tun.«

»Was ist mit der Maschinenpistole?«

»Ich habe eine ganze Sammlung seltener Waffen in Rio de Janeiro. Eines Tages werde ich sie dir zeigen. Du glaubst immer noch nicht, dass ich ein reicher Mann bin, oder?«

»Ich weiß nicht mehr, was ich noch glauben soll, Jack.«

»Das kommt daher, weil du ein anständiger Kerl bist, Noie. Ich sag dir was: Wir holen jetzt das Damebrett raus, setzen einen Pott Kaffee auf und spielen ein paar Partien.«

Die Informationen, die von der zentralen FBI-Datenbank zur Verbrechensbekämpfung über Dennis Rector zurückkamen, waren nicht sonderlich hilfreich: Er war dreimal verhaftet worden – zweimal wegen Trunkenheit am Steuer, einmal wegen häuslicher Gewalt – und aus der US-Navy geflogen. In seiner Brieftasche fand Hackberry eine Fahrerlaubnis aus Arizona, einen Sozialversicherungsausweis, vierzehn Dollar in bar, ein Kondom, einen GI-Dosenöffner, einen Coupon für eine Packung Cornflakes, einen vier Monate alten Strafzettel wegen überhöhter Geschwindigkeit, eine entwertete Eintrittskarte für ein Konzert in Branson, Missouri, und ein Foto, auf dem der Verstorbene in Navy-Uniform mit einer Asiatin in Hemdkleid und Flipflops zu sehen war. Auf der Rückseite hatte jemand mit Bleistift die Worte »Mit Luz in Mindanao, 6. August 1982« geschrieben.

In der rechten Hosentasche von Rector fanden sich dreiundsiebzig Cent in Münzen, drei Plektren aus Metall, sogenannte Fingerpicks, und ein halber Kaugummistreifen in Alufolie.

Hackberry steckte Rectors Habseligkeiten in einen großen Umschlag und schaute aus dem Fenster in den blassen, feuchtschwülen Himmel und auf die trockenen Berge am Horizont, die nicht einmal über ausreichend Feuchtigkeit zu verfügen schienen, um die zu dieser Jahreszeit grünenden Pflanzen versorgen zu können. Was blieb am Ende vom Leben eines Menschen übrig? Ein paar Dokumente irgendwelcher Regierungsbehörden? Ein Foto mit einem Bauernmädchen, irgendwo am Rand des neuen amerikanischen Imperiums am Jahrestag der Bombardierung von Hiroshima? Eine Eintrittskarte zu einem Country-Konzert, bei dem auf der Bühne Menschen in rotweiß-blauen Quastenkostümen herumsprangen und einer Kultur Tribut zollten, die im Grunde nur ihre eigene Geschmacklosigkeit feierte? Ein halber Streifen Kaugummi?

Wer war Dennis Rector gewesen? Und was hatte er beichten wollen? Wie konnte ein Mann, der so wenig besaß und einen derart mikroskopisch kleinen Fußabdruck auf dem Planeten hinterließ, sich selbst so ernst nehmen, dass er Selbstmord beging? Was konnte er getan haben, das eine so schlimme Bestrafung verdiente? Hackberry griff zum Telefon auf seinem Schreibtisch. »Könntest du bitte mal reinkommen, Maydeen?«, sagte er.

Zehn Sekunden später stand sie in der Tür. Ihr Körper hatte die Form einer Birne. Sie trug ein mit Blumen besticktes Westernhemd, eine Uniformhose des Departments und einen mit hellen Nähten verzierten Gürtel. Sie hatte etwas zu viel Lippenstift aufgetragen, und nach wenigen Augenblicken schon erfüllte der Geruch ihres Parfüms das Zimmer. »Willst du mich einfach nur anstarren oder sagst du mir auch, worum es geht?«, fragte sie.

»Was geht im Oberstübchen von jemandem vor, der zu dir sagt: ›Ich bin kein Judas‹?«

»Hast du ihn denn als Judas bezeichnet?«

»Nein, habe ich nicht. Soweit ich weiß, hat niemand das getan.«

»Nun, dann würde ich sagen, dass sich diese Person verdammt schuldig fühlt, weil sie jemanden verraten hat, der oder die ihm vertraute. Sprechen wir von dem Kerl, der sich erhängt hat?«

»Ja, von dem sprechen wir.«

»Scheint so, als hätte er viel über die Bibel nachgedacht, vor allem über die Schilderung der Kreuzigung.«

»Ja, sieht ganz so aus.«

»Glaubst du, er kannte Cody Daniels?«, fragte sie.

»Jedenfalls kannte er Josef Sholokoff.«

»Du denkst, Sholokoff hat Daniels gekreuzigt?«

»Ich glaube, es war entweder Sholokoff oder Krill. Allerdings würde ein Kerl wie Dennis Rector sich nicht mit jemandem wie Krill zusammentun, sodass ich eher zu Sholokoff tendiere. Macht Pam noch Mittag?«

»Sie hat einen Anruf vom Blue Bonnet Six bekommen. Da ist ein Typ abgereist, ohne die Rechnung zu bezahlen, und hat obendrein noch den Fernseher aus seinem Zimmer mitgenommen. Vorher hat er wohl versucht, dem Besitzer des Motels eine Dobro zu verkaufen. Ich hab allerdings keine Ahnung, was das sein soll.«

»Eine Dobro ist eine Gitarre mit einem eingebauten Resonator, die mit besonderen Plektren gespielt wird – und zwar mit genau solchen Metallplektren, wie ich sie gerade in diesen Umschlag hier getan habe.«

»Der Selbstmörder hat ein Instrument gespielt?«

»Sieht ganz danach aus. Wieso?«

»Musiker sind erbärmliche Kriminelle. Außer beim Zerlegen von Hotelzimmern sind sie in puncto Kriminalität gnadenlose Amateure«, sagte Maydeen. Als Hack nichts erwiderte, sagte sie: »Weißt du auch, warum das so ist?«

»Schätze mal, du wirst es mir gleich erzählen.«

»Vergiss es. Du wirst es selbst herausfinden«, sagte sie.

»Hat R. C. schon was von sich hören lassen?«

»Nein, Sir, noch nicht.«

»Gib mir Bescheid, wenn er sich meldet. Und jetzt erklär mir bitte, warum Musiker erbärmliche Kriminelle sind.«

»Weil sie glauben, dass sie eine Gabe hätten, die sie vor allem bewahrt, und darum erachten sie es nicht für notwendig, zu stehlen. Außerdem halten sie sich für ganz besondere Blumen in Gottes Garten und meinen, niemandem etwas beweisen müssen.«

»So habe ich das noch nie gesehen«, sagte er.

»Mein erster Mann hätte mit seinem Minischwänzchen einem Hamster Konkurrenz machen können. Nachdem er dann aber einmal mit Stevie Ray Vaughan im Studio war, hat er so getan, als würde er mir einen Eiffelturm zwischen die Beine schieben.«

»Ich kann nicht glauben, dass du das gerade wirklich gesagt hast.«

»Was?«

»Raus mit dir, Maydeen. Und schließ bitte die Tür hinter dir.«

Hackberry ging in den Saloon, um in einer schlecht beleuchteten Sitzecke im hinteren Teil des Ladens zu Mittag zu essen und die Bilder des an einem Dachsparren seiner Scheune baumelnden Dennis Rector zu vergessen. Neben dem Selbstmord trieb ihn noch ein anderes Thema um. Hackberry war überzeugt, dass die meisten Verbrechen – insbesondere das Kapitalverbrechen Mord – wegen Sex, Geld oder Macht oder einer Kombination aus diesen drei Motiven begangen wurden. Angefangen bei dem von Krill begangenen Mord an dem DEA-Informanten schienen allerdings alle Gewaltverbrechen, die Hackberry in letzter Zeit auf den Schreibtisch bekommen hatte, gegen dieses Muster zu verstoßen. Angeblich ging es in diesen Fällen in erster Linie um die nationale Sicherheit, um den Verkauf von Noie Barnum an Al-Qaida und um vertrauliche Daten zur Predator-Drohne. Aber irgendwie konnte Hackberry das nicht so recht glauben, denn alle Beteiligten handelten entweder aus ideologischen Gründen, aus religiösem Fanatismus oder aufgrund einer tief im Individuum verwurzelten Wut. Es war zu simpel, Preacher Jack Collins als einfachen Psychopathen abzutun oder zu behaupten, Josef Sholokoff sei nichts weiter als ein russischer Krimineller, der den Einwanderungsbehörden im Kalten Krieg durch die Maschen geschlüpft war. Etwas weitaus Schlimmeres schien Einzug in diese beschauliche Gemeinde an der Grenze gehalten zu haben – eine Art spirituelle Bösartigkeit, die nun das Land und seine Bewohner befiel und die Menschen nach ihrem Vorbild formte.

Ist diese These, die im Grunde nur auf den Alltagsbeobachtungen eines Kleinstadt-Sheriffs basiert, nicht vielleicht doch zu pessimistisch, zu überzogen?, grübelte Hackberry und gab sich selbst die Antwort: *Die Bauern des Mittelalters, deren Dörfer von den*

Inquisitoren heimgesucht wurden, wären da sicher ganz anderer Meinung.

Er starrte auf die Diamant-Klapperschlange in dem großen, mit gelbem Formaldehyd gefüllten Glas auf der Bar. Der Körper der Schlange war mehrmals um sich selbst gewunden, ihr Maul weit aufgerissen und gegen das Glas gepresst. Die Augen wirkten wie kleine Steine, und in den Fangzähnen konnte man die Löcher für die Giftinjektion sehen. Die Klapperschlange befand sich schon seit mindestens drei Jahren in diesem Glas, und so waren mit der Zeit nicht nur die Farben verblasst, auch ihr Körper hatte begonnen, in schmutzige Fäden zu zerfallen. Warum würde jemand etwas derart Hässliches behalten wollen oder gar über so lange Zeit auf einer Theke zur Schau stellen?

Weil der Besitzer damit ein Statement machen wollte, dachte Hackberry. Das Böse existierte außerhalb der Menschen, und nicht etwa in ihren Köpfen oder Brustkörben. Man konnte es aufhalten, man konnte es unschädlich machen und man konnte es zur Schau stellen. War nicht die Schlange dazu verdammt, auf dem staubigen Boden umherzukriechen, den Menschen in die Fersen zu beißen und dann mit einem Knüppel zu Tode geprügelt zu werden? Was konnte diese Tatsache mehr veranschaulichen als eine Diamant-Klapperschlange, die fünfzehn Zentimeter vom tätowierten Arm eines Truckers entfernt bedrohlich weit das Maul aufriss, während ihr vermeintliches Opfer ein Glas Whiskey nach dem anderen in sich hineinkippte und mit eiskaltem Lone Star runterspülte?

Hackberry nahm sich vor, mit dem Barmann über die Sache zu sprechen. Sein Handy auf dem Tisch vibrierte. Er klappte es auf und hielt es an sein Ohr. »Sheriff Holland hier.«

»Ich habe es schon im Büro versucht, Sheriff, aber Maydeen

meinte, sie würden gerade Mittag essen«, sagte eine Stimme. »Ich hoffe, ich störe Sie nicht allzu sehr.«

Hackberry schaute auf den Teller vor ihm, wo ein paar Enchiladas mit spanischem Reis und Bohnen kalt wurden.

»Nein, überhaupt nicht, R. C. Schieß los.«

»Ich bin so vorgegangen, wie Sie gesagt haben: Ich habe mir eine Karte der Gegend besorgt und mir alle Grundbucheinträge in einem Umkreis von fünf Meilen um den Tatort angesehen. Dann habe ich die Namen der Landeigentümer gegoogelt und einen Treffer bekommen. Allerdings ist der Typ kein Schriftsteller.«

»Wie lautet der Name?«

»W. W. Guthrie. Die Suchmaschine hat einen Folksänger mit dem Namen Woodrow Wilson Guthrie ausgespuckt.«

»Das ist Woody Guthrie, R. C. Der Mann hat nicht nur Folksongs geschrieben, sondern auch zwei Bücher veröffentlicht. Eins davon hieß *Bound for Glory* und wurde sogar verfilmt. Ich glaube, du hast das Versteck von Preacher Jack gefunden.«

»Ich wollte gerade zu dem Grundstück rausfahren. Ich melde mich wieder, wenn ich etwas rausgefunden habe.«

»Haben dich die Feds unterstützt?«

»Na ja, wie man's nimmt. Im Gerichtsgebäude war einer von denen so freundlich, mir zu sagen, wo die Toilette ist. Ein anderer meinte, es würde gleich anfangen, *mächtig gewaltig zu pladdern*. Nicht ›regnen‹ oder so, sondern ›pladdern‹, so als würde er mit einem Bauerntölpel sprechen. Sind die Typen überhaupt so helle, wie wir alle immer annehmen?«

»Hoffen wir mal.«

»Wenn ja, dann können sie es zumindest ziemlich gut verbergen«, sagte R. C.

Nachdem Hackberry aufgegessen hatte, legte er dreizehn

Dollar auf den Tisch, ging auf die Toilette, um sich die Hände zu waschen, setzte seinen Hut auf und machte sich auf den Weg Richtung Tür. Doch dann hielt er inne. »Das hätte ich fast vergessen«, sagte er zu dem Barmann.

»Was hätten Sie fast vergessen?« Der Mann war stämmig, hatte dunkle Haare, eine stark gerunzelte Stirn und trug ein weißes Anzugshemd mit hochgekrempelten Ärmeln.

»Können Sie das nächste Mal, wenn ich komme, ein Tuch über das Glas da hängen?«

»Wieso das denn?«

»Damit ich es nicht anschauen muss, während ich esse.«

»Welche Laus ist Ihnen denn über die Leber gelaufen?«

»Haben Sie heute Morgen schon Zeitung gelesen?«

»Wieso, was ist passiert?«

»Sollte ich noch mal einen Fuß in diesen Schuppen setzen, weigern Sie sich bitte, mich zu bedienen«, sagte Hackberry. »Das wäre wirklich nett von Ihnen.«

Auf halber Strecke zum Büro vibrierte sein Handy erneut. »Sheriff Holland«, sagte er.

»Ich bin's Sheriff.«

»Ja, dachte ich mir schon, R. C.«

»Wie läuft's?«

»Gut läuft's.«

»Ich bin hier gerade an der Hütte, die zwischen einem Fluss und einem Steilhang steht und eigentlich nur aus der Luft zu entdecken ist. Hier wimmelt es nur so von Feds, aber ich habe etwas gefunden, das die Kerle übersehen haben. Es ist ein Spielstein. Die vom Bureau konnten nichts damit anfangen.«

»Ich verstehe nicht ganz.«

»Es ist ein selbst geschnitzter Dame-Spielstein aus Holz. Passen Sie auf, ich versuch's Ihnen zu erklären: Dieses Grundstück hier gehört offiziell einem W. W. Guthrie, aber niemand aus der Gegend weiß, wie dieser Typ aussieht oder wo er herkommt. Als die Feds hier ankamen, waren die Hütte und das Haus vollkommen sauber. Also bin ich zur Scheune, und da habe ich die Michelin-Spuren gesehen, die wir schon auf dem Grundstück von Anton Ling bemerkt haben. Als ich reinging, stand da einer der Feds und starrte auf einen kleinen, runden Spielstein aus Holz, den er hinter der Küchentür gefunden hatte. Können Sie mir folgen?«

»Nicht so wirklich.«

»Okay, aber gleich bestimmt: Also, auf der Unterseite des Spielsteins waren die Initialen ›N. B.‹ eingeritzt, bei denen ich auf ›Noie Barnum‹ tippe. Auf der Oberseite stand ein ›X‹. Der FBI-Typ wusste nicht, was das bedeuten sollte, also sagte ich ihm, dass das X wahrscheinlich die Dame markiert. Er darauf: ›Ja, muss wohl hinter die Tür gerollt sein.‹ Als Nächstes geh ich ins Schlafzimmer und finde noch einen Spielstein, der in der Kommode eingeklemmt ist. Der ganze Laden ist ansonsten quasi besenrein, Sheriff. Meiner Meinung nach lag der zweite Spielstein, der in der Kommode, nicht zufällig dort. Als ich ihn dem Fed gezeigt hab, hat er ziemlich verwirrt aus der Wäsche geschaut.«

»Dann ist Noie Barnum nicht freiwillig mit Jack Collins unterwegs?«, sagte Hackberry.

»Möglich, dass er absichtlich Spuren hinterlässt und versucht, seinen Arsch zu retten«, erwiderte R. C.

Oder aber er hat seine ganz eigene Agenda, dachte Hackberry. »Gut gemacht, Partner. Mach dich auf den Heimweg«, sagte er.

Ein paar Minuten später rief er Maydeen und Pam in sein Büro.

»Geht's wieder mal um meine Ausdrucksweise?«, fragte Maydeen. »Falls ja, dann tut es mir …«

»Vergiss das Thema. Die Feds haben uns die ganze Zeit über für dumm verkauft. Such mir alles über Noie Barnum raus, was du auftreiben kannst.«

Krill hockte sich auf den kahlen Boden. Ein paar Schritte entfernt lagen seine drei Kinder begraben. Das Grab war mit einem Kreuz aus Styropor markiert, das mit bunten Plastikblumen geschmückt war. Krill setzte eine Meskalflasche ohne Etikett an und trank. Das Glas der Flasche verwandelte das Licht der untergehenden Sonne hinter ihm in Feuer. Auf dem Fußboden lag eine Ausgabe der *San Antonio Express News*. Die Ecken waren mit Steinen beschwert, das Papier flatterte im Wind. Krill nahm noch einen Schluck, drückte dann mit dem Daumen einen Korken in den Flaschenhals und blickte zur Sonne, die gerade wie ein roter Feuerball hinter den Bergen versank.

Negrito hockte sich neben ihn. Er trug seinen fettigen Lederhut, der die Haare auf seiner Stirn plattdrückte. »Kümmere dich nicht um den Scheiß, der in der Zeitung steht«, sagte er.

»Das werden die uns anhängen, *hombre*. Und das bedeutet Ärger.«

»*Das* bedeutet Ärger? Und dass wir einen DEA-Agenten umgelegt haben, wohl nicht, oder wie?«

»Er war kein *agente*. Er war Informant; ein korrupter mexikanischer Cop. Niemand interessiert sich dafür, was wir mit ihm angestellt haben. Reverend Daniels war ein Priester.«

»Aber wir haben dem Priester nichts getan.«

»*Estúpido*, überleg doch mal! Unsere Fingerabdrücke sind da überall.«

»Das ist es aber nicht, was dir Sorgen macht, Krill. Es ist was anderes, stimmt's?«

»Er hat meine Kinder getauft. Niemand sonst wollte das tun. Nicht mal La Magdalena. Wenn ihn jemand respektlos behandelt, ist das auch eine Beleidigung meiner *niños*.«

»Das macht überhaupt keinen Sinn.«

»Was ist eigentlich mit deinem Hirn los? Der *sacerdote* war stark genug, meine Kinder aus dem Limbus zu holen. Soll ich ihnen jetzt etwa sagen, dass mich das Schicksal ihres Befreiers nicht interessiert, oder was? Kannst du nicht denken? Was ist nur los mit dir?«

»Du verwirrst mich. Davon krieg ich Kopfschmerzen.«

»Weil du *estúpido* bist und ein *egoista* noch dazu. Geh und hol die anderen. Wir treffen uns beim Auto.«

»Wohin fahren wir?«

»Wir werden uns die Typen schnappen, die den *sacerdote* umgebracht haben.«

»*¡No, no, no!* Das ist eine schlechte Idee. Hör zu, Krill, ich bin dein Freund. Der einzige, den du noch hast.«

»Dann folge mir oder lass es bleiben und verzieh dich in die Wüste oder zu deinen *putas* nach Durango.«

»Du willst dir Noie Barnum schnappen. Ein paar von den anderen könnten aber glauben, dass du ihn verkaufen willst und dann vergisst, das Geld zu teilen.«

Krill richtete sich auf, riss Negrito den Hut vom Kopf und schlug ihn damit, und zwar so heftig, dass der Lederriemen in Negritos Kopfhaut schnitt. Er wartete ein paar Sekunden und schlug noch einmal zu. »Wir schnappen uns den *ruso*. Der hätte schon vor langer Zeit getötet werden müssen. Und nenn mich nicht noch einmal einen Verräter.«

»Woher weißt du, dass er es war?«, fragte Negrito. Seine Augen waren feucht, und seine Nasenwände blähten sich, als er den Schmerz und die Demütigung durch Krills Schläge hinunterschluckte.

»Weil er Gott hasst, *idiota*!«

»Und das von einem Mann, der einen Jesuitenpater umgelegt hat?«

»Sie haben uns gesagt, er und seine Leute wären *comunistas*. Es waren fünf. Ich habe nur einen erschossen. Die anderen haben den Rest übernommen, im Garten von ihrem Haus. Wir haben sogar die Haushälterin erschossen. Ich träume oft davon.«

»Jeder muss mal sterben. Warum sollte man sich schuldig für etwas fühlen, das uns alle irgendwann treffen wird?«

»Du sagst diese Dinge, weil du unfähig bist, deinen Verstand zu benutzen. Eigentlich kann ich dir deine Worte und Taten noch nicht einmal übel nehmen.«

»Du hast mich geschlagen, *jefe*. Das würdest du noch nicht mal einem Tier antun, aber mich prügelst du wie einen Esel. Das bricht mir echt das Herz, Mann.«

»Es tut mir leid. Du bist ein Mann mit vielen Defekten, und ich sollte dich auch so behandeln.«

»Mir gefällt das alles nicht, Mann. Von dem, was hier abläuft, brummt mir der Schädel, als hätte ich einen fiesen Tumor im Kopf. Warum schaffst du es nur immer wieder, dass ich mich so mies fühle, *jefe*?«

»Das hat nichts mit dir zu tun. Du wandelst in der Dunkelheit und bist einer von den Umnachteten, Negrito. Deine *problemas* stammen von dem kochenden Blut in deinen Adern und den wirren Gedanken in deinem Kopf. Und deshalb muss ich nett zu dir sein.«

»Pass auf: Ich werde jetzt so tun, als hätte ich das nicht gehört, weil du ein *mestizo* bist, genau wie ich. Ich sage, wir fahren nach Durango. Ich sage, wir besaufen uns und vergnügen uns mit ein paar *putas* und sind wieder die *amigos*, die wir früher waren.«

»Dann musst du gehen und deinen niederen Instinkten gehorchen.«

»Nein, ich werde dich niemals verlassen, Mann«, sagte Negrito. »Was bedeutet ›umnachtet‹?«

Krill zeigte zu den Bergen im Westen, wo die rote Sonne am Horizont dahinschmolz und sich die Dunkelheit über den Himmel legte. »Es bedeutet, dass du im sterbenden Licht wandelst«, sagte er. »Dort, wo die Kojoten leben und die Aasgeier und die Gilas, und wo die Seelen umherirren, die ohne Hoffnung sind, jemals wieder das Licht zu erblicken.«

Um zehn Uhr am nächsten Morgen klopfte Pam Tibbs an den Türpfosten von Hackberrys Büro. Sie hatte einen gelben Notizblock in der Hand. »Hier, das ist alles, was ich bisher über Noie Barnum rausgefunden habe«, sagte sie. »Es gibt da allerdings ein paar Löcher. Willst du es hören oder lieber warten, bis Maydeen mit dem Telefonieren fertig ist?«

»Mit wem spricht sie?«

»Mit dem Büro des Bundesstaatsanwalts von Alabama.«

»Okay, setz dich«, sagte Hackberry.

»Also: Barnum kommt aus einer Kleinstadt an der Grenze von Tennessee. In der Highschool war er ein ausgezeichneter Schüler. Sein Vater starb, als er drei war, seine Mutter hat in einem Baumarkt gearbeitet und ihn und seine Halbschwester allein aufgezogen. Er war nie in einem Sportverein, engagierte sich nicht in seiner Klasse und machte auch sonst nirgends mit. Später hat er ein Stipendium bekommen, ist ans MIT gegangen und hat dann nach seinem Abschluss für die Regierung gearbeitet. Soweit ich das einsehen konnte, ist er schon immer ziemlich religiös gewesen. In Bezug auf Mädchen und soziale Aktivitäten war er allerdings eine absolute Schnarchnase. Als er siebzehn war, passierte dann eine ziemlich außergewöhnliche Sache: Und zwar ist in seiner Heimatstadt ein Dreijähriger verschwunden. Die ganze Stadt hat nach dem Bengel gesucht, aber es war Barnum, der ihn schließlich in einem Brunnen gefunden hat. Als er runterkletterte, um den Kleinen zu retten, wurde er von einer Kupferkopfschlange ins Gesicht gebissen. Trotzdem hat er den Jungen auf seinem Rücken nach oben gebracht und vier Meilen bis zum Highway geschleppt. Eigentlich hätte er sterben müssen.«

»Was ist aus der Mutter und der Halbschwester geworden?«

»Die Mutter starb, als Barnum am MIT war. Seine Halbschwester ist nach New York gezogen und hat dort für einen Catering-Service gearbeitet. Es gibt ein paar Storys über sie, aber niemand ist sich wirklich sicher, welche davon der Wahrheit entsprechen. In ihrer Heimatstadt genoss sie jedenfalls keinen allzu guten Ruf. In der Highschool hat man sie wegen Marihuana-Besitz festgenommen, außerdem gab es Gerüchte, dass sie mit jeder Menge Typen in die Kiste stieg. Danach wird die ganze Geschichte etwas unklar.«

»Wie meinst du das?«

»Nun, als sie nach New York ging, benutzte sie den Nachnamen ihres Vaters. Warte mal kurz.« Pam stand auf und ging zur Tür. »Maydeen hat ihr Gespräch mit dem Bundesstaatsanwalt beendet.«

Als Maydeen in Hackberrys Büro trat, war ihr Gesicht so ausdruckslos, als würde sie auf ein Bild starren, mit dem sie sich lieber nicht beschäftigen wollte.

»Was ist los?«, fragte Hackberry.

»Der Bundesstaatsanwalt von Alabama hat sich mächtig für uns ins Zeug gelegt«, antwortete sie. »In einer staatlichen Entzugsklinik hat er einen Typen ausfindig gemacht, der mal mit Barnums Halbschwester zusammen war. Sie ist in den Zwillingstürmen gestorben. Eigentlich hatte sie frei, aber dann wurde jemand krank und sie hat die Vertretung übernommen. Sie hat in dem Restaurant ganz oben gearbeitet und war eine von denen, die aus den Fenstern sprangen, Hand in Hand mit einer Kollegin.«

Kapitel 20

Am unteren Ende von Danny Boy Lorcas Grundstück verlief eine Schlucht, die nur wenige Leute kannten und noch weniger durchquerten. Sie führte von Mexiko in die Vereinigten Staaten, aber ihr Eingang war von dornigem Gestrüpp überwuchert, das einem Menschen die Haut vom Körper reißen und einem Auto den Lack vom Blech kratzen konnte. Die Seitenwände der Schlucht ragten steil in den Himmel und waren an einigen Stellen von den Spuren der Lanzen berittener Spanier überzogen, die vor langer Zeit den Boden mit den Gebeinen von primitiv bewaffneten Indianern übersät hatten. Die wenigen Illegalen, die nachts durch diese Schlucht kamen, und auch die Kojoten, die sie führten, schworen jedes Mal Stein und Bein, dass sie auf den Felsvorsprüngen Indianer gesehen hätten. Ihre Gesichter, so berichteten die Einwanderer, seien so blutleer und vertrocknet gewesen wie eine auf Pflöcke gespannte Hirschhaut. Keinen Ton gäben die Geister auf den Felsvorsprüngen von sich, und die in der Nacht vorbeieilenden Wanderer würden sie auch nicht beachten. Ihre Augen seien leere Höhlen, die nichts als Dunkelheit enthielten, ihre Kleider aus den weggeworfenen Lumpen der Eroberer gefertigt. Niemand, der diese Geister einmal gesehen hatte, wollte je wieder an diesen Ort zurückkehren. Niemand, außer Danny Boy Lorca.

Er erwachte vom heulenden Geräusch eines Autos, das sich eine Steigung hinaufquälte. Begleitet wurde das Heulen von einem Quietschen, das sich so anhörte, als würde jemand ganz langsam mit einem Griff über eine Schiefertafel kratzen. Von der hinteren Tür seines Hauses aus sah er, wie sich eine dieser Spritschleudern allmählich aus der Schlucht kämpfte. Die Scheinwerfer des Wagens durchschnitten den Nebel, und unter der verrosteten Motorhaube kräuselte Rauch empor. Im Inneren des Fahrzeugs konnte er die Silhouetten von mindestens vier Männern ausmachen.

Er schlüpfte in seine Stiefel und griff sich die 20er Schrotflinte, die an dem Geweih an der Wand hing. Dann humpelte er hinaus auf die Terrasse hinter seinem Haus. Der Nebel roch übel, nach Staub und Pestiziden, nach einem von grünem Viehkot verdreckten Tümpel, nach brennendem Müll. Mit hämmerndem Motor kroch die Spritschleuder über Danny Boys Grundstück, während Staubpartikel und Motten im Licht der tief hängenden Scheinwerfer tanzten.

Er ging auf den Wagen zu. Jedes Mal, wenn er den Fuß aufsetzte, fuhr ein stechender Schmerz durch seinen Oberschenkel. Die Schrotflinte lag wie ein Baby in der Beuge seines linken Arms. Es war eine einläufige Waffe, die man in dieser Gegend auch Dogleg nannte, ein Hinterlader mit nur einem Schuss, den er als Junge für die Jagd auf Wachteln, Tauben und Hasen benutzt hatte. Es war ein gutes Gewehr und hatte ihm immer zuverlässig gedient. Ein Problem gab es allerdings damit: Er hatte seit Jahren keine passende Munition mehr für die Flinte gekauft, und so trat er den Fremden mit einer ungeladenen Waffe entgegen.

Er humpelte über den Hühnerhof, vorbei am offenen, dreiwandigen Schuppen, in dem er sein Brennholz lagerte, und durchquerte dann die Scheune. Als er auf der anderen Seite wieder aus ihr hervortrat, stand er direkt im Scheinwerferlicht des fremden Wagens. Der Fahrer trat auf die Bremse und steckte seinen Kopf aus dem Fenster. »*¡Hola, amigo!* Wir haben uns ein bisschen verfahren. Kannst du uns sagen, wie wir zum Highway kommen?«

Danny Boy trat aus dem Licht der Scheinwerfer heraus, damit er den Fahrer besser sehen konnte. »Haben Sie da Drogen im Auto?«, fragte er.

»Nein. Wir sind Arbeiter, *hombre*, und haben keine Drogen«, sagte der Fahrer. »Wir haben uns einfach nur in diesem Scheiß-Canyon da hinten verfahren. Das ist alles. Sag mal, ist das da ein Verband an deinem Bein?«

»Ja, das ist ein Verband. Und in Ihrer Scheibe ist ein Einschussloch«, antwortete Danny Boy.

»Ja, sind gefährliche Zeiten, Mann«, sagte der Fahrer. »Hast du einen Unfall gehabt?«

»Nein. Da hat mich so ein Typ mit einem Messer erwischt. Haben Sie die Indianer in der Schlucht gesehen?«

»Ein Messer? Autsch, das hört sich böse an. Was faselst du da von Indianern, *hombre*? Alles in Ordnung mit dir?« Der Fahrer drehte sich zu den anderen Männern im Wagen um. »Der Typ erzählt was von Indianern. Hat einer von euch Indianer gesehen?«

Die Männer antworteten mit einem Kopfschütteln.

»Siehst du. Hier hat keiner irgendwelche beschissenen Indianer gesehen«, sagte der Fahrer. »Wir wollen nach Alpine. Komm schon, *hombre*, jetzt steck die Knarre ein, geh zur Seite und lass uns durch.«

Danny Boys Blick war auf die orangefarbenen Haare und Bartstoppeln des Fahrers fixiert gewesen, dessen Gesichtsknochen an einen Gorilla erinnerten. Auf den Beifahrer hatte er bisher nicht geachtet. Das ungewöhnlich scharfe Profil dieses

Mannes, seine unnatürlich breiten Schultern und der schlitzförmige Mund in seinem Gesicht schienen wie die Teile eines bösen Traums, der ihn nun auch im Wachzustand einzuholen drohte. Als ihm dämmerte, wer da auf dem Beifahrersitz saß, merkte er, wie ihm der Atem im Hals stecken blieb. Lauf und Griff der Schrotflinte fest umklammert, trat er einen Schritt vom Autofenster zurück. »Ich habe Sie schon mal gesehen«, sagte er.

»Meinst du mich?«, fragte der Mann auf dem Beifahrersitz.

Noch ist es nicht zu spät. Halt jetzt einfach die Klappe und sag nichts mehr, hörte Danny Boy eine Stimme in seinem Kopf. *Die machen sich gleich aus dem Staub, und es wird so sein, als wären sie nie hier gewesen.* »Ich erinnere mich an Ihre Hose«.

»Was ist mit meiner Hose?«

»Sie ist dunkelblau und hat auf beiden Seiten rote Streifen, wie die Hose von einem Soldaten oder einem Marine.«

»*Si, hombre*, es ist eine Jogginghose. Aber was kümmern dich meine Klamotten? Was macht das für einen Unterschied?«

Danny Boy musste seine Lippen befeuchten, bevor er weitersprechen konnte. »Ich habe Sie vom Arroyo aus gesehen, und ich habe den Kerl schreien gehört, während Sie ihn bearbeitet haben«.

»Du irrst dich, Mann«, sagte der Fahrer. »Wir sind nicht von hier. Du kannst uns noch gar nicht gesehen haben.«

»Lass ihn weitersprechen«, sagte der Mann auf dem Beifahrersitz.

»Sie haben sich den Skalp von dem armen Kerl an den Gürtel gehängt«, sagte Danny Boy. »Dann haben Sie ein Geräusch gehört und zu den Felsen hochgeschaut, wo ich mich versteckt habe. Ich habe mich wie ein Feigling verhalten, anstatt dem Kerl zu helfen, den Sie abgeschlachtet haben.«

»Viele von unseren Leuten kommen hier auf dem Weg nach Texas durch. Wir sind Arbeiter, die bloß versuchen, ihre Familien durchzubringen«, sagte der Mann. »Warum willst du dich mit uns streiten? Glaub mir, das liegt nicht in deinem Interesse.«

»Hör besser auf ihn, *indio*«, sagte der Fahrer zu Danny Boy. »Oder wir schieben dir die Knarre in den Arsch.«

»Das hier ist mein Land. Und das Haus da, das ist mein Haus«, sagte Danny Boy.

»Ist ja gut, wir fahren ja schon weiter«, sagte der Fahrer. »Geh zur Seite, du Spinner, und sei nicht so ein vertrottelter Vollidiot, der nicht merkt, wenn er sich mit den falschen Leuten anlegt.«

»So können Sie nicht mit mir sprechen. Nicht auf meinem Land«, sagte Danny Boy.

»Wenn ich will, rotz ich dir in die Fresse, *indio*. Ist mir scheißegal, ob du eine Knarre hast oder nicht.«

Danny Boy drehte die Flinte um und schlug dem Fahrer den Gewehrkolben ins Gesicht. Der Kopf des Mannes wurde nach hinten geschleudert, und sofort spritzten Spucke und Blut auf Armaturenbrett und Lenkrad.

»*¡Mátelo!*«, rief einer der Männer auf dem Rücksitz. »Mach ihn kalt, Negrito!«

»Schluss damit!«, befahl der Mann auf dem Beifahrersitz und stieg aus dem Wagen. »Du«, sagte er und zeigte mit dem Finger über das Dach auf Danny Boy. »Leg dein Gewehr weg! Wir sind keine Bedrohung für dich.«

Der Fahrer hielt sich immer noch den Mund mit der Hand und hatte Schwierigkeiten beim Sprechen. »Überlass das mir, Krill«, sagte er. »Der Typ verdient es, zu sterben.«

»*¡No!*«, sagte der Beifahrer. »*Du*, Indianer, hör mir zu! Du hast recht. Es ist dein Land, und wir sind ohne deine Erlaubnis hier. Aber wir wollen dir nichts tun. Du musst uns weiterfahren lassen und vergessen, dass wir hier waren«, sagte er. »Ich habe keine Indianer in dem Canyon gesehen, aber ich weiß, dass sie da sind. Ich glaube daran, genau wie du. Wir sind Brüder. Die Geister unserer Ahnen sind hier überall, und sie wollen nicht, dass wir uns gegenseitig töten.«

Der Beifahrer war vor der Motorhaube durch das Scheinwerferlicht gegangen und stand nun ungefähr einen Meter von Danny Boy entfernt. Neugierig schaute er ihm ins Gesicht und wartete darauf, dass sein Gegenüber etwas sagte.

»Ich kenne Typen wie Sie aus dem Sugar-Land-Knast. Sie sind ein Killer, und wir haben nichts gemeinsam. Und Brüder sind wir auch nicht«, sagte Danny Boy.

»Wie du willst. Aber du bringst uns in eine schwierige Lage, *amigo*. Durch deine Angst verbaust du dir gerade eine Menge Optionen.«

»Angst? Ich habe keine Angst vor Ihnen. Nicht mehr.« Danny Boy öffnete den Verschluss seiner Flinte und zeigte die leere Kammer vor. »Sehen Sie? Keine Patrone drin! Ich habe keine Angst vor Ihnen. Und vor Ihren Leuten im Auto auch nicht.«

»*Está loco*, Krill«, sagte einer der Männer im Auto.

Der Beifahrer verschränkte die Arme vor der Brust und starrte in die Dunkelheit hinaus, als würde er seine Optionen abwägen. »Du hast echt *cojones*, Mann«, sagte er. »Aber ich weiß nicht, was wir mit dir machen sollen. Verrätst du uns an die Bullen?«

»Sobald ich an ein Telefon komme.«

»Wo hast du dein Handy?«

»Ich hab keins.«

»Und dein Festnetzapparat?«

»Hab ich auch nicht.«

»Du kannst also nicht telefonieren? Weder per Handy noch per Festnetz?«

»Sehen Sie hier irgendwo eine Telefonleitung?«

Krill schaute auf das Haus, die Scheune und den Pick-up, der neben der Scheune stand. »Der Mann, den ich da draußen in der Wüste getötet habe, der war ein korrupter mexikanischer Bulle, der meinen Bruder zu Tode gefoltert hat.«

»Dann sind Sie nicht besser als dieser Typ.«

»Du hast Glück, einen so schönen Ort dein Eigentum nennen zu können. Ich hatte auch mal eine Farm, Kinder und eine Frau. Jetzt habe ich nichts mehr. Du solltest nicht so leichtfertig über mich urteilen, *hombre*.«

Krill zog ein langes Jagdmesser aus der Scheide an seinem Gürtel. Dann ging er zu Danny Boys Pick-up und schnitt an allen vier Reifen die Ventile ab. »*Buenas noches*«, sagte er, als er sich wieder ins Auto setzte. »Eines Tages wirst du Männer wie uns vielleicht verstehen. Möglich, dass dir die Indianer in der Schlucht dann verraten, wer deine wahren Brüder sind.«

»Sie sind es jedenfalls nicht!«, brüllte Danny Boy den Rücklichtern des Wagens hinterher.

Als die Abenddämmerung einsetzte, hielten Preacher Jack Collins und Noie Barnum im Drive-in-Restaurant an der vierspurigen Bundesstraße. Sie parkten direkt vor dem Gebäude und bestellten sich Hamburger, Pommes, Zwiebelringe und zwei eisgekühlte Root Beer. Es war ein warmer Abend, und der Wind blies stetig über die hügelige Landschaft. Im Süden erleuchteten helle Blitze die schwarzen Regenwolken und ließen Jack an ein Geflecht aus Stacheldraht denken. Seit sie das Haus auf dem Hügel über dem Schrottplatz verlassen hatten, hatte er keinen Ton mehr gesagt.

»Willst du mir nicht verraten, wo wir hinfahren?«, fragte Noie.

Bedächtig und mit nachdenklichem Gesichtsausdruck kaute Jack sein Essen. »Denkst du manchmal über die Papisten nach?«

»Du meinst die Katholiken?«

»Das habe ich doch gerade gesagt.«

»Nicht wirklich.«

»Diese Chinesin, die deine Wunden versorgt hat, ist mir ein Rätsel.«

»Sie ist einfach nur eine Frau mit einem großen Herzen.«

»Vielleicht ist sie ein bisschen gütiger gewesen, als sie es hätte sein sollen.«

»Hättest du Apostel Paulus gelesen, wüsstest du, dass man gar nicht gütig genug sein kann.«

»Möglicherweise hat sie dem FBI geholfen. Wenn das stimmt, kann es keine Freundschaft zwischen ihr und uns geben.«

»Du hältst sie für eine Verräterin?«

»Ich würde mich gern mal mit ihr darüber unterhalten«, sagte Jack. »Aber jetzt mal was anderes. Ich habe da eine Frage für dich.« Im Profil sahen Jacks Augen aus wie Glasmurmeln, die man in einen Teig gesteckt hatte, der dann alt und hart geworden war. Das bernsteinfarbene Glitzern in ihnen war so scharf wie die Scherben einer zerbrochenen Bierflasche, allerdings ohne Tiefe oder Substanz. Im Grunde war das Leuchten in seinen Augen neutral, fast sogar gütig. »Du hast dieses Damespiel mit viel Mühe geschnitzt. Jeder einzelne Stein ist ein handgefertigtes Meisterstück. Nun fehlen zwei Figuren, was dich aber nicht sonderlich zu kümmern scheint.«

»Ich schätze, ich habe sie irgendwo verloren.«

»Und als du die Steine das letzte Mal gezählt hast, ist dir nicht aufgefallen, dass zwei fehlen?«

»Anscheinend nicht.«

»Schade drum. Du bist nämlich ein richtiger Kunsthandwerker. Für einen Kerl wie dich ist die Kunst doch bestimmt eine Möglichkeit, seine Emotionen auszudrücken. Genau das macht einen Kunsthandwerker nämlich aus. Seine Gedanken wandern durch seinen Arm in seine Hand und fließen in das Objekt, an dem er arbeitet.«

»Interessante Sichtweise.«

»Glaubst du, die Steine sind vielleicht beim Packen im Kofferraum gelandet?«

»Ich werde später mal nachschauen.«

»Schmeckt dir dein Burger?«

»Sehr gut.«

»Stört es dich eigentlich, dass Tiere sterben müssen, damit wir etwas essen können, auf das wir eigentlich auch verzichten könnten?«

»Du hast es echt raus, einem den Spaß zu verderben, Jack.«

»Glaubst du, die Papistin würde uns willkommen heißen?«

»Weißt du, was ich mir mehr als alles andere in der Welt wünsche? Ich meine, wenn ich nur einen Wunsch hätte, einen einzigen Wunsch, um ein glückliches und erfülltes Leben zu führen; etwas, das mich so glücklich macht, dass ich mir für den Rest meines Lebens nie wieder etwas anderes wünschen müsste?«

»Nein, keine Ahnung, was das sein könnte.«

»Ich würde gerne mit den Männern Frieden schließen, die mich entführt und den Mexikaner ermordet haben, der an meine Hand gefesselt war. Ich möchte auch mit den Leuten von Al-Qaida Frieden schließen, an die sie mich verkaufen wollten.

Ich möchte diese Menschen um Verzeihung bitten, weil ich durch meine Arbeit an den Drohnen mitverantwortlich für den Tod vieler Unschuldiger bin. Vor allem aber, Jack, möchte ich dich für all das belohnen, was du für mich getan hast. Dich müssen sie aus einem ganz besonderen Holz geschnitzt haben.«

Jack fischte mit der Zunge ein Stück Burger aus einer Zahnlücke und schluckte es hinunter. Sein Blick war starr geradeaus gerichtet. Er nahm keine Notiz von der attraktiven Kellnerin, die gerade auf Rollschuhen vor dem Trans Am vorbeihuschte. Als er einen Schluck aus dem gekühlten Glas nahm, blieben kleine Eisstückchen an seiner Unterlippe hängen.

»Wer sind ›sie‹?«, fragte er.

»Wie bitte?«

»Du hast gesagt: ›Dich müssen sie aus einem ganz besonderen Holz geschnitzt haben.‹ Du hast nicht *Gott* gesagt. Als ob es keine Rolle spielen würde. Willst du damit sagen, dass ich nicht von Gott erschaffen wurde?«

»Ich habe das gesagt, ohne weiter darüber nachzudenken. Es war nur ein Witz.«

»Für mich ist das kein Witz. Weißt du, warum Menschen in der Passivform sprechen?«

»Das hat irgendwas mit Grammatik zu tun, aber ich bin Ingenieur, Jack. Von so was habe ich keine Ahnung.«

»Passivsätze verbergen die Identität des Handelnden. Das ist eine Art, die Tatsachen mithilfe von Sprache zu verschleiern. Auch Pronomen, die sich auf keine konkreten Personen beziehen, haben diese Funktion. Ein Sprachwissenschaftler kann eine Lüge schneller enttarnen als ein Lügendetektor.«

»Und du warst wirklich nie auf dem College?«

»Ich war noch nicht einmal auf der Highschool.«

»Du bist unglaublich.«

»›Unglaublich‹ ist ein Wort für Herdentiere. Bei denen ist alles entweder ›unglaublich‹ oder ›geil‹. Du bist aber kein Herdentier, also sprich nicht so.«

»Ein Abendessen mit dir, Jack, kann einem wirklich auf den Magen schlagen. So etwas ist mir noch nie passiert. Mein erster Bissen ist noch nicht mal in meinem Bauch angekommen, und trotzdem fühle ich mich schon verstopft.«

»Schau mich an und dreh dich nicht um.«

»Was ist denn?«

»Ein Streifenwagen mit zwei Bullen hat gerade fünf Parkplätze weiter gehalten.«

Die Kellnerin kam vorbei und holte sich die fünf Dollar Trinkgeld ab, die er ihr hinhielt. Sie lächelte, als sie das Tablett entgegennahm. »Danke, Sir.«

»Ich habe zu danken«, sagte Jack. Als er ihr hinterherschaute, wanderte sein Blick von ihrem Körper zum Streifenwagen.

»Wir müssen rückwärts raus und direkt an ihnen vorbei«, sagte Noie. »Oder wir warten, bis sie gefahren sind.«

»Genauso sieht's aus«, antwortete Jack und biss sich auf die Lippe. Sein Gesicht war durch den Schatten seiner Hutkrempe verdunkelt. Er nahm den Hut vom Kopf und legte ihn auf das Armaturenbrett. Dann kämmte er sich die Haare im Rückspiegel.

»Was machst du?«, fragte Noie.

Jack stieg aus dem Auto. Er gähnte und rieb sich das Gesicht wie ein müder Reisender, den es immer wieder auf die Straße trieb. »Ich gehe mal zu den Bullen rüber und frage, wie man zur I-10 kommt«, antwortete er und schaute in den Himmel hinauf, der von einem Netz aus Blitzen, allesamt so spitz und scharf wie Stacheldraht, überzogen war. »Es fehlt nicht viel, und man kann das Salz und die Kokosnüsse im Wind riechen.

Mexiko wartet auf uns, mein Junge. Aber erst müssen wir hier noch ein paar Dinge in Ordnung bringen. Die Arbeit eines Mannes ist eben niemals getan.«

Als Hackberry früh am nächsten Morgen auf dem Revier ankam, lag Danny Boy Lorca mit einem Arm über den Augen auf einem zusammengedrückten Karton vor dem Hintereingang und schlief.

»Kommst du rein, oder bleibst du liegen, bis die Sonne den Tau auf deinen Klamotten getrocknet hat?«, fragte Hackberry.

Danny Boy setzte sich auf und blickte verwirrt in die Schatten, die ihn umgaben, als wüsste er nicht, wo er war. »Ich bin nicht betrunken.«

»Wo ist dein Pick-up?«

»Zu Hause. Krill hat meine Reifen aufgeschlitzt. Ich bin per Anhalter in die Stadt gekommen.«

»Krill war bei dir?«

»Ja. Seinem Fahrer hab ich eine verpasst. Sie waren zu viert und sind durch die Schlucht im Süden auf mein Grundstück gekommen.«

»Und du bist sicher, dass es Krill war, Danny? Du hast doch nicht getrunken, oder?«

»Sie haben gehört, was ich gesagt habe. Ich gehe jetzt ins Café frühstücken.«

»Komm doch mit rein, Danny Boy.«

Danny Boy kratzte sich am Schädel. Er atmete tief aus und schaute zu einem Sonnenstrahl, der auf einen Hund am Ende der Straße fiel. Der Hund hatte offene Wunden. »Sie sollten mal die vom Tierschutzdienst anrufen, damit die dem Köter da helfen. Wenn ein Tier so krank ist, sollte man es nicht einfach so auf der Straße lassen.«

»Du bist ein anständiger Kerl, Danny Boy. Ich wollte dich nicht beleidigen«, sagte Hackberry.

Danny Boy ging hinter Hackberry her ins Gebäude und setzte sich neben den kleinen Gasherd, die von harter Arbeit gezeichneten Hände zwischen die zusammengepressten Knie geschoben. Auf seinem geschundenen Gesicht war keinerlei Regung auszumachen, als Hackberry den Tierschützer rief. Nachdem Hackberry Kaffee aufgesetzt hatte, hisste er die Flagge vor dem Gebäude, die sogleich vom Wind ergriffen wurde und am Himmel flatterte.

»Dieser Typ, Krill, meinte, ich wüsste nicht, wer meine wahren Brüder sind«, sagte Danny Boy.

»Das hat er also zu dir gesagt, ja?«

»Ja. Er hat blaue Augen, aber seine Haare und seine Haut sind so wie meine.«

»Verstehe«, sagte Hackberry, ohne zu verstehen.

»Er hat weder Familie noch Zuhause oder Heimatland. Irgendwer hat ihm all das genommen. Deswegen tötet er. Es geht ihm nicht ums Geld. Das glaubt er zwar, aber es stimmt nicht. Er würde sogar dafür bezahlen, töten zu dürfen.«

»Warum erzählst du mir das?«

»Er glaubt, die Toten sind realer als die Lebenden. So denken nur wirklich gefährliche Männer«, sagte Danny Boy.

Eine Stunde später rief Hackberry R. C. und Pam Tibbs in sein Büro. »Folgendes«, begann er. »Ich habe heute Morgen schon sechs Anrufe gemacht, aber keiner der Feds, die ich an die Strippe bekommen habe, will mit der Sprache rausrücken. Ich glaube, Noie Barnum hat sich absichtlich von Krill kidnappen lassen. Er wollte Al-Qaidas Strukturen in Südamerika infiltrieren. Ich bin mir allerdings nicht sicher, ob das FBI davon wusste. Möglich, dass Barnum für eine Einheit des NSA oder des Pentagon oder der CIA tätig ist. Möglich, dass er auf eigene Rechnung arbeitet. Ehrlich gesagt, ist mir das auch egal. Wir werden von denen ohnehin nur belogen, während in unserem County ein Kapitalverbrechen nach dem anderen begangen wird. Wenn es noch ein einziger Fed wagen sollte, unsere Arbeit zu behindern oder uns herumzuschubsen, landet sein Bürokratenarsch hinter Gittern.«

»Bist du sicher, dass du diesen Weg gehen willst, Hack?«, fragte Pam.

»Da kannst du drauf wetten.«

»Das macht doch keinen Sinn, Sheriff. Wenn Barnum wollte, dass Krill ihn an diese Al-Qaida-Typen verkauft, wieso ist er dann geflüchtet?«, sagte R. C.

»Vielleicht hat Krill seinen Plan geändert und wollte ihn an irgendwelche Drogengangs verkaufen, um die ganze Sache auf diese Weise sauber abzuschließen. Und deshalb ist Barnum dann getürmt.«

»Und er macht das alles nur, um den Tod seiner Schwester in den Zwillingstürmen zu rächen?«

»Würdest du anders handeln?«, fragte Hackberry.

»Ich würde noch sehr viel weiter gehen«, antwortete R. C.

»Im Moment tappen wir im Dunkeln, weil wir nicht wissen, was da draußen vor sich geht. Wir müssen ein schwaches Glied in der Kette finden«, sagte Hackberry.

»Die Typen sind Profis, Sheriff. Bei denen gibt es kein schwaches Glied in der Kette«, sagte R. C.

»Dann machen wir jemanden zum schwachen Glied.«

»Wen?«

»Ich habe Temple Dowling gestern Abend beim Ninth Hole gesehen. Beim Tontaubenschießen«, sagte Pam.

Er war nicht schwer zu finden. Im ganzen County gab es nur einen Country Club mit privatem Golfplatz und einer gut bewachten Wohnanlage, in der die Gäste kleine Cottages mieten konnten. Das Ganze war eingebettet in einer mit Palmen bewachsenen und von Hügeln durchzogenen grünen Landschaft und sah so aus wie ein Erholungsort in Arizona: Die Cottages waren aus Lehmziegeln und Zedernholzbalken gebaut, neben den Bürgersteigen verliefen Blumenbeete, die Grünflächen wurden täglich bei Sonnenuntergang bewässert, und in die kühle Brise am Abend mischten sich der Rauch der BBQs und der scharfe Geruch der Grillanzünder. Der Pool leuchtete türkis unter dem klaren Sternenhimmel, und manchmal spielte an den Sommerabenden draußen bei der Tanzfläche eine Band, ein Tanzorchester wie aus den Fünfzigerjahren, während am reichhaltigen Abendbuffet gebratenes Huhn und Kartoffelsalat serviert wurden.

Neben seiner exklusiven Abgeschiedenheit bot der Club seinen Mitglieder auch die Möglichkeit, völlig sie selbst zu sein: Hier konnten sie die Dinge sagen, die sie sonst nirgendwo hätten sagen können, denn hinter dem bogenförmigen Eingangstor war es vorbei mit der politischen Korrektheit. Auf dem Golfplatz oder in der als Ninth Hole bekannten Lounge war kein Witz zu rassistisch und keine Hetze gegen Liberale und Umweltschützer zu plump. Inmitten dieser Palmenoase, wo Golfbälle über die beleuchteten Übungsflächen der Driving Range zischten und Tontauben am pastellfarbenen Himmel zu bunten Rauchwolken zerstoben, hatte man beinahe das Gefühl, als würden so etwas wie Tod und Leid an diesem Ort nicht existieren und die Verheißungen der wohlwollenden Gottheit des Kapitalismus schon in dieser Welt und nicht erst in der nächsten in Erfüllung gehen.

Die große Ironie lag freilich darin, dass die meisten Clubmitglieder aus ohnehin wohlhabenden Gegenden wie dem Metropolkomplex von Fort Worth und Dallas oder aus Houston kamen. Genauso ironisch war es, dass das Gelände des Clubs auf dem Outlaw Trail lag, einer einstigen Fluchtroute für Gesetzlose und Außenseiter, die sich vom Hole-In-The-Wall-Pass in Wyoming bis runter zur mexikanischen Grenze erstreckte. Butch Cassidy und Sundance Kid hatten sie wahrscheinlich ebenso benutzt wie Kid Curry, Black Jack Ketchum, Sam Bass und die Dalton-Bande. Dreißig Jahre zuvor waren die Wagenspuren, die sich in den Dreck und den von Viehkot übersäten Boden der Chisholm- und Goodnight-Loving-Trails gegraben hatten, immer noch sichtbar gewesen. Die Bauherren des Clubs hatten die Landschaft dann völlig neu gestaltet: Bagger gruben den Boden um, Lkws karrten Grassoden heran, es entstanden Fairways, Übungsgrüns, Sandbunker und Wasserhindernisse für Leute, die nie von Charles Goodnight oder Oliver Loving oder Jesse Chisholm gehört hatten und sich wahrscheinlich auch einen feuchten Kehricht darum kümmerten, was es mit diesen Namen auf sich hatte.

Deputy Sheriff Felix Chavez war siebenundzwanzig Jahre alt und hatte vier Kinder. Seine Frau hatte er geheiratet, als sie sechzehn und er zwanzig gewesen war. Er war ein fürsorglicher Familienvater und liebte das Golfen genauso sehr wie das Werkeln am Wohnhaus der Familie. Zudem war er ein hervorragender Automechaniker und sammelte historische Gegenstände, insbesondere Militärausrüstung. Weil er hin und wieder mit seinem Streifenwagen von der vorgeschriebenen Route abfuhr und, ohne dass man ihn darum bitten musste, den Parkplatz des Country-Clubs kontrollierte, erlaubten ihm die Eigentümer, kostenfrei und so oft er wollte, die Driving

Range zu benutzen – eine nette Dankesgeste, die allerdings nicht die Nutzung des eigentlichen Golfplatzes und der Ninth Hole Lounge einschloss. Sein Anblick war den Gästen und Angestellten des Clubs so vertraut, dass niemand auf ihn achtete, als er an jenem bewölkten Nachmittag seinen Wagen vor dem Clubhaus parkte und den Golfern zuschaute, die zum Platz gingen oder auf dem Putting-Grün übten. Auch dass Felix später über das Gelände lief – wahrscheinlich um nach dem Rechten zu schauen oder sich einfach nur eine wohltuende Pause an der frischen Luft zu gönnen –, fand niemand ungewöhnlich. Die dramatischen Ereignisse, die sich einige Zeit später im Club abspielen sollten, schienen mit Felix Chavez nichts zu tun zu haben.

Temple Dowling war mit drei Freunden auf der Driving Range, wo sie Golfbälle in hohen, perfekten Bögen über den Platz schlugen. Die Kraft in seinen Schultern, den dicken Armen und seinen starken Händen überraschte jeden, der nur auf seine rosige Hautfarbe, den Babyspeck unter seinem Kinn und die übergroßen Lippen achtete. Die Koordination seines Schlags, die Geschwindigkeit, mit der er die Handgelenke bewegte, und der Schwung in seinen Hüften waren phänomenal und erinnerten fast schon an eine erotische Übung, deren Eleganz niemandem verborgen blieb. »Temp, du bist wirklich der einzige Golfspieler, dessen Abschlag für feuchte Höschen bei den weiblichen Zuschauern sorgt«, sagte einer seiner Begleiter.

Die Freunde lachten über die Bemerkung, nippten an ihren Cocktails, ein paar Old Fashioneds und Gimlets, und betrachteten die dicken blutroten Steaks, die Temple gerade auf den Grill gelegt hatte.

»Was war *das* denn?«, sagte einer der Männer, dessen Arme

und Handgelenke so dicht mit weißen Haaren bewachsen waren wie bei einem Albinoaffen.

»Was war was?«, fragte Dowling und sah sich irritiert um.

»Keine Ahnung«, antwortete sein Freund. »Ich glaube, ich habe was gesehen. Einen roten Käfer oder so was.«

»Wo?«

Dowlings Freund rieb sich mit dem Handgelenk über das Auge. »Wahrscheinlich habe ich bloß zu lange in die Sonne geschaut. Ich glaube, ich brauche neue Kontaktlinsen.«

»Es sah aus, als wäre der Käfer in deinen Kragen gekrabbelt«, sagte ein anderer.

Temple Dowling zog sein Hemd aus der Hose und schüttelte es aus. »Ist er jetzt draußen?«

»Nein, da ist nichts rausgefallen.«

»Es war aber kein Tausendfüßler, oder?«

»Nein, es war ein kleiner runder Käfer«, sagte der Mann mit den weißen Haaren auf den Armen.

Temple Dowling richtete seinen Kragen. »Scheiß drauf. Wenn er mich beißt, beiß ich zurück.« Seine Freunde grinsten. Er nahm eine Gabel und drehte die Steaks um. Die vom Rauch gereizten Augen hatte er zusammengekniffen. »Bevor es den Country-Club gab, hatte mein Vater genau an dieser Stelle einen Hochsitz. Er ist oft mit seinen Freunden hier rausgefahren. Mir hatte er zwar verboten herzukommen, aber ich schlich mich trotzdem immer heimlich mit meiner 22er her. Eines schönen Tages habe ich einen Neunender vor den Lauf bekommen. Dummerweise habe ich das Vieh nicht richtig erwischt und ihm in die Eingeweide geschossen. Ungefähr da, wo jetzt dieser Graben ist, rannte er los. Ich musste viermal anlegen, bevor er endlich umfiel und liegen blieb. Vor lauter Aufregung habe ich mir sogar in die Hose gepinkelt. Als ich meinem Vater das Ergebnis zeigte, tauchte er seine Hand in das Blut des Bocks und schmierte es mir übers Gesicht. Dann sagte er: ›Ich will verdammt sein, wenn nicht ein echter Mann aus dir geworden ist. Jetzt müssen wir dir wohl eine richtige Flinte besorgen, sonst pumpst du den nächsten Bock auch wieder mit zwanzig Schüssen voll.‹«

»Standet ihr euch nah, Temp? Ich meine, du und dein alter Herr?«

»So nah wie das Eiswasser der Wand in einem Trinkglas kommt, würde ich sagen.«

Obwohl sie die Antwort nicht wirklich verstanden, nickten Dowlings Freunde vage, als hätten sie genau begriffen.

»Mein Vater hatte seine ganz eigene Art, die Dinge anzupacken«, sagte er. »Bei ihm wurde alles auf seine Art gemacht oder gar nicht. Und wenn etwas nicht auf seine Art funktionierte, wurde es so lange wiederholt, bis es doch irgendwie klappte. Ich kenne niemanden, der seine Mitmenschen derart gnadenlos zugrunde richten konnte wie mein Alter. Selbst die Frau, die ihn liebte, hat er in die Anstalt getrieben.«

Die Blicke der anderen wanderten zu ihren Drinks. Auf dem Grill wurden die Steaks allmählich braun, und das Fett triefte ins Feuer. Die anderen Golfer schlugen ihre Bälle in den Sonnenuntergang, und ein Sportschütze verwandelte eine Tontaube in eine rosa Wolke. Im Club galt es nicht unbedingt als Tugend, offen über persönliche Angelegenheiten zu sprechen.

»Schau mal da, auf deinem Hemd, Temp!«, sagte der Mann mit den weißen Haaren auf den Armen. »Da, verdammt!«

Dowling schaute an seinem Hemd hinunter. »Wo?«

Einer der Männer ließ sein Cocktailglas fallen und trat mit hochgezogenen Augenbrauen ein paar Schritte zurück, die Hände abwehrend von sich gestreckt, als würde er sich einem

Konflikt entziehen wollen, der gar nicht Teil seines Lebens hätte sein sollen. Die anderen beiden Männer reagierten panischer; hastig wichen sie zurück und rannten zum Ninth Hole. In ihren Taschen klimperten die Münzen und Schlüssel, und die Stollen an ihren Schuhen schepperten auf dem Gehweg, während sie immer wieder einen ängstlichen Blick zurück zu Temple Dowling warfen.

Draußen an der Landstraße, auf einem verlassenen Autohof etwa hundert Meter vom Ort des Geschehens entfernt, ging Felix Chavez derweil gemächlich zu seinem Wagen, warf sein Gewehr auf den Rücksitz und fuhr nach Hause, um mit seiner Familie zu Abend zu essen.

Als der Notruf einging, saß Hackberry dösend auf seinem Stuhl, den Hut ins Gesicht geschoben und die Füße auf dem Tisch. Pam und R. C. waren länger geblieben, ebenso wie Maydeen, die in diesem Augenblick an den Rahmen von Hackberrys Tür klopfte. »Temple Dowling sagt, jemand hätte im Country-Club mit einem Laservisier auf ihn gezielt.«

»Tatsächlich?« Hackberry und öffnete die Augen. »Und was sollen wir Mister Dowlings Ansicht nach deswegen unternehmen?«

»Wahrscheinlich will er, dass wir ihm eine Rolle Klopapier bringen. Er hörte sich zumindest so an, als hätte er sich gerade in die Hose geschissen«, antwortete sie.

»Maydeen, bitte.«

»Entschuldige.«

»Ist Dowling noch im Club?«

»Ja, in dem Cottage, das er dort gemietet hat. Er meinte, du hättest ihn vor Jack Collins gewarnt.« Sie schaute auf den Notizblock in ihrer Hand. »Ich zitiere: ›Dieser durchgeknallte

Hundesohn Collins rennt da draußen rum. Kümmert euch gefälligst um den Typen! Ich zahle schließlich meine verdammten Steuern.‹«

»Gibt's noch Kaffee?«, fragte Hackberry.

»Ich habe gerade neuen gemacht.«

»Wir trinken jetzt erst mal alle eine Tasse Kaffee und genehmigen uns ein paar Donuts, und dann fahren R. C., Pam und ich da raus und sehen uns die Sache mal an«, erklärte Hackberry. Die Füße immer noch auf dem Tisch, streckte er die Arme aus und warf seinen Hut auf die polierte Spitze von einem seiner Schuhe. »Aber bevor wir gehen, sollte ich besser noch die Fahne einholen. Es sieht nach Regen aus.«

»Soll ich Dowling zurückrufen?«

»Wozu?«

»Um ihm zu sagen, dass ihr unterwegs seid.«

»Er weiß, dass wir das Herz am rechten Fleck haben«, antwortete Hackberry.

Vierzig Minuten später kamen er und Pam beim Club an. R. C., der allein gefahren war, parkte seinen Wagen direkt neben ihnen. Nebel war aufgezogen, und die Wolken hingen wie gefrorener Dampf über den Hügeln. Mit einem Drink in der Hand empfing Temple Dowling den Sheriff an der Tür seines Cottage. Sein Gesicht war fleckig, seine Augen starrten durch die Besucher hindurch auf die Fairways und die Bäume. Er blickte in die Schatten, die von den Pflanzen, den Gebäuden und der Außenbeleuchtung auf das Gras geworfen wurden. Als der Wind einen Tisch beim Pool umwarf, zuckte Temple Dowling merklich zusammen. »Warum hat das so lange gedauert?«, wollte er wissen. »Und wer ist überhaupt diese Maydeen?«

»Was ist mit ihr?«

»Sie hat gesagt, ich kann sie mal kreuzweise. Das ist mit ihr.«

Hackberry starrte ihn an und antwortete nicht.

»Kommen Sie rein, und stehen Sie da nicht einfach so rum«, sagte Dowling.

»Wir können das auch hier draußen klären.«

»Es regnet. Ich will nicht nass werden«, erklärte Dowling, während er einen Mann beobachtete, der beim Ninth Hole Stühle stapelte.

»Geh mal rüber ins Clubhaus, R. C., und schau, ob du was rausfinden kannst. Wir bleiben derweil hier bei Mister Dowling. Lass uns die Geschichte so schnell wie möglich hinter uns bringen, okay?«

»Die Geschichte so schnell wie möglich hinter uns bringen?«, fragte Dowling. »Jemand versucht mich umzubringen, und Sie wollen die Geschichte so schnell wie möglich hinter sich bringen?«

Pam und Hackberry traten ins Cottage und schlossen die Tür hinter sich. »Sie sagten, jemand habe mit einem Scharfschützengewehr auf Sie gezielt?«

»Richtig. Andernfalls hätte ich ja wohl nicht angerufen.«

»Und Maydeen meinte, Sie könnten sie mal kreuzweise? Das hört sich gar nicht nach ihr an.«

Dowlings Augen flackerten nervös in ihren Höhlen. »Hören Sie mir überhaupt zu, Mann? Ich erkenne ein Laservisier, wenn ich eins sehe. Diese Maydeen ist mir egal!«

»Haben Ihre Sicherheitsleute den Vorfall beobachtet?«

»Nein. Sonst würde Collins jetzt auf einem Spieß über dem Grill brutzeln.«

»Das letzte Mal, als ein paar Ihrer Jungs mit Jack aneinandergerieten, ist ihnen das nicht allzu gut bekommen«, erwiderte Hackberry. »Der Gerichtsmediziner hatte Mühe, die beiden wieder einigermaßen zusammenzusetzen. Haben Sie die Feds gerufen?«

»Jetzt hören Sie mir mal zu«, sagte Dowling mit zitternder Stimme, die von Wut oder Furcht, vielleicht auch von einer Mischung aus beidem erfüllt war. Er stellte seinen Drink auf einem blank polierten Mahagonitisch ab und versuchte, seine Emotionen wieder in den Griff zu bekommen. Die Samtvorhänge waren zugezogen, und zusammen mit den dunklen Teppichen, den Holzmöbeln und den schwarzen Ledersesseln im Inneren des Cottage trugen sie in gewisser Weise zu der Kälte bei, die aus den Öffnungen der Klimaanlage kroch. »Collins hat mindestens zwei FBI-Agenten auf dem Gewissen. Niemand wird mit ihm fertig. Selbst Josef Sholokoff hat Angst vor ihm. Aber Sie haben eine persönliche Beziehung zu ihm. Wenn Sie die nicht hätten, wären Sie schon längst tot. Ich glaube, Sie lassen ihn absichtlich frei rumlaufen.«

»Jack Collins hat versucht, Chief Deputy Tibbs umzubringen. Er weiß, was ich mit ihm mache, wenn ich die Möglichkeit dazu bekomme. Ansonsten bin ich mir nicht sicher, dass hier wirklich etwas passiert ist. Hätte Jack Sie tatsächlich erledigen wollen, würde Ihre Gehirnmasse bereits auf Ihrem Hemd kleben.«

Trotz Klimaanlage waren die Achseln von Dowlings Golfhemd nass geschwitzt. Sein Gesicht leuchtete fettig. Er nahm seinen Drink, setzte ihn dann aber wieder ab und räusperte sich. »Ich möchte mal kurz unter vier Augen mit Ihnen sprechen«, sagte er.

»Warum?«

»Das verrate ich Ihnen gleich.«

»Würdest du bitte beim Club auf mich warten, Pam?«

»Ich mag die Einrichtung in Ihrem Cottage, Mr. Dowling«,

sagte sie. »Gar nicht so lang her, dass wir ein paar Metalheads und Satanisten in so einem Cottage hochgenommen haben, die da psychoaktive Pilze angebaut haben.«

Dowling ging ins Schlafzimmer und kehrte mit einer Mappe zurück, die von einem dünnen Gummiband zusammengehalten wurde. Er entfernte das Band und legte die Mappe auf den Esstisch. Dabei hob und senkte sich seine Brust so heftig, dass man den Eindruck bekam, er hätte Angst, falsch abzubiegen und aus Versehen in der übelsten Ecke der Stadt zu landen. »Ich wollte Ihnen das sowieso geben«, sagte er. »Das ist also kein Bestechungsversuch oder eine Erpressung oder so was.«

»Ich habe keine Ahnung, wovon Sie überhaupt reden«, sagte Hackberry.

Dowling hob sein Glas, trank und setzte es dann wieder ab. Der Klang seiner Stimme wurde fester. »Vor Jahren, als Sie noch Ihre Ausflüge über die Grenze gemacht haben, ließ mein Vater Sie beobachten und fotografieren. Und ich kann Ihnen sagen, dass ein paar beeindruckende Schnappschüsse dabei herausgekommen sind. Man hat Sie durch Fenster und Türen hindurch geknipst und dabei in so ziemlich allen kompromittierenden und peinlichen Momenten abgelichtet, die man sich vorstellen kann. Sie haben damals immer nur drei Puffs besucht, stimmt's?«

»Keine Ahnung. Ich hatte ständig Filmrisse.«

»Glauben Sie mir. Wenn mein Vater sagt, es waren nur drei, dann waren es auch nur drei. Niemand war so gut wie er darin, anderen Menschen aus ihren Taten einen Strick zu drehen. Meine Mutter hat er in den Wahnsinn getrieben und seine Feinde hat er allesamt ruiniert, finanziell und auch politisch. Sie, Sheriff, wollte er eigentlich erpressen, sobald Sie Kongressabgeordneter geworden wären. Leider haben Sie dann diese Frau von der Gewerkschaft geheiratet und die Wahlkampagne hingeschmissen, um auf die Seite des Proletariats zu wechseln.«

»Warum wollen Sie mir die Fotos geben?«

»Ich will Ihnen zeigen, dass wir auf der gleichen Seite stehen.«

»Das tun wir aber nicht.«

Dowling setzte das Glas an und ließ den letzten Rest Whiskey in seinen Rachen laufen. Seine Wangen leuchteten, als der Alkohol seine Seele mit neuem Leben erfüllte. »Schauen Sie, ich mache mir keine Illusionen darüber, wie Sie zu mir stehen. Wahrscheinlich halten Sie mich für einen degenerierten Spinner, und vielleicht bin ich das auch, aber ich werde etwas für Sie tun, das sonst niemand für Sie tun kann. Sie haben offen über Ihre Eskapaden in mexikanischen Puffs gesprochen und sogar zugegeben, dort möglicherweise mit Minderjährigen Sex gehabt zu haben. Ein Hurenbock, das waren Sie, jawohl, aber Sex mit Minderjährigen hatten Sie nicht. Wenn dem so wäre, befänden sich die entsprechenden Fotos nämlich in dieser Mappe hier.« Dowling schob Hackberry die Mappe rüber. »Hier, die gehören Ihnen«, sagte er.

»Was ist mit den Negativen?«

»Die sind auch in der Mappe.«

»Und weitere Abzüge?«

»Es gibt keine weiteren Abzüge. Ich habe keinen Grund, Sie anzulügen. Sie mögen mich vielleicht nicht, aber ich bin nicht mein Vater.«

»Nein, das sind Sie nicht«, sagte Hackberry zweideutig.

»Draußen im Hof steht ein Grill. Mit ein bisschen Spiritus und einem Streichholz können Sie die Fehler Ihrer Vergangenheit den Flammen übergeben.«

»Ich sage Ihnen mal was«, erwiderte Hackberry und schob Dowling die Mappe zurück. »Ich werde Ihnen ein paar Adressen geben, dann können Sie diese Fotos an die Presse in San Antonio, an meine Mitbewerber um den Sheriffposten oder meinetwegen auch ans *Screw Magazine* schicken. Oder Sie hängen die Teile in den Waschsalons und auf den öffentlichen Toiletten der Gegend aus oder plakatieren damit irgendwelche Sattelschlepper. Auch das Internet wäre eine Möglichkeit.«

»Und ich dachte, ich tue etwas Anständiges. Ich dachte, ich könnte meine Fehltritte in Mexiko wiedergutmachen. Ich dachte, Sie würden mich vielleicht etwas mehr schätzen.«

»Sie profitieren vom Krieg und dem Leid anderer. Meine Meinung über Sie spielt in diesem Fall keine Rolle. Genau wie das Ihres Vaters besteht auch Ihr Geschäft darin, Witwen und Waisen zu produzieren. Sie schicken andere in Kriege, in denen Sie selbst nie kämpfen würden. Lieber verstecken Sie sich wie eine Nacktschnecke unter einem Holzstamm, blass und fett gefressen, und fürchten sich vor dem Sonnenlicht und dem Gezwitscher der Vögel. Leute wie Sie gibt es viele. Sie sollten also meine Worte nicht allzu persönlich nehmen.«

Dowling setzte sich auf einen Stuhl. Seine Hände, die er mit verschränkten Fingern auf den Schoß gelegt hatte, sahen aus wie Teigkugeln. Er atmete durch den Mund und sah nach oben, als wäre ihm das Blut aus dem Kopf geflossen. »Sie sind ein grausamer Mann, der nicht vergibt, Sheriff«, sagte er.

»Nein. Ich bin nur ein Mann mit einem guten Gedächtnis, der sich nicht zweimal von der gleichen Schlange beißen lässt.«

Ohne zu klopfen, öffnete Pam Tibbs die Eingangstür und steckte den Kopf hinein. »Besser du kommst mal raus, Hack«, sagte sie. »R. C. hat mit einem Caddy gesprochen, der einen

Typ an Mister Dowlings SUV gesehen hat. R. C. legt sich gerade drunter und schaut nach.«

Es hatte aufgehört zu regnen, und der Himmel begann sich aufzuklären. Regenwasser troff von den Blättern der Bananenpflanzen und der Palmwedel und vom Dach des Schuppens auf die Übungsflächen der Golfer. Dowlings Sicherheitsleute folgten den dreien zum Parkplatz, wo R. C. gerade mit matschbeschmierter Uniform unter dem SUV hervorkroch. In der Hand hielt er ein geriffeltes Objekt aus Stahl. »Entweder chinesisch oder russisch«, sagte er. »Der Sicherungsstift war mit einem Draht am Rad befestigt. Eine Umdrehung, und er wäre draußen gewesen.«

»Wo war sie?«, fragte Dowling.

»Die hier war unter dem Vordersitz«, erklärte R. C.

»*Die hier?*«

»Mir war, als hätte ich hinten beim Tank noch etwas gesehen. Ich hole mir nur eben schnell eine bessere Lampe und schau dann noch mal nach«, sagte R. C.

Kapitel 21

Nur zwei Stunden später hatten die Sorgen und Ängste und die dunklen Fantasien in seinem Kopf Temple Dowling vor die Haustür des Sheriffs getrieben.

»Es ist schon ziemlich spät«, sagte Hackberry, als er mit einem Buch in der Hand die Tür öffnete.

»Passen Sie auf: Ich sage Ihnen, was ich weiß, und Sie machen damit, was Sie für richtig halten. Aber beschuldigen Sie mich nicht noch einmal, ein Mörder zu sein!«

»Das habe ich gar nicht. Ich habe nur gesagt, dass Sie davon profitieren.«

»Das kommt aufs Gleiche raus.«

»Kommen Sie jetzt rein oder nicht? Falls nicht, würde ich Sie bitten, von meinem Grundstück zu verschwinden.«

Dowling setzte sich in einen Sessel bei der Eingangstür, abseits vom Fenster, und legte seine Arme auf die Lehnen. Er wirkte wie ein Mann, der auf dem elektrischen Stuhl saß und auf seine Hinrichtung wartete. Er hatte sich geduscht und rasiert und frische Kleidung angezogen. Sein Gesicht aber war aufgedunsen, und sein Unterkiefer irgendwie schief, als hätte sein Mund Probleme, die Wörter, die er sagen wollte, richtig zu formen. »Josef Sholokoff war mein Geschäftspartner«, begann er.

»Produktion und Vertrieb von Pornos?«

»Sagen wir: Unterhaltungsbranche. Nach den Details habe

ich nicht gefragt. Es ist eine zweihundert Milliarden Dollar große Industrie.«

»Was?«

»Das Pornobusiness.«

»Sie haben doch gerade gesagt … Egal. Und was ist mit Waffen?«

»Ich bin Waffenproduzent, aber ich arbeite in diesem Bereich nicht mit Sholokoff zusammen. Seine Geschäfte laufen sozusagen unter der Ladentheke. Er ist für Organisationen tätig, die Anonymität brauchen, und er ist beileibe nicht der Einzige, der so arbeitet.«

»Warum hat Sholokoff es auf Sie abgesehen?«

»Er hat mich bei einem Geschäft über den Tisch gezogen. Da habe ich ihn im Gegenzug bei der Steuerbehörde angezeigt, damit die mal seine Finanzen unter die Lupe nehmen. Aus diesem Grund will er auch Noie Barnum. Josef will ihn an Al-Qaida übergeben. Ganz sicher.«

»Was hätte er davon?«

»Nun, ich habe Barnum angeworben. Ich hielt ihn für einen brillanten jungen Ingenieur und war überzeugt, dass er in der Entwicklungsabteilung eines Rüstungsbetriebs ganz sicher Karriere machen würde. Wenn Sholokoff Barnum in die Finger bekommt und unser Drohnenprogramm torpediert, bekomme ich nie wieder einen Auftrag.«

»Glauben Sie, Barnum würde militärische Geheimnisse an islamistische Terroristen weitergeben?«

»Natürlich. Er ist Pazifist und ziemlich planlos, oder vielleicht auch einfach ein Gutmensch mit einem viel zu weichen Herzen. Denken Sie vielleicht, Männer wie Barnum kümmern sich einen feuchten Dreck darum, wenn dieses Land den Bach runtergeht? Leute wie er wollen doch nur eins: mit sich selbst im Reinen sein. Und wenn das nur auf Kosten anderer geht, dann ist es eben so. Was wissen Sie überhaupt über Barnum?«

Hackberry saß auf dem Sofa. Die Leselampe strahlte eine Hälfte seines Gesichts an, aber seine Züge zeigten keine Regung. Auch sein Blick verriet nichts. »Ich weiß nichts über ihn.«

»Das kann nicht sein. Sie verschweigen mir doch etwas«, sagte Dowling.

»Und was sollte das sein?«

»Keine Ahnung.« Dowling beugte sich vor. »Haben Sie mir vielleicht eine Falle gestellt?«

»Wie meinen Sie?«

»Im Country-Club. Mein Vater sagte immer, Ihr bester Wurf sei ein Slider«, sagte Dowling. »Sie verdammter Mistkerl! Sie haben mich wirklich reingelegt, stimmt's?«

Hackberry schüttelte den Kopf. »Ich verstehe nicht, worauf Sie hinauswollen.«

»Die Handgranate unter meinem Wagen, der rote Punkt des Laservisiers auf meiner Kleidung – ich bin wahrscheinlich der größte Idiot auf diesem Planeten.« Dowling wartete. »Wollen Sie einfach nur dasitzen und gar nichts sagen?«

Hackberry schaute zum Fenster hinaus. Er betrachtete die Hügel, die Sterne und das trockene, raue Land, die filigranen Bäume im Arroyo und das Leuchten der Lichter der Stadt in den Wolken. Aus welchem Grund hatte die Hand Gottes oder der langwierige evolutionäre Prozess mithilfe von uralten Meeren, Vulkanausbrüchen und der schleichenden Erosion des Sedimentgesteins diesen sonderbaren und doch so besonderen Ort entstehen lassen? War diese Gegend als magische Heimat für nomadische Indianer gedacht gewesen? Ein Ort, an dem sie an den Flüssen ihre Zelte aufschlugen und die Bergkämme und Mesas als Altare benutzten, um dort stundenlang zu stehen und nach Westen in die Sonne zu starren, bis sie fast blind waren? Oder war dieses Land seit jeher als blutgetränkte Ebene geplant gewesen, auf der sich die Eroberer und ihre Nachkommen über vierhundert Jahre lang gegenseitig abschlachteten? Ein Gebiet, in dem sich heute die Armeen der Drogenkartelle südlich des Rio Grande breitmachten und mit Kriegsgerät hochrüsteten, das just aus dem Land stammte, das gleichzeitig der Absatzmarkt für die täglich nach Norden fließenden Ladungen an Marihuana, Kokain und Heroin war? War es wirklich so geplant gewesen?

Während Hackberry aus dem Fenster starrte, war ihm, als hörte er in der Ferne das Rattern eines Maschinengewehrs und das Brummen eines Panzers, der sich mit defekter Kette aus einem Graben quälte, und das zischende Geräusch von brennendem Napalm auf Schnee. Wie der Abwurf von Sprengbomben und Napalmkanistern im heutigen Soldatenjargon wohl hieß? Snake and Nape hatte es damals geheißen. Welche Sprache sprach man auf den Schlachtfeldern der Gegenwart?

»Was ist los, Sheriff? Träumen Sie?«

»Nein, ganz und gar nicht. Ich habe nur über Sie nachgedacht und über das, was Sie repräsentieren.«

»Aha?«, sagte Dowling, die Hände zu einer fragenden Geste erhoben.

»Das ist alles. Ich habe nur ein bisschen nachgedacht. Leben Sie wohl, Mr. Dowling. Sie brauchen nicht wiederzukommen. Bis zu Ihrer Verabredung in Samarra dauert es nicht mehr lang. Vielleicht irre ich mich aber auch.«

»Meine Verabredung *wo*?«

Noie Barnum hatte über viele Jahre immer wieder einen Traum gehabt, der eher eine Erinnerung als ein Traum war. Er sah sich darin selbst, als Jungen bei der Fasanenjagd auf der Farm seines Großvaters im Osten Colorados. Noies Vater war gestorben, als Noie noch sehr klein gewesen war, und so hatte er nicht viele Erinnerungen an ihn behalten. Sein Großvater jedoch, und die Liebe, die er seinem Enkel entgegengebracht hatte, waren Noie im Gedächtnis geblieben, und er hatte sie nie vergessen. Sein Opa war ein Hüne von einem Mann gewesen, und ein sehr fröhlicher Mensch, der stets eine Latzhose getragen hatte und, obwohl er Quäker gewesen war, mit dem langen, quadratischen Bart seiner mennonitischen Nachbarn herumgelaufen war. Als Noie elf war, nahm sein Opa ihn mit zur Fasanenjagd in ein wildes Haferfeld. So weit er blicken konnte, breitete sich die im Sonnenlicht golden und grau und weiß leuchtende Landschaft vor ihm aus, eingebettet in einen Hintergrund aus indigoblauem Himmel und der diesig blauen, schneebedeckten Silhouette der Rocky Mountains. Noie erinnerte sich, wie er damals seinem Großvater gesagt hatte, dass er die Farm nicht verlassen und in die Kleinstadt zurückkehren wollte, in der man seiner Halbschwester verboten hatte, ihre Geliebte mit zum Abschlussball zu nehmen.

»Ganz gleich, wo wir hingehen, Noie«, hatte ihm sein Großvater geantwortet, »Menschen wie wir werden immer nur zu Gast sein.«

»Was meinst du damit?«

»Menschen wie du, ich, deine Mutter und auch deine Schwester. Wir sind die Nachkommen von John Brown. Wir haben in dieser Welt kein Zuhause, außer dem, das wir in uns selbst schaffen.«

Genau in diesem Moment waren zwei gut genährte Fasane aus dem Stoppelfeld aufgestiegen. Anmutig erhoben sie sich mit ihrem bunten, dichten Federkleid in die Luft. Ihre Flügel surrten, und für einen Moment schienen ihre kraftvollen Bewegungen im Widerspruch zur ihrer Größe und zu den Gesetzen der Schwerkraft zu stehen.

»Schieß, kleiner Mann! Sie gehören dir!«, hatte sein Großvater gerufen.

Als Noie seine 12er Flinte abfeuerte, warf ihn der Rückstoß fast um. Erstaunlicherweise traf der Schrot beide Vögel. Sie schienen mitten in der Luft auseinanderzubrechen und mit einem Mal nicht mehr fliegen zu können. Ihre Flügel knickten ein, ihre Hälse verloren die Spannung, und ihre Füße suchten in der Luft nach Halt, während sie dem Stoppelfeld entgegentaumelten.

In jener Nacht hatte Noie geweint. Doch dann ging am nächsten Morgen die Sonne auf, als erwache er aus einem bösen Traum, und es vergingen viele Jahre, bis er wieder an die Vögel dachte.

Nach den Anschlägen des 11. Septembers allerdings kehrte der Traum in veränderter Form zurück. Jetzt sah er nicht mehr sich selbst oder seinen Großvater, sondern gelbe Rauchschwaden, die in einem 40-Grad-Winkel in einen herbstlich blauen Himmel aufstiegen, sowie zwei riesige Vögel auf einem Fenstersims, die ihre gebrochenen Flügel umeinandergelegt hatten und sich dann in einen Beton-Canyon hinabstürzten, in dem es von Rettungsfahrzeugen wimmelte.

Noie erwachte aus seinem Traum und hob den Kopf von der Brust. Er wusste nicht sofort, wo er war, und starrte auf die lange Piste vor ihm und auf ein Haus in viktorianischem Stil am Ende der Straße, von dem die Farbe abblätterte.

»Wer ist Amelia?«, fragte Jack.

»Meine Halbschwester. Ich muss eingenickt sein. Wo sind wir?«, sagte Noie.

»Nicht weit vom Haus der Chinesin. Lebt deine Schwester in Alabama?«

»Nein. Sie ist vor neun Jahren gestorben.«

»Das tut mir leid. Ich war ein Einzelkind. Es muss ziemlich hart sein, so früh eine Schwester zu verlieren.«

»Ich spreche nicht gerne darüber.«

»Verstehe. Am Ende erwartet uns alle das gleiche Schicksal. Also, warum sich den Kopf darüber zerbrechen?« Als Noie nicht antwortete, sagte Jack: »Hast du Angst davor?«

»Wovor?«

»Vor dem Tod.«

»Es gibt Schlimmeres.«

»Zum Beispiel?«

»Zuzulassen, dass böse Menschen Unschuldigen wehtun. Nicht das Richtige zu tun, wenn die Ehre auf dem Spiel steht«, antwortete Noie. »Wieso stehen wir hier eigentlich?«

»Da wir in ganz Texas gesucht werden, dachte ich, es wäre keine schlechte Idee, abzuwarten, bis es dunkel ist, bevor wir auf das Grundstück einer Person fahren, die uns kennt.«

»Das ist keine besonders schlaue Idee, Jack.«

»Es haben schon viele Männer versucht, mich in den Knast zu bringen, aber der Tag, an dem ich gesiebte Luft atme, muss erst noch kommen. Und das ist so, weil ich vorsichtig bin.«

Jack stieg aus dem Wagen und öffnete den Kofferraum. Er nahm einen Koffer heraus und stellte ihn auf die Motorhaube.

»Was machst du da?«, fragte Noie.

»Mich umziehen.«

»Mitten auf einer Landstraße im Dunkeln?«

Jack zog sein schmutziges weißes Hemd aus, öffnete seine Hose und schlüpfte aus seinen abgenutzten Cowboy-Stiefeln. Er antwortete nicht, sondern war ganz auf die bevorstehende

Aufgabe konzentriert, was auch immer es damit auf sich haben mochte. Brust, Schultern, Arme und Beine leuchteten weiß im Mondlicht, und von seinen Rippen bis zu seinen Schulterblättern spannte sich ein Netz aus Narben. Er zog ein frisches weißes Hemd und eine braune Hose an, dazu ein paar Two-Tone-Schuhe. Anschließend nahm er ein sorgsam zusammengelegtes Westernjackett mit sportlichem Schnitt aus dem Koffer und zog es über. Dann warf er seinen alten Panama-Hut in einen Arroyo neben der Landstraße und legte eine Krawatte an, die von einem sich aufbäumenden Pferd geziert wurde. Zu guter Letzt setzte er sich einen neuen Stetson mit kurzer Krempe auf den Kopf, drehte sich zu Noie um und sah ihn mit erwartungsvoller Miene an. »Weißt du, was die Markenzeichen eines echten Mannes sind? Sein Hut und seine Schuhe«, sagte er.

»Du siehst aus, als wolltest du *Mister 1945* werden«, sagte Noie. »Was zum Teufel hast du nur vor, Jack?«

»Optionen.«

»Das musst du mir übersetzen.«

»Ein intelligenter Mann schafft sich verschiedene Optionen. Ein dummer Mann spielt mit den Karten, die er bekommen hat.«

»Du wirst doch dieser Frau nichts tun, oder?«

»Du scheinst ja nicht sonderlich viel von mir zu halten.«

»Das stimmt nicht. Aber ich brauche dein Wort darauf.«

»Das Gleiche hat meine Mutter früher auch immer zu mir gesagt, nur um mich dann loszuschicken, damit ich ihr einen Zweig vom Baum schneide, mit dem sie mir dann so heftig den Hintern versohlt hat, dass ich nicht mehr sitzen konnte«, sagte Jack.

Sie parkten den Wagen auf dem Hof des viktorianischen

Hauses, gingen zur beleuchteten Veranda und klopften an die Tür. »Nur als Warnung, Noie«, sagte Jack. »Über mich werden eine Menge Lügen erzählt. Glaub also nicht jedes Wort, das die Frau sagt.«

»Was für Lügen?«

»Wenn Leute verstehen würden, wie Regierungen funktionieren, dann gäbe es eine Revolution nach der anderen. Damit ihre Machenschaften nicht ans Licht kommen, beschuldigen die Verantwortlichen irgendwelche Individuen für Verbrechen, die sie nicht begangen haben. Ich bin einer dieser Sündenböcke. Hast du da oben am MIT denn nie Machiavelli gelesen?«

»*¡Venga!*«, rief ihnen jemand aus der Küche entgegen.

»Du hast sie gehört. Wir sollen eintreten«, sagte Jack.

Sie gingen ins Haus und setzten sich auf die Couch im Wohnzimmer. Eine stämmige Mexikanerin mit hochgesteckten Zöpfen und einem Holzlöffel in der Hand kam ins Zimmer. Jack hatte seinen Stetson über das Knie gehängt. Er stand von der Couch auf. »Wo ist Ms. Ling?«, fragte er.

»Sie ist einkaufen gefahren, wird aber bald zurück sein. *Muy pronto.* Ich bin Isabel«, sagte die Frau.

»Stört es Sie, wenn wir hier auf sie warten?«, fragte Jack.

»Die Leute kommen. Wenn die Leute Sie nicht stören, dann stören sich die Leute auch nicht an Ihnen«, antwortete Isabel.

»Was für Leute?«

»*La gente.* Die Leute eben.«

»Ja, das habe ich verstanden. Aber was sind das für Leute?«

»Die Leute, die immer kommen. Wenn Sie möchten, können Sie sich draußen an einen der Tische setzen. Die Kool-Aid-Brause steht schon da. Helfen Sie mir, das Essen rauszubringen?«

»Machen wir gerne«, sagte Noie. »Stimmt's, Jack?«

Jacks Gesichtsausdruck ließ Noie an einen Kürbis denken, über den gerade ein Autoreifen gerollt war.

Sie trugen die Töpfe voller Bohnen und gebratenem Hackfleisch sowie mehrere große Teller mit heißen, fettigen Tortillas nach draußen. Nachdem sie alles auf den Brettertischen unter den Bäumen abgestellt hatten, halfen sie dabei, die Kerzen in den Marmeladengläsern anzuzünden. In der Ferne sahen sie schon die Scheinwerfer etlicher Fahrzeuge auf der Landstraße, die zum Haus führte.

»Kommt die Wetback-Kolonne da etwa zum Abendessen?«, fragte Jack.

»Nein, keine Wetbacks«, sagte Isabel und erhob mahnend den Zeigefinger. »Das sind keine Wetbacks. Und außerdem benutzen wir dieses Wort nicht. Verstehen Sie, *hombre*?«

»Wann kommt die Hausherrin zurück?«, fragte er.

»Jeden Augenblick. Setzen Sie sich. Wir haben genug Essen für alle.«

»Wir sind nicht zum Essen hergekommen«, erwiderte Jack.

»Das sollten Sie aber. Sie sehen so klapprig aus wie eine Vogelscheuche«, sagte Isabel.

Jack starrte ihr auf den Rücken, als sie wegging.

»Was denkst du?«, fragte Noie.

»Die Frau hat eine Figur wie eine Mülltonne auf zwei Bowling-Kegeln.«

»Was für Lügen könnte Miss Anton über dich erzählen, Jack?«

»Iss auf und zerbrich dir nicht den Kopf darüber.«

Eine Karawane aus Autos und Pick-ups fuhr auf den Hof, und wenig später strömten die mexikanischen Arbeiter zu den Tischen. Einige gingen außen um das Gebäude herum, andere liefen ohne anzuklopfen durch die Vordertür ins Haus hinein und zur Hintertür wieder hinaus. Sie setzten sich an die Tische, füllten ihre Teller und redeten dabei pausenlos, ohne Jack oder Noie zu beachten. Durch das Fenster der Kapelle sah Noie, wie einige von ihnen den Fuß einer hölzernen Statue mit ihren Händen berührten. »Warum machen die das?«, fragte er.

»Weil sie ignorante Heiden sind, darum. Hast du nie Ernest Hemingway gelesen?«

»Ich glaube nicht.«

»Du *glaubst* nicht? Was habt ihr denn überhaupt im College gelesen? Hemingway hat gesagt, Spanien ist zwar ein katholisches, aber kein christliches Land. Das Gleiche gilt für die Leute hier.«

Noie hoffte, dass seine mexikanischen Tischnachbarn nicht verstanden, was Jack gerade gesagt hatte.

Ein paar Kinder begannen, um einen Baum herumzutollen, an dem eine Piñata hing. Mit einem Besenstiel schlugen sie auf die Pappmaché-Figur ein, sodass das bunte Krepppapier einriss und erste Süßigkeiten auf den Boden rieselten. Gegenüber von Noie und Jack hatten sich ein paar junge Mädchen und Frauen niedergelassen. Sie sahen den Kindern beim Spielen zu und saßen mit dem Rücken zu den beiden. Ab und an griffen sie sich eine der Karaffen mit Kool-Aid oder eine zusammengerollte Tortilla vom Tisch. Jack aß seine Bohnen mit einem Löffel, während er die Frauen und Mädchen beobachtete. Sein Kinn war mit Tomatensoße beschmiert, und die Beulen in seinem Gesicht wirkten hart und geschwollen. Die Haare der Mädchen und Frauen waren so schwarz, dass sie einen leichten Lila-Stich hatten, wie Satin unter einer Schwarzlichtlampe. Ihre Haut war sonnengebräunt, ihre Zähne klein, und mit ihren länglichen Augen sahen sie eher indianisch als mexikanisch aus. Ihre Gesichter und Hälse waren feingliedrig und frei von Schminke. Sie wirkten wie asiatische Mädchen oder junge asiatische Frauen, die gerade in einem neuen Land angekommen waren. In einem Land, wo sie Kinder gebären konnten und von einem Ehemann geliebt wurden, der in ihnen einen Schatz und nicht nur eine Gehilfin oder einen Gebrauchsgegenstand sah.

Jack riss ein Stück Küchenpapier von der Rolle, wischte sich den Mund ab und zerknüllte es dann in seiner Hand. Seine Augen schienen immer wieder ihren Fokus zu verlieren, während er den Daumen gegen die Schläfe presste, als hätte ihm jemand einen eisernen Bolzen in den Schädel getrieben.

»Hast du Migräne?«, fragte Noie.

Jack antwortete nicht. Er schien die Mädchen und Frauen auf der anderen Seite des Tisches zu zählen. Es waren neun. Wind war aufgekommen. Die Kerzen in den Marmeladengläsern flackerten, und die Haarsträhnen der Frauen und Mädchen wehten im Wind wie die Tintenstriche eines ostasiatischen Gemäldes. Unter den unnachgiebigen Schlägen des Besenstiels zerbarst nun endlich auch die Piñata. Süßigkeiten regneten auf den Boden, und die Luft war vom freudig aufgeregten Gekreische der Kinder erfüllt. Jacks Augen waren leer, sein Mund grau, und seine Hände auf dem Tisch sahen aus wie Krallen.

»Du siehst nicht gut aus«, sagte Noie.

»Willst du sagen, mit mir stimmt was nicht?«, gab Jack zurück und starrte Noie ins Gesicht. »Meinst du, ich hätte ein Problem?«

»Nein. Ich habe mich nur gefragt, ob du vielleicht krank bist oder so. Deine Augen glänzen, als hättest du Fieber, so, als hättest du dir gerade etwas eingefangen.« Noie versuchte, Jack eine Hand auf die Stirn zu legen.

»Kümmere dich um deinen Scheiß, Junge.«

»Genau das tue ich doch gerade. Wenn du mit jemandem zusammenlebst, der krank ist, fragst du ihn, wie es ihm geht.«

»Der Staub hier macht mich fertig. Und das Insektenschutzmittel in der Luft und der Gestank von diesem Topf gekochter Scheiße machen es auch nicht besser. Los, beeil dich und iss auf. Ich hab's dir schon mal gesagt.«

Jack atmete schnaufend durch die Nase aus. Er beugte sich nach vorne und spuckte in den Staub. Seine Augen blickten dabei weiter nach unten, den Blick fest auf den Teller fixiert. »Wo ist denn nun diese Chinesenbraut, diese gelbe Amerikanerin, oder was auch immer sie ist?

»Sprich nicht so von Miss Anton. Sie ist eine gute Frau. Was ist denn nur auf einmal los mit dir?«, fragte Noie.

»Wir müssen gehen.«

»Hierherzukommen war deine Idee. Es ist eine schöne Nacht. Sieh dir die Sterne an und die spielenden Kinder. Du brauchst eine Familie, Jack. Dann würdest du die Welt anders sehen.«

»Besser, du hältst jetzt die Klappe, Junge.«

»Ach, rede du nur.«

»Ich kann's nicht glauben. Ich bin der Babysitter eines Idioten geworden.«

Jack starrte wieder auf die Frauen und Mädchen. Dieses Mal musste er dabei seine Faust unters Kinn pressen, damit seine Hand nicht zitterte. Noie zweifelte nun nicht mehr daran zu wissen, warum Jack sich so unwohl fühlte. Mit leiser Stimme sagte er: »Das sind arme, verzweifelte Leute, Jack. Was stört dich so an ihnen? Sie sind das Salz der Erde. Komm schon, in dir steckt ein besserer Mann als der, den du gerade rauskehrst.«

Jack stand von der Bank auf, nahm Noies Pappteller und alles, was sie nicht aufgegessen hatten, und brachte es zum Mülleimer. »Du kannst ins Auto steigen oder laufen. Wie du willst«, sagte er.

»Da kommt Miss Anton«, sagte Noie. »Warum sprichst du nicht mit ihr? Ich muss dir allerdings sagen, dass ich sie wie alle anderen hier für eine Heilige halte. Was haben wir zu verlieren, jetzt, wo wir sowieso schon da sind? Das ist wie Zeugnis ablegen in einer Gebetsrunde.«

»*Zeugnis ablegen?* Du zitierst also gerne den Apostel Paulus, wie? ›Einem Weibe aber gestatte ich nicht, dass sie lehre, auch nicht, dass sie des Mannes Herr sei, sondern stille sei.‹ Das hat er doch auch gesagt, oder etwa nicht? Er kannte den Verrat, der in der Natur der Frauen liegt. Und jetzt erzähl mir bloß nicht, dass Paulus das nicht gesagt hätte.«

»Paulus hat dabei über die Angehörigen einer Sekte in Korinth gesprochen, die in ihrem Tempel Diana huldigten. Sie waren Prostituierte, und in ihrer Kirche benahmen sie sich auch so. Hör auf, so zu tun, als würdest du das nicht wissen.«

»Schande über dich. Was fällt dir ein?«, antwortete Jack.

Noie stand auf und lächelte, als er Anton Ling erblickte. Sie steuerte auf ihren Tisch zu, ignorierte ihn jedoch. Sie hatte ihren Pick-up bei der Scheune geparkt und war entschlossen über die Pferdekoppel gestiefelt, dann an der Windmühle und dem Wassertank vorbei. Nun ging sie zwischen den Tischen und den daran sitzenden Menschen hindurch. Bei den Kindern, die immer noch mit den Süßigkeiten auf dem Boden beschäftigt waren, hielt sie kurz an und griff sich den Besenstiel, mit dem die Kleinen die Piñata bearbeitet hatten.

»Was haben Sie hier zu suchen?«, fuhr sie Jack an.

Die Frauen und Mädchen am Tisch standen auf und gingen weg.

»Ich will rausfinden, ob Sie mich an einen FBI-Agenten namens Ethan Riser verraten haben«, antwortete Jack.

»*Sie verraten?* Sind Sie verrückt?«

»Agent Riser hat versucht, mich zu erschießen – ohne Grund oder Provokation.«

»Sie haben ihn umgebracht. Genauso wie den Mann vom Forstamt.«

»Das war Selbstverteidigung.«

»Hören Sie mir zu, Mr. Barnum«, sagte Anton. »Ich habe keine Ahnung, warum Sie mit diesem Mann unterwegs sind, aber er ist ein Massenmörder. Er hat neun Mädchen aus Thailand ermordet, mit einer Maschinenpistole. Er ist ein Feigling, ein Tyrann und ein durch und durch schlechter Mensch. Stehen Sie auf, Mr. Collins.«

»Jetzt hören Sie mir mal zu, Weib. Ich habe versucht, Ihr Freund zu sein, und bin zu Ihrem Haus gekommen, als Josef Sholokoffs Männer Sie angegriffen haben.«

»Sprechen Sie mich nie wieder mit ›Weib‹ an!«

»Wie können Sie es wagen, in diesem frechen Ton mit mir zu reden?«

»Wie können Sie es wagen, überhaupt auf diesem Planeten zu sein?«, gab sie zurück, und als Jack gerade aufstehen wollte, ließ sie den Besenstiel mitten auf seinen Kopf niederkrachen. Dann machte sie Ernst und griff den Stiel ganz unten, um mit größtmöglicher Schwungkraft auszuteilen. Nacheinander prasselten die Schläge auf seine Ohren, Schultern und Unterarme nieder, auf seine Stirn und zahlreiche andere Stellen seines Körpers. Dann traf eine ihrer Attacken seine Schläfe so heftig, dass Noie fürchtete, der Schlag könnte tödlich gewesen sein.

»Miss Anton!«, rief er. »Miss Anton! Es reicht! Bitte! Sie bringen ihn ja um!«

Einen Arm schützend vor dem Gesicht und mit blutendem Kopf, taumelte Jack vom Tisch weg. Anton Ling aber ließ nicht locker und setzte ihm nach. Nach weiteren Hieben in die Wirbelsäule und die Rippen holte sie schließlich zu einem letzten, gewaltigen Schlag in seinen Nacken aus, bei dem der Besenstiel zerbarst. »Verschwinden Sie wieder zurück in die Dunkelheit, die Sie ausgespien hat, Sie elender Wurm!«, rief sie. »Suchen Sie die arme Frau, die Sie zur Welt brachte, und bitten Sie sie um Verzeihung.«

Jack sackte zusammen und musste sich mit einem Knie auf dem Boden abstützen. Er starrte zurück zu dem Tisch, wo noch immer sein Hut lag, mit der Krone nach unten. Der sehnsuchtsvolle Blick in seinen Augen wirkte so, als hätte er dort den besten Teil von sich zurückgelassen. Noie half ihm auf und stützte ihn auf dem Weg zum Trans Am. Über die Schulter hinweg warf er einen Blick zurück auf Miss Anton und die Mexikaner im Hof, deren Gesichter vom Licht der Verandabeleuchtung und den flackernden Kerzen auf den Tischen erhellt wurden. Noie schob Jack auf den Beifahrersitz. »Ich fahre«, sagte er.

»Du kommst mit mir?«

»Wonach sieht es denn aus?«

Jack lächelte, sein Gesicht von den Blutfäden überzogen, die an seiner Stirne herabliefen. »Du bist ein guter Junge.«

»Ein Scheißdreck bin ich.« Noie startete den Motor. Auf der unbefestigten Landstraße Richtung Süden streifte das Licht der Scheinwerfer die Mesquitebäume an den Hängen neben der Straße.

»Ich erkenne einen aufrichtigen Kerl, wenn ich einen sehe«, sagte Jack.

Noie beschleunigte und starrte über seine Fingerknöchel hinweg auf die Straße.

»Hast du mich gehört?«, fragte Jack.

»Ja, ich habe es gehört. Alles, was du gesagt hast. Ich höre dich am Tag und auch in der Nacht. Ich höre dir zu. Immer. Und wie ich dir zuhöre, verdammt!«, sagte Noie. »Stimmt es, dass du einen FBI-Agenten getötet und einen Forstbeamten erschossen hast?«

»Diese Leute haben sich selbst die Karten gegeben und mussten am Ende die Hand spielen, die sie bekamen. Ich war nicht hinter ihnen her.«

Im kargen Licht der Armaturen konnte man sehen, wie sich Noies Kiefer gegen seine Wange spannten, aber er antwortete nicht.

»Du hast mir vorhin hochgeholfen, und das, obwohl deine Rippenbrüche noch nicht verheilt sind. Ich weiß, wie sehr eine gebrochene Rippe schmerzt. Es gibt nicht viele Arten von Schmerz, die ich noch nicht kenne. Aber glaube mir, er kann auch ein Segen sein. Schmerz löst ein Feuer im Bauch aus, das man bei Bedarf nutzen kann, und er ermöglicht es dir, andere Menschen zu verstehen, im Guten wie im Schlechten. Verstehst du das, mein Junge?«

»Ich bin nicht dein verdammter Junge.«

»Wie du willst.«

»Du musst mir helfen, Krill zu finden.«

»Warum verschwendest du deine Gedanken an so einen Bastard?«

»Ich will Krill in Ketten sehen«, erklärte Noie und wandte den Blick von der Straße ab, um Jack anzusehen. »Das ist der einzige Grund, warum ich dabei bin. Hast du das verstanden?«

»Glaubst du, dass ich diese thailändischen Frauen umgebracht habe?«

Noie griff das Lenkrad noch fester und sah wieder auf die Straße. »Hast du sie umgebracht?«

»Was willst du mit Krill?«

»Er kann mich zu Al-Qaida führen. Anfangs wollte er mich an diese Typen verkaufen, aber dann hat er es sich anders überlegt und versucht, mich an irgend so eine Bande von Drogendealern zu verschachern, weil das für ihn einfacher gewesen wäre.«

»Jetzt wird mir einiges klar. Deine Schwester ist am 11. September gestorben, nicht wahr?«

»Ja, in den Türmen.«

»Und was passiert, wenn ich dir helfe, Krill und vielleicht sogar die Arschlappen von Al-Qaida zu finden?«

»Dann bleibe ich bei dir, als Freund. Ich werde dich niemals hängen lassen.«

»Bieg nach Osten auf den Highway ab. Wir fahren nicht zu unserem Versteck zurück. Ich zeige dir jetzt einen Schleichweg, über den man nach Coahuila gelangt. Es gibt nur eine Hand voll Wetbacks, die davon wissen.«

»Aber wir lassen alle anderen hier in Ruhe? Wir suchen Krill, und das war's, okay?«

»Nichts lieber als das. Da rennst du bei mir offene Türen ein«, sagte Jack. »Ich wollte immer nur, dass man mich in Ruhe lässt. Ich habe nie gestohlen und habe nie nach Ärger gesucht. Wie viele Leute können das schon von sich behaupten?«

Noie schaute ihn an. »Ich weiß, dass du ziemlich finstere Dinge getan hast, aber ich kann mir nicht vorstellen, dass du einen Haufen unschuldiger Frauen niedergeschossen hast. Das kann ich einfach nicht glauben.«

»Glaub, wem du willst. Ich habe das Reden satt. Ich habe alles da draußen satt.«

»Was meinst mit ›da draußen‹?«

»Na, da draußen, im Dunkeln, die Stimmen im Wind, die Leute, die sich gegenseitig jagen und töten, während sie auf Menschen wie mich herabschauen. Wenn ich so darüber nachdenke, gibt es Momente, da möchte ich meinen Namen in den Himmel schreiben, sodass niemand ihn vergisst. Diese Last müssen alle tragen, die anders sind. Du hast einmal gesagt, deine Schwester wär bisexuell gewesen und ihr wärt in einer kleinen Stadt im Süden aufgewachsen. Meinst du vielleicht, das wäre ein Zuckerschlecken für sie gewesen? Ich glaube, du hast mehr von mir in dir, als du zugeben möchtest, Noie.«

»Da irrst du dich.«

Schweigend starrte Jack durch die Windschutzscheibe. Etliche Wunden zierten seine Stirn. Wenn ihm in diesem Moment etwas durch den Kopf ging, dann behielt er es für sich.

Kapitel 22

Fünf Minuten nachdem Noie Barnum und Jack Collins verschwunden waren, rief Anton Ling im Sheriffbüro an und meldete den Besuch der beiden Männer. Maydeen Stoltz wählte sofort die Nummer von Hackberrys Festnetzanschluss.

»Wohin sind sie gefahren?«

»Nach Süden, Richtung Highway.«

»Wir brauchen Polizeikontrollen in beiden Richtungen; und zwar jeweils zehn Meilen von der Highway-Auffahrt entfernt. Dann rufst du das FBI und die Border Patrol an und gibst denen Bescheid. Wirkte Noie Barnum so, als wäre er gegen seinen Willen mit Collins unterwegs?«

»Laut Ms. Ling nicht. Sie sagt, sie hätte Collins ins Gesicht gesagt, dass er Ethan Riser und die Thai-Frauen ermordet hat. Barnum hätte das zwar gehört, wäre aber trotzdem freiwillig wieder mit Collins gegangen. Meinst du, das könnte ein Fall von diesem Stockholm-Syndrom sein, oder wie das heißt?«

»Kann ich mir nicht vorstellen.«

»Wie auch immer. Barnum ist also kein Opfer?«, fragte Maydeen.

»Für uns nicht«, antwortete Hackberry.

»Miss Ling sagt, sie hat Collins mit einem Besenstiel verprügelt. Soll ich mal in den Krankenhäusern nachfragen?«

»Nein, das ist Zeitverschwendung«, sagte Hackberry. »Wir sehen uns morgen.«

»Was glaubst du, wird sein nächster Zug sein, Hack?«

»Er wird uns anrufen – entweder hier im Büro oder bei mir zu Hause.«

»Warum?«

»Weil er sich bei Ms. Ling in aller Öffentlichkeit zum Idioten gemacht hat«, antwortete Hackberry.

»Das verstehe ich nicht.«

»Wir sind die einzige Familie, die er hat.«

»Na schönen Dank.«

Am nächsten Morgen ging Hackberry früh ins Büro und kramte die dicke Akte hervor, die er von Jack Collins hatte. Er blätterte die unzähligen Papiere und Dokumente durch, die trotz ihres Umfangs nur einen kleinen Teil der Schreibarbeit darstellten, die dieser Mann bislang verursacht hatte. Auch wenn Collins bisher nicht einen Tag im Gefängnis gesessen hatte, gab es dennoch die unterschiedlichsten Schriftstücke über ihn. So befanden sich in der Akte Faxe von Interpol und den Behörden aus Mexiko-Stadt, Ausdrucke der zentralen FBI-Datenbank zur Kriminalitätsbekämpfung, FBI-Anweisungen sowie Analysen und Profile von forensischen Psychologen der FBI-Akademie in Quantico. Außerdem gab es Tatortfotos, die kein Verteidiger je einer Jury zumuten würde, Autopsieberichte diverser Gerichtsmediziner, die mit Collins' Werk offensichtlich überfordert waren, dazu Zeugenaussagen und ballistische Expertisen der Spurensicherungsabteilungen von Matamoros bis San Antonio. In den Unterlagen fanden sich auch die Notizen eines bereits pensionierten Texas Rangers aus Presidio County, der die ganze Misere treffend zusammengefasst hatte: »Dieser Kerl dürfte ungefähr so komplex sein wie ein herumirrender Obdachloser, der an den Hintertüren um Essen bettelt. Vermutlich riecht er ebenso schlecht. Die Frage ist, wie man ihn dazu kriegt, lange genug still zu stehen, damit man ihm eine Kugel verpassen kann. Bisher haben wir nicht die leiseste Ahnung, wie wir das anstellen sollen.«

Was bedeutete das alles? Für Hackberry war die Antwort simpel. Das System hatte auf Jack Collins keine Antwort, weil er sich nicht an die üblichen Verhaltensmuster von Kriminellen hielt. Weder war er drogen- oder alkoholabhängig, noch suchte er regelmäßig Prostituierte auf. Zudem zeigte er nur geringes beziehungsweise gar kein Interesse an Geld oder Besitz. Viele seiner Morde hatte er auf der anderen Seite der Grenze begangen, weswegen man unmöglich abschätzen konnte, wie viele Menschen er insgesamt auf dem Gewissen hatte. Trotzdem war er kein Serienmörder. Auch in die große Schublade der Psychopathen ließ er sich nicht ohne Weiteres einordnen, denn ganz offensichtlich hatte er Bindungen zu anderen Menschen, selbst wenn diese Personen nur in seinem Kopf existierten.

Preacher Jack war der Albtraum eines jeden Psychiaters. Durch seinen hohen IQ und seine Belesenheit war er in der Lage, sich eine Welt zu erschaffen, in der er Seite an Seite mit den olympischen Göttern herrschte. Zudem war sein Narzissmus derart tief in seiner Seele verwurzelt, dass er keine Furcht vor dem Tod hatte und stattdessen davon überzeugt war, dass das Universum ohne ihn nicht fortbestehen könne. Hinzu kamen seine messianische Veranlagung und sein Glaube, durch ein Loch in unserer Dimension auf Ereignisse im Leben von Menschen sehen zu können, die noch nicht einmal geboren waren.

Warum sollte ein mit derartigen Gaben gesegneter Mann die Strafverfolgungsbehörden fürchten? Genau wie Kakerlaken oder Erkältungsviren schien er ein nicht unterzukriegendes Übel mit einem ziemlich langen Atem zu sein.

Seit zwanzig Jahren war Collins den Behörden immer wieder durchs Netz gegangen – ein Erfolg, dem allerdings eine gewisse Ironie innewohnte, denn wie andere Kriminelle auch brauchte Preacher Jack die Behörden. Nur sie konnten ihm bestätigen, wer er war. Intuitiv wusste er, dass andere Männer seines Schlags ihn jederzeit für eine Packung Zigaretten verraten würden, wenn sie glaubten, ungeschoren davonkommen zu können. Im Grunde suchten sie alle nach Anerkennung – Anerkennung durch die Polizei, die Gefängniswärter, die Sozialarbeiter, die Strafvollzugsbeamten und die Gefängnispsychologen. Erst die Aufmerksamkeit dieser Menschen verlieh Kriminellen die Größe, die ihnen sonst in jedem anderen Umfeld verwehrt blieb.

Es gab allerdings noch eine Sache, die man bedenken musste, wenn man einen Mann wie Preacher Jack verstehen wollte. Sein Besuch bei Anton Ling am Abend zuvor erinnerte Hackberry an ein ähnliches Ereignis, das sich vor ungefähr einem Jahr in San Antonio zugetragen hatte. Damals war Jack von einer jüdischen Frau namens Esther Dolan besessen gewesen und in ihr Haus eingedrungen, um ihr zu eröffnen, dass er sie zu seiner Königin auserkoren hatte. Nachdem Esther Dolan den anfänglichen Schock überwunden hatte, schrie sie Collins an und teilte ihm mit, dass sie ihn bestenfalls für ein Stück dampfende Hundescheiße auf dem Gehweg hielt. Anschließend ging sie mit einem Kochtopf auf Jack los und schlug ihn fast tot.

Pam Tibbs lugte durch die Tür. »Rate mal, wer gerade am Telefon ist.«

»Texas' Antwort auf B. O. Plenty.«

»Wer?«

»Vergiss es. Collins?«

»Die Fangschaltung läuft schon«, sagte sie.

»Haben die Feds schon zurückgerufen?«

»Nein.«

Hackberry starrte auf das blinkende Licht auf seinem Telefon und nahm den Hörer ab. »Was gibt's, Jack?«, sagte er.

»Ich dachte, ich ruf mal an.«

»Wir haben schon vermutet, dass wir bald von Ihnen hören würden.«

»Sie sind wohl allwissend, was Mr. Holland?«

»Für Sie immer noch *Sheriff Holland.*«

»Wissen Sie, ich bin auch gerne auf dem Laufenden, was Ihre Aktivitäten angeht. Schließlich scheinen Sie immer noch einen tiefen Groll gegen mich zu hegen, obwohl ich das Leben Ihres jungen Deputy Bevins gerettet habe.«

»Das ist doch Schwachsinn. Ich glaube, Sie rufen an, weil Anton Ling Sie vor einem Dutzend bettelarmer Mexikaner zu einer menschlichen Piñata gemacht hat. Diese Leute glauben jetzt wahrscheinlich, dass es ein ernsthaftes Problem im Anglo-Genpool gibt. Wissen Sie, Jack, kurz bevor Sie mich angerufen haben, ist mir ein Muster durch den Kopf gegangen, das Ihnen anzuhaften scheint. Erinnern Sie sich an Esther Dolan in San Antonio? Das ist die Frau, die Ihnen mit einem Kochtopf den Schädel eingeschlagen und Sie dann aus dem Haus gejagt hat. Dann gab es da noch dieses hübsche Mädchen, Vikki Gaddis, diese Country-Musikerin. Die hat Ihnen doch eine Ladung Wespenspray in die Augen gesprüht, um Ihnen anschließend die Pistole abzunehmen und ein Loch in den Fuß zu schießen, nicht wahr? Wieso geraten Sie bloß immer wieder an Frauen, die Ihnen irgendwann den Arsch aufreißen? Erinnern diese Frauen Sie an Ihre Mutter?«

»Guter Versuch, Sheriff. Aber Sie wissen viel zu wenig darüber, wie ich aufgewachsen bin.«

»Sie lesen doch gern, stimmt's? Dann will ich Ihnen mal was erzählen, aus dem wahren Leben und besser als jeder Roman. Kennen Sie die Geschichte von Ma Baker und ihrem Sohn Fred? Als das FBI die Bande unten in den Everglades stellte, haben sich die beiden gegenseitig mit ihren Maschinenpistolen hingerichtet. Sie haben es sich auf zwei gegenüberstehenden Stühlen bequem gemacht, angelegt und dann die Zimmerwände mit dem Blut, der Haut und den Knochensplittern des jeweils anderen dekoriert. Das ist doch mal eine innige Mutter-Sohn-Beziehung, was? Die zwei wurden sogar im gleichen Sarg beerdigt.«

»Fürchten Sie den Zorn einer Frau, Sheriff Holland? Denn wer das tut, wird sein ganzes Leben von manipulativen Weibsbildern und Huren umgeben sein und nie mit einer aufrichtigen Frau zusammenkommen. Die Wut eines solchen Mannes überspielt lediglich das Ausmaß seiner unerfüllten Bedürfnisse. Ich habe Sie eigentlich für einen klugen Kopf gehalten, aber ich beginne langsam, daran zu zweifeln.«

»Ethan Riser war mein Freund, Sie arrogantes Arschloch.«

»Ah, jetzt kommen wir also zum Kern der Sache.«

»Sie haben Ihr komplettes Magazin in ihn reingepumpt, obwohl er schon tot war. Am Ende war sein Gesicht nicht mehr zu identifizieren«, sagte Hackberry. »Bevor er starb, muss er Ihnen etwas gesagt haben, etwas, das Sie nur schwer ertragen konnten, stimmt's? Was war es, Collins? Dass Ihre Mutter Sie schon gehasst hat, als Sie noch in ihrem Bauch schlummerten?«

»Ehrlich gesagt, konnte ich Agent Riser bei der ganzen Ballerei kaum verstehen. So eine Thompson macht eine Menge Krach, müssen Sie wissen.«

Hackberry spürte, wie er den Telefonhörer immer fester griff und ein saurer Geschmack in seinem Rachen aufstieg. »Nein.

Es ging nicht um Ihre Mutter. Es ging auch nicht um Ihr erbärmliches Sexleben. Es hatte etwas damit zu tun, wie Sie sich selbst verstehen. Schließlich sind Sie nichts weiter als ein Kammerjäger, der sich als eine Art Jesus sieht. Ethan hat studiert und kannte sich in Geschichte und mit Shakespeare aus. Sie hingegen haben sich Ihre Kenntnisse mühsam selbst erarbeiten müssen. Er hat sein Wissen gegen Sie eingesetzt, stimmt's? Das hat Sie frustriert. Wahrscheinlich hat er Sie wie einen Idioten dastehen lassen. Er hat Sie einen Clown genannt und einen Narren geschimpft, habe ich recht? Eine Witzfigur in alten Lumpen, die im Wind flattern, eine Vogelscheuche mit einem geschnitzten Kürbis als Kopf. Genau das sind Sie, Collins. Und alle, sogar die Opfer, die Sie hinterlassen, wissen das. Sie sind ein jämmerlicher Schwachkopf. Glauben Sie wirklich, Frauen wie Gaddis, Dolan oder Ling würden sich in einem Raum mit Ihnen aufhalten, ohne dass Sie ihnen eine Pistole an die Schläfe halten? Ich sag Ihnen was: Rufen Sie hier nie wieder an, auch nicht, wenn Sie sich stellen wollen. Mit Ihnen zu telefonieren, fühlt sich so an, als würde einem jemand ins Ohr spucken. Anders kann ich es nicht beschreiben. Ihre abstoßende Wirkung auf Menschen ist einfach einzigartig.«

Hackberry legte den Hörer auf die Gabel und starrte den Apparat an. Seine Hand lag zitternd auf der Schreibunterlage.

»Gut gemacht«, sagte Pam, die in der Tür stand. »Glaubst du, du hast ihn dahin bekommen, wo du ihn haben willst?«

Hackberry schüttelte den Kopf. »Keine Ahnung. Diesen Kerl kann man nirgends wirklich packen. Eigentlich hatte ich es auch nicht darauf angelegt.«

»Für mich klang das anders.«

Er schaute sie lange an. »Sei vorsichtig«, sagte er.

»Wegen Collins?«

»Wegen allem. Wir dürfen unsere guten Leute nicht verlieren.«

»Mir wird schon nichts passieren«, sagte sie.

»Sag das nicht. Das bringt Unglück.«

Sie trat ins Büro und schloss die Tür hinter sich. »Der Pastor meiner Gemeinde hat mich besucht. Er hat gesagt, es gäbe da ein Gerücht, vor dem er mich warnen wollte.«

»Was hast du geantwortet?«

»Dass es, was immer es auch sein mag, wahrscheinlich wahr ist, und dass es mich einen feuchten Käse interessiert.«

Er schob die Hände hinter den Kopf und legte einen Stiefel auf die Ecke des Schreibtischs. »Wenn du willst, kannst du ein echtes Scheusal sein.«

»Sag das nach Feierabend zu mir, und du wirst es bereuen.«

»Das glaube ich dir gerne«, antwortete er.

In der Dunkelheit war die Jagdfarm ein unwirklicher Ort. Im Schatten des riesigen, knapp zweitausend Meter hohen Bergs wirkte das Ganze wie eine in Mondlicht getauchte afrikanische Trockensavanne. Der Sand in den Flussbetten war weiß, die felsigen Wände der Steilhänge scharf wie Rasierklingen. Auf dem Land raschelten Wüstengewächse im Wind, und überall ragten flache Gesteinsplatten aus dem Boden, die aussahen wie die marmorierten Rücken von Albino-Walen. Der massive Metallzaun, der die Jagdfarm sicherte, schien sich kilometerweit durch die Landschaft zu ziehen. Er war so dick, dass Krills Männer gut zwanzig Minuten brauchten, um mit ihrem Bolzenschneider ein Loch hineinzuschneiden. In der Dunkelheit vor ihnen hörten sie große Tiere durchs Unterholz stampfen und Hufe auf dem felsigen Untergrund scharren. Sie hatten Sorge, dass der Lärm Josef Sholokoff und seine Männer im großen Steinhaus unten im Tal warnen würde.

Einer nach dem anderen krochen die Männer durch das Loch im Zaun. Krill trug über der rechten Schulter den Gurt seiner M16, an die er ein Zweibein montiert hatte. Seine Augen waren fest auf das beleuchtete Gebäude weiter unten gerichtet. Es war Wind aufgekommen, und so bogen sich die Sträucher und auch das hohe Gras – ein großer Nachteil, wenn man sich unbemerkt durch Bäume und Gestrüpp schleichen will. Denn der Wind versetzt alles in Bewegung, sogar die Schatten, und nur Krill und seine Männer blieben statisch und fielen auf. Das war zwar Pech, aber auch ein Umstand, an den man sich anpassen konnte und von dem man sich nicht unterkriegen ließ. Ein Problem ganz anderer Art war Negrito. Er fühlte sich auf einmal als Experte für alle möglichen Fragen und konnte seine Klappe einfach nicht halten. »Hier wimmelt es nur so von Klapperschlangen und giftigen Gila-Echsen. Und diese riesigen Viecher, die ihr da schnaufen hört, das sind Nashörner. Ein falscher Schritt, und sie zerquetschen euch zu Brei«, maulte er. »Sag mal, Krill, stimmt es eigentlich, dass dir eine *puta* dieser Russen gesteckt hat, wo sich der Typ verkrochen hat? Soll das etwa eine zuverlässige Quelle sein? Was ist, wenn er gar nicht hier ist? Was ist, wenn wir einen Haufen Leute abknallen, aber den Russen nicht kriegen? Wir müssen sie alle erwischen, Krill. Ich sage, wir verwandeln das Haus da unten in einen verdammten Friedhof.«

»Wieder einmal hast du große Weisheit bewiesen«, sagte Krill. »Aber jetzt musst du still sein.«

»Wenn ich rede, dann als dein getreuer Hauptmann und Ratgeber, mein *jefe*.«

»Ja, ja, ich weiß. Aber dein Gequatsche ist wie das Flattern einer Fledermaus, die in einer Höhle mit ihren Flügeln schlägt. Man hört es, aber es ist ohne Bedeutung. Du musst aufhören, immerzu zu reden. Es fühlt sich an wie Glassplitter in meinen Ohren.«

Negritos schmale Augen schienen sich enger an seine Nase zu schmiegen. »Ich bin hier, um dir zu helfen, sonst nichts. Die ganze Mission hier gefällt mir überhaupt nicht. Wir töten diesen Russen, weil er den Täufer deiner Kinder, diesen Reverend, umgebracht hat. Aber die Ursache des Ganzen liegt bei La Magdalena. Wenn sie deine Kinder getauft hätte, so wie du es wolltest, dann hätten wir jetzt nicht diese Probleme. Die Russen sind gefährliche Leute. Tötest du einen, musst du sie alle töten. Sie kommen aus Gefängnissen, die schlimmer sind als die in Mexiko. Sie ficken ihre Mütter und töten ihre eigenen Kinder. Viele von denen kommen direkt aus der Irrenanstalt.«

»Wie kommst du auf so einen Blödsinn, *hombre*?«

»Du hörst nicht die Narcocorridos, die Lieder unserer Brüder. Die Narcocorridos verraten dir alles über diese Leute. Ich sage dir, wir müssen hart zuschlagen und dürfen kein Mitleid zeigen.«

»Schau da drüben, auf den Hügeln über dem Steinhaus. Die beiden Typen da, das sind zwei von Sholokoffs Wachleuten. Lass deinen Worten jetzt Taten folgen, Negrito. Geh mit Lupa und Mimo, und macht eure Arbeit.«

»Warte hier, und ich bringe dir die Ohren der beiden. Dafür brauche ich Mimo und Lupa nicht.«

Krill schüttelte den Zeigefinger. »Nein. Du bringst mir keine Ohren zurück.«

»Aber diesem DEA-Agenten hast du den Skalp abgezogen.«

»Ja, weil er meinen Bruder getötet hat. Ich brauchte eine Opfergabe für das Grab meines Bruders, damit er in Frieden ruhen kann. Bring mir keine Trophäen von diesen Männern. Sie befolgen nur Befehle.«

»Warte nur, ich werde dich überraschen«, sagte Negrito.

»Warum muss man mit dir immer alles diskutieren?« Krill nahm Negrito den Lederhut ab und wollte wieder auf ihn einschlagen. Doch dann schüttelte er einfach nur den Kopf und gab den Hut zurück. Er ließ ein paar Sekunden verstreichen, damit sich die Wut in seiner Brust legen konnte, bevor er wieder etwas sagte. »Der Mond steht bald hinter dem Berg. Sobald das Haus im Schatten liegt, tötest du Sholokoffs Wachen und kommst hierher zu mir zurück. Du bist wirklich gut in dem, was du tust, Negrito. Also enttäusche mich jetzt nicht.«

»Ich werde dich niemals enttäuschen, *jefe*. Wenn der Hahn kräht und die Sonne aufgeht, stehe ich wieder an deiner Seite. Dann weißt du, dass ich dir ein treuer Diener und Gefolgsmann bin.«

Der Mond glitt hinter die Bergspitze und tauchte das Tal in einen dunklen Schatten. Negrito und die anderen beiden Männer machten sich auf den Weg. Hintereinander gingen sie auf einem Wildpfad hinunter ins Tal. Sie kletterten leise über das Felsplateau und verschwanden in einem dornenbestandenen Dickicht, ohne dabei auch nur ein einziges Mal mit ihren Kleidern hängen zu bleiben oder in den Ästen und Sträuchern zu rascheln.

Krill nahm sein Gewehr von der Schulter, kniete sich ins Gras und wartete. Sein Blick konzentrierte sich auf das beleuchtete Steinhaus, den dampfenden Swimmingpool hinter dem Gebäude und die Kinderschaukel, deren Ketten im Wind klapperten.

Die M16, die er trug, stammte aus einer Waffenkammer in Mexiko. Sie war gestohlen, zusammen mit Munitionskisten, automatischen Waffen vom Kaliber .45 der US-Army, Bajonetten, Granaten, Kevlarwesten und anderen Ausrüstungsgegenständen, die Krill allerdings für wertlos hielt. Die M16 aber war für ihn ein erstaunliches Werk amerikanischer Ingenieurskunst: leicht, simpel aufgebaut und einfach auseinanderzunehmen. Zudem schoss sie schnell und war sanft zur Schulter. Im halbautomatischen Modus feuerte sie einzelne Schüsse mit tödlicher Genauigkeit. Im Automatikmodus konnte man in wenigen Sekunden einen ganzen Raum zerlegen. Die neueren Modelle blockierten nur selten, und selbst bei Dunkelheit war es für den Schützen kein Problem, ein leeres Magazin zu ersetzen. Krill hatte ein Magazin mit zwanzig und eines mit dreißig Patronen mit Panzertape aneinandergeklebt. Schlug der Bolzen ins Leere, konnte er ohne Verzögerung das leere Magazin aus dem Schacht ziehen, das Paket umdrehen und das volle Magazin ins Gewehr schieben.

Sogenannte »Berater« aus Argentinien und den USA hatten ihm nicht nur diesen als »Jungle-Style« bekannten Trick mit den zusammengeklebten Magazinen gezeigt, sondern ihm auch den allgemeinen Umgang mit der M16 beigebracht. Sie hatten ihm gezeigt, wie man im Dunkeln schießt und sich auf einem Hügel in Stellung bringt, ohne sich durch seine Silhouette zu verraten. Sie hatten ihn gelehrt, wie man auf dem Bauch unter Stacheldraht hindurchkriecht und auf den Pfaden der Sandinisten Minen versenkt. Auch die Handhabung eines M-60-Maschinengewehrs – einer Waffe, deren mörderische Effektivität ihn nach wie vor tief beeindruckte – hatte er von ihnen gelernt. Wie man mit dem Virus lebte, den er sich durch den Umgang mit den Waffen zugezogen hatte, hatten ihm die Ausbilder jedoch nicht verraten. Genau das aber war es, was in ihm tobte: Ein Virus, der einen unstillbaren Blutdurst in seiner Brust auslöste und sich so anfühlte, als würde er in einen warmen, rosafarbenen Nebel eintauchen, von dem er nie genug bekam.

Er schaute auf die leuchtenden Ziffern seiner Armbanduhr. Siebzehn Minuten waren vergangen. Er fragte sich, wo Negrito und die anderen blieben. Lupa und Mimo waren keine geborenen Killer, taten aber, was man ihnen auftrug. Sie hinterfragten die Befehle nicht moralisch, wie es die meisten Menschen taten, die nur aus Armut zu Soldaten geworden waren. Lupa hatte sich seinen Spitznamen – die Lupe – durch die billige Brille verdient, die er zum Lesen trug, und auch durch seine Neigung, auf völlig bedeutungslose Details zu achten. Wie Lupa war auch Mimo früher ein einfacher Bauer im mexikanischen Bundesstaat Oaxaca gewesen, bevor die Preise für Mais ins Bodenlose gefallen waren. Mimo war darüber hinaus aber auch ein Säufer gewesen, der Unmengen an billigem Zuckerrohrschnaps vernichtete. Die beiden Männer waren weder von Natur aus gefährlich oder gewalttätig, noch hatten sie eine zweite, gefährliche Persönlichkeit entwickelt. Unter der Führung von Negrito waren sie allerdings bereit, jede nur denkbare Abscheulichkeit zu begehen, zumindest solange sie den Eindruck hatten, dass ihre Verbrechen dem Wohl ihrer Familien dienten.

Krill sah Mexiko nicht als ein Land, sondern als eine endlose Revolution. Die einzigen Konstanten in diesem Chaos waren das unaufhörliche Morden und der stetige Fluss der Drogen in Richtung Norden. Die Armen schufteten für Niedriglöhne in den Sweatshops, hausten in Bretterbuden und ließen ihre Kinder allein auf den Straßen von Mexiko-Stadt zurück. Warum erhoben sie sich nicht alle gemeinsam und entledigten sich ihrer Herren? Krill wusste es nicht. Waren sie vielleicht selig in ihrer Passivität? Genau wie bei seinen Problemen mit Negrito fand er auch auf diese Fragen keine Antworten, zumindest keine befriedigenden. Vielleicht war Negrito gerade deswegen sein Begleiter und Hauptmann geworden. Dieser Gedanke schien ihm zu verstörend, als dass er weiter darüber nachdenken wollte.

Durch die Bäume und das hohe Gras sah er Mimo und Lupa im gebeugten Gang auf ihn zukommen. Ihre unrasierten Gesichter waren so ernst wie die von Männern, die in einen Schneesturm starren.

»*¿Qué pasa?*«, fragte Krill.

Ihre Augen mieden seinen Blick. Lupa schaute über seine Schulter nach hinten.

»*¡Dígame!*«

»*Muertos.*«

»*¿Quiénes?*«, fragte Krill.

»*Ellos*«, antwortete Mimo.

»Haltet ihr mich für blöd? Was habt ihr da draußen gemacht?«, fuhr Krill die beiden an.

Anstatt zu antworten, setzten sich die Männer und massierten ihre Oberschenkel, als wären sie gerade eine lange Strecke gerannt. Sie wischten sich mit der Hand über die Nase und kramten in ihren Hosentaschen herum, wahrscheinlich auf der Suche nach Tabak oder Kaugummi. Als sie dann Negrito hörten, der ebenfalls in gebückter Haltung und mit einem Hemd in der Hand durchs Gestrüpp schlich, blickten sie sich erleichtert um.

»Was ist da draußen passiert?«, fragte Krill.

»Wir haben uns um diese Männer gekümmert. Genau wie du gesagt hast. Der zweite hat sich gewehrt«, antwortete Negrito.

»Was hast du da in der Hand?«

»Nichts, was irgendwer vermissen würde. Zumindest nicht die beiden da draußen.«

»Spiel keine Spielchen mit mir, Negrito.«

»Wir machen das alles aus Loyalität zu dir, Krill. Wir werden noch nicht mal dafür bezahlt. Warum nervst du mich?«

»Leg das Hemd auf den Boden und mach es auf.«

»Ich tue, was du befiehlst. Aber du machst viel Lärm um nichts. Keine Ohren, hast du gesagt. Also habe ich mir ihre Nasen genommen. Sie waren tot. Was kümmert einen Toten schon seine Nase? Was soll er damit riechen? In einem Grab gibt es keine Blumen, zumindest nicht in den Gräbern, die diese beiden erwarten.«

»Der zweite Mann, du hast gesagt, er hätte sich gewehrt. Konnte er die anderen warnen?«

»Er konnte nicht mehr sprechen, wenn du verstehst, was ich meine.« Negrito zog sich den Finger über die Kehle. »Trotzdem hat er hart gekämpft. Er war Russe, glaube ich. Die Russen haben Eier wie Baseballs. Sie sind nur schwer tot zu kriegen«, erklärte er. »Krill?«

»*¿Qué pasa?*«, antwortete Krill, der noch immer an Negritos Worten zu knabbern hatte.

Negrito schien auf das Steinhaus und den Hof hinunterzuschauen, der vom Licht aus den Fenstern beleuchtet wurde, auf die Hanfpalmen, die Magnolien und die dunkle Oberfläche des Pools. Vereinzelte Windböen kräuselten das Wasser und ließen die Ketten der Schaukel rasseln. Er runzelte die Stirn. »Ich, Lupa und Mimo haben nachgedacht«, sagte er. »Das Haus da ist eine Bank. Da liegt bestimmt jede Menge Geld rum. Vielleicht sogar Kokain. Wir bringen alle um, die da unten sind, und dann nehmen wir uns, was wir wollen.«

»Nein.«

»Nein? Was meinst du damit? Komm schon, *cabrón*. Sollen wir etwa umsonst arbeiten? Das ist nicht fair. Wir sind doch *amigos* und haben immer alles geteilt. Aber in letzter Zeit gibt es bei dir nichts mehr, was man teilen könnte.«

»Wenn dir unsere Mission nicht passt, kannst du umkehren und zurückgehen.«

»Ich werde dich nie verlassen, *jefe*.«

»Dann tu, was ich dir sage.«

»Und was ist das? Uns von den Freunden dieser Russen jagen und abschlachten lassen?«, fragte Negrito. »Wir müssen sie alle kaltmachen, richtig? Und wenn wir sie eh kaltmachen, warum nehmen wir uns dann nicht, was uns zusteht? Dieses ganze Land gehörte einmal unseren Vorfahren. Jetzt gehört es allen möglichen Leuten, nur uns nicht.«

»Du bist ein sehr logisch denkender Mann, Negrito. Aber wir sind nur an Josef Sholokoff interessiert. Er ist derjenige, mit dem wir noch eine Rechnung offen haben. Ich will weder seine Sachen noch sein Geld. Wir sind hier, um Reverend Cody zu rächen. Am Anfang haben wir uns über ihn lustig gemacht, weil er in unseren Augen kein richtiger Mann war. Aber er hat die Seelen meiner Kinder befreit, und dafür werde ich ihn ehren. Darum bin ich hier. Du solltest besser nicht versuchen, meine Pläne zu durchkreuzen.«

Negrito hob seine großen Hände und drehte sich im Kreis wie ein tollpatschiger Pavian, der sich an einer Pirouette versucht. »Dann lass uns endlich diesen Russen töten und von hier verschwinden. Ich habe die Schnauze voll von diesem Ort«, sagte er. »Soll ich es tun? Ich mache es mit Vergnügen. Ich will nicht mehr über Taufen und Kirchen und Seelen reden, sondern für meine Arbeit bezahlt werden. Ich bin kein Mystiker. Ich glaube an die Klinge und an die Pistole und daran, erbarmungslos gegen meine Feinde zu kämpfen.«

»Du glaubst auch noch an die Schaufel.«

»Du meinst meinen Friedhof? Das ist eine Warnung an unsere Feinde.«

»Du hast dir ein unterirdisches Museum angelegt, wie ein Ghul«, erwiderte Krill. »*¡Vámonos!*« Er warf sich das Gewehr über die Schulter und ging durch das Gestrüpp zum Hang, der hinunter zum Haus führte. Negritos dicht beieinander stehende Schweineaugen fixierten Krills Profil, bis dieser aus seinem Blickfeld verschwunden war.

Als Krill sich dem Steinhaus näherte, vergaß er den Ärger mit Negrito und begann sich auf die bevorstehende Aufgabe zu konzentrieren. Er wusste, dass weitere Wachleute zur Suche ausgesandt werden würden, sobald die beiden Männer, die Negrito erledigt hatte, sich nicht zurückmeldeten. Bis dahin musste Krill einen Platz für einen sauberen Schuss durch das vordere Fenster gefunden haben. Ihm war, als hörte er von der Vorderseite des Hauses her einen Fernseher, aber wegen des Winds war er sich nicht sicher. Sein Informant hatte ihm gesagt, dass Sholokoff nie mit mehr als vier Männern im Haus war. Zwei davon hatten sie schon erledigt. Wenn Krill einen sauberen Schuss auf Sholokoff abgeben und ihn sofort erledigen konnte, musste er die anderen Männer vielleicht gar nicht töten. Angeheuerte Killer waren in der Regel nicht bereit, ihr Leben für einen toten Arbeitgeber aufs Spiel zu setzen. Sollten sich Sholokoffs Leute aber trotzdem dafür entscheiden, das Leben Ihres Bosses zu rächen, dann würden sie das Schicksal ihrer Kollegen oben am Hügel teilen, dachte Krill. Die Verantwortung für ihren Tod läge dann ganz allein bei ihnen selbst, nicht aber bei Krill.

Er blieb im Schatten des Berges und fand ein ebenes Plätzchen auf einem Vorsprung hinter einem Felsen, knapp dreißig Meter vom Haus entfernt und mit freiem Blick durchs Fenster ins Wohnzimmer. Er nahm seinen kleinen Feldstecher aus der Tasche am Gurt und fokussierte auf den Bereich hinter der Scheibe. Ein kleiner grauhaariger Mann mit schrumpeligem Gesicht und rotem Bademantel saß in einem weit zurückgelehnten Sessel vor dem Fernseher. Mit seinem drahtigen Bart und seinem kantigen Gesicht erinnerte er Krill an ein Frettchen oder an eine aus Eisstielen und Holzkleber zusammengebastelte Spielzeugfigur. Wie konnte ein so kleiner Mensch nur so reich sein und so viel Macht über andere besitzen?, fragte sich Krill. Warum erlaubten die Gringos diesem Zwerg, in ihrem Land so viel Schaden anzurichten? Die Drogen, die er in Umlauf brachte, waren wie Atombomben für die Armen dieses Landes. Aber das war das Problem der Gringos und nicht das seine. Krill wickelte den Gurt des Gewehrs um seinen linken Unterarm, packte mit der rechten Hand den Griff am Abzug und schaute durch das Zielfernrohr. Hinter sich hörte er Negrito im Dunkeln atmen. Eine Aura aus getrocknetem Schweiß, Tabak und Feuerqualm ging von seinem Körper aus.

»*¡Qué bueno, hombre!*«, sagte Negrito.

»Sei still«, sagte Krill und verschob das Zweibein auf dem Felsen. Dabei drückte er den Lauf leicht nach unten, sodass die Rundung des Visiers einen perfekten Kreis um Sholokoffs winzigen Kopf bildete. Sein Finger schmiegte sich enger um den Abzug. Er atmete aus, die blutleere Wange gegen den schwarzen Lack des Gewehrkolbens gepresst.

»*¡Chingado!* Na mach schon«, sagte Negrito. »Pump das ganze Magazin in ihn rein. Es wird Zeit, von hier zu verschwinden. Ich will heute Nacht noch meine Alte ficken.«

Krill hatte den Finger vom Abzug genommen und starrte wie betäubt auf das Fenster des Hauses. Zwei kleine Mädchen und ein kleiner Junge waren gerade aus einem Nebenzimmer gerannt gekommen und hatten sich auf Sholokoffs Schoß gesetzt. Um besser sehen zu können, lehnte sich Negrito über Krills Schulter, wobei seine Lenden dessen Hintern berührten. Negritos Körpergeruch und der aus seinem Mund quellende Gestank nach Zwiebeln, Knoblauch und gebratenem Fleisch hüllten Krill in eine giftige Wolke.

»Mach schon. Verdammt, Mann«, sagte Negrito. »Hörst du nicht? Da kommt schon wieder eins von diesen Flugzeugen voll mit Leuten, die auf die Jagdfarm wollen.«

»Halt's Maul!«, schimpfte Krill.

»Denk doch mal nach. Wir haben schon zwei von denen umgelegt. Du musst die Sache jetzt durchziehen, *hombre*. Sholokoff hat viele Freunde. Wenn du es nicht tust, wird er uns jagen, und das können wir nicht gebrauchen. Tu es jetzt, *jefe*.«

»Nimm deine Hand von meiner Schulter.«

»Dann schieß endlich.«

»Du gibst mir keine Befehle.«

»Dann gib mir das Gewehr.«

»Nimm deine Hand weg. Und halt ein bisschen Abstand, Mann. Dein Gestank ist unausstehlich.«

»Das Flugzeug setzt gleich zur Landung an. Du musst dich entscheiden, Krill: unsere Familien oder dieses Pack da unten«, sagte Negrito. »Und was redest du von Gestank, Mann? Ich stinke oder wie? Was ist nur los mit dir?«

»Dein Gerede ist wie das Klappern eines leeren Güterwaggons«, sagte Krill, »und aus deinem Mund kommt nur Wahnsinn und verrücktes Zeug. Du hörst dich an wie der Dämon, den Jesus in die Schweine hat fahren lassen. Wir töten keine Kinder. Hast du denn gar nichts gelernt? Kannst du überhaupt noch was anderes, als zu töten?«

»Ist es etwa unsere Schuld, dass da Kinder sind? Überlass die Sache uns. Lupa, Mimo und ich kümmern uns um die Leute im Haus. Du musst nichts sehen oder hören. Eines Tages wirst du wieder richtig im Kopf sein, aber im Moment bist du es nicht. Also übernehmen wir jetzt für dich und vergessen deine bösen Worte.«

»Ohne meine Erlaubnis tust du gar nichts.«

»Schieß einfach, Krill. Bitte. Du kannst das. Ich habe gesehen, wie du einer Taube auf hundert Meter den Kopf weggeschossen hast. Konzentrier dich auf den Russen und mach dir keine Sorgen um die Kinder. Sie werden es überstehen. Den Kerl können wir jetzt nicht mehr leben lassen.«

In Krills Schädel dröhnte es. Die surrenden Geräusche in seinem Kopf waren lauter als der Wind und Negritos unablässiges Geplapper.

Hatten sich die Soldaten in dem Helikopter genauso gefühlt, als sie das Krankenhaus mit ihrem Maschinengewehr unter Beschuss nahmen? Hatten sie Krills Kinder im Hof spielen sehen und sich gefragt, ob sie ihre Mission vielleicht besser abbrechen sollten? Hatten sie trotzdem auf das Gebäude gefeuert, in der Hoffnung, die Kinder nicht zu treffen? Oder war ihnen das völlig egal gewesen? Hatten sie seine Kinder ermordet und waren dann einfach zu ihrer Basis zurückgeflogen, um dort an einem schattigen Plätzchen Mittag zu essen und warmes Bier zu trinken, während sie faul auf den blauen Vulkan im Hintergrund schauten? War es so oder so ähnlich abgelaufen? Waren die unschuldigen Kinder, die er von ihrem ersten Atemzug an geliebt hatte, auf diese Weise ums Leben gekommen?

Er beugte sich wieder über das Gewehr und spürte, wie sich der Gurt an seinem linken Arm spannte. Der Geschmack in seinem Mund erinnerte ihn an den von Geldstücken, und in seinem Kopf schien eine Kapelle aus Blechbläsern zu spielen. Der kleine Junge saß auf Sholokoffs Schoß und schaute fern. Krill hob das Gewehr an und zielte, sodass der Kreis des Visiers Sholokoffs Kopf wie ein Miniaturfoto umrahmte. Er atmete ein und wartete eine Sekunde. Dann atmete er sehr, sehr langsam wieder aus. Sein linkes Auge hatte er zugekniffen, sein rechtes war so groß wie eine Murmel, sein Zeigefinger spannte sich, als hätte er einen eigenen Willen.

Plötzlich stand Krill auf und riss seine Hand vom Abzug, als hätte er einen Schlag von einem Elektroschocker bekommen. Seine Zähne klapperten, der Atem blieb ihm im Hals stecken. *Mörder!*, glaubte er eine Stimme in seinem Kopf zu hören. *Du bist ein Mann, der für den Tod seiner eigenen Kinder verantwortlich ist.* Mit weit aufgerissenen Augen starrte er Negrito an.

»Du siehst fertig aus, *cabrón*. Du siehst aus, als wäre dein Geist in die Dunkelheit entflogen«, sagte Negrito.

»Wir gehen durchs Gras zurück und verschwinden durch das Loch im Zaun«, sagte Krill. »Für heute sind wir hier fertig. Wir kümmern uns ein andermal um Sholokoff.«

»Ich kann nicht glauben, was du da gerade gesagt hast«, sagte Negrito. »Du lässt uns hängen, Mann, und machst einen großen Fehler, für den wir alle bezahlen werden. Das ist nicht fair, Krill.«

Aber Krill war schon auf dem Weg tiefer hinein in die Schatten des Berges. Die M16 hatte er sich wieder über die Schulter gehängt. Seine Augen waren so leer wie die eines Mannes, der in einen Spiegel schaut und sein Gegenüber nicht erkennt, das ihn da anstarrt.

Kapitel 23

Hackberry erfuhr nicht über die offiziellen Kanäle von den Morden in den Santiago Mountains, denn weder in der Nacht des Verbrechens, noch am darauf folgenden Tag war eine entsprechende Meldung bei der Polizei eingegangen. Die Quelle, die ihn über die Gräueltaten informierte, war eher fragwürdiger Natur und zudem derart paranoid, dass es ihm schwerfiel, sich auf das Telefongespräch zu konzentrieren. Es regnete, und er hatte vergessen, die Fahne vor dem Sheriffbüro einzuholen. Wie ein nasser Lappen, verdreht und trostlos, hing sie im grauen Himmel, während die Kette wie ein beschädigter Nerv zuckte und stetig gegen den Mast schlug. »Um ehrlich zu sein, habe ich nichts von einer Schießerei in meinem County gehört, Mr. Dowling«, sagte er. »Es ist erstaunlich ruhig gewesen.«

»Natürlich haben Sie nichts davon gehört. Josef will doch nicht, dass die Bullen auf seinem Gelände herumspazieren«, antwortete Temple Dowling.

»Es wurden also zwei Männer getötet, sagen Sie?«

»Ja, genau. Zwei seiner Wachen. Jemand hat ihnen die Nasen abgeschnitten.«

»Sie müssen zugeben, dass sich das schon ein bisschen eigenartig anhört, oder? Ich meine, warum weiß niemand außer Ihnen etwas davon?«

»Vielleicht, weil ich ein paar Leute in Josefs Organisation habe, die mir Informationen liefern?«

»Und was soll ich Ihrer Meinung nach wegen dieser nicht gemeldeten Morde unternehmen, von denen anscheinend nur Sie etwas wissen?«

»Fahren Sie raus zu seinem Haus und versuchen Sie, etwas in Erfahrung zu bringen. Von mir aus können Sie dem Kerl eine Handgranate in den Arsch schieben. Was kümmert mich das? Wie wär's, wenn Sie einfach Ihre verdammte Arbeit machen?«

»Nur, weil Sie glauben, in Gefahr zu sein?«

»Verstehen Sie nicht? Josef denkt doch jetzt, ich hätte jemanden auf ihn angesetzt.«

»Mr. Dowling, Sie erzählen mir, dass in der Nähe von Sholokoffs Haus zwei Männer ermordet wurden, aber niemand versucht hat, den Leuten im Haus etwas anzutun. Klingt das für Sie logisch?«

»Vielleicht gab es eine Planänderung. Als es passierte, kam nämlich gerade eine Gruppe Jäger mit dem Flugzeug an. Hören Sie, meine Quelle sagt, Josef wäre völlig durchgedreht. Er hatte seine Enkel im Haus.« Dowling machte eine Pause. »Seine Leute sind hinter mir her.«

Hackberry konnte das Zittern in Dowlings Stimme hören. Sie klang wie die eines verängstigten Jungen, der sich nicht mehr hinter einer Fassade aus Arroganz und Grausamkeit verstecken konnte. »Erstens haben Sie Ihre eigenen Sicherheitsleute, Mr. Dowling. Geben Sie ihnen etwas zu tun. Wenn das Verbrechen dort stattfand, wo Sie behaupten, liegt der Ort ohnehin außerhalb meines Zuständigkeitsbereichs. Und zweitens ist es vielleicht langsam mal an der Zeit, erwachsen zu werden.«

»Wie bitte? Ich soll …«

»Irgendwann müssen wir alle sterben. Warum nicht dem Sturm ins Auge sehen und aus allen Rohren feuern, während man ruhmreich untergeht? Sie haben Millionen mit dem Krieg verdient. Jetzt können Sie ihn mal aus nächster Nähe erleben und haben die Chance, Ihren Namen unsterblich zu machen. Wahrlich keine schlechte Art abzutreten, wie ich finde.«

»Das kann unmöglich Ihr Ernst sein, Sie verdammter Mistkerl.«

Hackberry rieb sich die Stirn und wollte gerade auflegen, doch dann hob er den Hörer doch noch mal ans Ohr. »Wenn Sie glauben, dass Sie in Gefahr sind, verschwinden Sie aus der Stadt.«

»Ich bin schon aus der Stadt raus, aber das nützt überhaupt nichts. Sholokoff hat überall im Land Kontakte.«

»Ich glaube, Sie bauschen die Sache etwas auf.«

»Sie verstehen Josef nicht. Er ist nicht einfach nur ein Krimineller. Er liebt es geradezu, Böses zu tun. Das ist der Unterschied zwischen ihm und dem Rest. Jack Collins mag ein Irrer sein. Aber Josef ist bei klarem Verstand und statuiert Exempel, die man nie vergisst. Er lässt Leute tatsächlich zerlegen.«

»Er tut was?«

Vielleicht lag es an seiner bibeltreuen Erziehung, dass R. C. Bevins weder an Glück noch an Zufall glaubte, sondern der Überzeugung war, dass er jedem Ereignis in seinem Leben ein gewisses Maß an Beachtung schenken musste. Entsprechend betrachtete er menschliches Verhalten nie als unerklärlich und tat seltsame Ereignisse nicht auf der Grundlage der Unwahrscheinlichkeit ihres Eintretens einfach ab. Der Sheriff hatte ihm einmal gesagt, falls tatsächlich jemals ein UFO in der Prärie landen sollte, würden genau zwei Dinge passieren: Alle normalen Menschen würden die Polizei rufen, und R. C. würde an die Tür des Raumschiffs klopfen und sich vorstellen.

Etwas südlich des parallel zur mexikanischen Grenze verlaufenden vierspurigen Highways hatte R. C. auf einer Überlandstraße an einer Tankstelle gehalten. Er war in den Laden der Tankstelle gegangen, hatte sich einen Chili-Hotdog, eine Schale Nachos mit Jalapeños und eine Dose Dr. Pepper gekauft und sich an einen Tisch am Fenster gesetzt. Gerade, als er mit dem Essen beginnen wollte, hielt ein Pick-up an der Tankstelle, und ein Mann stieg auf der Beifahrerseite aus. Er humpelte leicht, so als hätte er Schmerzen in der Seite. Er trug eine Sonnenbrille und einen matten Strohhut mit breiter Krempe, wie man ihn oft bei Gärtnern sieht. Seine Nase hatte die Form einer riesigen Träne. Die Jeans hatte er sich weit über die Hüften gezogen, wie es vor Jahrzehnten Mode gewesen war, und die Hosenträger schnitten ihm in die Schultern. Der Mann ging in den hinteren Teil des Ladens und nahm sich eine Flasche Orangensaft und ein Schinken-Käse-Sandwich aus dem Kühlregal. An der Theke legte er noch eine Packung kleiner Schokoladentörtchen namens Ding Dongs dazu, zahlte und setzte sich an einen Tisch nicht weit von R. C. entfernt. Ohne die Sonnenbrille abzusetzen, begann er zu essen. R. C. nickte ihm zu, aber der Mann schaute nicht auf.

»Ich wette, da draußen ist's so heiß, dass man ein Ei auf der Straße braten könnte«, sagte R. C.

»Genau so sieht's aus«, antwortete der Mann, während er mit geschlossenem Mund und scheinbar ziellosem Blick langsam vor sich hin kaute.

»Als ich noch ein Kind war, hat mir mein Onkel immer erzählt, wie er während der Dürre '53 einen Wels gesehen hat, der die staubtrockene Straße hochkroch, mit seiner eigenen Wasserflasche im Schlepptau.«

»Das muss ja wirklich trocken gewesen sein.«

»Suchen Sie jemanden, der Sie ein Stück mitnimmt? Hab gehört, das Bäckerauto fährt gleich in die Stadt zurück und hat noch einen Platz frei.«

»Danke, aber ich besuche hier jemanden. Es ist nur ein kurzes Stück die Straße runter nach Süden.« Der Mann trank einen Schluck Orangensaft und wischte sich den Mund mit einer Serviette ab. Dann aß er weiter sein Sandwich.

»Gab's an der Theke eigentlich Salz und Pfeffer?«, fragte R. C.

»Ja, ich glaube schon. Da auf diesem kleinen Tablett, wo der Ketchup und das andere Zeug stehen.«

»Soll ich Ihnen was mitbringen?«

»Nein, danke. Ich brauche nichts.«

R. C. ging zur Theke beim Kaffee- und Getränkeautomaten und schaute sich die Gewürze und Soßen an. »Habt ihr auch Chilisoße?«, fragte er den Mann an der Kasse.

»Die muss da irgendwo stehen«, antwortete der Mann.

»Also, ich sehe sie nicht.«

Der Kassierer kam zu R. C., nahm die Chilisoße vom Tablett und reichte sie ihm. Er war ein kleiner, rundlicher Mann, der stets in einem Anzugshemd, einer wirklich scheußlichen Krawatte und blitzblank polierten Schuhen zur Arbeit erschien. Er trug einen kleinen schwarzen Schnurrbart, der sich wie mit Fettstift gezogen ausdehnte, wenn er grinste. »Schon mal über eine Brille nachgedacht?«

»Schauen Sie mich ganz ruhig an«, sagte R. C.

Der Gesichtsausdruck des Ladenangestellten verdunkelte sich, aber er hielt den Blick auf R. C. gerichtet.

»Kennen Sie den Burschen da drüben?«, fragte R. C.

»Ich glaube, der war gestern schon hier. Er hat eine Packung Ding Dongs und eine Zeitung gekauft.«

»War er allein?«

»Nein, da war noch ein anderer Mann. Aber der hat im Wagen gewartet.«

»Wie sah der andere Mann aus?«

»Ich habe nicht auf ihn geachtet.«

»Was für einen Wagen fuhren sie?«

Der Ladenangestellte schaute nachdenklich in die Luft und schüttelte dann den Kopf. »Runtergekommen. Es war nicht mehr viel Lack dran. Keine Ahnung, welche Marke es war.«

»Haben Sie den Wagen vorher schon mal gesehen?«

Der Angestellte rieb sich ein Auge. »Nein, Sir«, sagte er. »Wird es hier gleich Ärger geben? Das kann ich nämlich gar nicht gebrauchen.«

»Keine Sorge«, antwortete R. C. »Hat der Mann im Auto den Sprit mit einer Kreditkarte bezahlt?«

»Wenn, dann habe ich es nicht gesehen. Er hat Luft geholt.«

»Wie bitte?«

»Er war bei der Luftstation. Ich erinnere mich dran, weil er der Letzte war, der sie benutzt hat. Irgendwer ist danach nämlich über den Schlauch gefahren, und ich musste ein Außer-Betrieb-Schild dranhängen. Seitdem hat sie keiner mehr benutzt.«

R. C. ging zu seinem Tisch zurück und stellte die Flasche mit der Chilisoße ab. Dann schnippte er mit den Fingern, als hätte er etwas vergessen. Er ging raus zu seinem Wagen, nahm ein Klemmbrett vom Sitz und ging auf dem Rückweg an der Luftstation vorbei. Die Betonplatte, auf der sie stand, war von einer dünnen Schicht Matsch und Staub bedeckt, die zu einer feinen Kruste getrocknet war. Ein Reifenprofil, das ihm nur allzu bekannt vorkam, hatte sich in die Kruste gedrückt. »Michelins«, raunte R. C.

R. C. ging mit dem Klemmbrett zurück an seinen Tisch.

»Ich muss noch diese verdammten Arbeitszeitprotokolle ausfüllen«, sagte er beiläufig zu dem Mann am Nachbartisch.

»Wenn uns irgendwann mal eine Atombombe auf den Kopf fällt, brauchen Sie sich mit so etwas nicht mehr rumzuärgern.«

»Interessante Sichtweise. So habe ich das noch nie betrachtet. Aber ganz Unrecht haben Sie damit nicht.«

»Ich hoffe, wir kriegen hier bald ein bisschen Regen. Das ist so ziemlich der heißeste Ort, an dem ich je war«, sagte der Mann.

»Wissen Sie, was General Sherman sagte, als er hier stationiert war?«, fragte R. C. »Er sagte, wenn er Texas und die Hölle besäße, würde er Texas vermieten und in der Hölle leben.«

Der Mann nahm seinen Orangensaft und trank ihn aus. Er schluckte konzentriert und ließ nicht einen Tropfen danebenlaufen. R. C., dessen lange Beine kaum unter den Tisch passten, aß derweil weiter. Sein Mund war voller Essen, ein Auge hatte er auf das Klemmbrett gerichtet. »Dieser Scheiß nervt wirklich«, sagte er. »Ich glaube, ich werde wieder Streife fahren. Wenn die ihre dämlichen Arbeitszeitprotokolle haben wollen, dann sollen sie die Dinger doch selbst ausfüllen.«

»An Ihrer Stelle würde ich einfach die Zeiten so eintragen, wie es erwartet wird, und mir keine weiteren Gedanken machen. So funktionieren große Organisationen nun mal. Es muss nur alles richtig aussehen. Warum sich darüber aufregen?«

»Sie hören sich an, als hätten Sie schon viel erlebt.«

»Nicht wirklich.«

»Wo genau wohnen Sie eigentlich?«

»In einem kleinen Ferienhaus. Ein Freund von mir hat es gemietet. Ein nettes Plätzchen, an dem man nach seltenen Gesteinen und Indianerpfeilspitzen suchen kann.«

»Kommt Sie jemand abholen? Es sieht aus, als hätten Sie Schwierigkeiten beim Gehen.«

»Nein, ich fahre per Anhalter. Die Leute hier sind ziemlich nett.«

»Mir macht es nichts aus, Sie nach Hause zu fahren. Manchmal ist das Teil meines Jobs.«

»Nein danke. Ich hatte vor Kurzem einen Unfall. Ich will nicht von anderen abhängig werden. Das wird sonst zu schnell zur Gewohnheit.«

R. C. nahm die Reste seines Essens und warf sie in den Müll. Dann setzte er sich zu dem fremden Mann an den Tisch, der gerade seine Ding Dongs aß. »Sie wirken wie ein anständiger Kerl auf mich«, sagte er. »Ein Kerl, der niemandem wehtun möchte, aber leicht in etwas hineingeraten kann, das ihm schnell über den Kopf wächst.«

»Das sehe ich nicht so.«

»Wissen Sie, wenn jemand einen Fehler macht – und der Meinung war ich schon immer –, sollte man ihm die Chance geben, diesen Fehler so schnell wie möglich wieder auszubügeln und so weiterzuleben wie bisher.«

»Das mag schon sein, aber ich glaube, Sie sprechen über jemand anders.«

»Sie kommen nicht aus Texas, aber irgendwo aus dem Süden, stimmt's?«

»Ja. So wie ein paar Millionen andere Menschen auch.«

»Eigentlich hat man Sie doch dazu erzogen, sich nicht mit Kriminellen einzulassen, oder? Die ganze Sache muss ziemlich an Ihnen nagen. Ich schätze, deswegen haben Sie sich heute auch hierher mitnehmen lassen.«

»Möchten Sie einen Ding Dong?«

»Im Moment nicht«, sagte R. C., legte dem Mann die Handschelle ums linke Handgelenk und ließ sie zuschnappen. »Macht es Ihnen etwas aus, wenn ich Sie Noie nenne?«

»Ich habe schon auf schlimmere Namen gehört.«

»Haben Sie einen Freund, der einen Trans Am mit Michelin-Reifen fährt?«

»Keine Ahnung, wovon Sie sprechen.«

»Wo ist Preacher Jack Collins, Noie?«

Der Mann blinzelte nachdenklich und kratzte mit seiner freien Hand an einem Insektenstich auf der Rückseite seines Halses. »Wer, sagten Sie?«

»Das wirst du nicht glauben«, sagte Maydeen, die plötzlich in Hackberrys Bürotür aufgetaucht war.

Er schaute von seinem Tisch auf und wartete.

»R. C. sagt, Noie Barnum sitzt in Handschellen auf dem Rücksitz seines Wagens«, verkündete sie.

Hackberry starrte sie an.

»Er sagt, Barnum ist in eine der Tanken unten am Highway spaziert«, erklärte sie. »Jemand hat ihn dorthin mitgenommen, weil er in dem Laden mittagessen wollte.«

»Und woher weiß R. C., dass es Barnum ist?«

»Er meint, der Typ sieht genauso aus wie der Kerl auf dem Foto, nur ein bisschen dünner vielleicht. Er humpelt und hat sich anscheinend ein paar Rippen gebrochen.«

»Gibt der Kerl denn zu, dass er Noie Barnum ist?«

»Das hat R. C. nicht gesagt. Nur, dass es Barnum ist.«

»Und was ist mit Jack Collins?«

»R. C. sagt, er hat dort, wo Collins gestern wahrscheinlich seinen Wagen geparkt hat, Spuren von Michelin-Reifen gesehen. Ehrlich gesagt, habe ich nicht alles verstanden, Hack. Soll ich dem FBI Bescheid sagen?«

»Nein.«

»Nein?«

»Hast du mich nicht gehört?«

»Doch, klar. Aber dein Ton hat mir nicht gefallen.«

Er stand vom Tisch auf und starrte aus dem Fenster in den hellen Tag hinaus, auf die Fahne am Mast, die vom Wind malträtiert wurde, und das stählerne Blau am Himmel über den Hügeln. Seine rechte Hand hing herunter und öffnete und schloss sich im Sekundentakt. »Sag R. C., er soll ihn durch die Hintertür reinbringen.

»Hack?«

»Was ist?«

»Du sagst doch sonst immer, dass wir uns an die Regeln halten.«

»Und?«

»Pam hat mir erzählt, dass du in diesem mexikanischen Kaff einem Barmann fast ein abgebrochenes Billardqueue in den Hals gerammt hast.«

»R. C.s Leben stand auf dem Spiel. Warum kommst du gerade jetzt darauf?«

»Ich hätte dem Barmann das Gleiche antun können. Vielleicht sogar Schlimmeres. Das gilt auch für Pam oder Felix und noch ein paar andere aus dem Department. Ich denke nicht, dass uns so eine Geschichte später um den Schlaf bringen würde, aber wir sind eben nicht so wie du. Du weißt das vielleicht nicht, aber uns anderen ist das ziemlich klar. Wenn du so etwas tust, handelst du gegen deine eigene Natur.«

»Wo ist Pam?«

»Zuletzt habe ich sie auf der Toilette gesehen.«

»Glaub, was du willst, Maydeen, aber manchmal habe ich gute Gründe für die Dinge, die ich tue. Wir sind nicht die

Einzigen, die Noie Barnum in die Finger kriegen wollen. Je weniger Leute wissen, wo er sich aufhält, desto sicherer ist er. Hast du das verstanden?«

»Ja, Sir, ich denke schon.«

Hackberry schaute die Straße hinunter, um zu sehen, ob R. C.s Streifenwagen schon die Kreuzung passiert hatte. Er versuchte, einen klaren Kopf zu bekommen, konzentriert nachzudenken und alles so einfach wie möglich zu machen – schließlich ging es um seine vermutlich beste Chance, Jack Collins festzunageln. Und die durfte er einfach nicht vermasseln. »Erklär Pam die Lage und schaff die Sachbearbeiter aus dem Erdgeschoss. Pam soll die Gefangenen aus den Zellen am Ende des Korridors im oberen Flur in die großen Gemeinschaftszellen bringen. Ich will, dass Barnum völlig isoliert wird. Kein Kontakt, zu niemandem. Sein Essen wird ihm von einem Deputy gebracht. Keiner der Häftlinge geht in seine Nähe, und niemand erfährt, dass er hier ist. Er existiert einfach nicht. Klar?«

»Ich schätze mal, das heißt dann auch keine Telefonanrufe?«

Er starrte sie an.

»Ja, ja, hab schon verstanden«, sagte sie.

Hackberry ging zur Hintertür hinaus und wartete auf R. C. Die Straße war in beiden Fahrtrichtungen leer. *Denk nach*, sagte er sich. *Versau's bloß nicht.* Warum würde Barnum allein in einer Tankstelle essen gehen? Collins hätte ihm wahrscheinlich niemals erlaubt, einfach so durch die Gegend zu spazieren. Entweder hatten sie sich gestritten, oder Barnum hatte Collins' egomanisches Geschwafel satt und war auf der Suche nach besserer Gesellschaft einfach die Straße hinuntermarschiert. Aber warum war er überhaupt bei Collins geblieben? Um Krill aufzuspüren? Um ein paar Al-Qaida-Kämpfer in Lateinamerika zu finden und den Tod seiner Halbschwester zu rächen? Es klang verrückt, war aber wahrscheinlicher als alles andere.

Als der Streifenwagen von R. C. in die Straße einbog, waren die Rundumleuchten aus. Hackberry schaute zu den Fenstern auf der Rückseite des Gebäudes und sah im oberen Stockwerk ein Gesicht aus einem der Fenster hervorlugen. War es das eines Deputys oder das eines Gefangenen? Als R. C. dem Mann auf dem Rücksitz beim Aussteigen half, verschwand das Gesicht hinter der Fensterscheibe. Die Hände des Mannes waren auf seinem Rücken gefesselt, und die Sehnen in seinem Nacken bis zum Bersten gespannt – ob vor Scham oder vor Wut war nicht ersichtlich. Auf seiner Stirn glitzerten Schweißperlen in der Sonne.

»Ich bin Sheriff Holland, Mr. Barnum«, sagte Hackberry. »Sie sind doch Noie Barnum, oder?«

»Ihr Deputy hat mich Noie genannt. Aber ich habe nicht gesagt, dass das mein Name ist.«

»Wie Sie wünschen, Sir. Wir nehmen Sie jetzt in Schutzgewahrsam. Das heißt aber nicht, dass Sie verhaftet sind. Verstehen Sie den Unterschied?«

»Ja. Damit verwehren Sie mir das von der Verfassung garantierte Recht auf einen Anruf und einen Anwalt.«

»Nein, ich sage nur, dass unser Department momentan ein sicherer Ort für Sie ist.«

»Ich glaube, ich würde jetzt lieber einen Spaziergang zu dem Café machen, an dem wir gerade vorbeigefahren sind, mir ein Stück Kuchen und einen Kaffee bestellen und mich dann aus dem Staub machen, wenn es Ihnen nichts ausmacht.«

»Daran brauchen Sie nicht mal im Traum zu denken, Mr. Barnum. Und wissen Sie was? Langsam gehen Sie mir mächtig auf den Keks.«

»Wie soll ich das denn verstehen?«

»Ich erkläre es Ihnen: Sie stehen haarscharf davor, als Komplize bei mehreren Morden angeklagt zu werden, die Ihr Freund Jack Collins begangen hat. Vor einiger Zeit musste ich eigenhändig neun Frauen ausgraben, die er mit einer Maschinenpistole massakriert hatte. Sobald wir etwas Zeit haben, zeige ich Ihnen die Tatortfotos. Die vermitteln zwar nur einen beschränkten Eindruck von einer derartigen Exhumierung – der Verwesungsgestank fehlt, ebenso das Starren der toten Augen –, aber Sie werden trotzdem eine gute Vorstellung davon bekommen, was Munition vom Kaliber .45 mit menschlichem Gewebe anzustellen vermag.«

»Dann ist es also wahr?«, fragte der Gefangene.

»Was?«

»Das, was Sie gerade gesagt haben. Jack hat das tatsächlich getan?«

»Wer zum Teufel soll es denn sonst gewesen sein, Mann?«, fragte Pam, die gerade durch die Hintertür hereingekommen war.

Der Gefangene versuchte, ihrem Blick standzuhalten, aber er schaffte es nicht. Als er wegschaute, saugte er die Feuchtigkeit aus seinen Wangentaschen zusammen und schluckte.

Pam und Hackberry brachten den mit Handschellen gefesselten Mann die stählerne Wendeltreppe hinauf in den zweiten Stock und gingen mit ihm zum Ende des Korridors, vorbei an einer Reihe anderer Zellen. Als zwei Häftlinge an die Gitterstäbe ihrer Zellen traten, schlug Pam mit ihrem Schlagstock gegen die Zellentür, sodass sie zurückschreckten. Hackberry nahm dem Gefangenen die Handschellen ab und schob ihn in die Zelle.

»Sie haben hier ein Waschbecken, eine Toilette, ein Bett und einen Stuhl. Vom Fenster aus können Sie die Straße sehen«, sagte Hackberry. »Entschuldigen Sie bitte die obszönen Schmierereien an den Wänden. Wir streichen alle sechs Monate, aber unsere Kundschaft ist ein starrköpfiger Haufen.«

»Die anderen Zellen haben Gitter. Warum bekomme ich eine mit Stahltür?«

»Weil Sie hier nur mit Chief Deputy Tibbs oder meiner Wenigkeit sprechen werden«, erklärte Hackberry. »Ich habe den Verdacht, dass Sie und der Preacher sich unten an der Grenze eingenistet haben. Vielleicht sogar auf der mexikanischen Seite. Wahrscheinlich ist er aber schon längst über alle Berge und nach Coahuila geflohen, richtig?«

»Sie nennen ihn Preacher?«

»Ich nenne ihn gar nichts, andere nennen ihn so«, sagte Hackberry. »Sie sind Quäker, richtig?«

»Die Religion eines Mannes ist seine Privatsache.«

»Sie verleugnen Ihren Glauben?«

»Nein, Sir. Das tue ich nicht. Ich bin, wie Sie sagen, ein Quäker.«

»Und Ihr Namensvetter ist auf der Flutwelle gesegelt?«

»Ja, Sir. Ich wurde auf den Namen Noie getauft. Das ist die Schreibweise aus der King-James-Bibel.«

»Dann verraten Sie mir doch bitte, warum ein Mann wie Sie, ich meine, ein Mann mit Ihrem Hintergrund, sich mit einem Kerl wie Jack Collins zusammentut.«

»Weil er mir ein Freund war, als niemand sonst etwas von mir wissen wollte. Weil er meine Wunden versorgt, mir zu Essen gegeben und mich beschützt hat, während niemand sonst sich für mich interessierte.«

»Wissen Sie eigentlich, wie viele Unschuldige schon ermordet oder verletzt wurden, weil alle Welt glaubt, dass Sie die Pläne für die Predator-Drohne haben?«, sagte Hackberry.

»Ich bin einer Gang mexikanischer Killer entkommen. Die haben mich wochenlang gefangen gehalten. Wie soll ich da die Pläne für die Predator-Drohne haben? Wie kann man nur so dämlich sein, so etwas zu glauben?«

»Ein FBI-Agent namens Ethan Riser hat Sie mal als eine moderne Variante des Heiligen Grals bezeichnet«, sagte Hackberry. »Die Pläne sind in Ihrem Kopf. Und deshalb sind Sie ein sehr wertvoller Mann, Mr. Barnum. Ethan Riser könnte Ihnen das wahrscheinlich besser erklären als ich, nur ist er leider tot. Er ist tot, weil Jack Collins ihm das Gesicht und den Schädel mit einer Thompson Maschinenpistole in Stücke geschossen hat. Ethan Riser war ein anständiger Kerl und mein Freund. Haben Sie schon mal mit angesehen, wenn jemand von den Kugeln einer Maschinenpistole zerfetzt wird, Mr. Barnum?«

»Das mit Ihrem Freund habe ich erst erfahren, als es schon zu spät war, etwas zu unternehmen.«

»Sind Sie ein Schläfer?«

»Ein was?«

»Sie wissen, was ich meine.«

»Nein. Aber ich wollte mit Informationen über die unschuldigen Opfer unseres Drohnenprogramms an die Öffentlichkeit gehen. Bevor ich diesen Schritt allerdings gewagt habe, bin ich zum Nachdenken in die Wüste gegangen. Da wurde ich dann von Krill und seiner Bande entführt. Sie haben meinen Dienstausweis gefunden und wussten daher, dass ich für eine Regierungsbehörde arbeite. Außerdem hatte ich den Brief eines Ministers bei mir, in dem es um meine Befürchtungen in Bezug auf das Predator-Programm ging. Deshalb dachten sie, sie könnten mich an Al-Qaida verkaufen. Irgendwie war ihnen das aber dann zu aufwendig, und sie entschieden sich, mich stattdessen an irgendwelche mexikanischen Gangster zu verschachern. An dem Punkt bin ich dann mit einem anderen Gefangenen zusammen abgehauen.«

»Und Sie dachten, Sie schalten Al-Qaida im Alleingang aus, oder was?«

»Ein paar von denen wollte ich schon kaltmachen, ja. Aber im Grunde wollte ich einfach nichts mehr mit der Ermordung von Menschen in der Dritten Welt zu tun haben«, erklärte Barnum. »An dieser Stelle muss ich etwas hinzufügen: Ich weiß ganz bestimmt nicht alles, was in Jacks Kopf vorgeht, aber irgendwo in seinem Inneren gibt es einen Menschen, der besser ist als der, den Sie sehen.«

»Reden Sie sich diesen Schwachsinn ruhig weiterhin ein«, sagte Pam.

»Sie müssen entschuldigen, Noie, Chief Deputy Tibbs ist nicht besonders objektiv, wenn es um Preacher Jack geht. Das liegt vor allem daran, dass er versucht hat, auch sie mit seiner Maschinenpistole umzunieten«, erklärte Hackberry.

Noie Barnum schaute sie mit ausdruckslosem Blick an.

»Was wissen Sie über Josef Sholokoff?«, fragte Hackberry.

»Ich höre den Namen zum ersten Mal.«

»Sholokoff ist ein russischer Mafioso, der Sie kidnappen und an den Meistbietenden verkaufen möchte«, erklärte Hackberry. »Wir glauben, dass er einen Pastor namens Cody Daniels gekreuzigt und ermordet hat. Haben Sie schon mal von ihm gehört?«

»Nein, habe ich nicht«, sagte Noie. »Es wurde jemand gekreuzigt?«

»Sie scheinen nicht die geringste Ahnung von dem blutigen Chaos zu haben, das Sie umgibt. Macht Ihnen das alles gar nichts aus?«, fragte Hackberry.

»Natürlich tut es das. Und hören Sie endlich auf, so mit mir zu reden.«

»Etwa sechs Meilen unterhalb des vierspurigen Highways gibt es eine Farm, die im Süden bis nach Mexiko reicht. Ich glaube, dass Sie und Jack sich da versteckt haben. Jack ist wahrscheinlich schon lange weg, und wahrscheinlich fährt er auch nicht mehr diesen Trans Am. Aber ich muss trotzdem wissen, ob sich dort Ihr alter Unterschlupf befindet.«

»Fragen Sie doch Jack. Wenn Sie ihn kriegen.«

»Wir misshandeln hier keine Gefangenen«, sagte Pam. Sie trat an Barnum heran und tippte ihm mit einem Finger aufs Brustbein.

»Wie bitte?«

»Na ja, ist verboten, wissen Sie«, sagte Pam. »Das ist aber auch so ziemlich der einzige Grund, warum ich Sie noch nicht zu Hackfleisch verarbeitet habe. Kommen Sie uns noch mal so dumm wie eben, können Sie was erleben.«

Fünf Minuten später kam Pam in Hackberrys Büro und schloss die Tür hinter sich. »Du weißt, dass ich auf deiner Seite stehe, Hack. Aber ich glaube, du gehst hier ein enormes Risiko ein«, sagte sie.

»Wir schulden den Feds einen Scheißdreck«, antwortete er. »Wir haben Barnum aufgegriffen. Nicht sie. Soweit ich das sehe, erfahren die von uns nur, was sie erfahren müssen. Und im Moment ist das rein gar nichts.«

»Hier geht es um die nationale Sicherheit, Hack. Die Typen machen dich fertig. Und wenn die es nicht tun, dann werden das deine Widersacher hier in der Gegend übernehmen.«

»Gut möglich.«

»Verdammt, bist du stur.«

»Temple Dowling hat mich angerufen. Er sagt, Josef Sholokoff glaubt, dass Dowling jemanden auf ihn angesetzt hat.«

»Wieso denkt er das denn?«

»Weil irgendwer ein paar von Sholokoffs Leuten auf dessen Jagdfarm umgelegt hat.«

»Und warum haben wir davon nichts gehört?«

»Sholokoff hat es nicht angezeigt.«

»Was hast du Dowling geraten?«

»Aus der Stadt zu verschwinden. Außerdem hab ich ihm gesagt, dass er auf sich allein gestellt ist«, sagte Hackberry.

»Und wo ist das Problem?«

»Ich war ziemlich hart zu ihm. Fast denke ich, dass es mir Spaß gemacht hat, ihn derart aufgelöst zu erleben.«

»Dowling ist ein pädophiler Drecksack und verdient, was auch immer ihm zustößt.«

»Er meinte, Sholokoff würde Leute zerlegen.«

»Auf welche Weise?«

»Er hat es wörtlich gemeint. Stück für Stück«, sagte Hackberry.

Er sah, wie sich ihr Blick auf etwas oder jemanden draußen vor dem Fenster konzentrierte, wo ein Mann hastig die Straße überquerte. Er trug eine zerknitterte Hose, Canvas-Segelschuhe ohne Socken und ein Hemd, das ihm hinten aus der Hose heraushing. Unter dem Arm hatte er eine braune Papiertüte. »Ist was?«, fragte Hackberry.

»Ja, dieser Typ da. Er wurde gerade entlassen.«

»Was ist mit ihm?«

»Er fälscht Schecks. Wird in zwei Countys, Loving und Jeff Davis, mit Haftbefehl gesucht. Allerdings wollten die Kollegen dort nicht die Kosten für seine Überführung übernehmen.«

»Worauf willst du hinaus?«

»Als R. C. mit Barnum reinkam, sollte der Typ gerade für seine Entlassung nach unten geführt werden. Er hat uns ziemlich aufmerksam dabei beobachtet, wie wir die Häftlinge zu den Gemeinschaftszellen gebracht haben. Später stand er am Fenster und hat auf die Straße rausgeguckt.«

»Wahrscheinlich weiß er gar nicht, wer Barnum ist.«

»Wahrscheinlich nicht«, sagte Pam. »Ich habe seine Akte gesehen. Er war in Huntsville und sollte dort fünf Jahre sitzen, wurde aber früher entlassen, weil er seinen Zellenkollegen verpfiffen hat, der aufgrund dieser Aussage auf dem Injektionstisch gelandet ist. Der Typ ist ein Verräter und ein Spitzel durch und durch.«

Hackberry dachte kurz nach. »Lass ihn in Ruhe. Falls er wirklich einen Verdacht hat, sollten wir ihm den nicht noch bestätigen.«

»Tut mir leid, ich hatte da oben alle Hände voll zu tun.«

»Kein Problem«, sagte er.

Bevor sie wieder sprach, sah sie ihn eine ganze Weile an. »Du willst Barnum als Köder benutzen, stimmt's?«

»Darüber habe ich noch nicht so genau nachgedacht. So schlau bin ich nicht«, sagte er. »Glaubst du, ich habe Temple Dowling zur Zielscheibe gemacht?«

»Du bist zu soft für dieses Geschäft, Kemosabe, aber ich liebe dich trotzdem«, antwortete sie.

Was für einen Unterschied doch ein Tag Abstand und eine neue Umgebung machten, dachte Temple Dowling, als er aus dem Fenster der Hotellounge in Santa Fé schaute. Der türkisfarbene Abendhimmel war von rosa Wolkenbändern durchzogen, und im Westen thronte ein Regenbogen über einem Canyon, während die Sonne als orangefarbener Ball hinter den Bergen verschwand. Der Barmann brachte ihm noch einen Wodka Collins, den er mit Eis aufgefüllt und mit Kirschen, Zitronen- und

Limettenscheiben dekoriert hatte. Temple setzte den Drink an die Lippen, und als die kalte Flüssigkeit seine Kehle hinunterglitt, war es wie Balsam für seine Seele. Irgendwie waren die Gefühle des Versagens und der Erniedrigung, die dieser Clown Holland in ihm ausgelöst hatte, auf dem Flug nach New Mexico verpufft. Mehr noch, Temple fühlte sich jetzt sogar stark genug, um über seine Schwächen zu lachen. Ihm war, als hätte kurzzeitig jemand anders seinen Körper eingenommen, und dieser jemand – nicht er selbst – hätte aus Angst vor Josef Sholokoff weiche Knie bekommen. Das alles war wahrscheinlich nichts weiter als eine unbedeutende Episode in seinem Leben. Er war müde gewesen, ausgelaugt von seinen Sorgen und umgeben von einer Armee unfähiger Angestellter, Regierungsbürokraten und inkompetenter Provinzpolizisten wie diesem Holland. Wie war Temples Vater bloß darauf gekommen, dass aus diesem Idioten einmal ein Kongressabgeordneter hätte werden können? Dieser Holland war nicht mal in der Lage, seinen eigenen Schwanz zu finden, ohne dass eine Schnur drangebunden war. Temple nahm einen Schluck von seinem Collins, dippte einen Nacho in eine Schüssel mit Guacamole und kaute auf ihm herum. Plötzlich tauchte vor seinem inneren Auge ein Bild auf, das er eigentlich aus seiner Erinnerung hatte radieren wollen. Er sah, wie Holland und dessen Kollegin ihn mit zwei Minderjährigen in einem mexikanischen Puff erwischten.

Schnell verwandelten sich die Gefühle, die in ihm aufkamen, in selbstgerechte Empörung. Nicht Temple Dowling, sondern Hunger und Armut hatten aus diesen Mädchen Prostituierte gemacht. War das jetzt etwa seine Schuld? Sollten die armen Dinger vielleicht verhungern? Wäre die Welt dann ein besserer Ort? Was gab Holland das Recht, auf ihn herabzuschauen? Die meisten Männer, die sich von Kindern angezogen fühlten, suchten doch in Wahrheit nur nach Unschuld in ihrem Leben. Reichte Hollands Intelligenz nicht aus, um das zu erkennen?

Er hielt inne, sein Gedankenfluss stockte, als wäre sein Gehirn plötzlich eingefroren. Das Wort »Kinder« hätte er nicht benutzen sollen. Denn Kinder zogen ihn nicht an. Er war nicht pädophil. Was ihn interessierte, waren Mädchen im Teenageralter, die bald zu Frauen erblühen würden. Gab es denn ein schöneres Geschöpf als ein junges Mädchen? Gab es eine größere Tragödie, als zusehen zu müssen, wie diese anmutigen Geschöpfe dem Gesetz der Straße überlassen wurden? Oder in die Hände eines Degenerierten wie Sholokoff getrieben wurden, der aus ihnen Drogenabhängige und Pornodarstellerinnen machte? Warum war Temple Dowling auf einmal der Sündenbock? Noch nie in seinem Leben hatte er eine Frau oder ein Mädchen schlecht behandelt.

Er trank sein Glas aus. Der Himmel über den Bergen war dunkel geworden, so als käme dort, wo gerade die Sonne untergegangen war, ein lavendelfarbener Regenschauer herunter. Wo waren seine Männer?

»Möchten Sie noch einen, Sir?« fragte der Barmann. Er trug eine weiße Jacke mit roter Fliege und eine schwarze Hose. Sein Gesicht war farblos, nicht einmal der Schatten eines Barts war zu sehen, aber sein Haar war so schwarz und fließend wie geschmolzenes Plastik.

»Ja, geben Sie mir noch einen«, antwortete Temple. »Was ist das für ein Krach nebenan?«

»Ein Treffen von irgendeiner Jugendorganisation.« Die Wangen des Barmanns waren eingesunken, sein Mund rund wie ein Knopf.

»Dem Geräuschpegel nach zu urteilen, müssen die ziemlich viele Mitglieder haben.«

»Kann ich Ihnen etwas vom Grill bestellen?«

»Die haben wirklich Spaß, oder?«, sagte Temple, immer noch von der offenbar ausgelassenen Stimmung im Nebenraum abgelenkt.

»Das Hotel überlässt diesen Jugendlichen einmal pro Woche den Raum für ihre Treffen.«

»Das ist ja ziemlich nett vom Hotel.« Temple starrte durch die Tür auf die Teenager, die die Lobby durchquerten. Die Schatten der Kübelpalmen huschten über ihre Haut, ihre Haare und die Blumen, die manche der Mädchen trugen.

»Das Treffen heißt Alla-irgendwas«, sagte der Barmann.

»Bestellen Sie mir ein Steak?«

»Ja, Sir. Gerne.«

»Ich mag es innen rosa«, sagte Temple.

Er trank seinen Wodka, während er aufs Essen wartete, und hörte dem Klavierspieler zu, der Claire de Lune spielte. Der Mann am Piano trug einen Sommersmoking und hatte sich eine rote Blume ins Knopfloch gesteckt. Ein Kegel aus blauem Licht schien auf ihn herab, während seine langen Finger über die Tasten glitten.

Sante Fé war ein großartiger Ort. Das spanische Flair, die Säulengänge aus Holz und die Tonkrüge auf den Terrazzoböden der Geschäfte in der Einkaufsstraße. Dazu die Sterne über den unendlich weiten Bergen. Warum sollte ein Mann in einem so wunderschönen Land wie diesem Angst haben? Und warum sollte sich ein Mann seiner selbst schämen? Bei diesem Punkt war er mit Liberalen und Freigeistern einer Meinung. Ein Mann suchte sich seine sexuellen Neigungen nicht aus. Sie wählten ihn. Hatte nicht Jesus selbst gesagt, dass es Menschen gab, die schon im Mutterleib anders waren?

Das Mädchen, das aus der Lobby in die Lounge kam und sich

neben ihn an die Bar setzte, hatte das Gesicht einer Elfe. Dazu eine Stupsnase, ein gehobenes Kinn sowie dicke dunkelrote und hinten zusammengebundene Haare. Sie trug ein paillettenbesetztes Cowboyhemd und eine enge Stonewashed-Jeans, die sie in ihre fast kniehohen Stiefel gesteckt hatte. »Hi«, sagte sie.

»Hi«, erwiderte Temple.

»Ich brauche Hilfe.«

»Hast du jemanden umgebracht?«

»Lust dazu hätte ich. Zumindest, wenn ich da wieder rein muss.«

»Wo rein?«, fragte er.

»Zum Alateen-Treffen nebenan.«

»Was ist Alateen?«

»Eine Veranstaltung, die Schlaflosigkeit heilen soll. Ein Richter hat mich dazu verdonnert.«

»Wieso sollte dich ein Richter zu so einem Treffen schicken?«

»Mein Freund hat seinen Wagen zu Schrott gefahren und mich bewusstlos drin liegen lassen. Der Typ hat nicht nur einen Minischwanz, sondern ist obendrein auch noch ein Lügner. Dem Richter habe ich gesagt, wenn er meinem Freund glaubt, dann ist er genau so ein Haufen Scheiße wie er. Ob er auch so einen Minischwanz hat wie mein Freund, weiß ich allerdings nicht. Was ist das für Musik?«

»Debussy, glaube ich. Kennst du Claude Debussy?«

»Wer soll das sein?«

»Er war ein großartiger Komponist.«

Das Mädchen kaute Kaugummi und rollte mit den Augen. Ihr Mund wirkte träge und irgendwie verletzlich. Das feuchte Knatschen des Kaugummis in ihrem Mund ließ Temple schlucken. Sie lächelte lässig, und an einem ihrer Augen bildeten sich kleine Falten. »Wie sieht's aus mit einem Drink?«

»Bist du denn schon alt genug dafür?«

»Würde ich sonst fragen?«

»Was möchtest du?«

»Ist mir egal. Irgendwas mit kandierten Kirschen. Ein Drink, der gleichzeitig warm und kalt ist.«

Als der Barmann das Steak brachte, bestellte sich Temple einen weiteren Collins und einen Old Fashioned für das Mädchen. Der Barmann faltete die Hände und senkte den Blick, womit er beinahe aussah wie ein Bestatter, dem es schwerfiel, ein schwieriges Thema anzusprechen.

»Sie ist meine Nichte«, sagte Temple. »Es glaubt mir nie jemand, dass sie schon zweiundzwanzig ist.«

»In Ordnung, Sir«, sagte der Barmann und ging ans Ende des Tresens, wo er aus einem Regal über dem hinteren Tresen ein neues Glas herauszog.

»Wow, ziemlich beeindruckend«, sagte das Mädchen. »Ich hatte mal einen Onkel, der das auch konnte. Er hat die Leute dazu gebracht, alles Mögliche für ihn zu tun. Dazu musste er ihnen nur das Gefühl geben, dass sie sich eigentlich gerade selbst einen Gefallen tun. Weißt du, wie er das gemacht hat?«

»Verrat's mir.«

»Irgendwie hat er immer gewusst, was diese Leute tun wollten. Sie haben bloß darauf gewartet, dass jemand ihnen die Erlaubnis dafür gibt. Meistens ging es um Geld, manchmal aber auch um Sex. Am Ende haben sie ihm alle aus der Hand gefressen. Er hat immer gesagt: ›Zaubere ihnen ein Lächeln aufs Gesicht, und sie springen für dich von der Klippe.‹«

»Was ist aus ihm geworden?«

»Nichts. Er hat ein paar Massagesalons in Los Angeles. Ist das eine Rolex?«

Als Temple auf seine Uhr hinuntersah, merkte er, wie lange er schon in der Lounge gesessen hatte. Wo waren seine Männer? Sie benahmen sich seltsam, seitdem zwei von ihnen so blöd gewesen waren, sich von Preacher Jack über den Haufen schießen zu lassen. »Ist mir gar nicht aufgefallen. Ich habe ein Dutzend Uhren, die ich immer abwechselnd trage. Reitest du gerne?«

»Manchmal. Früher bei 4H bin ich ab und zu Tonnenrennen geritten, und beim Ruidoso Downs habe ich mich nach den Rennen um die Pferde gekümmert. Das war immer ein geiler Haufen! Wenn das siebte Rennen durch war, ging's in der Bar tierisch ab.«

»Ja, aber das sind doch ganz gewiss nicht die Leute, mit denen du deine Freizeit verbringst. Ich wette, du gehst aufs College.«

»Wenn du damit einen Job bei McDonald's in einem Walmart-Supermarkt meinst, dann schon. Ein richtig beschissenes Loser-Leben, was? Dein Steak wird kalt.«

»Möchtest du eins?«

»Ich bin Veganerin. Seitdem ich kein Fleisch und keine Milchprodukte mehr esse, hat sich mein ganzes Leben verändert. Ich dachte immer, mein Freund mit seinem Minischwanz wäre das Problem, aber jetzt glaube ich, dass es an meiner Ernährung lag.«

»Welches Problem?«

»Meine Organismen waren durcheinander.«

»Was meinst du damit?«

»Fleisch, Käse und diese Scheiße vom Hühnerhof sind Gift für die erogene Entwicklung.« Der Kellner legte einen Untersetzer vor ihr auf den Tresen und stellte ihren Old Fashioned darauf. Sie wickelte ihren Kaugummi in eine Serviette. »Wie auch immer. Danke für den Drink«, sagte sie. »Ich halte diese Leute da nebenan nicht aus. Weißt du, was deren Problem ist?«

»Nein«, antwortete er.

Sie nahm einen Schluck aus ihrem Glas, und sofort leuchteten ihre Augen auf, und ihre Wangen füllten sich mit Farbe, wie bei einer durstigen Pflanze, die gerade gegossen wurde. Als sie sprach, spürte er die Kälte ihres Atems. »Sie fühlen sich nicht geliebt«, sagte sie.

»Dafür, dass du eine so junge Frau bist, hast du schon ziemlich tiefe Einsichten.«

»Ja, genau. Deswegen bin ich auch die Chefin der Pommes-Abteilung.«

»Du duftest nach Orangenblüten.«

»Das liegt wahrscheinlich daran, dass ich auf einem Stück Orangenschale rumkaue.« Sie drehte sich auf ihrem Stuhl in seine Richtung und berührte dabei sein Knie mit dem ihren. Dann schaute sie ihm fest in die Augen. »Ein Freund hat mich hierher mitgenommen, aber er wird noch eine Stunde bei dem Treffen bleiben. Ich wohne zwar nur sechs Meilen von hier, hab aber kein Geld fürs Taxi. Ich könnte jemanden gebrauchen, der mich heimbringt … Aber wenn ich zu Hause ankomme, gehe ich allein rein.«

»Du bist der Captain deiner Seele, was?«

»Nein, aber ich bin auch nicht der Rücksitz-Fick von irgendjemandem.«

Er spießte eine kleine Tomate mit seiner Gabel auf, nahm sie in den Mund und kaute bedächtig. »So etwas würde ich nie über dich denken, geschweige denn sagen.«

»Also nimmst du mich mit?«

»Wenn du eine Sache für mich tust.«

Als sie den Blick abwandte, wurde in ihrer Geste einc Abhängigkeit offensichtlich, die ihm das Herz brach. »Was?«, sagte sie.

»Bummele mit mir über den Schmuckmarkt. Ich habe eine Schwäche für diesen indianischen Krempel und brauche eine Expertin, die mich berät.«

»Hast du eine Tochter?«

»Nein.«

»Ich dachte, das würdest du mir gleich sagen.«

»Warum?«

»Meistens sagen sie, ich würde sie an ihre Tochter erinnern.«

»Wer sagt das?«

»Die Art von Typen, die hinten im Kirchenbus gerne junge Mädchen begrabschen«, antwortete sie und griff ihre Handtasche. »Glaubst du, ich mache Witze? Hast du dich schon mal gefragt, warum Männer mittleren Alters Jugendbetreuer in der Kirche oder in einem Vergnügungspark sind oder irgendwelchen Hosenscheißern Basteln und Handwerken beibringen wollen? Weil sie es toll finden, wie die Toilette riecht, nachdem ein Haufen Blagen auf die Klobrille gepisst hat? Komm schon, du weißt genau, wovon ich rede.«

»Wie alt bist du?«

»Kauf mir einen Veggieburger und ich verrat's dir. Komm, wir gehen. Ich beiße auch nicht«, sagte sie und zwickte ihm in den Arm.

Kapitel 24

Krill hatte seinen Wagen in einem Hain aus abgestorbenen Obstbäumen geparkt, etwas mehr als fünfzig Meter hinter dem Haus der Frau, die Negrito nur La China nannte. Mit dem Sonnenuntergang hatte sich der Wind gelegt, und der Himmel hatte sich wie in einer Tuschezeichnung grau-schwarz gefärbt. Das viktorianische Haus, die Bäume und die Windmühle, die Scheune und die Pferdetränke, sogar die Berge im Hintergrund, lagen vollkommen reglos und grau da. Die Pferde und Hühner waren vom Hof verschwunden, nicht einmal Vogelgezwitscher war zu hören. Das einzige Geräusch, das Krill wahrnahm, als er sich gemeinsam mit Negrito dem Haus näherte, war das Wasser, das aus einem rostigen Rohr in die Pferdetränke tropfte. Eine Staubwolke, so dicht wie ein riesiger Mückenschwarm, hing über dem Gebäude.

Hinter einem räder- und fensterlosen Auto, dessen Blech noch heiß war von der Sonne des Tages, ging Krill in die Hocke und stützte sich mit einem Knie auf dem Boden ab, um das Haus in Ruhe beobachten zu können. Es war dunkel, und er konnte keinerlei Bewegung ausmachen. Negrito kniete sich neben ihn. Die Lederkordel seines Huts baumelte unter seinem Kinn, und ein strenger Geruch quoll aus seiner Kleidung. »Eins musst du mir noch erklären«, sagte Negrito.

»Was?«

»Ich verstehe den Sinn nicht, warum wir hier sind.«

»Es gibt keinen«, sagte Krill. »Zumindest nicht für dich, mein alter Freund.«

Negrito seufzte. »Alle haben dich im Stich gelassen, Krill. Ich bin der Letzte, der noch zu dir hält. Trotzdem redest du mit mir, als wäre *ich* dein Feind, und nicht diese feigen *maricones*, die weggelaufen sind.«

Krill legte seine Hand auf Negritos Schulter, die sich anfühlte wie ein mit Steinen gefüllter Leinensack. »Weißt du, Negrito, du bist ein Killer, genau wie ich. Aber dir macht das Töten nichts aus. Du kannst ruhig schlafen, und am Morgen wachst du auf, als wäre nichts passiert. Aber ich, ich durchlebe wieder und wieder die Momente, in denen das Licht in den Augen meiner Opfer verlischt. Meine Erinnerungen sind zu meinem größten Feind geworden.«

»Gegen so was helfen Nutten und Tequila. Vielleicht sollten wir mal einen kleinen Ausflug nach Durango machen, damit du auf andere Gedanken kommst, *jefe*.«

»Ich muss mit La Magdalena sprechen.«

»Du willst mit ihr in die Kiste. Ist es das? Glaubst du etwa, dass chinesische Bräute im Bett was Besonderes sind? Vergiss es, Mann. Die sind genauso wie unsere Weiber. Nachts hast du deinen Spaß mit ihnen, aber am nächsten Morgen machen sie dir das Leben zur Hölle.«

»Du kannst einem echt leidtun, Negrito. Warum benutzt du zur Abwechslung nicht mal deinen Kopf zum Denken und nicht immer nur deinen Schwanz?«

»Weil mein Schwanz mich noch nie im Stich gelassen hat, Mann.« Negrito legte die Hand auf Krills Schulter. »Sag mir die Wahrheit. Warum willst du mit der Alten reden, wenn du sie nicht vögeln willst?«

»Um meine Sünden zu beichten, *hombre*. Um endlich die

Gesichter loszuwerden, die mich jede Nacht im Traum verfolgen.«

»Im Krieg zu töten ist keine Sünde. Vor dem Krieg waren wir Bauern und Viehhirten. Die Leute, die wir umgebracht haben, hatten es nicht besser verdient. Was ist so schlimm daran, einen Kommunisten umzulegen?«

»Ich bin schuld am Tod meiner Kinder.«

»Ach komm schon, Mann.«

»Ich habe der Armee und den Amerikanern die Schuld gegeben, und diesen Leuten aus Argentinien, von denen wir unsere ersten Waffen bekommen haben. Dabei habe ich selbst Geld von korrupten Politikern angenommen und dann getan, was sie wollten: Ich habe einen Jesuitenpater erschossen und viele Linke getötet. Du weißt, dass das die Wahrheit ist, Negrito, denn du warst selbst dabei. Es stimmt, dass der Hubschrauber mit seinen Maschinengewehren die Klinik in Stücke geschossen hat, aber ich habe gemeinsame Sache mit diesen Leuten gemacht. Ich trage eine Mitschuld an dem Fluch, der damals unser Land befiel.«

»Du bist ja vollkommen durchgedreht, Krill. Diese Frau ist keine Heilige. Sie wird alles, was du ihr erzählst, den Cops verraten, und dann wird man uns jagen wie wilde Tiere. Die Gringos werden es nicht zulassen, dass irgendwer erfährt, was wir da unten gemacht haben.«

»Da im Haus geht irgendwas Merkwürdiges vor«, unterbrach ihn Krill.

»Das einzig Merkwürdige hier ist dein Kopf, Mann. Der glüht ja fast schon im Dunkeln. Wahrscheinlich hast du dir in dieser Nacht in Juárez doch ein paar Pillen zu viel eingeworfen.«

»Ihr Auto steht neben der Scheune, aber im Haus ist es vollkommen ruhig, alle Lichter sind aus«, sagte Krill. »Aber schau in das Fenster von der Kapelle: Da brennen Kerzen, vor der Marienstatue.«

»Na und? Bei der Braut brennen doch ständig irgendwo Kerzen. Das machen diese Leute so. Normale Menschen wie wir arbeiten und schwitzen, und manchmal fangen wir uns auch eine Kugel ein. Aber alles, was diese Leute tun, ist Kerzen anzünden.«

»Das weiß ich auch, Mann. Aber diese Frau war im Krieg, Negrito. Die legt sich nicht schlafen oder geht weg und lässt irgendwo im Haus Kerzen brennen.«

»Du machst immer alles kompliziert«, stöhnte Negrito. »Warum kannst du nicht mal einfache, ruhige Dinge denken? Immer spinnst du dir irgendwas zusammen, damit du dich dann da durchkämpfen kannst.«

»Schau mal, auf der anderen Seite des Zauns, hinter der Scheune, da wo das Gras höher ist.«

»Und, was soll mit dem Gras sein?«

»Siehst du nicht, dass es an einer Stelle umgeknickt ist, so als würde ein Weg hindurchführen? Das kann unmöglich vom Wind kommen. Da muss jemand durchgelaufen sein.«

»Das waren bestimmt Tiere. Pferde oder Hirsche. Die überqueren da das Feld und trampeln durchs Gras. Das ist doch nun wirklich nicht so schwer zu kapieren, oder?«

»Auf diesen Feldern gibt es keine Pferde. Und Wildtiere hinterlassen auf flachem Land keine derartigen Spuren. Das machen sie nur in den Bergen, damit sie an den Hügeln ihre Pfade wiederfinden.«

»Siehst du, genau das meine ich. Ein einfacher Besuch bei dieser selbst ernannten *sacerdote*, und du drehst völlig durch.«

»Die hintere Tür ist nur angelehnt, Negrito. Ich sage dir, irgendwas stimmt hier nicht. Du bleibst hier und hältst mir den

Rücken frei. Das Gewehr lasse ich hier, aber schieß nur, wenn du unbedingt musst. Wenn alles in Ordnung ist, komme ich zur Tür und winke dir mit der rechten Hand zu. Mit der *rechten*. Verstanden? Nicht mit der linken!«

»*Claro*, Mann. Ich krieg schon wieder Kopfschmerzen von deiner Paranoia. Lange halte ich das nicht mehr aus. Früher hatten wir doch auch keine Angst. Ich hab dir von Anfang an gesagt, dass diese Frau mit ihren Männerhosen Unglück bringt. Aber du wolltest ja nicht hören.«

»Dann hau doch ab. Geh nach Durango«, schnaubte Krill verächtlich. »Amüsier dich mit deinen versifften *putas* und bade in ihren verseuchten Liebessäften!«

Negrito atmete schwer. Die Barthaare rund um seinen Mund waren dick und starr wie der Schnurbart von einem Dachs. Seine Pupillen hatten sich auf die Größe von Stecknadelköpfen zusammengezogen, die Haut um seine Augen war faltig und schuppig. »Du bringst mich noch dazu, etwas Furchtbares zu tun«, stieß er hervor.

»Du wärst gerne ich, Negrito, ich weiß das. Du möchtest deinen eigenen Körper verlassen und in meinem weiterleben. Und weil du ein Killer bist, bist du einfältig genug zu glauben, dass eine Kugel dir meinen Körper und mein Hirn geben könnte.«

»Ich bin dir immer ein treuer Diener und Gefolgsmann gewesen, ein *hermano*, und kein Meuchelmörder«, antwortete Negrito. »Ich wünsche mir, dass du wieder du selbst bist, Krill, und der Anführer, der du mal warst, und kein Trottel, der sich selbst hasst und über seine Sünden nachgrübelt.«

»Noch mal: Wenn ich an die Tür komme und mit der linken statt mit der rechten Hand winke, was will ich dann damit sagen?«

»Keine Ahnung. Vielleicht, dass du dieser chinesischen *puta* hörig bist wie ein Bulle mit einem Nasenring?«

»Negrito, du bist tapferer als die meisten anderen Männer. Aber du musst aufhören, so viel nachzudenken. Weißt du, für manche Menschen ist Denken eine Form von Eitelkeit, die gefährlich werden kann. Je früher du das akzeptierst, desto besser.«

Krill stand auf und ging zur Tür an der Rückseite des Hauses. Eine 357er Magnum baumelte rechts an seinem Armeegürtel, in der Messerscheide auf der linken Seite steckte eine lange Klinge, wie man sie zum Häuten von Wild benutzt. Er stieg die Stufen zur Veranda hinauf und lauschte. Plötzlich spürte er einen Luftzug im Nacken und hörte, wie sich die Windmühle in Gang setzte und Wasser in die Pferdetränke pumpte. Aber wo waren die Pferde? Und wo waren die Illegalen, die fast jeden Abend zu La Magdalena kamen, um sie um Essen und um ihren Segen zu bitten?

Er ging zur Tür und hielt erneut inne, um zu lauschen. Hinter ihm hoben sich die Flügel der Windmühle wie Schablonen von den grauschwarzen Mustern am Himmel ab. Der Wind wehte Steppenläufer über den Hof, die sich im Zaun verfingen und an dem abgewrackten Wagen hängen blieben, hinter dem Negrito mit dem M16-Sturmgewehr kauerte. Krill stieß die Tür auf und trat in die Dunkelheit des Hauses.

Sie saß ganz ruhig in einem Holzstuhl am Ende des Flurs, die Hände auf den Knien, die Haare zu einem Dutt hochgesteckt. Ihre Züge waren in dem schwachen Licht kaum zu erkennen, ihr Gesicht im Profil so regungslos, als hätte es jemand auf eine hauchdünne Leinwand gemalt. Er zog den 357er aus dem Halfter und wartete. Den linken Fuß vor den rechten gesetzt, stand er da, atmete leise durch den Mund und hielt den geriffelten Griff des Revolvers fest umschlossen. Ohne die Frau auch nur eine Sekunde aus den Augen zu lassen, trat er wieder ein Stück zurück, streckte den linken Arm durch die Tür nach draußen und öffnete und schloss seine Hand mehrfach, damit die Reflektion des Abendlichts auf seiner Handfläche zu sehen war. Gleichzeitig bewegte er den Arm auf und ab, damit Negrito deutlich erkennen konnte, dass es sein linker Arm war, und nicht der rechte. *Ich hoffe, du erinnerst dich daran, was ich dir gesagt habe, Negrito,* dachte er. *Und ich hoffe, dass ich mich auf dich verlassen kann. Ich brauche dich. Jetzt!*

Krill ging langsam den Flur entlang. Er konnte sehen, dass die Frau ihn aus dem Augenwinkel beobachtete.

»Magdalena?«, fragte er, seine Stimme ein kaum vernehmbares Flüstern.

Sie starrte unverändert geradeaus, die Hände vollkommen ruhig auf ihren Knien.

»*¿Qué pasa?*«, fragte er und schaute über seine Schulter nach hinten. Wo war bloß Negrito? »Señora, sehen Sie mich an. Ich bin es, Krill«, sagte er. »Ich habe etwas zu beichten. Ich habe damals einen Jesuitenpater umgebracht und bin auf der Suche nach Absolution. Ich weiß, dass sie sie mir geben können.«

Als er den Raum betrat, in dem die Frau saß, spürte er einen Pistolenlauf an seinem Hinterkopf. »Schlechtes Timing, Taco-Fresser«, sagte eine Stimme hinter ihm.

In dem Zimmer waren vier Männer, die Gesichter hinter beigefarbenen Stoffmasken mit Schlitzen für Nase, Mund und Augen versteckt. Einer der Männer stand gegen eine Wand gelehnt. Seine linke Hand ruhte auf der Schulter eines Mädchens, das nicht viel älter als zehn Jahre alt sein konnte. Mit der rechten Hand hielt er der Kleinen die lange Klinge eines Springmessers an die Kehle. Die weit aufgerissenen Augen des Mädchens verrieten Verwirrung und Panik, ihre Unterlippe zitterte.

Der Mann, der Krill seine Pistole an den Hinterkopf hielt, nahm ihm den 357er ab. »Bist du allein?«, fragte er.

»Nein. Ich habe eine ganz Armada von Männern da draußen. Die machen euch fertig.«

»Und weshalb bist du dann mutterseelenallein hier reinspaziert?«

»Wer seid ihr Typen?«, fragte Krill.

»Dein schlimmster Albtraum, Arschloch.«

»Für Witzfiguren ist kein Platz in meinen Albträumen. Männer mit Halloween-Masken, die kleine Mädchen mit Messern bedrohen? So was machen nur Clowns oder Eunuchen, die ohne Eier geboren wurden. Mir fällt kein einziger Grund ein, warum solche Spinner in einem Albtraum vorkommen sollten.«

»Sprechen Sie nicht mit ihnen, Antonio«, sagte die Frau.

»Ich habe nur mit mir selber geredet, Magdalena. Ich wollte mir darüber klar werden, was ich von diesen Typen zu halten habe. Es ist mir wirklich rätselhaft, was in ihren Köpfen vorgeht.«

Der Hof lag verlassen da. Das Licht verschwand langsam hinter den Bäumen, und die Windmühle drehte sich vor einem Horizont, der aussah, als würden sich die Wolken langsam auflösen und in Schlieren an den Seiten des Himmels heruntertropfen. Dann sah er Negrito – weit nach vorn übergebeugt, den fettigen Lederhut tief in die Stirn gezogen, die M16 mit beiden Händen fest umklammert –, wie er hinter der Scheune hervorkam und an der Vorderseite des Hauses verschwand. Trotz seines schweren, untersetzten Körpers bewegte er sich mit den leichten, fließenden Bewegungen eines Tieres. In der Ferne glaubte Krill das dumpfe Wummern von Helikopterflügeln ausmachen zu können.

»Nehmen Sie mich, aber lassen Sie das Kind in Ruhe«, sagte Magdalena zu dem Mann, der Krill die Pistole an den Kopf hielt.

»Nichts lieber als das. Allerdings ist dieser Typ hier ein Problem. Wer ist das überhaupt?«

»Jemand, der nach Vergebung für seine Sünden sucht. Er ist keine Gefahr für Sie.«

»Du bist ein Kojote, stimmt's?«, fragte der Mann mit der Waffe.

»Nein, *hombre*, ich bin ein Texas Ranger und hab schon 'ner Menge Typen wie dir die Scheiße aus dem Leib gepustet.«

»Verstehe, ein echter Witzbold also. Wirklich clever von dir, hier ganz allein aufzuschlagen und direkt in unsere Falle zu tappen.«

Plötzlich waren dumpfe und scharrende Geräusche von der Vorderseite des Hauses zu hören. Kurz darauf stampften die Absätze schwerer Stiefel über die Veranda, und eine Tür wurde mit lautem Krachen aufgestoßen. Krill spürte, wie ihm das Herz in die Hose rutschte. Zwei weitere Männer, ebenfalls mit Stoffmasken vermummt, kamen ins Zimmer und zerrten einen übel zugerichteten Negrito hinter sich her. Unter Negritos Lederhut rann das Blut hervor. Es lief ihm in einer gezackten Linie über die Stirn, durch seine Augenbrauen und seine Wange hinunter in den struppigen Bart. Trotzdem lag ein Grinsen, so breit wie das eines Halloween-Kürbisses, auf seinem Gesicht.

»*¡Qué bueno!*«, rief er. »Alle sind da.« Als er den Ausdruck auf Krills Gesicht sah, erlosch sein Grinsen. »Diese *cobardes* haben sich von hinten an mich rangeschlichen«, sagte er. »Tut mir leid, Krill.«

»Du bist also der Mann, den sie Krill nennen. Wir haben schon viel von dir gehört«, sagte der Mann mit der Waffe.

Der Helikopter überflog das Haus, kreiste über einem Feld und setzte zur Landung auf der Rückseite des Grundstücks an. Die Rotorblätter drückten das Gras flach auf den Boden und wirbelten jede Menge Staub, Dreck und getrocknete Kuhfladen auf.

»Hey Krill, ich weiß, wer diese Typen sind. Das sind Sholokoffs Leute«, sagte Negrito.

»Wer diese Leute sind und was sie tun, interessiert mich nicht«, antwortete Krill.

»Stimmt's oder hab ich recht?«, wandte sich Negrito an seine Bewacher. »Ich weiß Bescheid, Mann. Ihr arbeitet für diesen Russen-Wichser. Hab gehört, ein paar von euch haben ihre Nasen verloren. Wenn ihr nett zu mir seid, verrate ich euch, wo ihr die Zinken findet. Vielleicht könnt ihr sie ja wieder ankleben.«

Negrito, Negrito, Negrito, dachte Krill.

Der Mann hinter Negrito trat einen Schritt zurück und betrachtete die beiden Gefangenen wie ein Fotograf, der eine Porträtaufnahme von ihnen machen wollte. »Was für ein entzückendes Pärchen!«, sagte er.

»Was hast du vor?«, fragte der Mann, der dem kleinen Mädchen noch immer das Messer an die Kehle hielt.

»Bring das Mädchen in die Küche.«

»Und dann?«

»Na, was denkst du denn?«

»Keine Ahnung, Mann. Was weiß ich denn, welche Regeln für diesen Job gelten.«

»In der Tür der Speisekammer steckt ein Schlüssel. Was sagt dir das?«

»Dass ich die Kleine da einsperren könnte?«

»Du bist ein Genie«, sagte der Mann mit der Waffe. »Und dann bringst du die Frau zum Hubschrauber.«

»Und was passiert mit den beiden hier?«

»Gute Frage.«

»Ich habe auch eine Frage«, unterbrach ihn Negrito.

»Du willst mich was fragen? Wundervoll, immer raus damit, Tortilla-Fresse.«

»Wenn man so ohne Eier geboren wird, ist man dann automatisch eine Tunte, oder muss man das erst lernen? Mal im Ernst, ich glaube alle Typen, die Tortilla-Fresse zu mir gesagt haben, waren *maricones*. Weißt du auch, warum ich das glaube? Als ich in Arizona und Texas im Knast saß, waren es immer die Kerle von der Aryan Brotherhood, die mit mir in die Kiste steigen wollten. Das ist Tatsache, Mann: Egal, in welchem Bau ich saß, Macho-Gringos wie du waren immer die meistgefickten Knastnutten. Aber pass auf, ich mach dir ein Angebot, weil du eigentlich aussiehst, als wärst du ein ganz braver Kerl. Wenn du jetzt aufgibst und uns laufen lässt, dann bringe ich dich mit ein paar blitzblank rasierten Jüngelchen zusammen, an denen nicht ein Haar dran ist. Du wirst es lieben, Mann!«

»Mit denen verschwenden wir nur unsere Zeit, Frank«, sagte einer der anderen Männer. »Wie soll's laufen?«

»Wir machen getrennte Rechnungen«, antwortete Frank. »Krill ist der Typ, der den Quäker gekidnappt hat. Ich bin mir sicher, dass Josef mit ihm reden will. Und der Affe hier drüben will offenbar unbedingt sterben.«

»Nein, *hombre*, hör mal zu«, unterbrach ihn Krill, »Negrito ist ein guter Soldat, der kann dir noch von großem Nutzen sein. Er kennt keine Schmerzen und würde niemals etwas ans FBI ausplaudern. Sein einziger Fehler ist, dass er manchmal einfach nicht die Klappe halten kann. Aber wie gesagt, er könnte deinem Boss noch von Nutzen sein.«

»Keine Sorge, ich weiß schon, was du sagen willst«, antwortete der Mann mit der Pistole. »Wir verdienen hier alle nur unser Geld. Kein Grund, die Sache persönlich werden zu lassen. Ich kann deine Sicht der Dinge durchaus verstehen.«

Keiner im Raum bewegte sich. In der eintretenden Stille konnte Krill das kleine Mädchen wimmern hören. Der Mann, der seine Halbautomatik auf Negrito gerichtet hatte, steckte seine Waffe weg und beäugte den 357er, den er Krill abgenommen hatte. Der Revolver war aus vernickeltem Stahl gefertigt, die Griffschalen geriffelt und schwarz, die Kammern der Trommel mit Hohlspitzgeschossen geladen. »Dein Name ist also Negrito?«, fragte er.

»Das ist mein Spitzname. Weil ich *mestizo* bin.«

»Hast du ein Problem damit, in einem Helikopter zu fliegen?«

Negrito zuckte mit den Schultern. Er starrte aus dem Fenster. Sein Blick war stumpf und unfokussiert, seine Mundwinkel zeigten nach unten.

»Wir wollen ja nicht, dass du es unbequem hast. Hast du Höhenangst? Dir wird nicht schlecht beim Fliegen, oder so?«

Negrito schaute zu Krill. »Wir hatten eine gute Zeit, *amigo*, nicht wahr? Die werden sich noch lange an uns erinnern. Lass dich von diesen Typen nicht fertig machen. Wir sind besser als die. Wir sind stärker, klüger und härter als die alle zusammen. Typen wie wir kommen von den Toten zurück, und dann pissen wir diesen Clowns ins Gesicht und scheißen ihren Müttern in die Fresse.«

Krill stand da wie versteinert. Das Dröhnen der Rotorblätter in seinem Kopf wurde lauter, Staub wirbelte umher, Regenwolken zogen in langen blauen Schwaden über das Haus hinweg, die Flügel der Windmühle kreisten zitternd vor dem Nachthimmel – all diese Dinge liefen gleichzeitig ab, als der Mann mit dem 357er den Lauf des Revolvers hob und Negrito eine Kugel durch den Schädel jagte.

Hackberry Holland saß am Fenster und las im Schein einer Leselampe eine Biografie von T. E. Lawrence, als er das Donnergrollen hörte, das aus den sich weit im Süden aufgestauten Wolken kam und in den Bergen widerhallte. Hin und wieder waren dort Blitze zu sehen, oder ein flackerndes Wetterleuchten durchzuckte den Himmel. Der Autor des Buches, Michael Korda, beschrieb die Auflösung der großen Imperien und das Aufkommen einer neuen Form des Krieges. Diese Kriege, die in den Sanddünen und Dattelhainen der arabischen Welt ihren Ausgangspunkt nahmen, sollten sich als antikoloniale Befreiungskriege einen Namen machen und zum Vorbild für viele weitere Aufstandsbewegungen werden. Die Beschreibung des gleißenden Lichts in den Sanddünen der arabischen Wüsten ließ Hackberry an die weiße Schneedecke auf den Bergen südlich des Yalu denken, an dem Morgen, als er das erste Mal chinesische Soldaten in ihren wattierten Uniformen gesehen hatte. Zehntausende waren es gewesen – viele von ihnen nur mit Turnschuhen an den Füßen –, die aus dem glitzernden Weiß der Schneefelder heranmarschiert kamen, unbeeindruckt vom Maschinengewehrfeuer, das über die Felder zischte, unbeeindruckt auch von den Artilleriegeschossen, die Fontänen aus Schnee und Eis, Matsch und Gestein zwischen ihnen aufspritzen ließen.

Er schloss das Buch, legte es auf seine Knie und sah aus dem Fenster. Ein Stück die Straße hinauf war ein Ast von einem Baum auf die Telefonleitung gefallen, die zu seinem Haus führte. Als er gerade aufstehen wollte, um zu prüfen, ob das Telefon noch funktionierte, sah er einen Streifenwagen die Einfahrt seines Grundstücks hinauffahren. Die Signalleuchte war eingeschaltet, aber die Sirene schwieg. Hackberry trat hinaus auf die vordere Veranda. R. C. Bevins stieg aus dem Wagen und kam mit düsterem Gesichtsausdruck über den mit großen Steinplatten ausgelegten Weg auf ihn zu.

»Hast du versucht, mich anzurufen?«, fragte Hackberry.

»Ja, Sir, aber Ihr Telefon ist tot. Ihr Handy scheint auch aus zu sein.«

»Das ist in meinem Wagen. Was gibt es denn, R. C.?«

»Wir haben einen Mordfall, im Haus von Ms. Ling. Das Opfer scheint ein Latino zu sein. Der Austrittswunde an seinem Kopf nach zu urteilen, würde ich auf ein Hohlspitzgeschoss tippen. Ein zehnjähriges Mädchen hat alles mit angesehen. Die Mutter der Kleinen ist eine Freundin von Ms. Ling. Als sie das Mädchen abholen wollte, fand sie die Kleine in der Speisekammer eingesperrt. Ms. Ling selbst ist verschwunden.«

»Was soll das heißen, *verschwunden*?«

»Dem Mädchen zufolge sind sechs maskierte Männer in das Haus eingedrungen und haben Ms. Ling und einen Freund des Toten in einem Helikopter mitgenommen.«

»Wie lange ist das her?«

»Ein paar Stunden.«

»Habt ihr die Fingerabdrücke des Toten genommen?«

»Ja, Sir.«

»Dann macht Druck beim Bureau, damit wir bald Ergebnisse bekommen.«

»Pam ist schon dabei. Was meinen Sie, wer die Typen mit dem Helikopter waren?«

»Das müssen Josef Sholokoffs Leute gewesen sein.«

»Das kleine Mädchen hat gesagt, dass der Tote und sein Freund Spanisch gesprochen haben. Außerdem hat sie erzählt, dass dieser zweite Mann eine Pistole und ein langes Messer an seinem Armeegürtel trug.«

»Was hat sie noch über ihn gesagt?«

»Dass er groß war und seine Schultern merkwürdig aussahen. Sie waren irgendwie zu breit, als hätte er einen Stock quer in sein Hemd gesteckt.«

»Das muss Krill gewesen sein.«

»Was wollte Krill bei Ms. Ling?«

»Ich habe nicht die geringste Ahnung.«

»Ist bei Ihnen alles okay, Sheriff?«

»Wie lange hast du schon versucht, mich zu erreichen?«

»Vielleicht fünfzehn Minuten. Sie konnten ja nicht wissen, dass Ihr Anschluss tot ist.«

»War Ms. Ling verletzt?«

»Das kleine Mädchen hat erzählt, dass der Mann, der ihr das Messer an den Hals hielt, Ms. Ling zu Boden gestoßen hat. Außerdem hat sie gesagt, dass alle Männer Handschuhe trugen und dass der, der geschossen hat, den Toten als Taco-Fresser beschimpft hat. Meinen Sie, das sind dieselben Männer, die auch Cody Daniels gekreuzigt haben?«

»Möglich. Wie siehst du die Sache?«

R. C. kratzte sich über der Augenbraue. »Ich glaube, wir haben es hier mit einer ganz besonderen Spezies zu tun«, sagte er dann. »Gut möglich, dass das alles mit diesem Kerl zusammenhängt, diesem Barnum, den wir vor Kurzem eingesperrt haben. Ehrlich gesagt, bin ich mir nicht so sicher, ob wir da das Richtige getan haben.«

Als Hackberry am Gefängnis ankam, wartete Pam Tibbs schon auf ihn. Sie war nicht geschminkt, und unter ihren Augen zeichneten sich dunkle Ringe ab.

»Was hast du vor?«, fragte sie.
»In Bezug auf was?«
»Alles.«
»Hast du schon mit dem FBI gesprochen?«
»Ich habe den Mord und die Entführung gemeldet. Unseren Jungen in der Isolationszelle habe ich nicht erwähnt«, sagte sie.
»Fühlst du dich unwohl bei der ganzen Sache?«
»Ich verstehe nicht, was du vorhast, Hack. Mir ist nicht klar, wie dein Plan aussieht.«
»Sie werden sich melden.«
»Du meinst die Entführer?«
»Jede Wette.«
»Und dann?«
»Wir haben das, was sie wollen. Solange Barnum bei uns in Gewahrsam ist, werden sie Anton Ling am Leben lassen.«
»Aber Hack, sie hätten Ling gar nicht erst entführt, wenn wir Barnum nicht verhaftet hätten.«
»Das brauchst du mir nicht zu erklären.«
»Und wo gehst du jetzt hin?«
»Ein Nickerchen machen«, antwortete Hackberry.
Er stieg die Wendeltreppe hoch, holte eine Matratze aus einem der großen Wandschränke und legte sie in einen Erker am Ende des Korridors. Dann streckte er sich aus, schob den Arm unter seinen Kopf und schlief schneller und leichter ein als erwartet – wohl wissend, dass der Traum ihn an einen Ort führen würde, der sowohl Teil seiner Zukunft als auch Teil seiner Vergangenheit war. Die Worte des Schriftstellers Paul Fussell spukten durch seinen Schädel. Dieser hatte einmal gesagt, er habe sich damals zur Armee gemeldet, um so lange zu kämpfen, bis der Krieg zu Ende sei, später aber habe er einsehen müssen, dass es kein Ende gab und er von jenem Moment an

jeden Tag und jede Nacht kämpfen müsse, für den Rest seines Lebens.

Wie schon so oft zuvor kehrte Hackberry auch in diesem Traum zurück ins Lager Nummer Fünf im Tal ohne Namen und in die Ziegelei außerhalb von Pjöngjang, die sie Pak's Palace nannten. Der Traum handelte nicht von den Entbehrungen oder dem rauen Wetter oder den Misshandlungen durch seine Wärter. Nein, in seinem Traum ging es um Einsamkeit und Verlassenheit, um das Gefühl, vollkommen allein und verloren zu sein, bar jeder Hoffnung. Es war das schlimmste Gefühl, das ein Mensch empfinden konnte.

Dann veränderte sich die Landschaft in seinem Traum: Er sah sich an der Spitze eines Felshangs im Südwesten von Texas, den Blick auf ein weites Tal gerichtet, das aussah wie der Grund eines ausgetrockneten Meeres. Der Boden des Tals war übersät von weißen, runden Felsen, die ihn an die gezackten und mit Korallen bewachsenen Panzer von Meeresschildkröten erinnerten – gestrandet, hilflos und dazu verdammt, von der gnadenlosen Sonne versengt zu werden. In seinem Traum war er nicht länger der in Gefangenschaft geratene Navy-Sanitäter, sondern ein kleiner Junge, dessen Vater ihm versprochen hatte, dass eines Tages die Meerjungfrauen nach Texas zurückkehren und ihm von den Felsen aus zuzwinkern würden. Aber alles, was er in dem Traum zu sehen bekam, war das Leiden der Schildkröten.

Dann hörte er die Stimme von Pam Tibbs. »Himmel, wach auf, Hack!«, rief sie und rüttelte an seinem Arm.

»Was? Was ist los?«, fragte er, die Augen noch halb blind vom Schlaf.

»Du musst einen furchtbaren Albtraum gehabt haben.«

»Was habe ich gesagt?«

»Was man eben so sagt, wenn man einen Albtraum hat. Vergiss es am besten.«

»Pam, ich will wissen, was ich gesagt habe.«

»Er zerlegt Leute. Das hast du gesagt.«

Eine Stunde später kam der Anruf.

Kapitel 25

Durch sein Bürofenster konnte er sehen, wie der Regen im Licht der Straßenlaternen vorbeiflog und wie die Ampeln an der Kreuzung an ihren Drahtseilen auf und ab schaukelten, während die Wolken, die die Stadt umringten, von Blitzen durchzuckt wurden.

»Versuchen Sie gar nicht erst, den Anruf zurückzuverfolgen«, sagte die Stimme.

»Wieso nicht? Weil Sie zu clever für uns sind?«, fragte Hackberry.

»Sie wissen genau, was wir wollen. Wenn Sie liefern, wird es keinerlei Probleme geben.«

»Mittlerweile dürfte Ihnen aufgefallen sein, dass ich manchmal ein bisschen schwer von Begriff bin. Was genau glauben Sie denn, was ich haben könnte?«

»Ich rede von dem Quäker mit dem Südstaaten-Akzent. Er gehört uns.«

»Oh, dann hat wohl jemand gequatscht, wie?«

»Es ist wahrlich kein Kunststück, Sie auszuspionieren, Sheriff. Sie hinterlassen Ihre Kackspuren überall, wo Sie hingehen.«

»Für den Fall, dass wir unseren Freund, den Quäker, ausliefern: Was bekommen wir dafür?«

»Zum einen bekommen Sie Ihre chinesische Freundin zurück, und zum Zweiten bekommen Sie sie in dem Zustand zurück, in dem Sie sie das letzte Mal gesehen haben. Habe ich mich klar genug ausgedrückt?«

»Ich weiß nicht, ob es an dem Gewitter oder an Ihrem dämlichen Hinterwäldler-Akzent liegt, aber irgendwie sind Sie sehr schwer zu verstehen.«

»Nun, vielleicht kann unser zweiter Gast ja verständlicher ausdrücken, was wir von Ihnen wollen. Sie kennen ihn übrigens; früher haben Sie für seinen Vater den Laufburschen gespielt. Einen Moment, das wird Ihnen sicher gefallen.«

Es klang, als würde der Anrufer den Hörer von seinem Ohr weghalten. Im Hintergrund konnte Hackberry verschiedene Stimmen und Echos ausmachen, was darauf schließen ließ, dass sich der Mann am anderen Ende der Leitung in einem großen Raum mit gemauerten oder geziegelten Wänden befand. »Macht mal ein bisschen lauter, Jungs, der Sheriff versteht sonst nichts«, sagte der Anrufer.

Es folgten Geräusche, von denen sich Hackberry wünschte, sie nie gehört zu haben: Ein markerschütternder Schrei, tief aus dem Inneren der gepeinigten Person, der tausendfach von den Wänden zurückhallte, um dann in einem lang gezogenen Wimmern zu verstummen – ein Schrei voller Hoffnungslosigkeit und tiefer Verzweiflung.

»Das war Mr. Dowling, Sheriff«, sagte der Anrufer. »Sie werden gemerkt haben, dass er keinen allzu guten Tag hat.«

»Sie haben Temple Dowling gekidnappt?«

»Sagen wir mal so, er hat sich eigentlich selbst gekidnappt. Es hat vollkommen ausgereicht, eine kleine Nutte auf den Barhocker neben ihm zu setzen und ein bisschen mit dem Hintern wackeln zu lassen. Möchten Sie mit Ms. Ling sprechen?«

Hackberry konnte hören, wie sein Atem auf die Oberfläche der Sprechmuschel traf. »Ja«, sagte er.

»Das würde Ihnen gefallen, nicht wahr?«

»Hören Sie, wenn Sie verhandeln wollen, dann brauche ich vorher einen Beweis, dass Ms. Ling bei Ihnen ist und dass es ihr gutgeht.«

»Sie hat für Civil Air Transport gearbeitet, nicht wahr? Für diese Frachtlinie, die sich Flying Tiger Airline nannte, oder?«

»Wenn Ms. Ling Ihnen das gesagt hat, dann wird es wohl stimmen.«

»Das musste sie mir nicht sagen. Genau genommen hat sie gar nichts gesagt. Sie hat das Logo der Flying Tigers auf ihrem Arsch tätowiert. Haben Sie das Teil schon mal gesehen? Also ihren Arsch, meine ich.«

Hackberrys Mund war trocken. Sein Herz pochte wie wild und sein Atem stockte. »Egal wie die Geschichte hier endet, wir zwei werden uns noch mal begegnen. Das ist Ihnen doch klar, oder?«

»Finden Sie immer noch, dass ich wie ein Hinterwäldler klinge? Na kommen Sie schon, Sheriff, ich würde das so gerne noch einmal hören.«

Hackberry schluckte. Ein Geschmack wie Dieselöl breitete sich in seinem Mund aus.

»Lieber doch nicht?«, fragte die Stimme. »Na gut. Passen Sie auf: Wir geben Ihnen ein bisschen Zeit, damit Sie über Ihre Optionen nachdenken können. Noie Barnum gehört uns, Sheriff. Wollen Sie wirklich das Leben von Ms. Ling wegwerfen, um diese Quäker-Hohlbirne zu retten? Seien Sie nicht dumm, Mann, und tun Sie das Richtige.«

»Warum beharren Sie darauf, dass Barnum Ihnen gehört?«

»Mr. Dowling hat meinen Auftraggeber eine ordentliche Stange Geld gekostet. Mit Barnum wird die Rechnung beglichen. Wissen Sie was? Ich werde Ihnen ein hübsches kleines

Paket schicken. Schauen Sie es sich an, danach reden wir weiter. In der Zwischenzeit werde ich mich höchstpersönlich um Ms. Ling kümmern, aber keine Sorge, ich werde ihr kein Haar krümmen. Ehrenwort.«

Dann war die Leitung tot.

Ihre Entführer hatten Anton Ling in einen kalten, feuchten Kellerraum gebracht. Es roch modrig, nach Flechte und nach den Flusssteinen, aus denen die Wände des Raums gemauert waren. Drei vergitterte Kellerfenster, die an die Schießscharten eines Bunkers erinnerten, erlaubten den Blick auf eine Umgebung, die wie aus der Zeit gefallen schien: Der Sonnenaufgang schimmerte in den bläulich-roten Farbtönen eines Blutergusses, das hellbraune Wasser eines mäandernden Flusses ließ die umliegenden Felder in sattem Smaragdgrün leuchten, und das grasende Vieh erinnerte an Wasserbüffel in einer Flussaue. Aber die Menschen, die das Vieh hüteten und die Felder bewirtschafteten, waren keine chinesischen Kleinbauern. Es waren Mexikaner, die vermutlich noch vor Tagesanbruch gefrühstückt hatten und dann mit einer Zielstrebigkeit an ihre Aufgaben gegangen waren, die allen Arbeitern zu eigen ist, die nichts anderes im Sinn haben, als irgendwie durch den Tag zu kommen und abends heimzukehren, ohne aufgefallen zu sein oder in die politischen Mätzchen der Landbesitzer verstrickt zu werden.

Der Boden des Raums war aus Beton, bedeckt von einem Teppich, der sich mittlerweile in eine modrige Matte aus schwarzem Garn verwandelt hatte. An einer der Wände stand eine Holzpritsche mit einer bezogenen Matratze, in einer Ecke befand sich eine Toilette, die zumindest teilweise hinter einer Trennwand verborgen war. Die Gitterstäbe in der Tür waren von einer orangefarbenen Rostschicht überzogen, und die Steine der Wände hatten sich vom einsickernden Grundwasser schwarz gefärbt. In einen der Steine hatte jemand ein Kreuz geritzt. Einen anderen zierte ein Frauenname, auf einem dritten hatte jemand um den Beistand Gottes gebeten: *Ayúdame, Dios.*

Als die Schreie, die aus einem anderen Teil des Kellergewölbes herüberdrangen, vor etwa zwei Stunden verstummt waren, hatte Anton Ling für einen kurzen Moment einen großen Mann mit Schnurrbart gesehen, der einen Anzug und ein schmutziges weißes Hemd trug und einen Arztkoffer bei sich hatte. Er hatte es bewusst vermieden, sie anzusehen. Die Schultern gekrümmt, hatte er ihr den Rücken zugewandt, sodass sie nur das unfrisierte Haar an seinem Hinterkopf hatte sehen können, das struppig über seinen Hemdkragen hinunterhing. »Ich lasse Ihnen die Spritzen hier«, hatte er zu einer zweiten Person gesagt. »Das ist alles, was ich hier tun werde. Ich habe hier nichts gesehen, und ich gehe jetzt zurück in mein Bett.«

Später hörte sie, wie am oberen Ende der Treppe eine Tür geöffnet wurde und jemand die Stufen herunterkam. Bisher hatten ihre Entführer stets Masken getragen. Der Mann, der sich ihr jetzt näherte, war jedoch nicht vermummt. Er trug Schuhe mit Absätzen, ein weißes Sakko, darunter ein lavendelfarbenes Hemd mit eingesticktem Monogramm und eine schwarze Freizeithose. Aus der hakenförmigen Nase quoll das Haar in dichten Büscheln hervor, und seine Wangen zierte ein stoppeliger Bart. Da die oberen Knöpfe seines Hemds geöffnet waren, konnte man einen Teil seiner knochigen Brust sehen. Er schloss die Zellentür auf und wischte sich beim Betreten des Raums den Rost der Gitterstäbe mit einem Taschentuch von den Fingern. Sein Atem stank nach Fäulnis und legte sich wie ein feuchtes Spinnennetz auf ihr Gesicht. »Frank kann Sie nicht leiden«, sagte er. »Er sagt, Sie hätten ihn angespuckt, schon das zweite Mal.«

»Er hat versucht, mich auszuziehen.«

»Das war nicht richtig. Ich werde mit ihm darüber reden. Setzen Sie sich.« Als sie nicht reagierte, grinste er sie an und sagte: »Bitte, machen Sie es nicht unangenehmer, als es ohnehin schon ist. Erinnern Sie sich an mich?«

»Nein«, antwortete sie und setzte sich.

»Ich habe geholfen, die AK-47-Gewehre zu besorgen, die Sie und Ihre Freunde nach Nicaragua verschifft haben.«

»Ich hatte damals mit einer Menge Leuten zu tun, die ich lieber nicht getroffen hätte. Wahrscheinlich gehören Sie auch dazu.«

»Wissen Sie, ich habe mir immer gewünscht, dass wir einmal die Gelegenheit haben würden, uns privat zu unterhalten. Mittlerweile sind Sie ja fast schon eine Berühmtheit. Möchten Sie etwas essen?«

»Ja.«

»Sehen Sie, es geht doch. Ich wusste, wir würden uns gut verstehen.«

»Sie sind Josef Sholokoff. Sie sind in mein Haus eingebrochen und haben zugesehen, während Ihre Männer mich fast ertränkt hätten.«

»Schon möglich.«

»Sie haben Cody Daniels umgebracht, und zwar auf die grausamste Art und Weise, wie man einem Menschen das Leben nehmen kann.«

»Sie meinen den Cowboy-Priester? Der Mann war bedeutungslos. Warum zerbrechen Sie sich über diesen Kerl den Kopf? Sie sollten lieber an sich selbst denken. In Kürze werden wir Sie mit Sheriff Holland sprechen lassen.« Er grinste immer noch. Seine Augen blickten so wach und vergnügt und durchdringend, dass es unmöglich war, irgendwelche Schlüsse daraus zu ziehen. »Auch wenn Sie sich vorgenommen haben, uns nicht helfen zu wollen, kann ich Ihnen sagen, dass wir Sie ganz sicher ans Telefon bekommen werden. Oder lassen Sie es mich so ausdrücken: Man wird Sie auf jeden Fall durchs Telefon hören. Sie verstehen, was ich meine, nicht wahr?«

»Nein.« Sie blickte stur geradeaus.

»Sie haben doch heute Morgen den Mann schreien hören, oder? Der hat auch mit Sheriff Holland telefoniert – allerdings wusste er selbst gar nichts davon.«

»Lebt er noch?«

»Möglich. Wenn er keinen Herzinfarkt hatte. Möchten Sie ihn kennenlernen?«

»Wo ist Krill?«

»Der ist genauso irrelevant wie der Cowboy-Priester. Warum interessiert Sie das Schicksal dieser Leute?«

»Ich glaube, Sie sind ein zutiefst schlechter Mensch, Mr. Sholokoff. Es ist nicht nur so, dass Sie Böses tun – sie lieben das Böse. Ich habe andere getroffen, die genauso sind wie sie. Nicht viele, aber einige.«

»Als Sie bei den Roten Khmer waren?«

»Nein, die Roten Khmer waren einfache Bauern, die man mit B-52-Bombern terrorisiert hat. Männer wie Sie sind anders. Sie sind grausam, um Ihre eigene Feigheit zu verbergen.«

»Und Sie? Haben Sie etwa nicht selbst gebaute Napalmbomben über Dörfern abgeworfen, in denen die Leute in Grashütten lebten?«

»Doch, das habe ich.«

»Und *ich* bin ein böser Mensch?«

»Ich weiß, dass Sie mich nicht lebendig aus diesem Kellerloch herauslassen werden. Also nehmen Sie Ihre Lügen und Ihre Falschheit und gehen Sie. Sie sind widerwärtig, Mr. Sholokoff, und werden von Gott und den Menschen gleichermaßen verabscheut. Vermutlich gibt Ihnen die Tätigkeit als Pornoproduzent das Gefühl, Macht über Frauen zu besitzen. Aber glauben Sie mir: Es gibt keine Frau, die nicht mit Mitleid auf sie herabblicken würde. Ihr fauliger Atem und Ihr grässliches Äußeres sind nichts weiter als die Auswüchse Ihrer schwarzen Seele. Keine Frau, die auch nur annähernd bei Verstand ist, könnte das übersehen. Und egal, was Ihnen diese Frauen in ihrer Not vielleicht erzählen: Sie alle sehnen sich danach, Ihrer Gegenwart zu entfliehen. Fragen Sie doch einfach mal die Leute in Ihrer Umgebung, und Sie werden sehen, dass ich recht habe.«

Sholokoff hatte sichtlich Mühe, das Grinsen in seinem Gesicht und den frohlockenden Ausdruck in seinen Augen aufrechtzuerhalten. Seine Mundwinkel zuckten leicht, und seine Nasenwände blähten sich. »Mögen Sie meine Farm?«, fragte er dann.

»Warum sollte ich mich für Ihre Farm interessieren?«, erwiderte sie.

»Weil es von nun an auch Ihre Farm sein wird, Ihr endgültiges Zuhause. Sie werden für immer unter den Menschen sein, die hier arbeiten – als Teil des Bodens, den sie bestellen, als Dünger für das Gemüse, das sie ernten. Könnte es denn ein schöneres Schicksal für eine Märtyrerin Ihres Kalibers geben?«

Preacher Jack Collins konnte es nicht ausstehen, wenn man ihn zu etwas drängte. Genauso wenig mochte er es, die Kontrolle zu verlieren, oder, was am schlimmsten war, wenn ihm jemand die Kontrolle entzog. Nicht genug damit, dass Noie Barnum, diese Ausgeburt an Undankbarkeit, sich ohne zu fragen aus ihrer sicheren Unterkunft entfernt hatte; er hatte es zudem geschafft, sich in einem Lebensmittelladen festnehmen und in einen Provinzknast sperren zu lassen, in dem sonst nur Säufer, Scheckbetrüger und Typen einsaßen, die ihre Frauen verprügelten. Als Noie nicht von seinem kleinen Ausflug auf dem Highway zurückgekehrt war, hatte Jack zu seinem Mobiltelefon gegriffen und ein paar Leute aus seinem Netzwerk angerufen; ein Netzwerk, das er über zwei Jahrzehnte hinweg aufgebaut und gepflegt hatte, und das niemand mit einem Mann wie ihm – einem vermeintlichen Obdachlosen, der die texanische Wüste wie ein Beduine durchstreifte – in Verbindung bringen würde. Zu diesem Netzwerk gehörten Nutten von El Paso bis Austin, Fußsoldaten der Kartelle auf beiden Seiten der Grenze, Trickbetrüger, die arglose Freier ausnahmen, Taschendiebe und Straßendealer, Kredithaie, Kojoten, Einbrecher, Drogenschmuggler, korrupte mexikanische Polizisten, Safeknacker, Autoschieber, Geldwäscher, Hehler für jede erdenkliche Art von Ware – und eine pensionierte morphinsüchtige Bibliothekarin aus Houston, die sehr wahrscheinlich das Rätsel um Kennedys Ermordung lösen könnte, wenn das FBI sich nur die Zeit nehmen würde, ihr zuzuhören.

Es dauerte nicht lange, um herauszufinden, was passiert war: Noie war in dem Lebensmittelladen von demselben Cop geschnappt worden, den Preacher Jack vor einem elenden Tod als lebendig begrabenes Entführungsopfer bewahrt hatte. So viel zum Thema Dankbarkeit. Später hatte ein frisch aus eben jenem Provinzknast entlassener Spitzel die Leute von Josef Sholokoff über Noies Verhaftung informiert. Das Ende der Geschichte war, so berichteten es zumindest mehrere seiner mexikanischen Informanten übereinstimmend, dass ein Haufen maskierter

Männer mit einem Helikopter auf dem Anwesen der Chinesin gelandet waren, um vor den Augen eines Kindes einen Mann zu erschießen und die Frau und einen Kerl zu kidnappen, den sie als Mischling beschrieben. Für Jack stand außer Frage, wer für die Entführung verantwortlich war. Josef Sholokoff wollte Noie Barnum unbedingt in seine Gewalt bringen. Der schnellste Weg dahin war der Sheriff, und an den konnte Sholokoff am einfachsten über Anton Ling herankommen.

Um vier Uhr morgens am Tag nach der Entführung, in einem Café nördlich von Ojinaga, übergab ein Mann – ein schwarzer Albino mit rosafarbenen Augen und vollkommen unbehaarter Haut, die wie zusammengenähte Gummistücke in unterschiedlichen Weißtönen aussah – Jack einen neuen Toyota. »Unter dem Sitz liegen eine zweite Zulassung und die dazugehörigen Kennzeichen. Ich habe dir auch zwei Führerscheine auf unterschiedliche Namen besorgt«, sagte er. Dann reichte er Jack den Schlüssel und schaute ihm dabei direkt in die Augen.

»Hat dir schon mal jemand gesagt, dass es unhöflich ist, andere Leute so anzustarren?«, fragte Jack.

»Die Arbeit mit dir wird langsam verdammt heiß, Mann. Es scheint, die ganze Welt sucht nach dir.«

»War es jemals anders?«

»So heftig war es noch nie. Die Sache mit dem Führerschein war echt aufwendig. Man sagt, du hättest einen FBI-Beamten umgelegt.«

»Der hat sich selbst erledigt.«

»Der Typ, von dem ich die Fotos bekomme, meint, dass du die Cops anziehst wie Scheiße die Fliegen. Und dass ich nicht wieder zu ihm zu kommen brauche.«

»Du wirst doch nicht versuchen mich reinzulegen, oder Billy? Das würdest du doch nicht tun.«

»Ich sag nur, wie es ist.«

»Willst du mehr Geld?«

»Weißt du, ich hab überlegt, mich nach Baja California abzusetzen. Eine Weile am Strand liegen, den Kopf einziehen, ausspannen.«

»Und was willst du als Sonnencreme benutzen? Motoröl, oder was?«

»Das sollte eine Metapher sein, Mann.«

Jack nahm drei Hundert-Dollar-Scheine aus seiner Geldbörse, faltete sie zwischen den Fingern und steckte sie Billy in die Hemdtasche. »Eine Metapher ist, wenn du eine Sache mit einer anderen vergleichst, ohne das Wort ›wie‹ zu gebrauchen. ›Am Strand liegen‹ ist keine Metapher. Wenn ich zu dir sagen würde ›Sag deinen Eltern, sie sollen das nächste Mal bessere Kondome kaufen‹, dann impliziere ich mit dieser Aussage zwar etwas, aber eine Metapher ist es deshalb noch lange nicht. Begreifst du das?«

»Grammatik war noch nie meine Stärke.«

»Rhetorische Figuren haben nichts mit Grammatik zu tun«, erwiderte Jack. »Wenn du dich in deiner Muttersprache zivilisiert ausdrücken willst, solltest du es vielleicht mal mit ein paar Stunden in der Stadtbibliothek versuchen. Kostet dich keinen Cent. In der Zwischenzeit solltest du lieber nicht mit Begriffen um dich werfen, von denen du keine Ahnung hast.«

Jack steckte den Schlüssel seines Trans Am zu den Geldscheinen in Billys Hemdtasche. »Fahr den Wagen nach San Antonio und park ihn am Flughafen. Zieh dir Handschuhe an, aber wisch nicht die anderen Spuren im Wagen weg. Den Schlüssel lässt du auf dem Armaturenbrett liegen, den Parkschein legst du in den Aschenbecher.«

»Dann wird der Wagen doch geklaut.«

»Schlaues Bürschchen! Dir entgeht aber auch gar nichts.«

»Ah, verstehe. Dann wird der, der den Wagen klaut, geschnappt, und die Cops wissen nicht, ob er lügt oder die Wahrheit darüber sagt, wo er die Karre her hat. Du willst den Typen richtig ins Hirn ficken, was?«

»Sprich nicht so in meiner Gegenwart.«

»Ich werde einfach nicht schlau aus dir, Preacher.«

»Musst du auch nicht. Verschwinde einfach.«

Als er eine Stunde später den neuen Wagen nur einen Block entfernt von Sheriff Hollands Gefängnis parkte, trug er einen Hut und eine Sonnenbrille mit Metallgestell und runden Gläsern, so schwarz und undurchdringlich wie die einer Schweißerbrille. In einem Café holte er sich Frühstück – Rührei, Schinken, Toast, Maisbrei – und eine Tasse mit heißem schwarzem Kaffee und kehrte zum Wagen zurück. Die Füße auf dem Armaturenbrett, nahm er das Plastikgeschirr zur Hand und begann zu essen. Er würzte nicht und schien sich auch sonst nicht für den Geschmack der Mahlzeit zu interessieren. Im Grunde hätte er genauso gut eine Portion Spreu von einem Heuboden zu sich nehmen können, solange es ihn nur satt machte. Die Fenster waren heruntergekurbelt, die hereinströmende Luft war kalt und roch nach Regen. Die Gewitterwolken hatten sich so dicht und massiv über den Bergen aufgetürmt, dass es unmöglich war, vorauszusagen, wann die Sonne sich ihren Weg am Horizont bahnen würde. In Momenten wie diesen fühlte Jack ein sonderbares Gefühl von Frieden in sich aufsteigen. Es war so, als ob die Wanderungen des Mondes und der Sonne außer Kraft gesetzt wären, als ob die Zeit still stände und die unvermeidbare Auslöschung seines Lebens, die er insgeheim fürchtete, auf unbestimmte Zeit verschoben wäre.

Jack nahm den Kaffee zur Hand, der noch immer so heiß war, dass der Dampf unter die Krempe seines Hutes stieg und seine Stirn zu versengen schien. Sein Blick blieb starr auf das Gefängnis gerichtet, und seine Mundwinkel zuckten nicht einmal, als er den Kaffeebecher bis auf den Boden leer trank.

Im Büro des Sheriffs brannte Licht. Dann öffnete sich die Tür des Gebäudes. Der Sheriff trat heraus, ging zum Fahnenmast am Rande des Gehsteigs, befestigte das Sternenbanner an der Kette und zog es in die Höhe, wo es im Wind flatterte. Im selben Moment vibrierte Jacks Handy, das auf dem Beifahrersitz lag. Es war die Bibliothekarin aus Houston.

»Kann sein, dass ich deinen Russen gefunden habe«, sagte sie. »Er hat ein Grundstück mit Helikopterlandeplatz unten in Mexiko; anscheinend eine Farm zur Pferdezucht. Ein französisches Magazin hat vor fünf Jahren mal eine Story darüber gebracht.«

»Kannst du rausfinden, ob er sich im Moment dort aufhält?«

»Ich kümmere mich drum. Offenbar hat er noch drei Jagdfarmen in Texas und ein weiteres Grundstück in Phönix. Soll ich mir die auch noch anschauen?«

»Nein, konzentrier dich auf Mexiko.«

»Ich habe noch was gefunden. Sholokoffs Name taucht immer mal wieder im Zusammenhang mit einem Typen namens Temple Dowling auf. Kennst du den?«

»Dowling hatte zusammen mit Sholokoff ein paar Nutten laufen.«

»Ich habe diesen Dowling mal gecheckt und eine Sicherheitsfirma gefunden, die den Personenschutz für ihn übernimmt. Irgendwie war ich neugierig und hab mich in deren System gehackt und dabei herausgefunden, dass Dowling vor kurzem in Santa Fé verschwunden ist. Meinst du, da gibt es einen Zusammenhang?«

Jack beobachtete den Vordereingang des Gefängnisses und die Fahne, die sich vor dem schwarz-blauen Himmel im Wind blähte und dabei allerhand knatternde Geräusche produzierte. »Bist du noch da, Preacher?«, fragte sie.

»Ja. Vermutlich haben Sholokoffs Leute ihn geschnappt. Ich wüsste nicht, wer sonst Interesse an ihm haben sollte.«

»Machst du das alles wirklich nur, um diese Chinesin zurückzubekommen?«

»Warum ist das wichtig?«

»Weil es da ein Gerücht gibt, das ich einfach nicht glauben kann. Es geht um diese Thai-Prostituierten, die man vor einer Weile massakriert hat. Die hatten Heroin-Säckchen in ihren Mägen, und es heißt, dass Sholokoff sie gleichzeitig als Nutten und als Drogenkuriere benutzt hat. Es gibt Leute, die behaupten, dass du sie umgebracht hast, an einem Ort namens Chapala Crossing. Aber ich kann das einfach nicht glauben.«

Jack hörte den Wind durch die Straße pfeifen, und er hörte auch das Quietschen der Ampeln an den Drahtseilen und das lose Blechdach einer kleinen Werkstatt, das gegen die Dachbalken schlug.

»Ich weiß, dass du deine Arbeit sehr ernst nimmst, aber du würdest nie einer Frau etwas zuleide tun, nicht wahr Preacher?«, sagte sie. »Genau das habe ich diesen Leuten geantwortet. Das ist doch die Wahrheit, oder?«

Er klappte das Handy zu. Seine Hände zitterten, sein Rachen fühlte sich trocken und kratzig an, als wäre er von Rost überzogen.

Krill hatte sich noch nie sonderlich viele Gedanken über die Söldner gemacht, mit denen er zu tun hatte. Für ihn existierten sie in einer Welt, die von seiner getrennt war, einer Welt, in der sie keinem höheren Zweck dienten oder gar aus irgendeiner Notwendigkeit heraus kämpften. Sie waren nichts weiter als Angestellte in Uniform, ohne tiefere Beweggründe oder Ideologien, und hatten weder Interesse an ihren Feinden, für deren Tod sie bezahlt wurden, noch an den Menschen, die sie schützen sollten, und schon gar nicht an Bauern wie Krill, an deren Seite sie kämpften.

Wenn Krill überhaupt einmal über sie nachdachte, dann über ihre physische Stärke und darüber, dass sie Zugang zu Waren aus den USA und zu hervorragenden Waffen von internationalen Herstellern hatten. Die Söldner, die er kannte, waren fast immer ordentlich rasiert und frisch gewaschen. Wenn sie schwitzten, dann roch ihr Schweiß eher nach Deo als nach den Ausdünstungen ihrer Schweißdrüsen. Sie waren gegen sämtliche Krankheiten der Dritten Welt geimpft. Ihre Körper waren gestählt, die Bäuche flach, die Arme und Schultern derart trainiert, dass es ihnen keine Probleme bereitete, mit vierzig Kilo Gepäck zu marschieren oder den harten Ruck eines sich öffnenden Fallschirms oder den Aufprall auf das Blätterdach des Dschungels abzufangen, bei dem Kräfte wirken konnten, die sogar einer Kuh das Rückgrat gebrochen hätten.

Am meisten faszinierte ihn allerdings, was diesen Männern alles fehlte: Sie wurden weder von den Geistern geplagt, die Krill verfolgten, noch hatten sie Angst vor dem Schlaf. Auch mussten sie sich nicht bis zur Besinnungslosigkeit betrinken, wenn der Himmel abends dunkel wurde und der Wind die Klagegeräusche der Dorfbewohner, das Knistern der brennenden Hütten und die Explosionen der Munitionsgürtel der Gefallenen herantrug. Nach getaner Arbeit öffneten sie einfach mit einem winzigen Ding, das sie P-38 nannten, ein paar Konservendosen und hielten dabei die Augen fest auf die gegenwärtige Aufgabe gerichtet, still und hochkonzentriert wie Uhrmacher. Die Taten, die sie kurz zuvor nur einen Kilometer entfernt begangen hatten, waren in diesem Moment schon wieder aus ihrem Leben verschwunden. Und warum hätte es auch anders sein sollen? Moral war nicht ihre Sache. Wenn überhaupt, dann fungierten sie als »Ratgeber«, sorgten aber ansonsten einfach dafür, dass die Wünsche ihrer Geldgeber umgesetzt wurden, ohne sich um die politischen Hintergründe zu kümmern. Sie kamen und gingen, wie Schatten. Weltreiche brachen zusammen und verschwanden, neue Nationen wurden geboren. Ein Fußabdruck im Dschungel war so vergänglich und kurzlebig wie die Existenz eines Insekts. Und die porösen Steinaltare der Maya waren immer noch vom Blut der Unschuldigen überzogen, die heidnische Priester dort vor Jahrhunderten geopfert hatten. Welchen Unterschied machten da schon ein paar tote Indios mehr oder weniger? So stellte Krill sich die Gedanken der Söldner vor – falls diese überhaupt nachdachten. Tatsächlich hatte er sich bis jetzt weder für diese Männer interessiert noch eine wie auch immer geartete Meinung über sie gehabt. Bis jetzt.

Die Decke seiner Zelle war gewölbt, die Luft gesättigt von einem kalten, erdigen Geruch, der an Wasser in einem tiefen dunklen Brunnen erinnerte oder an eine Höhle voll Mäusekot, in der die Feuchtigkeit von den Wänden tropft. Es gab noch einen weiteren Geruch: der von zertretenen Pilzen in einem stockfinsteren Wald. Es roch nach den wieder ausgegrabenen Leichen seiner Kinder – ein Geruch, den nur ein Grab hervorbrachte.

Krill lehnte sich mit den Armen gegen die Gitterstäbe der Tür und beobachtete den Mann, den die anderen Söldner Frank nannten. »Du hast deine Maske abgenommen«, sagte er.

»Wir sind hier eine große Familie«, erwiderte Frank.

»Du siehst aus wie ein anständiger Kerl, Mann. Warum bist du ein Handlanger für diesen Russen?«

»Irgendwann trinken wir mal ein Bier zusammen, dann verrate ich's dir.«

»Ich mache mir keine Illusionen über meine Situation. Im Gegensatz zu dir.«

Frank grinste. Er trug ein gelbes T-Shirt, dass er knapp unter seinen Brustwarzen abgeschnitten hatte, und dazu eine schwarze Cargo-Hose mit großen Seitentaschen auf Höhe der Oberschenkel. Er hatte dieses markante und stets gestriegelte Aussehen eines Filmstars der Dreißigerjahre. »Nur aus Neugier: Was hast du eigentlich bei Ms. Schlitzi gemacht?«, fragte er. »Und komm mir nicht mit dieser Scheiße von wegen Vergebung und so.«

»Was meinst du mit Ms. Schlitzi?«

»Na, *Schlitzi* wie *Schlitzauge*. Die Chinesen-Braut.«

»Sie kann Menschen von ihren Sünden befreien.«

»Wusstest du eigentlich, dass deine Vorfahren das Rad gar nicht erfunden haben?«

»Bevor die Spanier kamen, gab es hier keine Zugtiere. Warum hätten meine Vorfahren das Rad erfinden sollen, wenn sie keine Tiere hatten, um sie vor einen Karren zu spannen? Meine Ahnen haben ihre Zeit nicht damit vertrödelt, nutzlose Dinge zu erfinden.«

»Du hast gesagt, mir wäre nicht ganz klar, in was für einer Situation ich mich befinde.«

»Als du Negrito getötet hast, hast du seinen Geist befreit. Du weißt es noch nicht, aber du hast jetzt ein ernstes Problem, Mann.«

»Falls es dir noch nicht aufgefallen ist: Du bist derjenige, der in dieser Zelle sitzt. Und ich hab ein Problem? Na komm,

Mann, erklär's mir. Ich finde diesen Indianer-Hokuspokus ja echt faszinierend.«

»Negrito wollte so sein wie ich. Er wollte in meiner Haut und in meinem Körper leben, so wie ein Mörder sich in sein Opfer verwandeln möchte. Aber er war zu loyal, um dafür seinen Freund zu töten. Aber du hast seinen Geist befreit, und jetzt kann er in meinem Körper weiterleben. Was auch immer du mir antust, Negrito wird auf dich warten, und das bedeutet nichts Gutes für dich. Du hältst das vielleicht für Hokuspokus, aber du wirst es schon noch erkennen.«

»Dann hoffe ich mal, dass der Geist von deinem Freund auch durch Betonwände gehen kann. Du wirst nämlich Teil des Fundaments von Josefs neuer Scheune.«

»*Me cago en tu puta madre.*«

»Was hast du gesagt?«

»Dass ich auf deine verfickte Mutter scheiße. Das war Negritos Lieblingsspruch. Ich hab dir ja gesagt: Negritos Geist lebt weiter.«

»Siehst du meinen Freund da drüben, den, der gerade den Eimer nach draußen bringt? Rate mal, was in dem Eimer drin ist?«

»Die Scheiße deiner Mutter, die du sonst immer raustragen musst?«

»Versuch's noch mal.«

Ein massiger Kerl mit nacktem Oberkörper und Bürstenhaarschnitt stapfte gerade mit einem Eimer in der linken Hand die Treppe hinauf. Die Muskeln an seinem Rücken sahen aus wie ölige Taue. Im gelben Schein der Glühbirne oberhalb der Treppe konnte Krill feine Rinnsale aus Blut auf seiner Haut erkennen.

»Den Inhalt des Eimers hat uns einer unserer anderen Gäste gespendet«, sagte Frank. »Die beiden Männer, die ihr damals bei Josef umgelegt und verstümmelt habt, waren Freunde von mir. Reiß ruhig weiter das Maul so weit auf, Taco-Fresse, und ich sorge dafür, dass du auch auf die Spenderliste kommst.«

Um neun Uhr am Morgen desselben Tags hielt ein Taxi vor Hackberrys Büro. Der Fahrer stieg aus und ging ins Gebäude. Er hatte ein in dickes braunes Papier gewickeltes und mit Bindfaden zusammengeschnürtes Paket unter dem Arm. »Hallo, Sheriff. Ich hab hier eine Lieferung für Sie vom Flughafen«, sagte er.

»Von wem ist das?«, fragte Hackberry, als er von seinem Schreibtisch aufblickte.

»Keine Ahnung. Es steht nichts drauf, nur Ihr Name. Ich habe einen Anruf bekommen, dass ich ein Paket am Ticketschalter abholen und ausliefern soll, und dass ich die fünfzig Dollar in dem beigefügten Umschlag behalten kann.«

»Wo ist der Umschlag?«

»Im Müll. Hab nicht gedacht, dass der noch gebraucht wird. Sie glauben doch nicht, dass das eine Bombe ist oder so was?«

»Legen Sie es einfach da hin.«

»Fühlt sich jedenfalls ziemlich kalt an. Vielleicht ist es was zu essen.«

Sobald der Taxifahrer das Gebäude verlassen hatte, ging Hackberry ins vordere Büro. »Pam, schick Felix zum Flughafen. Er soll schauen, ob er etwas über ein Päckchen rauskriegt, das für mich am Ticketschalter abgegeben wurde. Und dann komm doch bitte in mein Büro.«

Er zog Gummihandschuhe an, nahm ein Taschenmesser aus seiner Schreibtischschublade und klappte die lange Klinge aus. Als er mit der flachen Hand die Oberfläche des Pakets abtastete, konnte er die Kälte durch die Gummihandschuhe hindurch spüren.

»Zieh wenigstens eine Weste und eine Schutzmaske an, Hack«, sagte Pam.

»Tritt ein Stück zurück«, erwiderte er und schnitt das Paketband durch. Dann schob er seine Finger vorsichtig unter das Papier und zog es stückweise ab. Ein geriffelter Pappkarton kam zum Vorschein.

»Hack, du solltest das FBI anrufen«, sagte Pam.

Hackberry zog den Klebestreifen von der Oberseite des Kartons und klappte ihn auf. Sein Blick fiel auf eine Schicht sorgfältig angeordneter, mit Trockeneis gefüllter Gefrierbeutel. Einer der Beutel war eingerissen, und so waren einige Eisstücke tiefer in den Karton gerutscht und an einem runden, klumpigen Etwas aufgetaut, das in einer durchsichtigen Plastikfolie steckte. An der Innenseite der Folie zeichneten sich Kringel in verschiedenen Farbtönen ab, wie man sie an rohem Schinken sieht, der in einer Kühlkammer Gefrierbrand erlitten hat.

»Was ist drin?«, fragte Pam und blickte in Hackberrys ausdrucksloses Gesicht. Er trat von dem Karton zurück, die Hände in den Seiten, und schüttelte den Kopf. Sie trat ein Stück näher und schaute in die Box. »Heilige Scheiße«, stieß sie hervor.

»Allerdings«, sagte er.

»Und das ist mit dem Flugzeug gekommen?«

Er nickte und räusperte sich. »Hol den Schlüssel zu Barnums Zelle.«

Gemeinsam stiegen sie die Stufen hinauf. Pam ging voraus, Hackberry folgte mit der Box. Sie schloss die Zelle auf und öffnete die Tür. Noie Barnum lag auf seiner Pritsche und las in einer Zeitschrift. Als Hackberry eintrat, legte er das Magazin zur Seite, stand aber nicht auf.

»Komm rein und schließ die Tür hinter dir«, sagte Hackberry zu Pam.

»Ist etwas passiert?«, fragte Barnum.

»Ja, es ist etwas passiert«, erwiderte Hackberry. »Setzen Sie sich hin. Sehen Sie das hier?«

»Ein Karton. Und?«

»Schauen Sie hinein.«

»Wozu?«

Hackberry stellte die Box ans Fußende der Pritsche. Dann hob er die Zeitschrift vom Boden auf, rollte sie zusammen und schlug Barnum damit auf den Hinterkopf. »Ich möchte Sie in Stücke reißen, Barnum«, sagte er und schlug noch zweimal mit der Zeitschrift auf Barnums Kopf ein. »Und ich meine es wörtlich. Ich hätte große Lust, Sie diese Treppe da runterzuschmeißen.«

Barnum bekam feuchte Augen, und in seinem Gesicht zeichneten sich rote Flecken ab. »Sie haben kein Recht, mich so zu behandeln.«

»Schauen Sie in den Karton.«

»Ist da ein Kopf drin oder was?«, fragte Barnum gereizt und starrte Hackberry dabei direkt in die Augen.

Hackberry schlug wieder zu – dieses Mal so heftig, dass sich das Cover der Zeitschrift löste. Barnum riss die Hände hoch, um seinen Kopf zu schützen, und blickte in den Karton. Das Blut wich aus seinem Gesicht. »Oh Gott.«

»Sagen Sie mir, was Sie sehen.«

»Einen Fuß und eine Hand.«

»Männlich oder weiblich?«

»Entschuldigung, Sir?«

»Beantworten Sie meine Frage.«

»Auf dem Fußknöchel sind Haare. Der muss von einem Mann sein.«

»Sehen Sie sich die Hand an.«

»Die Hand?«

»Sehen Sie genau hin. Da ist ein Ring an einem der Finger. Na los, schauen Sie hin.«

»Ich habe mit all dem hier nichts zu tun.«

»Das ist ein Absolventenring der University of Texas. Die Hand und der Ring gehören Temple Dowling. Die Leute, die ihm das angetan haben, werden sich vermutlich als Nächstes Anton Ling vornehmen«, sagte Hackberry. »Sie können sich sicher vorstellen, dass ich Sie gerade am liebsten einen Kopf kürzer machen würde, aber stattdessen werde ich Ihnen ein paar Fragen stellen, und Sie werden sie verdammt noch mal beantworten. Kapiert?«

»Ja, Sir.«

»Wo haben Sie und Jack Collins sich versteckt?«

»Sie haben es doch schon gesagt: direkt hinter der Grenze. Aber Jack ist verschwunden.«

»Wohin verschwunden?«

»Das weiß kein Mensch. Er taucht plötzlich auf, und dann verschwindet er wieder. Mal ist er hier, mal da, aber nie sieht man ihn kommen oder gehen. So jemanden wie ihn habe ich noch nie getroffen.«

»Sie wollen mir doch nicht allen Ernstes erzählen, Sie hätten erst jetzt gemerkt, dass mit unserem Freund Preacher Jack irgendwas nicht stimmt.«

»Ich weiß nicht, wo Jack ist. Ich weiß auch nicht, wo Miss Anton ist. Ich fühle mich furchtbar wegen dem, was passiert ist, aber ich kann nichts dafür«, sagte Barnum. »Meine Schwester ist in den Zwillingstürmen gestorben. Ich wollte es doch nur den Leuten heimzahlen, die sie auf dem Gewissen haben. All diese anderen Dinge, die passiert sind, habe ich nicht gewollt.«

Hackberry atmete hörbar aus und spürte, wie die Hitze aus seinem Brustkorb wich wie Asche aus einem erloschenen Feuer. »Ich will, dass Sie verschwinden.«

»Wie bitte?«

»Sie haben richtig gehört: Hauen Sie ab!«

»Ich verstehe nicht.«

»Müssen Sie auch nicht. Sie fliegen gerade achtkantig aus meinem Gefängnis. Gratulation, das hat bisher noch keiner geschafft. Wenn Sie das nächste Mal eine Kirche betreten, sollten Sie ein paar Kerzen anzünden.«

»Und was, wenn ich gar nicht gehen will?«

»Jetzt hör mal zu, Kollege«, knurrte Pam. »Sieh zu, dass du schnellstens einen möglichst großen Abstand zwischen dich und dieses Gefängnis bringst.«

»Aber Sie wissen schon, dass ich bald wiederkomme, oder?«, erwiderte Barnum.

Pams Augenbrauen schnellten in die Höhe.

»Ist ja gut, Ma'am, ich bin ja schon weg.«

Etwa zehn Minuten später, als Hackberry und Pam wieder unten im Büro waren, fragte sie: »Hack, was zur Hölle hast du vor?«

»Ich werde das FBI anrufen.«

Allerdings aus anderen Gründen, als sie vermutet hatte.

Kapitel 26

Hackberry legte den Hörer auf die Gabel. Pam starrte ihn immer noch fassungslos an. »Du erzählst dem FBI, dass Dowling verstümmelt wurde, sagst ihnen aber nichts über Barnum?«

»Korrekt«, sagte er.

»Warum bekommt Barnum einen Freifahrtschein?«

»Ganz einfach: Wenn das FBI ihn zu fassen kriegt, verlieren sie wahrscheinlich das Interesse an Anton Ling. Außerdem ist Barnum in meinen Augen kein schlechter Mensch und verdient eine zweite Chance.«

»Deine Sicht der Dinge ist manchmal nur sehr schwer nachzuvollziehen, Hack.«

»Mein Vater hat immer gesagt: ›Das Leben ist wie ein Poker-Spiel. Du musst nicht die Hand spielen, die du vom Geber bekommen hast.‹ Außerdem glaubte er, dass der komplette Landstrich hier einmal Teil des Atlantiks war, und dass auf den Felsen in der Umgebung damals Meerjungfragen saßen. Er hat mir versprochen, dass ich ihre Rückkehr noch erleben würde.«

»Was hältst du von Frühstück, Kemosabe?«

»Ich hab dir mal erzählt, dass Rie mich so genannt hat, nicht?«

»Stimmt, tut mir leid«, sagte sie.

»Du brauchst dich nicht zu entschuldigen. Schließlich hast du Rie gar nicht gekannt. Ihr hätte es gefallen, dass du mich so nennst. Ich glaube, du hättest ihr auch gefallen.«

Pam schaute ihn auf merkwürdige Weise an – ihr Mund war leicht geöffnet und ihr Gesicht verletzlicher als sonst –, aber Hackberry nahm die Veränderung gar nicht wahr. Im selben Moment kam Maydeen von ihrem Arbeitsplatz herübergestampft. Sie schien außer sich. »Er ist dran, Hack«, schnaufte sie.

»Wer ist *er*?«, fragte Hackberry.

»Ich zitiere: ›Setz dich in Bewegung, Weib, und hol den Sheriff an die Strippe!‹«

»Collins?«

»Ich schlage vor, wir legen einfach auf. Du kannst nicht zulassen, dass dieser Typ dir auf der Nase herumtanzt, Hack.«

»Nein, wir werden nicht auflegen. Ich glaube sogar, das ist genau der Anruf, auf den wir gewartet haben«, erwiderte Hackberry.

Jack Collins saß an einem kleinen Tisch unter einer Plane, die neben einem Flugzeughangar an ein paar Pfählen aufgespannt war. Vor ihm auf dem Tisch standen eine grüne Flasche mit Mineralwasser und ein Glas, daneben ein Untersetzer mit gesalzenen Limettenstücken. An der Wand des Hangars wuchs eine kleine Gruppe Bananenstauden, an deren Blättern erbsengroße Tropfen hinunterglitten. Der heiße Wind rüttelte an der Plane, und über der Wüste hing eine dichte blau-schwarze Wolkendecke, die die vom Wüstenboden ausgestrahlte Hitze und Feuchtigkeit wieder zurück in die Erde zu pressen schien. Die Luft war elektrisch geladen wie vor einem Gewitter, aber die Wolken sahen weder nach Regen aus, noch machten sie Hoffnung auf eine auch nur kurzfristige Erlösung von der staubigen und salzigen Luft und dem Geruch nach Verwesung, der im Schlepptau kleiner Wirbelwinde aus den Flussbetten heraufgeweht wurde. Alles, was es brauchte, um Mexiko zu einem erträglichen Ort zu machen, waren ein halbes Dutzend Wasserstoffbomben und eine neue Schicht Oberboden, dachte Jack.

Jacks Pilot und zwei angeheuerte Killer, die Cousins Eladio und Jaime, warteten auf der Landebahn bei der zweimotorigen Beechcraft-Maschine auf ihn. Der Pilot arbeitete auf Vorschussbasis und stand Jack bei Bedarf rund um die Uhr zur Verfügung. Auch Eladio und Jaime waren zu jeder Tages- und Nachtzeit und für jede Art von Auftrag zu haben. Hauptsache, die Kasse stimmte. Nach allem, was Jack von ihnen wusste, gab es keine rote Linie, die sie nicht überschreiten würden, und keinen Auftrag, den sie nicht bereitwillig übernahmen – selbst mit einem von der Familie Michoacána beauftragten Drive-by-Shooting bei einer Teenager-Geburtstagsparty in Juárez hatten sie kein Problem. In Jacks Augen bestand das größte Problem der beiden Cousins in den beträchtlich eingeschränkten Gehirnkapazitäten, die sich hinter ihren trägen Gesichtszügen verbargen. So passte das wirre Durcheinander von Grausamkeiten, das den Großteil von Jaimes Denkvermögen zu beanspruchen schien, hervorragend zu seiner Einfältigkeit und seinem mürrischen Charakter. Und es verwunderte nicht, dass Eladio, der Klügere der beiden, seine plumpen Manipulationsversuche und seine nur allzu offensichtlichen kindischen Hinterlistigkeiten tatsächlich für Belege eines raffinierten Geistes hielt. In einem der wenigen Momente, in denen Jack seine sonst so höfliche Zurückhaltung aufgegeben hatte, hatte er Eladio einmal gefragt, ob seine Mutter von einem Bowling Pin geschwängert worden war. »Sie sind ein kluger Mann, Jack«, hatte Eladio darauf geantwortet. »Aber Sie sollten nicht so leichtfertig über einfache Männer wie uns daherreden. Wir haben nämlich tiefe Gefühle für unsere Mütter. Sie sind das Wichtigste in unserem Leben.«

»Und warum sagt ihr dann ständig so Schweinereien wie *chinga tu madre* zueinander?«

»Ich bin nicht in der Lage, mit einem Mann von Ihrer Intelligenz solche abstrakten Diskussionen zu führen«, erwiderte Eladio. »Aber meine Mutter ist achtzig, und sie erzählt immer noch Geschichten von ihrer eigenen Mutter, die eine Geliebte von Pancho Villa war und mitgeholfen hat, seinen abgeschlagenen Kopf in den Van-Horn-Bergen an der Grenze zu verstecken. Vielleicht verstehen Sie jetzt, warum wir so großen Respekt für die Frauen in unserer Familie empfinden.«

Eladios Ausführungen waren in Jacks Augen ein weiterer Beleg für die emotionale Instabilität seiner Angestellten.

Momentan war Jack ziemlich genervt. Und zwar vom Wetter, von den dichten Schwärmen schwarzer Fliegen, die über dem Kadaver eines Kalbs in einem nahe gelegenen Flussbett schwirrten, und von der Tatsache, dass die beiden Cousins nicht in der Lage waren, irgendwas richtig zu machen, außer wenn es darum ging, Leute umzulegen. Der Besitzer des kleinen Flugplatzes, dem auch der Hangar und das improvisierte Café daneben gehörten, hatte eine Jukebox am Hangartor aufgestellt. Der Gangster-Rap, der aus den Boxen dröhnte, ließ die Wellblechwände der Flugzeughalle erzittern. Jack hatte Eladio und Jaime gebeten, den Mann darauf anzusprechen, aber entweder hatte dieser die Warnung in den Wind geschlagen, oder die Cousins hatten gar nicht erst mit ihm gesprochen. Während Jack also dasaß und sich Notizen für das Gespräch mit dem Sheriff machte, wurden seine Trommelfelle von elektronischen Drumbeats in einer Lautstärke malträtiert, dass es sich so anfühlte, als würden gerade ein paar mit Schneeketten bezogene Winterreifen seinen Schädel zermalmen.

Jack steckte die Verschlusskappe auf seinen Stift, klemmte

ihn zwischen die Seiten des Notizhefts und ging in den Hangar, wo der Besitzer mit einem Besen den Betonfußboden kehrte. »Kann ich Ihnen helfen, Señor?«, fragte er.

Jack deutete auf seine Ohren, um klarzumachen, dass er nichts hören konnte.

»Stimmt was nicht mit Ihren Ohren?«, schrie der Mann.

Jack zog den Stecker der Jukebox aus der Wand, zerschnitt das Kabel mit seinem Taschenmesser und legte den Stecker auf die Jukebox. »Nein«, sagte er, »jetzt ist wieder alles in Ordnung. Danke.«

Dann kehrte er zu seinem Tisch unter der Plane zurück, trank ein Glas Mineralwasser, kaute auf einem Limettenstück herum und starrte ins Leere, wobei seine Augen wie kleine Glasmurmeln wirkten, in deren Zentrum ein totes Insekt eingeschlossen war. Er nahm sein Handy und wählte mit dem Daumen eine Nummer. Dann hielt er es ans Ohr und wartete. Er spürte, wie die Hitze unter seiner Kleidung aufstieg und sein Puls sich beschleunigte. Warum nur reagierte sein Körper so heftig auf das bevorstehende Gespräch mit dem Sheriff? Er versuchte, sich selbst zu beruhigen: Die Reaktion konnte vielerlei Gründe haben. Warum also darüber nachgrübeln? Vielleicht lag es ganz einfach daran, dass er nun doch noch auf einen ebenbürtigen Gegner gestoßen war.

Oder es war etwas ganz anderes.

Aber was?

Denk einfach nicht dran, ermahnte er sich selbst.

Und warum nicht? Soll ich etwa Angst vor meinen eigenen Gedanken haben?

Vielleicht siehst du ja in Holland den Vater, den du nie hattest. Und vielleicht willst du deshalb, dass er dich mag?

Ganz bestimmt nicht.

Vergiss nicht: Du hattest mehrfach die Chance, ihn aus dem Spiel zu nehmen. Warum hast du es nicht getan, Jackie Boy?

Die Situation war zu einseitig, das wäre unehrenhaft gewesen. Und nenn mich gefälligst nicht so.

War es vielleicht besonders ehrenhaft, die neun Thai-Frauen zu erschießen?

Davon will ich nichts mehr hören. Das ist vorbei. Ich habe meine Buße in der Wüste abgeleistet.

Er meinte, das hysterische Lachen einer Frau zu hören, das Lachen einer Person, die ständig am Rande seines Vorstellungsvermögens herumgeisterte, die sich permanent über ihn lustig machte und nur auf seinen nächsten Fehltritt wartete, und deren Spott so schmerzhaft war wie eine tiefe Fleischwunde.

Als die Kollegin des Sheriffs den Hörer abnahm, sagte Jack: »Setz dich in Bewegung, Weib, und hol den Sheriff an die Strippe!«

Was immer sie geantwortet haben mochte, er hatte es nicht zur Kenntnis genommen. Stattdessen hörte er wieder die Stimme der Frau, die ihn in seinen Träumen heimsuchte und in seinem Unterbewusstsein herumspukte, die ihm die Mußestunden verdarb und auch seine vergeblichen Versuche, Freude zu empfinden. Er hörte, wie das unablässige, schrille Lachen lauter und lauter wurde, und er ahnte, dass er einmal mehr Zuflucht suchen musste in der einzigen Form der Erlösung, die ihn noch nie enttäuscht hatte: ein paar ordentliche Salven aus seiner Maschinenpistole. Seine Arme und Hände würden vibrieren, als hätte er einen Presslufthammer gepackt, und seine Zähne würden klappern, und am Ende wären seine Gedanken gereinigt und seine Ohren taub für all die Geräusche innerhalb und außerhalb seines Schädels.

»Wie kann ich Ihnen helfen, Mr. Collins?«, hörte er den Sheriff sagen.

»Ich weiß, wo Ihre Asiatin ist«, antwortete er. »Ich kann Sie hinbringen.«

»Und wo soll das sein?«

»Unten in Mexiko. Ziemlich weit ab vom Schuss und mit dem Auto kaum zu erreichen, aber mit dem Flugzeug gar nicht mal so weit entfernt.«

»Ist sie bei Sholokoff?«

»Ling, Temple Dowling und dieser Mischling namens Krill. Wie geht es Noie?«

»Keine Ahnung. Ich habe ihn rausgeschmissen.«

»Sie haben was?«

»Als ich ihn das letzte Mal gesehen habe, war er auf dem Weg zur Stadt hinaus, mit einem Lied auf den Lippen.«

»Das wird dem FBI gar nicht gefallen.«

»Damit werde ich dann wohl leben müssen. Wo können wir uns treffen?«

»Sagen Sie jemals die Unwahrheit?«

»Nein.«

»Niemals?«

»Sie haben mich verstanden. Es reicht, wenn ich es einmal sage«, erwiderte Hackberry.

»Ich vertraue Ihnen. Und Sie wissen, dass ich nicht vielen Leuten vertraue.«

»Tun Sie, was Sie für richtig halten. Aber denken Sie bloß nicht, dass ich mich jetzt geschmeichelt fühle.«

»Ich gebe Ihnen gleich ein paar Koordinaten durch. In spätestens vier Stunden treffen wir uns dort. Ich gehe mal davon aus, dass Sie Ihre Kollegin mitbringen?«

»Verlassen Sie sich drauf. Warum tun Sie das, Collins?«

»Sholokoff hätte die Asiatin nicht entführen dürfen. Sie hat mit der ganzen Sache nichts zu tun.«

»Ich glaube, es gibt noch einen anderen Grund.«

»Sholokoff wollte mich umlegen lassen. Ich habe also noch eine Rechnung mit ihm offen.«

»Da ist doch noch etwas anderes.«

»Wenn Sie's herausfinden, sagen Sie mir Bescheid, dann sind wir beide ein Stück schlauer. Bringen Sie niemanden außer Ihrer Kollegin und Ihren Piloten mit. Ein paar meiner Männer werden Sie abholen. Wenn Sie unsere Abmachung in irgendeiner Weise verletzen, ist der Deal geplatzt, und Sie werden nie wieder von mir hören. Dann haben Sie die Asiatin auf dem Gewissen.«

»Wenn Sie versuchen sollten, mir oder meiner Kollegin Schaden zuzufügen, mache ich Sie auf der Stelle kalt. Ich bin wie Sie, Jack: Ich habe meine besten Jahre längst hinter mir und bin an nichts mehr gebunden. Auch ich habe nicht mehr viel zu verlieren.«

»Dann halten Sie verdammt noch mal Ihr Wort, und wir werden prima miteinander auskommen.«

Jack legte auf und schaltete sein Handy aus. Dann hörte er etwas, das er eigentlich nicht mehr hatte hören wollen: Die Jukebox war wieder zum Leben erwacht, und die Rap-Musik plärrte durch das geöffnete Hangartor zu ihm hinüber. Er erinnerte sich, dass das Stromkabel nicht fest an der Musikanlage angebracht gewesen war. Offensichtlich hatte der Besitzer des Hangars das zerschnittene Kabel einfach ausgetauscht und wollte jetzt beweisen, dass er genauso durchsetzungsfähig und unbequem sein konnte wie dieser herrschsüchtige Gringo aus Texas, der zu glauben schien, in Mexiko die Sau rauslassen zu können.

Jack holte seinen Gitarrenkoffer aus dem Flugzeug und legte ihn auf den Tisch. Der Wind hatte aufgefrischt, und der Staub wirbelte in der Hitze unter der Plane. Er öffnete den Koffer, steckte sich Oropax in die Ohren, löste seine Thompson aus der Halterung und schob ein 30-Schuss-Magazin in den Magazinschacht der Waffe. Als er dann den Hangar betrat, ließ der Besitzer sofort den Besen fallen und lief davon. Jack hob die Maschinenpistole und drückte den Abzugshebel. Die Kugeln zerfetzten die Jukebox, Plastikstücke und Elektronikteile regneten auf den Betonfußboden nieder, und einen Augenblick später waren die Wellblechwände mit Löchern so groß wie Zehn-Cent-Münzen übersät.

»Señor, was zur Hölle tun Sie da?«, rief Eladio hinter ihm.

Aber Jack hatte noch die Stöpsel in den Ohren und konnte ihn nicht hören. Das Einzige, was er hörte, war das Lachen seiner Mutter: ein manisches, spottendes Gackern, ein ätzender Schmähgesang auf einen Getriebenen, der auf ewig in der schwarzen Kiste gefangen sein würde, in der man ihn als kleines Kind eingesperrt hatte.

Krill hatte sich noch nie wirklich um politische Sachverhalte geschert. Ein Mann besaß Land oder er besaß keines, darauf kam es an. Entweder konnte er die Früchte seiner Arbeit behalten, oder er durfte sie nicht behalten. Die Theoriegebäude politischer Ideologien waren aus seiner Sicht etwas, worüber sich nur Spinner, Radikale und Säufer in den Kneipen die Köpfe heiß redeten, weil sie sonst nichts Besseres mit ihrer Zeit anzufangen wussten. Mit den Fachbegriffen der Soziologen und Ökonomen hatte Krill nicht viel am Hut – von Gefängnissen verstand er dafür umso mehr. Er hatte seine Lektionen in El Salvador und Nicaragua gelernt, und er wusste, wie man im

Knast überlebte oder eben nicht. Männer in Gefangenschaft dachten und verhielten sich alle in der gleichen, vorhersehbaren Weise. Und das galt auch für ihre Wächter.

Krill war sich ziemlich sicher, dass seine Kidnapper keine Ahnung von der Funktionsweise eines Gefängnisses hatten. Dieser Gringo Frank beispielsweise war ein Musterexemplar für das, was erfahrene Sträflinge einen »Frischling« nannten. Nicht nur hatte er einen Gefangenen provoziert und beleidigt, er hatte ihm darüber hinaus auch noch Details über sein weiteres Schicksal verraten – in Krills Fall: ewige Ruhe in einem Betonsockel – und ihm damit klargemacht, dass er nichts mehr zu verlieren hatte. Frank hatte noch einen weiteren Fehler begangen: Als Krill in die Zelle gesperrt wurde, hatte er übersehen, dass der Gefangene Laufschuhe mit Schnürsenkeln trug, keine Schaftstiefel.

Krill hatte drei Stunden auf dem Fußboden geschlafen, den Kopf auf einen Jutesack gebettet, den er in einer Ecke der Zelle gefunden hatte. Mit dem ersten Tageslicht, das durch das Fenster fiel und die gegenüberliegende Seite des Kellers erhellte, kam ein Mann die Stufen herunter, in den Händen zwei Schüsseln mit Reis und Bohnen. Das Haar des Mannes war schmutzig blond, seine Oberlippe sah aus wie ein Entenschnabel, und seine Augen standen viel zu weit auseinander. Seine Haut war so grob und rau wie die eines Schweins. Er brachte eine der Schüsseln zu der Zelle, in der Krill La Magdalena vermutete. Dann kniete er sich vor Krills Zelle hin, um ihm die zweite Schüssel unter der Tür hindurchzuschieben.

»Und wie soll ich das bitteschön ohne Besteck essen?« fragte Krill.

»Das ist hier kein Hotel«, antwortete der Mann.

»Wir können doch nicht mit den Fingern essen.«

»Dann isst du eben direkt aus der Schüssel. Wenn du sie ein bisschen kippst, wird es schon gehen.«

»*Hombre*, wir sind doch keine Tiere! Ihr müsst uns wenigstens Besteck geben.«

»Ich seh mal, was sich machen lässt«, sagte der Mann.

»Bring mir einen Löffel. Reis kann man nicht mit einer Gabel essen. Und bring uns auch was zu trinken.«

»Sonst noch Wünsche?«

»Ja. Ich will eine richtige Toilette benutzen, eine mit Wasserspülung. So ein Chemieklo ist unhygienisch und erniedrigend.«

Als der Mann wieder nach oben gegangen war, sagte Krill mit leiser Stimme: »Magdalena, können Sie mich hören?«

»Ja«, antwortete die Frau.

»Hat man Ihnen wehgetan?«

»Nein.«

»Wo ist Dowling?«

»Ich glaube, er ist tot.«

»Haben sie ihn gequält?«

»Ja, es war schrecklich.«

»Hören Sie. Ich muss etwas sagen, aber wir haben nicht viel Zeit. Ich habe viele Männer getötet. Ich habe auch einen Jesuitenpater getötet. Und ich habe einen DEA-Informanten gefoltert und ermordet. Ich brauche Absolution für diese Sünden, und für all die anderen, die ich jetzt nicht aufzählen kann.«

»Das steht nicht in meiner Macht. Nur Gott kann das. Aber wenn Sie Ihre Taten bereuen und sich von der Gewalt lossagen, dann sind Ihre Sünden vergeben. Gott vergibt nicht schrittweise oder nur für einzelne Taten. Seine Vergebung ist absolut, Antonio. Genau das ist es, was mit ›Absolution‹ gemeint ist. Gott macht alle Dinge neu.«

»Sie erinnern sich an meinen Namen?«

»Natürlich, warum sollte ich ihn vergessen haben?«

»Weil alle mich Krill nennen.«

»Das war Ihr Name im Krieg. Sie sollten ihn nicht mehr benutzen.«

»Vielleicht kann ich den Namen bald ablegen, Magdalena. Aber erst einmal muss ich uns hier rausholen. Wir brauchen eine Gabel von dem Mann, der uns das Essen gebracht hat.«

»Warum?«

»Es gibt nur zwei Möglichkeiten, wie wir hier rauskommen können. Ich muss die Tür öffnen oder einen Mann in meine Zelle locken. Für beides brauchen wir eine Gabel.«

»Aber Sie haben doch nach einem Löffel gefragt.«

»Dieser Mann ist stur und dumm. Er wird genau das Gegenteil von dem tun, worum ich ihn gebeten habe.«

Die Tür am oberen Ende der Treppe wurde geöffnet, und der Mann mit dem Entenschnabel kam herunter. In der Hand hielt er zwei stumpfe Metallgegenstände. »Ich habe gefunden, wonach du gefragt hast«, sagte er. »Schieb deine Schüssel wieder nach draußen, wenn du aufgegessen hast.«

Krill streckte seine Hand durch die Gitterstäbe und griff nach dem Gegenstand, den der Mann ihm hinhielt. *Ein Löffel*, dachte er verbittert.

»Enttäuscht?«, fragte der Mann. »Ich habe schon mit sechzehn als Wärter angefangen. Sieh besser zu, dass du alles aufisst. Du hast einen harten Tag vor dir.«

Die einmotorige Maschine des Departments senkte sich hinter einem Berghang und folgte einem trüb-braunen Fluss, der sich in einer weiten Flussaue verbreiterte und von kleinen sandigen Inseln durchsetzt war, auf denen Weidenbäume wuchsen.

Über dem Flugzeug konnte Hackberry das Band blau-schwarzer Wolken sehen, die sich wie die lang gezogenen Rauchschwaden eines Industrieschornsteins vom Big-Bend-Nationalpark bis hinüber in den Norden von Mexiko erstreckten. Unter ihm bäumten sich die Weiden im Wind, und die Wasseroberfläche kräuselte sich in gezackten Mustern. Die Wolkenschicht schien am südlichen Horizont zu enden und wirkte dort vor dem blauen Himmel wie Fetzen schwarzer Baumwolle.

Plötzlich begannen die Flügel der Maschine zu vibrieren, und der Flugzeugrumpf zitterte. »Alles in Ordnung«, rief der Pilot über den Motorenlärm hinweg. Der Mann hieß Toad Fowler und flog für gewöhnlich nur Sprühflugzeuge in der Landwirtschaft. Ab und an arbeitete er aber auch für das Sheriff Department. »Das sind nur die Aufwinde«, erklärte er, klopfte aber dennoch immer wieder auf seinen Instrumenten herum.

»Was ist das Problem?«, fragte Hackberry.

»Der Öldruck ist ein bisschen niedrig«, erwiderte der Pilot. »Aber wir sind okay. In zehn Minuten sollten wir da sein.«

»Wie viel zu niedrig?«, fragte Hackberry.

»Es ist bestimmt nichts mit der Leitung. Wahrscheinlich nur eine lecke Dichtung oder so«, sagte der Pilot. »Ich checke noch mal alles durch, wenn wir gelandet sind. Halten Sie sich fest, es könnte ein bisschen holprig werden.«

»Haben Sie das nicht überprüft, bevor wir losgeflogen sind?«, fragte Hackberry.

»Es ist ein altes Flugzeug. Was erwarten Sie? So etwas passiert schon mal«, erwiderte der Pilot.

Als das Flugzeug sich Richtung Fluss zu senken begann, spürte Hackberry Pams Hand auf seiner Schulter und ihren Atem in seinem Nacken.

»Es ist alles gut«, sagte Hackberry.

»Woher willst du das wissen?«

»Toad hat es mir gerade gesagt.«

»Sag ihm, dass ich ihn erschießen werde, sobald wir gelandet sind.«

Weit unten konnte Hackberry das Acker- und Weideland in großen rechteckigen Feldern daliegen sehen, dazwischen erhoben sich kahle Hügel, die aussahen, als wären sie aus weißem Ton geformt und dann trocken und brüchig geworden. Der Pilot flog eine weite Kurve, sodass die Flügel zuckten, und ließ die Maschine dann flach über den Fluss dahingleiten, während die Inseln unter ihnen vorbeizogen. Hackberry sah einen Schweinemastbetrieb mit großen Freigehegen, deren Boden schokoladenbraun und aufgewühlt war, Gebäude mit Wellblechdächern und Häuser aus Hohlblocksteinen. Schließlich erblickte er eine kurze blassgrüne Landebahn, die erst kürzlich mitten in ein Feld hineingemäht worden war. Am hinteren Ende der Landebahn stand ein Fahnenmast, an dem ein roter Windsack an seiner Aufhängung zerrte. Die Landung war hart, Regenwasser spritzte unter den Reifen hoch. Am Rand der Landebahn stand ein Pick-up mit offener Ladefläche, neben dem zwei Männer im Gras lagen.

»Hast du die Typen schon mal gesehen?«, fragte Pam.

»Nein«, antwortete Hackberry. »Alles in Ordnung bei dir?«

Sie wartete mit ihrer Antwort, bis Toad den Motor ausgeschaltet und sich draußen, an einen Flügel gelehnt, eine Zigarette angezündet hatte. »Ich werde das Spiel mitspielen, Hack«, sagte sie. »Aber allein bei der Vorstellung, dass wir uns mit Jack Collins einlassen, dreht sich mir der Magen um.«

»Ich werde dir keinen Vorwurf machen, wenn du dich entscheidest hier bei Toad zu bleiben. Ich bekomme das auch allein hin.«

»Das wird nicht passieren«, erklärte Pam.

»Ich muss Miss Anton zurückholen, Pam. Sonst werde ich nie wieder ruhig schlafen können.«

»Dir ist schon klar, dass wir uns hier auf einen Pakt mit dem Teufel einlassen, oder?«

»So ist der Deal.«

»Soll das heißen, du lässt den Schweinehund ziehen, wenn das hier vorbei ist?«

»Jack Collins hat nicht vor, Mexiko wieder zu verlassen«, sagte er.

Sie rollte mit den Augen. »Woher willst du das wissen?«

»Er hat uns als seine Henker herbestellt«, erwiderte er.

»Hoffen wir, dass er das nicht genau umgekehrt sieht.«

Hackberry und Pam holten eine Reisetasche und einen Rucksack aus dem Flugzeug und gingen anschließend zu dem Pick-up. Die beiden Mexikaner stellten sich als Eladio und Jaime vor. Sie waren unrasiert und trugen breite Strohhüte und ungebügelte Baumwollhemden mit zugeknöpften Ärmeln. Ihre Augen wanderten über Pams Körper, während sie so taten, als würden sie sie gar nicht wirklich wahrnehmen. Ihr gelangweilter Gesichtsausdruck sollte ihre Gedanken verschleiern, verriet in Wirklichkeit aber ziemlich deutlich, was sie dachten.

»Wo ist Collins?«, fragte Hackberry.

»Der ist nicht hier«, antwortete Jaime.

»Genau deshalb habe ich dich ja gefragt, wo er ist«, sagte Hackberry.

»Wir bringen euch zu ihm«, gab Jaime zurück. »Ihr beide könnt vorne bei Eladio mitfahren, ich sitze hinten.«

»Wohin fahren wir?«, fragte Pam.

»Das siehst du, wenn wir angekommen sind, *chica.*«

»Wenn du mich noch einmal so nennst, kannst du was erleben.«

»*Perdonen*, wir wollen niemanden beleidigen«, sagte Eladio. »Können wir einen Blick in die Tasche und den Rucksack werfen? Wir würden auch gerne Ihre Mobiltelefone überprüfen.«

»Wozu das?«, fragte Pam.

»Wir sind hier unter Freunden, da braucht man keine GPS-Peilung«, sagte Eladio. »Es ist gut, solche Dinge vorher zu klären, bevor wir uns an die Rettung Ihrer Freundin machen. Nur deshalb habe ich nach Ihren Mobiltelefonen gefragt.«

»Kein Problem. Tut, was ihr tun müsst«, sagte Hackberry.

»Danke«, sagte Eladio. »Das sind gute Waffen da in Ihrer Tasche. Was ist in der Metallbox?«

»Kekse und Obstkuchen.«

»Sie nehmen Kekse und Kuchen mit, wenn Sie zu so einer Mission aufbrechen?«, fragte Eladio.

»Ich bin schnell unterzuckert. Vielleicht mögt ihr ja auch mal probieren. Greift ruhig zu«, sagte Hackberry.

»Das ist sehr nett von Ihnen, Mister«, erwiderte Eladio. »Meine Kinder lieben Kekse.«

»Wann treffen wir den Preacher?«, fragte Hackberry.

»Sehr bald. Er ist schon ganz gespannt darauf, Sie kennenzulernen«, sagte Eladio.

»Und ihr kommt wirklich nur wegen La China hier runter?«, fragte Jaime.

»Ja, könnte man so sagen.«

»Das muss ja eine Wahnsinnsbraut sein. Stimmt es, was man sich über chinesische Frauen erzählt?«

»Sprich nicht weiter«, sagte Eladio, und hielt seinem Cousin den Zeigefinger auf die Lippen.

»War doch nur eine Frage. Du musst mir nicht den Mund verbieten«, sagte Jaime. »Die Gringos sind Besucher in unserem Land. In unserem eigenen Land müssen wir uns nicht zurückhalten, nur um den Gringos zu gefallen.«

»Ich denke, es ist Zeit, dass wir Mr. Collins treffen«, sagte Hackberry.

Eladio saß am Steuer, Pam und Hackberry vorne neben ihm, und Jaime hockte hinten auf der Ladefläche. Sie fuhren fast eine Stunde lang in südlicher Richtung, größtenteils auf Schotterstraßen, die an bewässerten Ackerflächen vorbeiführten. Sowohl die Farben und Formen der Landschaft als auch die Pflanzenwelt in dieser Gegend waren anders als alles, was Hackberry bisher gesehen hatte. Wilde Grapefruitbäume und Hibiskuspflanzen und rosafarbene Kamelien und Palmen mit langen, schlanken Stämmen wuchsen an den Rändern der Felder. Der Boden war lehmig und schimmerte in einem satten Rotbraun, als wäre Rost daruntergemischt worden. Die Berge hingegen waren weiß und kahl und von der Sonne verbrannt und sahen aus wie versteinerte Meerestiere. Die Topografie ließ Hack an Fantasiegemälde denken, auf denen das alte Ägypten in einer Ära dargestellt war, in der sich die Erde noch von der großen Flut erholte; eine Zeit, in der die Wüsten blühten und die Sammler ihre Körbe mit vollen Händen füllten. Hackberry fragte sich, warum ein Mann wie Josef Sholokoff sich an einem solchen Ort ansiedelte. Um es der Schlange gleichzutun und die Ankunft des Bösen im Garten Eden nachzustellen?

Die Wirklichkeit ist wohl weniger romantisch, dachte Hackberry. Für Sholokoff war Mexiko vermutlich nicht viel mehr als ein praktischer Rückzugsort, an dem er keine Steuern zahlen musste.

Der Pick-up rollte eine lange, eingefasste Schotterstraße entlang, und die Räder schleuderten kleine Steine von unten gegen die Kotflügel. Es ging ein warmer, schwüler Wind, und der Himmel war von Wolken bedeckt, die keine Sonnenstrahlen durchließen. Ein Stück voraus, an einer Kreuzung, konnte Hackberry einen kleinen Laden mit verblichener Fassade erkennen. Vor dem Haus stand eine einzelne Zapfsäule, die seitliche Veranda des Gebäudes war mit Fliegengitter geschützt. Hinter dem Haus schien sich eine unendlich weite Ebene zu erstrecken. Die Oberfläche schimmerte salzig und war an einigen Stellen rissig und abgesunken, so als ob es hier einmal einen See gegeben hätte, der durch ein Loch in seiner Mitte versickert war. Eladio parkte den Wagen und stellte den Motor ab. »Señor Collins erwartet Sie auf der Veranda«, sagte er. »Sie sollten Ihre Waffen hier lassen, um den Besitzer des Ladens nicht zu beunruhigen. Außerdem ist es ein schwerwiegendes Vergehen, Waffen mit nach Mexiko zu bringen.«

»Das ist so, als würdest du sagen, dass es ein schwerwiegendes Vergehen ist, Irrsinn mit ins Irrenhaus zu bringen«, erwiderte Pam.

»Ich bin nicht gebildet genug, um solche Vergleiche zu verstehen, Señorita«, sagte Eladio.

Hackberry blickte durch die Heckscheibe des Pick-ups. »Dein Cousin isst die Kekse, die du deinen Kindern mitbringen wolltest«, sagte er.

»Jaime, was machst du da?«, schimpfte Eladio durch das geöffnete Seitenfenster.

Jaime drückte den Deckel wieder auf die Dose und wischte sich die Krümel von den Fingern. Pam und Hackberry stiegen aus und folgten Eladio zu der Fliegengittertür an der Seitenveranda. Sie blickte über die Schulter zurück zu Jaime, der auf der Ladefläche sitzen geblieben war. »Ich glaube, diese Jungs verbringen ihre Freizeit nicht gerade mit der Lektüre von Homer«, sagte sie.

»Sei still«, zischte Hackberry. Er öffnete die Fliegengittertür, nahm seinen Stetson ab und trat auf die Veranda. Im schummrigen Licht sah er an der hinteren Wand einen Mann sitzen, der mit einer Gabel über einem Blechteller mit Bohnenpüree, Steak und Paprikastreifen saß. Er trug einen steifen Hut, einen Seersucker-Mantel und ein graues Anzughemd mit einem knopflosen Kragen und hatte seine Hosenbeine in die Stiefel gesteckt. Hinter ihm stand ein Gitarrenkoffer an der Wand. Für Hackberry wirkte Jack Collins wie eine Figur aus einem Traum und nicht wie ein Wesen aus Fleisch und Blut: ein Dämon mit verschwommenen Konturen, der nur darauf wartete, sich an die Ängste seiner Opfer zu heften, so wie sich ein Blutegel an seinem Wirt festsaugt.

»Guten Flug gehabt?«, fragte Collins.

»Nicht wirklich«, sagte Hackberry.

»Setzen Sie sich. Sie auch, Deputy Tibbs.«

»Ich glaube, ich bleibe lieber stehen«, sagte Pam. »Sie haben doch nichts dagegen, oder?«

»Ich muss mich bei Ihnen entschuldigen«, sagte Collins. Er kaute weiter, während er sprach.

»Weil Sie versucht haben, mich umzubringen?«, fragte Pam.

»Wenn es nach Ihnen ginge, hätten Sie mich schon dreimal aufgeschlitzt, meine Innereien mit Salz bestreut und an einen Zaunpfahl genagelt. Ich würde also sagen, was ich getan habe, war nur fair.«

»Wir sind nicht hergekommen, um uns über die Vergangenheit zu unterhalten, Mr. Collins«, sagte Hackberry. »Wie weit sind wir von unserer Zielperson entfernt?«

Mit dem Stiefel schob Collins zwei Stühle vom Tisch weg. In

seinem Gürtelhalfter steckte ein Thumb Buster – ein massiver Revolver mit abgescheuerter Brünierung rund um den Zylinder, bei dem der Hammer für jeden Schuss neu mit dem Daumen gespannt werden musste. Sein Munitionsgürtel war gefüllt mit kupferummantelten 45er-Patronen. »Setzen Sie sich und trinken Sie eine Pepsi. Wir gehen erst bei Sonnenuntergang rein. Wenn wir dann einmal auf dem Gelände sind, machen wir kurzen Prozess.«

»Jetzt hören Sie mir mal zu, Collins. Nicht Sie machen hier die Regeln, sondern ich«, sagte Hackberry. »Wir sind aus einem einzigen Grund hergekommen: um das Leben einer unschuldigen Frau zu retten. Auf gar keinen Fall werden wir jeden zu Brei schießen, der uns vor die Flinte läuft. Wenn Sie noch eine persönliche Rechnung mit Sholokoff zu begleichen haben, dann müssen Sie das zu einer anderen Zeit und an einem anderen Ort tun.«

Collins gab dem Kellner ein Zeichen, dann blickte er zu Hackberry auf. »Ich habe cine große Flasche Pepsi gekauft und sie extra für Sie beide kalt stellen lassen. Nun setzen Sie sich endlich hin und hören Sie auf, Ihre Nase so hoch zu tragcn. Das gilt auch für Sie, Deputy Tibbs.« Er legte seine Gabel auf den Teller und zog ein gefaltetes Blatt Papier aus seinem Mantel. »Ich habe eine Skizze von dem Grundstück und den Eingängen gezeichnet. Setzen Sie sich jetzt, oder nicht?«

Pam Tibbs zog einen Stuhl zurück und setzte sich, starrte Collins dabei aber die ganze Zeit direkt in die Augen.

»Wollen Sie mir etwas mitteilen, Deputy?«, fragte er.

»Ich würde Ihnen gern eine Kugel zwischen die Rippen jagen, Sie erbärmliches Stück Scheiße«, antwortete sie.

Collins blickte zu Hackberry. »Ich werde mir das nicht länger bieten lassen, Sheriff.«

»Zeigen Sie uns die Eingänge zu dem Grundstück«, sagte Hackberry.

»Erst mal bringen Sie das lose Mundwerk dieser Frau unter Kontrolle.«

Der Kellner brachte eine große Plastikflasche Pepsi und zwei Gläser und verschwand wieder.

»Wir haben einen weiten Weg hinter uns«, sagte Hackberry. »Und Sie haben vielen Leuten großes Leid zugefügt, auch Freunden von uns. Sie sollten wirklich nicht zu viel von uns erwarten.«

»Sie sagen, ich hätte viel Leid angerichtet? Genau in diesem Augenblick erfahren die Asiatin und dieser Krill, was Leid wirklich bedeutet. Josef Sholokoff weiß nicht, dass Noie wieder auf freiem Fuß ist. Er denkt, der Knabe sitzt immer noch in Ihrem Knast, und ist außer sich vor Wut. Genau deshalb nimmt er sich gerade Ms. Ling und diesen Mischling vor.«

»Sie haben einen Spitzel bei Sholokoff?« fragte Hackberry.

»Was glauben Sie denn?«, erwiderte Collins. »Vor vier Stunden hat Josef mit Krill angefangen. So wie ich ihn kenne, wird er sich danach mit besonderer Hingabe um die Frau kümmern. Was glauben Sie denn, warum er den Cowboy-Priester erst gekreuzigt und dann die Kirche angezündet hat?«

»Sagen Sie's mir.«

»Es ging ihm nicht ums Geld. Es war auch nicht aus purer Boshaftigkeit.«

Hackberry schwieg.

»Josef wurde mit dem Hirn einer Ratte und der Visage eines Frettchens geboren, und er macht Gott dafür verantwortlich, dass so ein erbärmlicher kleiner Wicht aus ihm geworden ist«, sagte Collins. »Für Leute, die eine ordentliche Schulbildung genossen haben, scheint ihr alle nicht besonders helle zu sein,

Sheriff. Wie es aussieht, besteht meine größte Schwäche tatsächlich darin, die Intelligenz meiner Mitmenschen zu überschätzen.« Er schob den Plan zu Hackberry rüber und wandte sich wieder seinem Essen zu. Gleichgültig stocherte er mit der Gabel auf seinem Teller herum und starrte mit Augen, so leer und ausdruckslos wie Glas, vor sich hin.

Kapitel 27

Sie hatten Krill in seiner Zelle erst zusammengeschlagen und dann an einem Deckenbalken in der Mitte des Kellers hochgezogen, sodass Anton Ling mitansehen konnte, wie sie ihn ein weiteres Mal mit den Fäusten bearbeiteten. Als sie ihn schließlich losmachten, fiel er mit auf dem Rücken gefesselten Händen auf den Boden und driftete in einen Zustand der Bewusstlosigkeit ab. Derart benebelt entschwand er immer wieder an einen Ort, an dem seine Kinder auf ihn warteten: Mit von Eiscreme verschmierten Wangen standen sie am Rand eines Jahrmarkts. Hinter ihnen drehten sich die geschnitzten Holzpferde eines Karussells, während die Musik einer Dampforgel in den Abendhimmel aufstieg.

Frank, oder vielleicht war es auch der Mann neben Frank, kippte Krill aus einer Feldflasche Wasser ins Gesicht. Josef Sholokoff saß nicht weit von Krill entfernt auf einem Stuhl. Er hatte ein Knie über das andere gelegt und rauchte eine parfümierte Zigarette, die in einer goldenen Spitze steckte und mit lavendelfarbenem Papier gerollt worden war. »Noie Barnum war für vier Wochen in deiner Gewalt, und du hast ihn nie den Entwurf der Drohne aufzeichnen lassen? Dein Geschäft besteht darin, wichtige Personen zu kidnappen und zu verkaufen, aber jetzt willst du mir erzählen, dass du nicht versuchst, Informationen aus ihnen herauszupressen? Willst du mich vielleicht für dumm verkaufen, Krill?«

»Mein Name ist Antonio.«

»Aha. Und du bleibst dabei, dass du aus rein religiösen Gründen zu der Frau gegangen bist?«, hakte Sholokoff nach. »Dann hattest du sicher auch keine Ahnung davon, dass sie mitgeholfen hat, Waffen in dein Land zu transportieren, nicht wahr? Was für ein Zufall, dass du gerade auf einer spirituellen Mission bei ihr warst, als wir dich geschnappt haben, findest du nicht? Du bist wirklich ein unterhaltsamer Zeitgenosse.«

»Das haben mir meine *mujeres* auch immer gesagt.«

»Du hast in deinem Land für die Amerikaner gearbeitet?«

»Natürlich. Jeder arbeitet für die Amerikaner.«

»Aber jetzt wolltest du Al-Qaida helfen?«

»Ich hatte drei Kinder. Sie wurden von einem amerikanischen Helikopter getötet. Aber jetzt weiß ich, dass ich selbst für ihren Tod verantwortlich war, nicht andere.«

»Ah, ich verstehe. Weil du einsehen musstest, dass du nichts gegen die Mörder deiner Kinder ausrichten kannst, gibst du dir jetzt selbst die Schuld und mutierst dadurch zum Heiligen. Dann sind wir dir ja auf gewisse Weise bei deiner Heiligwerdung behilflich, sehe ich das richtig?«

»Sie verhöhnen einen einfachen Mann mit gefesselten Händen, nachdem Sie ihn gefoltert haben?«, mischte sich Anton Ling aus ihrer Zelle ein. »Sie sind wirklich ein armseliger kleiner Mann, Mr. Sholokoff.«

»Frank, kümmere dich darum«, sagte Sholokoff.

»Sir?«, fragte Frank.

»Miss Ling. Kümmere dich gefälligst um sie.«

»Um diese Frau zum Schweigen zu bringen, müsste man ihr schon eine Lkw-Ladung Flüssigbeton in den Rachen kippen«, erwiderte Frank.

»Dann tu es, verdammt.«

»Aber Sir, wir sollten erst die Sache mit dem Taco-Fresser zu Ende bringen«, sagte Frank.

»Das Einzige, was ich von dir bekomme, sind dumme Kommentare, aber keine Ergebnisse. Seit achtundvierzig Stunden haben wir einen Rüstungsunternehmer, einen berüchtigten Kojoten und Kidnapper sowie eine Ex-CIA-Agentin, die für Air America geflogen ist, in unserer Gewalt, und aus keinem von denen haben wir irgendetwas Nützliches herausbekommen. Kriegst du deinen Job nur bei einem Nichtsnutz wie Cody Daniels richtig hin? Bei der Kreuzigungsszene hast du wenigstens mal gezeigt, dass du es kannst. Ich muss schon sagen, Frank, langsam mache ich mir Sorgen.«

»Das mit dem Reverend waren Sie ganz allein, Sir«, sagte Frank, der hinter Sholokoff stand. An den Händen trug er enge Lederhandschuhe, so wie Rennfahrer sie manchmal trugen, und sein abgeschnittenes T-Shirt zeigte seinen durchtrainierten Bauch.

Sholokoff drehte sich auf seinem Stuhl herum. »Das musst du mir genauer erklären, Frank.«

»Wir hätten unsere Zeit nicht mit dem Reverend verschwenden sollen. Mir persönlich ist jedenfalls keiner dabei abgegangen, den Kerl auf diese Weise ins Jenseits zu schicken. Das ist alles, was ich sagen wollte.«

Sholokoff zog an seiner Zigarette und ließ den Rauch durch die Nase entweichen. Seine Augen glänzten und strahlten warm. Dann drückte er den Glimmstängel mit seinem Fuß aus und gab die Kippe einem seiner Männer, um sie zu entsorgen. »Frank, erklär mir eine Sache: Was hat es zu bedeuten, dass Sheriff Holland nicht auf unsere Anrufe reagiert? Nicht einmal, nachdem wir ihm ein Stück von Temple Dowling ins Büro geschickt haben. Warum ist ein Mann wie Holland, der doch ein enger Freund von Ms. Ling ist, scheinbar gar nicht an ihrem Schicksal interessiert?«

»Ich weiß es nicht, Sir«, antwortete Frank.

»Könnte es vielleicht sein, dass Noie Barnum gar nicht mehr in seinem Gefängnis sitzt? Oder ist die Funkstille dadurch begründet, dass Sheriff Holland uns persönlich sprechen will?«

»Sie meinen, er ist unterwegs zu uns?«, fragte Frank.

»Bring Antonio zurück in seine Zelle. Ich muss zur Toilette«, sagte Sholokoff. »Während ich weg bin, möchte ich, dass du dir etwas ganz Besonderes für Ms. Ling einfallen lässt. Und ich möchte nicht wieder nachhelfen müssen. Hast du mich verstanden, Frank?«

»Laut und deutlich, Mr. S.«, sagte Frank.

»*Señor*, haben Sie einen Moment Zeit für mich?«, fragte Krill, der am Boden lag und zwischen den Beinen der um ihn herumstehenden Männer hindurch zu Sholokoff hinaufblickte.

»Antonio, möchtest du jetzt doch mein Freund sein, damit ich dich aus all dem Unglück hier erlöse?«, fragte Sholokoff.

»Ja, Sir. Ich bin es müde.«

»Das freut mich zu hören.«

»Ich möchte nicht dabei sein, wenn das nächste Unheil passiert.«

»Mit Ms. Ling?«

»Nein, mit Ihnen und Ihren Freunden, Señor.«

»Ich fürchte, du leidest unter Wahnvorstellungen, mein kleiner Latino-Freund.«

»Sie haben nicht gesehen, was Negrito gerade gemacht hat. Er hat in mir überlebt. Gerade hat er meinen Körper verlassen und ist zur Zimmerdecke emporgestiegen. Jetzt steht er direkt hinter Ihnen. Sie stecken wirklich tief in der Scheiße, Señor.«

»Wer ist Negrito?«, wandte sich Sholokoff an Frank.

»Der Typ, der Sie bald mit einem Gartenrechen ficken wird«, sagte Krill, der immer noch auf dem Boden lag. Dann begann er so heftig zu lachen, dass ihm sein langes, verschwitztes Haar ins Gesicht fiel.

Sholokoff, der von Krills Worten eher amüsiert als beleidigt zu sein schien, ging die Treppe hinauf zur Toilette. Zwei Männer zogen Krill an den Armen hoch und schleppten ihn zurück in die Zelle. »Hey Frank«, rief einer der beiden, »da sind Kratzspuren rund um das Schlüsselloch.«

»Wie bitte?«, fragte Frank.

»Hier steht seine Reisschüssel, aber das Besteck fehlt. Wahrscheinlich hat der Kerl mit einer Gabel am Schloss rumgefummelt.«

»Hat etwa jemand dem Taco-Fresser eine Gabel gegeben?«, fragte Frank in die Runde.

»Ich habe ihm nur einen Löffel gebracht, Frank«, sagte der Mann, der Krill das Essen hingestellt hatte.

»Und wo ist der Löffel jetzt?«

»Ich weiß es nicht, Mann.«

»Wir sollten Mr. Sholokoff Bescheid geben«, sagte der Mann, der die Kratzspuren entdeckt hatte.

»Haltet die Klappe! Alle beide!«, befahl Frank. Er ging in die Zelle und trat Krill oberhalb des Steißbeins in den Rücken. »Wo ist der Löffel, Taco-Fresse?«

»Das tut verdammt weh, Boss, und meinem Erinnerungsvermögen hilft es auch nicht«, sagte Krill. »Wenn mir jemand wirklich einen Löffel gegeben hat, muss ich ihn verloren haben. Tut mir leid, Boss.«

»Frank«, flüsterte einer der anderen Männer.

»Was ist?«, zischte Frank.

»Mr. Sholokoff hat gerade die Toilettenspülung betätigt.«

Jack Collins war in einem Ford Explorer vorausgefahren. Der Weg wand sich zwischen einer Abfolge flacher weißer Hügel hindurch, auf denen weder Bäume noch Gras oder Gestrüpp wuchsen. Die Straße, die durch diese Hügelkette führte, war eng und staubig und von kleinen Felsbrocken übersät. Der Wind blies mit der Hitze eines Schneidbrenners und roch nach Teeröl, Alkali und trockenem Gestein, und die blau-schwarze Wolkenschicht am Himmel schien keinen Tropfen Feuchtigkeit zu enthalten.

Berge so weiß wie diese hatte Hackberry erst einmal in seinem Leben gesehen, als er mit einer Einheit von Marines in einer ähnlichen Mischung aus Hitze und Staub durch eine Gegend marschiert war, die eher an Zentralafrika als an die koreanische Halbinsel erinnerte. Die Uniformen der Marines waren steif gewesen vom Salz und an den Achselhöhlen dunkel vom Schweiß. Ihre braungebrannten Nacken glänzten ölig unter den Stahlhelmen, ihre Stiefel waren mit grauem Staub bedeckt. Inmitten dieser Einöde hatte sich eine endlos scheinende Kolonne aus Krankenwagen, Militärtransportern, Panzern und Feldhaubitzen die Straße entlanggeschoben und dabei dicke Staubschwaden aufgewirbelt, die den Männern ins Gesicht wehten. Ein Stück voraus hatte Hackberry damals die weißen Berge gesehen, die ihn an gigantische, vom Wind zerklüftete und verkalkte Schneckenhäuser denken ließen. Es schien keinerlei Vegetation auf ihnen zu geben, und ihre Hänge waren von Höhlen durchsetzt, in denen die Japaner vor dem Zweiten Weltkrieg Schienen verlegt und mobile Haubitzen positioniert hatten.

An diesem Tag hatte Hackberry eine Offenbarung über den Tod gehabt, die ihn den Rest seines Lebens begleiten würde, und auf die er sich immer berief, wenn die Angst Besitz von ihm ergriff. Damals hatte er ein Maß an Erschöpfung und Dehydrierung erreicht, das ihn über die Grenzen seiner Belastbarkeit hinaus an den Rand der persönlichen Kapitulation gedrängt und zugleich in einen Zustand der gleichgültigen Ruhe getaucht hatte. Es war ein Zustand, der ihn die Müdigkeit, die Blasen in den Stiefeln und den an seinen Seiten herunterlaufenden Schweiß ebenso vergessen ließ wie die Angst, dass jederzeit Gewehrfeuer aus den Hügeln losbrechen konnte. Als die Kolonne sich auflöste, betrachtete er den roten Schleier aus Staub, der vor der Sonne waberte und über die Berge und das flache Plateau hinwegzog, das von kleinen Hügeln frisch umgegrabener Erde überzogen war. Er fragte sich, warum irgendetwas von all dem, was er sah, ihm oder seinen Kameraden oder den Staaten, die darüber im Krieg lagen, etwas bedeuten sollte. Schon sehr bald würde alles, was gerade an diesem Ort passierte, in der Bedeutungslosigkeit versinken. Man würde die blutgetränkten Uniformen den Flammen übergeben, und dann würde die Sonne weiter scheinen und der Regen weiter fallen, auf Gerechte und Ungerechte gleichermaßen, und dieses wertlose Stück Land würde das bleiben, was es schon immer gewesen war: ein wertloses Stück Land mit keinerlei Bedeutung für niemanden – außer für diejenigen, die ihr Leben dafür gelassen hatten.

Gerade, als ihm diese Gedanken durch den Kopf gegangen waren, hatte jemand »Deckung!« geschrien, und Hackberry hatte die Artilleriegeschosse gehört, die mit dem Kreischen bremsender Güterzüge aus dem Himmel herandonnerten. Dann schlugen die Geschosse ein, erst eins, dann ein zweites und ein drittes, und explodierten in so schneller Abfolge, dass ihm keine Zeit für eine Reaktion blieb. Von seinem Platz oberhalb eines Grabens aus sah er, wie das Sperrfeuer heftiger wurde und über das Plateau wanderte und dabei Geysire aus Dreck und zertrümmerten Kimchi-Tongefäßen in die Luft schleuderte.

Die Nordkoreaner hatten tatsächlich einen ganzen Landstrich in Schutt und Asche gelegt, auf dem es nichts weiter gab als ein paar verbuddelte Tontöpfe mit eingemachtem Kohl. Hackberry hatte zugesehen, wie dieser alles zerstörende Geschossregen auf ein ziemlich unwürdiges Ziel niederging, und war dabei ebenso von der an Wahnsinn grenzenden Besessenheit der Koreaner amüsiert gewesen, wie von der absurden Natur des Schauspiels selbst. Als eine Wolke aus pulverisiertem Dreck in sein Gesicht wehte, blinzelte er nicht einmal. Ebenso wenig reagierte er, als ein Granatsplitter wie der Lichtstrahl eines Heliografen auf ihn zuraste und die ineinander verdrehten Oberflächen des Geschosses ihn anfunkelten, während ein surrendes Geräusch an seinem Ohr vorbeizischte. Er verspürte weder Angst noch Schuldgefühle wegen seines Leichtsinns, hatte aber auch keinerlei Erklärung für sein Verhalten, denn eigentlich betrachtete er sich weder als sonderlich tapferen Soldaten noch als einen Menschen mit außergewöhnlich viel Glück.

Die fehlende Angst und die wundersame Einstellung seinem eigenen Tod gegenüber hatten ihn den ganzen Weg bis in die Schlacht um den Changjin-Stausee begleitet, und auch während seiner Gefangenschaft im Tal ohne Namen. Selbst Jahrzehnte später konnte er sich immer noch nicht erklären, warum seine Angst kam und ging; warum sie eine Zeit lang verschwunden und später wieder aufgetaucht war. Auch wenn er mit zunehmendem Alter begonnen hatte, den Tod als den unumgänglichen Eintrittspreis für das Spiel des Lebens zu betrachten, fragte er sich doch, warum diese Reise nach Mexiko ihn in den Koreakrieg zurückgeworfen hatte. War er etwa endlich bereit, durch die letzte Tür zu treten und an den Ort zu gehen, vor dem ein jeder sich fürchtete? Würden seine Beine stark genug sein? Würde sein Mut ausreichen, um sich diesem Moment zu stellen – diesem Moment, der sich mit Worten nur unzureichend beschreiben ließ, der den Hals austrocknete, das Herz zum Rasen brachte und das Blut in den Bauchraum absacken ließ? Oder würde ihn sein Mut verlassen, so wie an jenem Tag, als er eine Trage mit einem verwundeten Kameraden hatte fallen lassen, um vor einem chinesischen Soldaten zu fliehen, der aus nächster Nähe mit seiner Maschinenpistole in Hackberrys Schützengraben gefeuert hatte und ihm dabei nicht nur dreimal durch die Wade schoss, sondern ihn in Schuldgefühle und Selbstekel versinken ließ, die er im Laufe der Jahre als natürliche Daseinsform akzeptierte?

Der Pick-up folgte dem Explorer durch die Berge. Dann öffnete sich der Weg in ein grünes Tal, durch das eine asphaltierte, von Eukalyptusbäumen gesäumte Straße geradewegs nach Süden führte, vorbei an Koppeln, Maisfeldern und Farmhäusern. Irgendwann verließ der Explorer die Straße, fuhr durch ein Viehgatter und passierte ein ausgebranntes Haus, um schließlich in eine zweigeschossige Scheune zu rollen, die vom Pfeifen des Windes und den scheppernden Geräuschen eines losen Blechdachs erfüllt war.

Jack Collins schaltete den Motor aus, stieg aus dem Wagen und zog seinen Gitarrenkoffer hinter sich heraus. Dann schloss er die Fahrertür. »In vier Stunden geht die Sonne hinter dem Berg dort hinten unter. Es bleibt also Zeit zum Ausruhen, wenn Sie möchten«, sagte er.

»Was ist das für ein Anwesen?«, fragte Hackberry.

»Es gehörte einem Freund von mir. Zumindest so lange, bis die Army ihn ausgeräuchert hat.«

»Haben Sie das Anwesen früher schon mal genutzt?«
»Hin und wieder.«
»Als Sie für Sholokoff gearbeitet haben?«
»Ich habe lediglich ein paar Aufträge erledigt und arbeite sonst auf eigene Rechnung. In dem Sinne habe ich also nie ›für‹ Josef Sholokoff gearbeitet.«
»Warum warten wir?«, fragte Hackberry. Durch ein Seitenfenster konnte er sehen, wie sich Eladio in eine Gruppe von Zitrusbäumen schlich, um sich zu erleichtern.
»Wollen Sie mitten am Tag ein Haus voll bewaffneter Männer angreifen?«
»Ich weiß nicht, ob Ms. Ling es sich leisten kann, vier weitere Stunden zu verschwenden.«
»Sie hat mit einem Stock auf mich eingedroschen, und trotzdem riskiere ich mein Leben, um ihres zu retten«, sagte Collins. »Ich glaube nicht, dass sie allzu viel zu befürchten hat. Vielleicht wird Sholokoff ihr ein wenig die Sturheit austreiben, aber das dürfte es dann auch gewesen sein.«
Hackberry drehte das Gesicht weg, damit Collins nicht sehen konnte, wie schwer es ihm fiel, seine Gefühle zu unterdrücken. Durch das Fenster beobachtete er Eladio dabei, wie dieser, mit dem Rücken zur Scheune, seinen Reißverschluss zuzog und ein Handy aus der Hosentasche fischte. »Was ist Ihr Plan?«, fragte Hackberry.
»Ich habe veranlasst, dass die Kellertür und die Terrassentüren unverschlossen bleiben. Drei von uns gehen über die Terrasse, und zwei marschieren direkt die Treppen runter in den Keller. Wir nutzen den Überraschungsmoment und legen zwei oder drei von den Kerlen um, bevor sie überhaupt realisieren, was los ist. Der Rest wird dann schon von ganz allein den Schwanz einziehen.«

»Woher wollen Sie das wissen?«

»Diese Leute arbeiten nur fürs Geld. Wenn's hart auf hart kommt, halten sie ihr Fähnchen in den Wind und ziehen Leine. Was meinen Sie denn, wie Revolutionen gewonnen werden? Hauptsache, man bekommt die religiösen Fanatiker und die Idealisten auf seine Seite – Leute ohne finanzielle Interessen«, antwortete Collins. »Was für Waffen haben Sie mitgebracht?«

»Eine halbautomatische AR-15, eine abgesägte Schrotflinte Kaliber 12, eine Neun-Millimeter-Beretta und unsere Revolver.«

»Hat Ihr Department nichts von dem Geld für die Homeland-Security abbekommen, oder was?«

»Sorgen Sie sich besser um Ihr eigenes Waffenarsenal, Mr. Collins. Wie weit ist Sholokoffs Anwesen entfernt?«, fragte Hackberry und blickte wieder zum Fenster, um zu beobachten, wie Eladio wieder zurück zur Vorderseite der Scheune ging.

»Drei Meilen, in etwa.«

»Wir gehen jetzt rein.«

»Ihre Unbesonnenheit wird Ihnen noch mal zum Verhängnis werden, Mr. Holland.«

»Für Sie immer noch *Sheriff* Holland.«

»Nicht hier unten. Der einzige Titel, der hier zählt, ist der, für den Sie bezahlen.«

»Gibt es eigentlich einen Grund dafür, dass einer Ihrer Männer sein Mobiltelefon benutzt, während er an einen Limettenbaum pinkelt?«

Collins Augen blitzten auf, aber sein Blick blieb fest auf Hackberrys Gesicht gerichtet und nahm keine Notiz von Eladio, der gerade durch den Eingang der Scheune getreten war.

»Das haben Sie gesehen?«, fragte Collins.

»Das Leben von Ms. Ling ist in Gefahr. Warum sollte ich Sie anlügen wollen?«

Collins Mund verzog sich, sodass seine Zähne sichtbar wurden. Er starrte auf das Stroh, das auf dem unbedeckten Boden der Scheune verteilt war. »Und Sie sind sich wirklich sicher mit dem, was sie gesehen haben?«

Hackberry antwortete nicht.

»Okay, einverstanden«, sagte Collins mit zuckenden Augenlidern. »Wir gehen jetzt rein. Anschließend kümmere ich mich um das Problem, dass Sie gerade angesprochen haben. Was ist mit der Frau?«

»Sie meinen Chief Deputy Tibbs?«

»Ja, das habe ich doch gerade gesagt. Kommt sie klar, wenn es richtig zur Sache geht?«

»Sie sind wirklich eine Herausforderung für meine christliche Nächstenliebe, Jack.«

»Behandeln Sie mich nicht so von oben herab. Lange werde ich mir das ganz sicher nicht gefallen lassen.«

»Wenn das hier vorbei ist …«, begann Hackberry.

»Was dann?«

»Dann werde ich einen Weg finden, Sie der klinischen Forschung zugänglich zu machen. Ich glaube, Sie könnten von unschätzbarem Wert für die Wissenschaft sein. Die ganze Welt fragt sich schon seit Ewigkeiten, an welcher Stelle der menschliche Genpool versaut worden ist. Es gibt Leute, die glauben, dass die Gene des Neandertalers mit denen des Homo sapiens vermischt wurden, aber so genau weiß das keiner. Vielleicht kann Ihre DNA die Antwort liefern.«

Collins hatte Hackberry angeschaut, während dieser sprach. »Sobald wir da drinnen sind, werden Sie erleben, was es mit dem Zorn Gottes auf sich hat. Kommen Sie mir besser nicht in die Quere, sonst werden Sie ihn ebenfalls zu spüren kriegen«, sagte er. »Haben Sie das verstanden, Junge?«

»Seien Sie froh, dass wir gerade Wichtigeres zu tun haben, Sie armseliger Scheißkerl«, antwortete Hackberry.

Krills Plan, einen der Wärter in seine Zelle zu locken, war gescheitert, und jetzt musste er auch noch tatenlos mit ansehen, wie seine Peiniger sich an der Frau vergingen, die alle Welt nur La Magdalena nannte. Er hatte es nicht geschafft, das Schloss in seiner Zellentür mit dem Stiel des Löffels zu öffnen, und daraufhin vorsätzlich das Metall rund um das Schlüsselloch zerkratzt. So hatte er zumindest noch die Hoffnung, dass einer der Männer die Kratzer entdecken und seine Zelle betreten würde, um nach dem Löffel zu suchen. Aber keiner von ihnen, schon gar nicht Frank, hatte bisher Anstalten gemacht, ihrem Chef, Josef Sholokoff, von dem Patzer mit dem Löffel zu berichten. Und so stand Krill zum Nichtstun verurteilt gegen die Gitterstäbe in seiner Zelle gelehnt und starrte auf die Umrisse von La Magdalena. Man hatte sie an den Handgelenken so hoch an einem Deckenbalken aufgehängt, dass die Sohlen ihrer nackten Füße kaum den Boden berührten.

»Ich habe mich in Ihnen geirrt, Señor Sholokoff«, sagte Krill. »Ich dachte, ich wäre von Söldnern gefangen genommen worden, wie ich sie aus meiner Heimat kenne. Aber ich habe mich geirrt. Es ist so, wie Negrito gesagt hat: Sie und Ihre Leute sind *cobardes*, ein ganzes Nest voller Hosenscheißer. Sie rauchen Ihre lila Zigaretten mit der goldenen Spitze und blasen den Rauch durch die Nase wie ein Drache. Aber Sie sind kein Drache, sondern nur ein kleiner, nach Pisse stinkender Ziegenbock mit einem winzigen Schwanz und ein paar Eiern so klein wie Erdnüsse. Foltern Sie die Frau, weil sie nicht mit Ihnen ins Bett wollte? Ich glaube, das ist der wahre Grund. Einem Mann wie Ihnen ist es nicht vorherbestimmt, eine solche Frau auch nur zu berühren. Schauen Sie sie an, und dann schauen Sie mal in den Spiegel. Sie ist schön und rein, aber die Männer, die Ihre Drogen schmuggeln, sagen, dass Ihre Nutten Sie ein menschliches Tampon nennen. Das sind nicht meine Worte, Negrito hat es mir erzählt. Er hat sich ein furchtbares Ende für den *comunista* mit den parfümierten Zigaretten ausgedacht. Ja, Señor Ziegenbock, genau so nennt Negrito Sie.«

Fünf Männer standen in einem Kreis um die Frau herum. Zwei von ihnen hatten ihre Hemden ausgezogen. Sie hatten Haare auf dem Rücken, große Hände und riesige Schädel mit Segelohren. Das Licht der Glühbirne über der Treppe tauchte ihre Schultern in gelbes Licht. Sholokoff stand direkt vor der Frau und ignorierte Krills Provokationen. Er zog an seiner Zigarette und blies den Rauch gegen das glimmende Ende, sodass die Glut orange aufleuchtete.

»Noie Barnum hat Skizzen von der Drohne gemacht«, versuchte es Krill erneut. »Ich habe Sie in Durango versteckt. Ich könnte Sie dorthin bringen.«

»Du hast scheinbar den Schuss nicht gehört, Taco-Fresse«, sagte Frank.

»Hören Sie auf, die Frau zu quälen, Señor Sholokoff. Ich bin derjenige, den Sie wollen. Ich bin es, an dem Sie etwas verdienen können.«

»Wenn du so weitermachst, kippe ich dir gleich eine Flasche Abflussreiniger in den Rachen!«, drohte Frank.

Durch das Fenster an der gegenüberliegenden Seite des Kellers konnte Krill eine staubige Straße sehen, die in Kurven durch die Felder führte, und den Regen, der auf eine Reihe weißer Hügel niederging. Außerdem sah er einen Pick-up sowie ein zweites Gefährt auf das Anwesen zusteuern. Die Fahrzeuge wirbelten jede Menge Staub auf, und in den Wolken über ihnen zuckten geräuschlose Blitze, scharf und gezackt wie die Zunge einer Schlange.

»Señor Sholokoff, Ihre Männer wollen Sie verarschen. Sie haben sich gegen Sie verschworen, um ihre Unfähigkeit zu verbergen«, sagte Krill.

»Wovon redet der Mann?«, wollte Sholokoff von Frank wissen.

»Mike hat dem Bohnenfresser einen Löffel zum Essen gegeben, aber er hat ihn nicht zurückbekommen«, sagte Frank. »Wahrscheinlich hat der Kerl versucht, damit das Schloss zu bearbeiten.«

»Wo ist der Löffel jetzt?«, fragte Sholokoff und nahm die Zigarette aus dem Mund.

»Ich weiß es nicht, Sir«, sagte Frank. »Aber keine Sorge, der Typ wird nirgendwo hingehen.«

»Aha! Und das hast *du* so entschieden, oder was?«

»Das ist keine große Sache, Sir. Ich kümmere mich darum.«

»Du triffst also nicht nur Entscheidungen für mich, sondern du befindest auch noch darüber, ob ich davon erfahre oder nicht?«

Krill sah, wie der Regen wie eine graue Wand über die Felder dahinfegte und die Berge im Hintergrund fast gänzlich verschwinden ließ. Er sah auch, wie der Pick-up und der SUV von der Straße abbogen, auf nicht umzäuntes Weideland fuhren und hinter einem Hain mit Pekannussbäumen anhielten.

»Hast du das gehört?«, fragte Mike.

»Nein«, erwiderte Frank.

»Ich dachte, ich hätte ein Auto gehört.«

»Das ist nur der Donner in den Bergen.«

»Señor Sholokoff, glauben Sie mir, wenn ich Ihnen sage: Ich habe die Pläne für die Drohne«, sagte Krill. »Ich könnte

Ihnen ein sehr wertvoller Mitarbeiter sein. Ihre Männer dagegen sind nutzlose Windhunde. Schauen Sie sie sich doch an. Diese Männer können nicht denken. Sie drücken sich vor der Verantwortung wie kleine Kinder. Ich nehme meine Beleidigungen zurück, Señor, und möchte mich entschuldigen. Mein Temperament ist mit mir durchgegangen. Wir beide sind Geschäftsleute und sollten uns so verhalten: ohne Groll und ohne diese nutzlosen Versager.«

»Jetzt halt endlich dein verdammtes Maul«, zischte Frank.

»Nein, Frank, du bist es, der den Mund halten sollte«, sagte Sholokoff und blickte über die Schulter zum Kellerfenster. »Ich habe auch ein Auto oder einen Truck gehört. Craig, schau mal aus dem Fenster.«

Der Mann, der am nächsten an der gegenüberliegenden Wand stand, stellte sich auf die Zehenspitzen und reckte den Hals, um aus dem Fenster sehen zu können. »Da ist ein Pickup, drüben bei den Pekannussbäumen«, sagte er. »Wahrscheinlich ein paar von Ihren Feldarbeitern, Sir.«

»Um diese Zeit sollte da niemand mehr sein«, erwiderte Sholokoff.

»Es sind welche von den Tagelöhnern, Sir«, sagte Craig. »Ich kann einen von ihnen erkennen.«

»Mike, du holst jetzt den Löffel aus der Zelle«, sagte Sholokoff. »Der Rest von euch kommt mit mir nach oben.«

»Sir, die Asiatin ist gleich so weit«, mischte sich Frank ein. »Ich habe alles unter Kontrolle. Wenn Sie wollen, geh ich raus und schau mir die Sache an, aber wir sollten jetzt unbedingt mit der Frau weitermachen.«

»Du hast doch vorhin einen Anruf bekommen. Wer war das?«

»Ein Mädchen, das ich in der *cantina* kennengelernt habe«,

antwortete Frank. »Ich habe ihr schon gesagt, dass sie mich nicht mehr während der Arbeit anrufen soll.«

»Ein Mädchen aus der *cantina*? Denkst du eigentlich immer nur an deinen Schwanz, Frank? Oder denkst du auch mal an den Mann, der dich vom Porno-Filmset weggeholt und einen Soldaten aus dir gemacht hat? Kannst du nicht einmal Dankbarkeit zeigen für das Leben, das ich dir geschenkt habe? Für die Frauen, die Macht, das Geld?«

»Sir, ich habe dem Mädchen aus der Bar Bescheid gesagt. Das wird nicht mehr vorkommen. Geben Sie mir eine Chance, mich zu beweisen, und lassen Sie mich die Chinesen-Braut bearbeiten. Vertrauen Sie mir: Wenn Sie zurück sind, liefere ich Ihnen alles, was Sie brauchen.«

»Frank, du hast ein großes Problem. Du warst noch nie in der Lage, deinen gierigen Blick zu verbergen«, sagte Sholokoff. »Eine schwarze Seele kennt keine Loyalität. Du denkst allein an deine eigenen Bedürfnisse. Ich glaube deine Geschichte mit dem Mädchen aus der Bar nicht. Hast du etwas getan, das du nicht hättest tun sollen? Möchtest du La Magdalena etwas beichten?«

»Sir, warum verspotten Sie mich? Ich habe alles getan, was Sie wollten. Sogar diesen Cowboy-Prediger habe ich für Sie ans Kreuz genagelt.« In Franks Gesicht machte sich Verbitterung breit, seine Wangen wirkten auf einmal eingefallen und fahl. »Ehrlich gesagt, hat es mich gewundert, dass Sie uns nicht noch ein paar Würfel in die Hand gedrückt haben, damit wir um die Klamotten des Mannes spielen.«

In diesem Moment öffnete einer der Männer im Erdgeschoss die Tür zur Kellertreppe. »Mr. Sholokoff, da draußen stehen ein Pick-up und ein SUV bei den Bäumen. Das Dienstmädchen hat Fersengeld gegeben, als hätte ihr jemand einen elektrischen Viehtreiber in den Arsch gerammt. Ich habe Toy Boy rausgeschickt, damit er mal nachsieht.«

Hackberry, Pam Tibbs, Jack Collins, Eladio und Jaime stiegen aus ihren Autos und verteilten sich sofort zwischen den Pekannussbäumen. Ein feiner Sprühregen trieb gegen eine Scheune, die zwischen den Bäumen stand, und hüllte Sholokoffs Anwesen in einen Dunstschleier. Hackberry hielt die abgesägte Schrotflinte in einer Hand, den Lauf an die Schulter gelehnt. In der anderen hatte er sein Fernglas, um das Haupthaus zu beobachten. Pam stand rechts von ihm. Den Riemen der AR-15 hatte sie um den linken Unterarm geschlungen. Die Waffe war mit einem 30er-Magazin bestückt, ein weiteres mit zwanzig Schuss steckte in ihrer Gesäßtasche. Auf ihrem Rücken hatte sie zwei Paar Handschellen unter den Patronengürtel geschoben.

Das Haus war aus Stein gebaut, die verputzten Wände mehr als einen halben Meter dick und malvenfarben gestrichen. Die Blumenbeete waren mit Ziegelsteinen eingefasst und mit Erde gefüllt, die so dunkel war wie nasser Kaffeesatz. Die auf den Beeten wachsenden gelben und roten Hibiskussträucher erzitterten unter den vom Dach fallenden Regentropfen, ebenso wie die Kletterrosen und die Hongkong-Orchideen.

Ihre Position war ungünstig, der Winkel für einen Angriff ungeeignet, und eigentlich war es noch viel zu hell.

Die Hintertür öffnete sich, und eine übergewichtige Mexikanerin trat in den Hof. Sie hatte einen schweren Eimer in der Hand und ging in Richtung des Schweineverschlags. Sie blickte kurz über die Schulter zu ihnen herüber, ließ den mit Essensresten gefüllten Eimer fallen und rannte an dem Verschlag vorbei in ein Maisfeld hinein.

»Ich glaube, Jacks Kontakt im Feindeslager hat sich gerade aus dem Staub gemacht«, sagte Hackberry.

»Hack, die ganze Sache hier gefällt mir überhaupt nicht«, erwiderte Pam.

»Es gibt keinen anderen Weg«, sagte Hackberry. »Wir glauben an das, was wir tun. Die Kerle da drin nicht.«

»Okay. Aber ich will, dass wir zusammenbleiben. Ich möchte keinen von Collins Mistkerlen im Rücken haben«, sagte sie. »Die wollen uns umlegen, jede Wette.«

Bevor Hackberry antworten konnte, öffnete sich die Hintertür ein zweites Mal, und einer der bulligsten Männer, die er je gesehen hatte, trat in den Hof. Sein langärmeliges Hemd sah aus, als wäre es bis zum Bersten mit Zement gefüllt, sein Nacken wirkte steif und fest wie ein Betonpfeiler, und seine Hände hatten die Größe von Bratpfannen. Nur sein Gesicht passte nicht zu dem restlichen Erscheinungsbild – es war zu klein für seinen Kopf, als wäre es in Miniaturform auf die Haut gemalt worden –, und seine Haare hatten die Frisur eines kleinen Jungen. In seiner rechten Hand baumelte eine MAC-10-Maschinenpistole.

Der Mann erblickte den Eimer mit den Essensresten und ging, ohne nach rechts und links zu blicken, auf den Verschlag zu. Er betrat ihn durch die offen stehende Vordertür und steuerte geradewegs auf die hinteren Türen zu, die zu dem Hain mit den Pekannussbäumen führten.

Kurz bevor er aus der Scheune trat, sprang Pam Tibbs zwischen den Bäumen hervor, riss die AR-15 an die Schulter und zielte direkt auf das Gesicht des Riesen. »Waffe fallen lassen!«, rief sie. »Oder ich leg dich auf der Stelle um! Na los, mach schon! Was immer dir gerade in den Sinn kommt, vergiss es am besten sofort wieder. Nein, schau nicht zu den anderen. Schau einfach nur mich an. Dann siehst du in meinen Augen, dass ich es verdammt noch mal ernst meine. In diesem Moment bin ich der einzige Mensch auf diesem Planeten, der dich davor bewahren kann, nicht innerhalb der nächsten fünf Sekunden auf direktem Weg zur Hölle zu fahren. Also tu lieber, was ich dir sage, oder ich jage dir die erste Kugel direkt in den Mund, und die zweite zwischen die Augen. Also, wie soll die Sache hier für dich ausgehen?«

Der Mann mit dem zu kleinen Gesicht starrte sie hölzern an. Seine Haut wirkte durch den Regen wie frisch poliert, seine Wangen blutlos. Während ihm der Sprühregen ins Gesicht blies, hob und senkte sich seine Brust schnell und heftig. Pam kniff das linke Auge zu, hob den rechten Ellenbogen und spannte den Finger am Abzugshebel. »Wie du willst. Sag der Welt Lebewohl«, rief sie.

»Die haben mich rausgeschickt, um den Hof zu checken«, sagte der Mann. »Ich persönlich hab kein Problem mit euch.« Er ließ die Maschinenpistole auf den staubigen Boden des Verschlags fallen.

»Braver Junge. Und jetzt runter, mit dem Gesicht auf den Boden! Na los, Hübscher, mach schon. Du hast dich richtig entschieden.«

Sobald der Riese auf dem Boden lag, gab sie Hackberry ihre Waffe, zog ein paar Handschellen aus ihrem Patronengürtel, legte sie um die Handgelenke des Mannes und ließ sie klickend einrasten. Als sie sich wieder aufrichtete, atmete sie heftig, ihre Wangen leuchteten. »Sie scheinen zu wissen, dass wir hier sind. Was nun?«

»Wir gehen durch die Kellertür rein. Collins und die Mexikaner sollen sich um das obere Geschoss kümmern«, sagte Hackberry.

Pam nahm Hackberry das Sturmgewehr aus den Händen, fuhr sich mit der Zunge über die Lippen und warf einen Blick über die Schulter zu Collins und den beiden Mexikanern. Die drei hatten gerade ihre Köpfe zusammengesteckt, um sich zu besprechen. »Hack, lass diese Typen bloß nicht in unseren Rücken kommen. Hör wenigstens dieses eine Mal auf mich«, sagte sie kurzatmig.

»Uns wird nichts passieren.«

»Das kannst du noch so oft wiederholen. Wahr wird es deshalb trotzdem nicht.«

»Wie du diesen Typen eben aus dem Spiel genommen hast, das war großartig, Kleine.«

»Diese ganze Sache hier stinkt mir trotzdem gewaltig«, antwortete sie. »Und die ›Kleine‹ kannst du dir nächstes Mal sparen.«

Nicht genug damit, dass die beiden Bildschirme in Jacks Kopf auf Autopilot geschaltet hatten und einen Alarm nach dem anderen auflösten, nein, er schien jetzt komplett die Kontrolle über sie verloren zu haben. Auf dem einen Bildschirm hatte Jack gesehen, wie die Kollegin des Sheriffs diesen Giganten von einem Mann entwaffnet, zu Boden gebracht und mit Handschellen handlungsunfähig gemacht hatte – und zwar absolut souverän und mit einer Überheblichkeit, dass man glauben konnte, bei dem Riesen hätte es sich um einen kleinen Schuljungen gehandelt. Eine beeindruckende Vorführung, ohne Frage. Sechs von ihrer Sorte würden ausreichen, um die Taliban zu erledigen, dachte er. Gleich darauf verspürte er eine Regung in seiner Lendengegend, die ihm unangenehm war; eine Art Windhauch, der über ein längst erloschen geglaubtes Feuer strich und ein paar heiße Kohlen in der Asche zum

Glühen brachte. *Sieh zu, dass du diese Schweinereien aus deinem Kopf kriegst,* ermahnte er sich. *Das ist wirklich nicht der Zeitpunkt, um sich von ein paar geschminkten Lippen aus dem Konzept bringen zu lassen.* Trotz der Ermahnungen konnte er die Augen nicht von Deputy Tibbs losreißen.

Auf dem anderen Bildschirm sah er Bilder, die ihn verstörten und zunehmend wütend machten: Eladio und Jaime, zum Beispiel, die permanent Blicke austauschten, wenn sie glaubten, er würde es nicht sehen. Beide waren so leicht zu durchschauen wie zwei ungezogene Kinder, aber beide hatten sie Uzis in den Händen.

»Durch die Küche, Boss?«, fragte Eladio.

»Nein, wir gehen durch den Innenhof rein«, sagte Jack.

»Aber die Küchentür steht sperrangelweit offen, Boss«, sagte Eladio. »Der Riese mit dem Kindergesicht hat sie aufgelassen.«

»Egal. Durch die Glastüren im Innenhof kommen wir ins Esszimmer, und von dort über die Treppe in den Keller«, sagte Jack. »Ihr beide geht voran.«

»Normalerweise machen wir es doch umgekehrt, Señor Jack«, wandte Eladio ein. »Sie sind sonst immer der Anführer und gehen voran, denn keine Waffe richtet so viel Schaden an wie Ihre Thompson. Wenn das Magazin voll geladen ist, ist es ein unglaublicher Anblick.«

»Dieses Mal sind wir Teil eines militärischen Manövers. Wir teilen unsere Kräfte auf und überwältigen unseren Feind mit einem Zangenangriff«, sagte Jack. »Ihr wisst doch, was das ist, oder?«

»Nein, nie gehört«, sagte Eladio.

»Die Deutschen haben das von Stonewall Jackson gelernt. Sie haben ihre Panzer auf den Flanken positioniert, so wie Jackson das im Bürgerkrieg mit der Kavallerie von Jeb Stuart gemacht hat. Ihr Jungs seid wie meine Familie. Meint ihr, Stonewall Jackson würde nicht gut auf seine Jungs achtgeben?«

»Was haben wir mit den Deutschen und mit Steinmauern zu tun? Das ist doch Schwachsinn«, maulte Jaime.

»Ach kommt schon, Jungs, lasst uns ein bisschen Spaß haben. Während der Sheriff und seine Kollegin dafür sorgen, dass alle in den Keller rennen, werden wir die Wände da drinnen mit Blut tränken.«

»Diesen Gringos kann man nicht trauen, Señor Jack«, sagte Eladio. »Der Alte ist ganz vernarrt in die kleine *puta*. Die hat einen Mund wie eine Dreckschleuder und sieht uns immer so herablassend an. Sobald sie bekommen haben, was sie wollen, werden sie uns beseitigen.«

»Der Sheriff steht nicht auf krumme Touren, der hält sich an die Spielregeln«, sagte Jack. »Und genau das ist auch seine größte Schwäche.«

»Krumme Touren? Sie sprechen *con acertijos*, Señor.«

»Ich spreche also in Rätseln, ja? Du hast offensichtlich ein paar ernsthafte Sprachprobleme, mein Sohn«, sagte Jack. »Wenn wir wieder in den Staaten sind, dann werde ich dir Nachhilfe geben, um dieses Problem ein für alle Mal zu beheben. Könnte ich in der Zwischenzeit mal dein Handy haben, Eladio?«

»Was wollen Sie damit, Boss?«

»Sicher gehen, dass wir Empfang haben. Es ist immer gut, vorbereitet zu sein«, antwortete Jack.

Kapitel 28

Durch die Gitterstäbe seines Zellenfensters konnte Krill den Wind sehen, der den Regen über die Felder trieb und gegen die Seite des Hauses prasseln ließ, und auch die Berge, die wie riesige weiße Schnecken dalagen und hinter dem Regenvorhang zu verschwinden drohten. Mike stand in der Mitte des Raums neben der Asiatin, die noch immer am Deckenbalken hing. Während seine Hände sich nervös öffneten und schlossen, blickten seine weit auseinanderstehenden Augen nach oben, von wo allerlei Getrampel zu hören war.

»Tut mir leid, dass ich dich in Schwierigkeiten gebracht habe, *hombre*«, sagte Krill. »Ich habe auch als Soldat im Auftrag anderer Männer gekämpft, wie du. Wir nehmen Befehle von kleinen Männern entgegen, die niemals selber töten oder im Kampf sterben müssen.«

»Du redest zu viel«, erwiderte Mike.

»Gib der Frau ein wenig Wasser. Sie hat nichts getan, um so eine Behandlung zu verdienen.«

Mike lauschte weiter konzentriert dem Scharren und Stampfen der Stiefel in der Etage über ihm und ließ sich nicht ablenken. Sein blondes Haar war lang und ölig und hing in Strähnen über seinen Ohren. Seine Augen standen so weit auseinander, dass es fast so schien, als wären sie aus seinem Gesicht geschnitten und an der falschen Stelle wieder aufgenäht worden. Das Schicksal war nicht besonders nett zu ihm gewesen, dachte Krill.

»Gib der Frau etwas Wasser, und du bekommst den Löffel zurück«, sagte er. »Dann kann Frank dich nicht mehr als Sündenbock benutzen.«

»Wo ist er?«, fragte Mike.

»In der Toilette, wo sonst?«

»Hol ihn raus.«

»Erst musst du der Frau Wasser geben.«

Mike näherte sich den Gitterstäben. »Wenn ich in die Zelle kommen muss, um den Löffel zu holen, wirst du einen hohen Preis dafür zahlen.«

»Tut mir leid, Kumpel, aber ich werde meine Hand ganz bestimmt nicht für dich ins Klo stecken.«

»Wo sind deine Schuhe?«

»Meine Füße tun weh. Ich habe sie ausgezogen.«

»Tritt zurück an die Wand.«

»Wozu? Hast du Angst vor mir?«

Mike trat noch ein Stück näher an die Gitterstäbe heran. »Tritt zurück an die Wand, dreh dich um und lehn dich dagegen. Ich komme jetzt rein.«

Mit einer schwungvollen Bewegung der rechten Hand ließ er einen Teleskop-Schlagstock auf seine volle Länge aufklappen.

»Du willst das Ding doch nicht wirklich benutzen, oder?«, sagte Krill.

»Zurück an die Wand!«

Die Frau, die immer noch an ihren Handgelenken gefesselt am Deckenbalken hing, hob den Kopf von der Brust und öffnete mühsam die Lippen. »Geben Sie mir etwas Wasser«, sagte sie.

Mike blickte über die Schulter zu ihr zurück. »Seien Sie still.«

»Ich brauche etwas zu trinken«, sagte sie.

»Das haben Sie sich selbst eingebrockt, Lady. Ich habe versucht, anständig mit Ihnen beiden umzugehen, und das habe ich nun davon. Und jetzt halten Sie gefälligst die Klappe.« Mike drehte sich wieder zu Krill um. »Und du bewegst deinen Arsch zur Zellenwand. Beine auseinander und Hände gegen die Wand! Erzähl mir nicht, du würdest das Spielchen nicht kennen.«

»Bitte geben Sie mir etwas Wasser«, sagte die Frau noch einmal.

Mike drehte sich erneut um, seine Hand fest um den gepolsterten Griff des Teleskopschlagstocks geschlossen. »Langsam reicht's mir wirklich, Lady. Wenn ich noch einen Ton höre, dann …«

Blitzschnell zog Krill unter dem Hosenbund an seinem Rücken die Schnürsenkel hervor, die er aus seinen Sportschuhen gezogen und zu einer festen Schlinge geflochten hatte, ließ sie über den Kopf des Wärters schnellen und zog sie um dessen Hals zusammen. Mit seinem ganzen Gewicht lehnte er sich nun nach hinten und zog den Hinterkopf des Mannes auf diese Weise zwischen die Gitterstäbe. Die Schlinge schnitt sich tief in Mikes Hals und drückte ihm Luftröhre und Halsschlager ab, sodass der Blutzufluss zu seinem Gehirn unterbrochen wurde. Mike versuchte zwar mit aller Kraft, seine Finger unter die Schlinge zu schieben, aber rund um seinen Hals traten bereits die Adern hervor, und kurz darauf sah sein Nacken aus wie ein von Rissen überzogenes Tongefäß. Als Mike an den Gitterstäben nach unten sank, zog Krill die Schlinge noch fester zu. Dann packte er Mikes Hemdkragen, damit er nicht von den Gitterstäben wegrollte, sobald er auf dem Boden lag. Anschließend kniete Krill sich hin und griff durch die Gitterstäbe hindurch in die Hemdtaschen des Toten, aber sie waren leer. Mit beiden Händen drehte er ihn um, sodass Mike mit dem Gesicht zur Zelle lag. Seine Augen waren halb geöffnet, so als wäre er gerade aus einem tiefen Schlaf gerissen worden. Krill schob seine Hand in die linke Hosentasche des Mannes und fand ein einfaches Taschenmesser, ein Bündel mexikanischer Geldscheine, eine Stiftlampe und den Wettschein von einer Rennbahn. Aus der anderen Hosentasche fischte er einen knapp zehn Zentimeter langen Schlüssel.

Krill zitterte, als er sich wieder aufrichtete, seinen Arm durch die Gitterstäbe schob und den Schlüssel ins Schloss führte. Der Schlüssel war alt, und Krill drehte ihn langsam herum, damit er nicht im Schloss abbrach. Er konnte spüren, wie sich die Stifte im Schließmechanismus drehten und an der richtigen Stelle einrasteten, wie Riegel und Falle in die Tür zurückgeschoben wurden und die Tür sich vom Türpfosten löste. Dann drückte er die Tür auf und schob Mikes Körper beiseite.

»Halten Sie durch, Magdalena«, sagte Krill. »Sie sind eine großartige Frau, eine Meisterin der Ablenkung, die großartigste Frau, die ich je kennengelernt habe. Ich hole Sie gleich da runter. Ohne Sie hätte ich das nie geschafft. Sie sind wunderbar.«

»Hören Sie auf zu reden«, sagte sie, die Lippen verkrustet, die Stimme heiser. »Da, an seinem rechten Knöchel. Sie müssen sich beeilen.«

»Was ist mit seinem Knöchel?«

Ihr Gesicht hatte jede Farbe verloren. »Er hat eine Waffe«, sagte sie. »Da oben sind alle in Bewegung! Beeilen Sie sich.«

»Nein, zuerst holen wir Sie da runter«, sagte Krill. Er legte seinen linken Arm um ihre Hüfte und stützte ihr Gewicht mit seinem Körper ab, dann zerschnitt er die beiden Wäscheleinen, mit denen sie an den Handgelenken am Deckenbalken aufgehängt war. Als sie an ihm herab rutschte, streiften ihre Wangen und ihre Haare sein Gesicht, und er meinte, den Geruch von Salzwasser auf ihrer Haut zu riechen.

»Das Pistolenhalfter ist mit Klettverschluss an seinem rechten Knöchel befestigt«, sagte sie. »Nehmen Sie die Pistole und geben Sie sie mir.«

»Sie sind eine friedfertige Frau, Magdalena«, sagte er. »Sie sollten keine Waffen berühren müssen.«

»Hören Sie auf, so geschwollenes Zeug zu reden« antwortete sie. »Am Fenster ist gerade ein Schatten vorbeigehuscht. Wir haben keine Zeit für unnütze Worte. Die Männer dort oben werden keine Gnade mit uns haben.«

Krill schob das rechte Hosenbein des Mannes nach oben und zog einen 38er Airweight-Revolver aus dem schwarzen Halfter, das um seinen rechten Knöchel gebunden war. Gerade als die Frau ihm den Revolver aus den Händen nahm, hörte er, wie über ihnen im Erdgeschoss eine Tür aufflog und eine Salve aus einer Maschinenpistole in Wände und Türen einschlug.

»Sie müssen weiterleben, Antonio, für Ihre Kinder«, sagte die Frau. »Sie müssen anderen davon berichten, was mit ihnen passiert ist. Von jetzt an gehören Sie zu den Kindern des Lichts. Sie werden sich mit ihnen vereinen. Verstehen Sie, was ich meine?«

»Ich denke schon.«

»Nein, sagen Sie es!«

»Ich verstehe es, Magdalena. Und ich will mein Wort halten und tun, was Sie mir gesagt haben«, antwortete er.

Jack Collins schob Eladio und Jaime vor sich her durch die Tür zum Innenhof und in das Esszimmer. Die beiden gingen nur widerwillig voran und schauten sich immer wieder ängstlich zu ihm um. »Na los, macht schon«, sagte Jack. »Wenn ihr euch noch einmal umdreht, dann werdet ihr eine ganz andere Seite von mir kennenlernen. Ihr legt alles um, was sich in dieser Etage bewegt, kapiert?«

»Wir sind einfache Bauern, Señor Jack«, sagte Eladio. »Wir haben keine Ahnung von Taktik und solchen Sachen. Wir wissen noch nicht einmal genau, was wir hier tun. Was haben wir davon, eine Chinesin zu retten, die unseren Leuten den falschen Glauben beibringt?«

Jack stieß ihm mit ausgestrecktem Arm zwischen die Schulterblätter und schob ihn durch das Esszimmer voran, sodass er einen schweren, antiken Stuhl umwarf und die Kristallware auf dem Serviertischchen zerdepperte. Als erster von Sholokoffs Männern kam ein Kerl mit nacktem Oberkörper aus dem Flur auf sie zu. Schultern und Rücken waren behaart, in der linken Hand hielt er eine automatische Waffe. Er riss die Waffe hoch und streckte den Arm nach vorn. Das Gesicht allerdings hatte er abgewendet, als ob ihm ein eisiger Wind entgegenschlug, vor dem er sich mit einem Zauberstab zu schützen versuchte.

»Nicht schießen, *hombre*! Ich gehöre nicht dazu. Das ist alles ein Missverständnis«, rief Eladio dem Mann mit dem nackten Oberkörper zu.

Jack legte an und feuerte eine Salve von nicht mehr als sieben oder acht Kugeln auf den Mann ab. Die Geschosse rissen ihm die Finger vom Abzugshebel, durchlöcherten seine Brust und zertrümmerten seinen Kiefer.

Entsetzt schaute Eladio auf den Mann, der erst gegen die Wand krachte und dann zu Boden sank. Dann wanderte sein Blick zu Jack, aber seine Augen starrten nur leer in den Raum, während er selbst nach den richtigen Worten suchte. »Ich war wie erstarrt. Sie haben mein Leben gerettet, Señor Jack«, stammelte er. »Wir müssen uns bereitmachen, die anderen anzugreifen. Ich kann sie hören. Sie verstecken sich im Korridor.«

»Deine Angst hat dich übermannt, Eladio«, sagte Jack. »Das hier ist eine andere Nummer, als ein paar Teenager auf einer Geburtstagsparty umzunieten, nicht wahr?«

»Ja, ich hatte große Angst und habe dumme Dinge gesagt.«

»Ach, das würde ich so nicht sagen. Du hast halt schon immer gewusst, wie du deine Schäfchen ins Trockene bringst.«

»Lassen Sie uns weitermachen, Señor Jack. Sagen Sie mir, was ich tun soll.«

»Entspann dich erst mal für eine Sekunde«, sagte Jack. Die Thompson in der einen Hand, Eladios Handy in der anderen, drückte er mit dem Daumen die Taste für die Wahlwiederholung. Im hinteren Teil des Hauses klingelte ein Mobiltelefon.

»Man sollte annehmen, dein Kumpel hätte genug Grips, um wenigstens sein Telefon leise zu stellen«, sagte Jack. »Aber das ist das Problem mit Verrätern: Die meisten von ihnen sind sogar zu blöd, um ihren eigenen Namen zu schreiben. Dein Kollege da hinten hat Sholokoff ans Messer geliefert, genauso, wie du es mit mir getan hast.«

»*No entiendo*«, sagte Eladio.

»Dein Komplize da drin hat Sholokoff nicht gesagt, dass wir kommen. Sonst hätte Sholokoff uns in einen Hinterhalt laufen lassen. Ach so, hier hast du dein Telefon zurück.«

Jack warf Eladio das Telefon zu. Als dieser seine freie Hand hob, um es aufzufangen, senkte Jack den Lauf der Thompson und feuerte direkt auf Eladios Brust, sodass die Patronenhülsen wild durch den Raum flogen, von den Möbeln abprallten und über den Holzboden rollten.

»Aber Señor Collins! Ich verstehe nicht!«, rief Jaime. »Warum erschießen Sie meinen Cousin? Warum richten Sie Ihre

Waffe auf Ihre eigenen Leute? Wir sind doch mit Ihnen gekommen, um gegen Ihre Feinde zu kämpfen.«

»Ihr seid nicht meine Leute, Junge«, sagte Jack. »Dreh dich um und geh den Korridor runter.«

»Nein, ich kann das nicht tun.«

»Warum nicht, Jaime? Vertraust du deinen Freunden da hinten etwa nicht?«

»Das sind nicht meine Freunde. Sie sind ein verwirrter Mann, Señor. Sie reden irres Zeug, *completamente loco*, und jetzt haben Sie meinen Cousin erschossen.«

»Heb das Handy auf und drück noch einmal auf Wahlwiederholung. Ich möchte, dass du jemandem eine Nachricht übermittelst.«

»Was für eine Nachricht? Dass Sie Ihre eigenen Leute umbringen?«

»Ich möchte Josef Sholokoff wissen lassen, dass ich mich gerade erst warm mache. Kannst du das für mich erledigen, Jaime?«

»Nein, ich werde das nicht tun. Ich hatte mit Eladios Geschäften nichts zu tun. Ich kenne überhaupt niemanden von denen da hinten. Ich bin nicht *responsable* für das, was Eladio getan hat.«

»Jetzt kommst du mir schon wieder mit dieser Bastardsprache!«, schimpfte Jack. »Weißt du, ich glaube, ich werde dir doch keine Nachhilfe geben. Für manche Arten von Dummheit gibt es einfach keine Heilung. Das ist ein bisschen wie Hufrehe bei Pferden, nur dass in deinem Fall nicht die Hufe draufgehen, sondern dein Gehirn auf die Größe einer Walnuss zusammenschrumpft. Und wenn Pferde so etwas haben, muss man sie erschießen, nicht wahr?«

Jaime atmete durch den Mund. Sein Blick war starr auf die

Mündung der Thompson gerichtet, seine Nase runzelte sich, als gäbe es nirgends sonst in seinem Körper einen Ort, durch den seine Angst und seine Spannung entweichen könnten.

»Du hast immer noch deine Uzi«, sagte Jack.

»Ich will nach Hause.«

»Das wollen wir alle, Jaime. Selbst wenn dieses Zuhause nur ein Ort ist, den wir uns ausgedacht haben. Weißt du, was das ist, Zuhause? Ein schwarzes Loch in der Erde, wo jemand Dreck in dein Gesicht schaufelt.«

Jaime schluckte. »Auch ich habe Geld von dem Gringo genommen, um Sie zu verraten. Meine *familia* lebt in Monterrey. Bitte, sagen Sie ihnen, dass ich begraben wurde, und dass meine Seele nicht umherirrt. Auch wenn das nicht wahr ist.«

Jack seufzte und sah aus dem Fenster, wo der Regen über die Felder strich und der Wind grüne und goldene Bahnen in die Maisfelder schlug. »Verdammt noch mal, warum müsst ihr Jungs einem die Sache denn immer so schwer machen? Los, mach dass du wegkommst.«

»Sie lassen mich gehen, Señor? Und Sie werden mir nichts tun, wenn ich mich umdrehe?«

»Habe ich dich jemals angelogen?«

»Ich werde nichts erzählen, was hier passiert ist. Und ich werde Ihren Namen preisen, wenn ich höre, dass über Sie gesprochen wird, Señor.«

»Zeit, dass du Land gewinnst, Jaime. Ich hab alle Hände voll zu tun. Wenn du mir irgendwann noch mal auf der Straße begegnest, geh am besten einfach weiter.«

»Ich verstehe nicht. Was soll das heißen?«

»Das soll heißen, dass manche Leute hoffnungslose Fälle sind. Los geht's, Pilger, da ist die Tür«, sagte Jack und schnalzte mit der Zunge.

Jaime ging durch die Glastür in den Regen hinaus, überquerte den Innenhof und rannte mit gesenktem Kopf durch den Garten. Er lief an dem Eimer mit den Küchenabfällen vorbei, den die Hausangestellte auf den Rasen hatte fallen lassen, und passierte den Schuppen und das Maisfeld, während seine Kleidung vom Regen immer dunkler wurde. Erst als er schon fast den Hain mit den Pekannussbäumen erreicht hatte, drehte er sich um und blickte zum Haus zurück. Sein Gesicht schien weiß und rund und klein in diesem grauen Nachmittag. Jack beobachtete all das vom Fenster aus, während er gleichzeitig den leeren Korridor im Auge behielt, den knarrenden Geräuschen des Hauses und dem Trommeln des Regens lauschte und darauf wartete, dass irgendwo Stimmengeflüster erklang oder das Geräusch von Schritten auf dem Holzfußboden, oder vielleicht das Schlagen einer Tür oder ein paar gebrüllte Befehle. Aber alles, was er hörte, waren der Wind und der Regen.

Jaime, vielleicht hast du noch viel mehr Glück, als ich dachte, sagte er zu sich selbst.

Im diesem Moment feuerte jemand aus einem der hinteren Fenster mit einer Waffe, die wie ein Scharfschützengewehr Kaliber .50 klang. Es war nur ein Schuss, eine einzige Kugel, die Jaime der Länge nach auf einen Baumstumpf krachen ließ. Er war tot, noch bevor seine Knie den Boden berührten.

Hackberry war von der Scheune aus durch den Garten vorangegangen. Der Regen ließ seinen Hut an den Seiten herabhängen und schlug ihm hart wie Eiskristalle ins Gesicht. Er konnte den Innenhof nicht mehr sehen, und kaum die Stufen ausmachen, die zu der Kellertür führten. Als er den Windschatten des Hauses erreichte, klebten ihm seine Kleider am Körper wie nasse Papiertaschentücher. Dann hörte er die erste Salve aus dem Maschinengewehr. Er duckte sich in den Treppenabgang hinein und zog Pam hinter sich her. Er wischte das Wasser vom Zifferblatt seiner Uhr. »Dieser Idiot ist zu früh reingegangen«, schimpfte er.

»Ich habe dir ja gesagt, dass er seine eigenen Pläne verfolgt«, antwortete sie.

In diesem Punkt konnte er ihr nicht widersprechen. Sich in die Gedanken eines Mannes wie Jack Collins hineinversetzen zu wollen, war eine verrückte Idee gewesen. Collins hatte kein Gehirn in seinem Schädel, sondern einen Küchenmixer.

Die Kellertür war aus Metall und hatte kein Fenster. Hackberry legte seine Hand auf den Türknauf und begann, ihn langsam zu drehen. Der Knauf bewegte sich vielleicht einen halben Zentimeter, dann blockierte das Schloss. »So viel zu Collins Informationen über offene Kellertüren«, brummte er.

»War das die Thompson, die da gerade gefeuert hat?«

»Ja, eindeutig.« Er presste sein Ohr gegen die Metalltür, konnte aber keine Geräusche von drinnen vernehmen. Dann lehnte er die abgesägte Schrotflinte gegen die Seitenmauer des Treppenschachtes, nahm sein Schweizer Armeemesser zur Hand, öffnete die lange Klinge und schob sie zwischen Tür und Türpfosten, in der Hoffnung, so die Türfalle zur Seite schieben zu können. Die Thompson feuerte zum zweiten Mal eine Salve ab.

»Sholokoffs Leute schießen nicht zurück«, sagte Pam.

»Sie haben sich nach hinten ins Haus zurückgezogen«, erwiderte Hackberry. »Sie werden darauf warten, dass Collins zu ihnen kommt.«

»Ich denke, da geht etwas anderes vor sich. Vielleicht legt er gerade seine eigenen Leute um.«

»Weil ich gesehen habe, wie Eladio heimlich telefoniert hat?«

»Entweder das, oder weil er den GPS-Peilsender entdeckt hat, den wir in der Dose mit den Keksen versteckt haben, und jetzt den Mexikanern die Schuld gibt. Es braucht ja nicht viel, um diesen Typen ausrasten zu lassen. Kaum sitzt dem Kerl ein Furz quer, lässt er jemanden über die Klinge springen.«

Hackberry drückte das Messer kräftiger in den Türspalt hinein und spürte, wie die Klinge abbrach. »Mist«, zischte er. Im selben Moment hörte er einen einzelnen Schuss, der wie aus einem Scharfschützengewehr klang. Er nahm seine Schrotflinte, stieg die Stufen hoch und blickte in den Regen. Er sah den Wind über die Maisstängel peitschen und die graue Scheune vor dem Hain mit Pekannussbäumen und das Leuchten der Blitze in den Bergen, aber keine Spur von Jack Collins oder Eladio oder Jaime. Zu welchem Zweck sollte jemand einen einzigen Schuss mit einem Scharfschützengewehr abgeben? Die Schüsse aus der Maschinenpistole hatten geklungen, als wären sie aus dem Inneren des Hauses gekommen. Wer würde ein Scharfschützengewehr auf kurze Distanz und gegen einen Gegner mit automatischen Waffen einsetzen?

Es sei denn, einer der Kerle mit den Automatikwaffen hatte seine Leute im Stich gelassen und das Weite gesucht, und jemand vom gegnerischen Lager wollte den Flüchtenden von einem Fenster oder einer Tür aus mit einem sauberen Schuss zur Strecke bringen.

Es war töricht, noch mehr Zeit darauf zu verschwenden, Jack Collins' Wahnsinn begreifen zu wollen. »Pam, der Überraschungsmoment ist definitiv dahin. Wir machen das jetzt so: Ich gehe zuerst rein, und jeder, der nicht zu uns gehört, wird auf der Stelle umgelegt. Temple Dowling ist wahrscheinlich bereits tot. Die einzigen Personen, für die wir uns interessieren, sind die beiden Geiseln, Anton Ling und Krill. Die Bediensteten sind vermutlich eh schon über alle Berge. Damit sind alle anderen zum Abschuss freigegeben. Wenn ich mir eine Kugel einfange, kümmere dich nicht um mich. Du nimmst erst mal diesen Scheißladen auseinander und schaust später nach mir. Alles verstanden?«

»Hör auf, den Helden zu spielen«, erwiderte sie. »Du trittst die Tür ein, und ich gehe zuerst rein. Du bist größer und breiter als ich und kannst über mich hinweg und an mir vorbeischießen. Das kann ich umgekehrt nicht. Ich kann ja nicht mal an dir vorbeischauen.«

»Du musst immer diskutieren, nicht wahr? Egal worum es geht und egal was ich sage, du weißt es immer besser«, stöhnte er. »Jemand wie du ist mir noch nicht begegnet. Du bist so dickköpfig. Manchmal habe ich das Gefühl, ich rede mit einer Betonwand.«

Aber Pam hörte schon nicht mehr zu. Sie hatte sich ein blaues Halstuch um die Stirn gebunden, um Haare und Regenwasser aus den Augen fernzuhalten. Ihr weißes Cowboyhemd war klitschnass, ihre Jeans und ihre Stiefel mit Matsch bespritzt, und ihre Augen glühten, so wie sie es taten, wenn sie wütend oder gekränkt war. Als sie sich dann mit der Zunge über ihre Lippen fuhr, wusste Hackberry, dass keines dieser beiden Gefühle die Ursache für ihre funkelnden Augen war.

»Falls wir hier nicht lebendig rauskommen: Ich fand, wir hatten eine großartige Zeit«, sagte sie.

»Das war mehr als eine großartige Zeit. Du bist ein Geschenk, Pam, wie es ein Mann mit viel Glück nur ein- oder zweimal in seinem Leben erhält. Aber du musst es hier raus schaffen, verstanden? Für mich läuft bereits die Verlängerung, seitdem ich die Schlacht um den Changjin-Stausee überlebt habe, und so spät im Leben möchte ich nicht mehr, dass jemand anders für mich die Rechnung bezahlt. Ich gehe zuerst da rein, und du hältst mir den Rücken frei. Und wenn ich draufgehe, dann wirst du verdammt noch mal auf meine Leiche steigen und jeden Einzelnen dieser Mistkerle kaltmachen, und dann legst du Collins um, ganz egal, was er sagt oder tut. Hauptsache du kehrst nach Hause zurück und erzählst der Welt unsere Geschichte. Ist das angekommen?«

»Was soll ich jetzt noch sagen? Du bist und bleibst ein elender Dickschädel«, erwiderte sie. »Wenn wir nicht gerade dieses kleine Problem hier hätten, würde ich dir höchstpersönlich eine verpassen.«

»Du und Rie, ihr werdet für immer die besten Menschen sein, die ich kennenlernen durfte«, erwiderte er. »Und ihr seid beide ein fester Bestandteil meines Lebens geworden. Wie viele Männer haben schon so viel Glück?«

Er hielt seine Waffe mit einer Hand, mit der anderen griff er nach dem Treppengeländer, das an der Backsteinmauer entlang verlief. Dann hob er das rechte Bein und rammte seinen Fuß gegen die Metalltür. Der Tritt ließ das Schloss mitsamt Türpfosten und Knauf erzittern, aber die Tür hielt dem Aufprall stand. Er hob den Fuß noch einmal und schmetterte ihn wieder gegen die Tür, und dann noch einmal und noch einmal. Der Riegel verbog sich bei jedem Tritt ein bisschen mehr, und irgendwann gab die Tür nach und flog aus den Angeln.

Er hörte, wie die Thompson wieder zu feuern begann, wie Patronen klimpernd auf den Parkettfußboden fielen und Schritte einen Korridor entlanghasteten. Dann war er plötzlich im Inneren des Kellers, wo es feucht und kalt war wie in einem Grab, wo der Geruch von auf den Körpern gefolterter Menschen getrocknetem Schweiß die Luft erfüllte und der spärliche Schein einer gelben Glühbirne die Gesichter von Anton Ling und Krill so erschöpft und ausgelaugt erscheinen ließ, als hätten sie bereits ein Reich betreten, aus dem es keine Rückkehr mehr gab.

Ob der erste Mann, der die Treppenstufen hinunterkam, bewaffnet war oder nicht, konnte Hackberry im Nachhinein nicht mehr sagen. Er konnte sich nur noch daran erinnern, dass er kein Hemd trug, dass sein Kopf rasiert war und um seinen Mund herum ein Bart wuchs. Dass er Blutspritzer auf seinen Armen und seiner Brust hatte, dass seine Stiefel schwer über die Treppenstufen scharrten, als hätten sie ein grobes Profil, und dass die Knopfleiste seiner Cargohose bis unter seinen Bauchnabel reichte. Dann drückte Hackberry den Abzug an seiner Schrotflinte und sah zu, wie der Mund des Mannes aufklappte, wie seine Gesichtszüge eine puddingähnliche Konsistenz annahmen und wie er dann nach vorn überkippte, als hätte ihm jemand ein Winkeleisen um den Hals gehängt.

Der Mann, der als erster die Kellertreppe hinuntergekommen war, hatte nicht umsonst gelitten. Denn kaum war er in sich zusammengeklappt und die Stufen hinabgestürzt, waren seine drei Kollegen gewarnt. Über seinen Kopf hinweg eröffneten sie nun das Feuer und erfüllten den Kellerraum mit einem ohrenbetäubenden Dröhnen, das von den Wänden zurückhallte. Die ausgeworfenen Patronenhülsen tanzten im Licht der Glühbirne, die Querschläger prallten von den Wänden und den mit Metallplatten besetzten Gittertüren der Zellen zurück.

Hackberry zog den Vorderschaft der Schrotflinte nach hinten und schob ihn wieder nach vorn, um eine weitere Patrone in den Lauf zu befördern und ein zweites Mal in Richtung des oberen Treppenabsatzes zu feuern. Er sah, wie die Glühbirne an der Decke explodierte und der Schrot aus seiner Flinte ein

Loch in die Holztür zum oberen Korridor riss. Die Männer allerdings waren bereits in den Keller vorgedrungen und feuerten blindlings um sich. Sie zerschossen das Glas eines Fensters auf der anderen Seite des Raumes, trafen einen Mann, der vor einer der Zellen auf dem Boden lag, und zwangen Hackberry und Pam zum Rückzug in Richtung des Treppenschachts zum Hof.

»Hack, pass auf! Der Typ da hinter dem Pfosten«, schrie Pam. Dann feuerte sie mit der halbautomatischen AR-15 in eine dunkle Ecke des Kellers und betätigte dabei den Abzugshebel so schnell sie nur konnte, ohne auf den Streifschuss an ihrer Wange oder den blutgeränderten Riss in ihrem Hemd oberhalb der Schulter zu achten.

Hackberry spürte, wie eine Kugel direkt oberhalb seiner Hüfte einschlug. Der Treffer ging mit einem heftigen Schmerz einher. Wie ein dumpfer Kopfschmerz brannte er sich durch das Gewebe und strahlte bis tief in den Knochen aus. Als er seine Handfläche auf die Wunde presste, sah er das Blut durch seine Finger sickern. Dann schien irgendein vitaler Teil in ihm zu kollabieren und wie Gelatine zu zerfließen, sodass er kurz darauf das Gleichgewicht verlor und auf einen Stapel Pappkartons zu taumelte. Pam feuerte indessen unbeirrt weiter. »Nimm das, du Mistkerl!«, schrie sie. »Na, wie fühlt sich das an? Gefällt dir das? Hier kommt noch mehr davon!« Schritt um Schritt näherte sie sich der dunklen Ecke und schob sich auf diese Weise zwischen Hackberry und den Schützen.

Hackberry konnte den Mann, auf den sie schoss, nicht sehen, dafür aber Anton Ling, Krill und die Umrisse von zwei Männern, die es unverletzt bis ans untere Ende der Treppe geschafft hatten. Dann sah er nur noch, wie der Keller zur Seite kippte, ein Stapel Kartons von oben auf ihn herabfiel und die

Waffe aus seiner Hand glitt, als die Pappboxen ihn begruben, all das begleitet von einem höllischen Lärm, der wie eine explodierende Dampflok klang oder wie ein Artillerie-Sperrfeuer, das über ein gefrorenes Reisfeld am Yalu-Fluss dahinwandert.

Die Schüsse verebbten so plötzlich, wie sie begonnen hatten. Die Luft war von Rauch und Staub sowie von allerlei Flusen und Fasern erfüllt. Im Licht, das aus der Tür zum Korridor herabfiel, konnte Hackberry im abziehenden Rauch zwei von Sholokoffs Männern erkennen. Der eine hatte einen Revolver, der andere trug einen halbautomatischen Karabiner mit ausklappbarem Schaftkolben. Hackberry wurde bewusst, dass Pam wahrscheinlich getroffen war und irgendwo hinter den Holzkisten mit den zerschossenen Weinflaschen sitzen musste. Er konnte weder Krill noch Anton Ling sehen, entdeckte aber sein Gewehr zwischen den Pappkartons. Als er den Kolben der Waffe auf den Boden drückte, um sich so auf ein Knie zu hieven, schoss ihm ein brennender Schmerz durch Seite und Rücken.

Dann sah er die Umrisse eines kleinen Mannes in der Tür am oberen Ende der Treppe. »Frank?«, sagte eine Stimme mit russischem Akzent. »Was ist da unten los?«

»Wir haben den Sheriff und seine Kollegin erwischt«, sagte Frank.

»Sind sie tot?«, fragte der Mann mit dem russischen Akzent.

»Ich bin mir nicht ganz sicher, Sir.«

»Dann mach es sicher, verdammt! Töte sie. Ich will ihre Köpfe sehen.«

»Sie wollen *was* sehen?«

»Ich will, dass du mir ihre Köpfe bringst«, sagte der Mann mit dem russischen Akzent.

»Wo ist Collins, Sir?« fragte Frank.

»Irgendwo hier im Haus. Du erledigst die Sache da unten, dann bringst du diesen Irren zur Strecke. Das ist deine Chance, deine Fehler wiedergutzumachen. Enttäusch mich nicht, Frank.«

Frank hob den Karabiner an seine Schulter und begann, willkürlich durch den Keller zu feuern. Die Kugeln schlugen in die Wände ein, prallten von den Zellentüren zurück und zertrümmerten die restlichen Flaschen in den Weinkisten, die einen blutroten See aus Burgunder auf dem Fußboden ergaben. Auf ein Knie gestützt hob Hackberry die Schrotflinte und schoss auf die beiden Männer am Fuß der Treppe. Doch der größte Teil des Schrots schlug in einen Holzpfeiler ein, und der Rest der Ladung landete an einer Wand hinter der Treppe.

Hackberry versuchte, mit einer Hand die Schrotflinte zu halten und gleichzeitig den Vorderschaft zu betätigen, aber anstatt die verbrauchte Hülse auszuwerfen, blockierte der Mechanismus und klemmte die leere Patrone zwischen Bolzen und Kammer ein. Im Halbdunkel des Kellers sah er Pam mit ausgestreckten Beinen hinter einem Stapel Gummireifen sitzen. Als er genauer hinschaute, erkannte er eine Schussverletzung an ihrem Rücken und am oberen Ende ihres linken Armes die dazugehörige Austrittswunde. Sie versuchte, ihre 357er aus dem Pistolenhalfter zu ziehen, aber ihre Hand rutschte immer wieder über den Griff und das Lederband, das unterhalb des Hahns befestigt war.

»Werfen Sie Ihre Waffe weg, Sheriff Holland!«, rief Frank. »Ich werde mit Mr. Sholokoff sprechen. Er ist Geschäftsmann. Die Sache hier muss kein böses Ende nehmen. Unser gemeinsamer Feind ist dieser dreckige Hurensohn Jack Collins da oben. Warum wollen Sie für diesen Typen draufgehen?«

Hackberrys Seite pulsierte heftig, Schweiß strömte über sein

Gesicht. Er hörte Glas unter Stiefeln knirschen, als sich Sholokoffs Männer langsam in Richtung der Reifenstapel vorarbeiteten, hinter denen Pam Schutz gesucht hatte.

»Überlegen Sie es sich gut, Sheriff«, sagte Frank. »Die Leute, die Sie hier unten befreien wollen, sind Killer. Die beiden haben einen Mann umgebracht, der einfach nur nett zu ihnen sein wollte. Ja, Sie haben richtig gehört. Der Bursche hieß Mike und war ein guter Junge. Jetzt liegt er tot auf dem Fußboden, mit einem Schnürsenkel um den Hals. Also, wie sieht's aus, Sheriff? Wie viele Leute in ihrer Situation bekommen schon eine zweite Chance wie diese?«

Aber Frank war überheblich geworden und hatte Krill und die Asiatin ignoriert. Als Anton Ling sich vom Boden aufraffte, den 38er Smith-&-Wesson-Revolver in den Händen, musterte Frank sie amüsiert. Seine Augen wanderten über ihr blutverschmiertes Unterhemd, die Striemen auf Armen, Schultern und Gesicht sowie den Riss in ihrer Unterlippe.

»Ich hatte schon mal eine Chinesen-Nutte«, sagte Frank. »Wenn du dich geschickt anstellst, dann behalte ich dich vielleicht.«

Der erste Schuss traf ihn knapp oberhalb der Leistengegend. Der zweite drang durch seinen Mund ein und trat etwa zwei Zentimeter über dem akkurat rasierten Haaransatz im Nacken wieder aus. Franks Begleiter ließ seine halbautomatische Waffe zu Boden fallen und riss die Arme nach oben, aber Anton Ling verpasste ihm trotzdem eine Kugel direkt ins Herz.

Oben begann die Thompson wieder, ohne Unterlass zu feuern. Die Kugeln schlugen in die Wände überall im Haus ein, und die Patronenhülsen tanzten auf den Fußböden. Es schien, als hätte Jack Collins allem dem Krieg erklärt, was eine geometrische Form besaß.

Kapitel 29

»*Goodbye to my Juan, goodbye, Rosalita, adios mis amigos, Jesus y Maria …*«, sang Preacher Jack Collins inbrünstig den bekannten Protestsong von Woody Guthrie, während er das gesamte Trommelmagazin leerte und das Haus zu Kleinholz verarbeitete, bis der Lauf so heiß war, dass er sich beim Nachladen die Finger verbrannte.

Einen nach dem anderen spürte er Sholokoffs Männer auf – in Kleiderschränken und Lagerräumen, hinter Möbelstücken und unter der Küchenanrichte – und zerfetzte diejenigen, die sich zu einer Kugel zusammengekauert hatten, ebenso wie diejenigen, die ihr Heil in der Flucht suchten.

Das also waren die gefürchteten Handlanger Sholokoffs, die Männer, die er direkt aus Russland rekrutiert oder aus den russischen Enklaven in Brighton Beach und Phönix herangekarrt hatte? Was für ein Witz.

Jack hatte reichlich Spaß. Er genoss sogar den Regen, der durch die zerbrochenen Fensterscheiben hereinwehte, für leichte Dunstschwaden im Haus sorgte und den Geruch von feuchtem Gras und Getreide und von frisch gemähten Wiesen mitbrachte. Der Geruch erinnerte ihn an einen Sommerregen auf dem Land in Oklahoma, wenn die Flüsse und die Bergkuppen rot schimmerten und die Ebenen grün dalagen. Seine Mutter hatte ihn einmal zum österlichen Eierrollen hinter der Kirche mitgenommen, in der sie als wiedergeborene Christin zu Gott gefunden hatte. Jack hatte schon damals die Vermutung gehabt, dass es mit der wiedererwachten Gottesfurcht seiner Mutter nicht weit her war, und insgeheim den Verdacht gehegt, dass sie eigentlich nur in diese Kirche ging, weil sie mit dem Priester schlief.

Egal wie. Sobald Jack die Thompson in den Händen hielt und damit die Dinge und Menschen um sich herum in ihre Einzelteile zerlegte, konnten ihm die Gedanken an die Grausamkeiten seiner Mutter ebenso wenig die Laune verderben wie die Erinnerungen an die katatonischen Trance-Zustände, die damals von ihrem ganzen Körper Besitz zu ergreifen schienen und sie in eine andere Person verwandelten. Irgendwann hatte sie allerdings die Quittung bekommen und war auf dem Anwesen, das Jack heute sein Eigen nannte, von einem Felsen gestürzt. Es war ein Unfall gewesen, mehr oder weniger jedenfalls. Ja, »Unfall« war genau das richtige Wort dafür. Obwohl er schon Ende dreißig gewesen war, als es passierte, war es ihm nie gelungen, die Puzzleteile dieses Tages komplett zusammenzusetzen. Was hatte die Ereigniskette in Gang gesetzt? Wie hatte es begonnen? Sie hatte versucht, nach seiner Hand zu greifen, oder? Ja, in diesem Punkt war er sich ziemlich sicher. Warum sie allerdings überhaupt erst ins Stolpern geraten war und angefangen hatte, auf dem Felsvorsprung nach hinten zu rutschen, wusste er nicht mehr so genau. Woran er sich hingegen definitiv erinnern konnte, waren ihr ausgestreckter Arm, ihre Finger, die sich an sein Hemd klammerten, dann an sein Handgelenk und schließlich an seine Fingerspitzen. Im Grunde war er selbst bei der ganzen Sache keine handelnde Person gewesen, eher ein Zeuge. Vielleicht war es auch einfach nur ihr ganz eigener Weg gewesen, aus seinem Leben zu verschwinden, ohne Spuren zu hinterlassen. In der einen Sekunde war sie noch da gewesen, in der nächsten entschwand sie in einen Abgrund, fiel in die Tiefe und wurde immer kleiner und kleiner, während sie zu ihm hinaufblickte und dabei so aussah, als hätte sie sich nur kurz für ein Nickerchen auf eine Matratze gelegt.

Wenn irgendwer die Nerven hatte, Jack nach den Umständen des Todes seiner Mutter zu fragen, dann gab er immer die gleiche Antwort: »Sie starb genauso, wie sie gelebt hat. Auf dem Rücken. Bis ganz zum Schluss.«

Jack liebte Kriminalromane und den Film Noir, aber er hatte nie die Begeisterung der Kritiker für James Cagneys Darstellung von Cody Jarrett in *Sprung in den Tod* nachvollziehen können. Würde ein kaltblütiger Gangster wie Jarrett sich wirklich in den Schoß seiner Mutter flüchten? *Pfui Teufel*, dachte Jack. Allein die Vorstellung ließ sein Glied zusammenschrumpfen und in Deckung gehen. Und was ist mit dieser Schlussszene, in der Jarrett auf einem riesigen Propangas-Tank vor einer Raffinerie steht und den Himmel anschreit? Der Kerl steht kurz davor, lebendig gegrillt zu werden, und was sind seine letzten Worte? »Ich hab's geschafft, Ma! Jetzt bin ich ganz oben!«

Was für ein Volltrottel. Warum nur hatte Cagney nicht gemerkt, dass da irgendetwas in dieser Darstellung nicht stimmte? Der echte Jarrett hätte seine Mutter ausstopfen lassen und als Hutablage oder Türstopper verwendet.

Jack stand jetzt mitten in der Küche und begutachtete sein Werk: die Zerstörung und das Chaos, mit der er das Haus überzogen hatte. Keiner würde ihm je vorwerfen können, Verletzte auf dem Schlachtfeld zurückgelassen zu haben. Alle, die er erschossen hatte, waren nicht einfach nur tot, sondern derart durchsiebt, dass es für mehrere Tode gereicht hätte. Er drehte sich einmal um sich selbst und hielt dabei die Thompson, aus deren Mündung eine letzte kleine Rauchwolke emporstieg, zärtlich an die Brust gedrückt. Regen und Wind fühlten sich kühl an, strichen sanft über seine Haut, durch die kaputten Fenster hindurch. Im Hof sah er den Eimer mit Essensresten, den die Hausangestellte bei ihrer Flucht ins Maisfeld hatte fallen lassen. Jetzt musste er nur noch Klein-Josef finden.

»Kannst du mich hören, mein zu kurz geratener Freund?«, rief Jack durch das Haus. »Lass uns einen Tee kochen und ein bisschen quatschen. Hast du jemals *Der stille Don* gelesen? Der Kerl, der das geschrieben hat, hieß auch Sholokoff. War das ein Verwandter von dir?«

Aus dem zerstörten Inneren des Hauses kam keine Antwort. Jack verspürte starken Durst, wollte aber die Thompson nicht ablegen, um ein Glas Wasser zu trinken. »Unten im Keller ist es ganz schön still, Josef. Ich glaube, Frank hat gegen Sheriff Holland und seine Kollegin den Kürzeren gezogen. Was meinst du?«

Er machte ein paar Schritte auf dem Linoleum. In der Stille konnte er die Glas- und Keramiksplitter unter seinen Cowboystiefeln knirschen hören. »Im ersten Stock und auf dem Dachboden habe ich schon nachgesehen, da warst du nicht. Das heißt, du hast dich entweder hier irgendwo in einer Kammer unter dem Fußboden zusammengekauert oder bist den Schornstein raufgekrochen. Eine andere Möglichkeit fällt mir nicht ein. Vielleicht hast du aber auch schon das Weite gesucht. Aber das kann eigentlich auch nicht sein, denn dann hätte ich dich gesehen. Sag mal, habt ihr hier in der Gegend eigentlich eine freiwillige Feuerwehr?«

Jack hielt die Thompson jetzt mit dem Lauf nach oben und blickte erst an die Decke, dann aus dem Fenster. Er ging durch einen kleinen Vorraum auf die hintere Veranda, öffnete die Fliegengittertür und schaute zum Fenster im Dachboden hinauf und zu einem Dachvorsprung unterhalb dieses Fensters. Jack konnte zwar nicht die andere Seite des Spitzdaches einsehen, doch wer auch immer versuchte, aus dem Haus zu fliehen, würde nur in der Scheune, im Maisfeld oder bei den Pekannussbäumen, wo der Pick-up und Jacks Ford Explorer standen, Zuflucht finden.

»Josef, ich glaube fast, du hast mich ausgetrickst«, sagte Jack in den Wind hinein. Er ging zu der Tür, die vom Korridor zur Kellertreppe führte. »Sind Sie da unten, Mr. Holland?«

»Was wollen Sie, Collins?«, hörte er den Sheriff antworten.

»Meine Güte, Sheriff, Sie klingen ja, als hätte Ihnen jemand ein Loch in den Pelz geschossen.«

»Wir haben einen ganzen Haufen Leichen hier unten. Wenn Sie vorhaben, irgendwelche Dummheiten zu veranstalten, liegen Sie schneller auf diesem Haufen, als Ihnen lieb ist.«

»Sie behandeln mich nach wie vor ohne jeden Respekt, Sheriff. Was habe ich Ihnen denn so Furchtbares getan?«

»Wie wäre es damit, dass Sie versucht haben, mich und meine Kollegin umzulegen?«, erwiderte der Sheriff.

»Damals habe ich nur die Hand gespielt, die Sie selbst ausgeteilt haben. Mal abgesehen von dieser Tatsache habe ich die Rechnung beglichen, als ich Ihren jungen Kollegen, diesen Bevins, draußen in der Wüste aus seinem Grab gezogen habe.«

»Sie reden zu viel, Collins. Das macht nur ein Mann, der sich entweder schuldig fühlt oder Angst hat.«

»Es heißt immer noch *Mr. Collins*! Was muss eigentlich geschehen, damit Sie sich um eine korrekte Anrede bemühen? In der zivilisierten Welt sprechen sich Männer nicht einfach nur mit ihren Nachnamen an. Ist das etwa an Ihnen vorbeigegangen, Sheriff? Wenn dem so ist, dann habe ich Sie vollkommen falsch eingeschätzt. Ich komme jetzt runter.«

»Meinetwegen. Was wir hier unten aber tatsächlich brauchen, ist medizinische Hilfe, *Mr. Collins*.«

»Alle Leute hier in der Gegend werden von Sholokoff geschmiert. Ein Anruf, und die Typen jagen Sie und Ihre Freunde noch vor Sonnenuntergang durch den Häcksler.«

Jack trat in den Türrahmen, wo seine Umrisse vor dem Licht des Korridors sichtbar wurden, und begann die Stufen hinabzusteigen. Er brauchte einen Moment, um sich an das spärliche Licht im Keller zu gewöhnen. Seine linke Hand lag auf dem Treppengeländer, seine rechte hielt die Thompson, noch immer mit dem Lauf nach oben. Dann erblickte er die Asiatin und den Mann namens Krill sowie den Sheriff und seine Kollegin. »Sieht so aus, als hätten Sie alle ordentlich was abbekommen«, sagte er.

Der Sheriff hatte sich aufgerichtet. Er stützte sich an einem Holzpfeiler ab und presste seine Hand in die Seite. »Wo ist Sholokoff?«, fragt er.

Jack antwortete nicht. Stattdessen durchquerte er den Keller, öffnete mit einem Ruck die Metalltür zur Außentreppe, stieg die Betonstufen empor in den Regen und blickte in den Garten hinaus zum Schuppen und zu dem Hain aus Pekannussbäumen und dem Maisfeld. Dann warf er noch einen Blick zu dem Dachvorsprung hinauf, der unterhalb des Dachbodenfensters verlief. Als er wieder in den Keller kam, tropfte Regenwasser von seiner Hutkrempe herab.

»Sie haben vor, mich auszuschalten, Mr. Holland?«, sagte er.

»Schon möglich.«

»Aber Sie werden es nicht tun.«

»Da wäre ich mir nicht so sicher.«

»Sie werden mich nicht erschießen, solange ich Ihnen keinen Anlass dazu gebe.«

»Was verleitet Sie zu dieser Annahme?«, wollte der Sheriff wissen.

»Ihr Vater war Geschichtsprofessor und hatte einen Sitz im Kongress. Sie wurden also mit der Bürde der vornehmen Herkunft geboren, Sheriff. Entweder Sie akzeptieren die Regeln, die einem Gentleman auferlegt sind, oder Sie entscheiden sich für das Leben eines Heuchlers, was ich bei Ihnen für sehr unwahrscheinlich halte. Sehen Sie, das ist der Vorteil daran, als Teil der weißen Unterschicht geboren zu sein: Egal, was man tut, es ist immer ein Schritt nach oben.«

»Reden Sie von sich selbst, Mr. Collins?«

»Ich würde wetten, dass ich gebildeter bin als jeder andere in diesem Raum. Dabei habe ich nicht ein einziges Jahr am Stück eine Schule besucht. Was halten Sie davon?«

»Gar nichts.«

Jack ignorierte die Kränkung und schaute aus dem Kellerfenster auf den Garten und die Scheune und die Pekannussbäume. Dann nahm er eine Flasche Burgunder aus einer der zerschossenen Kisten und brach den Hals mit einem Schlag gegen die Wand ab. Das Glas war schwarz und dick, auf dem Etikett prangte ein Siegel aus rotem Wachs. Er ließ sich den Wein aus dem Stumpf der Flasche direkt in den Mund laufen, so, als würde er aus einer Tasse trinken, achtete aber sorgsam darauf, nicht die scharfen Kanten zu berühren. »Möchten Sie auch einen?«, fragte er.

»Ich trinke nicht«, erwiderte der Sheriff.

»Sollten Sie vielleicht. Das würde aus meiner Sicht eine Verbesserung bedeuten. Wer hat die beiden Typen an der Treppe umgelegt?«

»Das war ich«, sagte die Asiatin. Sie saß auf einem Holzstuhl, den 38er-Revolver im Schoß, ein paar Strähnen ihres

Haars hingen ihr ins Gesicht. »Wollen Sie das jetzt auch noch kommentieren?«

»Haben Sie sich auf einmal gegen ein Leben als Pazifistin entschieden?«

»Sie haben neun unschuldige Mädchen umgebracht, Mr. Collins«, erwiderte sie. »Ich glaube nicht, dass Sie das Recht haben, auf mich oder sonst irgendjemanden herabzublicken.«

»Wenn Sie mich fragen, haben Sie endlich Ihr wahres Wesen offenbart, Ms. Ling. Sie sind eine von Selbsthass erfüllte Feministin, die andere mit ihrem Gift zu infizieren versucht«, sagte Jack. »Mir ist klar geworden, dass ich bisher viel zu nachsichtig mit Ihrem Geschlecht gewesen bin. Es war nicht die Schlange, die Adam verführte, in den Apfel zu beißen. Es war Ihre Vorfahrin. Sie sähen die Saat für unser Verderben, und ich habe nicht vor, mir Ihre Unverschämtheiten weiter gefallen zu lassen.«

»Ich habe Sie bereits einmal davor gewarnt, auf diese Weise mit mir zu reden«, sagte sie.

»Mr. Collins?«, mischte sich der Sheriff mit beschwichtigender Stimme ein.

»Von Ihnen habe ich genug gehört, Sheriff.« Jacks Blick brannte sich durch das Gesicht der Frau, seine Hand spielte nervös am Knauf der Thompson.

»Schalten Sie einen Gang runter«, sagte der Sheriff.

»Ich habe gesagt, Sie sollen sich raushalten.«

»Wir alle haben hier für eine gute Sache gekämpft, nicht wahr?«, sagte der Sheriff. »Und natürlich bin ich Ihnen dankbar dafür, dass Sie das Leben meines Deputys gerettet haben. Keiner von uns hier hat das Recht, über Sie zu urteilen, Sir.«

»Sie hätten in der Politik bleiben sollen.«

»Ich *bin* in der Politik. Als Sheriff bin ich ein gewählter Mandatsträger. Das sollten Sie doch wissen«, erwiderte Hackberry. »Irgendwann kommt die Zeit, da muss man Schwert und Schild zur Seite legen.«

Jack spürte, wie die Finger seiner rechten Hand den Pistolenknauf und den Abzugshebel der Thompson immer enger umklammerten. Der Regen lief am Kellerfenster herunter und wirbelte durch die Tür herein, die zur Außentreppe führte. Während er dem gleichmäßigen Trommeln des Regens lauschte und die Kälte in seinen Nacken stieg, wurde sich Jack des Fehlers bewusst, den er begangen hatte – und er erkannte, dass er einen hohen Preis für seine Wut und seinen Stolz bezahlen würde.

Er hatte nicht an die Kollegin des Sheriffs, Chief Deputy Pam Tibbs, gedacht. Trotz ihrer Verletzung hatte sie ihre 357er Magnum aus dem Halfter ziehen können und sich von hinten an ihn herangeschlichen, um ihm nun die Mündung ihrer Waffe auf einen Punkt knapp oberhalb seines Haaransatzes zu drücken. Er hörte, wie sie den Hahn spannte.

»Legen Sie die Waffe auf den Boden«, sagte sie.

»Und wenn ich's nicht tue?«, fragte er.

»Dann knipse ich Ihnen auf der Stelle das Licht aus«, erwiderte sie.

»Tun Sie besser, was sie gesagt hat, Jack«, mischte sich der Sheriff ein.

»Das hat er bereits«, sagte Pam, und riss Jack mit ihrem verletzten Arm die Thompson aus der Hand. Sofort verzog sich ihr Mund in einer Welle aus Schmerz, und sie ließ die Thompson auf den Boden knallen.

»Anscheinend ist sich keiner von Ihnen im Klaren darüber, wer Ihre wahren Freunde sind«, sagte Jack. »Ich hatte vor, den ganzen Laden hier abzufackeln und Josef auszuräuchern.

Der Kerl hat sich irgendwo da oben auf dem Dachboden verschanzt. Wenn ich nicht gewesen wäre, würden Ihre Köpfe jetzt auf einem Spieß stecken.«

»Ihr Auftritt ist vorbei, Collins. Raus mit Ihnen«, sagte Pam. Jack drehte sich um und starrte ihr überrascht ins Gesicht. »Was soll ich?«, fragte er.

»Abhauen. Raus in die Dunkelheit. Dahin, wo Sie hingehören«, sagte Pam.

Er starrte auf ihre blutverschmierten Wangen und auf die Wunden an ihren Armen, die ihre Ärmel rot gefärbt hatten, auf das gleichmäßige Auf und Ab ihres Busens und auf die Abscheu in ihren Augen.

»Ich habe euch allen geholfen«, sagte er. »Ich habe Buße getan für …«

»Für was?«, fragte Pam mit scharfer Stimme.

»Für die Vergangenheit. Für alles, was geschehen ist. Ich habe aus Müllcontainern gegessen und bin in Sack und Asche gegangen. Ich habe die Lumpen von Vogelscheuchen getragen.«

»Werfen Sie Ihren Revolver auf den Boden und leeren Sie Ihre Taschen aus.«

»Warum?«

»Ich sammle Autoschlüssel«, antwortete sie.

»Ist das alles, was dir einfällt, du fette Schlampe?«, zischte er.

Sie nahm den Revolver aus seinem Halfter und warf ihn in den Stapel der leeren Kartons. »Halten Sie sich von den offenen Dosen mit Kakerlakengift fern. Wir wollen ja nicht, dass Sie auf so elende Weise draufgehen«, sagte sie.

Hackberry und Pam blickten Jack Collins nach, wie er in den Regen hinaustrat und sich dann zu ihnen umschaute wie ein aufmüpfiges Kind, das vom Schulgelände verwiesen wurde.

»Und wie geht's jetzt weiter, Boss?«, fragte Pam.

»Wir machen uns aus dem Staub und sehen zu, dass wir so schnell wie möglich zum Flugzeug kommen«, antwortete er. »Ich habe ein Erste-Hilfe-Paket in meiner Reisetasche. Wie geht es dir?«

»Ich glaube, der Treffer in meiner Schulter war ein Durchschuss und hat keinen Knochen getroffen. Ist aber auch egal, sie ist jetzt ohnehin taub. Aber du siehst gar nicht gut aus, Hack.«

»Das tue ich doch nie.«

»Steckt die Kugel noch in der Wunde?«

»Nein.«

»Woher willst du das wissen?«

»Ich weiß es nicht. Aber es ist Zeit, nach Hause zu fahren.«

»Möglich, dass du innere Blutungen hast. Vielleicht sollten wir doch besser warten. R. C. müsste uns orten können. Er, Felix und die anderen werden bestimmt bald hier sein.«

»Ich glaube, die Mexikaner haben das GPS gefunden«, sagte Hackberry.

»Warum?«

»Collins hielt nicht viel von Jaime und Eladio und hätte sich niemals nur auf die beiden verlassen. Hätten sie kein GPS gefunden, dann hätte er uns und unsere Ausrüstung noch einmal persönlich durchsucht.«

»Schau«, sagte Pam, und deutete in den Regen.

Hackberry ahnte, dass er im Begriff war, einen dieser Momente zu erleben, in denen sich das Böse in seiner wahren Gestalt zeigte – voller Wahnsinn, Selbsthass und Mordlust gegenüber allem, was es an sich selbst erinnerte. In diesem Fall glich das Spektakel einem mittelalterlich anmutenden Moralstück, das mit nur zwei Hauptfiguren auskam: Josef Sholokoff, der durch den Regen rannte, um sich hinter die Scheune, ins Maisfeld oder zwischen die Pekannussbäume zu flüchten, und Preacher Jack Collins, der, abermals von seinen Mitmenschen vom Licht in die Finsternis gestoßen, Sholokoff dicht auf den Fersen war.

Der Regen prasselte auf die beiden herunter, während sie im Garten übereinander herfielen und sich mit Schlägen bearbeiteten. Collins griff einen Stein vom Boden und schlug ihn Sholokoff mit Schwung gegen den Kopf. Der Russe fiel nach hinten, rappelte sich aber schnell wieder auf und versuchte, in Richtung Maisfeld davonzurennen. Collins aber kam ihm zuvor und zog ihm den Stein noch zweimal über den Schädel. Dann zerrte er den sich heftig wehrenden Sholokoff quer über den Hof, vorbei an dem Eimer, der noch immer dort im Gras lag. Begleitet von einem Donnergrollen, das wie Kanonenfeuer klang, sah Hackberry zu, wie Collins wieder und wieder mit dem Stein auf Sholokoff einschlug. Irgendwann ließ er von ihm ab, hievte den Russen hoch und warf ihn über das Gatter hinweg in den Schweineverschlag, von wo sofort lautes Schmatzen und aggressives Quieken ertönte.

»Oh mein Gott«, sagte Pam.

»Wer weiß, wann die das letzte Mal gefüttert worden sind«, entgegnete Hackberry. »Lass uns unsere Leute zusammentrommeln. Ich nehme die Thompson. Vielleicht sollten wir darauf achten, dass Krill keine Waffe in die Hand bekommt. Schließlich läuft in Texas immer noch eine Anklage wegen eines Kapitalverbrechens gegen ihn.«

»Was hast du mit ihm vor?«

»Das hängt ganz von ihm ab. Wenn er verschwinden will, lassen wir ihn gehen.«

»Du willst ihn nicht festnehmen?«

»Wozu? Der Kerl, der all das in Gang gesetzt hat, heißt Noie Barnum, und den werden wir aller Wahrscheinlichkeit nach eh nie wieder sehen. Warum sollen wir jetzt unsere ganze Wut an diesem armen Teufel auslassen?«

»Schau mich mal an.«

»Was ist los?«

»Deine Augen sind glasig und haben keinen Fokus mehr.«

»Kann nicht sein. Ich sehe vollkommen klar.«

»Ach, komm schon, Hack. Dein Gesicht ist kreidebleich, und du kannst kaum noch aufrecht stehen. Halt dich an meinem Arm fest.«

»Mir geht es gut«, sagte er, während der Horizont vor seinen Augen zur Seite zu kippen drohte.

Die vier marschierten los, direkt in den Sturm hinein. Die nasse Landschaft erzitterte weiß bei jedem Blitz, der durch die Wolken zuckte. Die Schweine hatten sich alle in einer Ecke des Verschlags versammelt. In einem Halbkreis standen sie da, die Köpfe gesenkt, laut schmatzend und mit den Füßen im Matsch scharrend. In den Borsten an ihren Schnauzen klebte das Ergebnis ihrer Arbeit.

Den Unterarm fest auf das Loch in seiner Seite gepresst und den Blick auf den Horizont geheftet, setzte Hackberry vorsichtig einen Fuß vor den anderen. Was immer in seinem Körper für den Gleichgewichtssinn verantwortlich war, schien kurz davor, vollends den Geist aufzugeben.

Bei der Infanterie hatte er das Marschieren gelernt und konnte dabei sogar schlafen. Eigentlich war das keine große Sache. Man hielt die Augen halb geschlossen und bewegte die Beine aus der Hüfte heraus, ohne sich vom Gewicht der Ausrüstung oder der Waffen aus dem Gleichgewicht bringen zu lassen. Man musste sich nur auf den Rhythmus einlassen, um dann in einen Dämmerzustand zu fallen und sich von der Bewegung der Kolonne tragen zu lassen, immer in dem Bewusstsein, dass da noch jemand war, ganz am Rande der eigenen Wahrnehmung, der mit einem klassischen Marschlied über den Drückeberger Jody den Takt vorgab:

You had a good home but you left, you're right.
Jody was there when you left, you're right.
Sound off! One, two, three, four!
You're right, you're right, you're right!
Reep! Reep! Reep! Sound off!
One, two, three, four!

Ein Kinderspiel.

»Hack, halt dich an mir fest. Bitte«, sagte Pam.

»Miss Anton läuft barfuß. Meinst du nicht, dass ich es dann wohl auch hinkriege?«

»Ich hätte den Kerl umlegen sollen«, sagte sie.

Er wusste nicht, was sie meinte. Sie hatten die Scheune betreten und waren einen Moment lang dankbar für die Wärme und Trockenheit, die sie hier empfingen. Dann aber sah er das Leuchten des Feuers inmitten der Pekannussbäume. Er legte die Thompson und die Schrotflinte ab, ging zur offenen Hintertür und starrte auf die Flammen, die aus dem Ford Explorer loderten und auf der Ladefläche des Pick-ups wüteten.

Das also war die wahre Natur von Jack Collins, dachte Hackberry, sein Vermächtnis sozusagen. Er war nicht der Überbringer des Lichts, der wie eine Sternschnuppe vom Himmel in die Tiefe gestürzt war. Collins war vielmehr wie der Krebs, der die Rose befällt; der Wurm, der nachts auszieht, im Geheul des Sturms, um Leid und Tod zu bringen – ein unbedeutender Mann, von Eitelkeit und Bösartigkeit erfüllt, der seine dreckigen Spuren auf allem hinterließ, was er berührte. Er selbst hatte keinerlei Macht, sondern erhielt sie von den Menschen, die so viel Angst hatten, dass sie all ihre Überzeugungen über

Bord warfen, um sich einer überzeichneten Karikatur zu unterwerfen, einem selbsternannten Messias, der ihren Glauben gekapert hatte.

Hackberry war sich bewusst, dass er die Lehren und Weisheiten, die in seinen Gedanken verborgen liegen mochten, nicht weitergeben konnte. Die eine Erkenntnis, zu der ein alter Mann in dieser Welt ganz sicher kommen musste, war die, dass seine Erfahrungen ganz allein ihm gehörten. Sie waren das Maß für seinen Wert als Mensch, die Summe all dessen, was er der Hand seines Schöpfers anzubieten hatte, und das Ticket für seinen Weg ins Jenseits. Sollte er allerdings versuchen, all diese Lehren und Weisheiten zu einem Wegweiser für andere Menschen zu bündeln, konnte er seine Feder genauso gut in unsichtbare Tinte tauchen.

Sie wanderten viele Meilen durch den Regen – in die Berge hinein, durch Schluchten und überflutete Bäche –, während der Himmel über ihnen immer schwärzer wurde. Pam stolperte und ließ das Sturmgewehr fallen. Krill hob es auf und nahm auch Hackberry die Schrotflinte aus der Hand. Dann legte er sich beide Waffen wie ein Nackenjoch quer über die Schultern, hängte seine Hände über Kolben und Läufe der Gewehre und ließ seinen Kopf nach vorn baumeln.

»Geben Sie mir die Waffen zurück«, sagte Hackberry.

»Alles in Ordnung, Señor«, sagte Krill. »Ich werde Ihnen nichts tun. Sie alle sind gute Menschen. Ich mag Sie.«

»Sie werden immer noch wegen eines Kapitalverbrechens gesucht«, erwiderte Hackberry.

»Das weiß ich. Aber das hat jetzt und hier nichts zu bedeuten«, sagte Krill. »Wir sind in Mexiko, Sheriff, hier ist alles etwas anders. Das habe ich auch zu La Magdalena gesagt, als ich sie von dem Balken im Keller losgemacht habe. Ich habe ihr gesagt, dass sie nach dem Wasser des Ozeans riecht und wahrscheinlich eine chinesische Meerjungfrau ist, aber selbst gar nichts davon weiß. Sie fand das sehr lustig.«

»Wie bitte? Was haben Sie da gerade gesagt?«, fragte Hackberry.

»Nichts. Ich bin sehr müde. Wir müssen jetzt weitergehen«, sagte Krill.

Und das taten sie. Immer weiter, über Felsen und durch Dornenbüsche und Gestrüpp, vorbei an abgestorbenen Bäumen und Kakteen und durch ausgetrocknete Flussläufe. Die Zweige der Bäume schnellten in ihre Gesichter zurück und schnitten ihnen wie Peitschenhiebe in die Haut. Der Himmel war schwarz wie der Rauch über einer brennenden Ölquelle, das Gewitterdonnern in den Canyons ohrenbetäubend. Als die vier dann den Pfad zu einer kahlen Anhöhe emporstiegen, hatten sie ein wundersames Erlebnis. Vor ihnen standen zwei Telegrafenmasten, an deren Querbalken keine Drähte hingen. Westlich der Anhöhe erstreckte sich eine endlose Ebene, die über den Sturm hinauszureichen schien und am Horizont an einen blauen Himmelsstreifen stieß.

Der Wind war stark und wehte Sand in ihre Gesichter. Die Telegrafenmasten zitterten in ihren Fundamenten, und nicht weit entfernt schepperte ein verbogenes Stück Blechdach über die Anhöhe hinweg. Krill stand am höchsten Punkt des kleinen Hügels, die Arme noch immer über die Gewehre auf seinen Schultern gehängt.

»Es hat aufgehört zu regnen«, sagte er. »Schauen Sie nur: Hinter uns und vor uns auf der Ebene und auch unten im Canyon ist er so dicht wie eine Wand aus Kristall, aber hier oben gibt es keinen Regen. *Qué bueno*. Ich glaube, hier werde ich bleiben.«

»Kommen Sie mit uns«, sagte Anton.

»Nein. Das hier ist mein Platz. Hier bin ich zufrieden«, erwiderte er. »Auf Wiedersehen, chinesische Meerjungfrau. Und danke, Sheriff Holland und Señorita Pam. Sie waren alle sehr gut zu mir.«

So endet es also, dachte Hackberry. Ein Mann, der wegen eines Kapitalverbrechens gesucht wird, steht – erhaben wie ein Monument und unbeeindruckt davon, dass er jeden Moment zu einem menschlichen Blitzableiter werden könnte – unter einem schwarzen Himmel hoch oben auf einem Hügel, während zwei Frauen und ein weiterer Mann zu ihm aufschauen. Alle sehen sie dabei aus wie die Figuren in einem Triptychon, und alle spielen sie eine Rolle, die sie sich nicht ausgesucht haben.

Möglich, dass es die Meerjungfrauen noch nicht bis nach Texas geschafft haben. Aber geben wir ihnen noch etwas Zeit, und in der Zwischenzeit preisen wir den Herrgott für die gesprenkelte Schönheit, für all die Vielfalt und die wundersamen Dinge auf dem Erdenrund, sagte Hackberry zu sich selbst, den Blick auf das blaue Himmelsband im Westen gerichtet.

Nachwort für die deutsche Ausgabe

Es freut mich außerordentlich, dass mein Werk wieder in Deutschland verlegt wird. Natürlich ist jeder Schriftsteller dankbar, wenn sich seine Leserschaft vergrößert, aber das deutsche Publikum ist mir noch aus anderen Gründen wichtig.

Kaum jemand hatte so großen Einfluss auf mein Leben und mein Schreiben wie Dr. John Neihardt, der Verfasser von Black Elk Speaks. Im Jahr 1957 war Dr. Neihardt mein Dozent für Kreatives Schreiben an der Universität von Missouri. Ich war nicht nur sein Schüler, sondern wurde auch sein Freund. Meine Frau und ich angelten oft an dem See auf seiner Weizenfarm in der Nähe von Columbia. Vor seinem Haus hatte er einen indianischen Gebetsgarten angelegt.

Dieser Gebetsgarten bestand aus einer Linie von schwarzen und einer Linie von roten Steinen, die von einem Kreis aus unbemalten Steinen umgeben waren. Der »rote Weg« symbolisierte das Gute, der »schwarze Weg« das Böse. Dort, wo sich die beiden Linien kreuzten, stand der Baum des Lebens.

Die Kreuzung der beiden Linien stellte eine Nachbildung der vier Quadranten des Universums dar, ganz im Einklang mit der heiligen Vision von Black Elk, der sowohl an der Schlacht um Little Big Horn teilgenommen hatte (wo General Custer den Tod fand) als auch beim Massaker von Wounded Knee zugegen war, wo die Siebte Kavallerie im Jahre 1890 die Oglala Sioux niedermetzelte.

Die Symbole in diesem Garten repräsentierten die Wahl, vor die jeder gestellt wird – sowohl was die Verantwortung für das eigene Leben als auch für die physische Welt angeht, die ihrerseits nur eine Verlängerung der spirituellen ist. John Neihardt war ein herausragender Poet, Romanautor, Historiker und ein großer Mann. Ich habe viel von ihm gelernt, zum Beispiel auch, weshalb er seine deutschen Leser so sehr bewunderte. Während der Weltwirtschaftskrise in den späten zwanziger und frühen dreißiger Jahren, so erzählte er, waren seine Bücher überall vergriffen – außer in Deutschland, wo die Mystik und Philosophie in seinen Werken sowie seine Schilderung des amerikanischen Westens großen Anklang fanden.

Genau wie ich glaubte auch John Neihardt, dass der amerikanische Westen eine große Freiluftkathedrale ist. Diese Verehrung für und die Ehrfurcht vor dem Westen wird von vielen deutschen Lesern geteilt. Und wer den Westen mit seinen Bergen, Wüsten und Flusslandschaften liebt, der liebt auch die Erde. Die Erhaltung und der Schutz der Erde ist die große Aufgabe, vor der wir heute stehen – es ist eine Schlacht, die wir nicht verlieren dürfen. Das zumindest ist die Botschaft, die ich in meinem Werk verkünden will.

Es gibt viele verbrecherische Konzerne, die die Erde für ein paar Dollar in eine Wüste verwandeln würden. Jetzt ist die Zeit gekommen, dass sich alle Menschen, die guten Willens sind, die Hände reichen und gemeinsam für die Rettung der Erde kämpfen. Deshalb bin ich so froh, dass meine Romane ins Deutsche übersetzt werden.

In der Bibel steht, dass die Erde ewiglich bleibt. Aber das ist nur möglich, wenn wir uns mit ganzer Hingabe um sie kümmern.

Ich hoffe, dass Ihnen *Glut und Asche* gefallen hat. Ich persönlich glaube, dass es eines meiner besten Bücher ist, genau wie ich Sheriff Hackberry Holland für eine meiner besten Figuren und Preacher Jack Collins, den Antagonisten des Romans, für einen meiner faszinierendsten Bösewichte halte. Denn obwohl er zwischen zwei Buchdeckeln eingesperrt ist, macht er mir eine Heidenangst.

Mit den besten Wünschen,
James Lee Burke